ABC du BAC

Tout-en-un
Mes spécialités

W0289246

Term

Maths (Spécialité)
Pierre-Antoine Desrousseaux

Maths expertes (Option)
Pierre-Antoine Desrousseaux

Physique-Chimie (Spécialité)
Karine Marteau-Bazouni

Grand Oral
Olivier Jaoui

Nathan

Direction éditoriale : Raphaëlle Mourey
Réalisation éditoriale : Fanny Morquin, Marie-Pierre Lowys, Julie Langlais
Conception graphique intérieure : Élise Launay
Schémas : Coredoc
Illustrations du cahier Grand oral : Vincent Bergier
Couverture : Élise Launay
Compositeur : Desk
Fabrication : Kévin Magar

ISBN : 978-2-09-157335-9

Achevé d'imprimer en Italie par Elcograf à Bergame
Dépôt légal : juin 2021 - N° de projet: 10268760

Mode d'emploi

Un ouvrage pratique pour réviser toutes les matières et réussir l'examen !

Retrouvez en un seul ouvrage l'indispensable pour réviser vos spécialités.

Et pour chaque chapitre, trois rubriques pour progresser en toute sérénité :

Cours

- Des **cours synthétiques** et **structurés** permettent de maîtriser tous les thèmes du programme.
- Des **encadrés en marge** donnent des informations complémentaires, du vocabulaire, des réflexes à avoir, etc.

Révision express

- Une page **Révision express** à la fin de chaque chapitre résume les principaux points à retenir.
- Un **Quiz** permet de se tester rapidement et de vérifier que le cours est bien compris.

Cap sur le bac

- Des **exercices** ou des **sujets-types** qui pourraient être proposés au bac permettent de s'entraîner.
- Des **conseils méthodologiques** aident à comprendre les points difficiles et à réaliser les exercices ou les sujets.
- Les **corrigés** sont accompagnés de nombreux **conseils**, **remarques**, **astuces du prof** pour acquérir les bons réflexes pour le bac.

Cahier Spécial Bac

Des sujets complets pour s'entraîner aux épreuves du nouveau Bac.

Grand oral

Des conseils pour se préparer à cette nouvelle épreuve, ainsi que des questions-types corrigées et d'autres exemples de questions possibles pour l'épreuve.

MATHS

PHYS. CHIMIE

MATHS EXPERTES

CAHIER BAC

GRAND ORAL

Sommaire

MATHS EXPERTES

CAHIER SPÉCIAL BAC

Les sujets

Les corrigés

GRAND ORAL

Mathématiques

Partie 1 – Algèbre et géométrie

Partie 2 – Analyse

Partie 3 – Probabilités

Chapitre 1 Combinatoire et dénombrement

1 Ensembles finis

De quoi s'agit-il ? On introduit ici les premières notions qui permettent de dénombrer, c'est-à-dire de compter le nombre d'éléments de certains ensembles.

- **Définitions**

Un **ensemble** E est dit **fini** lorsqu'il possède un nombre fini d'éléments.
Le nombre d'éléments d'un ensemble E est appelé **cardinal** de E et il se note card(E).

Exemple

$E = \{1 ; 2 ; \ldots ; 12\}$ est un ensemble fini car il possède 12 éléments.
Contre-exemple : $\mathbb{N}$ est un ensemble infini car il possède une infinité d'éléments.

1 Principe additif

- **Propriété** (principe additif)

Si E et F sont deux ensembles finis, alors :
$$\text{card}(E \cup F) = \text{card}(E) + \text{card}(F) - \text{card}(E \cap F)$$

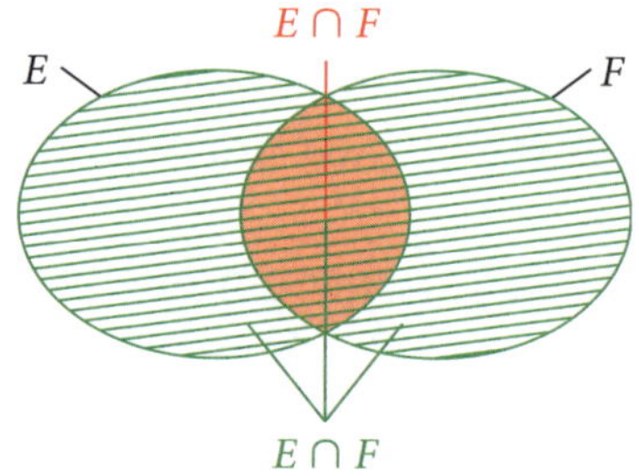

2 Principe multiplicatif

- **Définition**

E et F désignent deux ensembles finis.
Le **produit cartésien** de E et F est l'ensemble, noté $E \times F$, constitué de tous les couples $(e ; f)$ avec $e \in E$ et $f \in F$.

- **Propriété** (principe multiplicatif)

Si E et F sont deux ensembles finis, alors :
$$\text{card}(E \times F) = \text{card}(E) \times \text{card}(F)$$

Exemple

$E = \{1 ; 2 ; \ldots ; 12\}$ et $F = \{a ; b ; c\}$.
$E \times F = \{(1 ; a) ; (1 ; b) ; (1 ; c) ; (2 ; a) ; (2 ; b) ; (2 ; c) ; \ldots ; (12 ; a) ; (12 ; b) ; (12 ; c)\}$
$\text{card}(E \times F) = \text{card}(E) \times \text{card}(F) = 12 \times 3 = 36.$

MATHS

Exercices résolus

1. Utiliser le principe additif

ÉNONCÉ

Un concessionnaire automobile dispose de 35 véhicules. Parmi eux, 20 fonctionnent au Super, 12 fonctionnent à l'électricité et 5 fonctionnent aux deux.

1. Représenter la situation par un diagramme.
2. Déterminer le nombre de véhicules qui fonctionnent au Super ou à l'électricité.

CORRIGÉ

1.

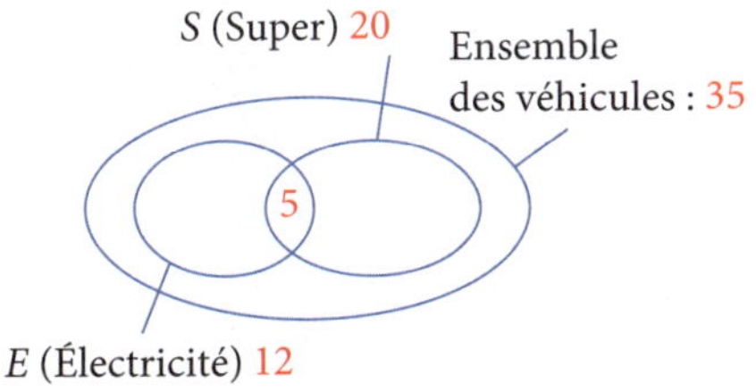

2. $\text{card}(S \cup E) = \text{card}(S) + \text{card}(E) - \text{card}(S \cap E)$
$= 20 + 12 - 5 = 27.$

27 véhicules fonctionnent au Super ou à l'électricité.

2. Utiliser le principe multiplicatif

ÉNONCÉ

Pour constituer un menu, Alix a le choix entre deux entrées, deux plats et trois desserts. Déterminer le nombre de menus possibles.

CORRIGÉ

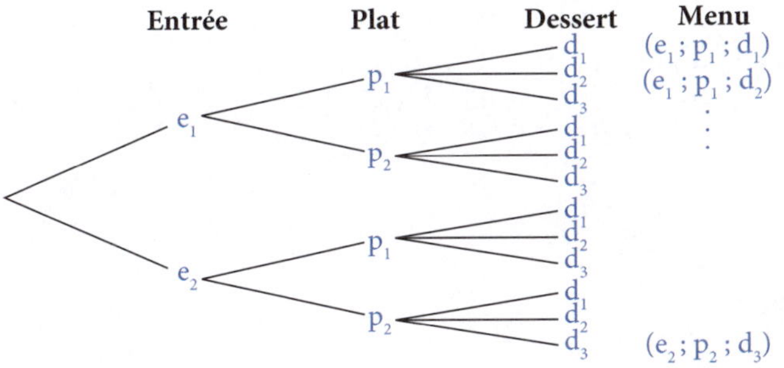

Au total, il y a donc : $2 \times 2 \times 3$, c'est-à-dire 12 menus possibles.

2 Ensemble des *k*-uplets

De quoi s'agit-il ? **On apprend à dénombrer les éléments d'un ensemble particulier grâce aux *k*-uplets.**

1 Nombre de *k*-uplets d'un ensemble

E désigne un ensemble fini à *n* éléments.

- **Définitions**

• Un ***k*-uplet** de E est une liste ordonnée de k éléments de E qui peuvent être distincts ou non.
• L'ensemble constitué de tous les k-uplets de E est le produit cartésien $\underbrace{E \times E \times \ldots \times E}_{k \text{ fois}}$.
On note cet ensemble $\boldsymbol{E^k}$.

- **Propriété**

L'ensemble E^k contient n^k éléments. Ainsi, $\text{card}(E^k) = n^k$.

Exemple

$E = \{a ; b ; c\}$, donc $n = 3$.
L'ensemble des 2-uplets de E est noté E^2.
Il est constitué de tous les couples possibles formés à partir des éléments de E.
E^2 contient $3^2 = 9$ éléments.
Ces 9 couples sont indiqués sur l'arbre ci-contre.

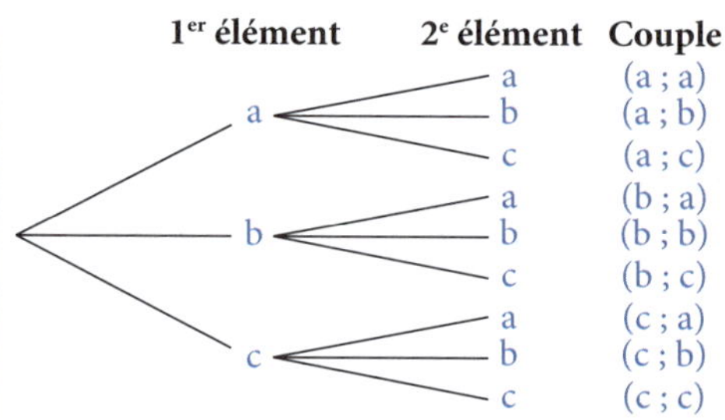

2 Nombre de parties d'un ensemble

- **Propriété**

E désigne un ensemble fini à n éléments.
Le nombre de parties (c'est-à-dire de sous-ensembles) de E est : 2^n.

Exemple

$E = \{a ; b ; c\}$, donc $n = 3$.
Les parties de E sont : $\emptyset$ (l'ensemble vide) ; $\{a\}$; $\{b\}$; $\{c\}$; $\{a ; b\}$; $\{a ; c\}$; $\{b ; c\}$; E.
Il y en a $2^3 = 8$.

Exercices résolus

1. Compter les *k*-uplets d'un ensemble

ÉNONCÉ

Pour chacun des ensembles E ci-dessous, donner un exemple de k-uplet, puis compter tous les k-uplets possibles.

1. $E = \{2 ; 3 ; 4 ; 5 ; 6\}$, $k = 3$.
2. E est l'ensemble des lettres de l'alphabet, $k = 5$.

CORRIGÉ

1. E contient $n = 5$ éléments et $k = 3$, donc $(2 ; 5 ; 2)$ est un exemple de 3-uplet de E et le nombre de 3-uplets de E est $5^3 = 125$.
2. E contient $n = 26$ éléments et $k = 5$ donc $(a ; a ; b ; e ; z)$ est un exemple de 5-uplet de E et le nombre de 5-uplets de E est $26^5 = 11\,881\,376$.

2. Comprendre la notion de parties d'un ensemble

ÉNONCÉ

1. Donner un exemple de partie de $E = \{0 ; 1 ; 2 ; 3\}$ à :
- 0 élément
- 1 élément
- 3 éléments

2. Déterminer le nombre de parties de E.

CORRIGÉ

1. • Partie à 0 élément : $\emptyset$ (ensemble vide) • Partie à 1 élément : $\{2\}$
• Partie à 3 éléments : $\{0 ; 1 ; 3\}$

2. Le nombre de parties de E est : $2^4 = 16$.

3 *k*-uplets d'éléments distincts

De quoi s'agit-il ? **Il s'agit de *k*-uplets pour lesquels on n'autorise pas les répétitions. Ils permettent de dénombrer les éléments d'un ensemble dans d'autres situations.**

E désigne un ensemble à n éléments avec n entier naturel non nul.

1 Dénombrement de *k*-uplets

Propriété

k désigne un entier naturel compris entre 0 et n.
Le nombre de **k-uplets d'éléments distincts** de E est :
$$n \times (n-1) \times \ldots \times (n-k+1)$$

Remarque

Dénombrer signifie compter. Ici, on compte le nombre de *k*-uplets d'éléments distincts de E.

En effet, construire un k-uplet d'éléments distincts de E revient à compléter k cases, avec des éléments distincts de E.

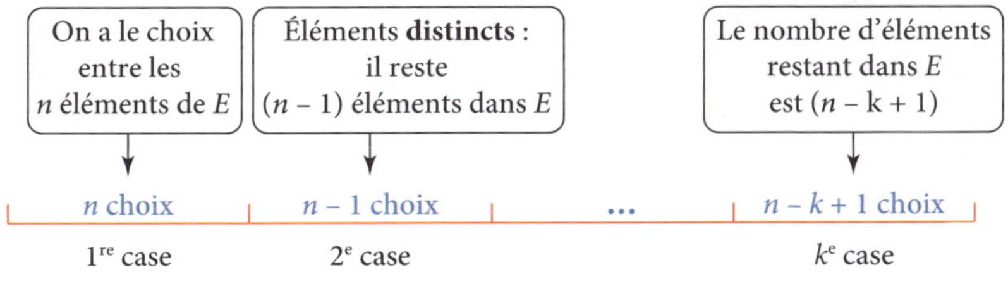

Au total, il y a bien $n \times (n-1) \times \ldots \times (n-k+1)$ choix.

2 Dénombrement des permutations

Définition

Factorielle *n* est le nombre, noté $n\,!$, égal à : $1 \times 2 \times 3 \times \ldots \times n$.
Par convention, $0\,! = 1$.

Définition – Propriété

Une **permutation** des éléments de E est un n-uplet d'éléments distincts de E.
Le nombre de **permutations** de E est : $n\,!$

Exercices résolus

1. Dénombrer des *k*-uplets d'éléments distincts

ÉNONCÉ

Un code de carte bleue contient 4 chiffres de 0 à 9.
Emmie : « Mon code de carte bleue ne contient que des chiffres différents ».
Dénombrer les codes possibles pour la carte bleue d'Emmie.

CORRIGÉ

L'ensemble est $E = \{0 ; 1 ; 2 ; \ldots ; 9\}$ et il contient 10 éléments : $n = 10$.
Le code d'Emmie est constitué de 4 éléments distincts de E : $k = 4$.

10 choix	9 choix	8 choix	7 choix
1re case	2e case	3e case	4e case

Au total : $10 \times 9 \times 8 \times 7 = 5\,040$.
Ainsi, il y a 5 040 codes possibles.

2. Dénombrer des permutations

ÉNONCÉ

Six élèves entrent dans une classe et vont s'asseoir au premier rang qui contient six places.
Dénombrer toutes les dispositions possibles.

CORRIGÉ

L'ensemble E contient 6 éléments (les noms des 6 élèves).

6 noms	5 noms	4 noms	3 noms	2 noms	1 nom
1re case	2e case	3e case	4e case	5e case	6e case

Au total, il y a $6 \times 5 \times 4 \times 3 \times 2 \times 1 = 6\,! = 720$ dispositions possibles.

4 Combinaisons

De quoi s'agit-il ? On considère ici les sous-ensembles d'un ensemble *E*, ce qui permet d'obtenir d'autres résultats de dénombrement.

E désigne un ensemble à n éléments avec n entier naturel non nul.

1 Combinaison à *k* éléments de *E*

- **Définition**

k désigne un entier naturel compris entre 0 et n.
Une **combinaison** à k éléments de E est une partie de E (c'est-à-dire un sous-ensemble de E) contenant k éléments distincts.

Exemple

$E = \{1 ; 2 ; 3 ; 4 ; 5\}$ est représenté par le diagramme ci-dessous.

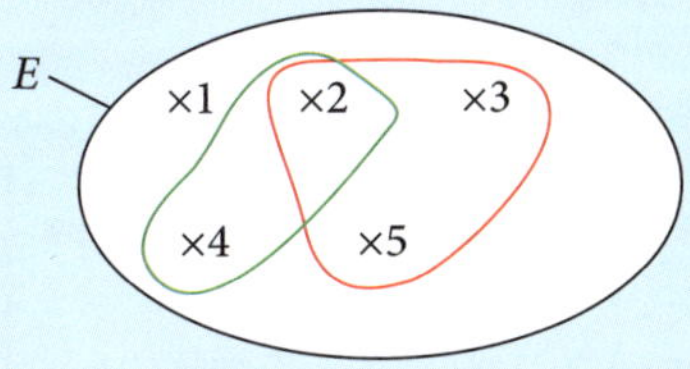

L'ensemble rouge $\{2 ; 3 ; 5\}$ est une combinaison à 3 éléments de E.
L'ensemble vert $\{2 ; 4\}$ est une combinaison à 2 éléments de E.

Remarque
Dans une combinaison, l'ordre n'intervient pas (en effet, $\{2 ; 4\} = \{4 ; 2\}$ = l'ensemble vert).

2 Dénombrement des combinaisons

- **Propriété**

k désigne un entier naturel compris entre 0 et n.
Le nombre de combinaisons à k éléments de E, noté $\binom{n}{k}$, est égal à :

$$\binom{n}{k} = \frac{n(n-1)\times\ldots\times(n-k+1)}{k!} = \frac{n!}{k!(n-k)!}$$

Remarque
On peut retenir que $\binom{n}{0} = \binom{n}{n} = 1$
et que $\binom{n}{1} = \binom{n}{n-1} = n$.

- **Propriétés**

• Pour tous entiers naturels n et k tels que k est compris entre 0 et n :

$$\binom{n}{k} = \binom{n}{n-k}$$

• Pour tous entiers naturels n et k tels que k est compris entre 1 et $n - 1$:

$$\binom{n}{k} = \binom{n-1}{k-1} + \binom{n-1}{k}$$

Exercice résolu

Utiliser une combinaison

ÉNONCÉ

Lors d'un entraînement de football, vingt joueurs (notés $j_1, j_2, \ldots, j_{20}$) sont sur le terrain.
Pour un exercice tactique, l'entraîneur choisit quatre joueurs parmi les vingt.
Combien de groupes différents de quatre joueurs peut-il choisir pour cet exercice ?

CORRIGÉ

L'ensemble $E = \{j_1 ; j_2 ; \ldots ; j_{20}\}$ contient $n = 20$ éléments.
L'entraîneur choisit une partie à $k = 4$ éléments de E, c'est-à-dire une combinaison à 4 éléments de E. Le nombre de combinaisons à 4 éléments pris parmi 20 est :

$$\binom{20}{4} = \frac{20!}{4!(20-4)!} = \frac{20!}{4!\,16!} = \frac{20\times19\times18\times17}{4\times3\times2\times1} = 4\,845$$

Ainsi, l'entraîneur peut choisir 4 845 groupes différents de 4 de ses joueurs.

À la calculatrice

Casio

Taper **20**, **OPTN**, puis **▶**, **PROB**, puis **nCr** (ou **COMBINAISON**) et enfin **4**.

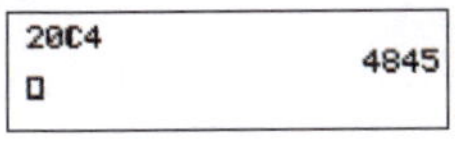

T.I.

Taper **20**, **MATH**, puis **PROB**, **COMBINAISON** et enfin **4**.

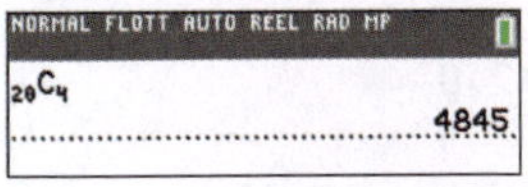

Révision express

Les réflexes à avoir

- Savoir qu'en mathématiques, « A ou B » se traduit par « $A \cup B$ » et que « A et B » se traduit par « $A \cap B$ ».
- Lorsqu'on applique le principe additif avec la formule de card$(A \cup B)$, penser à s'aider d'un diagramme ou d'un tableau à double entrée. Lorsqu'on applique le principe multiplicatif, on peut parfois (s'il n'est pas trop grand) s'aider d'un arbre.
- Comprendre que le produit cartésien $E \times F$ est l'ensemble des couples $(e\,;f)$ avec e dans E et f dans F.
- Bien distinguer les k-uplets d'éléments de E^k des k-uplets d'éléments distincts de E^k.
- Quand l'énoncé parle d'« équipe », de « mains dans un jeu de cartes », de « boules prises simultanément », utiliser des combinaisons.
- Connaître et savoir démontrer les propriétés sur les combinaisons.

Les pièges à éviter

- Ne pas confondre un ensemble E et le cardinal d'un ensemble E.
- Dans les k-uplets, l'ordre a de l'importance, alors qu'il n'en a pas dans les combinaisons. De plus, $(a\,;b)$ désigne un k-uplet, alors que $\{a\,;b\}$ désigne une combinaison.
- Attention aux erreurs sur les factorielles : $(2n)! \neq 2n!$, $(n!)^2 \neq n^2!$ …

Quiz

*Pour chaque question, une seule réponse proposée (**a**, **b** ou **c**) est exacte.*

1. card$(A \cup B) = 17$, card$(A \cap B) = 3$ et card$(A) = 12$.
☐ **a.** card$(B) = 12$ ☐ **b.** card$(B) = 8$ ☐ **c.** card$(B) = 10$

2. $E = \{a\,;b\,;c\,;d\}$ et $F = \{1\,;2\,;3\}$.
☐ **a.** $(a\,;b\,;1) \in E \times F$ ☐ **b.** $\{b\,;3\} \in E \times F$ ☐ **c.** $(c\,;2) \in E \times F$

3. $E = \{0\,;1\,;2\,;\dots\,;9\}$.
☐ **a.** card$(E^5) = 10^5$ ☐ **b.** card$(E^5) = 5^{10}$ ☐ **c.** card$(E^5) = 9^5$

4. Parmi dix dessins d'enfants, on récompense les trois meilleurs avec le 1er prix, le 2e prix et le 3e prix. Le nombre de classements des trois meilleurs est égal à :
☐ **a.** 720 ☐ **b.** 1 000 ☐ **c.** 3 628 800

5. Parmi dix élèves, on en choisit cinq pour faire une équipe de basket. Le nombre d'équipes possibles est :
☐ **a.** 30 240 ☐ **b.** 100 000 ☐ **c.** 252

6. *Sans calculatrice.* $\binom{10}{8}$ est égal à :
☐ **a.** 10 ☐ **b.** 45 ☐ **c.** 80

→ Réponses p. 492

EXERCICE 1

Savoir utiliser le principe additif ou multiplicatif

Énoncé

1. On donne le diagramme suivant.

Déterminer :

a. card($E \cup F$) **b.** card($\overline{E} \cap \overline{F}$).

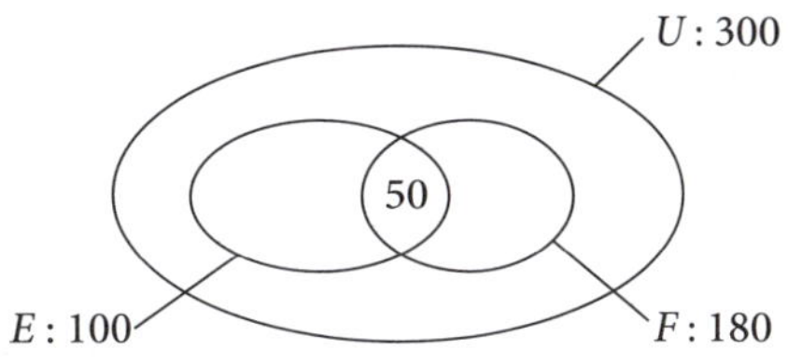

2. On donne $A = \{a\,;b\,;c\,;d\,;e\,;f\}$ et $B = \{1\,;2\,;3\,;4\}$.

a. Donner deux éléments du produit cartésien $A \times B$.

b. Déterminer card($A \times B$).

Méthode

- Pour utiliser le principe additif, on peut s'aider d'un diagramme ou, comme ci-dessous, d'un tableau à double entrée.
On utilise également la formule card($E \cup F$) = card(E) + card(F) – card($E \cap F$).
- Pour utiliser le principe multiplicatif, on peut (quand c'est possible) s'aider d'un arbre. On utilise également la formule card($A \times B$) = card(A) × card(B).

Corrigé

1.

	E	$\overline{E}$	Total
F	50	130	180
$\overline{F}$	50	70	120
Total	100	200	300

a. card($E \cup F$) = card(E) + card(F) – card($E \cap F$)
$= 100 + 180 - 50 = 230$.

b. card($\overline{E} \cap \overline{F}$) = 70.

2. a. Exemples d'éléments de $A \times B$: $(b\,;3)$ et $(f\,;1)$.

b. card($A \times B$) = card(A) × card(B) = 6 × 4 = 24.

EXERCICE 2

Savoir dénombrer des *k*-uplets

Énoncé

Le code de déverrouillage d'un téléphone portable contient six chiffres entre 0 et 9.

Combien y a-t-il de codes de déverrouillage possibles ?

Méthode

Pour dénombrer les k-uplets d'un ensemble E, il faut :

- comprendre ce qu'est E (l'ensemble dans lequel on choisit les éléments) et déterminer n, le nombre d'éléments de E ;
- déterminer k, c'est-à-dire la taille des k-uplets à construire ;
- s'aider, si besoin, des k cases à compléter avec des choix.

Corrigé

$E = \{0 ; 1 ; 2 ; 3 ; 4 ; 5 ; 6 ; 7 ; 8 ; 9\}$, il contient $n = 10$ éléments.
Un code de déverrouillage contient $k = 6$ chiffres, c'est donc un élément de E^6.

10 choix	10 choix	10 choix	10 choix	10 choix	10 choix
1er chiffre	2e ch.	3e ch.	4e ch.	5e ch.	6e ch.

Au total, il y a $10 \times 10 \times 10 \times 10 \times 10 \times 10 = 1\,000\,000$ de codes possibles.
En effet, $\text{card}(E^6) = 10^6 = 1\,000\,000$.

EXERCICE 3

Savoir dénombrer des *k*-uplets d'éléments distincts

Énoncé

10 groupes d'élèves font une course d'orientation. À la fin de la course, on classe les 3 premiers groupes arrivés afin de les récompenser.
Combien y a-t-il de classements des trois premiers groupes possibles ?
(On suppose qu'il n'y a ni abandon, ni ex-aequo.)

Méthode

Pour dénombrer les *k*-uplets d'éléments distincts d'un ensemble *E*, il faut :

- comprendre ce qu'est *E* (l'ensemble dans lequel on choisit les éléments) et déterminer *n*, le nombre d'éléments de *E* ;
- déterminer *k*, c'est-à-dire la taille des *k*-uplets à construire ;
- s'aider, si besoin, des *k* cases à compléter avec des choix.

Attention, ici, il n'y a pas de répétition possible dans un *k*-uplet.

Corrigé

E est l'ensemble des groupes, il contient 10 éléments : $n = 10$. Un classement contient 3 groupes ($k = 3$) distincts (car il n'y a pas d'ex-aequo).

10 choix	9 choix	8 choix
1er groupe	2e groupe	3e groupe

Au total : $10 \times 9 \times 8 = 720$ choix.
Ainsi, il y a 720 classements des trois premiers groupes possibles.

EXERCICE 4

Savoir lister des permutations

Énoncé

E est l'ensemble $\{A ; B ; C\}$. Lister toutes les permutations de E.

Méthode

E contient n éléments. Lister toutes les permutations de E, c'est lister tous les n-uplets d'éléments distincts de E. Ainsi, dans chaque n-uplet, chaque élément de E est utilisé une fois et une seule.

Corrigé

E contient $n = 3$ éléments, on liste donc tous les triplets d'éléments distincts de E :
$(A ; B ; C)$; $(A ; C ; B)$; $(B ; A ; C)$; $(B ; C ; A)$; $(C ; A ; B)$; $(C ; B ; A)$.

Remarque : lorsque n est petit, on peut également s'aider d'un arbre.

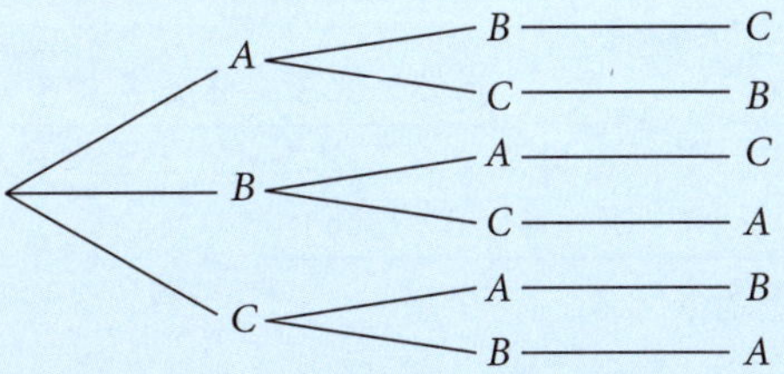

EXERCICE 5

Savoir dénombrer des permutations

Énoncé

Dans une compétition de natation, huit nageurs sont au départ.
Combien y a-t-il d'ordres d'arrivée possibles ?
(On suppose qu'il n'y a ni abandon, ni ex-aequo.)

Méthode

Pour dénombrer des permutations d'un ensemble E, il faut :

- comprendre ce qu'est E (l'ensemble dans lequel on choisit les éléments) et déterminer n, le nombre d'éléments de E ;
- comprendre que les n éléments de E seront chacun utilisés une fois et une seule pour construire une permutation ;
- s'aider, si besoin, des n cases à compléter avec des choix.

Corrigé

E est l'ensemble formé des noms des huit nageurs, donc $n = 8$.
Chaque nageur est positionné une fois et une seule sur le classement d'arrivée.

8 choix	7 choix	6 choix	5 choix	4 choix	3 choix	2 choix	1 choix
1er	2^{e}	3^{e}	4^{e}	5^{e}	6^{e}	7^{e}	8^{e}

Au total, il y a $8 \times 7 \times 6 \times 5 \times 4 \times 3 \times 2 \times 1 = 8\,! = 40\,320$ arrivées possibles.

EXERCICE 6

Savoir calculer mentalement une combinaison

Énoncé

Calculer sans calculatrice $\binom{10}{7}$.

Méthode

Utiliser les formules : $n! = 1 \times 2 \times 3 \times \ldots \times n$ et $\binom{n}{k} = \dfrac{n!}{k!(n-k)!}$.

Corrigé

$$\binom{10}{7} = \frac{10!}{7!(10-7)!} = \frac{10!}{7!\,3!} = \frac{\cancel{1} \times \cancel{2} \times \cancel{3} \times \cancel{4} \times \cancel{5} \times \cancel{6} \times \cancel{7} \times 8 \times 9 \times 10}{\cancel{1} \times \cancel{2} \times \cancel{3} \times \cancel{4} \times \cancel{5} \times \cancel{6} \times \cancel{7} \times 1 \times 2 \times 3}$$

$$\binom{10}{7} = \frac{8 \times 9 \times 10}{2 \times 3} = \frac{\cancel{2} \times 4 \times \cancel{3} \times 3 \times 10}{\cancel{2} \times \cancel{3}} = 4 \times 3 \times 10 = 120.$$

EXERCICE 7

Savoir dénombrer des combinaisons

Énoncé

Une classe compte 32 élèves dont 18 filles. Lors d'une séance de basket, un professeur d'EPS choisit 5 élèves de cette classe afin de constituer une équipe.

1. Combien d'équipes différentes peut-il constituer ?

2. Combien d'équipes différentes comportant 2 filles peut-il constituer ?

Méthode

Pour savoir s'il faut utiliser les combinaisons, il faut :

- s'interroger sur l'ordre : a-t-il de l'importance ou non ? Si la réponse est non, alors on doit utiliser des combinaisons ;
- s'assurer qu'il n'y a pas de répétition possible.

Corrigé

Dans une équipe, l'ordre des joueurs n'a pas d'importance et il n'y a pas deux fois le même joueur. On utilise donc des combinaisons.

1. Le professeur d'EPS doit choisir 5 élèves parmi les 32, il y a donc :
$\binom{32}{5} = 201\,376$ équipes possibles.

2. Pour constituer une équipe comportant 2 filles (et donc 3 garçons), il doit choisir 2 filles parmi les 18 filles et 3 garçons parmi les $32 - 18 = 14$ garçons.

Il y a donc $\binom{18}{2} \times \binom{14}{3} = 153 \times 364 = 55\,692$ équipes possibles comportant 2 filles.

Chapitre 2

Vecteurs, droites et plans de l'espace

MATHS

1 Vecteurs de l'espace

De quoi s'agit-il ? **On étend à l'espace les propriétés et les opérations sur les vecteurs qui ont été vues en Première en géométrie plane.**

La notion de vecteur, leurs propriétés et les opérations vues en géométrie plane peuvent être étendues à l'espace.

1 Définition

- À tout couple $(A\ ;\ B)$ de points distincts de l'espace, on associe un **vecteur**, noté $\overrightarrow{AB}$, et lorsque $A = B$, le vecteur $\overrightarrow{AA}$ est le **vecteur nul** noté $\vec{0}$.
- Dire que deux vecteurs $\overrightarrow{AB}$ **et** $\overrightarrow{CD}$ **sont égaux** signifie que $ABDC$ est un parallélogramme éventuellement aplati. Dans ce cas, $\overrightarrow{AB}$ et $\overrightarrow{CD}$ sont les représentants d'un même vecteur que l'on note $\vec{u}$.

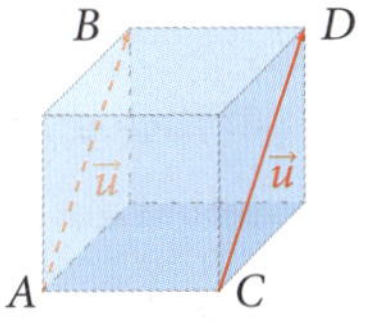

- **Propriété**

Pour tout point M de l'espace et pour tout vecteur $\vec{u}$, il existe un unique point N tel que $\overrightarrow{MN} = \vec{u}$.

2 Opérations sur les vecteurs

- **Addition de deux vecteurs**

Règle du parallélogramme

$ABDC$ parallélogramme

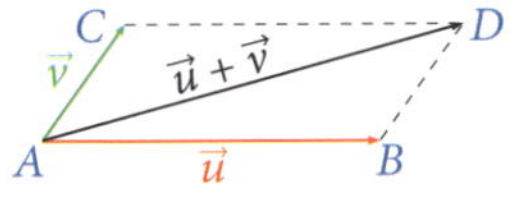

$\vec{u} + \vec{v} = \overrightarrow{AB} + \overrightarrow{AC} = \overrightarrow{AD}$

Relation de Chasles

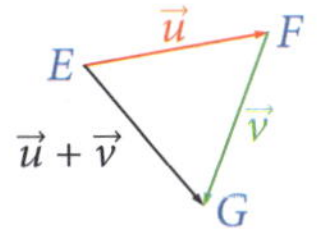

$\vec{u} + \vec{v} = \overrightarrow{EF} + \overrightarrow{FG} = \overrightarrow{EG}$

- **Produit d'un vecteur par un réel**

$\vec{u}$ est un vecteur non nul, $\overrightarrow{AB}$ un de ses représentants et λ un réel.
Le vecteur $\lambda\vec{u}$ représenté par $\overrightarrow{AC}$ est défini par :

Si $\lambda \geqslant 0$

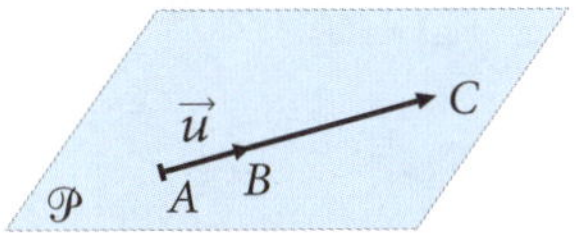

$C \in [AB]$ et $AC = \lambda AB$

Si $\lambda < 0$

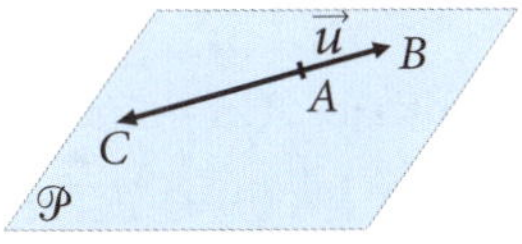

$C \in (AB)$ et $C \notin [AB]$ et $AC = -\lambda AB$

Exercice résolu

Construction d'un point défini par une combinaison linéaire de vecteurs

ÉNONCÉ

$ABCDEFGH$ est le pavé droit ci-contre.
Construire les points M et N tels que :

- $\overrightarrow{AM} = \overrightarrow{AB} + \overrightarrow{AE} + \overrightarrow{AD}$;
- $\overrightarrow{AN} = \overrightarrow{DC} + \frac{1}{2}\overrightarrow{BF} + \frac{1}{2}\overrightarrow{EH}$.

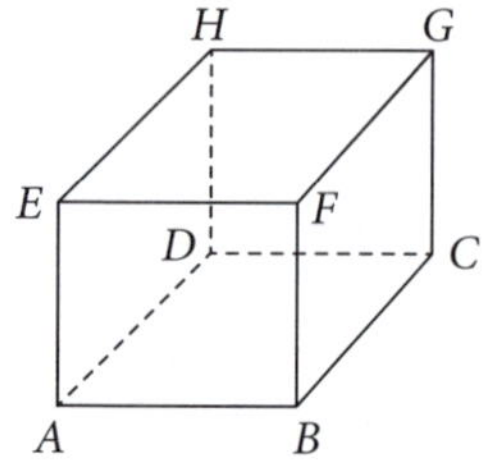

Remarque
Une combinaison linéaire est une somme algébrique de vecteurs.

CORRIGÉ

- Le point M :

$ACGE$ est un parallélogramme donc $\overrightarrow{AE} = \overrightarrow{CG}$.
$ABCD$ est un parallélogramme donc $\overrightarrow{AD} = \overrightarrow{BC}$.
Ainsi, $\overrightarrow{AB} + \overrightarrow{AE} + \overrightarrow{AD} = \overrightarrow{AB} + \overrightarrow{CG} + \overrightarrow{BC} = \overrightarrow{AB} + \overrightarrow{BC} + \overrightarrow{CG}$.
En utilisant la relation de Chasles, $\overrightarrow{AM} = \overrightarrow{AG}$.
Donc $M = G$.

- Le point N :

$ABCD$ est un parallélogramme donc $\overrightarrow{DC} = \overrightarrow{AB}$.
En notant I le milieu de $[BF]$, $\overrightarrow{BI} = \frac{1}{2}\overrightarrow{BF}$.
$EFGH$ est un parallélogramme donc $\overrightarrow{EH} = \overrightarrow{FG}$ et ainsi $\frac{1}{2}\overrightarrow{EH} = \frac{1}{2}\overrightarrow{FG}$.
En notant J le milieu de $[FG]$, $\overrightarrow{FJ} = \frac{1}{2}\overrightarrow{FG}$. Ainsi,

$$\begin{aligned}\overrightarrow{DC} + \frac{1}{2}\overrightarrow{BF} + \frac{1}{2}\overrightarrow{EH} &= \overrightarrow{AB} + \overrightarrow{BI} + \overrightarrow{FJ} \\ &= \overrightarrow{AI} + \overrightarrow{FJ} = \overrightarrow{AI} + \overrightarrow{IN} = \overrightarrow{AN}\end{aligned}$$

où N est le centre de la face $BCGF$.

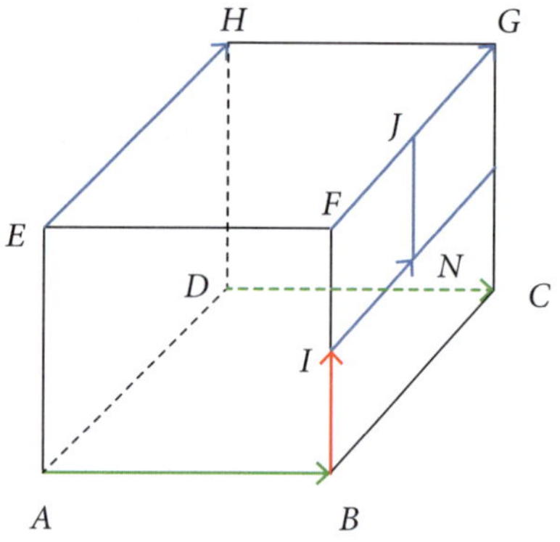

2 Droites et plans de l'espace

De quoi s'agit-il ? On explique comment caractériser une droite de l'espace, puis un plan de l'espace, à l'aide de vecteurs.

1 Caractérisation vectorielle d'une droite

- **Définition**

Les **vecteurs** $\vec{u}$ et $\vec{v}$ sont dits **colinéaires** lorsqu'il existe un réel k tel que $\vec{u} = k\vec{v}$.

Remarque
Le vecteur nul est colinéaire à tout vecteur.

- **Théorème**

A et B sont deux points de l'espace. Un point $M \in (AB)$ si, et seulement s'il existe un réel k tel que $\overrightarrow{AM} = k\overrightarrow{AB}$.

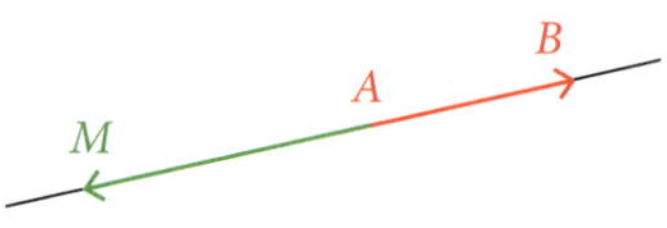

Remarque :
Comme en géométrie plane, $\overrightarrow{AB}$ est un vecteur directeur de (AB).

● **Propriétés**

- A, B et C sont alignés si, et seulement si, $\overrightarrow{AB}$ et $\overrightarrow{AC}$ sont colinéaires.
- (AB) et (CD) sont parallèles si, et seulement si, $\overrightarrow{AB}$ et $\overrightarrow{CD}$ sont colinéaires.

2 Caractérisation vectorielle d'un plan

● **Théorème**

A, B et C sont trois points de l'espace non alignés.
Un point $\boldsymbol{M} \in (\boldsymbol{ABC})$ si, et seulement si, il existe des nombres réels x et y tels que :

$$\overrightarrow{AM} = x\overrightarrow{AB} + y\overrightarrow{AC}$$

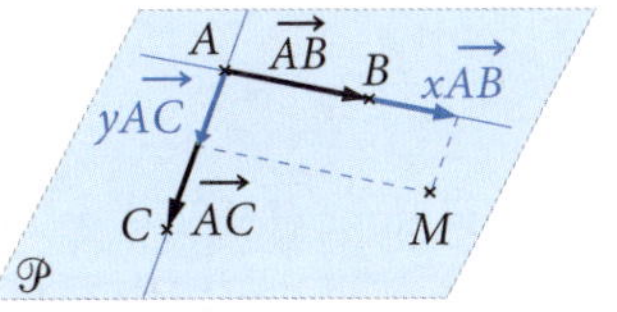

● **Propriété**

Deux plans qui ont un couple de vecteurs directeurs en commun sont parallèles.

Remarque

Un plan est défini par un point A et un couple de vecteurs non colinéaires $(\vec{u}, \vec{v})$. On dit que $\vec{u}$ et $\vec{v}$ sont des vecteurs directeurs du plan.

3 Vecteurs coplanaires

● **Définition**

Les vecteurs $\vec{u}$, $\vec{v}$ et $\vec{w}$ sont coplanaires lorsque les représentants $\overrightarrow{OA}$, $\overrightarrow{OB}$ et $\overrightarrow{OC}$ des vecteurs $\vec{u}$, $\vec{v}$ et $\vec{w}$ sont tels que O, A, B et C sont dans un même plan.

● **Propriété**

$\vec{u}$, $\vec{v}$ et $\vec{w}$ sont coplanaires si, et seulement si, il existe des réels a et b tels que $\vec{w} = a\vec{u} + b\vec{v}$.

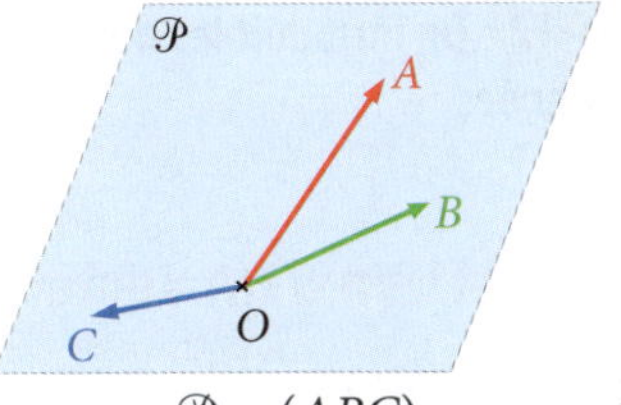

$\mathscr{P} = (ABC)$

Exercices résolus

1. Vecteurs directeurs et droites

ÉNONCÉ

$ABCDEFGH$ est le parallélépipède ci-contre.
I et J sont les milieux de $[BC]$ et $[AB]$.
Utiliser les points de la figure pour déterminer les droites définies par :

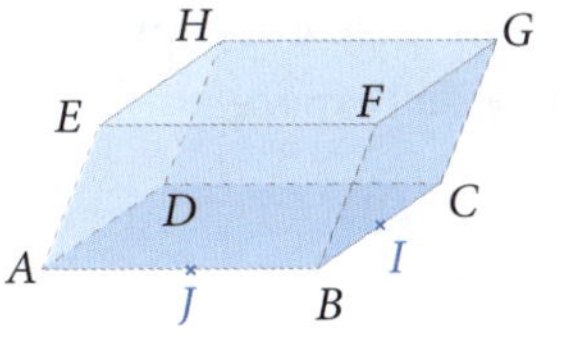

a. $(H\,;\overrightarrow{FB})$ **b.** $(G\,;\overrightarrow{AD})$ **c.** $(E\,;\overrightarrow{IJ})$ **d.** $(I\,;\overrightarrow{EH}+\overrightarrow{AB})$

CORRIGÉ

a. $\overrightarrow{FB} = \overrightarrow{HD}$ donc $(H\,;\overrightarrow{FB}) = (HD)$.

b. $\overrightarrow{AD} = \overrightarrow{FG}$ donc $(G\,;\overrightarrow{AD}) = (FG)$.

c. $\overrightarrow{IJ} = \frac{1}{2}\overrightarrow{CA} = \frac{1}{2}\overrightarrow{GE}$ donc $(E\,;\overrightarrow{IJ}) = (EG)$.

d. $\overrightarrow{EH} + \overrightarrow{AB} = \overrightarrow{EH} + \overrightarrow{HG} = \overrightarrow{EG}$
donc $(I\,;\overrightarrow{EH}+\overrightarrow{AB}) = (IJ)$.

•••

2. Couples de vecteurs directeurs et plans

ÉNONCÉ

$SABCD$ est la pyramide à base carrée ci-contre.
I, J, K et L sont les milieux des arêtes latérales.
On pose $\vec{u} = \overrightarrow{AI}$, $\vec{v} = \overrightarrow{AB}$ et $\vec{w} = \overrightarrow{JK}$.
Utiliser les points de la figure pour déterminer les plans définis par :
a. I et $(\vec{u}, \vec{w})$ b. B et $(\vec{v} ; \vec{w})$ c. S et $(\vec{u}, \vec{v} + 2\vec{w})$

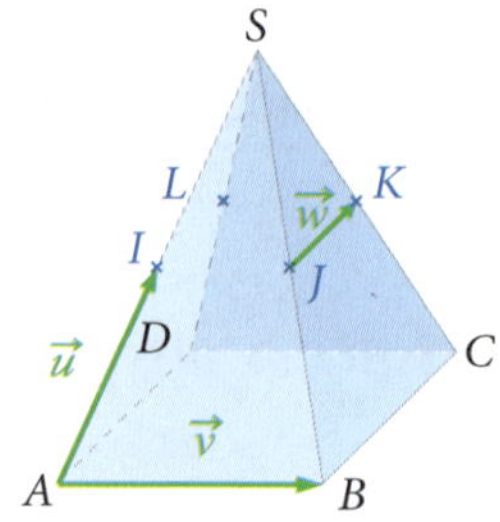

CORRIGÉ

a. $\overrightarrow{IS} = \vec{u}$ et $\overrightarrow{IL} = \vec{w}$, donc $(I ; \vec{v}, \vec{w}) = (ISL)$ ou (SAD).
b. $-\overrightarrow{BA} = \vec{v}$ et $\frac{1}{2}\overrightarrow{BC} = \vec{w}$, donc $(B ; \vec{v}, \vec{w}) = (BAD)$.
c. $-\frac{1}{2}\overrightarrow{SA} = \vec{u}$ et $2\vec{w} = \overrightarrow{BC}$, donc $\overrightarrow{AC} = \vec{v} + 2\vec{w}$, et ainsi $(S ; \vec{u}, \vec{v} + 2\vec{w}) = (SAC)$.

3 Bases et repères de l'espace

De quoi s'agit-il ? On introduit les notions de bases et de repères de l'espace afin de travailler avec des coordonnées.

1 Décomposition d'un vecteur

• Théorème – Définitions

$\vec{i}$, $\vec{j}$ et $\vec{k}$ sont trois vecteurs de l'espace non coplanaires.
Pour tout vecteur $\vec{t}$, il existe un unique triplet de réels $(a ; b ; c)$ tels que :

$$\vec{t} = a\vec{i} + b\vec{j} + c\vec{k}$$

Dans ce cas, $(\vec{i}, \vec{j}, \vec{k})$ est une **base de l'espace** et $(O ; \vec{i}, \vec{j}, \vec{k})$ est un **repère de l'espace**.

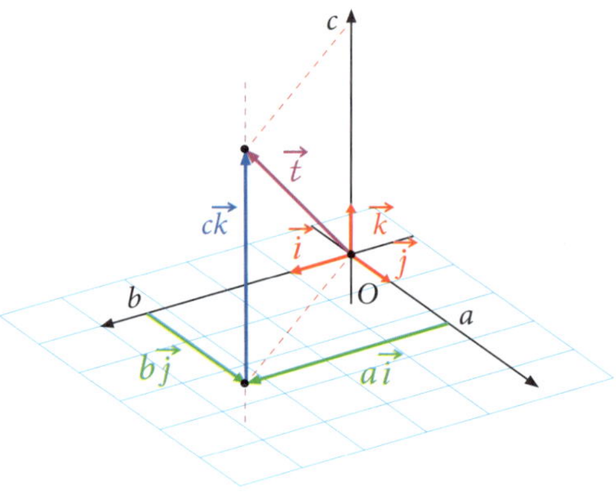

2 Coordonnées

$(O ; \vec{i}, \vec{j}, \vec{k})$ est un repère de l'espace.

• Définition

Pour tout point M de l'espace, il existe un unique triplet de réels $(x ; y ; z)$ tels que $\overrightarrow{OM} = x\vec{i} + y\vec{j} + z\vec{k}$.
$(x ; y ; z)$ sont **les coordonnées du point M** dans le repère $(O ; \vec{i}, \vec{j}, \vec{k})$.

Remarque
L'axe des z est appelé axe des cotes.

• Définition

Pour tout vecteur $\vec{u}$ de l'espace, il existe un unique triplet de réels $(a ; b ; c)$ tels que $\vec{u} = a\vec{i} + b\vec{j} + c\vec{k}$.
$(a ; b ; c)$ sont **les coordonnées du vecteur $\vec{u}$** dans le repère $(O ; \vec{i}, \vec{j}, \vec{k})$.

Propriétés

- Si $A(x_A\,;y_A\,;z_A)$, $B(x_B\,;y_B\,;z_B)$ et I le milieu de $[AB]$,

$$\overrightarrow{AB}\begin{pmatrix}x_B - x_A\\ y_B - y_A\\ z_B - z_A\end{pmatrix}$$

$$I\left(\frac{x_A + x_B}{2};\frac{y_A + y_B}{2};\frac{z_A + z_B}{2}\right)$$

- Si $\vec{u}\begin{pmatrix}a\\ b\\ c\end{pmatrix}$, $\vec{v}\begin{pmatrix}a'\\ b'\\ c'\end{pmatrix}$ et $k \in \mathbb{R}$, alors $\vec{u}+\vec{v}\begin{pmatrix}a+a'\\ b+b'\\ c+c'\end{pmatrix}$ et $k\vec{u}\begin{pmatrix}ka\\ kb\\ kc\end{pmatrix}$.

Remarque

Les coordonnées (on dit aussi composantes) d'un vecteur sont parfois notées en ligne $\vec{u}(a\,;b\,;c)$ et parfois en colonne $\vec{u}\begin{pmatrix}a\\ b\\ c\end{pmatrix}$.

Exercice résolu

Repérage dans l'espace

ÉNONCÉ

ABCDEFGH est un pavé droit.

1. Justifier que les vecteurs $\overrightarrow{AB}$, $\overrightarrow{AD}$ et $\overrightarrow{AE}$ ne sont pas coplanaires.
2. Donner les coordonnées de tous les points de la figure dans le repère $(A\,;\overrightarrow{AB},\overrightarrow{AD},\overrightarrow{AE})$.
3. On se place dans le repère $(G\,;\overrightarrow{GH},\overrightarrow{GF},\overrightarrow{GC})$.
- Quel est le point qui a pour coordonnées $(1\,;0\,;1)$?
- Donner les points de cote nulle.
- Déterminer les coordonnées du vecteur $\overrightarrow{EC}$.

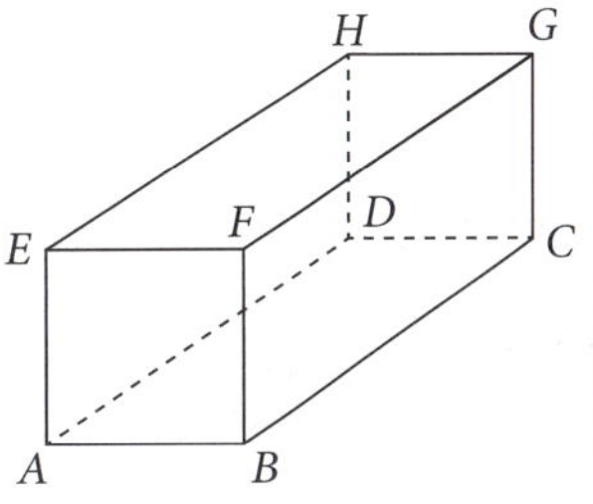

CORRIGÉ

1. Le point E n'appartient pas au plan (ABC) donc les vecteurs $\overrightarrow{AB}$, $\overrightarrow{AD}$ et $\overrightarrow{AE}$ ne sont pas coplanaires.
2. A est l'origine du repère donc $A(0\,;0\,;0)$.
Les points B, D et E sont les extrémités des trois vecteurs de base donc :
$$B(1\,;0\,;0),\ D(0\,;1\,;0) \text{ et } E(0\,;0\,;1)$$
Le point G est tel que $\overrightarrow{AG} = 1\overrightarrow{AB} + 1\overrightarrow{AD} + 1\overrightarrow{AE}$ donc $G(1\,;1\,;1)$.
De même $C\,(1\,;1\,;0)$, $F\,(1\,;0\,;1)$, $H\,(0\,;1\,;1)$.
3. Dans $(G\,;\overrightarrow{GH},\overrightarrow{GF},\overrightarrow{GC})$:
- Le point M cherché est tel que $\overrightarrow{GM} = 1\overrightarrow{GH} + 0\overrightarrow{GF} + 1\overrightarrow{GC}$, $M = D$.
- Les points de cote nulle sont G, H, E et F.
- $E(1\,;1\,;0)$ et $C(0\,;0\,;1)$ donc $\overrightarrow{EC}\begin{pmatrix}0-1\\ 0-1\\ 1-0\end{pmatrix}$ soit $\overrightarrow{EC}\begin{pmatrix}-1\\ -1\\ 1\end{pmatrix}$.

➜ Révision express

Les réflexes à avoir

- Toutes les définitions et les propriétés sur les vecteurs vues dans le plan (en Première) restent valables dans l'espace.
- Savoir construire la somme de deux vecteurs (relation de Chasles ou règle du parallélogramme).
- Comprendre ce qu'est une combinaison linéaire de vecteurs.
- Savoir traduire et démontrer la colinarité de deux vecteurs et la coplanarité de trois vecteurs.
- Comprendre qu'une droite est caractérisée par un point et un vecteur directeur (et qu'elle possède une infinité de vecteurs directeurs).
- Comprendre qu'un plan est caractérisé par un point et un couple de deux vecteurs directeurs non colinéaires (et qu'il possède une infinité de couples de vecteurs directeurs).
- Savoir travailler avec des coordonnées dans un repère de l'espace (les pavés droits et les cubes permettent de définir des repères).

Les pièges à éviter

- Ne pas confondre : la droite (AB) qui est l'ensemble des points M tels que $\overrightarrow{AM} = k\overrightarrow{AB}$ avec $k \in \mathbb{R}$; et le plan (ABC) qui est l'ensemble des points M tels que $\overrightarrow{AM} = x\overrightarrow{AB} + y\overrightarrow{AC}$ avec $x, y \in \mathbb{R}$.
- Ne pas confondre colinéarité et coplanarité.

Quiz

*Pour chaque question, une seule réponse proposée (**a**, **b** ou **c**) est exacte.*
ABCDEFGH est le cube ci-contre dans lequel *I* est le milieu de [*GC*] et *J* est le centre de la face *EFGH*.

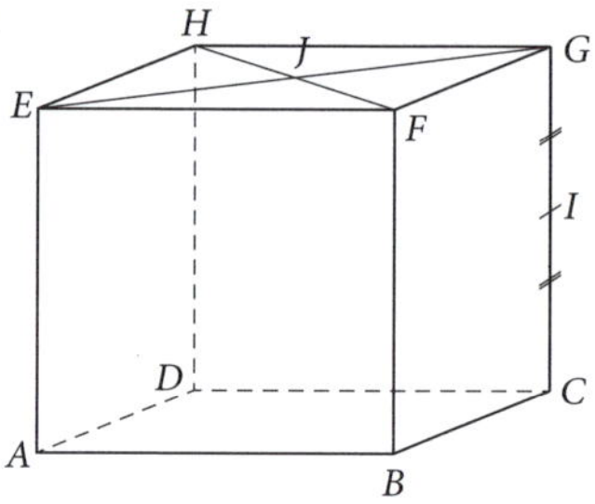

1. Les deux vecteurs suivants sont colinéaires :
☐ **a.** $\overrightarrow{EJ}$ et $\overrightarrow{CA}$ ☐ **b.** $\overrightarrow{EI}$ et $\overrightarrow{IA}$ ☐ **c.** $\overrightarrow{HF}$ et $\overrightarrow{AC}$

2. Les trois vecteurs suivants sont coplanaires :
☐ **a.** $\overrightarrow{AB}, \overrightarrow{AD}, \overrightarrow{AE}$ ☐ **b.** $\overrightarrow{IB}, \overrightarrow{BG}, \overrightarrow{FG}$ ☐ **c.** $\overrightarrow{HJ}, \overrightarrow{BJ}, \overrightarrow{BG}$

3. La droite (*AD*) est l'ensemble des points *M* tels que :
☐ **a.** $\overrightarrow{AM} = k\overrightarrow{BI}, k \in \mathbb{R}$ ☐ **b.** $\overrightarrow{AM} = k\overrightarrow{AE}, k \in \mathbb{R}$ ☐ **c.** $\overrightarrow{AM} = k\overrightarrow{BC}, k \in \mathbb{R}$

4. Le plan (*ABC*) est l'ensemble des points *M* tels que (avec *x* et *y* dans $\mathbb{R}$) :
☐ **a.** $\overrightarrow{BM} = x\overrightarrow{AB} + y\overrightarrow{BD}$ ☐ **b.** $\overrightarrow{BM} = x\overrightarrow{BF} + y\overrightarrow{AB}$ ☐ **c.** $\overrightarrow{AB} = x\overrightarrow{AD} + y\overrightarrow{IJ}$

5. Le vecteur $\overrightarrow{AE} + \frac{1}{2}\overrightarrow{FG} + \frac{1}{2}\overrightarrow{FE}$ est égal au vecteur :
☐ **a.** $\overrightarrow{AB}$ ☐ **b.** $\overrightarrow{DJ}$ ☐ **c.** $\overrightarrow{BJ}$

6. Dans le repère $(A ; \overrightarrow{AB}, \overrightarrow{AD}, \overrightarrow{AE})$, on a :
☐ **a.** $\overrightarrow{IJ}\begin{pmatrix}\frac{1}{2} ; \frac{1}{2} ; 1\end{pmatrix}$ ☐ **b.** $\overrightarrow{IJ}\begin{pmatrix}-\frac{1}{2} ; -\frac{1}{2} ; \frac{1}{2}\end{pmatrix}$ ☐ **c.** $\overrightarrow{IJ}\begin{pmatrix}1 ; -\frac{1}{2} ; \frac{1}{2}\end{pmatrix}$

➜ Réponses p. 492

EXERCICE 1

Savoir utiliser des combinaisons linéaires de vecteurs

Énoncé

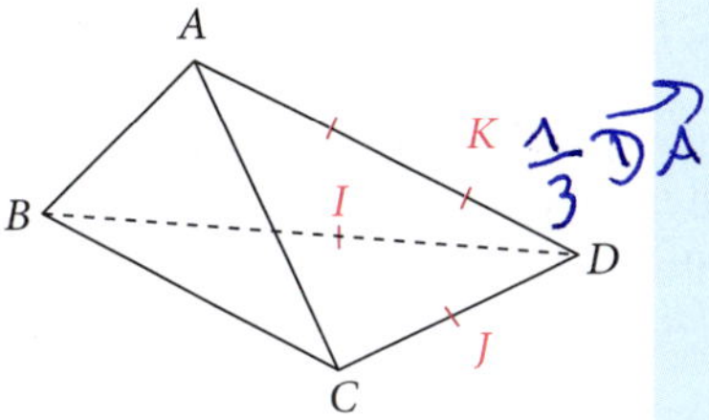

$ABCD$ est un tétraèdre.
I et J sont les milieux de $[BD]$ et $[CD]$.

K est le point tel que $\overrightarrow{DK} = \frac{1}{3}\overrightarrow{DA}$.

G est le translaté de C par la translation de vecteur $\overrightarrow{AB}$.

1. Démontrer que $\overrightarrow{KI} = \frac{1}{2}\overrightarrow{AB} - \frac{1}{6}\overrightarrow{AD}$.

2. Écrire $\overrightarrow{KG}$ comme combinaison linéaire des vecteurs $\overrightarrow{AB}$, $\overrightarrow{AC}$ et $\overrightarrow{AD}$.

Méthode

Pour décomposer un vecteur, on peut :
- utiliser la relation de Chasles pour introduire un autre point de la figure ;
- utiliser la règle du parallélogramme.

Corrigé

1. En utilisant la relation de Chasles, $\overrightarrow{KI} = \overrightarrow{KD} + \overrightarrow{DI} = -\overrightarrow{DK} + \overrightarrow{DI}$

$$\overrightarrow{KI} = -\frac{1}{3}\overrightarrow{DA} + \frac{1}{2}\overrightarrow{DB} = \frac{1}{3}\overrightarrow{AD} + \frac{1}{2}(\overrightarrow{DA} + \overrightarrow{AB})$$

$$\overrightarrow{KI} = \left(\frac{1}{3} - \frac{1}{2}\right)\overrightarrow{AD} + \frac{1}{2}\overrightarrow{AB} = -\frac{1}{6}\overrightarrow{AD} + \frac{1}{2}\overrightarrow{AB}$$

2. En utilisant la relation de Chasles, $\overrightarrow{KG} = \overrightarrow{KA} + \overrightarrow{AG}$. Or G est le translaté de C par $t_{\overrightarrow{AB}}$.
Cela signifie que $\overrightarrow{CG} = \overrightarrow{AB}$ et donc que $ABGC$ est un parallélogramme.

D'après la règle du parallélogramme, $\overrightarrow{AG} = \overrightarrow{AB} + \overrightarrow{AC}$.

Ainsi, $\overrightarrow{KG} = \frac{2}{3}\overrightarrow{DA} + \overrightarrow{AB} + \overrightarrow{AC} = -\frac{2}{3}\overrightarrow{AD} + \overrightarrow{AB} + \overrightarrow{AC}$.

EXERCICE 2

Démontrer un parallélisme

Énoncé

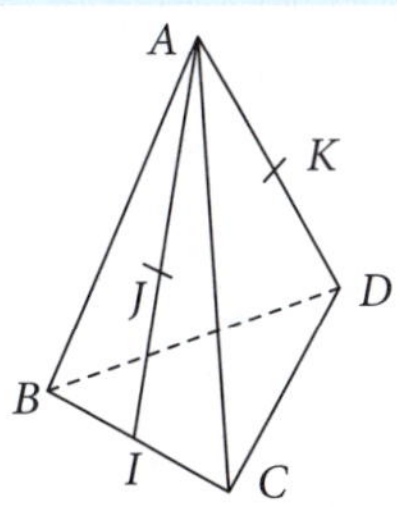

$ABCD$ est un tétraèdre.

I, J et K sont les milieux respectifs de $[BC]$, $[AI]$ et $[AD]$.

Montrer que la droite (KJ) est parallèle au plan (BCD).

Méthode

- Pour montrer qu'une droite est parallèle à un plan, on peut chercher une droite incluse dans ce plan qui sera parallèle à la première droite
- Pour montrer le parallélisme de deux droites, on peut chercher un vecteur directeur de chacune de ces droites et montrer que ces vecteurs sont colinéaires.

Corrigé

La droite incluse dans le plan (*BCD*) qui est parallèle à la droite (*JK*) semble être (*ID*).
Montrons que (*ID*) // (*JK*).
D'après la relation de Chasles, $\overrightarrow{ID} = \overrightarrow{IA} + \overrightarrow{AD}$.
De même, $\overrightarrow{JK} = \overrightarrow{JA} + \overrightarrow{AK} = \frac{1}{2}\overrightarrow{IA} + \frac{1}{2}\overrightarrow{AD} = \frac{1}{2}(\overrightarrow{IA} + \overrightarrow{AD}) = \frac{1}{2}\overrightarrow{ID}$.
Cela signifie que $\overrightarrow{JK}$ et $\overrightarrow{ID}$ sont colinéaires et comme ils sont directeurs de (*JK*) et (*ID*), ces deux droites sont parallèles.
Finalement, (*ID*) est incluse dans le plan (*BCD*) et elle est parallèle à (*JK*). Ainsi, (*JK*) // (*BCD*).

EXERCICE 3

Savoir utiliser un repère

Énoncé

ABCDEFGH est le cube ci-contre. *P* est le point tel que $\overrightarrow{PB} + \overrightarrow{PE} + \overrightarrow{PG} = \vec{0}$.
Montrer que les points *D*, *F* et *P* sont alignés.

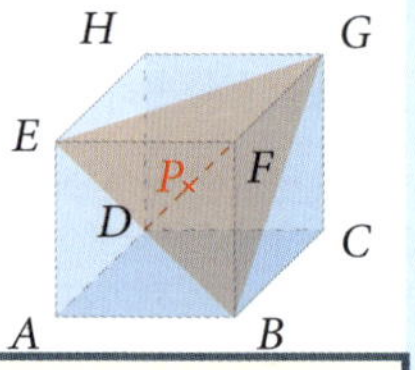

Méthode

Pour résoudre un problème avec les coordonnées, il faut :
- introduire un repère bien adapté lorsqu'il n'est pas proposé ;
- définir les objets de l'énoncé par leurs coordonnées ;
- utiliser les propriétés du cours (milieu, colinéarité, coplanarité…).

Corrigé

On utilise le repère orthonormé $(D ; \overrightarrow{DA}, \overrightarrow{DC}, \overrightarrow{DH})$.
Dans ce repère, $B(1 ; 1 ; 0)$; $E(1 ; 0 ; 1)$; $G(0 ; 1 ; 1)$;
$D(0 ; 0 ; 0)$; $F(1 ; 1 ; 1)$; $P(x ; y ; z)$.
P vérifie la relation $\overrightarrow{PB} + \overrightarrow{PE} + \overrightarrow{PG} = \vec{0}(*)$.

> **Remarque**
> On peut utiliser un autre repère, par exemple (*A* ; *B*, *D*, *H*).

Or, $\overrightarrow{PB}\begin{pmatrix}1-x\\1-y\\0-z\end{pmatrix}$, $\overrightarrow{PE}\begin{pmatrix}1-x\\0-y\\1-z\end{pmatrix}$ et $\overrightarrow{PG}\begin{pmatrix}0-x\\1-y\\1-z\end{pmatrix}$, donc, d'après (*)

$$\begin{cases}1-x+1-x+0-x=0\\1-y+0-y+1-y=0\\0-z+1-z+1-z=0\end{cases} \Leftrightarrow \begin{cases}x=\frac{2}{3}\\y=\frac{2}{3}\\z=\frac{2}{3}\end{cases}. \text{ D'où } P\left(\frac{2}{3};\frac{2}{3};\frac{2}{3}\right).$$

Ensuite, $\overrightarrow{FD}\begin{pmatrix}0-1\\0-1\\0-1\end{pmatrix}$, soit $\overrightarrow{FD}\begin{pmatrix}-1\\-1\\-1\end{pmatrix}$ et $\overrightarrow{FP}\begin{pmatrix}\frac{2}{3}-1\\\frac{2}{3}-1\\\frac{2}{3}-1\end{pmatrix}$ soit $\overrightarrow{FP}\begin{pmatrix}-\frac{1}{3}\\-\frac{1}{3}\\-\frac{1}{3}\end{pmatrix}$.

Ainsi, $\overrightarrow{FP} = \frac{1}{3}\overrightarrow{FD}$ donc $\overrightarrow{FP}$ et $\overrightarrow{FD}$ sont colinéaires.
Cela prouve que les points *F*, *P* et *D* sont alignés.

Chapitre 3 Orthogonalité et distances dans l'espace

MATHS

1 Extension du produit scalaire à l'espace

De quoi s'agit-il ? On étend à l'espace la notion de produit scalaire vue en Première en géométrie plane.

1 Norme d'un vecteur

- **Définition :** $\vec{u}$ est un vecteur de l'espace, A et B deux points tels que $\vec{u} = \overrightarrow{AB}$.

La **norme du vecteur $\vec{u}$**, notée $\|\vec{u}\|$, est la distance AB. Ainsi, $\|\vec{u}\| = AB$.

- **Propriété**

Dans un repère orthonormé de l'espace, si $\vec{u}(x\,;y\,;z)$ alors :
$$\|\vec{u}\| = \sqrt{x^2 + y^2 + z^2}$$

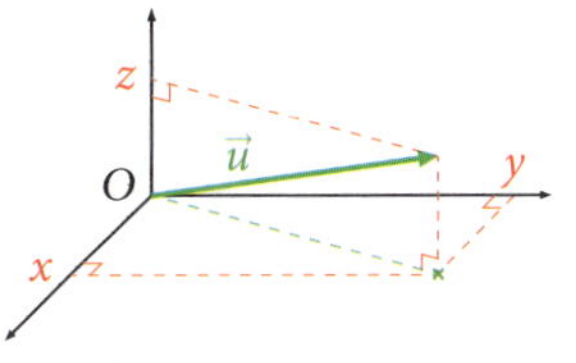

2 Produit scalaire dans l'espace : formules de polarisation

- **Définition :** $\vec{u}$ et $\vec{v}$ sont deux vecteurs de l'espace. Le **produit scalaire** de $\vec{u}$ et de $\vec{v}$ est le nombre réel, noté $\vec{u}\cdot\vec{v}$, défini par :

$$\vec{u}\cdot\vec{v} = \frac{1}{2}(\|\vec{u}\|^2 + \|\vec{v}\|^2 - \|\vec{v}-\vec{u}\|^2)$$

Remarque
$\vec{u}\cdot\vec{u} = \vec{u}^{\,2} = \|\vec{u}\|^2$.

ou aussi par :

$$\vec{u}\cdot\vec{v} = \frac{1}{2}\left(\|\vec{u}+\vec{v}\|^2 - \|\vec{u}\|^2 - \|\vec{v}\|^2\right)$$

ou :

$$\vec{u}\cdot\vec{v} = \frac{1}{4}\left(\|\vec{u}+\vec{v}\|^2 - \|\vec{u}-\vec{v}\|^2\right)$$

3 Deux autres expressions du produit scalaire

- **Propriétés**

• Si $\vec{u} = \overrightarrow{AB}$ et $\vec{v} = \overrightarrow{AC}$ sont deux vecteurs non nuls de l'espace, alors :
$$\vec{u}\cdot\vec{v} = AB \times AC \times \cos(\overrightarrow{AB}\,;\overrightarrow{AC})$$

• Si $\vec{u} = \overrightarrow{AB}$ et $\vec{v} = \overrightarrow{AC}$ sont deux vecteurs de l'espace et si H est le projeté orthogonal de C sur (AB), alors :
$$\vec{u}\cdot\vec{v} = \overrightarrow{AB}\cdot\overrightarrow{AH} = \begin{cases} AB \times AH \text{ si } \overrightarrow{AB} \text{ et } \overrightarrow{AH} \text{ sont de même sens} \\ -AB \times AH \text{ sinon} \end{cases}$$

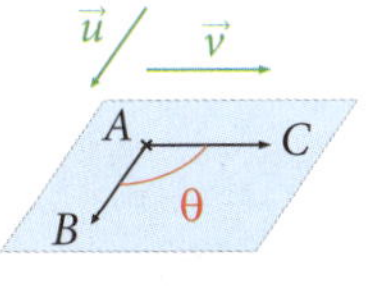

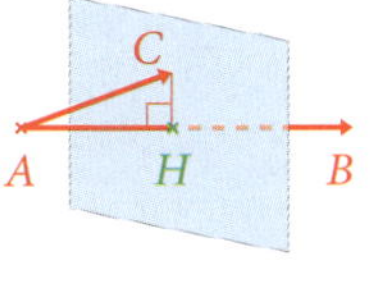

Exercice résolu

Calculer un produit scalaire

ÉNONCÉ

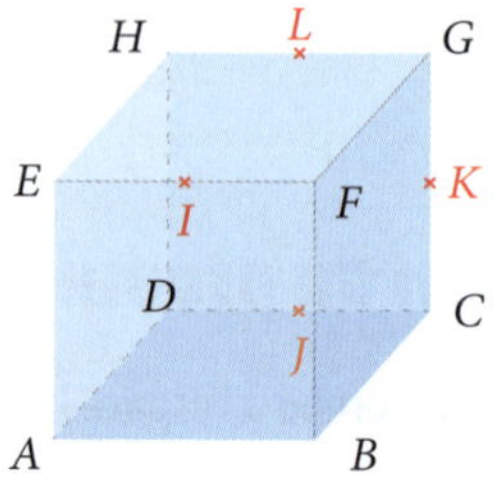

ABCDEFGH est un cube d'arête *a*. *I*, *J*, *K* et *L* sont les milieux respectifs des arêtes [*EF*], [*DC*], [*CG*] et [*GH*].

1. Calculer, de deux façons différentes, $\overrightarrow{AB}\cdot\overrightarrow{AC}$.
2. Calculer $\overrightarrow{BE}\cdot\overrightarrow{KL}$ et $\overrightarrow{EF}\cdot\overrightarrow{EJ}$.

CORRIGÉ

1. **Avec l'angle $(\overrightarrow{AB}\,;\overrightarrow{AC})$:**
$\overrightarrow{AB}\cdot\overrightarrow{AC} = AB \times AC \times \cos(\overrightarrow{AB}\,;\overrightarrow{AC})$.
Comme *ABCD* est un carré de côté *a*, $AC = a\sqrt{2}$ et $(\overrightarrow{AB}\,;\overrightarrow{AC}) = \frac{\pi}{4}[2\pi]$.
Ainsi, $\boldsymbol{\overrightarrow{AB}\cdot\overrightarrow{AC}} = a \times a\sqrt{2} \times \cos\left(\frac{\pi}{4}\right) = \sqrt{2}a^2 \times \frac{\sqrt{2}}{2} = \boldsymbol{a^2}$.

Avec le projeté orthogonal :
$(EF) \perp (IJL)$ donc *I* est le projeté orthogonal de *J* sur (*EF*), donc :

$$\boldsymbol{\overrightarrow{AB}\cdot\overrightarrow{AC}} = \overrightarrow{AB}\cdot\overrightarrow{AB} = \overrightarrow{AB}^2 = ||\overrightarrow{AB}||^2 = \boldsymbol{a^2}$$

2. On a $\overrightarrow{BE} = \overrightarrow{CH}$, donc $\overrightarrow{BE}\cdot\overrightarrow{KL} = \overrightarrow{CH}\cdot\overrightarrow{KL}$.
$\overrightarrow{CH}$ et $\overrightarrow{KL}$ sont colinéaires et de même sens, donc : $\overrightarrow{CH}\cdot\overrightarrow{KL} = CH \times KL$.
Or, [*CH*] est une diagonale d'un carré de côté *a*, donc $CH = a\sqrt{2}$.
Puis, *K* et *L* étant les milieux de [*GH*] et [*GC*], on a $KL = \frac{\text{CH}}{2} = \frac{a\sqrt{2}}{2}$.
Ainsi, $\boldsymbol{\overrightarrow{BE}\cdot\overrightarrow{KL}} = a\sqrt{2} \times \frac{a\sqrt{2}}{2} = \boldsymbol{a^2}$.
$(EF) \perp (IJKL)$ donc *I* est le projeté orthogonal de *J* sur (*EF*), donc :
$\boldsymbol{\overrightarrow{EF}\cdot\overrightarrow{EJ}} = \overrightarrow{EF}\cdot\overrightarrow{EI}$
$= EF \times EI$
$= a \times \frac{a}{2} = \boldsymbol{\frac{1}{2}a^2}$.

2 Propriétés du produit scalaire – Orthogonalité

De quoi s'agit-il ? On détaille certaines propriétés du produit scalaire, puis on relie produit scalaire et orthogonalité de vecteurs.

1 Propriétés du produit scalaire

Pour tous vecteurs $\vec{u}$, $\vec{v}$, $\vec{w}$ de l'espace et pour tout réel *k* :

1. $\vec{u}\cdot\vec{v} = \vec{v}\cdot\vec{u}$
2. $\vec{u}\cdot(k\vec{v}) = k \times (\vec{u}\cdot\vec{v})$
3. $\vec{u}\cdot(\vec{v} + \vec{w}) = \vec{u}\cdot\vec{v} + \vec{u}\cdot\vec{w}$
4. $(\vec{u} + \vec{v})^2 = \vec{u}^2 + 2\vec{u}\cdot\vec{v} + \vec{v}^2$
5. $(\vec{u} - \vec{v})^2 = \vec{u}^2 - 2\vec{u}\cdot\vec{v} + v^2$
6. $(\vec{u} + \vec{v})\cdot(\vec{u} - \vec{v}) = \vec{u}^2 - \vec{v}^2$

2 Orthogonalité de deux vecteurs – Base et repère orthonormés

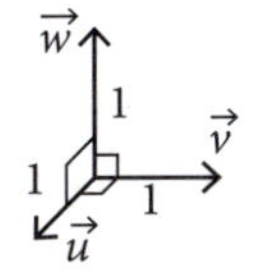

- **Définitions**

Une **base** $(\vec{u}, \vec{v}, \vec{w})$ de l'espace est dite **orthonormée** lorsque $\vec{u}, \vec{v}$ et $\vec{w}$ sont deux à deux orthogonaux et de norme 1.
Un **repère** $(O\,;\vec{u}, \vec{v}, \vec{w})$ de l'espace est dit **orthonormé** lorsque les représentants de $\vec{u}, \vec{v}$ et $\vec{w}$ à partir de O forment une base orthonormée.

- **Propriété**

Deux **vecteurs** de l'espace sont dits **orthogonaux** lorsque leur produit scalaire est nul.

- **Propriété**

Dans une base orthonormée de l'espace, si $\vec{u}(x\,;y\,;z)$ et $\vec{v}(x'\,;y'\,;z')$, alors :
$$\vec{u}\cdot\vec{v} = xx' + yy' + zz'$$

3 Orthogonalité entre droites et plan

- **Propriété**

Deux droites d et Δ de vecteurs directeurs $\vec{u}$ et $\vec{v}$ sont orthogonales si, et seulement si, $\vec{u}\cdot\vec{v} = 0$.

- **Propriétés :** d est une droite de vecteur directeur $\vec{u}$ et $\mathcal{P}$ un plan dirigé par deux vecteurs non colinéaires $(\vec{v}\,;\vec{v}\,')$.
- d et $\mathcal{P}$ sont orthogonaux si, et seulement si, quels que soient les points M et N de $\mathcal{P}$, $\vec{u}\cdot\overrightarrow{MN} = 0$.
- d et $\mathcal{P}$ sont orthogonaux si, et seulement si, $\boldsymbol{\vec{u}\cdot\vec{v} = 0}$ **et** $\boldsymbol{\vec{u}\cdot\vec{v}\,' = 0}$.

Exercice résolu

Utiliser le produit scalaire pour démontrer

ÉNONCÉ

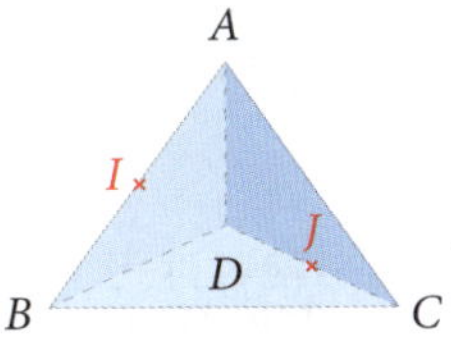

$ABCD$ est un tétraèdre régulier tel que $AB = 1$.
I est le milieu de $[AB]$ et J celui de $[CD]$.

1. Calculer $\overrightarrow{AB}\cdot\overrightarrow{AC}$, $\overrightarrow{AB}\cdot\overrightarrow{BC}$ et $\overrightarrow{AB}\cdot\overrightarrow{AD}$.
2. En utilisant $\overrightarrow{CD} = \overrightarrow{AD} - \overrightarrow{AC}$, calculer $\overrightarrow{AB}\cdot\overrightarrow{CD}$.
En déduire que les droites (AB) et (CD) sont orthogonales.
3. Vérifier que $\overrightarrow{IJ} = \frac{1}{2}\overrightarrow{AB} + \overrightarrow{BC} + \frac{1}{2}\overrightarrow{CD}$.
En déduire que la droite (IJ) est perpendiculaire à la droite (AB).

CORRIGÉ

1. $ABCD$ est un tétraèdre régulier, donc toutes ses faces sont des triangles équilatéraux, alors $\overrightarrow{AB}\cdot\overrightarrow{AC} = AB \times AC \times \cos\left(\frac{\pi}{3}\right) = 1 \times 1 \times \frac{1}{2} = \boldsymbol{\frac{1}{2}}$.
$\overrightarrow{AB}\cdot\overrightarrow{BC} = -\overrightarrow{BA}\cdot\overrightarrow{BC} = -BA \times BI = -1 \times \frac{1}{2} = -\boldsymbol{\frac{1}{2}}$.
$\overrightarrow{AB}\cdot\overrightarrow{AD} = AB \times AI = 1 \times \frac{1}{2} = \boldsymbol{\frac{1}{2}}$.

•••

2. $\overrightarrow{AB} \cdot \overrightarrow{CD} = \overrightarrow{AB} \cdot (\overrightarrow{CA} + \overrightarrow{AD}) = \overrightarrow{AB} \cdot \overrightarrow{AD} - \overrightarrow{AB} \cdot \overrightarrow{AC} = \frac{1}{2} - \frac{1}{2} = 0.$

Donc, les vecteurs $\overrightarrow{AB}$ et $\overrightarrow{CD}$ sont orthogonaux.
Or, $\overrightarrow{AB}$ et $\overrightarrow{CD}$ sont des vecteurs directeurs des droites (AB) et (CD).
Ainsi, **les droites (AB) et (CD) sont orthogonales**.

3. $\overrightarrow{IJ} = \overrightarrow{IB} + \overrightarrow{BC} + \overrightarrow{CJ} = \frac{1}{2}\overrightarrow{AB} + \overrightarrow{BC} + \frac{1}{2}\overrightarrow{CD}.$

Ainsi, $\overrightarrow{IJ} \cdot \overrightarrow{AB} = \left(\frac{1}{2}\overrightarrow{AB} + \overrightarrow{BC} + \frac{1}{2}\overrightarrow{CD}\right) \cdot \overrightarrow{AB} = \frac{1}{2}\overrightarrow{AB}^2 + \overrightarrow{BC} \cdot \overrightarrow{AB} + \frac{1}{2}\overrightarrow{CD} \cdot \overrightarrow{AB}$

$= \frac{1}{2}\overrightarrow{AB}^2 + \overrightarrow{AB} \cdot \overrightarrow{BC} + \frac{1}{2}\overrightarrow{AB} \cdot \overrightarrow{CD} = \frac{1}{2} \times 1^2 + \left(-\frac{1}{2}\right) + \frac{1}{2} \times 0 = 0.$

Donc, $\overrightarrow{IJ}$ et $\overrightarrow{AB}$ sont des vecteurs orthogonaux.
Or, $\overrightarrow{IJ}$ et $\overrightarrow{AB}$ sont des vecteurs directeurs de (IJ) et (AB).
Finalement, **(IJ) et (AB) sont orthogonales** (et donc perpendiculaires).

Remarque
Lorsque deux droites orthogonales de l'espace se coupent, on dit qu'elles sont perpendiculaires.

4 Vecteur normal à un plan

• Définition

$\mathcal{P}$ est un plan de l'espace.
Un **vecteur $\vec{n}$** est dit **normal à $\mathcal{P}$** lorsque $\vec{n}$ est non nul et orthogonal à un couple de deux vecteurs non colinéaires de $\mathcal{P}$.

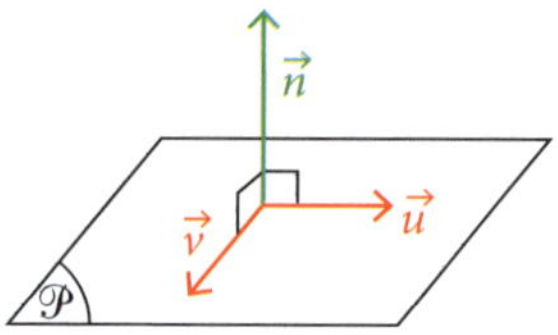

Remarque
Un plan peut être caractérisé par un de ses points et un de ses vecteurs normaux.

3 Projeté orthogonal

De quoi s'agit-il ? On définit les notions de projeté orthogonal sur un plan ou sur une droite. Elles seront revues et développées au chapitre suivant.

1 Sur une droite

• Définition

d est une droite de l'espace et M un point.
Le projeté orthogonal de M sur d est le point H tel que :
– si $M \in d$: $H = M$;
– si $M \notin d$: H est le point d'intersection de la droite d et du plan passant par M et perpendiculaire à la droite d.

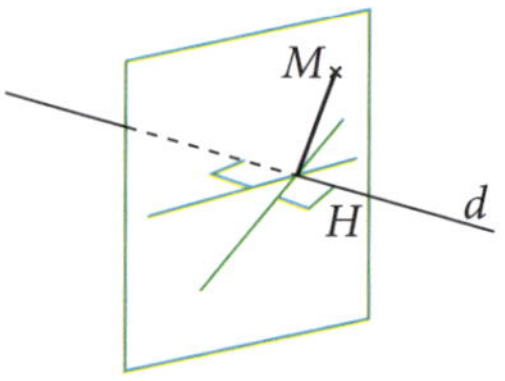

2 Sur un plan

• Définition

$\mathcal{P}$ est un plan de l'espace et M un point.
Le projeté orthogonal de M sur $\mathcal{P}$ est le point H tel que :
– si $M \in \mathcal{P}$: $H = M$;
– si $M \notin \mathcal{P}$: H est le point d'intersection du plan $\mathcal{P}$ et de la droite passant par M et perpendiculaire au plan $\mathcal{P}$.

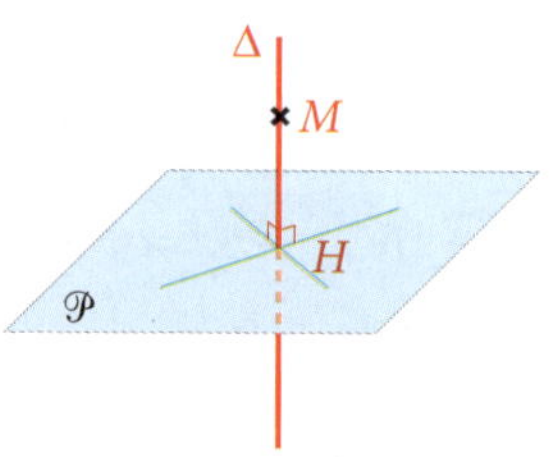

Exercice résolu

Déterminer un projeté orthogonal

ÉNONCÉ

$\mathcal{D}$ est une droite incluse dans un plan $\mathcal{P}$. M est un point n'appartenant pas à $\mathcal{P}$ dont le projeté orthogonal sur $\mathcal{P}$ est H. K est le projeté orthogonal de H sur $\mathcal{D}$.

1. Illustrer cet énoncé à l'aide d'une figure.
2. Montrer que K est le projeté orthogonal de M sur $\mathcal{D}$.

CORRIGÉ

1.

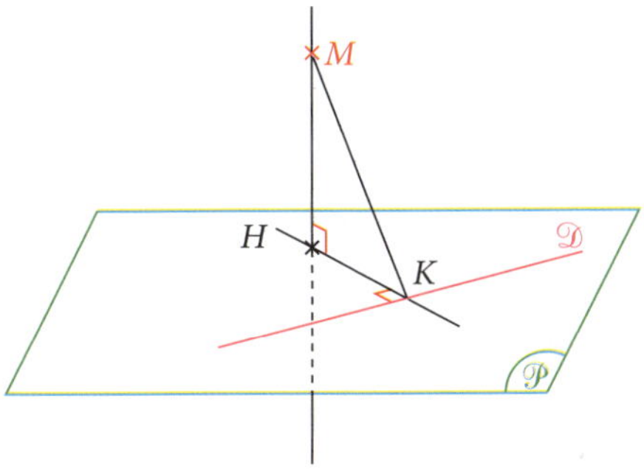

2. Cela revient à montrer que le plan (MHK) est le plan perpendiculaire à $\mathcal{D}$ passant par le point M.
H est le projeté orthogonal de M sur $\mathcal{P}$ donc $(MH) \perp \mathcal{P}$ et $\mathcal{D} \subset \mathcal{P}$ donc $(MH) \perp \mathcal{D}$. K est le projeté orthogonal de H sur $\mathcal{D}$ donc $(HK) \perp \mathcal{D}$.
Ainsi, le plan (MHK) contient deux droites, (HK) et (MH), sécantes et orthogonales à $\mathcal{D}$, donc ce plan (MHK) est perpendiculaire à $\mathcal{D}$.
Cela signifie que M a pour projeté orthogonal sur $\mathcal{D}$ le point K.

Remarque
Si deux droites sécantes d'un plan $\mathcal{P}$ sont orthogonales à une droite Δ, alors $\Delta \perp \mathcal{P}$.

4 Distances dans l'espace

De quoi s'agit-il ? On complète ce chapitre avec quelques propriétés valables dans un repère orthonormé, et les notions de distance entre un point et une droite ou un plan.

1 Norme d'un vecteur et distance entre deux points

• **Propriété**
Dans un repère orthonormé, on donne le vecteur $\vec{u}\begin{pmatrix} x \\ y \\ z \end{pmatrix}$. On a :

$$||\vec{u}|| = \sqrt{x^2 + y^2 + z^2}$$

• **Propriété**

Dans un repère orthonormé $(O\,;\vec{i}, \vec{j}, \vec{k})$, $A(x_A\,;y_A\,;z_A)$ et $B(x_B\,;y_B\,;z_B)$, la longueur AB est égale à $AB = \sqrt{(x_B - x_A)^2 + (y_B - y_A)^2 + (z_B - z_A)^2}$.

2 Entre un point et une droite

• **Définition**

La **distance d'un point M à une droite $\mathcal{D}$** est la distance entre ce point M et son projeté orthogonal, H, sur $\mathcal{D}$.

Cette distance est notée : $d(M\,;\mathcal{D}) = MH$.

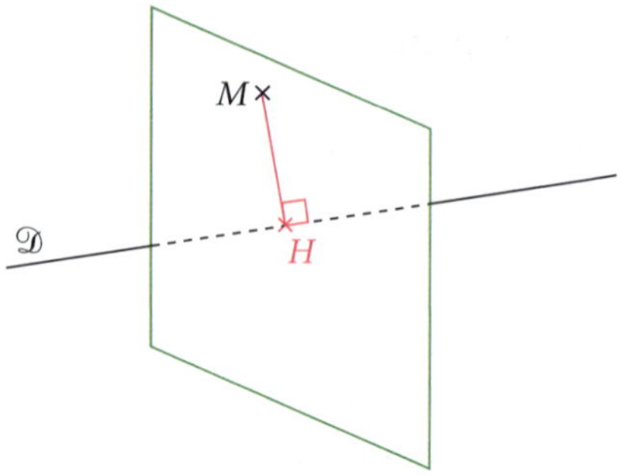

3 Entre un point et un plan

• **Définition**

La **distance d'un point M à un plan $\mathcal{P}$** est la distance entre ce point M et son projeté orthogonal, H, sur $\mathcal{P}$.

Cette distance est notée : $d(M\,;\mathcal{P}) = MH$.

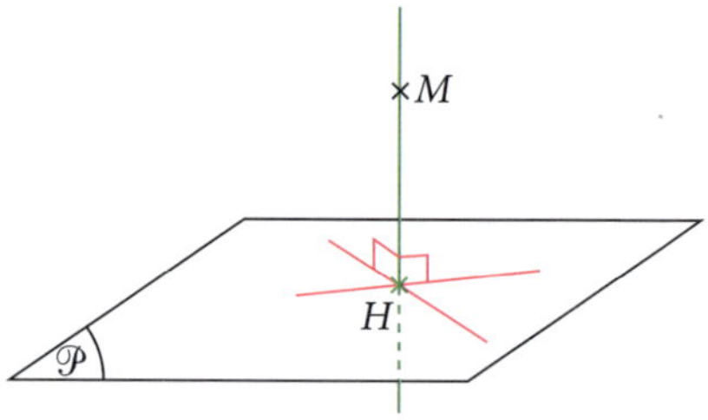

Exercices résolus

1. Calculs de distances

ÉNONCÉ

Dans un repère orthonormé, on donne $A(-3\,;1\,;-1)$, $B(-1\,;1\,;0)$ et $C(1\,;2\,;1)$.
Calculer AB, AC et BC.

CORRIGÉ

Le repère est orthonormé donc :

- $AB = \sqrt{(-1+3)^2+(1-1)^2+(0+1)^2} = \sqrt{5}$.
- $AC = \sqrt{(1+3)^2+(2-1)^2+(1+1)^2} = \sqrt{21}$.
- $BC = \sqrt{(1-(-1))^2+(2-1)^2+(1-0)^2} = \sqrt{6}$.

2. Distance d'un point à une droite

ÉNONCÉ

Dans le cube $ABCDEFGH$, I est le milieu de $[AF]$.

1. Justifier que $(AF) \perp (CBE)$.
2. Justifier que I est le projeté orthogonal de C sur (AF).
3. Dans le repère $(E\,;\overrightarrow{EF}, \overrightarrow{EH}, \overrightarrow{EA})$, calculer la distance $d(C\,;(AF))$.

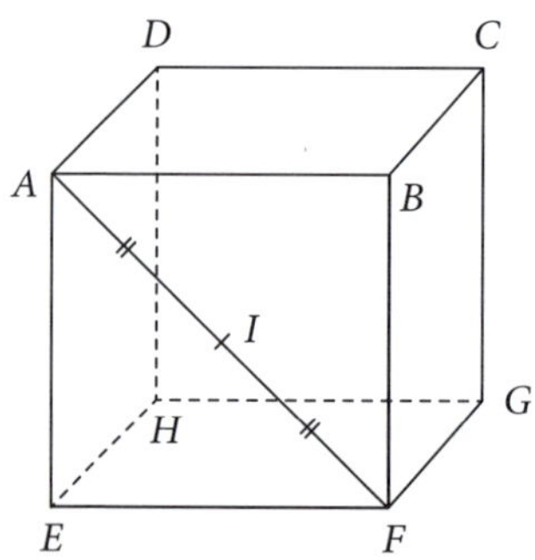

CORRIGÉ

1. $(AF) \perp (FG)$ et $(FG) \,//\, (BC)$ donc $(AF) \perp (BC)$.
De plus, $(AF) \perp (EB)$, donc $(AF) \perp (EBC)$.

2. I est le point d'intersection de la droite (AF) et du plan (BCE) qui est perpendiculaire à (AF). Cela signifie que I est le projeté orthogonal de C sur (AF).

3. $d(C\,;(AF)) = CI$. Or $C(1\,;1\,;1)$ et $I\left(\frac{1}{2}\,;0\,;\frac{1}{2}\right)$ donc :

$$CI = \sqrt{\left(\frac{1}{2}-1\right)^2+(0-1)^2+\left(\frac{1}{2}-1\right)^2} = \sqrt{\frac{1}{4}+1+\frac{1}{4}} = \frac{\sqrt{6}}{2}.$$

Révision express

Les réflexes à avoir

- Il faut connaître et savoir appliquer les quatre expressions du produit scalaire :
  - $\vec{u}\cdot\vec{v}=\frac{1}{2}\left(\|\vec{u}\|^2+\|\vec{v}\|^2-\|\vec{u}-\vec{v}\|^2\right)$;
  - $\vec{u}\cdot\vec{v}=AB\times AC\times\cos(\overrightarrow{AB}\,;\overrightarrow{AC})$ où $\vec{u}=\overrightarrow{AB}$ et $\vec{v}=\overrightarrow{AC}$;
  - $\vec{u}\cdot\vec{v}=\overrightarrow{AB}\cdot\overrightarrow{AH}$ où H est le projeté orthogonal de C sur (AB) ;
  - $\vec{u}\cdot\vec{v}=xx'+yy'+zz'$ où $\vec{u}(x\,;y\,;z)$ et $\vec{v}(x'\,;y'\,;z')$ dans un repère orthonormé.
- Les cubes fournissent de bons repères orthonormés pour traiter les exercices.
- Comprendre et savoir visualiser le tableau ci-dessous.

$\mathcal{P}\,//\,\mathcal{Q}$	$\vec{n}$ et $\vec{n'}$ sont colinéaires
$\mathcal{P}\perp\mathcal{Q}$	$\vec{n}\cdot\vec{n'}=0$

$\mathcal{P}$ plan de vecteur normal $\vec{n}$;
$\mathcal{Q}$ plan de vecteur normal $\vec{n'}$.

- Savoir définir le projeté orthogonal d'un point sur un plan ou sur une droite.

Les pièges à éviter

- Les expressions suivantes ne sont valables que dans un repère orthonormé :

$\vec{u}\cdot\vec{v}=xx'+yy'+zz'$ ou $\|\vec{u}\|=\sqrt{x^2+y^2+z^2}$ ou $AB=\sqrt{(x_B-x_A)^2+(y_B-y_A)^2+(z_B-z_A)^2}$.

- Ne pas confondre vecteur normal et vecteur directeur d'un plan.

Quiz

*Pour chaque question, une seule réponse proposée (**a**, **b** ou **c**) est exacte.*
ABCDEFGH est le pavé droit ci-contre. $AB=1$, $AD=2$, $AE=1$ et I est milieu de $[AD]$. On travaille dans le repère orthonormé $(A\,;\overrightarrow{AB},\overrightarrow{AI},\overrightarrow{AE})$.

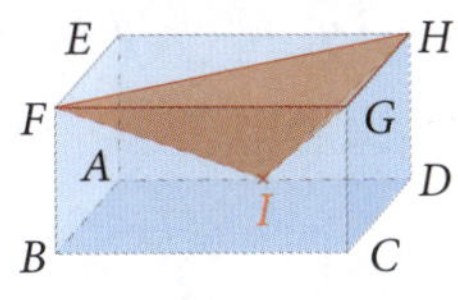

1. F a pour coordonnées :
☐ **a.** (1 ; 1 ; 0) ☐ **b.** (1 ; 0 ; 1) ☐ **c.** (0 ; 1 ; 1)

2. Le triangle FHI est :
☐ **a.** rectangle en I ☐ **b.** quelconque ☐ **c.** isocèle en F

3. Le vecteur $\vec{n}(0\,;0\,;1)$ est normal au plan :
☐ **a.** (BHG) ☐ **b.** (FIH) ☐ **c.** (ABC)

4. IH est égale à :
☐ **a.** $\sqrt{2}$ ☐ **b.** 1 ☐ **c.** $\frac{1}{2}$

5. Le projeté orthogonal du point G sur le plan (ABE) est le point :
☐ **a.** B ☐ **b.** E ☐ **c.** F

→ Réponses p. 492

EXERCICE 1

Savoir utiliser les différentes formes du produit scalaire

Énoncé

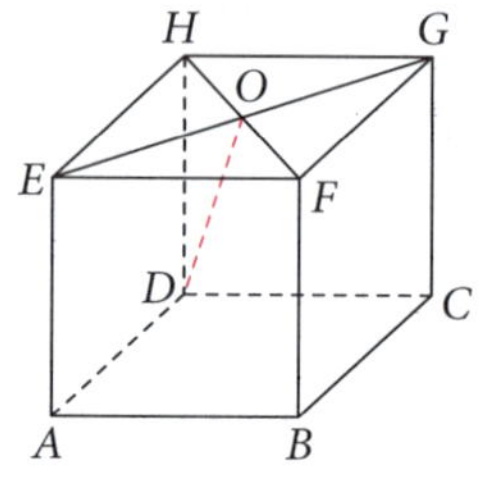

ABCDEFGH est un cube de côté 1.

O est le centre de la face *EFGH*.

1. Calculer $\overrightarrow{AB} \cdot \overrightarrow{DG}$ (à l'aide d'une projection orthogonale).

2. Calculer $\overrightarrow{OD} \cdot \overrightarrow{OC}$ (à l'aide d'une formule de polarisation).

En déduire une valeur de la mesure de $\widehat{DOC}$ (arrondir au degré).

Méthode

Pour exprimer un produit scalaire, on peut utiliser :

- une projection orthogonale ;
- une formule de polarisation ;
- la formule qui fait apparaître le cosinus.

Corrigé

1. $\overrightarrow{AB} = \overrightarrow{DC}$ donc $\overrightarrow{AB} \cdot \overrightarrow{DG} = \overrightarrow{DC} \cdot \overrightarrow{DG}$.

Dans le plan (DCG), le projeté orthogonal de G sur (DC) est C.

Ainsi, $\overrightarrow{DC} \cdot \overrightarrow{DG} = \overrightarrow{DC} \cdot \overrightarrow{DC} = DC^2 = 1$.

2. Dans le triangle EFH rectangle en E, $HF^2 = HE^2 + EF^2 = 1^2 + 1^2 = 2$ donc $HF = \sqrt{2}$.

Dans le triangle ODH rectangle en H, $OD^2 = HD^2 + OH^2 = 1^2 + \left(\frac{\sqrt{2}}{2}\right)^2 = 1 + \frac{1}{2} = \frac{3}{2}$ donc $\text{OD} = \sqrt{\frac{3}{2}}$. De même, $OC = \sqrt{\frac{3}{2}}$.

$$\text{Ainsi, } \overrightarrow{OD} \cdot \overrightarrow{OC} = \frac{1}{2}(OD^2 + OC^2 - \|\overrightarrow{OD} - \overrightarrow{OC}\|^2)$$

$$= \frac{1}{2}\left(\frac{3}{2} + \frac{3}{2} - \|\overrightarrow{CD}\|^2\right) = \frac{1}{2}(3 - 1) = 1.$$

De plus, $\overrightarrow{OD} \cdot \overrightarrow{OC} = OD \times OC \times \cos \widehat{DOC} = \sqrt{\frac{3}{2}} \times \sqrt{\frac{3}{2}} \times \cos \widehat{DOC}$.

Ainsi, $1 = \frac{3}{2} \cos \widehat{DOC}$, donc $\cos \widehat{DOC} = \frac{1}{\frac{3}{2}} = \frac{2}{3}$ et $\widehat{DOC} \approx 48°$.

EXERCICE 2

Savoir montrer l'orthogonalité entre une droite et un plan

Énoncé

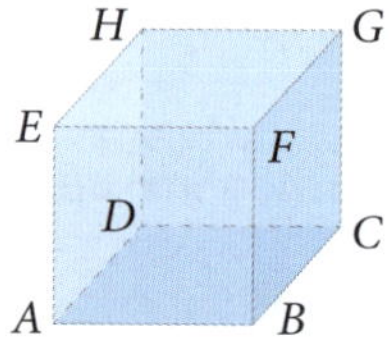

ABCDEFGH est le cube ci-contre.

1. Calculer $\overrightarrow{FD} \cdot \overrightarrow{EG}$ et $\overrightarrow{FD} \cdot \overrightarrow{EB}$.

2. En déduire que (FD) est orthogonale au plan (EGB).

Méthode

Pour démontrer qu'une droite d est perpendiculaire à un plan $\mathcal{P}$, il suffit de démontrer :

- qu'un vecteur directeur $\vec{u}$ de d est orthogonal à un couple de vecteurs $\vec{v}$ et $\vec{w}$ non colinéaires de $\mathcal{P}$;
- ou qu'un vecteur directeur de d est colinéaire à un vecteur normal de $\mathcal{P}$.

Corrigé

1. $\overrightarrow{FD}\cdot\overrightarrow{EG} = (\overrightarrow{FH} + \overrightarrow{HD})\cdot\overrightarrow{EG} = \overrightarrow{FH}\cdot\overrightarrow{EG} + \overrightarrow{HD}\cdot\overrightarrow{EG}$.
Or, $EFGH$ est une face du cube, donc c'est un carré et ses diagonales $[FH]$ et $[EG]$ sont perpendiculaires.
Donc $\overrightarrow{FH}\cdot\overrightarrow{EG} = 0$.
De plus, (HD) est perpendiculaire à (HE) et (HG), droites sécantes de (EHG), donc (HD) perpendiculaire au plan (EHG). Ainsi, $\overrightarrow{HD}\cdot\overrightarrow{EG} = 0$.
On a alors $\overrightarrow{FD}\cdot\overrightarrow{EG} = 0 + 0 = 0$.
De même, $\overrightarrow{FD}\cdot\overrightarrow{EB} = (\overrightarrow{FA} + \overrightarrow{AD})\cdot\overrightarrow{EB} = \overrightarrow{FA}\cdot\overrightarrow{EB} + \overrightarrow{AD}\cdot\overrightarrow{EB} = 0 + 0 = 0$.

Remarque
Une droite perpendiculaire à un plan est orthogonale à toute droite de ce plan.

2. Le vecteur $\overrightarrow{FD}$, vecteur directeur de (FD), est orthogonal aux vecteurs $\overrightarrow{EG}$ et $\overrightarrow{EB}$ qui dirigent le plan (EGB), donc la droite (FD) est perpendiculaire au plan (EGB).

EXERCICE 3

Savoir utiliser la projection orthogonale

Énoncé

$ABCD$ est un tétraèdre tri-rectangle en C (cela signifie que les droites (CA), (CB) et (CD) sont deux à deux perpendiculaires).

$CD = 1$, $CB = 2$ et $CA = 3$.

H est le projeté orthogonal de C sur le plan (ABD).

1. Calculer $\overrightarrow{CD}\cdot\overrightarrow{AB}$ puis $\overrightarrow{CH}\cdot\overrightarrow{AB}$.

2. En déduire que $(AB) \perp (DCH)$.

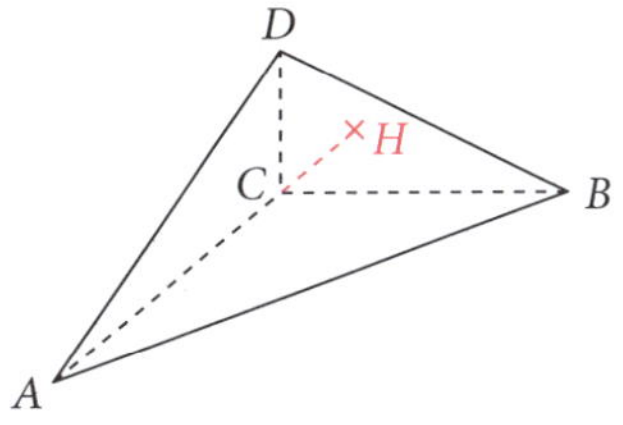

Méthode

La projection orthogonale est liée à l'orthogonalité, il faut penser à :

- une droite perpendiculaire à un plan ;
- un plan perpendiculaire à une droite ;
- un produit scalaire nul.

Corrigé

1. $\overrightarrow{CD}\cdot\overrightarrow{AB} = \overrightarrow{CD}\cdot(\overrightarrow{AC} + \overrightarrow{CB}) = \overrightarrow{CD}\cdot\overrightarrow{AC} + \overrightarrow{CD}\cdot\overrightarrow{CB} = 0 + 0 = 0$.
H est le projeté orthogonal de C sur (ABD). Cela signifie que $(HC) \perp (ABD)$ et ainsi (HC) est orthogonale à toute droite du plan (ABD) donc en particulier à (AB) et $\overrightarrow{CH}\cdot\overrightarrow{AB} = 0$.

2. $\begin{cases}\overrightarrow{CD}\cdot\overrightarrow{AB} = 0\\ \overrightarrow{CH}\cdot\overrightarrow{AB} = 0\end{cases}$ donc $\begin{cases}(CD) \perp (AB)\\ (CH) \perp (AB)\end{cases}$ donc $(AB) \perp (CDH)$.

Chapitre 4 Représentations paramétriques et équations cartésiennes

1 Représentations paramétriques d'une droite

De quoi s'agit-il ? On caractérise les points d'une droite par un système d'équations appelé représentation paramétrique.

1 Représentation paramétrique d'une droite

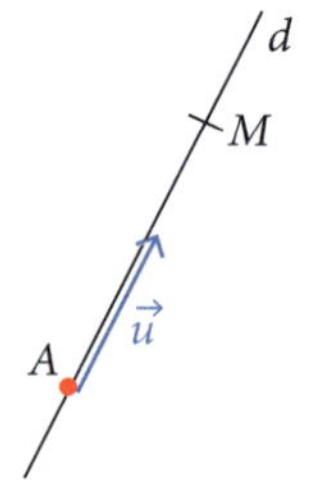

• **Définition**

La droite d passant par le point $A(x_A ; y_A ; z_A)$ et de vecteur directeur $\vec{u}(a ; b ; c)$ est l'ensemble des points $M(x ; y ; z)$ tels que :

$$\begin{cases} x = x_A + a \times t \\ y = y_A + b \times t, \text{ avec } t \in \mathbb{R} . \\ z = z_A + c \times t \end{cases}$$

Ce système est appelé **représentation paramétrique de d**, t est le paramètre.
Une même droite possède une infinité de représentations paramétriques.

Exemple

d est la droite définie dans un repère par $\begin{cases} x = 1 - t \\ y = 4 - 3t, \text{ avec } t \in \mathbb{R}. \\ z = t \end{cases}$

Un point de cette droite est $A(1 ; 4 ; 0)$.

Un vecteur directeur de cette droite est $\vec{u}\begin{pmatrix} -1 \\ -3 \\ 1 \end{pmatrix}$.

2 Vecteur directeur d'une droite et positions relatives

$\mathcal{D}$ et $\mathcal{D}'$ sont deux droites de vecteurs directeurs $\vec{v}$ et $\vec{v}'$.

• **Propriété**

$\mathcal{D}$ et $\mathcal{D}'$ sont parallèles si, et seulement si, $\vec{v}$ et $\vec{v}'$ sont colinéaires.

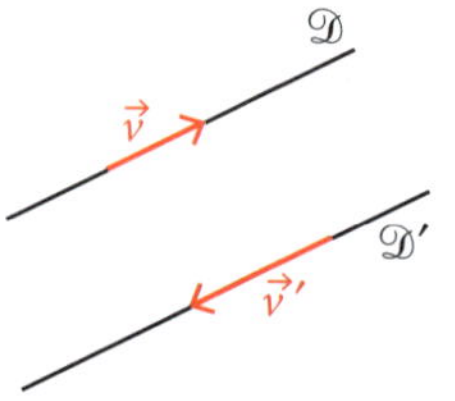

Remarque
$\mathcal{D}$ et $\mathcal{D}'$ peuvent être confondues (ou strictement parallèles).

• **Propriété**

$\mathcal{D}$ et $\mathcal{D}'$ sont orthogonales si, et seulement si, $\vec{v}$ et $\vec{v}'$ sont orthogonaux.

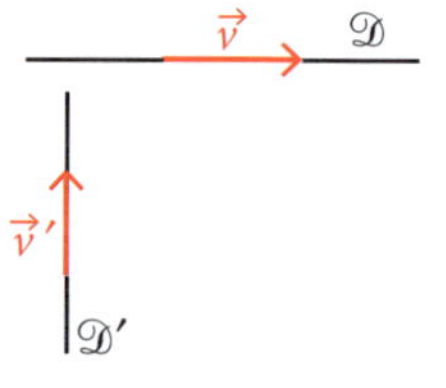

Remarque
$\mathcal{D}$ et $\mathcal{D}'$ peuvent être non coplanaires.

Exercices résolus

1. Interpréter une représentation paramétrique d'une droite

ÉNONCÉ

d est une droite de représentation paramétrique :

$$\begin{cases} x = 1 + t \\ y = 3 - 2t \\ z = 1 + 3t \end{cases}, t \in \mathbb{R}.$$

1. Donner deux vecteurs directeurs de d.
2. Donner deux points appartenant à d.

CORRIGÉ

1. Par définition, $\vec{u}\begin{pmatrix} 1 \\ -2 \\ 3 \end{pmatrix}$ est un vecteur directeur de d.

Pour le second, on donne un vecteur colinéaire à $\vec{u}$, par exemple $\vec{u}' = -2\vec{u}$: $\vec{u}'\begin{pmatrix} -2 \\ 4 \\ -6 \end{pmatrix}$.

2. Par définition, $A(1 ; 3 ; 1)$ est un point de d.

On choisit une valeur de t, par exemple, avec $t = -1$: $\begin{cases} x = 0 \\ y = 5 \\ z = -2 \end{cases}$.
$B(0 ; 5 ; -2)$ est un autre point de d.

2. Déterminer et utiliser une représentation paramétrique d'une droite

ÉNONCÉ

d est la droite passant par le point $A(3 ; 0 ; -3)$ et de vecteur directeur $\vec{u}\begin{pmatrix} -1 \\ 2 \\ -1 \end{pmatrix}$.

1. Déterminer une représentation paramétrique de d.
2. Le point $B(1 ; 4 ; -5)$ est-il un point de d ?

CORRIGÉ

1. Une représentation paramétrique de d est $\begin{cases} x = 3 - t \\ y = 2t \\ z = -3 - t \end{cases}, t \in \mathbb{R}$.

2. On cherche s'il existe une unique valeur de t telle que :

$$\begin{cases} 1 = 3 - t \\ 4 = 2t \\ -5 = -3 - t \end{cases} \Leftrightarrow \begin{cases} -2 = -t \\ 2 = t \\ -2 = -t \end{cases} \Leftrightarrow t = 2.$$

Ainsi, $B(1 ; 4 ; -5)$ appartient à d.

2 Équations cartésiennes d'un plan

De quoi s'agit-il ? On caractérise un plan de l'espace par son équation cartésienne en utilisant un point et un vecteur normal de ce plan.

1 Vecteur normal à un plan

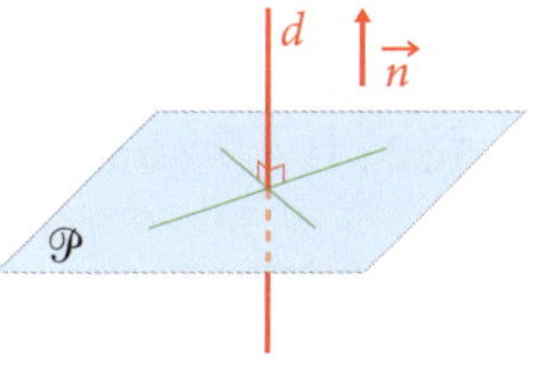

● **Définition :** Dire qu'un **vecteur $\vec{n}$** non nul est **normal** à un plan $\mathcal{P}$ signifie que toute droite de vecteur directeur $\vec{n}$ est orthogonale au plan $\mathcal{P}$.

Théorème

A est un point et $\vec{n}$ un vecteur non nul de l'espace.

> Le plan $\mathcal{P}$ qui passe par A, et qui a pour vecteur normal $\vec{n}$, est l'ensemble des points M tels que $\overrightarrow{AM} \cdot \vec{n} = 0$.

Remarque
Un plan admet une infinité de vecteurs normaux.

Propriétés

$\mathcal{P}$ et $\mathcal{P}'$ sont deux plans de vecteurs normaux $\vec{n}$ et $\vec{n}'$.

> - $\mathcal{P}$ et $\mathcal{P}'$ sont perpendiculaires si et seulement si $\vec{n} \cdot \vec{n}' = 0$.
> - $\mathcal{P}$ et $\mathcal{P}'$ sont parallèles si et seulement si $\vec{n}$ et $\vec{n}'$ sont colinéaires.

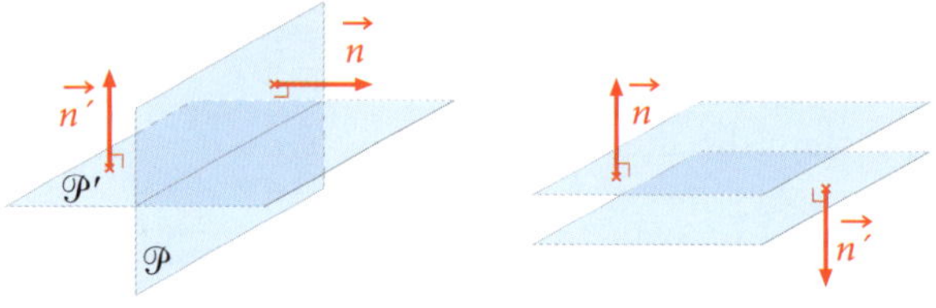

2 Équations cartésiennes d'un plan

Théorèmes

L'espace est muni d'un repère orthonormé.

> - Tout plan $\mathcal{P}$ a une équation de la forme $ax + by + cz + d = 0$ avec $(a ; b ; c) \neq (0 ; 0 ; 0)$ et $\vec{u}(a ; b ; c)$ est un vecteur normal de $\mathcal{P}$.
> - Réciproquement, a, b, c et d étant quatre réels tels que $(a ; b ; c) \neq (0 ; 0 ; 0)$, l'ensemble des points $M(x ; y ; z)$ tels que $ax + by + cz + d = 0$ est un plan de vecteur normal $\vec{n}(a ; b ; c)$.

Définition

$ax + by + cz + d = 0$ est une **équation cartésienne** du plan.

Exercice résolu

Équations cartésiennes et vecteurs normaux

ÉNONCÉ

Dans un repère orthonormé, on donne $A(-1 ; 2 ; 1)$ et $B(0 ; 1 ; 3)$.
Déterminer une équation cartésienne du plan $\mathcal{P}$ perpendiculaire à (AB) et passant par A.

CORRIGÉ

$\mathcal{P}$ est orthogonal à (AB), donc $\overrightarrow{AB}$ est un vecteur normal de $\mathcal{P}$.

$\overrightarrow{AB}\begin{pmatrix} x_B - x_A \\ y_B - y_A \\ z_B - z_A \end{pmatrix}$, donc $\overrightarrow{AB}\begin{pmatrix} 1 \\ -1 \\ 2 \end{pmatrix}$.

$\mathcal{P}$ a donc pour équation cartésienne $1x - 1y + 2z + d = 0$ avec $d \in \mathbb{R}$.
De plus, $A(-1 ; 2 ; 1) \in \mathcal{P}$, donc $1x_A - 1y_A + 2z_A + d = 0$, soit $-1 - 2 + 2 + d = 0$, donc $d = 1$.
Ainsi, $\mathcal{P}$ a pour équation cartésienne $\boldsymbol{x - y + 2z + 1 = 0}$.

Révision express

Les réflexes à avoir

- Savoir déterminer une représentation paramétrique d'une droite $\mathscr{D}$ dont on connaît un point A et un vecteur directeur $\vec{u}$.
- Savoir déterminer une équation cartésienne d'un plan $\mathscr{P}$ dont on connaît un point A et un vecteur normal $\vec{n}$.
- Être capable de vérifier si un point appartient ou non à une droite $\mathscr{D}$ ou à un plan $\mathscr{P}$.
- Savoir déterminer la position relative de deux droites ou d'une droite et d'un plan ou de deux plans en utilisant les systèmes d'équations.
- Revoir les définitions des projetés orthogonaux vues au chapitre précédent.
- Quand, après calculs, on a trouvé la solution d'un système, penser à vérifier les calculs en remplaçant la solution trouvée dans le système de départ.

Le piège à éviter

Un système d'équations n'a pas toujours une seule solution, il peut aussi en avoir une infinité ou ne pas en avoir du tout.

Quiz

*Pour chaque question, une seule réponse proposée (**a**, **b** ou **c**) est exacte.*

1. On donne $A(2\,;1\,;-3)$ et $B(4\,;0\,;5)$. Une représentation paramétrique de (AB) est :

☐ **a.** $\begin{cases} x = 2 + 4t \\ y = 1 \\ z = 3 + 5t \end{cases}$ avec $t \in \mathbb{R}$ ☐ **b.** $\begin{cases} x = 4 + 2t \\ y = t \\ z = 5 - 3t \end{cases}$ avec $t \in \mathbb{R}$ ☐ **c.** $\begin{cases} x = 2 + 2t \\ y = 1 - t \\ z = -3 + 8t \end{cases}$ avec $t \in \mathbb{R}$

2. Le point ci-dessous appartient à la droite (AB).

☐ **a.** $C(2\,;-1\,;3)$ ☐ **b.** $D(4\,;0\,;5)$ ☐ **c.** $E(-4\,;1\,;-2)$

3. On donne $F(1\,;2\,;0)$ et $\vec{n}(1\,;-2\,;3)$. Le plan $\mathscr{P}$ passant par F et de vecteur normal $\vec{n}$ a pour équation cartésienne :

☐ **a.** $x - 2y + 3z + 3 = 0$ ☐ **b.** $2x - 3y + 4z + 1 = 0$ ☐ **c.** $x + 2y = 3$

4. Le point ci-dessous appartient au plan $\mathscr{P}$.

☐ **a.** $G(-1\,;1\,;0)$ ☐ **b.** $M(2\,;1\,;3)$ ☐ **c.** $I(1\,;-2\,;5)$

5. La droite (AB) et le plan $\mathscr{P}$ ci-dessus sont sécants en le point :

☐ **a.** $J\left(\frac{12}{7}\,;-\frac{13}{14}\,;1\right)$ ☐ **b.** $K\left(\frac{17}{7}\,;\frac{11}{14}\,,-\frac{9}{7}\right)$ ☐ **c.** $L\left(0\,;-\frac{13}{14}\,;\frac{3}{7}\right)$

6. Le projeté orthogonal du point $M(1\,;2\,;3)$ sur le plan $\mathscr{P}$ a pour coordonnées :

☐ **a.** $N\left(\frac{5}{14}\,;\frac{23}{7}\,;\frac{15}{14}\right)$ ☐ **b.** $P\left(\frac{2}{7}\,;-\frac{3}{14}\,;\frac{7}{14}\right)$ ☐ **c.** $Q\left(\frac{1}{14}\,;\frac{1}{7}\,;1\right)$

→ Réponses p. 492

EXERCICE 1

Savoir résoudre un système d'équations linéaires

Énoncé

Résoudre le système $\begin{cases} x - 3y + 2z = 1 \\ 2x - y + 3z = 9 \\ 3x - y + 4z = 11 \end{cases}$

Méthode

Pour résoudre un tel système, on multiplie, par un nombre approprié non nul, les équations du système afin d'éliminer une ou des inconnues.

Corrigé

$$\begin{matrix}(L_1)\\(L_2)\\(L_3)\end{matrix}\begin{cases} x - 3y + 2z = 1 \\ 2x - y + 3z = 9 \\ 3x - 2y + 4z = 11 \end{cases} \xrightarrow[\text{la 1}^{\text{re}}\text{ équation}]{\substack{-2\times(L_1)\\ \text{on multiplie par } -2}} \begin{cases} -2x + 6y - 4z = -2 \\ 2x - y + 3z = 9 \\ 3x - 2y + 4z = 11 \end{cases}$$

$$\xrightarrow[\text{premières équations}]{\text{on ajoute les deux}} \begin{cases} x - 3y + 2z = 1 \\ 5y - 1z = 7 \\ 3x - 2y + 4z = 11 \end{cases}$$

$$\begin{cases} x - 3y + 2z = 1 \\ 5y - z = 7 \\ 3x - 2y + 4z = 11 \end{cases} \xrightarrow[\text{la 1}^{\text{re}}\text{ équation}]{\substack{-3\times(L_1)\\ \text{on multiplie par } -3}} \begin{cases} -3x + 9y - 6z = -3 \\ 5y - z = 7 \\ 3x - 2y + 4z = 11 \end{cases}$$

$$\xrightarrow[\text{et la dernière équation}]{\text{on ajoute la première}} \begin{cases} x - 3y + 2z = 1 \\ 5y - z = 7 \\ 7y - 2z = 8 \end{cases}$$

$$\begin{cases} x - 3y + 2z = 1 \\ 5y - z = 7 \\ 7y - 2z = 8 \end{cases} \xrightarrow[\text{par } -2 \text{ la 2}^{\text{e}}\text{ équation}]{\text{on multiplie}} \begin{cases} x - 3y + 2z = 1 \\ -10y + 2z = -14 \\ 7y - 2z = 8 \end{cases} \xrightarrow[\text{dernières équations}]{\text{on ajoute les deux}} \begin{cases} x - 3y + 2z = 1 \\ 5y - z = 7 \\ -3y = -6 \end{cases}.$$

Ainsi, $y = \dfrac{-6}{-3} = 2$.

Par substitution, $5 \times 2 - z = 7 \Leftrightarrow z = 3$ et $x - 3 \times 2 + 2 \times 3 = 1 \Leftrightarrow x = 1$.

Finalement, le triplet $(1\,;2\,;3)$ est la solution de ce système.

EXERCICE 2

Savoir déterminer la position relative de deux droites

Énoncé

Dans un repère $(O\,;\vec{i},\vec{j},\vec{k})$ orthonormé, on note :

– $\mathcal{D}$ la droite passant par $A(1\,;-1\,;0)$ et de vecteur directeur $\vec{u}(1\,;2\,;-1)$;

– $\mathcal{D}'$ la droite passant par $B(0\,;3\,;1)$ et de vecteur directeur $\vec{v}(2\,;-2\,;-2)$.

Déterminer la position relative des deux droites $\mathcal{D}$ et $\mathcal{D}'$.

Méthode

Deux droites de l'espace peuvent être :

- parallèles (strictement ou confondues) : lorsque leurs vecteurs directeurs sont colinéaires ;
- sécantes : lorsqu'elles ont un unique point commun dont on détermine les coordonnées en égalant les représentations paramétriques des deux droites ;
- non coplanaires : lorsqu'elles ne sont ni parallèles ni sécantes.

Corrigé

$x_{\vec{v}} = 2 \times x_{\vec{u}}$ et $y_{\vec{v}} \neq 2 \times y_{\vec{u}}$, donc $\vec{u}$ et $\vec{v}$ sont non colinéaires, donc $\mathcal{D}$ et $\mathcal{D}'$ ne sont pas parallèles.

$\mathcal{D} : \begin{cases} x = 1 + 1 \times t \\ y = -1 + 2 \times t, \text{ avec } t \in \mathbb{R} \\ z = 0 - 1 \times t \end{cases}$ et $\mathcal{D}' : \begin{cases} x = 0 + 2 \times t' \\ y = 3 - 2 \times t', \text{ avec } t' \in \mathbb{R}. \\ z = 1 - 2 \times t' \end{cases}$

Pour savoir si $\mathcal{D}$ et $\mathcal{D}'$ sont sécantes, on cherche une unique solution au système :

$$\begin{cases} t + 1 = 2t' \\ 2t - 1 = 3 - 2t' \\ -t = 1 - 2t' \end{cases} \Leftrightarrow \begin{cases} t = 2t' - 1 \\ 2(2t' - 1) - 1 = 3 - 2t' \\ -(2t' - 1) = 1 - 2t' \end{cases} \Leftrightarrow \begin{cases} t = 2t' - 1 \\ 4t' - 3 = 3 - 2t' \\ -2t' + 1 = 1 - 2t' \end{cases} \Leftrightarrow \begin{cases} t = 2t' - 1 \\ t' = 1 \end{cases} \Leftrightarrow \begin{cases} t = 1 \\ t' = 1 \end{cases}.$$

Le système possède une unique solution, donc les droites $\mathcal{D}$ et $\mathcal{D}'$ sont sécantes. En reportant la valeur de t dans $\mathcal{D}$ ou de t' dans $\mathcal{D}'$, on obtient les coordonnées du point d'intersection $(2 ; 1 ; -1)$.

EXERCICE 3

Savoir étudier la position relative d'une droite et d'un plan

Énoncé

Dans un repère orthonormé, on donne $\mathcal{D} : \begin{cases} x = 3 + t \\ y = -2 - 0{,}5t \\ z = 4 + 2t \end{cases}$ avec $t \in \mathbb{R}$ et $\mathcal{P} : x + 2y - 5z + 1 = 0$.

1. Démontrer que la droite $\mathcal{D}$ et le plan $\mathcal{P}$ sont sécants.

2. Déterminer les coordonnées du point d'intersection.

Méthode

Un plan et une droite de l'espace peuvent être parallèles lorsqu'un vecteur normal du plan est orthogonal à un vecteur directeur de la droite, sinon ils sont sécants.

Corrigé

1. Un vecteur directeur de $\mathcal{D}$ est $\vec{d}(1 ; -0{,}5 ; 2)$, un vecteur normal de $\mathcal{P}$ est $\vec{n}(1 ; 2 ; -5)$.
$\vec{d} \cdot \vec{n} = 1 \times 1 + (-0{,}5) \times 2 + 2 \times (-5) = -10$ et $-10 \neq 0$ donc $\mathcal{D}$ et $\mathcal{P}$ sont sécants.

2. Le point d'intersection $M(x ; y ; z)$ de $\mathcal{D}$ et $\mathcal{P}$ vérifie :

$$\begin{cases} x = 3 + t \\ y = -2 - 0{,}5t \\ z = 4 + 2t \\ x + 2y - 5z + 1 = 0 \end{cases} \Leftrightarrow \begin{cases} x = 3 + t \\ y = -2 - 0{,}5t \\ z = 4 + 2t \\ (3 + t) + 2(-2 - 0{,}5t) - 5(4 + 2t) + 1 = 0 \end{cases}.$$

Grâce à la dernière équation, on obtient $-10t - 20 = 0$ soit $t = -2$, et on en déduit que $x = 1$, $y = -1$ et $z = 0$.
Le point de coordonnées $(1 ; -1 ; 0)$ est le point d'intersection de $\mathcal{D}$ et $\mathcal{P}$.

Chapitre 5 Suites

1 Limite finie ou infinie

De quoi s'agit-il ? **On introduit la notion de limite d'une suite et la différence entre une suite convergente et une suite divergente.**

1 Suite convergente

- Une **suite u converge vers un réel** lorsqu'il existe un réel ℓ tel que tout intervalle ouvert centré en ℓ contient tous les termes de la suite à partir d'un certain rang. On écrit :

$$\lim_{n \to +\infty} u_n = \ell$$

- **Illustration graphique**

Pour $n \geqslant p$, tous les termes de la suite sont dans l'intervalle $]\ell - \varepsilon ; \ell + \varepsilon[$.

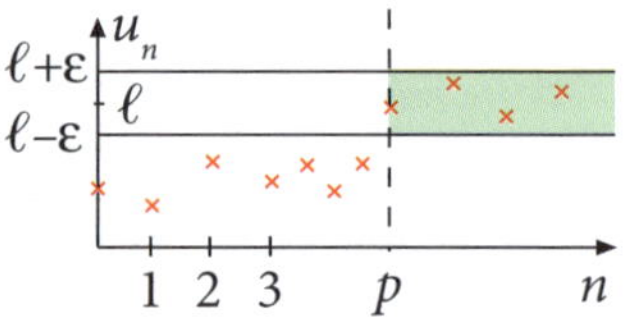

- **Limites de référence**

$\lim\limits_{n \to +\infty} \dfrac{1}{n} = 0$; $\lim\limits_{n \to +\infty} \dfrac{1}{\sqrt{n}} = 0$; $\lim\limits_{n \to +\infty} \dfrac{1}{n^2} = 0$; $\lim\limits_{n \to +\infty} e^{-n} = 0$.

2 Suite divergente

- Une suite u **diverge vers** $+\infty$ (resp. $-\infty$) si, pour tout réel $A > 0$ (resp. $B < 0$), il existe un rang p à partir duquel tous les termes de la suite sont plus grands que A (resp. plus petits que B).

- **Illustrations graphiques**

$\lim\limits_{n \to +\infty} u_n = +\infty$

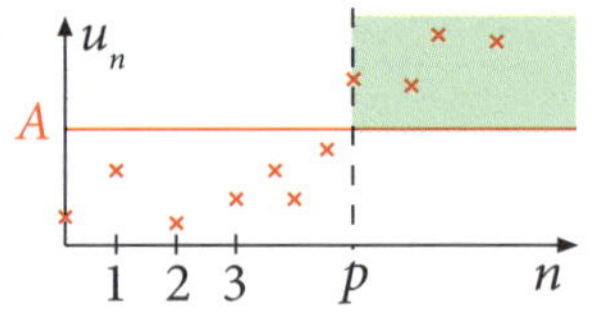

Pour $n \geqslant p$, $u_n > A$.

$\lim\limits_{n \to +\infty} v_n = -\infty$

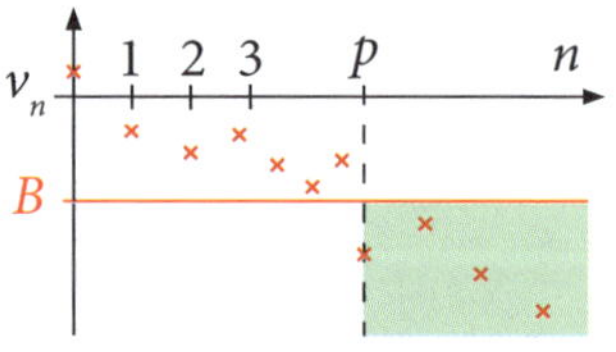

Pour $n \geqslant p$, $v_n < B$.

- **Limites de référence**

$\lim\limits_{n \to +\infty} n = +\infty$; $\lim\limits_{n \to +\infty} \sqrt{n} = +\infty$; $\lim\limits_{n \to +\infty} n^2 = +\infty$; $\lim\limits_{n \to +\infty} e^n = +\infty$.

- Une **suite divergente** est une suite qui ne converge pas, c'est-à-dire une suite qui a une limite infinie ($+\infty$ ou $-\infty$) ou qui n'admet pas de limite.
Exemples de suites n'admettant pas de limite :
$((-1)^n)$; $(\cos n)$; $(\sin n)$.

Exercices résolus

1. Démontrer qu'une suite converge

ÉNONCÉ

Montrer que la suite u définie sur $\mathbb{N}^*$ par $u_n = \frac{1}{n}$ converge vers 0.

CORRIGÉ

On choisit un intervalle centré en 0. $u_n \in]-\varepsilon ; +\varepsilon[\Leftrightarrow -\varepsilon < \frac{1}{n} < \varepsilon$.
Or, pour tout $n \in \mathbb{N}^*$, $\frac{1}{n} > 0$, donc $u_n \in]-\varepsilon ; +\varepsilon[\Leftrightarrow 0 < \frac{1}{n} < \varepsilon \Leftrightarrow n > \frac{1}{\varepsilon}$.
En prenant p le plus petit entier supérieur à $\frac{1}{\varepsilon}$, on aura $n > p$ entraîne $u_n \in]-\varepsilon ; +\varepsilon[$. D'après la définition, cela signifie que ***u* converge vers 0.**

Remarque
Pour nommer une suite, on écrit soit u (ou v ou w...) soit (u_n) (ou (v_n) ou (w_n)...).

Rappel
La fonction inverse est strictement décroissante sur $]0 ; +\infty[$.

2. Démontrer qu'une suite diverge vers $+\infty$

ÉNONCÉ

Montrer que la suite v définie sur $\mathbb{N}$ par $v_n = n^2$ diverge vers $+\infty$.

CORRIGÉ

On choisit un intervalle $]A ; +\infty[$ avec $A > 0$. $v_n \in]A ; +\infty[\Leftrightarrow n^2 > A \Leftrightarrow n > \sqrt{A}$.
En prenant p le plus petit entier naturel strictement supérieur à $\sqrt{A}$, on aura $n > p$ entraîne $v_n > A$. D'après la définition, ***v* diverge vers $+\infty$.**

Rappel
La fonction racine carrée est strictement croissante sur $[0 ; +\infty[$.

2 Limites et comparaison

De quoi s'agit-il ? On compare une suite dont on ne connaît pas la limite à une (ou des) suite(s) dont on connaît la limite et on en déduit certaines propriétés.

- **Propriétés**

p est un entier naturel.
u et v sont deux suites telles que, pour tout entier naturel $n \geqslant p$, $u_n \leqslant v_n$.
- Si $\lim\limits_{n\to+\infty} u_n = +\infty$ alors $\lim\limits_{n\to+\infty} v_n = +\infty$.
- Si $\lim\limits_{n\to+\infty} v_n = -\infty$ alors $\lim\limits_{n\to+\infty} u_n = -\infty$.

- **Théorème des gendarmes**

p est un entier naturel. Si u, v et w sont trois suites telles que, pour tout entier $n \geqslant p$, $u_n \leqslant v_n \leqslant w_n$ et $\lim\limits_{n\to+\infty} u_n = \lim\limits_{n+\infty} w_n = \ell$, alors la suite v converge aussi vers ℓ.

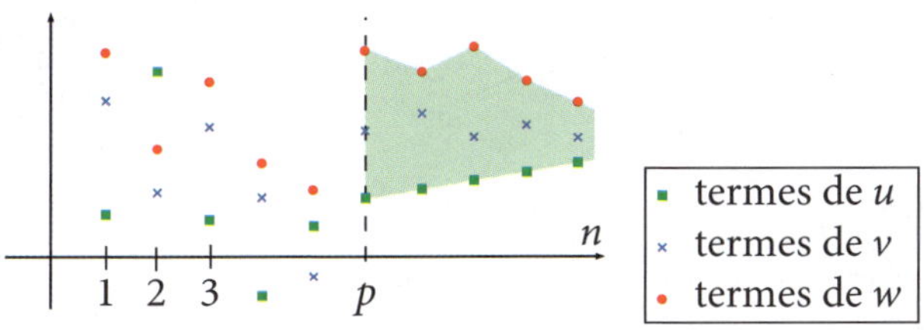

L'inégalité de Bernoulli

a désigne un réel strictement positif.
Pour tout entier naturel n, on a :

$$(1 + a)^n \geqslant 1 + na$$

Remarque
Cette démonstration est exigible en Terminale.

Suite géométrique (q^n)

q désigne un réel.
- Si $q > 1$, alors $\lim\limits_{n \to +\infty} q^n = +\infty$.
- Si $q = 1$, alors $\lim\limits_{n \to +\infty} q^n = 1$.
- Si $-1 < q < 1$, alors $\lim\limits_{n \to +\infty} q^n = 0$.
- Si $q \leqslant -1$, alors la suite $(q^n)_{n \in \mathbb{N}}$ n'a pas de limite.

Exercices résolus

1. Suite divergente

ÉNONCÉ

Étudier la limite de la suite u définie sur $\mathbb{N}$ par $u_n = (-1)^n - 3n$.

CORRIGÉ

À l'aide de la calculatrice, on conjecture que u diverge vers $-\infty$.

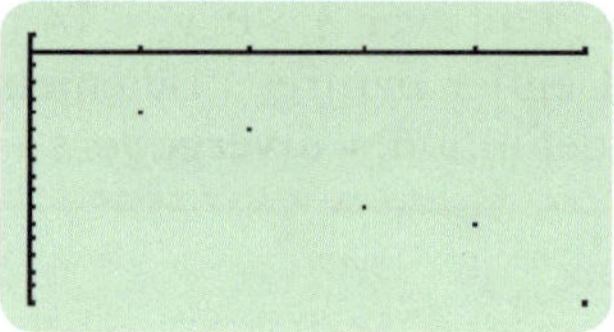

Conseil
Utiliser la calculatrice pour conjecturer la limite.

On cherche donc une suite v telle que $u \leqslant v$, avec $\lim\limits_{n \to +\infty} v_n = -\infty$.
Pour tout entier n, $-1 \leqslant (-1)^n \leqslant 1$, donc on choisit $v_n = 1 - 3n$.
On a, pour tout entier n, $u_n \leqslant v_n$ or $\lim\limits_{n \to +\infty} (1 - 3n) = -\infty$, donc en utilisant la première propriété de comparaison, on en déduit que la suite ***u* diverge aussi vers** $-\infty$.

2. Utiliser le théorème des gendarmes

ÉNONCÉ

u, v et w sont trois suites définies sur $\mathbb{N}^*$ par :

$$u_n = -\frac{2}{n}\ ;\ w_n = \frac{2}{n} \text{ et } v_n = \frac{2 \cos n}{n}$$

Montrer que la suite v converge vers 0.

CORRIGÉ

Pour tout entier naturel n non nul, on a :

$-1 \leqslant \cos n \leqslant 1 \Leftrightarrow -2 \leqslant 2 \cos n \leqslant 2 \Leftrightarrow -\frac{2}{n} \leqslant \frac{2 \cos n}{n} \leqslant \frac{2}{n}$.

Donc, pour tout entier n non nul, $u_n \leqslant v_n \leqslant w_n$.
De plus, $\lim\limits_{n \to +\infty} u_n = \lim\limits_{n \to +\infty} w_n = 0$.
On en déduit, d'après le théorème des gendarmes, que ***v* converge aussi vers 0**.

Piège à éviter
Diviser une inégalité par un nombre :
- négatif, change le sens de l'inégalité ;
- positif, ne change pas le sens de l'inégalité.

3 Limites et opérations

De quoi s'agit-il ? **Les tableaux ci-dessous donnent le résultat de la limite de la somme, du produit et du quotient de deux suites.**

1 Limite et somme

u et v sont deux suites.

Si $\lim\limits_{n\to+\infty} u_n = \ldots$	ℓ	ℓ	ℓ	$+\infty$	$-\infty$	$+\infty$
et $\lim\limits_{n\to+\infty} v_n = \ldots$	ℓ'	$+\infty$	$-\infty$	$+\infty$	$-\infty$	$-\infty$
alors, $\lim\limits_{n\to+\infty} (u_n + v_n) = \ldots$	$\ell + \ell'$	$+\infty$	$-\infty$	$+\infty$	$-\infty$	FI

2 Limite et produit

u et v sont deux suites.

Si $\lim\limits_{n\to+\infty} u_n = \ldots$	ℓ	$\ell > 0$	$\ell > 0$	$\ell < 0$	$\ell < 0$	$+\infty$	$+\infty$	$-\infty$	0
et $\lim\limits_{n\to+\infty} v_n = \ldots$	ℓ'	$+\infty$	$-\infty$	$+\infty$	$-\infty$	$+\infty$	$-\infty$	$-\infty$	$+\infty$ ou $-\infty$
alors, $\lim\limits_{n\to+\infty} (u_n v_n) = \ldots$	$\ell\ell'$	$+\infty$	$-\infty$	$-\infty$	$+\infty$	$+\infty$	$-\infty$	$+\infty$	FI

3 Limite et quotient

u et v sont deux suites ; v est telle que pour tout entier n, $v_n \neq 0$.

- Si $\lim\limits_{n\to+\infty} v_n \neq 0$.

Si $\lim\limits_{n\to+\infty} u_n = \ldots$	ℓ	ℓ	$+\infty$	$+\infty$	$-\infty$	$-\infty$	$+\infty$ ou $-\infty$
et $\lim\limits_{n\to+\infty} v_n = \ldots$	$\ell' \neq 0$	$+\infty$ ou $-\infty$	$\ell' > 0$	$\ell' < 0$	$\ell' > 0$	$\ell' < 0$	$+\infty$ ou $-\infty$
alors, $\lim\limits_{n\to+\infty} \frac{u_n}{v_n} = \ldots$	$\frac{\ell}{\ell'}$	0	$+\infty$	$-\infty$	$-\infty$	$+\infty$	FI

- Si $\lim\limits_{n+\infty} v_n = 0$.

Si $\lim\limits_{n\to+\infty} u_n = \ldots$	$\ell > 0$ ou $+\infty$	$\ell < 0$ ou $-\infty$	$\ell > 0$ ou $+\infty$	$\ell < 0$ ou $-\infty$	0
et $\lim\limits_{n\to+\infty} v_n = \ldots$	0 en restant positif	0 en restant positif	0 en restant négatif	0 en restant négatif	0
alors, $\lim\limits_{n\to+\infty} \frac{u_n}{v_n} = \ldots$	$+\infty$	$-\infty$	$-\infty$	$+\infty$	FI

FI : signifie « Forme Indéterminée ». Dans ce cas, on ne peut pas conclure avec cette opération et toutes les réponses sont possibles. Il faut lever l'indétermination.

Exercices résolus

1. Utiliser les opérations sur les limites

ÉNONCÉ

Déterminer la limite de la suite a définie sur $\mathbb{N}$ par $a_n = \mathrm{e}^{-n} + n^2$.

CORRIGÉ

$a_n = u_n + v_n$, avec $u_n = \mathrm{e}^{-n}$ et $v_n = n^2$.

On sait que $\lim\limits_{n \to +\infty} u_n = \lim\limits_{n \to +\infty} \mathrm{e}^{-n} = 0$,

et $\lim\limits_{n \to +\infty} v_n = +\infty$.

Donc, par somme, $\lim\limits_{n \to +\infty} a_n = +\infty$.

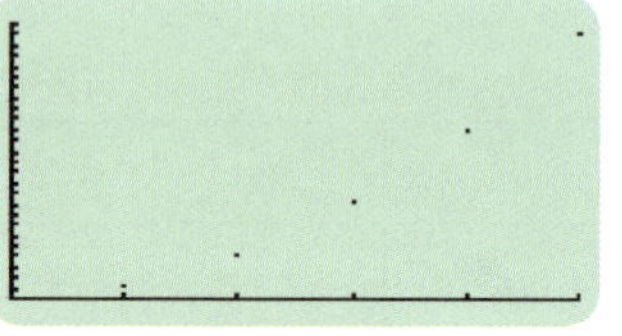

Conseil

Penser à utiliser la calculatrice pour conjecturer ou pour vérifier la limite.

2. Lever l'indétermination dans une somme ou un quotient

ÉNONCÉ

Déterminer la limite des suites s et t définies sur $\mathbb{N}$ par :

$s_n = n^2 - n$ et $t_n = \dfrac{n}{1 + n^2}$.

CORRIGÉ

- s est la somme de deux suites ayant pour limites respectives $+\infty$ et $-\infty$ (forme indéterminée). Pour **lever l'indétermination**, on factorise : $s_n = n(n - 1)$. Ainsi, s prend la forme du produit de deux suites ayant pour limites $+\infty$ et $+\infty$, donc par produit $\lim\limits_{n \to +\infty} s_n = +\infty$.
- t est le quotient de deux suites ayant pour limites respectives $+\infty$ et $+\infty$ (forme indéterminée). Comme précédemment, on factorise le numérateur et le dénominateur, puis on simplifie.

Pour $n \in \mathbb{N}^*$, $t_n = \dfrac{n \times 1}{n \times \left(\dfrac{1}{n} + n\right)} = \dfrac{1}{\dfrac{1}{n} + n}$ or $\lim\limits_{n \to +\infty} 1 = 1$ et $\lim\limits_{n \to +\infty} \left(\dfrac{1}{n} + n\right) = +\infty$.

Donc par quotient, $\lim\limits_{n \to +\infty} t_n = 0$.

4 Raisonnement par récurrence

De quoi s'agit-il ? On introduit une nouvelle forme de raisonnement : le raisonnement par récurrence.

1 Principe du raisonnement par récurrence

- **Définition :** Une propriété dépendant d'un entier naturel est **héréditaire** lorsque, si elle est vraie pour un certain rang n, alors elle est vraie pour le rang $n + 1$.
- **Principe du raisonnement par récurrence :** On considère une propriété dépendant d'un entier naturel n. Si cette propriété est vraie pour un rang n_0 et si elle est héréditaire, alors elle est vraie pour tout entier naturel $n \geqslant n_0$.

Remarque

La propriété dépendant de n se note en général $P(n)$. Cette propriété peut être une égalité, une inégalité, une proposition, etc.

2 Mise en œuvre et rédaction

Le raisonnement par récurrence comporte quatre étapes :

- **Initialisation :** On vérifie que $P(n_0)$ est vraie.
- **Hypothèse de récurrence :** On suppose qu'il existe un entier k tel que $P(k)$ soit vraie.
- **Hérédité :** On montre que si $P(k)$ est vraie, alors $P(k+1)$ est aussi vraie.
- **Conclusion :** $P(n)$ est vraie pour tout $n \geqslant n_0$.

Schéma du raisonnement

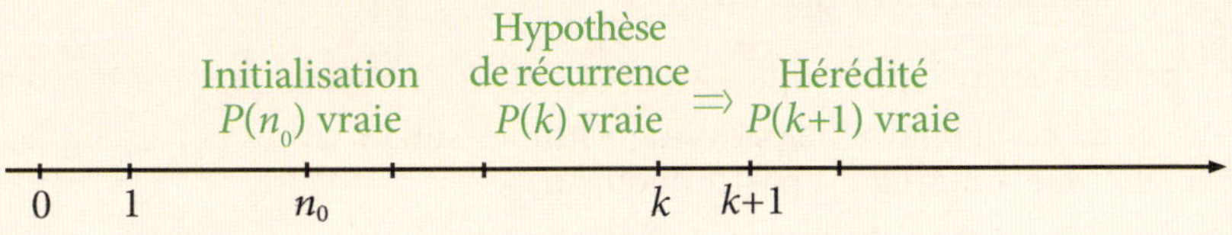

Exercice résolu

Propriété héréditaire

ÉNONCÉ

Démontrer la proposition suivante par récurrence.
Pour tout entier naturel n non nul, on a :

$$1 + 2 + 3 + \ldots + n = \frac{n(n+1)}{2}$$

CORRIGÉ

Ici, $P(n)$ est l'égalité : $1 + 2 + 3 + \ldots + n = \dfrac{n(n+1)}{2}$.

- **Initialisation :**

Pour $n_0 = 1$: le membre de gauche de $P(1)$ est 1 et le membre de droite de $P(1)$ est $\dfrac{1(1+1)}{2} = \dfrac{2}{2} = 1$.
Les deux membres étant égaux, l'égalité est vraie, c'est-à-dire que **$P(1)$ est vraie.**

- **Hypothèse de récurrence :**

On suppose qu'il existe un entier naturel non nul k tel que $P(k)$ est vraie.
Autrement dit, on suppose que $1 + 2 + 3 + \ldots + k = \dfrac{k(k+1)}{2}$.

- **Hérédité :**

On va montrer l'implication suivante : si $P(k)$ est vraie, alors $P(k+1)$ est vraie.
Le membre de gauche de $P(k+1)$ est : $1 + 2 + \ldots + k + (k+1)$.
Le membre de droite de $P(k+1)$ est : $\dfrac{(k+1)(k+2)}{2}$.
On a, d'après l'hypothèse de récurrence :

$$\mathbf{1 + 2 + \ldots + k} + (k+1) = \frac{\mathbf{k(k+1)}}{\mathbf{2}} + (k+1)$$

$$\mathbf{1 + 2 + \ldots + k} + (k+1) = \frac{k(k+1)}{2} + \frac{2(k+1)}{2} = \frac{k(k+1) + 2(k+1)}{2} = \frac{(k+2)(k+1)}{2}.$$

Les deux membres sont égaux, l'égalité est vraie, donc **$P(k+1)$ est vraie.**

- **Conclusion :** pour tout $n \in \mathbb{N}^*$, $1 + 2 + \ldots + n = \dfrac{n(n+1)}{2}$.

Révision express

Les réflexes à avoir

- Bien comprendre les notions de « rang à partir duquel tous les termes de la suite sont dans un intervalle donné ».
- Connaître par cœur les tableaux d'opérations sur les limites (paragraphe 3), les limites de suites usuelles $\left(e^n, n^2, \frac{1}{\sqrt{n}}\ldots\right)$, mais aussi les limites de q^n.
- Pour le théorème des gendarmes, se rappeler que $-1 \leqslant (-1)^n \leqslant 1$; $-1 \leqslant \cos n \leqslant 1$; $-1 \leqslant \sin n \leqslant 1$.
- Être capable d'écrire et de comprendre de petits algorithmes sur les suites par exemple, pour déterminer, pour un réel A fixé, un rang n à partir duquel $u_n > A$.
- Une démonstration par récurrence s'effectue en 4 étapes :
  - l'**initialisation** : on teste si $P(n_0)$ est vraie au rang initial n_0 ;
  - l'**hypothèse de récurrence** : on suppose que, pour un k fixé, $P(k)$ est vraie ;
  - l'**hérédité** : on montre que : $P(k)$ vraie $\Rightarrow P(k+1)$ vraie ;
  - la **conclusion** : on termine en écrivant que, pour tout $n \geqslant n_0$, $P(n)$ est vraie.

Les pièges à éviter

- Le programme de Première fait partie des connaissances à maîtriser, en particulier tout ce qui a été vu sur les suites arithmétiques et géométriques.
- Certaines suites n'admettent pas de limite, par exemple $(-1)^n$, $\cos n$, $\sin n$…

Quiz

*Pour chaque question, une seule réponse proposée (**a**, **b** ou **c**) est exacte.*

1. $\lim\limits_{n\to+\infty} \frac{2}{n} + 5(1+e^{-n})$ est égale à :

☐ **a.** $-\infty$ ☐ **b.** 5 ☐ **c.** 2

2. $\lim\limits_{n\to+\infty} 1 - e^{n^2}$ est égale à :

☐ **a.** $-\infty$ ☐ **b.** 1 ☐ **c.** $+\infty$

3. La suite u définie sur $\mathbb{N}^*$ par $u_n = \frac{\cos n - 1}{n}$:

☐ **a.** converge vers 0 ☐ **b.** n'a pas de limite ☐ **c.** diverge vers $-\infty$

4. La suite v définie sur $\mathbb{N}$ par $v_n = (-1)^n e^n$:

☐ **a.** diverge vers $+\infty$ ☐ **b.** diverge ☐ **c.** diverge vers $-\infty$

5. w qui est une suite géométrique de raison 2, de premier terme $w_1 = 3$:

☐ **a.** diverge vers $-\infty$ ☐ **b.** diverge vers $+\infty$ ☐ **c.** converge

6. On donne $a > 0$. On peut démontrer par récurrence que, pour tout n de $\mathbb{N}$:

☐ **a.** $(1+a)^n \leqslant 1 + na$ ☐ **b.** $(1+a)^n > 1 + na$ ☐ **c.** $(1+a)^n \geqslant 1 + na$

→ Réponses p. 493

EXERCICE 1

Savoir utiliser un algorithme pour déterminer un rang

Énoncé

u est la suite définie sur $\mathbb{N}$ par $u_n = e^{3n+1}$. Écrire en langage Python, puis faire fonctionner un algorithme qui détermine le rang N à partir duquel $u_n > 10^9$.

Méthode

Il faut utiliser un logiciel (EduPython, par exemple) permettant d'obtenir rapidement les termes de la suite et introduire dans l'algorithme une condition d'arrêt de type « tant que ».

Corrigé

Script Python :

```
from math import *

# On demande à l'utilisatuer de saisir la valeur du seuil
A = float(input("entrer la valeur seuil"))

# On stocke le premier indice et le premier terme de la suite
n = 0
u = exp(1)

# On calcule en boucle les indices et termes de la suite <= à A
while ( u <= A ):
    n = n+1
    u = exp(3*n+1)

# on affiche à l'écran l'indice du dernier terme <= à A
print(n)
```

Remarque
Dans l'énoncé, le seuil est 10^9.

Bon à savoir
En Python, les lignes commençant par # sont des commentaires non exécutés.

Tableau des variables et de la condition pour cet algorithme :

n	0	1	2	3	…	7
u	e	e^4	e^7	e^{10}	…	e^{22}
$u <= A$	V	V	V	V	…	F

La condition du Tant que devient fausse, l'algorithme saute à la ligne Fin tant que.

Avec cet algorithme, on obtient $u_n > 10^9$ pour tout $n \geqslant 7$.

EXERCICE 2

Savoir étudier la convergence avec les théorèmes sur les opérations

Énoncé

Étudier la convergence des suites définies sur $\mathbb{N}^*$ par :

- $u_n = n^2 + 4n$
- $v_n = \dfrac{-5}{2 + e^n}$
- $w_n = 0{,}75^{n-1} + 0{,}8$

Méthode

Pour étudier la convergence d'une suite, essayer d'abord d'appliquer les théorèmes sur les opérations de limites et les suites de référence.

Corrigé

- $\left.\begin{array}{l}\lim\limits_{n\to+\infty} n^2=+\infty \\ \lim\limits_{n\to+\infty} 4n=+\infty\end{array}\right\}$ donc, par somme, $\lim\limits_{n\to+\infty} u_n=+\infty$.
- $\left.\begin{array}{l}\lim\limits_{n\to+\infty} -5=-5 \\ \lim\limits_{n\to+\infty} 2+e^n=+\infty\end{array}\right\}$ donc, par quotient, $\lim\limits_{n\to+\infty} v_n=0$.
- $\left.\begin{array}{l}\lim\limits_{n\to+\infty} 0{,}75^{n-1}=0 \\ (\text{car } 0<0{,}75<1) \\ \lim\limits_{n\to+\infty} 0{,}8=0{,}8\end{array}\right\}$ donc par somme, $\lim\limits_{n\to+\infty} w_n=0{,}8$.

EXERCICE 3

Savoir étudier la convergence autrement

Énoncé

Étudier la convergence des suites définies sur $\mathbb{N}^*$ par :

- $u_n=\dfrac{\sin n}{n}$ • $v_n=-n^5+3n^2$ • $w_n=\dfrac{2n^2+5}{5n^2-2}$

Méthode

Pour étudier la convergence d'une suite lorsqu'il y a une forme indéterminée ou pas de limite, on peut :

- transformer l'expression en repérant le « terme dominant » pour utiliser ensuite les opérations sur les limites ;
- reconnaître une suite usuelle que l'on peut majorer ou minorer grâce aux propriétés de comparaison.

Corrigé

- u est un quotient dont le numérateur n'a pas de limite.

On va comparer la suite u aux suites a et b définies sur $\mathbb{N}^*$ par $a_n=-\dfrac{1}{n}$ et $b_n=\dfrac{1}{n}$.
Pour tout n de $\mathbb{N}^*$, $-1\leqslant \sin n\leqslant 1$.
Comme n est un entier strictement positif, $-\dfrac{1}{n}\leqslant\dfrac{\sin n}{n}\leqslant\dfrac{1}{n}$.

Donc, pour tout $n\in\mathbb{N}^*$, $a_n\leqslant u_n\leqslant b_n$, et $\lim\limits_{n\to+\infty} a_n=\lim\limits_{n\to+\infty} b_n=0$.

On en déduit, d'après le théorème des gendarmes, que **u converge aussi vers 0.**

- v est la somme de deux suites qui divergent vers $-\infty$ et $+\infty$, il s'agit donc d'une forme indéterminée.

On factorise par le terme dominant n^5.

Pour tout n de $\mathbb{N}^*$, $v_n=n^5\left(-1+\dfrac{3n^2}{n^5}\right)=n^5\left(-1+\dfrac{3}{n^3}\right)$.

v_n est alors un produit tel que $\lim\limits_{n \to +\infty} n^5 = +\infty$, $\lim\limits_{n \to +\infty} \left(-1 + \frac{3}{n^3}\right) = -1$,
donc $\lim\limits_{n \to +\infty} v_n = -\infty$. **$v$ diverge vers $-\infty$.**

• w est le quotient de deux suites qui divergent vers $+\infty$, il s'agit donc d'une forme indéterminée.
On factorise le numérateur et le dénominateur par le terme dominant, puis on simplifie.

Pour tout n de $\mathbb{N}*$, $w_n = \dfrac{n^2\left(2 + \frac{5}{n^2}\right)}{n^2\left(5 - \frac{2}{n^2}\right)} = \dfrac{2 + \frac{5}{n^2}}{5 - \frac{2}{n^2}}$.

Or, $\lim\limits_{n \to +\infty} 2 + \frac{5}{n} = 2$ et $\lim\limits_{n \to +\infty} 5 - \frac{2}{n^2} = 5$, donc, par quotient, $\lim\limits_{n \to +\infty} w_n = \frac{2}{5}$.

EXERCICE 4

Savoir démontrer à l'aide d'une récurrence

Énoncé

u est la suite définie par $u_1 = 8$ et, pour tout $n \in \mathbb{N}^*$, $u_{n+1} = 6u_n - 10$.

1. Démontrer, par récurrence, que pour tout $n \in \mathbb{N}^*$, $u_n = 6^n + 2$.

2. En déduire que la suite u diverge.

Méthode

Pour démontrer par récurrence :

- on initialise la propriété pour un entier n_0 ;
- on montre que la propriété est héréditaire, c'est-à-dire que si la propriété est vraie à un rang k fixé, elle est vraie au rang suivant $k + 1$.

Corrigé

1. La propriété $P(n)$ à démontrer est : pour tout n de $\mathbb{N}^*$, $u_n = 6^n + 2$.

• **Initialisation** :
(Vérifier que $u_1 = 6^1 + 2$.)
Pour $n_0 = 1$, le membre de gauche de $P(1)$ est $u_1 = 8$ et le membre de droite de $P(1)$ est $6^1 + 2 = 8$.
Les deux membres étant égaux, l'égalité est vraie, $P(1)$ est vraie.

• **Hérédité** :
On va montrer l'implication :
Si $\underbrace{P(k) \text{ est vraie}}_{\text{H.R.}}$ alors $P(k + 1)$ est vraie.

Rappel
H.R. signifie Hypothèse de récurrence.

Le membre de gauche de $P(k + 1)$ est : $u_{k+1} = 6u_k - 10$,
Le membre de droite de $P(k + 1)$ est : $6^{k+1} + 2$.
Ainsi $6\boldsymbol{u}_k - 10 = 6(\mathbf{6^k + 2}) - 10 = 6^{k+1} + 12 - 10 = 6^{k+1} + 2$.
(H.R.)

L'égalité $P(k + 1)$ est vraie si $P(k)$ est vraie. La propriété est donc héréditaire.

Conclusion :
On a montré, par récurrence, que pour tout $n \in \mathbb{N}^*$, $u_n = 6^n + 2$.

2. $\lim\limits_{n \to +\infty} 6^n = +\infty$ car $6 > 1$, donc $\lim\limits_{n \to +\infty} u_n = \lim\limits_{n \to +\infty} 6^n + 2 = +\infty$.

Donc la suite u diverge.

MATHS

Chapitre 6 Limites des fonctions

1 Limites à l'infini. Asymptote horizontale

De quoi s'agit-il ? **On définit la notion de limite d'une fonction à l'infini et on l'interprète graphiquement.**

1 Limite infinie en $+\infty$ ou en $-\infty$

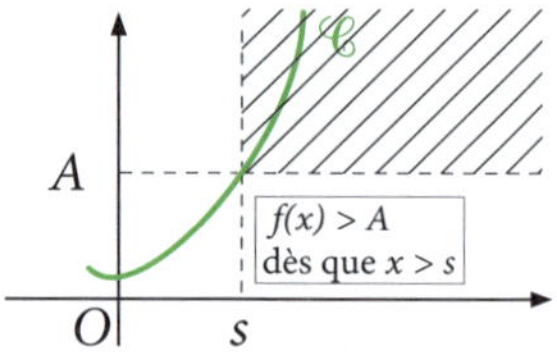

- Dire qu'une fonction f a pour **limite $+\infty$ en $+\infty$** signifie que tout intervalle de la forme $]A\,;+\infty[$, où A est un réel, contient toutes les valeurs $f(x)$, pour x assez grand.

On note $\lim\limits_{x \to +\infty} f(x) = +\infty$.

Exemples : pour $n \in \mathbb{N}^*$, $\lim\limits_{x \to +\infty} x^n = +\infty$, $\lim\limits_{x \to +\infty} \sqrt{x} = +\infty$, $\lim\limits_{x \to +\infty} e^x = +\infty$.

Remarque
On définit de même $\lim\limits_{x \to -\infty} f(x) = +\infty$ et $\lim\limits_{x \to -\infty} f(x) = -\infty$.

2 Limite finie en $+\infty$ ou en $-\infty$

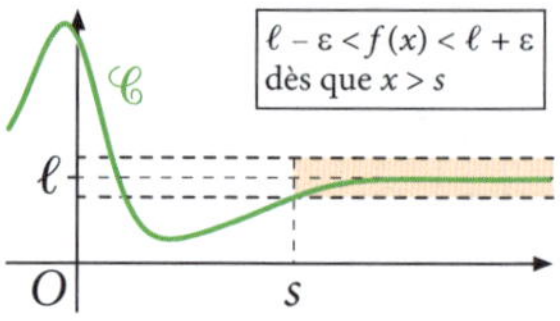

- Dire qu'une fonction **f a pour limite un réel ℓ en $+\infty$**, signifie que tout intervalle ouvert contenant ℓ contient toutes les valeurs $f(x)$, pour x assez grand.

On note $\lim\limits_{x \to +\infty} f(x) = \ell$.

Exemples : pour $n \in \mathbb{N}^*$, $\lim\limits_{x \to +\infty} \dfrac{1}{x^n} = 0$ et $\lim\limits_{x \to -\infty} e^x = 0$.

- Dire que la droite horizontale $\mathcal{D}$ d'équation $y = \ell$ **est asymptote horizontale** à la courbe $\mathcal{C}$ représentant la fonction f dans un repère signifie que : $\lim\limits_{x \to +\infty} f(x) = \ell$ ou $\lim\limits_{x \to -\infty} f(x) = \ell$.

Exemples :

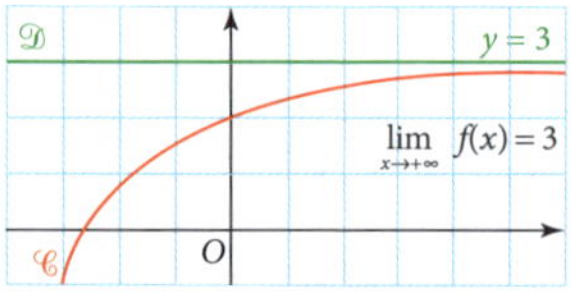

$\mathcal{D}$: $y = 3$ est asymptote horizontale à $\mathcal{C}$

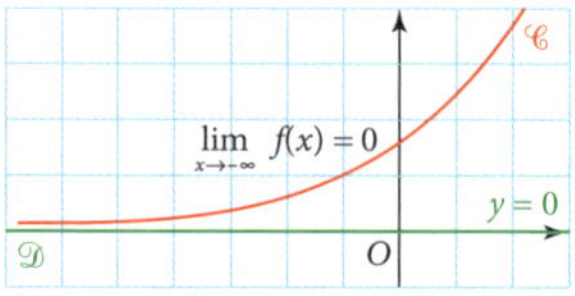

$\mathcal{D}$: $y = 0$ (l'axe des abscisses) est asymptote horizontale à $\mathcal{C}$

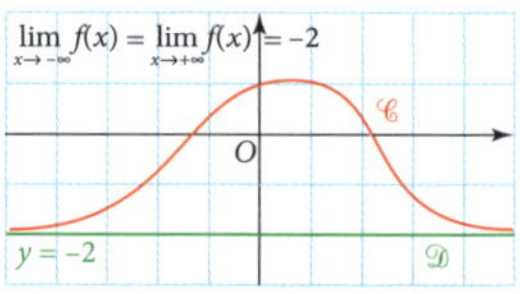

$\mathcal{D}$: $y = -2$ est asymptote horizontale à $\mathcal{C}$ en $-\infty$ et en $+\infty$

Exercice résolu

Démontrer qu'une fonction a une limite finie en $+\infty$

ÉNONCÉ

g est la fonction définie sur $]0\,;+\infty[$ par $g(x) = \dfrac{1}{\sqrt{x}}$.

Démontrer, en utilisant la définition, que g a pour limite 0 en $+\infty$.

CORRIGÉ

ε est un réel strictement positif donné.

$g(x) \in]0 - \varepsilon\,; 0 + \varepsilon[\Leftrightarrow -\varepsilon < \frac{1}{\sqrt{x}} < \varepsilon$

$\Leftrightarrow 0 < \frac{1}{\sqrt{x}} < \varepsilon$ car la fonction g est strictement positive sur $]0\,; +\infty[$,

$\Leftrightarrow \frac{1}{\varepsilon} < \sqrt{x}$ car la fonction inverse est strictement décroissante sur $]0\,; +\infty[$,

$\Leftrightarrow \frac{1}{\varepsilon^2} < x$ car la fonction carrée est strictement croissante sur $]0\,; +\infty[$.

Donc, l'intervalle $]-\varepsilon\,; +\varepsilon[$, centré en 0, contient toutes les valeurs $g(x)$ pour $x > \frac{1}{\varepsilon^2}$ (c'est-à-dire pour x assez grand). Donc, $\lim\limits_{x \to +\infty} g(x) = 0$.

(On peut alors dire que la droite d'équation $y = 0$ est asymptote horizontale à la courbe représentant g dans un repère.)

2 Limites infinies en une valeur *a*. Asymptote verticale

De quoi s'agit-il ? **On définit la notion de limite d'une fonction en une valeur *a* et on l'interprète graphiquement.**

1 Définition

Dire qu'une fonction f a pour **limite $+\infty$ en a** signifie que tout intervalle de la forme $]A\,; +\infty[$ contient toutes les valeurs $f(x)$, pour x proche de a.

On note $\lim\limits_{x \to a} f(x) = +\infty$.

Exemples : $\lim\limits_{x \to 0} \frac{1}{x^2} = +\infty$, $\lim\limits_{x \to 0} \frac{1}{x^4} = +\infty$.

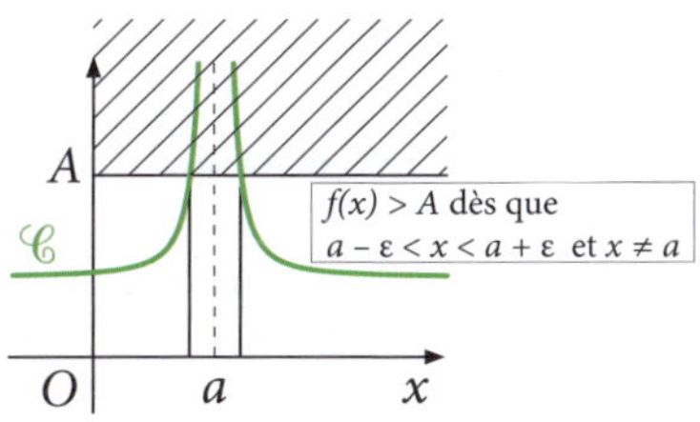

Remarque
On définit de même « f a pour limite $-\infty$ en a ».

2 Limite à droite, à gauche

Lorsque l'on étudie la limite en a de f, on doit parfois distinguer deux cas :

- $\lim\limits_{\substack{x \to a \\ x < a}} f(x)$, on dit que l'**on s'approche de *a* par la gauche** ;
- $\lim\limits_{\substack{x \to a \\ x > a}} f(x)$, on dit que l'**on s'approche de *a* par la droite.**

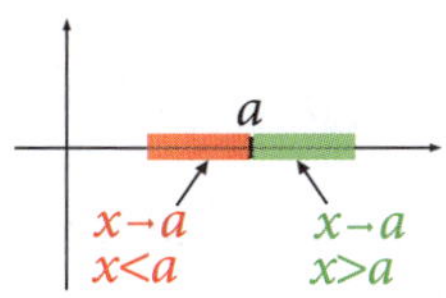

Exemples : $\lim\limits_{\substack{x \to 0 \\ x < 0}} \frac{1}{x} = -\infty$ et $\lim\limits_{\substack{x \to 0 \\ x > 0}} \frac{1}{x} = +\infty$.

Remarque
On écrit aussi $\lim\limits_{x \to a^-} f(x)$ et $\lim\limits_{x \to a^+} f(x)$.

3 Interprétation graphique

Dire que la droite D d'équation **$x = a$ est asymptote verticale** à la courbe 𝒞 représentant la fonction f dans un repère signifie que :

$$\lim_{x \to a} f(x) = +\infty \text{ ou } \lim_{x \to a} f(x) = -\infty$$

Exemples :

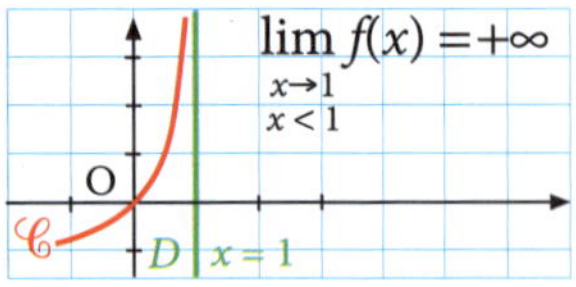

$D : x = 1$ est asymptote verticale à $\mathscr{C}$.

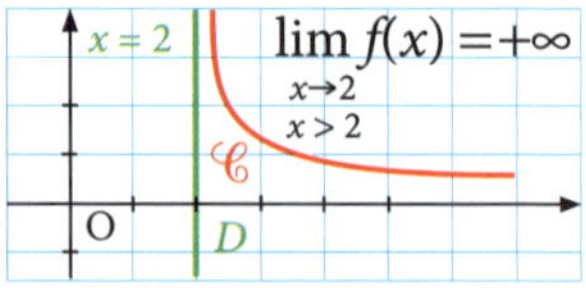

$D : x = 2$ est asymptote verticale à $\mathscr{C}$.

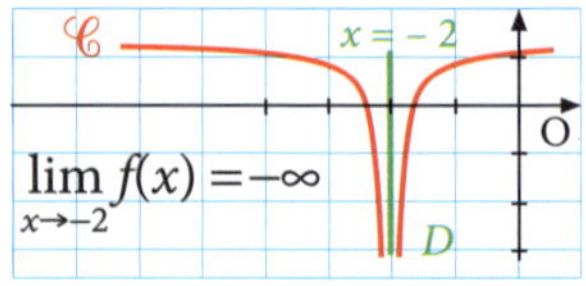

$D : x = -2$ est asymptote verticale à $\mathscr{C}$.

Exercice résolu

Démontrer qu'une fonction a une limite infinie en *a*

ÉNONCÉ

f est la fonction définie sur $]2\,;+\infty[$ par $f(x) = \dfrac{1}{(x-2)^2}$.

1. Conjecturer, à l'aide de la calculatrice, la limite de la fonction f en 2, puis démontrer, à l'aide de la définition, la conjecture précédente.
2. Interpréter graphiquement la limite obtenue.

CORRIGÉ

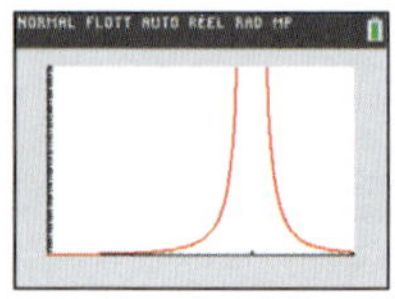

1. Soit A un réel strictement positif.

$f(x) \in\ ]A\,;+\infty[\ \Leftrightarrow \dfrac{1}{(x-2)^2} > A > 0$

$\Leftrightarrow (x-2)^2 < \dfrac{1}{A}$, car $x \mapsto \dfrac{1}{x}$ est strictement décroissante sur $]0\,;+\infty[$

$\Leftrightarrow x - 2 < \dfrac{1}{\sqrt{A}}$, car $x \mapsto \sqrt{x}$ est strictement croissante sur $]0\,;+\infty[\ \Leftrightarrow x < 2 + \dfrac{1}{\sqrt{A}}$.

Ainsi, $f(x) > A$ dès que $x < 2 + \dfrac{1}{A}$. Ainsi, **la limite de la fonction f en 2 est $+\infty$.**

2. Dans un repère, la droite d'équation $x = 2$ est **asymptote verticale** à la courbe représentative de la fonction f.

3 Limites et comparaisons

De quoi s'agit-il ? On compare une fonction dont on ne connaît pas la limite à une (ou des) fonction(s) de limite(s) connue(s) afin d'en déduire certaines propriétés.

1 Comparaison : limite infinie

A désigne un réel. f et g sont deux fonctions telles que, pour tout $x > A$, $f(x) \geqslant g(x)$.

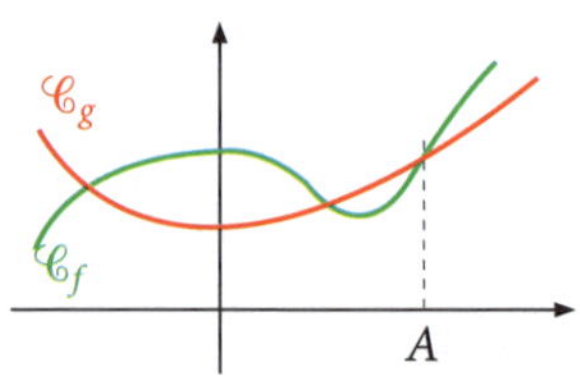

- **Propriétés**

1. Si $\lim\limits_{x \to +\infty} f(x) = -\infty$, alors $\lim\limits_{x \to +\infty} g(x) = -\infty$.
2. Si $\lim\limits_{x \to +\infty} g(x) = +\infty$, alors $\lim\limits_{x \to +\infty} f(x) = +\infty$.

Remarque
Ces deux propriétés restent vraies lorsque x tend vers $-\infty$.

2 Théorème des gendarmes : limite réelle

A désigne un réel.

• Théorème des gendarmes

f, g et h sont trois fonctions telles que, pour tout $x > A$, $f(x) \leqslant g(x) \leqslant h(x)$.
Si $\lim\limits_{x\to+\infty} f(x) = \ell$ et $\lim\limits_{x\to+\infty} h(x) = \ell$, alors $\lim\limits_{x\to+\infty} g(x) = \ell$.

Remarque
Ce théorème reste vrai lorsque x tend vers $-\infty$.

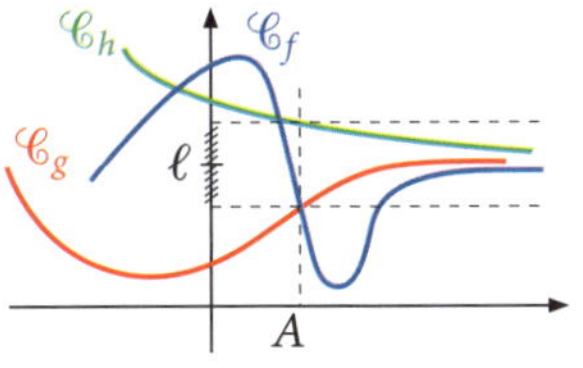

3 Croissance comparée de x^n et de e^x

• Propriétés

Pour tout entier naturel n non nul, $\lim\limits_{x\to+\infty} \dfrac{e^x}{x^n} = +\infty$ et $\lim\limits_{x\to-\infty} x^n e^x = 0$.

Exercices résolus

1. Utiliser le théorème des gendarmes

ÉNONCÉ

f est la fonction définie sur $\mathbb{R}^*$ par $f(x) = \dfrac{\cos x}{x^2}$.

1. Démontrer que, pour tout réel x non nul, $-\dfrac{1}{x^2} \leqslant f(x) \leqslant \dfrac{1}{x^2}$.
2. En déduire la limite de f en $+\infty$.

CORRIGÉ

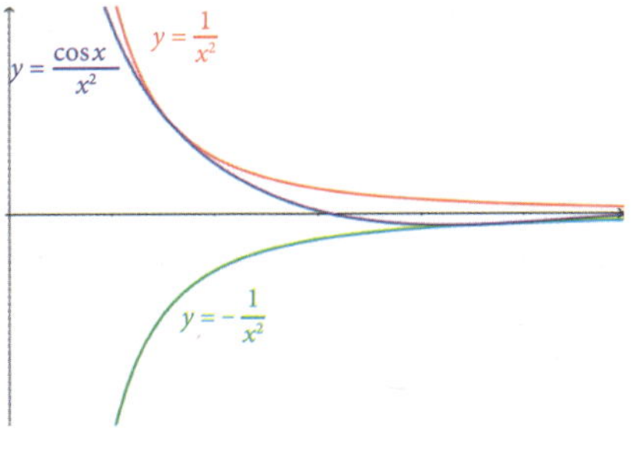

1. Pour tout réel x non nul, $-1 \leqslant \cos x \leqslant 1$

$\Leftrightarrow -\dfrac{1}{x^2} \leqslant \dfrac{\cos x}{x^2} \leqslant \dfrac{1}{x^2}$ (car $x^2 > 0$)

$\Leftrightarrow -\dfrac{1}{x^2} \leqslant f(x) \leqslant \dfrac{1}{x^2}$.

2. On a $\lim\limits_{x\to+\infty} \dfrac{1}{x^2} = 0$ et $\lim\limits_{x\to+\infty} -\dfrac{1}{x^2} = 0$.

Ainsi, d'après le théorème des gendarmes : $\lim\limits_{x\to+\infty} \dfrac{\cos x}{x^2} = 0$.

2. Utiliser la croissance comparée de x^n et de e^x

ÉNONCÉ

f est la fonction définie sur $\mathbb{R}^*$ par $f(x) = \dfrac{e^x + 1}{x^3}$.
Déterminer la limite de f en $+\infty$.

CORRIGÉ

On modifie l'expression de $f(x)$ pour se ramener à une des deux croissances comparées du cours.
Pour tout réel x non nul, $f(x) = \dfrac{e^x}{x^3} + \dfrac{1}{x^3}$.
Or $\lim\limits_{x \to +\infty} \dfrac{e^x}{x^3} = +\infty$ et $\lim\limits_{x \to +\infty} \dfrac{1}{x^3} = 0$. Ainsi $\lim\limits_{x \to +\infty} \dfrac{e^x}{x^3} + \dfrac{1}{x^3} = +\infty$, soit $\lim\limits_{x \to +\infty} f(x) = +\infty$.

4 Opérations sur les limites

De quoi s'agit-il ? Les tableaux ci-dessous donnent le résultat de la limite de la somme, du produit et du quotient de deux fonctions.

a désigne un réel ou $-\infty$ ou $+\infty$.

1 Limite de la somme de deux fonctions

$\lim\limits_{x \to a} u(x)$	ℓ	ℓ	ℓ	$+\infty$	$-\infty$	$+\infty$
$\lim\limits_{x \to a} v(x)$	ℓ'	$+\infty$	$-\infty$	$+\infty$	$-\infty$	$-\infty$
$\lim\limits_{x \to a} [u(x) + v(x)]$	$\ell + \ell'$	$+\infty$	$-\infty$	$+\infty$	$-\infty$	FI

Dans la situation notée FI : forme indéterminée, on ne peut pas conclure, toutes les réponses sont envisageables.

2 Limite du produit de deux fonctions

$\lim\limits_{x \to a} u(x)$	ℓ	$\ell \neq 0$	0	∞
$\lim\limits_{x \to a} v(x)$	ℓ'	∞	∞	∞
$\lim\limits_{x \to a} [u(x) \times v(x)]$	$\ell \times \ell'$	$\infty^{(*)}$	FI	$\infty^{(*)}$

Remarque

(*) Le signe de la limite s'obtient au moyen de la règle des signes de la multiplication.

3 Limite du quotient de deux fonctions

$\lim\limits_{x \to a} u(x)$	ℓ	$\ell \neq 0$	∞	ℓ	∞	0
$\lim\limits_{x \to a} v(x)$	$\ell' \neq 0$	0	ℓ'	∞	∞	0
$\lim\limits_{x \to a} \dfrac{u(x)}{v(x)}$	$\dfrac{\ell}{\ell'}$	$\infty^{(*)}$	$\infty^{(*)}$	0	FI	FI

Remarque

(*) Le signe de la limite s'obtient au moyen de la règle des signes de la division.

Exercices résolus

1. Appliquer les règles opératoires

ÉNONCÉ

f est la fonction définie sur $\mathbb{R}$ par $f(x) = e^x + x$.

g est la fonction définie sur $\mathbb{R}$ par $g(x) = e^x\left(-x^2 + \frac{1}{x}\right)$.

Déterminer la limite de f et g en $+\infty$.

CORRIGÉ

Pour f

On a $\lim\limits_{x \to +\infty} e^x = +\infty$ et $\lim\limits_{x \to +\infty} x = +\infty$.

Donc, par somme, $\boldsymbol{\lim\limits_{x \to +\infty} e^x + x = +\infty}$.

Pour g

On a $\lim\limits_{x \to +\infty} \frac{1}{x} = 0$ et $\lim\limits_{x \to +\infty} -x^2 = -\infty$.

Donc, par somme, $\lim\limits_{x \to +\infty} -x^2 + \frac{1}{x} = -\infty$.

Puis, $\lim\limits_{x \to +\infty} e^x = +\infty$.

Donc, par produit, $\boldsymbol{\lim\limits_{x \to +\infty} e^x\left(-x^2 + \frac{1}{x}\right) = -\infty}$.

Réflexe à avoir

Vérifier la cohérence des résultats à la calculatrice.

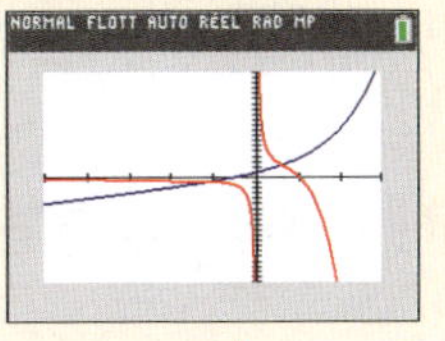

2. Étudier la limite d'une fonction polynôme

ÉNONCÉ

f est la fonction définie sur $\mathbb{R}$ par $f(x) = x^2 - 4x + 1$.

Déterminer les limites de f en $+\infty$ et $-\infty$.

CORRIGÉ

- **En $+\infty$:**

$f(x) = x^2\left(1 - \frac{4}{x} + \frac{1}{x^2}\right)$.

On a $\lim\limits_{x \to +\infty} \frac{1}{x} = 0$ et $-4 < 0$ donc $\lim\limits_{x \to +\infty} \frac{4}{x} = 0$.

On a $\lim\limits_{x \to +\infty} \frac{1}{x^2} = 0$ et $\lim\limits_{x \to +\infty} 1 = 1$.

Donc, par somme $\lim\limits_{x \to +\infty} 1 - \frac{4}{x} + \frac{1}{x^2} = 1$.

De plus $\lim\limits_{x \to +\infty} x^2 = +\infty$.

Donc, par produit, $\boldsymbol{\lim\limits_{x \to +\infty} f(x) = +\infty}$.

- **En $-\infty$:**

$\lim\limits_{x \to -\infty} x^2 = +\infty$ et $\lim\limits_{x \to -\infty} -4x - 1 = +\infty$.

Donc, par somme, $\boldsymbol{\lim\limits_{x \to -\infty} f(x) = +\infty}$.

Remarque

Le calcul direct de la limite de f comme somme de limites de fonctions usuelles mène à une F.I.

Révision express

Les réflexes à avoir

- Connaître la définition de chacun des types de limites et comprendre leur illustration graphique.
- Savoir lire sur un graphique, ou construire sur un graphique, une asymptote parallèle à l'axe des abscisses ou à l'axe des ordonnées.
- Connaître par cœur les règles opératoires sur les limites (somme, produit, quotient), ainsi que les théorèmes de comparaison.
- Ne pas hésiter à utiliser la calculatrice (le graphique ou le tableau de valeurs) pour conjecturer ou vérifier une limite à étudier.
- Dans le cas où l'on obtient une forme indéterminée, il faut savoir maîtriser les différents outils proposés dans les exercices qui suivent.

Les pièges à éviter

- Une asymptote horizontale (ou parallèle à l'axe des abscisses) a pour équation $y = l$, et une asymptote verticale (ou parallèle à l'axe des ordonnées) a pour équation $x = a$.
- Il faut parfois différencier limite à gauche et limite à droite de a.
- La règle qui consiste à mettre en facteur le terme dominant pour lever une indétermination n'est valable qu'à l'infini ! Par exemple, $\lim\limits_{x \to 2} \dfrac{3x+4}{x-2} \neq 3$. Par contre, $\lim\limits_{x \to +\infty} \dfrac{3x+4}{x-2} = \lim\limits_{x \to +\infty} \dfrac{3x}{x} = 3$.

Quiz

*Pour chaque question, une seule réponse proposée (**a**, **b** ou **c**) est exacte.*

1. $f(x) = -2x^3 + x^2$; $\lim\limits_{x \to +\infty} f(x)$ est égale à :

☐ **a.** 0 ☐ **b.** $-\infty$ ☐ **c.** $+\infty$

2. $f(x) = \dfrac{2x^2 - x + 1}{2x - 1}$; $\lim\limits_{x \to +\infty} f(x)$ est égale à :

☐ **a.** $+\infty$ ☐ **b.** 2 ☐ **c.** 1

3. $f(x) = -2x + 1 - \dfrac{1}{x-2}$; $\lim\limits_{\substack{x \to 2 \\ x > 2}} f(x)$ est égale à :

☐ **a.** -3 ☐ **b.** 0 ☐ **c.** $-\infty$

4. f est la fonction définie sur $]-\infty\,;1[\cup]1\,;+\infty[$ par $f(x) = \dfrac{3}{x-1}$:

☐ **a.** $\lim\limits_{\substack{x \to 1 \\ x < 1}} f(x) = -\lim\limits_{\substack{x \to 1 \\ x > 1}} f(x)$ ☐ **b.** $\lim\limits_{x \to -\infty} f(x) = 3$ ☐ **c.** $\lim\limits_{x \to +\infty} f(x) = -3$

5. La courbe représentant la fonction f telle que $\lim\limits_{x \to 2} f(x) = -\infty$ admet une asymptote :

☐ **a.** horizontale d'équation $y = 2$ ☐ **b.** verticale d'équation $x = 2$
☐ **c.** verticale d'équation $y = 2$

→ Réponses p. 493

EXERCICE 1

Savoir lire une limite sur un graphique

Énoncé

1. Donner, par lecture graphique, les limites de f en $-\infty$, en 1 et en $+\infty$.

2. En déduire les asymptotes à la courbe f.

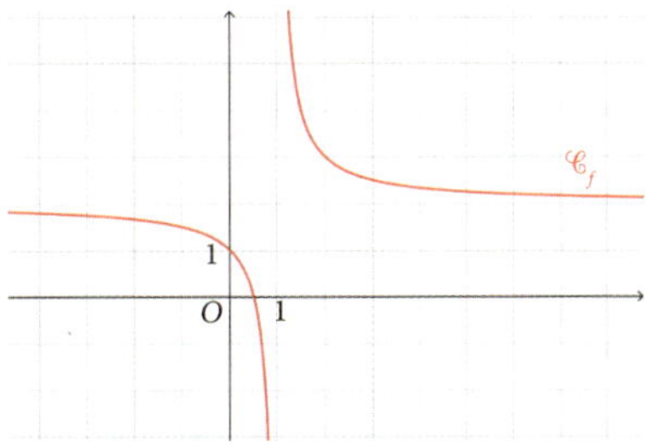

Méthode

Pour déterminer une limite graphiquement, on peut parcourir les abscisses de la droite vers la gauche et observer les images.

Corrigé

1. À gauche du graphique : $\lim\limits_{x \to -\infty} f(x) = 2$.

À droite du graphique : $\lim\limits_{x \to +\infty} f(x) = 2$.

Au centre du graphique : $\lim\limits_{x \to 1^-} f(x) = -\infty$ **et** $\lim\limits_{x \to 1^+} f(x) = +\infty$.

2. Comme $\lim\limits_{x \to -\infty} f(x) = 2$ et que $\lim\limits_{x \to +\infty} f(x) = 2$, la droite $\mathscr{D}$ d'équation $y = 2$ est asymptote horizontale à $\mathscr{C}_f$ en $-\infty$ et en $+\infty$.

Comme $\lim\limits_{x \to 1^-} f(x) = -\infty$ et $\lim\limits_{x \to 1^+} f(x) = +\infty$, la droite $x = 1$ est asymptote verticale à $\mathscr{C}_f$.

EXERCICE 2

Savoir déterminer une limite par comparaison

Énoncé

Déterminer la limite en $-\infty$ de la fonction $f : x \to e^x \sin\left(3x + \frac{\pi}{6}\right)$.

Méthode

Il faut reconnaître une fonction usuelle dans l'expression de $f(x)$ qui peut être majorée, minorée ou bornée. Ensuite, on utilise les propriétés de comparaison.

Corrigé

Pour tout réel x, $-1 \leqslant \sin\left(3x + \frac{\pi}{6}\right) \leqslant 1$ donc $-e^x \leqslant e^x \sin\left(3x + \frac{\pi}{6}\right) \leqslant e^x$ (car $e^x > 0$).

Or $\lim\limits_{x \to -\infty} -e^x = 0$ et $\lim\limits_{x \to -\infty} e^x = 0$ donc, d'après le théorème des gendarmes :

$\lim\limits_{x \to -\infty} e^x \sin\left(3x + \frac{\pi}{6}\right) = 0$ c'est-à-dire $\lim\limits_{x \to -\infty} f(x) = 0$.

EXERCICE 3

Savoir utiliser la croissance comparée de e^x et x^n

Énoncé

Déterminer la limite en $+\infty$ de la fonction f définie sur $]0\,;+\infty[$ par $f(x)=\dfrac{e^x}{x^4+1}$.

Méthode

Lorsque l'on ne peut pas conclure directement en utilisant les règles opératoires, pour une limite utilisant l'exponentielle, il faut transformer l'expression $f(x)$ pour faire apparaître les limites connues entre e^x et x^n.

Corrigé

$\lim\limits_{x\to+\infty} e^x=+\infty$ et $\lim\limits_{x\to+\infty}(x^4+1)=+\infty$ donc on ne peut conclure avec les règles opératoires usuelles.

Pour tout réel x strictement positif, $\dfrac{e^x}{x^4+1}=\dfrac{e^x}{x^4\left(1+\dfrac{1}{x^4}\right)}=\dfrac{e^x}{x^4}\times\dfrac{1}{1+\dfrac{1}{x^4}}$.

Or $\lim\limits_{x\to+\infty}\dfrac{e^x}{x^4}=+\infty$, puis $\lim\limits_{x\to+\infty}\dfrac{1}{x^4}=0$ donc $\lim\limits_{x\to+\infty}\dfrac{1}{1+\dfrac{1}{x^4}}=1$.

Ainsi, par produit, $\lim\limits_{x\to+\infty}\dfrac{e^x}{x^4+1}=+\infty$, soit $\lim\limits_{x\to+\infty}f(x)=+\infty$.

EXERCICE 4

Savoir étudier une limite en a

Énoncé

Déterminer la limite en -1 de la fonction g d'expression : $g(x)=\dfrac{-10}{x+1}$.

Méthode

Il faut décomposer la fonction étudiée en fonctions usuelles dont on connaît les limites puis opérer sur ces limites en étant attentif au signe.

Corrigé

$\lim\limits_{x\to-1}-10=-10$ et $\lim\limits_{x\to-1}x+1=0$ mais pour conclure il faut connaître le signe de $x+1$.

x	$-\infty$		-1		$+\infty$
$x+1$		$-$	0	$+$	

Ainsi, par quotient $\lim\limits_{\substack{x\to-1\\x<-1}}\dfrac{-10}{x+1}=+\infty$ et $\lim\limits_{\substack{x\to-1\\x>-1}}\dfrac{-10}{x+1}=-\infty$.

EXERCICE 5

Savoir factoriser par le terme dominant

Énoncé

Déterminer la limite en $+\infty$ de la fonction suivante : $g(x) = \dfrac{7x^3+3}{2x^3+5}$.

Méthode

Pour lever une forme indéterminée (F.I.), on peut factoriser l'expression par le terme dominant (souvent une puissance de x ou une exponentielle).

Corrigé

$$g(x) = \frac{x^3\left(7+\dfrac{3}{x^3}\right)}{x^3\left(2+\dfrac{5}{x^3}\right)} = \frac{7+\dfrac{3}{x^3}}{2+\dfrac{5}{x^3}}.$$

Or $\lim\limits_{x\to+\infty} \dfrac{1}{x^3} = 0$ donc $\lim\limits_{x\to+\infty} 7+\dfrac{3}{x^3} = 7$ et $\lim\limits_{x\to+\infty} 2+\dfrac{5}{x^3} = 2$.

Ainsi, par quotient, $\lim\limits_{x\to+\infty} \dfrac{7+\dfrac{3}{x^3}}{2+\dfrac{5}{x^3}} = \dfrac{7}{2}$ c'est-à-dire $\mathbf{\lim\limits_{x\to+\infty} g(x) = \dfrac{7}{2}}$.

EXERCICE 6

Savoir déterminer un seuil

Énoncé

1. Écrire une fonction Python seuil, de paramètre A, qui calcule la plus petite valeur entière de x telle que $10(1+e^{0,1x^2})$ soit strictement supérieur à A.

2. Quelle ligne faut-il inscrire dans la console pour déterminer x tel que $f(x) > 9\,999$?

Méthode

Pour déterminer un seuil, on doit utiliser une boucle « Tant que » car on ne connaît pas à l'avance le nombre d'itérations de la boucle.

Corrigé

1.

```
from math import *

def seuil(A):
    x=0
    y=20
    while (y<A):
        x=x+1
        y=10*(1+exp(0.1*x**2))
    return(x)
```

2. Il faut inscrire « seuil(9999) ».
La fonction Python retourne 9.

```
*** Console de processus distant Réinitialisée ***
>>>
>>> seuil(9999)
9
>>>
```

Ainsi, $10(1+e^{0,1x^2}) > 9999$ dès que $x > 9$.

Chapitre 7 Compléments sur la dérivation

1 Fonctions composées

De quoi s'agit-il ? On introduit une nouvelle opération entre deux fonctions : la composition.

Dans ce paragraphe, u est une fonction définie sur un intervalle I et à valeurs dans un intervalle J et v est une fonction définie sur l'intervalle J.

• **Définition**

La **composée** de u par v est la fonction, notée $\boldsymbol{v \circ u}$, définie sur I par :

$$v \circ u(x) = v(u(x))$$

On peut schématiser la composition de u par v ainsi :

$$v \circ u : \mathrm{I} \xrightarrow{u} \mathrm{J} \xrightarrow{v} \mathbb{R}$$
$$x \longmapsto u(x) \longmapsto v(u(x)) = v \circ u(x)$$

Piège à éviter
En général, $v \circ u(x) \neq u \circ v(x)$

Exemple

u et v sont les fonctions définies sur $\mathbb{R}$ par $u(x) = x^2$ et $v(x) = \mathrm{e}^x$.

$$v \circ u : \mathbb{R} \longrightarrow \mathbb{R} \longrightarrow \mathbb{R}$$
$$x \longmapsto x^2 \longmapsto v \circ u(x) = v(u(x)) = \mathrm{e}^{x^2}.$$

• **Propriété**

Si u est dérivable sur I et si v est dérivable sur J, alors, pour tout x de I :

$$(v \circ u)'(x) = v'(u(x)) \times u'(x)$$

Exemple

On reprend l'exemple précédent :
$u(x) = x^2$ donc $u'(x) = 2x$; $v(x) = \mathrm{e}^x$ donc $v'(x) = \mathrm{e}^x$.
Ainsi, $(v \circ u)'(x) = v'(u(x)) \times u'(x) = \mathrm{e}^{x^2} \times 2x = 2x\mathrm{e}^{x^2}$.
Autrement dit, $(\mathrm{e}^{x^2})' = 2x\mathrm{e}^{x^2}$.

Exercice résolu

Utiliser les fonctions composées

ÉNONCÉ

u et v sont les fonctions définies sur $\mathbb{R}$ par $u(x) = 5x^2 + 1$ et $v(x) = 3x^7 + 2$.

1. Déterminer l'expression de la fonction composée $v \circ u$.

•••

•••

2. Déterminer l'expression de la dérivée $(v \circ u)'$.
3. Déterminer l'expression de la fonction composée $u \circ v$.
4. Déterminer l'expression de la dérivée $(u \circ v)'$.

CORRIGÉ

1. Pour tout x de $\mathbb{R}$, $v \circ u(x) = v(u(x)) = v(5x^2 + 1) = 3(5x^2 + 1)^7 + 2$.

$$v \circ u : \mathbb{R} \longrightarrow \mathbb{R} \longrightarrow \mathbb{R}$$
$$x \longmapsto u(x) \longmapsto v(u(x))$$

2. Pour tout x de $\mathbb{R}$, $u(x) = 5x^2 + 1$ donc $u'(x) = 10x$ et $v(x) = 3x^7 + 2$ donc $v'(x) = 21x^6$.
Ainsi, d'après la propriété du paragraphe 1, on a :
$(v \circ u)'(x) = v'(u(x)) \times u'(x) = v'(5x^2 + 1) \times 10x = 21(5x^2 + 1)^6 \times 10x$
$(v \circ u)'(x) = 210x(5x^2 + 1)^6$.
3. Pour tout x de $\mathbb{R}$, $u \circ v(x) = u(v(x)) = u(3x^7 + 2) = 5(3x^7 + 2)^2 + 1$.

$$u \circ v : \mathbb{R} \longrightarrow \mathbb{R} \longrightarrow \mathbb{R}$$
$$x \longmapsto v(x) \longmapsto u(v(x))$$

4. D'après la propriété du paragraphe 1, on a :
$(u \circ v)'(x) = u'(v(x)) \times v'(x) = u'(3x^7 + 2) \times 21x^6 = 10(3x^7 + 2) \times 21x^6$.
$(u \circ v)'(x) = 210x^6(3x^7 + 2)$.

2 Formules des dérivées

De quoi s'agit-il ? **On rappelle ici les formules des dérivées des fonctions et des formes usuelles vues en Première. On les complète avec les dérivées des fonctions composées.**

1 Dérivées des fonctions usuelles

a et b sont des réels fixés.

$f(x)$	f est dérivable sur	$f'(x)$
$ax + b$	$\mathbb{R}$	a
x^2	$\mathbb{R}$	$2x$
x^n	$\mathbb{R}$ avec $n \in \mathbb{N}^*$	nx^{n-1}
$\dfrac{1}{x}$	$]-\infty ; 0[$ ou $]0 ; +\infty[$	$-\dfrac{1}{x^2}$
$\sqrt{x}$	$]0 ; +\infty[$	$\dfrac{1}{2\sqrt{x}}$
e^x	$\mathbb{R}$	e^x

2 Dérivées et opérations usuelles

u et v sont deux fonctions définies et dérivables sur un même intervalle I.

Fonction de la forme	Fonction dérivée	Condition d'application
$u+v$	$u'+v'$	
ku	ku'	$k \in \mathbb{R}$
$u \times v$	$u' \times v + u \times v'$	
$\frac{1}{v}$	$-\frac{v'}{v^2}$	$v(x) \neq 0$ sur I
$\frac{u}{v}$	$\frac{u' \times v - u \times v'}{v^2}$	$v(x) \neq 0$ sur I

3 Dérivées d'une fonction composée $v \circ u$

a et b sont des réels fixés. u est une fonction définie et dérivable sur I.

Fonction de la forme	Fonction dérivée	Condition d'application
$u(ax+b)$	$a \cdot u'(ax+b)$	
$\sqrt{u}$	$\frac{u'}{2\sqrt{u}}$	$u(x) > 0$ sur I
u^n	$n \cdot u' \cdot u^{n-1}$	n entier, $n \geqslant 1$
e^u	$u' \cdot e^u$	

Exercice résolu

Rechercher l'expression d'une dérivée

ÉNONCÉ

Déterminer les expressions des dérivées des fonctions f, g et h définies sur $\mathbb{R}$ par :

1. $f(x) = \frac{5x+4}{x^2+1}$
2. $g(x) = (5e^x - x^2)^3$
3. $h(x) = \sqrt{3 + e^{4x}}$

CORRIGÉ

1. On remarque que f est de la forme $\frac{u}{v}$ avec $u(x) = 5x + 4$ donc $u'(x) = 5$ et $v(x) = x^2 + 1$ donc $v'(x) = 2x$.
On applique la formule de la dérivation $\left(\frac{u}{v}\right)' = \frac{u'v - uv'}{v^2}$.
Ainsi, $f'(x) = \frac{5 \times (x^2+1) - (5x+4) \times 2x}{(x^2+1)^2} = \frac{5x^2+5-10x^2-8x}{(x^2+1)^2} = \frac{-5x^2-8x+5}{(x^2+1)^2}$.

2. On remarque que g est du type u^n avec $u(x) = 5e^x - x^2$ et $n = 3$.
On applique la formule de dérivation : $(u^n)' = nu'u^{n-1}$.
On a $u(x) = 5e^x - x^2$, donc $u'(x) = (5e^x)' - (x^2)' = 5e^x - 2x$.
Ainsi, $g'(x) = 3 \times (5e^x - 2x) \times (5e^x - x^2)^2$.

•••

3. On remarque que h est de la forme $\sqrt{u}$ avec $u(x) = 3 + e^{4x}$ donc $u'(x) = 4e^{4x}$.
On applique la formule de la dérivation : $(\sqrt{u})' = \dfrac{u'}{2\sqrt{u}}$.
Ainsi, $h'(x) = \dfrac{4e^{4x}}{2\sqrt{3 + e^{4x}}} = \dfrac{2e^{4x}}{\sqrt{3 + e^{4x}}}$.

3 Fonction convexe sur un intervalle

De quoi s'agit-il ? On introduit de nouvelles notions relatives aux fonctions : la convexité et la concavité. Puis on les relie à la dérivée.

1 Fonction convexe, fonction concave

Définitions

f est une fonction définie sur un intervalle I de $\mathbb{R}$ et $\mathscr{C}$ est la courbe représentative de f dans un repère.
- La **fonction** f est **convexe** sur I lorsque, sur I, $\mathscr{C}$ est située au-dessus de chacune de ses tangentes.
- La **fonction** f est **concave** sur I lorsque, sur I, $\mathscr{C}$ est située au-dessous de chacune de ses tangentes.

Exemple

La fonction $f : x \mapsto x^2$ est convexe sur $\mathbb{R}$. La fonction $g : x \mapsto \sqrt{x}$ est concave sur $[0 ; +\infty[$.

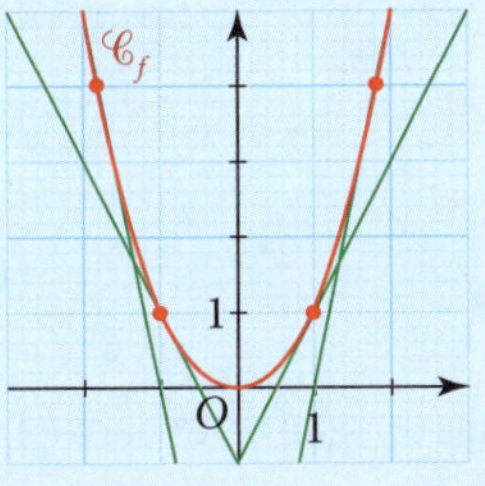

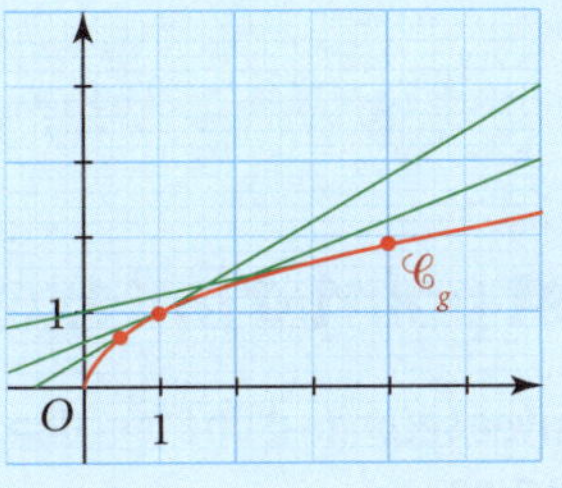

2 Convexité et sens de variation

Propriétés

f est une fonction dérivable sur un intervalle I.
- f est convexe sur I si, et seulement si, f' est croissante sur I.
- f est concave sur I si, et seulement si, f' est décroissante sur I.

Exemple

f est la fonction définie sur $\mathbb{R}$ par $f(x) = \dfrac{1}{2}x^2 + x$.
Pour tout x de $\mathbb{R}$, $f'(x) = x + 1$. Or la fonction $x \mapsto x + 1$ est une fonction affine croissante sur $\mathbb{R}$. On en déduit que la fonction f est convexe sur $\mathbb{R}$.

Exercices résolus

1. Lire la convexité ou la concavité d'une fonction sur sa courbe

ÉNONCÉ

La courbe $\mathscr{C}$ ci-contre représente une fonction f définie sur $I = [-2 ; 1]$.
Lire les intervalles sur lesquels :
• f est convexe • f est concave.

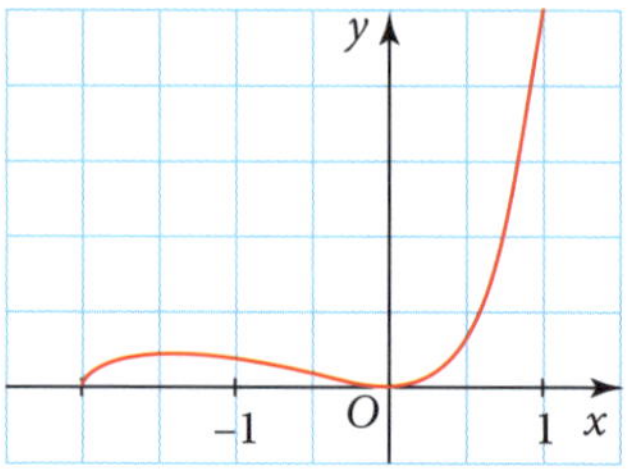

CORRIGÉ

On lit sur le graphique que :
• la courbe $\mathscr{C}$ est située au-dessus de ses tangentes sur l'intervalle $[0 ; 1]$. Donc f est convexe sur $[0 ; 1]$;
• la courbe $\mathscr{C}$ est située au-dessous de ses tangentes sur l'intervalle $[-2 ; 0]$. Donc f est concave sur $[-2 ; 0]$.

Remarque
Visualiser mentalement quelques tangentes à la courbe $\mathscr{C}$.

2. Utiliser le sens de variation de la dérivée

ÉNONCÉ

f est la fonction définie sur $\mathbb{R}$ par $f(x) = 3x^2 - 4x - 1$.
Étudier la convexité de la fonction f.

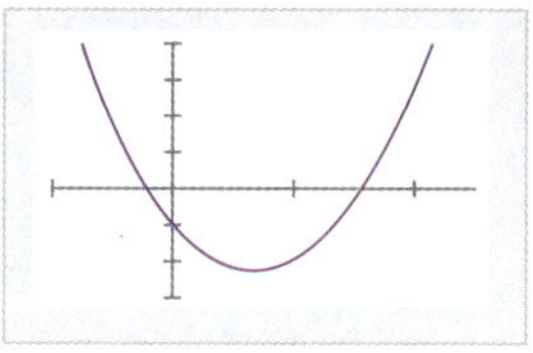

CORRIGÉ

Pour tout x de $\mathbb{R}$, $f'(x) = 6x - 4$. Or la fonction affine $x \mapsto 6x - 4$ est croissante sur $\mathbb{R}$ (car $a = 6 > 0$), donc f est convexe sur $\mathbb{R}$.

4 Dérivée seconde et point d'inflexion

De quoi s'agit-il ? On définit la dérivée seconde d'une fonction. Puis on relie cette dérivée seconde à la convexité (ou concavité) de la fonction.

1 Dérivée seconde et convexité

• **Définitions**

f est une fonction dérivable sur un intervalle I.
• On dit qu'une **fonction** f est **deux fois dérivable** sur I lorsque sa dérivée f' est dérivable sur I.
• La dérivée de f' est notée f'' et elle est appelée **dérivée seconde** de f.

• **Propriétés**

f est une fonction deux fois dérivable sur un intervalle I.
• f est convexe sur I si, et seulement si, pour tout x de $\mathbb{R}$, $f''(x) \geqslant 0$.
• f est concave sur I si, et seulement si, pour tout x de $\mathbb{R}$, $f''(x) \leqslant 0$.

2 Point d'inflexion

Dans ce paragraphe, f est une fonction deux fois dérivable sur un intervalle I, $a \in$ I et $\mathscr{C}$ est la courbe représentative de f dans un repère.

- **Définition**

Dire que le point $A(a\,;f(a))$ est un **point d'inflexion** de $\mathscr{C}$ signifie qu'au point A, la courbe $\mathscr{C}$ traverse sa tangente.

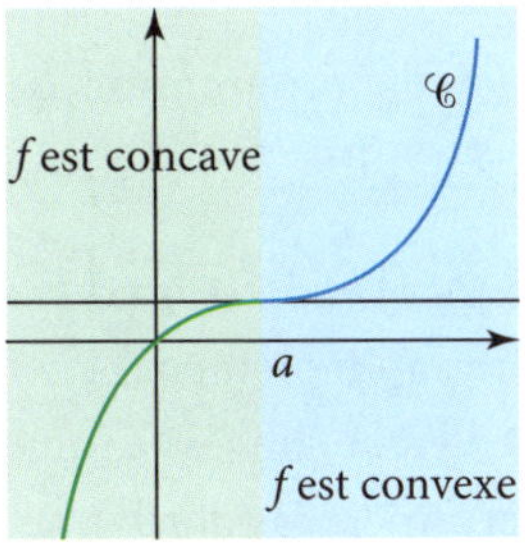

- **Propriété**

$A(a\,;f(a))$ est un point d'inflexion de $\mathscr{C}$ si, et seulement si, $f''(a)$ s'annule en changeant de signe.

Lorsque $A(a\,;f(a))$ est un point d'inflexion, f passe, en a, de convexe à concave ou de concave à convexe.

Exercices résolus

1. Déterminer l'expression d'une dérivée seconde

ÉNONCÉ

Déterminer la dérivée seconde sur $\mathbb{R}$ de la fonction g définie par : $g(x) = 2\,e^{x^2+1}$.

CORRIGÉ

Pour tout x de $\mathbb{R}$, $g(x) = 2e^{u(x)}$ avec $u(x) = x^2 + 1$, donc $u'(x) = 2x$.
Ainsi, $g'(x) = 2u'(x)\,e^{u(x)} = 4x\,e^{x^2+1}$. Donc, $g'(x) = v(x)\,e^{u(x)}$ avec $v(x) = 4x$ et $g''(x) = v'(x)\,e^{u(x)} + v(x)(e^{u(x)})' = 4\,e^{x^2+1} + 4x \times 2xe^{x^2+1}$.
Finalement, $g''(x) = 4(1 + 2x^2)\,e^{x^2+1}$.

Réflexe à avoir

On applique les formules de dérivation (à connaître par cœur) vues dans les chapitres précédents.

2. Déterminer un point d'inflexion

ÉNONCÉ

f est la fonction définie sur $\mathbb{R}$ par $f(x) = x^3 + 6x^2 + 12x - 5$.
On note $\mathscr{C}$ sa courbe représentative dans un repère.
Démontrer que la courbe $\mathscr{C}$ possède un point d'inflexion. Préciser ses coordonnées.

CORRIGÉ

Pour tout x de $\mathbb{R}$, $f'(x) = 3x^2 + 12x + 12$ et $f''(x) = 6x + 12$.
$f''(x) = 0$ si, et seulement si, $6x + 12 = 0$ soit $x = -2$.
Il se peut que $\mathscr{C}$ ait un point d'inflexion en $x = -2$.
On étudie le signe de $f''(x)$ pour le savoir.

x	$-\infty$		-2		$+\infty$
$f''(x) = 6x + 12$		$-$	0	$+$	

Ainsi, $f''(x) \leqslant 0$ sur $]-\infty\,;-2]$, donc f est concave sur $]-\infty\,;-2]$ et $f''(x) \geqslant 0$ sur $[-2\,;+\infty[$ donc f est convexe sur $[-2\,;+\infty[$.
Finalement, $\mathscr{C}$ possède un point d'inflexion $A(-2\,;-13)$ (car $f(-2) = -13$).

➔ Révision express

Les réflexes à avoir

- Se rappeler du programme de Première : quand il existe, le nombre dérivé de f en a est $f'(a) = \lim\limits_{h \to 0} \dfrac{f(a+h) - f(a)}{h}$ et $f'(a)$ est le coefficient directeur de la tangente à $\mathscr{C}_f$ en a.
- Savoir donner l'expression d'une fonction composée $u \circ v$ et savoir appliquer la dérivation.
- Visualiser graphiquement la convexité ou la concavité d'une fonction et un point d'inflexion.
- Faire le lien entre convexité (ou concavité), position des tangentes, variation de f' et signe de $f''(x)$.
- Pour déterminer les coordonnées d'un point d'inflexion, dresser le tableau de signes de $f''(x)$.

Les pièges à éviter

- Attention, en général, $u \circ v \neq v \circ u$.
- $A(a\,;f(a))$ est un point d'inflexion de $\mathscr{C}_f \Leftrightarrow f''(a) = 0$ **et** $f''(x)$ change de signe autour de a.

Quiz

*Pour chaque question, une seule réponse proposée (**a**, **b** ou **c**) est exacte.*

1. u et v sont les fonctions définies sur $\mathbb{R}$ par $u(x) = 5x^2$ et $v(x) = 3e^x$.

☐ **a.** $u \circ v(x) = 3e^{5x^2}$ ☐ **b.** $u \circ v(x) = 45e^{2x}$ ☐ **c.** $u \circ v(x) = 15x^2e^x$

2. u et v sont les fonctions définies sur $\mathbb{R}$ par $u(x) = \dfrac{1}{1+x^2}$ et $v(x) = e^x$.

☐ **a.** $(u \circ v)'(x) = \dfrac{-2e^{2x}}{(1+e^{2x})^2}$ ☐ **b.** $(u \circ v)'(x) = \dfrac{-e^x}{1+x^2}$ ☐ **c.** $(u \circ v)'(x) = \dfrac{e^x}{1+e^{2x}}$

3. g est la fonction définie sur $\mathbb{R}$ par $g(x) = (1 + e^{2x})^5$.

☐ **a.** $g'(x) = 5(1 + e^{2x})^4$ ☐ **b.** $g'(x) = 10e^{2x}(1 + e^{2x})^4$ ☐ **c.** $g'(x) = 10e^{2x}$

4. Une fonction convexe est représentée sur l'écran :

☐ **a.**
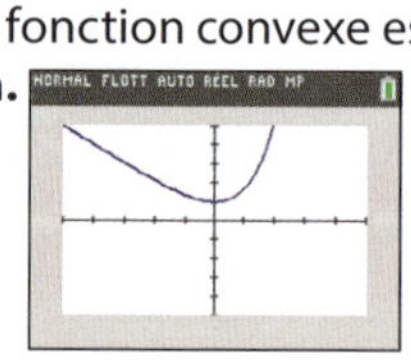

☐ **b.**
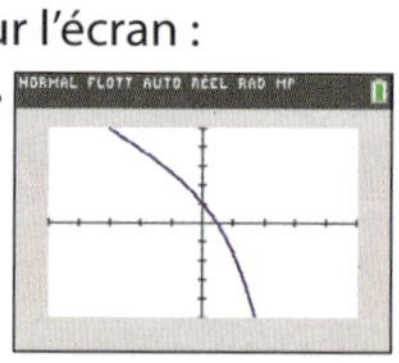

☐ **c.**
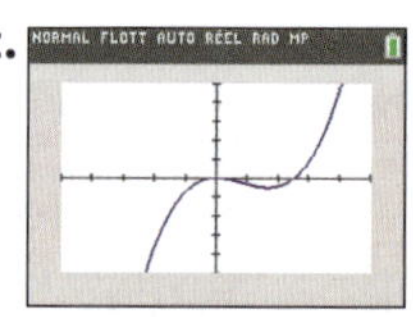

5. g est la fonction définie sur $\mathbb{R}$ telle que $g(2) = 5$ et dont le tableau de signes de $g''(x)$ est donné ci-contre :

x	$-\infty$		2		$+\infty$
$g''(x)$		+	0	−	

☐ **a.** g est convexe sur $[2\,;+\infty[$ et concave sur $]-\infty\,;2]$ ☐ **b.** g est convexe sur $]-\infty\,;2]$ et concave sur $[2\,;+\infty[$ ☐ **c.** g n'est ni concave, ni convexe.

6. On reprend la fonction g précédente. La courbe $\mathscr{C}_g$ possède :

☐ **a.** un point d'inflexion $A(2\,;0)$ ☐ **b.** deux points d'inflexion $A(2\,;0)$ et $B(5\,;0)$
☐ **c.** un point d'inflexion $A(2\,;5)$

➔ Réponses p. 493

EXERCICE 1

Savoir trouver l'expression d'une fonction composée

Énoncé

u et v sont les fonctions définies sur $\mathbb{R}$ par $u(x) = \ln(1 + x^2)$ et $v(x) = 5x^3 - 1$.

1. Déterminer l'expression de la fonction composée $v \circ u$.

2. Déterminer l'expression de la fonction composée $u \circ v$.

Méthode

- Appliquer le schéma du cours : $v \circ u : \mathrm{I} \xrightarrow{u} \mathrm{J} \xrightarrow{v} \mathbb{R}$
  $x \longmapsto u(x) \longmapsto v(u(x)) = v \circ u(x)$.
- Attention au sens : $v \circ u \neq u \circ v$.

Corrigé

1. $v \circ u : \mathbb{R} \xrightarrow{u} \mathbb{R} \xrightarrow{v} \mathbb{R}$

$x \longmapsto \ln(1 + x^2) \longmapsto v(\ln(1 + x^2)) = 5(\ln(1 + x^2))^3 - 1 = v \circ u(x)$.

2. $u \circ v : \mathbb{R} \xrightarrow{v} \mathbb{R} \xrightarrow{u} \mathbb{R}$

$x \longmapsto (5x^3 - 1) \longmapsto u(5x^3 - 1) = \ln(1 + (5x^3 - 1)^2) = u \circ v(x)$.

EXERCICE 2

Savoir trouver l'expression d'une dérivée

Énoncé

Déterminer l'expression des dérivées des fonctions f et g définies sur $\mathbb{R}$ par :

$$f(x) = 5x\mathrm{e}^{2x^3-1} \text{ et } g(x) = \sqrt{3x^2 + 4}$$

Méthode

- Reconnaître la forme de f $\left(u \cdot v \,;\, \dfrac{u}{v} \,;\, \mathrm{e}^u \,;\, u^n \ldots\right)$.
- Déceler les fonctions usuelles dans l'expression de f (x^n ; $\sqrt{x}$; e^x ; ...).
- Utiliser les tableaux du cours.

Corrigé

- **Pour f :** Pour tout x de $\mathbb{R}$, $f(x) = u(x) \times v(x)$ avec $u(x) = 5x$ donc $u'(x) = 5$ et $v(x) = \mathrm{e}^{2x^3-1}$ donc $v'(x) = 6x^2\mathrm{e}^{2x^3-1}$.

Ainsi, $f'(x) = u'(x)v(x) + u(x)v'(x) = 5\mathrm{e}^{2x^3-1} + 5x \times 6x^2\mathrm{e}^{2x^3-1} = \mathrm{e}^{2x^3-1}(5 + 30x^3)$.

- **Pour g :** Pour tout x de $\mathbb{R}$, $g(x) = \sqrt{u(x)}$ avec $u(x) = 3x^2 + 4$, donc $u'(x) = 6x$.

Ainsi, $g'(x) = \dfrac{u'(x)}{2\sqrt{u(x)}} = \dfrac{6x}{2\sqrt{3x^2+4}} = \dfrac{3x}{\sqrt{3x^2+4}}$.

Remarque
Ce calcul peut également se faire grâce à la dérivée de $\sqrt{u}$ (tableau du paragraphe 2.3).

EXERCICE 3

Savoir lire la convexité ou un point d'inflexion sur une courbe

Énoncé

f est la fonction définie sur $[-5 ; 3]$ et représentée par la courbe $\mathscr{C}$ dans le repère ci-contre.

1. Préciser sur quel intervalle la fonction f est :

• convexe • concave.

2. La courbe $\mathscr{C}$ possède-t-elle des points d'inflexion ? Si oui, préciser leurs coordonnées approximatives.

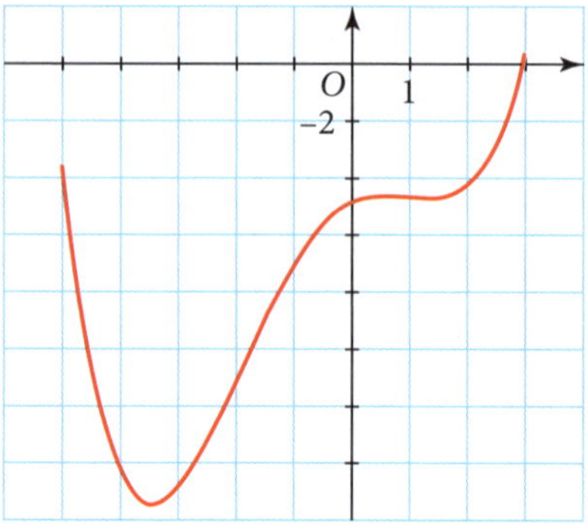

Méthode

● Revoir la définition de la convexité et de la concavité d'une fonction et la définition d'un point d'inflexion.

● Tracer mentalement quelques tangentes à la courbe $\mathscr{C}$ afin de lire les différentes informations selon l'intervalle.

Corrigé

1. On lit, grâce aux tangentes tracées en vert, que f est convexe sur les intervalles $[-5 ; -2]$ et $[1 ; 3]$.
On lit, grâce à la tangente tracée en noir, que f est concave sur l'intervalle $[-2 ; 1]$.

2. On lit, grâce aux tangentes tracées en bleu et à ce qui précède que $\mathscr{C}$ possède deux points d'inflexion :
$A(-2 ; -11)$ et $B(1 ; -4{,}7)$ (car $f(1) \simeq -4{,}7$).

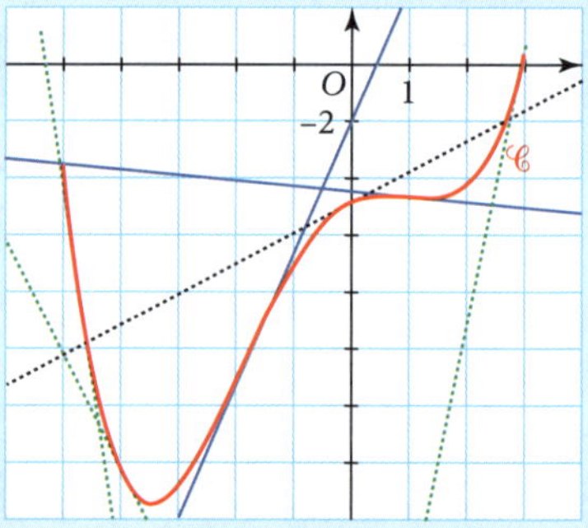

EXERCICE 4

Savoir déduire la convexité des variations de la dérivée

Énoncé

f est la fonction définie sur $]0 ; +\infty[$ par :

$f(x) = -5x\ln x + 1 + 5x$.

Étudier la convexité de la fonction f sur $]0 ; +\infty[$.

Réflexe à avoir
Étudier la convexité d'une fonction, c'est indiquer sur quel intervalle elle est convexe ou concave.

Méthode

● Déterminer l'expression de la dérivée de la fonction f.

● Déterminer les variations de la fonction dérivée f' de f sur I, en utilisant par exemple, les fonctions usuelles ($x \mapsto x^2 ; x \mapsto x^3 ; x \mapsto \dfrac{1}{x} ; x \mapsto e^x ; x \mapsto \ln x$).

● En déduire la convexité ou la concavité de f grâce à la propriété du paragraphe 3.2.

Corrigé

Pour tout x de $]0\,;+\infty[$, $f'(x) = (-5x)'\ln x - 5x(\ln x)' + (1+5x)'$.

$$f'(x) = -5\ln x - 5x \times \frac{1}{x} + 5 = -5\ln x - 5 + 5 = -5\ln x.$$

Or la fonction $x \mapsto \ln x$ est croissante sur $]0\,;+\infty[$, donc la fonction $f' : x \mapsto -5\ln x$ est décroissante sur $]0\,;+\infty[$.
Ainsi, la fonction f est concave sur $]0\,;+\infty[$.

Remarque
Même si cela n'est pas demandé, penser à vérifier la cohérence des résultats à la calculatrice.

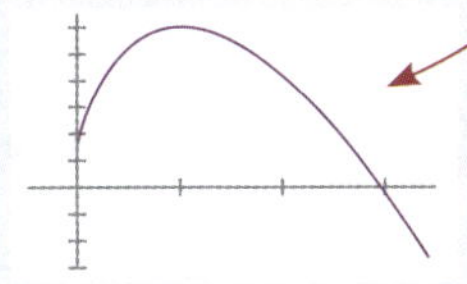

EXERCICE 5

Savoir utiliser la dérivée seconde

Énoncé

f est la fonction définie sur $\mathbb{R}$ par $f(x) = x^4 + 2x^3 - 36x^2 + 48x - 12$.

1. Étudier la convexité de f sur $\mathbb{R}$.

2. La courbe $\mathscr{C}$ représentative de f dans un repère admet-elle des points d'inflexion ? Si oui, préciser leurs coordonnées.

Méthode

- Utiliser les formules de dérivation afin de déterminer la dérivée f' de f, puis sa dérivée seconde f''.
- Étudier le signe de $f''(x)$ afin d'en déduire la convexité ou la concavité de f grâce à la propriété du paragraphe 4.1.
- Utiliser la propriété du paragraphe 4.2 pour étudier l'existence d'éventuels points d'inflexion.

Corrigé

1. Pour tout x de $\mathbb{R}$, $f'(x) = 4x^3 + 6x^2 - 72x + 48$ et $f''(x) = 12x^2 + 12x - 72$.
On étudie le signe de $f''(x)$ grâce au discriminant.
$\Delta = 12^2 - 4 \times 12 \times (-72) = 3\,600 > 0$.
Donc l'équation $f''(x) = 0$ admet deux solutions :

$$x_1 = \frac{-12 - \sqrt{3\,600}}{2 \times 12} = -3 \text{ et } x_2 = \frac{-12 + \sqrt{3\,600}}{2 \times 12} = 2.$$

On en déduit le signe de $f''(x)$.

x	$-\infty$		-3		2		$+\infty$
Signe de $f''(x)$		+	0	−	0	+	

Ainsi, $f''(x) \geqslant 0$ sur $]-\infty\,;-3] \cup [2\,;+\infty[$, donc f est convexe sur $]-\infty\,;-3] \cup [2\,;+\infty[$ et $f''(x) \leqslant 0$ sur $[-3\,;2]$, donc f est concave sur $[-3\,;2]$.

2. Grâce au tableau ci-dessus, on sait que $f''(x) = 0$ en changeant de signe lorsque $x = -3$ et lorsque $x = 2$. Or $f(-3) = -453$ et $f(2) = -28$.
Donc la courbe $\mathscr{C}$ admet deux points d'inflexion : $A(-3\,;-453)$ et $B(2\,;-28)$.

MATHS

Chapitre 8 Continuité des fonctions d'une variable réelle

1 Continuité d'une fonction

De quoi s'agit-il ? **On définit une nouvelle propriété des fonctions : la continuité. Puis on relie la continuité d'une fonction et la limite d'une suite définie par récurrence.**

1 Définitions

f est une fonction définie sur un intervalle I et $a \in I$.

- f est **continue en *a*** lorsque f a une limite en a égale à $f(a)$.
Ainsi, $\lim_{x \to a} f(x) = f(a)$.
- f est **continue sur I** lorsque f est continue en tout réel de I.

Graphiquement : Une fonction est continue en a si en se déplaçant sur la courbe en s'approchant de a, il n'y a pas de « lever de crayon » en a.

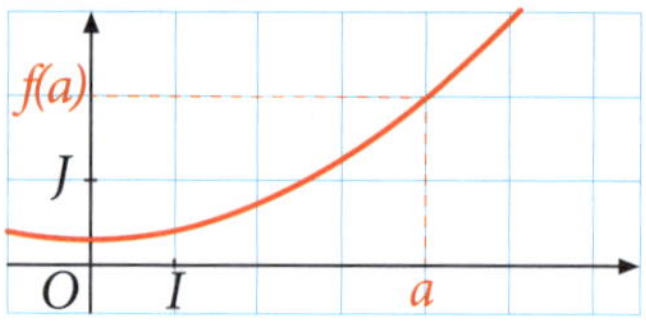

Il n'y a pas de rupture en a.
$\lim_{x \to a} f(x) = f(a)$, donc f est continue en a.

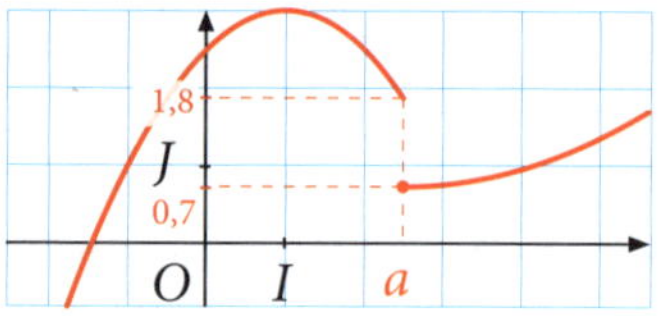

Il y a une rupture en a.
$\lim_{\substack{x \to a \\ x < a}} f(x) = 1{,}8 \neq f(a) = 0{,}7$
donc f n'est pas continue en a.

2 Continuité des fonctions usuelles

- **Propriété**

Toute fonction dérivable sur I est continue sur I.

Remarques :
- Les fonctions polynômes, exponentielles et trigonométriques sont continues sur $\mathbb{R}$.
- Les fractions rationnelles (quotient de deux fonctions polynômes) sont continues là où elles sont définies.
- La fonction racine carrée est continue sur $[0\,;+\infty[$.

3 Image d'une suite convergente

- **Théorème**

u est une suite définie par son premier terme et une relation du type $u_{n+1} = f(u_n)$.
Si la suite converge vers un réel ℓ et si f est continue en ℓ alors ℓ vérifie l'égalité $f(\ell) = \ell$.

Exercice résolu

Étudier la continuité d'une fonction définie par morceaux

ÉNONCÉ

f est la fonction définie sur $[-3\,;5]$ par $f(x) = \begin{cases} x+3 & \text{si } -3 \leqslant x < 1 \\ 2 & \text{si } 1 \leqslant x \leqslant 3. \\ -x+5 & \text{si } 3 < x \leqslant 5 \end{cases}$

1. Représenter f sur $[-3\,;5]$ dans un repère orthogonal.
2. Étudier la continuité de f en 1, puis en 3.

CORRIGÉ

1. Sur $[-3\,;1[$, $f(x) = x + 3$. Elle est représentée par la droite de coefficient directeur 1 passant par le point de coordonnées $(0\,;3)$.
De même sur $[1\,;3]$, $f(x) = 2$ et sur $]3\,;5]$, $f(x) = -x + 5$.

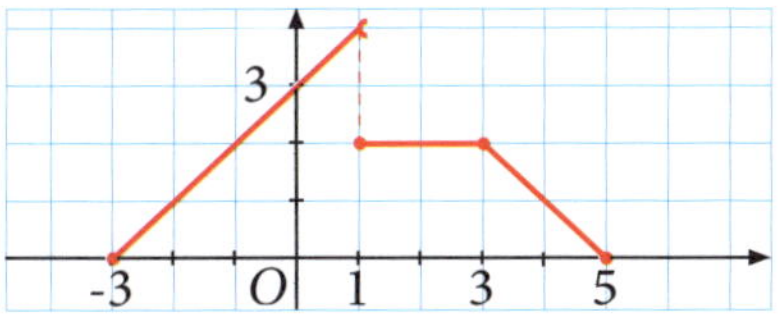

Remarque
On appelle cette fonction, une fonction affine par morceaux.

2. **En $x = 1$:** $\lim\limits_{\substack{x\to 1\\ x<1}} f(x) = \lim\limits_{\substack{x\to 1\\ x<1}} (x+3) = 4$ et $f(1) = 2$.

Ainsi, $\lim\limits_{x\to 1} f(x) \neq f(1)$. Donc, **$f$ n'est pas continue en 1.**

En $x = 3$: $f(3) = 2$ et $\lim\limits_{\substack{x\to 3\\ x>3}} f(x) = \lim\limits_{\substack{x\to 3\\ x>3}} (-x+5) = 2$.

Ainsi, $\lim\limits_{\substack{x\to 3\\ x>3}} f(x) = f(3)$. Donc, **$f$ est continue en 3.**

2 Théorème des valeurs intermédiaires

De quoi s'agit-il ? On expose un théorème qui permet de montrer l'existence de solution(s) d'une équation, mais pas de calculer la (ou les) valeur(s) de cette (ou de ces) solution(s).

1 Théorème

f est une fonction **continue** sur un intervalle I. a et b sont deux réels de I.
Pour tout réel **k compris entre $f(a)$ et $f(b)$**, il existe au moins un réel c compris entre a et b tel que $f(c) = k$.

Généralisation : Lorsque $a = -\infty$ ou $b = +\infty$, $f(a)$ ou $f(b)$ deviennent $\lim\limits_{x\to-\infty} f(x)$ ou $\lim\limits_{x\to+\infty} f(x)$.

- **Illustration graphique**

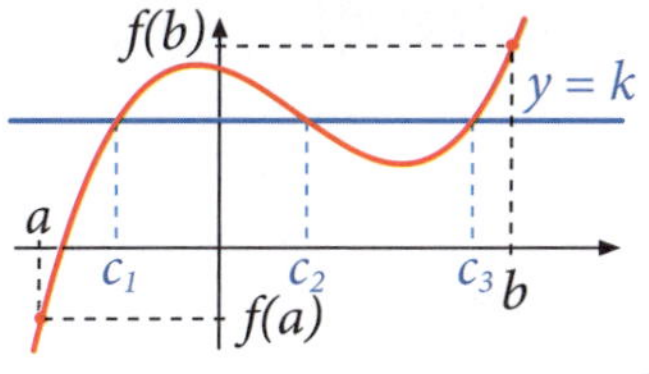

La droite d'équation $y = k$ coupe au moins une fois la courbe $\mathscr{C}$ représentant f sur $[a\,;b]$.
Sur cette illustration, il existe trois réels c_1, c_2 et c_3 compris entre a et b tels que $f(c_1) = f(c_2) = f(c_3) = k$.

2 Conséquence

Si, de plus, $f(a)$ **et** $f(b)$ **sont de signes contraires**, alors il existe au moins un réel c compris entre a et b tel que $f(c) = 0$.

3 Application aux équations

f est une fonction continue sur un intervalle I. a et b sont deux réels de I.
Pour tout réel k compris entre $f(a)$ et $f(b)$, l'équation $f(x) = k$ admet au moins une solution dans $]a\,;b[$.

Remarque
Le théorème des valeurs intermédiaires permet de montrer l'existence d'au moins une solution d'une équation du type $f(x) = k$ dans un intervalle $]a\,;b[$ donné.

Exercices résolus

1. Appliquer le théorème des valeurs intermédiaires

ÉNONCÉ

Démontrer que l'équation $x^2 - 9x\sqrt{x} = 11$ admet une solution dans $[0\,;100]$.

CORRIGÉ

Cette équation est du type $f(x) = k$ sur l'intervalle $[a\,;b]$ avec
$f(x) = x^2 - 9x\sqrt{x}$, $a = 0$, $b = 100$ et $k = 11$.
f est la somme de deux fonctions continues sur $[0\,;100]$,
donc f **est continue sur** $[0\,;100]$.
$f(0) = 0$, $f(100) = 1\,000$ donc $\mathbf{11 \in [f(0)\,;f(100)]}$.
D'après le théorème des valeurs intermédiaires, il existe au moins un nombre réel $c \in [0\,;100]$ tel que $f(c) = 11$.
Ainsi, l'équation $x^2 - 9x\sqrt{x} = 11$ admet au moins une solution sur $[0\,;100]$.

2. Montrer l'existence d'une solution pour l'équation $f(x) = 0$

ÉNONCÉ

1. Démontrer que l'équation $x^3 - 4x^2 + 3 = 0$ admet au moins une solution dans $[-1\,;4]$.
2. À l'aide de la calculatrice, déterminer une valeur approchée de la (ou des) solution(s).

CORRIGÉ

L'astuce du prof
Pour une meilleure lecture graphique, avant d'activer TRACE, il faut bien choisir la fenêtre.

1. f est la fonction définie sur $\mathbb{R}$ par $f(x) = x^3 - 4x^2 + 3$.
f est une fonction polynôme donc f est **continue sur** $\mathbb{R}$.
$f(-1) = (-1)^3 - 4(-1)^2 + 3 = -2$ et $f(4) = 3$,
donc $f(-1)$ **et** $f(4)$ **sont de signes contraires.**
Il existe alors au moins un réel $s \in [-1\,;4]$ tel que $s^3 - 4s^2 + 3 = 0$.
2. À l'aide du mode TRACE, on visualise trois solutions de l'équation $f(x) = 0$: environ $-0{,}75$; 1 et environ 3,8.

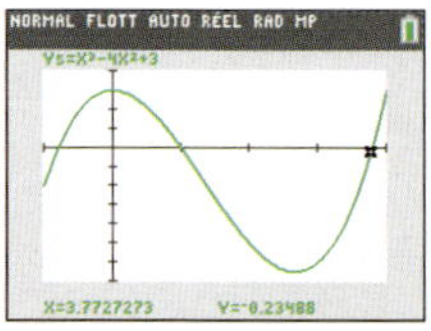

3 Fonction continue et strictement monotone

De quoi s'agit-il ? On expose ici une conséquence du théorème des valeurs intermédiaires qui permet de démontrer l'existence d'une unique solution d'une équation, mais pas de calculer la valeur de cette solution.

1 Propriété

> f est une fonction **continue et strictement monotone** sur l'intervalle $[a\ ;b]$.
> Pour tout nombre réel k compris entre $f(a)$ et $f(b)$, l'équation $f(x) = k$ admet une **solution unique** α dans $[a\ ;b]$.

- **Tableau de variation**

Ce résultat est illustré par l'un des tableaux de variation ci-dessous.

x	a	α	b
$f(x)$	$f(a)$ ↗	k	↗ $f(b)$

x	a	α	b
$f(x)$	$f(a)$ ↘	k	↘ $f(b)$

Remarque
Par convention, les flèches obliques d'un tableau de variation indiquent que la fonction est continue et strictement monotone.

- **Généralisations**

Lorsque $a = -\infty$ ou $b = +\infty$, $f(a)$ et $f(b)$ deviennent $\lim\limits_{x \to -\infty} f(x)$ ou $\lim\limits_{x \to +\infty} f(x)$.
Lorsque a ou b est une valeur en laquelle f n'est pas définie, $f(a)$ ou $f(b)$ deviennent $\lim\limits_{x \to a^+} f(x)$ ou $\lim\limits_{x \to b^-} f(x)$.

2 Exemple

f est une fonction définie sur $[-1\ ;+\infty[$, dont le tableau de variation est :

x	-1	0	$+\infty$
$f(x)$	$-0{,}5$ ↗	3	↘ -3

Montrer que l'équation $f(x) = 0$ admet exactement deux solutions dans $[-1\ ;+\infty[$.

Sur $[-1\ ;0]$:
D'après le tableau de variation, f est continue et strictement croissante sur $[-1\ ;0]$.
De plus, $f(-1)$ et $f(0)$ sont de signes contraires, donc l'équation $f(x) = 0$ admet une unique solution $\alpha \in [-1\ ;0]$.

Sur $[0\ ;+\infty[$:
f est continue et strictement décroissante sur $[0\ ;+\infty[$.
De plus, $f(0) = 3$ et $\lim\limits_{x \to +\infty} f(x) = -3$ sont de signes contraires, donc l'équation $f(x) = 0$ admet une unique solution $\beta \in [0\ ;+\infty[$.
Finalement, l'équation $f(x) = 0$ admet exactement deux solutions α et β.

Exercice résolu

Démontrer l'existence d'une unique solution

ÉNONCÉ

f est la fonction définie sur $\mathbb{R}$ par $f(x) = x^3 - 6x^2 + 3$.

1. Montrer que l'équation $f(x) = 0$ a une unique solution négative. On la note α.
2. Déterminer une valeur approchée au centième de α à l'aide de la calculatrice.

CORRIGÉ

1. f est une fonction polynôme, donc continue et dérivable sur $\mathbb{R}$.
Pour tout réel x, $f'(x) = 3x^2 - 12x = x(3x - 12)$.
$f'(x) = 0 \Leftrightarrow x = 0$ ou $3x - 12 = 0 \Leftrightarrow x = 0$ ou $x = 4$.
$f'(x)$ est une expression du second degré, avec $a = 3$ (positif), d'où :

x	$-\infty$		0		4		$+\infty$
$f'(x)$		$+$	0	$-$	0	$+$	
$f(x)$	$-\infty$	↗	3	↘	-29	↗	$+\infty$

> **L'astuce du prof**
> Penser à vérifier le tableau de variation en utilisant le graphique sur la calculatrice.

$f(0) = 3$ et $f(4) = 4^3 - 6 \times 4^2 + 3 = -29$.

$f(x) = x^3\left(1 - \dfrac{6}{x} + \dfrac{3}{x^3}\right)$ donc $\lim\limits_{x \to +\infty} f(x) = +\infty$ et $\lim\limits_{x \to -\infty} f(x) = -\infty$.

Ainsi, f est strictement monotone, continue et change de signe sur chaque intervalle $]-\infty\,;0[$; $]0\,;4[$ et $]4\,;+\infty[$.
D'après le théorème des valeurs intermédiaires, l'équation $f(x) = 0$ admet donc une unique solution sur chacun de ces intervalles.
Il n'y a donc qu'une seule solution négative, c'est-à-dire appartenant à $]-\infty\,;0]$, que l'on note α.

2. À l'aide de la calculatrice, on obtient $\alpha \approx -0{,}67$ ou $\alpha \approx -0{,}68$.

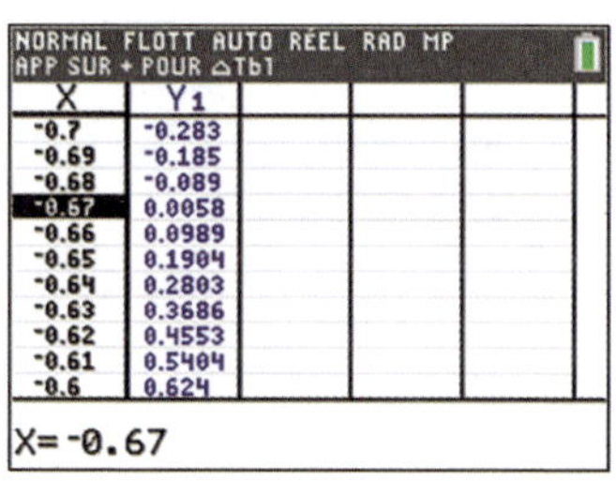

→ Révision express

Les réflexes à avoir

- Comprendre graphiquement ce qu'est une fonction continue ou discontinue en a.
- Utiliser la limite (à gauche et/ou à droite) de a pour démontrer qu'une fonction est ou n'est pas continue en a.
- Pour répondre à la question « Montrer qu'il existe **au moins** un réel c tel que $f(x) = k$… », utiliser le théorème des valeurs intermédiaires (paragraphe 2).
- Pour répondre à la question « Montrer qu'il existe **un unique** réel c tel que $f(x) = k$… », utiliser la conséquence du théorème des valeurs intermédiaires (paragraphe 3).
- Savoir utiliser sa calculatrice et écrire (ou comprendre) un algorithme pour déterminer une valeur approchée, par exemple à 0,01 près, de c tel que $f(c) = k$.

Les pièges à éviter

- La plupart des fonctions usuelles sont continues sur l'intervalle (ou la réunion d'intervalles) sur lequel (ou lesquels) elles sont définies (sauf la fonction partie entière : $x \mapsto E(x)$).
- Pour le théorème des valeurs intermédiaires, il y a deux hypothèses à vérifier : f continue et k compris entre $f(a)$ et $f(b)$. Pour la conséquence du théorème des valeurs intermédiaires, il y a trois hypothèses à vérifier : f continue, f strictement croissante (ou décroissante) et k compris entre $f(a)$ et $f(b)$.

Quiz

*Pour chaque question, une seule réponse proposée (**a**, **b** ou **c**) est exacte.*

1. La fonction f définie sur $\mathbb{R}$ par $f(x) = \begin{cases} 1 - 2x & \text{si } x \leqslant 0 \\ 3e^x - 1 & \text{si } x > 0 \end{cases}$ est :

☐ **a.** continue sur $\mathbb{R}$ ☐ **b.** continue en 0 ☐ **c.** discontinue en 0

2. La fonction f d'expression $f(x) = \begin{cases} m^2 + x + 1 & \text{si } x < -1 \\ \sqrt{x+2} & \text{si } x \geqslant -1 \end{cases}$ est continue sur $\mathbb{R}$ lorsque :

☐ **a.** $m = -1$ ou $m = 1$ ☐ **b.** $m = 0$ ☐ **c.** $m = 3$

3. f est une fonction donnée par le tableau de variation ci-contre. L'équation $f(x) = 0$ possède :

☐ **a.** une unique solution sur $\mathbb{R}$
☐ **b.** une unique solution sur l'intervalle [1 ; 2]
☐ **c.** trois solutions sur $\mathbb{R}$

x	$-\infty$		-1		3		$+\infty$
$f(x)$	$-\infty$	↗	2	↘	1	↗	$+\infty$

4. f est la fonction définie sur $\mathbb{R}$ par $f(x) = x^3 + x^2 - 2x + 1$.
L'équation $f(x) = 2$ possède au moins une solution sur :

☐ **a.** [−5 ; −3] ☐ **b.** [−2 ; 2] ☐ **c.** [2 ; 6]

5. L'équation $e^x + x = 0$ possède une unique solution sur :

☐ **a.** [−1 ; 0] ☐ **b.** [0 ; 1] ☐ **c.** [1 ; 2]

→ Réponses p. 493

EXERCICE 1

Savoir interpréter graphiquement la continuité

Énoncé

f est la fonction définie sur $[0 ; 3]$ par : $f(x) = \begin{cases} 2x & \text{sur } [0 ; 1[\\ ax^2 + bx + 1 & \text{sur } [1 ; 2] \\ x^2 - 2x + 1 & \text{sur }]2 ; 3] \end{cases}$

Choisir les nombres a et b pour que cette fonction soit continue.

Méthode

Pour étudier la continuité d'une fonction en x_0 :

- graphiquement, au point d'abscisse x_0, la continuité de f se traduit par le tracé de sa courbe sans lever le crayon ;
- par le calcul, on vérifie que $\lim\limits_{x \to x_0} f(x) = f(x_0)$.

Corrigé

$f(1) = a \times 1^2 + b \times 1 + 1$ donc $f(1) = a + b + 1$ et $f(2) = a \times 2^2 + b \times 2 + 1$ donc $f(2) = 4a + 2b + 1$.

$\lim\limits_{\substack{x \to 1 \\ x < 1}} f(x) = 2 \times 1 = 2$ et $\lim\limits_{\substack{x \to 2 \\ x > 2}} f(x) = 2^2 - 2 \times 2 + 1 = 1$.

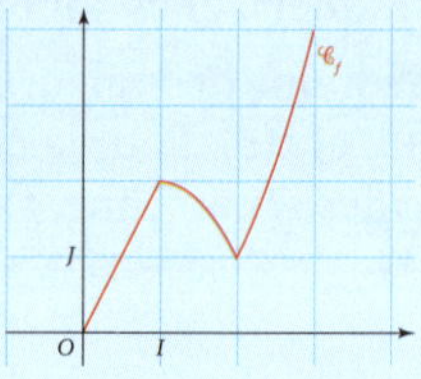

Ainsi, f est continue si et seulement si :

$$\begin{cases} a + b + 1 = 2 \\ 4a + 2b + 1 = 1 \end{cases} \Leftrightarrow \begin{cases} a + b = 1 \\ 2a + b = 0 \end{cases} \Leftrightarrow \begin{cases} b = 1 - a \\ 2a + (1 - a) = 0 \end{cases} \Leftrightarrow \begin{cases} b = 2 \\ a = -1 \end{cases}.$$

Ainsi, f est continue si et seulement si $f(x) = -x^2 + 2x + 1$ sur $[1 ; 2]$. La courbe obtenue est tracée ci-dessus.

EXERCICE 2

Savoir utiliser le théorème des valeurs intermédiaires

Énoncé

f est la fonction définie sur $\mathbb{R}$ par $f(x) = 1 + xe^{-x}$.

Montrer que l'équation $f(x) = 0$ admet une unique solution $\alpha \in [-2 ; 0]$.

Méthode

Pour résoudre une équation de type $f(x) = 0$:

- soit on peut résoudre cette équation par le calcul et trouver le nombre de solutions de l'équation ainsi que leur(s) valeur(s) exacte(s) ;
- soit on utilise le théorème des valeurs intermédiaires pour montrer l'existence de solution(s) à cette équation, puis, à l'aide de la calculatrice ou d'un algorithme, on détermine la (ou les) valeur(s) approchée(s) de la (ou des) solution(s).

Corrigé

• La fonction $x \mapsto xe^{-x}$ est le produit de $x \mapsto x$ et $x \mapsto e^{-x}$, deux fonctions continues sur $\mathbb{R}$, donc f est continue sur $\mathbb{R}$, et en particulier sur $[-2\,;0]$.
On a $f(-2) = 1 + (-2)e^{-(-2)} = 1 - 2e^2$.
Or, $f(-2) < 0$.
De plus, $f(0) = 1 + 0e^{-0} = 1 + 0 \times 1 = 1$, donc $f(1) > 0$.
f est continue sur $[-2\,;0]$, f change de signe sur $[-2\,;0]$, donc, d'après le théorème des valeurs intermédiaires, il existe au moins un réel $\alpha \in [-2\,;0]$ tel que $f(\alpha) = 0$.
• Pour tout x de $\mathbb{R}$, $f'(x) = 1 \times e^{-x} + x \times (-e^{-x}) = e^{-x} - xe^{-x} = (1 - x)\,e^{-x}$.
Or, $e^{-x} > 0$ et $1 - x > 0$ sur $]-\infty\,;1[$, on en déduit le tableau de variation ci-dessous.

x	-2		α		0
$f'(x)$		$+$		$+$	
$f(x)$	$1 - 2e^2$	↗	0	↗	1

Ainsi, l'équation $f(x) = 0$ admet une unique solution $\alpha \in [-2\,;0]$.

EXERCICE 3

Savoir utiliser un algorithme

Énoncé

On reprend l'équation $1 + xe^{-x} = 0$ étudiée dans la méthode précédente.

1. Quel est le rôle du script, écrit en langage Python, ci-dessous ?

```
from math import *
a=float(input("borne inf de I"))
b=float(input("borne sup de I"))
p=float(input("precision"))

m=(a+b)/2
while (b-a)>p:
    m=(a+b)/2
    if ((1+a*exp(-a))*(1+m*exp(-m))<0):
        b=m
    else:
        a=m
print (a,"< alpha <",b)
```

Remarque
• $f(m) \times f(a) > 0 \Leftrightarrow f(m)$ et $f(a)$ sont de même signe.
• $f(m) \times f(a) < 0 \Leftrightarrow f(m)$ et $f(a)$ sont de signe contraire.
• m étant le centre de l'intervalle $[a\,;b]$ à chaque étape. Ce raisonnement s'appelle : **la dichotomie.**

2. Saisir et exécuter ce programme avec $[a\,;b] = [-2\,;0]$ et $p = 10^{-2}$ afin d'obtenir un encadrement de α à 10^{-2} près.

Méthode

Pour déterminer une valeur approchée d'une solution α d'une équation sur $[a\,;b]$:

- on se ramène à une équation du type $f(x) = 0$;
- on réduit pas à pas (à l'aide d'une condition de type « tant que ») l'intervalle $[a\,;b]$ qui contient α en testant le signe du produit des images de chaque borne du nouvel intervalle.

Corrigé

1. Ce script affiche les bornes d'un intervalle $[a\ ;\ b]$ d'amplitude p dans lequel se trouve la solution α de l'équation $f(x) = 0$.

2. En faisant fonctionner le programme ci-avant à l'aide de la calculatrice ou d'un logiciel, on obtient : $-0{,}57 < \alpha < -0{,}56$.

EXERCICE 4

Savoir étudier une suite définie par $u_{n+1} = f(u_n)$

Énoncé

u est la suite à termes positifs définie par $u_0 = 1$ et pour tout $n \in \mathbb{N}$: $u_{n+1} = \sqrt{u_n + 1}$.

On admet que la suite u est décroissante.

1. a. Démontrer que la suite u est minorée par 0.

b. En déduire qu'elle converge vers un réel ℓ.

2. Montrer que $f : x \mapsto \sqrt{x+1}$ est continue sur $\mathbb{R}^+$.

3. En déduire la valeur de ℓ.

Méthode

Pour prouver la monotonie d'une suite définie par une relation du type $u_{n+1} = f(u_n)$, on peut utiliser un raisonnement par récurrence. Puis pour prouver sa convergence, on peut utiliser le théorème des suites monotones et bornées. Enfin, pour déterminer cette limite si f est continue, on résout l'équation $f(\ell) = \ell$.

Corrigé

1. a. Pour tout x de $[0\ ;+\infty[$, $\sqrt{x} \geqslant 0$ donc pour tout $n \in \mathbb{N}$, $\sqrt{u_n + 1} \geqslant 0$ soit $u_n \geqslant 0$.

b. La suite u est décroissante et elle est minorée par 0 donc elle converge vers un réel positif ℓ.

2. La fonction $x \mapsto x + 1$ est affine donc continue sur $\mathbb{R}$.

De plus, si $x \in \mathbb{R}^+$ alors $x + 1 \geqslant 1$ donc f est définie et continue sur $\mathbb{R}^+$.

Réflexes à avoir
- Toute suite croissante et majorée est convergente.
- Toute suite décroissante et minorée est convergente.

3. u est définie par une relation de récurrence $u_{n+1} = f(u_n)$ et converge vers ℓ un réel positif.

De plus, f est continue en ℓ donc ℓ vérifie l'égalité $\ell = f(\ell)$.

Or, $f(\ell) = \ell \Leftrightarrow \sqrt{\ell + 1} = \ell \Rightarrow \ell + 1 = \ell^2 \Rightarrow \ell^2 - \ell - 1 = 0$.

On résout cette équation du second degré avec $\Delta = 5$, $\ell_1 = \dfrac{1-\sqrt{5}}{2}$ et $\ell_2 = \dfrac{1+\sqrt{5}}{2}$.

Comme $\dfrac{1-\sqrt{5}}{2} < 0$, $\ell = \dfrac{1+\sqrt{5}}{2}$ et qu'on a démontré que, pour tout n de $\mathbb{N}$, $u_n \geqslant 0$, on en déduit que $\ell = \lim\limits_{n \to +\infty} u_n = \dfrac{1+\sqrt{5}}{2}$.

Fonction logarithme népérien

1 La fonction logarithme népérien

De quoi s'agit-il ? On définit une nouvelle fonction usuelle : la fonction logarithme népérien.

1 Lien avec la fonction exponentielle

Pour tout réel $b \in]0\,;+\infty[$, l'équation $e^x = b$ admet une unique solution. On la note $\ln b$.

• Définition

La fonction définie sur $]0\,;+\infty[$ par $x \mapsto \ln x$ est appelée **fonction logarithme népérien** (c'est la fonction réciproque de la fonction exponentielle).

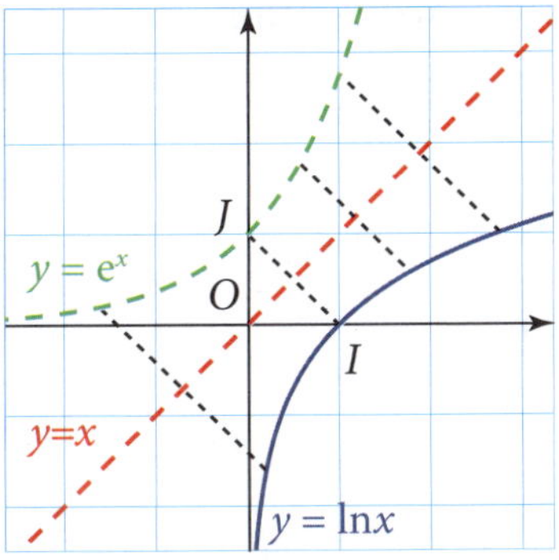

• Propriété

Dans un repère orthonormé, les courbes représentatives des fonctions exp et ln sont symétriques par rapport à la droite d'équation $y = x$.

• Conséquences

- Pour tout réel x et tout réel $y \in]0\,;+\infty[$, $e^x = y \Leftrightarrow x = \ln y$.
- $\ln(1) = 0$ et $\ln(e) = 1$.
- Pour tout réel x, $\ln e^x = x$.
- Pour tout réel y strictement positif, $e^{\ln y} = y$.

2 Sens de variation de la fonction ln

• Propriété

La fonction logarithme népérien est strictement croissante sur $]0\,;+\infty[$.

• Conséquences

Pour $a, b > 0$, $\ln a = \ln b \Leftrightarrow a = b$ et $\ln a < \ln b \Leftrightarrow a < b$.

Exercices résolus

1. Résoudre une équation du type $\ln x = b$ ou $e^x = b$

ÉNONCÉ

Résoudre dans $\mathbb{R}$ les équations suivantes $\ln x = -3$ et $e^{5x} = 8$.

CORRIGÉ

- $\ln x = -3 \Leftrightarrow e^{\ln x} = e^{-3} \Leftrightarrow x = e^{-3}$.

Donc, la solution de l'équation $\ln x = -3$ est $\mathbf{e^{-3}}$.

- $e^{5x} = 8 \Leftrightarrow \ln(e^{5x}) = \ln 8 \Leftrightarrow 5x = \ln 8 \Leftrightarrow x = \dfrac{\ln 8}{5}$.

Donc, la solution de l'équation $e^{5x} = 8$ est $\mathbf{\dfrac{\ln 8}{5}}$.

2. Résoudre une inéquation du type $\ln x > b$ ou $e^x > b$

ÉNONCÉ

Résoudre dans $\mathbb{R}$ les inéquations suivantes :

- $\ln(2x - 1) < 4$;
- $e^{7x+4} > 5$.

CORRIGÉ

- Cette inéquation a un sens lorsque :

$$2x - 1 > 0 \Leftrightarrow \boldsymbol{x} > \frac{\mathbf{1}}{\mathbf{2}}$$

Si $x > \dfrac{1}{2}$: $\ln(2x-1) < 4 \Leftrightarrow e^{\ln(2x-1)} < e^4 \Leftrightarrow 2x - 1 < e^4 \Leftrightarrow \boldsymbol{x} < \dfrac{\mathbf{e^4 + 1}}{\mathbf{2}}$.

L'intervalle solution de l'inéquation est $\left]\dfrac{\mathbf{1}}{\mathbf{2}} ; \dfrac{\mathbf{1 + e^4}}{\mathbf{2}}\right[$.

- $e^{7x+4} > 5 \Leftrightarrow \ln(e^{7x+4}) > \ln 5 \Leftrightarrow 7x + 4 > \ln 5 \Leftrightarrow x > \dfrac{\ln 5 - 4}{7}$.

L'intervalle solution de l'inéquation est :

$$\left[\frac{\ln 5 - 4}{7} ; +\infty\right[$$

Remarque

Avant de résoudre une équation ou une inéquation, il faut s'assurer qu'elle a un sens.

2 Propriétés algébriques

De quoi s'agit-il ? On présente quelques propriétés de calculs spécifiques au logarithme.

1 Relation fonctionnelle

Pour tous réels $a > 0$ et $b > 0$, $\ln(ab) = \ln a + \ln b$.

2 Propriétés

- Pour tout réel $a > 0$, $\ln\left(\dfrac{1}{a}\right) = -\ln a$.
- Pour tous réels $a > 0$ et $b > 0$, $\ln\left(\dfrac{a}{b}\right) = \ln a - \ln b$.
- Pour tout réel $a > 0$ et tout entier $n \geqslant 0$, $\ln(a^n) = n \ln a$ et $\ln(\sqrt{a}) = \dfrac{1}{2}\ln a$.

3 Étude de la fonction ln

De quoi s'agit-il ? La fonction ln fait partie des fonctions usuelles. On résume ici ses données essentielles : dérivée, limites, variation et courbe représentative.

• Théorème

La fonction logarithme népérien est **continue et dérivable sur]0 ; +∞[**. Pour tout réel $x \in]0\,;+\infty[$:

$$(\ln x)' = \frac{1}{x}$$

• Limites

- $\lim\limits_{x \to +\infty} \ln x = +\infty$
- $\lim\limits_{x \to 0} \ln x = -\infty$

• Tableau de variation

x	0	$+\infty$
$\ln x$	‖ $-\infty$ ↗	$+\infty$

Remarques

$\ln x < 0 \Leftrightarrow 0 < x < 1$.
$\ln x > 0 \Leftrightarrow x > 1$.

• Représentation graphique

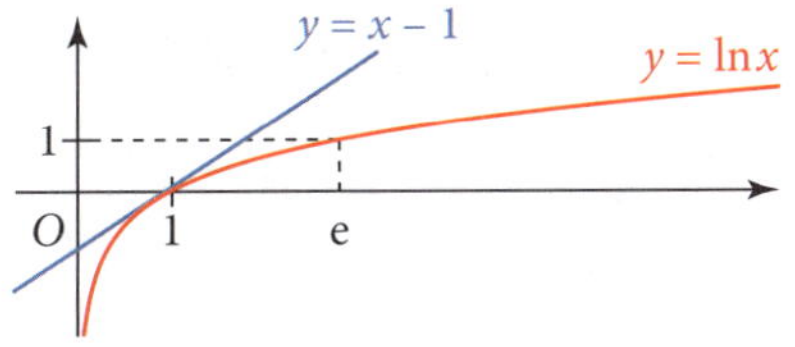

Remarque

L'axe des ordonnées est asymptote verticale.
$y = x - 1$ est l'équation de sa tangente en 1.

Exercices résolus

1. Utiliser les propriétés algébriques de ln

ÉNONCÉ

Exprimer les nombres suivants en fonction de ln 2 :

- $\ln\sqrt{32}$
- $\ln\frac{1}{8}$
- $\ln 12 - \ln 3$

CORRIGÉ

- $\ln\sqrt{32} = \frac{1}{2}\ln 32 = \frac{1}{2}\ln(2^5) = \frac{5}{2}\ln 2$.
- $\ln\frac{1}{8} = -\ln 8 = -\ln(2^3) = -3\ln 2$.
- $\ln 12 - \ln 3 = \ln(2^2 \times 3) - \ln 3 = \ln(2^2) + \ln 3 - \ln 3 = 2\ln 2$.

2. Étudier une fonction comportant ln *x*

ÉNONCÉ

f est la fonction définie sur $]0\,;+\infty[$ par $f(x) = 2x + \ln x$.
Dresser, en justifiant, le tableau de variation de *f*.

•••

CORRIGÉ

• f est la somme de la fonction linéaire $x \mapsto 2x$ et de la fonction logarithme népérien $x \mapsto \ln x$, qui sont toutes deux strictement croissantes sur $]0\,;+\infty[$, donc f est strictement croissante sur $]0\,;+\infty[$.

• $\lim\limits_{\substack{x\to 0\\ x>0}}(2x+\ln x) = \lim\limits_{\substack{x\to 0\\ x>0}} 2x + \lim\limits_{\substack{x\to 0\\ x>0}} \ln x = -\infty$.

• $\lim\limits_{x\to+\infty}(2x+\ln x) = \lim\limits_{x\to+\infty} 2x + \lim\limits_{x\to+\infty} \ln x = +\infty$.

On obtient ainsi le tableau de variation de f.

x	0	$+\infty$
$f(x)$	$-\infty$	↗ $+\infty$

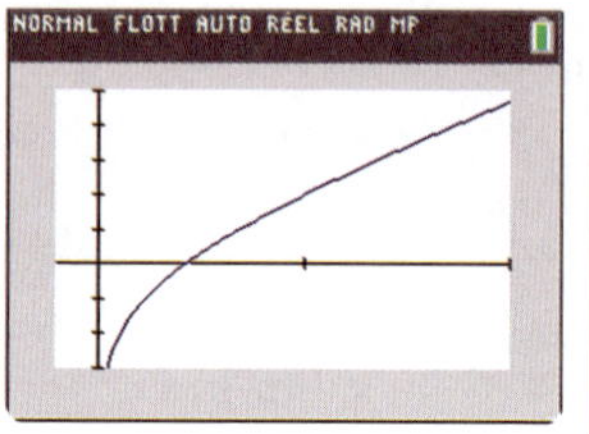

Réflexe à avoir
Vérifier la cohérence des résultats à la calculatrice.

4 Compléments sur la fonction ln

De quoi s'agit-il ? On expose d'autres propriétés sur les fonctions ln, en particulier la fonction ln composée avec une fonction et les croissances comparées utiles dans les calculs de limites.

1 Les fonctions $x \mapsto \ln(u(x))$

• Propriétés

Si u est une fonction strictement positive et dérivable sur un intervalle I, alors :
- $\ln u$ est dérivable sur I ;
- $(\ln u)' = \dfrac{u'}{u}$.

Conséquence
Puisque u est strictement positive sur I, $(\ln u)'$ et u' sont de même signe et donc les fonctions u et $\ln u$ ont les mêmes variations sur I.

2 Croissance comparée avec $x \mapsto x^n$

• Propriétés

Pour tout entier naturel n non nul, on a :

• $\lim\limits_{x\to 0} x^n \ln x = 0$ • $\lim\limits_{x\to+\infty} \dfrac{\ln x}{x^n} = 0$

• Illustrations

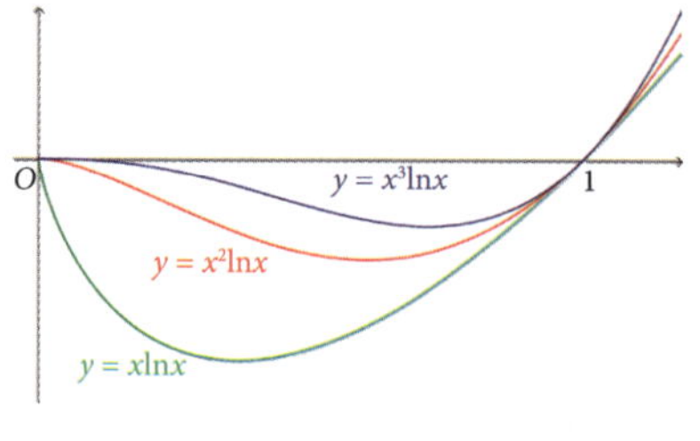

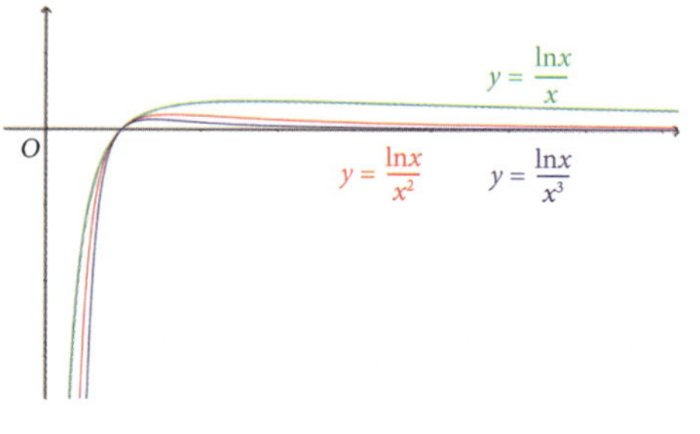

Exercices résolus

1. Dériver une fonction du type ln *u*

ÉNONCÉ

Déterminer la dérivée sur $\mathbb{R}$ de la fonction $x \mapsto \ln(e^x + 1)$.

CORRIGÉ

La fonction u définie sur $\mathbb{R}$ par $u(x) = e^x + 1$ est strictement positive sur $\mathbb{R}$,
donc, pour tout réel x, $\left(\ln(e^x + 1)\right)' = \dfrac{(e^x + 1)'}{e^x + 1}$.
Finalement, pour tout réel x, $\mathbf{\left(\ln(e^x + 1)\right)' = \dfrac{e^x}{e^x + 1}}$.

2. Utiliser les croissances comparées

ÉNONCÉ

Déterminer les limites suivantes :

- $\lim\limits_{x \to 0} x^3(x + \ln x)$
- $\lim\limits_{x \to +\infty} \ln x - x^2$

CORRIGÉ

- $\lim\limits_{x \to 0} x^3 = 0$ et $\lim\limits_{x \to 0} x + \ln x = -\infty$. Par produit, on obtient une FI du type « $0 \times (+\infty)$ ».

Or, pour tout réel $x > 0$, $x^3(x + \ln x) = x^4 + x^3 \ln x$.
$\lim\limits_{x \to 0} x^4 = 0$ et $\lim\limits_{x \to 0} x^3 \ln x = 0$ par croissance comparée.
Ainsi, $\lim\limits_{x \to 0} x^4 + x^3 \ln x = 0$, c'est-à-dire $\mathbf{\lim\limits_{x \to 0} x^3(x + \ln x) = 0}$.

- De même par somme, on obtient une « FI du type $+\infty - \infty$ ».

Or pour tout réel $x > 0$, $\ln x - x^2 = x^2\left(\dfrac{\ln x}{x^2} - 1\right)$.

$\lim\limits_{x \to +\infty} \dfrac{\ln x}{x^2} = 0$ par croissance comparée.

Donc $\lim\limits_{x \to +\infty} \left(\dfrac{\ln x}{x^2} - 1\right) = -1$ et $\lim\limits_{x \to +\infty} x^2\left(\dfrac{\ln x}{x^2} - 1\right) = -\infty$.

Ainsi $\mathbf{\lim\limits_{x \to +\infty} \ln x - x^2 = -\infty}$.

Révision express

Les réflexes à avoir

- Connaître les propriétés de la fonction logarithme népérien : domaine de définition, limites, variations, courbe représentative.
- Penser à vérifier le domaine de validité des équations (ou inéquations) comportant des ln, avant de se lancer dans leur résolution.
- Connaître les propriétés algébriques du ln : $\ln(ab)$, $\ln(a^n)$, $\ln\left(\frac{1}{a}\right)$... et ne pas confondre avec celles de l'exponentielle.
- Savoir résoudre des équations du type $\ln x = b$ ou $e^x = b$ et des inéquations du type $\ln x > b$ ou $e^x > b$ ou $a^n > b$ (avec n entier naturel).
- Savoir dériver une fonction de la forme $\ln u$.
- Connaître les limites associées aux croissances comparées.

Les pièges à éviter

- L'égalité $\ln e^x = x$ est valable pour tout réel x mais l'égalité $e^{\ln x} = x$ n'est valable que pour $x > 0$.
- L'expression $\ln(u(x))$ n'a de sens que pour $u(x) > 0$.
- Vérifier à l'aide de la calculatrice (limite, variations, tangente...) n'est jamais une perte de temps.

Quiz

*Pour chaque question, une seule réponse proposée (**a**, **b** ou **c**) est exacte.*

1. La tangente en 1 à la courbe du ln a pour équation :

- [ ] **a.** $y = x - 1$
- [ ] **b.** $y = x$
- [ ] **c.** $y = e^x - e$

2. $\ln\sqrt{8} - \ln 4$ est égal à :

- [ ] **a.** $\ln 2$
- [ ] **b.** $-\ln 2$
- [ ] **c.** $-\frac{1}{2}\ln 2$

3. L'équation $\ln(2x + 3) = 5$ a pour solution :

- [ ] **a.** $\frac{1}{2}(e^5 - 3)$
- [ ] **b.** $\frac{1}{2}(\ln 5 - 3)$
- [ ] **c.** 1

4. La plus petite valeur de n pour laquelle $2^n \geqslant 100\,000$ est :

- [ ] **a.** $n = 16$
- [ ] **b.** $n = 17$
- [ ] **c.** $n = 18$

5. f est la fonction définie sur $\mathbb{R}$ par $f(x) = \ln(e^x + e^{-x})$:

- [ ] **a.** $f'(x) = \dfrac{e^x - e^{-x}}{e^x + e^{-x}}$
- [ ] **b.** $f'(x) = \dfrac{1}{e^x + e^{-x}}$
- [ ] **c.** $f'(x) = \dfrac{1}{e^x + e^{-x}}$

6. $\lim\limits_{x \to +\infty} 2x\ln x - 3x^3$ est égale à :

- [ ] **a.** $-\infty$
- [ ] **b.** 0
- [ ] **c.** $+\infty$

→ Réponses p. 494

EXERCICE 1

Savoir utiliser les propriétés algébriques de ln

Énoncé

1. Simplifier l'expression algébrique $4\ln(x^2) - \ln(x^4)$.

2. Exprimer en fonction de ln 3 le réel $\ln\frac{1}{2} + \ln\frac{2}{3}$.

Méthode

Utiliser les formules algébriques du cours :

- $\ln(ab) = \ln a + \ln b$
- $\ln\left(\frac{a}{b}\right) = \ln a - \ln b$
- $\ln a^n = n\ln a$

Corrigé

1. Pour $x > 0$, $4\ln(x^2) - \ln(x^4) = 4 \times 2\ln x - 4\ln x = 4\ln x$.

2. $\ln\frac{1}{2} + \ln\frac{2}{3} = \ln\left(\frac{1}{2} \times \frac{2}{3}\right) = \ln\left(\frac{1}{3}\right) = -\ln 3$.

EXERCICE 2

Savoir résoudre une équation avec un ln

Énoncé

Résoudre dans $\mathbb{R}$ l'équation : $\ln(8x) = 4 - \ln(2x)$.

Méthode

Pour résoudre une équation ou inéquation avec ln, il faut :

- rechercher l'intervalle où cette équation ou inéquation est valable en utilisant le fait que $\ln X$ a un sens si et seulement si $X > 0$;
- utiliser les propriétés algébriques de ln pour se ramener à une équation du type $\ln A = B$ ou $\ln A = \ln B$, qui est équivalente respectivement à $A = e^B$ ou $A = B$.

Corrigé

L'équation $\ln(8x) = 4 - \ln(2x)$ a un sens lorsque $8x > 0$ et $2x > 0$, c'est-à-dire pour $x > 0$.

$\ln(8x) = 4 - \ln(2x) \Leftrightarrow \ln(8x) + \ln(2x) = 4 \Leftrightarrow \ln(16x^2) = 4$

$\Leftrightarrow e^{\ln(16x^2)} = e^4 \Leftrightarrow 16x^2 = e^4 \Leftrightarrow x^2 = \frac{e^4}{16} \Leftrightarrow x^2 = \left(\frac{e^2}{4}\right)^2 \Leftrightarrow x = \frac{e^2}{4}$ ou $x = -\frac{e^2}{4}$.

En tenant compte de l'ensemble de validité de cette équation (il faut que $x > 0$), on conclut que l'unique solution est $\frac{e^2}{4}$.

EXERCICE 3

Savoir trouver l'expression d'une dérivée

Énoncé

Déterminer l'expression de la dérivée f' de la fonction f définie sur $]0\,;+\infty[$ par $f(x) = x\ln x$.

Méthode

Utiliser les formules de dérivation du cours : si $x > 0$, $(\ln x)' = \frac{1}{x}$; si $u > 0$, $(\ln u)' = \frac{u'}{u}$.

Corrigé

f est le produit de $u : x \mapsto x$ et $v : x \mapsto \ln x$.
Or, v est dérivable sur $]0\,;+\infty[$ et u aussi,
donc, $f'(x) = 1 \times \ln x + x \times \frac{1}{x} = \ln x + 1$.

Rappel
$(uv)' = u'v + uv'$.

EXERCICE 4

Savoir déterminer des limites avec ln

Énoncé

Conjecturer $\lim\limits_{x\to+\infty} (x^2 - \ln x)$ à la calculatrice, puis retrouver cette conjecture par le calcul.

Méthode

Pour conjecturer une limite, on peut, dans une fenêtre correctement choisie, utiliser la représentation graphique de la fonction f obtenue à la calculatrice.
Pour déterminer les limites d'une fonction avec ln, on se sert : des limites de références et des opérations sur les limites (vues au chapitre 6).

Corrigé

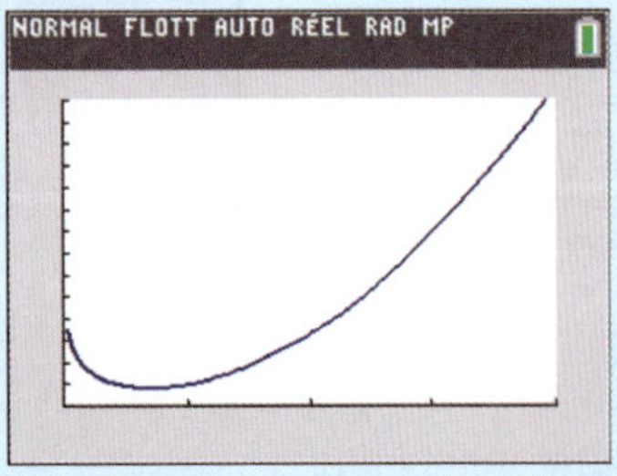

On conjecture que $\lim\limits_{x\to+\infty} (x^2 - \ln x) = +\infty$.

On est en présence d'une forme indéterminée de type « $\infty - \infty$ ».

On factorise par x^2 pour pouvoir utiliser la limite de référence de $\frac{\ln x}{x^2}$ en $+\infty$.
On a $x^2 - \ln x = x^2\left(1 - \frac{\ln x}{x^2}\right)$.
Or, $\lim\limits_{x\to+\infty} x^2 = +\infty$ et $\lim\limits_{x\to+\infty} \frac{\ln x}{x^2} = 0$.
D'où $\lim\limits_{x\to+\infty} \left(1 - \frac{\ln x}{x^2}\right) = 1$, donc $\lim\limits_{x\to+\infty} x^2\left(1 - \frac{\ln x}{x^2}\right) = +\infty$.
Ainsi, $\lim\limits_{x\to+\infty} (x^2 - \ln x) = +\infty$.

Astuce du prof
Dans les FI, lorsque x tend vers $-\infty$ ou $+\infty$ avec x^n et $\ln x$, on factorise par x^n.

Chapitre 10

Fonctions sinus et cosinus

MATHS

1 Dérivabilité

De quoi s'agit-il ? On complète les formules de dérivation précédentes avec celles des fonctions cosinus et sinus.

• Propriétés

Les fonctions cosinus et sinus sont dérivables sur $\mathbb{R}$ et, pour tout réel x :

• $(\cos x)' = -\sin x$ • $(\sin x)' = \cos x$

Remarque
Les fonctions cosinus et sinus sont donc continues sur $\mathbb{R}$.

• Propriétés

Si u est une fonction dérivable sur I, alors les fonctions $\cos u$ et $\sin u$ aussi, et pour tout réel $x \in I$:

• $(\cos(u(x)))' = -u'(x) \times \sin(u(x))$ • $(\sin(u(x)))' = u'(x) \times \cos(u(x))$

2 Variations

De quoi s'agit-il ? On étudie deux nouvelles fonctions usuelles, les fonctions cosinus et sinus, en détaillant leur tableau de variation.

• Fonction cosinus

x	$-\pi$		0		π
$(\cos x)' = -\sin x$		$+$	0	$-$	
$\cos(x)$	-1	↗	1	↘	-1

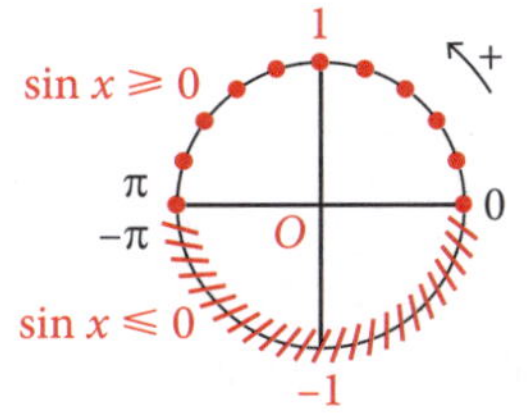

• Fonction sinus

x	$-\pi$		$-\frac{\pi}{2}$		$\frac{\pi}{2}$		π
$(\sin x)' = \cos x$		$-$	0	$+$	0	$-$	
$\sin(x)$	0	↘	-1	↗	1	↘	0

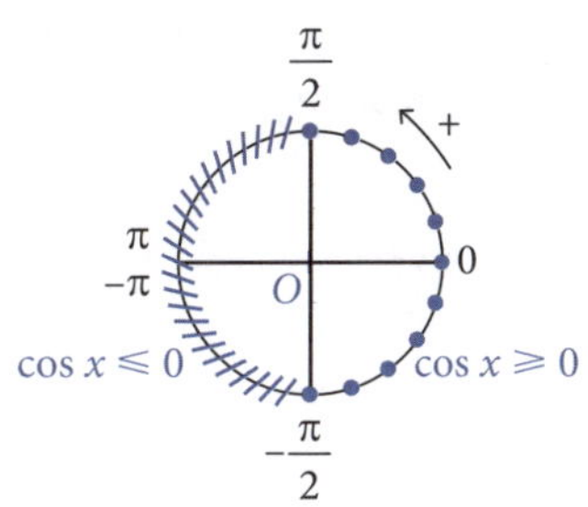

Remarque : le signe des dérivées s'obtient par lecture sur le cercle trigonométrique.

Exercice résolu

Étude d'une fonction avec sinus

ÉNONCÉ

f est la fonction définie sur $]-\pi\,;\pi]$ par $f(x)=\dfrac{\sin x}{2+\sin x}$.

1. Calculer $f'(x)$ pour $x\in\,]-\pi\,;\pi]$.
2. Étudier le signe de $f'(x)$ sur $]-\pi\,;\pi]$.
3. En déduire les variations de f sur $]-\pi\,;\pi]$.

CORRIGÉ

1. f est un quotient et $(\sin x)'=\cos x$ et $(2+\sin x)'=0+\cos x$ donc :

$$f'(x)=\frac{\cos x(2+\sin x)-(\sin x)(\cos x)}{(2+\sin x)^2}$$

$$f'(x)=\frac{2\cos x+\sin x\cos x-\sin x\cos x}{(2+\sin x)^2}=\frac{2\cos x}{(2+\sin x)^2}.$$

Rappel

$$\left(\frac{u}{v}\right)'=\frac{u'v-uv'}{v^2}$$

2. Pour tout réel x, $(2+\sin x)^2>0$.

Puis, pour $x\in\left]-\pi\,;-\dfrac{\pi}{2}\right]$, $\cos x\leqslant 0$; pour $x\in\left[-\dfrac{\pi}{2}\,;\dfrac{\pi}{2}\right]$, $\cos x\geqslant 0$;

pour $x\in\left[\dfrac{\pi}{2}\,;\pi\right]$, $\cos x\leqslant 0$.

Ainsi, le quotient $f(x)$ est positif sur $\left[-\dfrac{\pi}{2}\,;\dfrac{\pi}{2}\right]$ et négatif ailleurs.

Astuce du prof

L'étude du signe d'un quotient s'effectue grâce à l'étude du signe du numérateur et du dénominateur.

3. Tableau de variation de f sur $]-\pi\,;\pi]$:

x	$-\pi$		$-\frac{\pi}{2}$		$\frac{\pi}{2}$		π
$f'(x)$		$-$	0	$+$	0	$-$	
$f(x)$	0	↘	-1	↗	$\frac{1}{3}$	↘	0

$$f(-\pi)=\frac{\sin(-\pi)}{2+\sin(-\pi)}=\frac{0}{2}=0$$

De même, $f\left(-\dfrac{\pi}{2}\right)=-1$,

$f\left(\dfrac{\pi}{2}\right)=\dfrac{1}{3}$ et $f(\pi)=0$.

3 Courbes représentatives

De quoi s'agit-il ? On détaille les représentations graphiques des fonctions cosinus et sinus et certaines de leurs propriétés.

1 Parité et périodicité

• **Propriétés**

Pour tout réel x, $\cos(x+2\pi)=\cos x$ et $\sin(x+2\pi)=\sin x$.

Cela signifie que les fonctions cosinus et sinus sont **2π-périodiques** ou périodiques de période 2π.

Pour tout réel x, $\cos(-x) = \cos x$ et $\sin(-x) = -\sin x$.

Cela signifie que la fonction cosinus est **paire** et que la fonction sinus est **impaire**.

2 Courbes des fonctions cosinus et sinus

Pour représenter les fonctions cosinus et sinus, il suffit de les représenter sur $[0 ; \pi]$, puis d'utiliser les conséquences graphiques de la périodicité et la parité de ces fonctions.

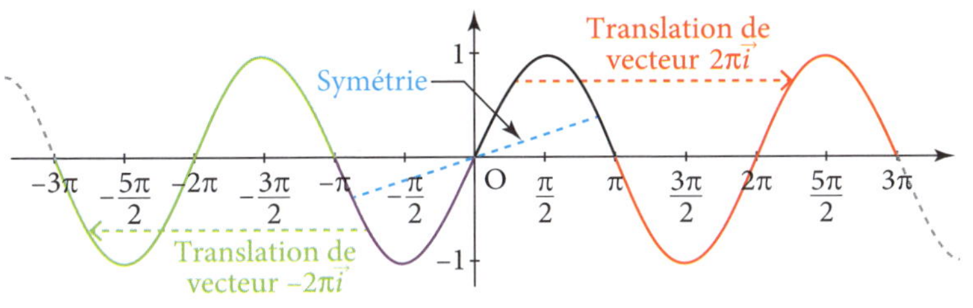

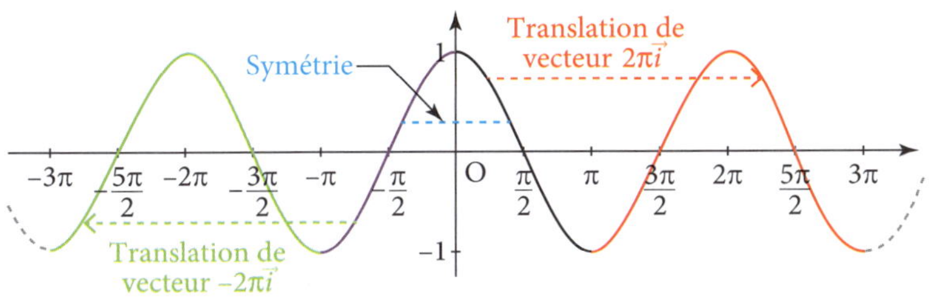

Exercice résolu

Étudier la parité d'une fonction

ÉNONCÉ

f, g et h sont les fonctions définies sur $\mathbb{R}$ par :

$f(x) = x \sin x$ $\quad$ $g(x) = x^2 \sin x$ $\quad$ $h(x) = \cos x \times \sin x$

Étudier la parité de chacune de ces fonctions sur $\mathbb{R}$.

CORRIGÉ

Pour tout réel x, on a :

$f(-x) = -x \sin(-x) = -x(-\sin x) = x \sin x = f(x)$;

$g(-x) = (-x)^2 \times \sin(-x) = x^2 \times (-\sin x) = -x^2 \sin x = -g(x)$;

$h(-x) = \cos(-x) \times \sin(-x) = \cos x(-\sin x) = -h(x)$.

Ainsi, sur $\mathbb{R}$, g et h sont impaires et f est paire.

Réflexe à avoir

Étudier la parité d'une fonction, c'est dire si elle est paire ou impaire, ou ni l'un ni l'autre.

Révision express

Les réflexes à avoir

- Savoir tracer rapidement les courbes représentatives des fonctions sinus et cosinus et connaître les propriétés remarquables : variation, centre et/ou axe de symétrie, période.
- Pour a un réel fixé et pour tout réel x :
$(\sin x)' = \cos x$; $(\cos x)' = -\sin x$; $(\sin(ax+b))' = a\cos(ax+b)$; $(\cos(ax+b))' = -a\sin(ax+b)$.
- Savoir retrouver par le calcul les deux limites obtenues grâce au nombre dérivé en 0 :
$\lim\limits_{h\to 0}\dfrac{\sin h}{h}=1$ et $\lim\limits_{h\to 0}\dfrac{\cos h-1}{h}=0$ (voir exercice 1 de Cap sur le bac).

Les pièges à éviter

- L'unité choisie pour ces exercices sur les fonctions trigonométriques est toujours le radian (et non le degré).
- Un dessin avec le cercle trigonométrique n'est jamais une perte de temps.

Quiz

*Pour chaque question, une seule réponse proposée (**a**, **b** ou **c**) est exacte.*

f est la fonction définie sur $\mathbb{R}$ par $f(x) = 2\cos\left(x - \dfrac{\pi}{4}\right)$.

1. $f'(x)$ est égale à :

☐ **a.** $2\sin\left(x - \dfrac{\pi}{4}\right)$ ☐ **b.** $-\sin\left(x - \dfrac{\pi}{4}\right)$ ☐ **c.** $-2\sin\left(x - \dfrac{\pi}{4}\right)$

2. Sur $\left[-\dfrac{\pi}{4} ; \dfrac{\pi}{4}\right]$, f :

☐ **a.** est croissante ☐ **b.** est décroissante ☐ **c.** change de variation

3. f est périodique de période :

☐ **a.** π ☐ **b.** $\dfrac{\pi}{2}$ ☐ **c.** 2π

4. $f(x) = 0$ a pour solution sur $\mathbb{R}$:

☐ **a.** $x = 2k\pi$ $(k \in \mathbb{Z})$ ☐ **b.** $x = \dfrac{\pi}{4} + 2k\pi$ $(k \in \mathbb{Z})$ ☐ **c.** $x = -\dfrac{\pi}{4} + k\pi$ $(k \in \mathbb{Z})$

5. $f(x) = \sqrt{2}$ a pour solution sur $[0 ; \pi]$:

☐ **a.** $x = 0$ et $x = \dfrac{\pi}{2}$ ☐ **b.** $x = \dfrac{\pi}{4}$ et $x = -\dfrac{\pi}{2}$ ☐ **c.** $x = 2k\pi$ $(k \in \mathbb{Z})$

→ Réponses p. 494

EXERCICE 1

Savoir étudier une limite à l'aide d'un nombre dérivé

Énoncé

g est la fonction définie pour tout réel $x \neq 0$ par $g(x) = \dfrac{\cos x - 1}{x}$.

Étudier la limite de g en 0.

Méthode

Dans le cas de l'étude de limite, pour lever une indétermination, on peut être amené à utiliser la définition du nombre dérivé d'une fonction en a.

Si f est dérivable en a, alors $f'(a) = \lim\limits_{x \to a} \dfrac{f(x) - f(a)}{x - a} = \lim\limits_{h \to 0} \dfrac{f(a+h) - f(a)}{h}$.

Corrigé

On a $\lim\limits_{x \to 0} \cos x - 1 = 0$ et $\lim\limits_{x \to 0} x = 0$, donc on ne peut conclure avec les règles opératoires sur les limites (F.I.). On considère la fonction f définie sur $\mathbb{R}$ par $f(x) = \cos x$.

On a alors, pour tout réel $x \neq 0$, $\dfrac{\cos x - 1}{x} = \dfrac{f(x) - f(0)}{x - 0}$.

De plus, f est la fonction cosinus, donc dérivable sur $\mathbb{R}$ et $(\cos x)' = -\sin x$.

Donc, $f'(0) = -\sin(0) = 0 = \lim\limits_{x \to 0} \dfrac{f(x) - f(0)}{x - 0}$, ainsi $\lim\limits_{x \to 0} \dfrac{\cos x - 1}{x} = 0$.

EXERCICE 2

Savoir dériver une fonction trigonométrique

Énoncé

Déterminer la dérivée des fonctions f définies et dérivables sur $\mathbb{R}$ suivantes :

a. $f(x) = \cos\left(2x + \dfrac{\pi}{4}\right)$. **b.** $f(x) = \sin^2 x$.

Méthode

Reconnaître la forme de f ($u \times v$; $u(ax+b)$; $\dfrac{u}{v}$; u^n ; $v \circ u$…), puis utiliser les dérivées des fonctions sinus et cosinus.

Corrigé

a. On reconnaît la forme $f(x) = u(ax + b)$, avec $u(x) = \cos(x)$, $a = 2$ et $b = \dfrac{\pi}{4}$.
Or, $(u(ax + b))' = a \times u'(ax + b)$ et $u'(x) = -\sin x$.
Ainsi, $f'(x) = 2 \times \left[-\sin\left(2x + \dfrac{\pi}{4}\right)\right]$, soit $f'(x) = -2\sin\left(2x + \dfrac{\pi}{4}\right)$.

b. On reconnaît la forme $f(x) = u(x)^n$, avec $u(x) = \sin x$ et $n = 2$.
Or, $(u(x)^n)' = n \times u'(x) \times u(x)^{n-1}$ et $u'(x) = \cos x$.
Ainsi, $f'(x) = 2 \times \cos x \times (\sin x)^{2-1}$, soit $f'(x) = 2\cos x \sin x$.

EXERCICE 3

Savoir étudier une fonction trigonométrique

Énoncé

g est la fonction définie sur $\mathbb{R}$ par $g(x) = \dfrac{2\cos x}{2+\cos x}$.

Déterminer le minimum sur $[0 ; 2\pi]$ de la fonction g.

Méthode

Déterminer la fonction dérivée, puis dresser le tableau de variation de la fonction avant de conclure. Attention, la condition $g'(x_0) = 0$ ne suffit pas pour faire de $g(x_0)$ un minimum.

Corrigé

Rappel
La dérivée de $\dfrac{u}{v}$ est $\dfrac{u'v-uv'}{v^2}$.

g est du type $\dfrac{u}{v}$, avec $u(x) = 2\cos x$ et $v(x) = 2 + \cos x$.

On a $u'(x) = -2\sin x$ et $v'(x) = -\sin x$, donc

$$g'(x) = \frac{-2\sin x \times (2+\cos x) - 2\cos x \times (-\sin x)}{(2+\cos x)^2} = \frac{-4\sin x - 2\sin x\cos x + 2\sin x\cos x}{(2+\cos x)^2}$$

Ainsi, $g'(x) = \dfrac{-4\sin x}{(2+\cos x)^2}$.

Pour tout réel x, $(2+\cos x)^2 > 0$, donc $g'(x)$ et $\sin x$ sont de signe contraire.

Or,

x	0		π		2π
$\sin x$		$+$	0	$-$	

Donc,

x	0		π		2π
$g'(x)$		$-$	0	$+$	
$g(x)$		↘	-2	↗	

Ainsi, $g'(x)$ s'annule en π, en changeant de signe, et donc g admet un minimum sur $[0 ; 2\pi]$ en π. Ce minimum vaut $g(\pi) = \dfrac{2\cos\pi}{2+\cos\pi} = -2$.

EXERCICE 4

Savoir résoudre une équation du type $\cos x = a$

Énoncé

Résoudre dans $\mathbb{R}$ les équations suivantes :

a. $\cos x = -\dfrac{\sqrt{2}}{2}$.

b. $\sin x = \dfrac{1}{2}$.

Méthode

- Placer sur le cercle trigonométrique les deux points A et A' d'abscisse a (pour une équation du type $\cos x = a$) ou d'ordonnée a (pour une équation du type $\sin x = a$).
- Déterminer une mesure des angles $(\vec{i} ; \overrightarrow{OA})$ et $(\vec{i} ; \overrightarrow{OA'})$.
- Donner l'ensemble des solutions en utilisant la périodicité.

Corrigé

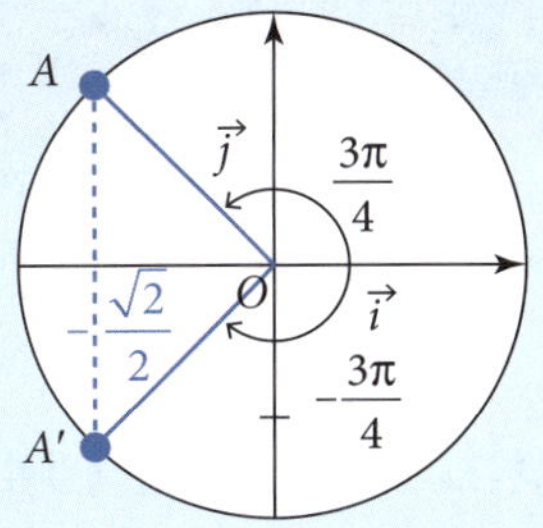

a. A et A' sont les deux points du cercle trigonométrique d'abscisse $-\dfrac{\sqrt{2}}{2}$.

$(\vec{i}\ ;\overrightarrow{OA}) = \dfrac{3\pi}{4}$ et $(\vec{i}\ ;\overrightarrow{OA'}) = -\dfrac{3\pi}{4}$.

Ainsi, l'ensemble des solutions de l'équation $\cos x = -\dfrac{\sqrt{2}}{2}$ est :

$$\left\{\frac{3\pi}{4} + k \times 2\pi\ ; -\frac{3\pi}{4} + k \times 2\pi \text{ où } k \in \mathbb{Z}\right\}$$

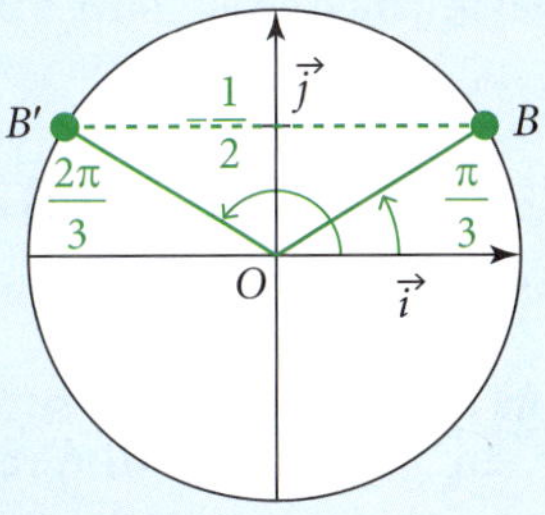

b. B et B' sont les deux points du cercle trigonométrique d'ordonnée $\dfrac{1}{2}$; donc $(\vec{i}\ ;\overrightarrow{OB}) = \dfrac{\pi}{3}$ et $(\vec{i}\ ;\overrightarrow{OB'}) = \dfrac{2\pi}{3}$.

Ainsi, l'ensemble des solutions de l'équation $\sin x = \dfrac{1}{2}$ est :

$$\left\{\frac{\pi}{3} + k \times 2\pi\ ; \frac{2\pi}{3} + k \times 2\pi \text{ où } k \in \mathbb{Z}\right\}$$

EXERCICE 5

Savoir résoudre une inéquation du type $\cos x \leqslant a$ sur $[-\pi\ ;\pi]$

Énoncé

Résoudre dans $[-\pi\ ;\pi]$ l'inéquation $\cos x \leqslant \dfrac{\sqrt{3}}{2}$.

Méthode

- Placer les points A et A' comme dans la méthode précédente et hachurer la partie de l'axe utilisée qui correspond à l'inégalité donnée.
- Surligner l'arc du cercle trigonométrique correspondant.
- Donner l'ensemble des solutions incluses dans $[-\pi\ ;\pi]$.

Corrigé

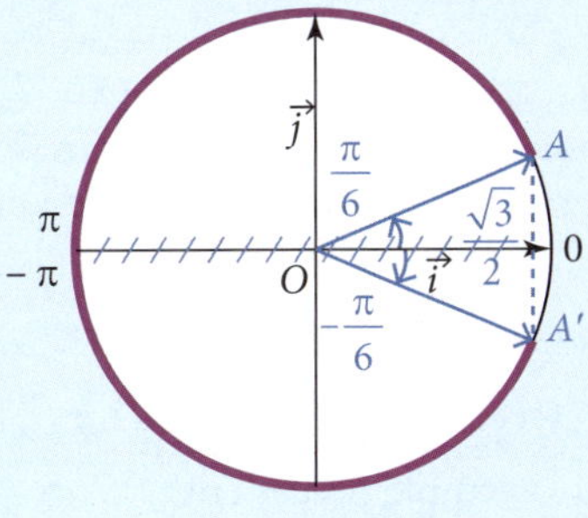

A et A' sont les points du cercle trigonométrique d'abscisse $\dfrac{\sqrt{3}}{2}$.

Sur l'axe des abscisses, on hachure la partie qui correspond à $\cos x \leqslant \dfrac{\sqrt{3}}{2}$.

On surligne (en violet) les points du cercle trigonométrique correspondant.

L'ensemble des solutions dans $[-\pi\ ;\pi]$ de $\cos x \leqslant \dfrac{\sqrt{3}}{2}$ est l'intervalle $\left[-\pi\ ; -\dfrac{\pi}{6}\right] \cup \left[\dfrac{\pi}{6}\ ;\pi\right]$.

Chapitre 11 Primitives et équations différentielles

1 Primitives d'une fonction

De quoi s'agit-il ? On définit ici un nouveau type d'équations : les équations différentielles. Puis on introduit la notion de primitive d'une fonction f.

1 Solution d'une équation différentielle

• **Définitions**

f désigne une fonction continue sur un intervalle I.
• **Résoudre** sur I **l'équation différentielle** $y' = f$, d'inconnue y, c'est trouver toutes les fonctions y dérivables sur I telles que, pour tout x de I, $y'(x) = f(x)$.
• Une telle fonction y est appelée **solution de l'équation différentielle** $y' = f$.

2 Primitives d'une fonction

• **Définition**

f désigne une fonction continue sur un intervalle I.
On dit que la fonction F est une **primitive de f sur I** lorsque F est dérivable sur I et que F est une solution de l'équation différentielle $y' = f$.

Exemple

f est la fonction définie sur $\mathbb{R}$ par $f(x) = 2x - 1$.

La fonction F définie sur $\mathbb{R}$ par $F(x) = x^2 - x + 3$ est une primitive de f sur $\mathbb{R}$.

En effet, F est dérivable sur $\mathbb{R}$ et $F'(x) = 2x - 1 = f(x)$, donc F est solution de l'équation différentielle $y' = f$.

• **Propriété**

f désigne une fonction continue sur un intervalle I et F est une primitive de f sur I.
Toutes les primitives de f sur I sont les fonctions G définies sur I par :
$G(x) = F(x) + C$ où C est un nombre réel.

Exemple

On reprend l'exemple précédent.

Toutes les primitives de f sur $\mathbb{R}$ sont les fonctions définies par :
$G(x) = F(x) + C = x^2 - x + 3 + C$ avec $C \in \mathbb{R}$.

Exercices résolus

1. Vérifier qu'une fonction est solution d'une équation différentielle

ÉNONCÉ

(E) est l'équation différentielle donnée sur $]0\,;+\infty[$ par : $y'(x) = \ln x$.
Vérifier si les fonctions f et g ci-dessous sont solutions de (E).
• $f(x) = x\ln x - x$ • $g(x) = (1 + x)\ln x$

CORRIGÉ

• Pour tout x de $]0\,;+\infty[$, $f'(x) = 1 \times \ln x + x \times \dfrac{1}{x} - 1 = \ln x + 1 - 1 = \ln x$.
Ainsi, f est solution de (E) sur $]0\,;+\infty[$ puisqu'elle vérifie $y' = \ln x$.
• Pour tout x de $]0\,;+\infty[$, $g'(x) = 1 \times \ln x + (1+x) \times \dfrac{1}{x} = \ln x + \dfrac{1+x}{x} \neq \ln x$.
Donc, g n'est pas une solution de (E).

Remarque
$f = u \times v + w$
donc
$f' = u'v + uv' + w'$.

2. Vérifier qu'une fonction est une primitive

ÉNONCÉ

f est la fonction définie sur $\mathbb{R}$ par $f(x) = (2x + 3)e^x$.
1. Vérifier que la fonction F définie sur $\mathbb{R}$ par $F(x) = (2x + 1)e^x$ est une primitive de f.
2. En déduire toutes les primitives de f sur $\mathbb{R}$.
3. Déterminer la primitive de f qui prend la valeur 2 en 0.

CORRIGÉ

1. Pour tout x de $\mathbb{R}$, $F'(x) = 2e^x + (2x + 1)e^x = (2x + 3)e^x = f(x)$.
Ainsi, la fonction F est solution de l'équation différentielle $y' = f$; c'est donc une primitive de f sur $\mathbb{R}$.
2. D'après la propriété, les primitives de f sont de la forme : $G(x) = F(x) + C$ avec $C \in \mathbb{R}$, c'est-à-dire $G(x) = (2x + 1)e^x + C$.
3. $G(0) = 2$ équivaut à $(2 \times 0 + 1)e^0 + C = 2$, c'est-à-dire $1 + C = 2$ donc $C = 1$.
La primitive cherchée a pour expression : $G(x) = (2x + 1)e^x + 1$.

Astuce du prof
G prend la valeur 2 en 0 signifie que $G(0) = 2$.

2 Tableaux des primitives

De quoi s'agit-il ? On dresse deux tableaux, l'un donnant les primitives des fonctions usuelles, et l'autre les primitives des formes usuelles.

• Propriétés

F et G sont des primitives sur I de deux fonctions f et g. $\alpha \in \mathbb{R}$.
• $F + G$ est alors une primitive sur I de la fonction $f + g$.
• αF est alors une primitive sur I de la fonction αf.

1 Primitives de fonctions de référence

Fonction : $f(x) =$	Primitive : $F(x) =$	Intervalle I
k	$kx + C$	$\mathbb{R}$
x	$\frac{1}{2}x^2 + C$	$\mathbb{R}$
x^n	$\frac{1}{n+1}x^{n+1} + C$	$\mathbb{R}, n \in \mathbb{N}^*$
$\frac{1}{x}$	$\ln x + C$	$]0\,;+\infty[$
$-\frac{1}{x^2}$	$\frac{1}{x} + C$	$]0\,;+\infty[$
$\frac{1}{2\sqrt{x}}$	$\sqrt{x} + C$	$]0\,;+\infty[$
e^x	$e^x + C$	$\mathbb{R}$
$\cos x$	$\sin x + C$	$\mathbb{R}$
$\sin x$	$-\cos x + C$	$\mathbb{R}$

2 Primitives de formes usuelles

u désigne une fonction dérivable sur un intervalle I.

Fonction : $f(x) =$	Primitive : $F(x) =$	Condition
$nu'u^{n-1}$	$u^n + C$	$n \in \mathbb{N}^*$
$\frac{u'}{u}$	$\ln u + C$	$u > 0$ sur I
$u'e^u$	$e^u + C$	

Exercices résolus

1. Déterminer une primitive d'une fonction de référence

ÉNONCÉ

Déterminer une primitive sur $\mathbb{R}$ de la fonction f définie par :
$f(x) = 7x^5 + 5 + 2e^x$.

CORRIGÉ

Une primitive de $x \mapsto x^5$ est $x \mapsto \frac{1}{6}x^6$.

Une primitive de $x \mapsto 5$ est $x \mapsto 5x$.
Une primitive de $x \mapsto e^x$ est $x \mapsto e^x$.
Donc une primitive de $f : x \mapsto 7 \times x^5 + 5 + 2 \times e^x$ est $F : x \mapsto \frac{7}{6}x^6 + 5x + 2e^x$.

2. Déterminer la primitive d'une fonction

ÉNONCÉ

f est la fonction définie sur $\mathbb{R}$ par $f(x) = (2x - 3)(4x^2 - 12x + 3)$.
Déterminer la primitive G de f sur $\mathbb{R}$ telle que $G(1) = 0$.

CORRIGÉ

On pose $u(x) = 4x^2 - 12x + 3$ donc $u'(x) = 8x - 12$, d'où $u'(x) = 4(2x - 3)$.

Ainsi, $f(x) = \frac{1}{4}u'(x)u(x) = \frac{1}{8} \times 2u'(x)u(x) = \frac{1}{8} \times nu'(x)u(x)^{n-1}$ (avec $n = 2$).

La fonction F définie sur $\mathbb{R}$ par $F(x) = \frac{1}{8}u(x)^2 = \frac{1}{8}(4x^2 - 12x + 3)^2$ est donc une primitive de f sur $\mathbb{R}$.

Les primitives de f sur $\mathbb{R}$ sont donc de la forme :

$G(x) = \frac{1}{8}(4x^2 - 12x + 3)^2 + C$ avec $C \in \mathbb{R}$.

On cherche C tel que $G(1) = 0$, c'est-à-dire $\frac{1}{8}(4 \times 1^2 - 12 \times 1 + 3)^2 + C = 0$ d'où $\frac{25}{8} + C = 0$ donc $C = -\frac{25}{8}$.

Finalement, la fonction cherchée est $G : x \mapsto \frac{1}{8}(4x^2 - 12x + 3)^2 - \frac{25}{8}$.

3 Équations différentielles de la forme $y' = ay + b$

De quoi s'agit-il ? **On s'intéresse à deux équations différentielles particulières : celle d'expression $y' = ay$ et celle d'expression $y' = ay + b$.**

Dans toute cette partie, a et b désignent des réels non nuls.

1 Équations différentielles de la forme $y' = ay$

- **Propriété**

Les solutions sur $\mathbb{R}$ de l'équation différentielle $y' = ay$ sont les fonctions définies sur $\mathbb{R}$ par : $f_k(x) = ke^{ax}$ avec $k \in \mathbb{R}$.

2 Équations différentielles de la forme $y' = ay + b$

- **Propriétés**

• La fonction constante $f_c : x \mapsto -\frac{b}{a}$ est une solution particulière de l'équation différentielle $y' = ay + b$.
• Les solutions sur $\mathbb{R}$ de l'équation différentielle $y' = ay + b$ sont les fonctions $y_k = f_k + f_c$ où f_k sont les solutions sur $\mathbb{R}$ de l'équation différentielle $y' = ay$.

Allure des solutions

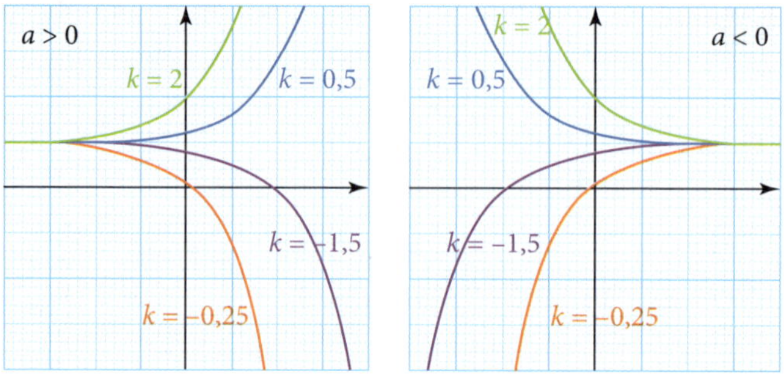

Remarque
Ainsi, les solutions de l'équation différentielle $y' = ay + b$ sont les fonctions définies sur $\mathbb{R}$ par :
$g_k(x) = ke^{ax} - \frac{b}{a}$ avec $k \in \mathbb{R}$.

Propriété – Définition

• Pour tout couple $(x_0 ; y_0)$ de nombres réels, l'équation différentielle $y' = ay + b$ admet une unique solution g sur $\mathbb{R}$ qui vérifie $y_0 = g(x_0)$.
• Le couple $(x_0 ; y_0)$ (ou la condition $y_0 = g(x_0)$) est appelée **condition initiale** de l'équation différentielle.

Exercice résolu

Résoudre une équation différentielle de la forme $y' = ay + b$

ÉNONCÉ

(E) est l'équation différentielle $y' = 2y - 6$.

1. Déterminer les solutions de l'équation différentielle (E') : $y' = 2y$.
2. Déterminer la solution particulière constante de (E).
3. En déduire les solutions de (E).
4. Déterminer la solution de (E) qui vérifie la condition initiale (0 ; 2).

CORRIGÉ

1. $a = 2$. Donc les solutions de (E') sont les fonctions :
$$f_k : x \mapsto k\,e^{2x} \text{ avec } k \in \mathbb{R}$$
2. $a = 2$ et $b = -6$ donc $-\frac{b}{a} = 3$. Ainsi, la solution particulière constante de (E) est la fonction :
$$f_c : x \mapsto 3$$
3. On déduit des réponses précédentes que les solutions de (E) sont les fonctions :
$$g_k : x \mapsto k\,e^{2x} + 3 \text{ avec } k \in \mathbb{R}$$
4. On cherche k tel que $g(0) = 2$.
Or $g(0) = 2$ équivaut à $k\,e^0 + 3 = 2$ c'est-à-dire $k + 3 = 2$ d'où $k = -1$.
La solution cherchée est donc la fonction g définie sur $\mathbb{R}$ par $g(x) = -\,e^{2x} + 3$.

Remarque
Les questions 1. et 2. servent à déterminer toutes les solutions de (E) : voir la première propriété du paragraphe 3.

Révision express

Les réflexes à avoir

- Comprendre que F est une primitive de f signifie que $F' = f$.
- Pour déterminer la primitive de f qui vérifie la condition $y_0 = G(x_0)$, il faut :
– déterminer une primitive F de f ;
– en déduire que toutes les primitives de f sont de la forme $G = F + C$ avec $C \in \mathbb{R}$;
– résoudre l'équation $G(x_0) = F(x_0) + C = y_0$ pour trouver C et conclure.
- Connaître par cœur les tableaux des primitives (paragraphe 2).
- Connaître par cœur les solutions des équations différentielles $y' = ay$ et $y' = ay + b$.

Les pièges à éviter

- Ne pas mélanger les tableaux des dérivées et les tableaux de primitives.
- Une fonction possède une seule dérivée f' et une infinité de primitives $F + C$ avec $C \in \mathbb{R}$.

Quiz

*Pour chaque question, une seule réponse proposée (**a**, **b** ou **c**) est exacte.*

1. (*E*) est l'équation différentielle $y' = 5x^2 + 4e^{2x}$. Une solution de (*E*) est définie par :

☐ **a.** $f(x) = 10x + 8e^{2x}$ ☐ **b.** $f(x) = \frac{5}{3}x^3 + 2e^{2x}$ ☐ **c.** $f(x) = 5x^2 + 4e^{2x}$

2. La courbe rouge représente une primitive *F* de la fonction *f* tracée en vert sur l'écran :

☐ **a.** 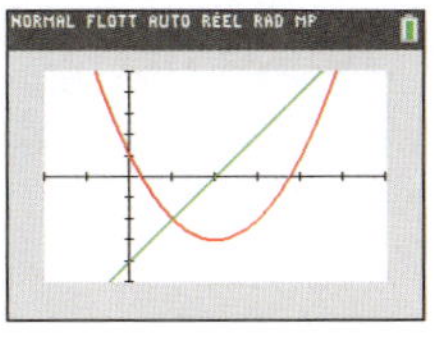

☐ **b.** 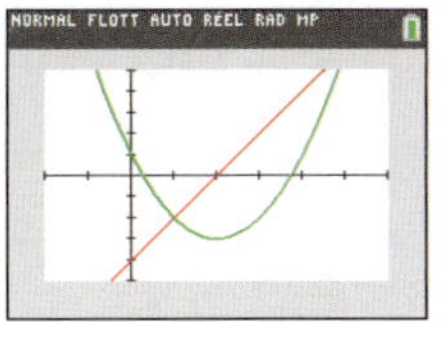

☐ **c.** 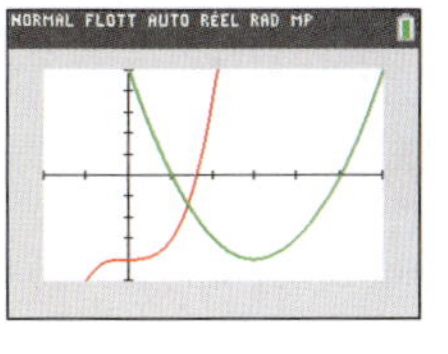

3. g est la fonction définie sur $\mathbb{R}$ par $g(x) = \frac{e^x}{1+e^x}$. Une primitive de g est donnée par :

☐ **a.** $G(x) = \ln(1 + e^x)$ ☐ **b.** $G(x) = \frac{e^x}{(1+e^x)^2}$ ☐ **c.** $G(x) = \frac{e^x}{1+e^x}$

4. Une solution de l'équation différentielle $y' = -2y$ est donnée par :

☐ **a.** $f(x) = 5e^{-2x}$ ☐ **b.** $f(x) = -2e^x$ ☐ **c.** $f(x) = e^{2x}$

5. Les solutions de l'équation différentielle $2y' + y = 4$ sont de la forme :

☐ **a.** $f(x) = ke^{2x} + \frac{1}{4}$ avec $k \in \mathbb{R}$ ☐ **b.** $f(x) = ke^{-\frac{1}{2}x}$ avec $k \in \mathbb{R}$

☐ **c.** $f(x) = ke^{-\frac{1}{2}x} + 4$ avec $k \in \mathbb{R}$

→ Réponses p. 494

EXERCICE 1

Savoir justifier qu'une fonction est solution d'une équation différentielle $y' = f$

Énoncé

(E) est l'équation différentielle donnée sur $\mathbb{R}$ par : $y'(x) = 3x^2 + 6x + 2$.

Justifier que l'une des deux fonctions définies sur $\mathbb{R}$ ci-dessous est solution de (E).

$$g(x) = (x + 1)^3 - x$$
$$h(x) = x^3 + 3x^2 - x + 2$$

Méthode

Pour justifier qu'une fonction g est solution d'une équation différentielle de la forme $y' = f$, il suffit de vérifier si, pour tout x, $g'(x) = f(x)$ (si, pour tout x, $g'(x) \neq f(x)$, c'est que g n'est pas solution).

Corrigé

• Pour tout x de $\mathbb{R}$, $g(x) = u(x)^3 - x$ donc $g'(x) = 3u'(x)u(x)^2 - 1$ d'où :
$g'(x) = 3 \times 1 \times (x + 1)^2 - 1 = 3(x^2 + 2x + 1) - 1 = 3x^2 + 6x + 2 = f(x)$.
Ainsi, g est solution de (E).

• Pour tout x de $\mathbb{R}$, $h'(x) = 3x^2 + 6x - 1$.
Or $3x^2 + 6x - 1 \neq f(x)$.
Ainsi, h n'est pas solution de (E).

EXERCICE 2

Savoir justifier qu'une fonction F est une primitive d'une fonction f

Énoncé

f est la fonction définie sur $]2 ; +\infty[$ par $f(x) = 2x + \dfrac{1}{x-2}$.

Justifier que la fonction F définie sur $]2 ; +\infty[$ par $F(x) = x^2 + \ln(2x - 4)$ est une primitive de f sur $]2 ; +\infty[$.

Méthode

Pour justifier qu'une fonction F est une primitive d'une fonction f sur un intervalle I, il suffit de vérifier que, pour tout x de I, $F'(x) = f(x)$.

Corrigé

Pour tout x de $]2 ; +\infty[$, on a :

$$F'(x) = 2x + \frac{2}{2x-4} = 2x + \frac{2}{2(x-2)} = 2x + \frac{1}{x-2} = f(x).$$

Donc F est une primitive de f sur $]2 ; +\infty[$.

EXERCICE 3

Savoir déterminer les primitives, puis la primitive d'une fonction *f*

Énoncé

On reprend la situation précédente.

1. Déterminer toutes les primitives sur $]2\,;+\infty[$ de la fonction *f*.

2. Déterminer la primitive de *f* qui vaut 10 en $\frac{5}{2}$.

Méthode

- Lorsque *F* est une primitive de *f*, toutes les primitives de *f* sont de la forme : $G(x) = F(x) + C$ où *C* est une constante.
- Pour déterminer la primitive de *f* qui vérifie $G(x_0) = y_0$, on résout l'équation $G(x_0) = y_0$, c'est-à-dire $F(x_0) + C = y_0$ afin de trouver la valeur de *C*.

Corrigé

1. Puisqu'on sait que la fonction *F* telle que $F(x) = x^2 + \ln(2x - 4)$ est une primitive de *f* sur $]2\,;+\infty[$, on en déduit que toutes les primitives de *f* sur $]2\,;+\infty[$ sont de la forme : $G(x) = F(x) + C$ où $C \in \mathbb{R}$, c'est-à-dire $G(x) = x^2 + \ln(2x - 4) + C$ où $C \in \mathbb{R}$.

2. La condition « qui vaut 10 en $\frac{5}{2}$ » se traduit par $G\left(\frac{5}{2}\right) = 10$, c'est-à-dire :

$\left(\frac{5}{2}\right)^2 + \ln\left(2\left(\frac{5}{2}\right) - 4\right) + C = 10$ donc $\frac{25}{4} + \ln(5 - 4) + C = 10$,

d'où $\frac{25}{4} + C = 10$ et $C = 10 - \frac{25}{4}$, ainsi $C = \frac{15}{4}$.

La primitive cherchée est la fonction définie sur $]2\,;+\infty[$ par :

$$G(x) = x^2 + \ln(2x - 4) + \frac{15}{4}$$

EXERCICE 4

Savoir utiliser les tableaux des primitives

Énoncé

Déterminer une primitive sur $\mathbb{R}$ de chacune des fonctions suivantes.

a. $f(x) = 5x^2 - x + 2$ **b.** $g(x) = (x + 1)(x^2 + 2x - 3)$ **c.** $h(x) = (6x - 6)e^{x^2 - 2x + 4}$

Méthode

Pour déterminer une primitive d'une fonction *f*, il faut écrire *f* sous la forme :

- d'une somme de fonctions de référence (tableau 1 paragraphe 2.1),
- d'une des formes usuelles : $2uu'$; $\frac{u'}{u}$; $u'e^u$ (tableau 2 paragraphe 2.2), quitte à adapter avec un coefficient multiplicatif.

Corrigé

a. f s'écrit sous la forme d'une somme de puissances de x.

$F(x) = 5 \times \frac{1}{3}x^3 - \frac{1}{2}x^2 + 2x$ est une primitive de f sur $\mathbb{R}$.

b. g s'écrit presque sous la forme $2u'u$ avec $u(x) = x^2 + 2x - 3$ donc $u'(x) = 2x + 2 = 2(x + 1)$.

Ainsi, $g(x) = \frac{1}{4} \times 2u'(x)\,u(x)$.

Donc $G(x) = \frac{1}{4}u(x)^2 = \frac{1}{4}(x^2 + 2x - 3)^2$ est une primitive de g sur $\mathbb{R}$.

c. h s'écrit presque sous la forme $u'\mathrm{e}^u$ avec $u(x) = x^2 - 2x + 4$ donc $u'(x) = 2x - 2$.
Ainsi, $h(x) = 3u'(x)\mathrm{e}^{u(x)}$.
Donc $H(x) = 3\mathrm{e}^{u(x)} = 3\mathrm{e}^{x^2-2x+4}$ est une primitive de h sur $\mathbb{R}$.

Remarque
Penser à adapter avec un coefficient multiplicatif ($k = \frac{1}{2}$ pour le **b**) ; et $k = 3$ pour le **c**) afin de donner la forme exacte de la fonction.

EXERCICE 5

Savoir déterminer les solutions d'une équation différentielle de la forme $y' = ay + b$

Énoncé

Résoudre l'équation différentielle (E) : $y' + 3y = -6$.

Méthode

- Si ce n'est pas le cas, commencer par écrire (E) sous la forme $y' = ay + b$ ou $y' = ay$.
- Utiliser la propriété du paragraphe 3.1 pour donner les solutions de l'équation différentielle $y' = ay$: $f_k(x) = k\mathrm{e}^{ax}$ avec $k \in \mathbb{R}$.
- Si (E) est de la forme $y' = ay + b$, poursuivre le raisonnement en utilisant la première propriété du paragraphe 3.2 :
  – donner la solution particulière constante de (E) : $f_c(x) = -\frac{b}{a}$,
  – en déduire les solutions de (E) : $g_k(x) = k\mathrm{e}^{ax} - \frac{b}{a}$ avec $k \in \mathbb{R}$.

Corrigé

- (E) : $y' + 3y = -6$ équivaut à $y' = -3y - 6$.
Donc (E) est de la forme $y' = ay + b$ avec $a = -3$ et $b = -6$.
- Les solutions de (E′) sont de la forme $f_k(x) = k\mathrm{e}^{-3x}$ avec $k \in \mathbb{R}$.
- $-\frac{b}{a} = -\frac{-6}{-3} = -2$. La solution particulière constante de (E) est $f_c(x) = -2$.

Les solutions de (E) sont donc de la forme $g_k(x) = k\mathrm{e}^{-3x} - 2$ avec $k \in \mathbb{R}$.

EXERCICE 6

Savoir déterminer la solution qui vérifie une condition initiale

Énoncé

On reprend l'équation différentielle précédente.

Déterminer la solution de (E) qui vérifie la condition initiale $y(0) = 2$.

Méthode

Pour déterminer la solution qui vérifie $y(x_0) = y_0$, on résout l'équation $g_k(x_0) = y_0$, c'est-à-dire $k\mathrm{e}^{-ax_0} - \dfrac{b}{a} = y_0$ afin de trouver la valeur de k.

Corrigé

La condition initiale $y(0) = 2$ se traduit par $g_k(0) = 2$, c'est-à-dire $k\mathrm{e}^{-3\times 0} - 2 = 2$, soit $k\mathrm{e}^0 - 2 = 2$ d'où $k = 4$.
Ainsi, la solution cherchée est la fonction définie sur $\mathbb{R}$ par $g(x) = 4\mathrm{e}^{-3x} - 2$.

EXERCICE 7

Savoir déterminer la solution d'une équation différentielle associée à une courbe

Énoncé

Une solution de l'équation différentielle (E) : $y' = -0{,}2y$ est représentée à l'écran de calculatrice ci-contre.

Déterminer l'expression de cette solution.

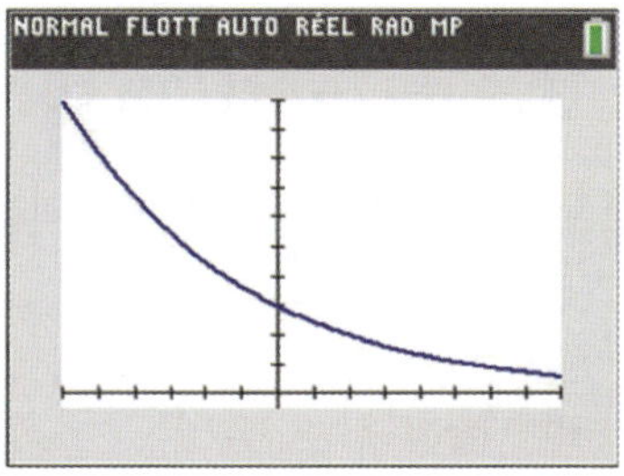

Méthode

- Donner l'expression de toutes les solutions de l'équation différentielle (E).
- Lire sur le graphique les coordonnées d'un point $A(x_0\,;y_0)$ de la courbe.
- En déduire la valeur de la constante k.

Corrigé

Les solutions sur $\mathbb{R}$ de l'équation différentielle (E) sont de la forme :
$f_k(x) = k\mathrm{e}^{-0{,}2x}$ avec $k \in \mathbb{R}$.
Or le point $A(0\,;3)$ appartient à la courbe, donc $f_k(0) = 3$. Ainsi, $k\mathrm{e}^{-0{,}2\times 0} = 3$ d'où $k = 3$.
La solution cherchée est donc la fonction définie sur $\mathbb{R}$ par $f(x) = 3\mathrm{e}^{-0{,}2x}$.

Chapitre 12 Calcul intégral

1 Intégrale d'une fonction continue et positive

De quoi s'agit-il ? On définit la notion d'intégrale d'une fonction positive et on la relie à l'aire sous une courbe.

Dans un repère orthogonal $(O\,;\overrightarrow{OI},\overrightarrow{OJ})$, on appelle **unité d'aire** l'aire du rectangle $OIKJ$ où $K(1\,;\,1)$. Elle est notée **u.a.**

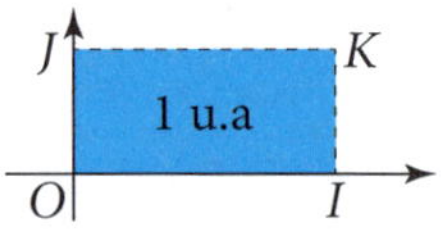

f est une fonction continue, positive sur $[a\,;\,b]$ et $\mathscr{C}$ sa courbe représentative dans un repère orthogonal.

L'intégrale de a à b de la fonction f est l'aire, en unités d'aire, du domaine situé entre $\mathscr{C}$ et l'axe des abscisses, et limité par les droites verticales $x = a$ et $x = b$.

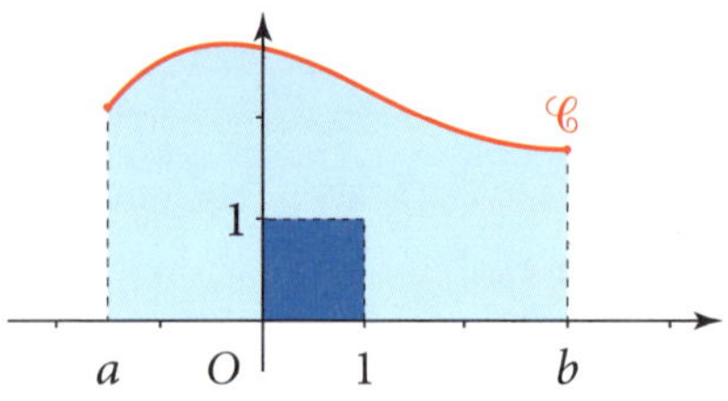

On note cette aire $\int_a^b f(x)\mathrm{d}x$.
On lit « intégrale de a à b de f de x, dx».

2 Primitive de fonction continue positive et intégrale

De quoi s'agit-il ? On relie la notion d'intégrale à la primitive d'une fonction vue au chapitre précédent.

1 Théorème fondamental

f est une fonction continue et positive sur $[a\,;\,b]$.
La fonction F_a définie par $\boldsymbol{x} \mapsto \int_a^x \boldsymbol{f(t)}\mathbf{d}\boldsymbol{t}$ est la primitive de f qui s'annule en a.

Remarque
Ainsi, pour tout x de $[a\,;\,b]$, $F_a'(x) = f(x)$.

2 Calcul d'une intégrale

• **Théorème**

f est une fonction continue et positive sur $[a\,;\,b]$ de primitive F :

$$\int_a^b f(x)\mathrm{d}x = F(b) - F(a)$$

Remarque
On note aussi :
$\int_a^b f(x)\mathrm{d}x = \left[F(x)\right]_a^b$

Exercices résolus

1. Calculer une intégrale de fonction continue positive

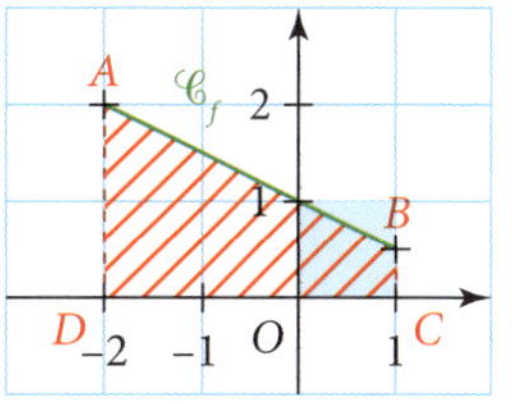

ÉNONCÉ

f est la fonction définie sur $[-2 ; 1]$ représentée dans le repère ci-contre. Calculer $\int_{-2}^{1} f(x)\mathrm{d}x$.

CORRIGÉ

f est définie, continue et positive sur $[-2 ; 1]$, donc $\int_{-2}^{1} f(x)\mathrm{d}x$ est l'aire $\mathscr{A}$ du trapèze $ABCD$, en unités d'aire.

$$\mathscr{A} = \frac{(\text{Petite base + Grande base})}{2} \times \text{Hauteur} = \frac{(BC + AD)}{2} \times \text{DC} = \frac{(0{,}5 + 2)}{2} \times 3.$$

Ainsi, $\int_{-2}^{1} \boldsymbol{f(x)\mathrm{d}x = 3{,}75}$ **u.a.**

2. Calcul d'une intégrale à l'aide d'une primitive

ÉNONCÉ

Calculer $I = \int_{-1}^{1} (x^2 + x + 1)\mathrm{d}x$ et $J = \int_{1}^{\mathrm{e}} \left(\frac{1}{x} + \mathrm{e}^x\right)\mathrm{d}x$.

Rappel
Les formules de calcul des primitives se trouvent au chapitre précédent p. 98.

CORRIGÉ

$$I = \left[\frac{1}{3}x^3 + \frac{1}{2}x^2 + x\right]_{-1}^{1} = \left(\frac{1}{3} \times 1^3 + \frac{1}{2} \times 1^2 + 1\right) - \left(\frac{1}{3} \times (-1)^3 + \frac{1}{2} \times (-1)^2 + (-1)\right).$$

Ainsi, $I = \frac{11}{6} - \left(\frac{-5}{6}\right) = \boldsymbol{\frac{8}{3}}$.

$J = \left[\ln x + \mathrm{e}^x\right]_1^{\mathrm{e}} = (\ln \mathrm{e} + \mathrm{e}^{\mathrm{e}}) - (\ln 1 + \mathrm{e}^1)$. Ainsi, $\boldsymbol{J = 1 + \mathrm{e}^{\mathrm{e}} - \mathrm{e}}$.

3 Intégrale d'une fonction continue de signe quelconque

De quoi s'agit-il ? On étend la notion d'intégrale au cas des fonctions de signe quelconque.

1 Définition

f est une fonction continue de signe quelconque sur $[a ; b]$.
F est une primitive de f sur $[a ; b]$.

L'**intégrale de a à b de la fonction f** est le nombre réel $F(b) - F(a)$.

2 Intégrale et aire

$(O ; \overrightarrow{OI}, \overrightarrow{OJ})$ est un repère orthogonal, $\mathscr{D}$ est le domaine du plan délimité par :
- la courbe $\mathscr{C}_f$ représentative de la fonction f continue sur $[a ; b]$;
- l'axe des abscisses ;
- les droites verticales d'équations $x = a$ et $x = b$.

Remarque
On dit que $\int_a^b f(x)\mathrm{d}x$ est l'aire algébrique du domaine $\mathscr{D}$.

- Si f est continue et négative sur $[a ; b]$, alors : $\int_a^b f(x)\mathrm{d}x$ est l'opposé de l'aire de $\mathscr{D}$.
- Si f est continue et de signe quelconque sur $[a ; b]$, alors :

$$\int_a^b f(x)\mathrm{d}x = \int_a^c f(x)\mathrm{d}x + \int_c^d f(x)\mathrm{d}x + \int_d^b f(x)\mathrm{d}x = \text{Aire rouge} - \text{Aire bleue} + \text{Aire verte}$$

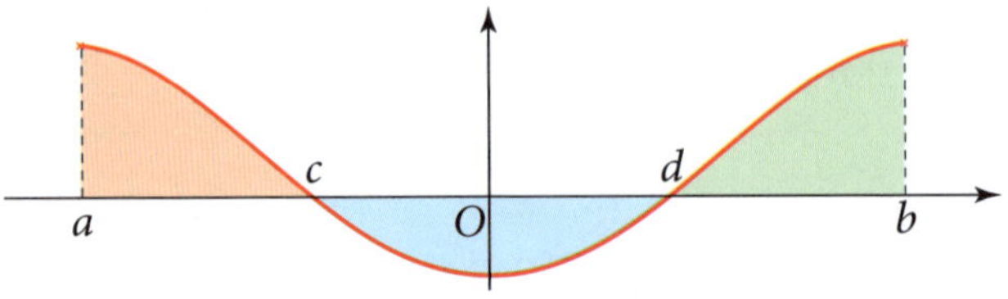

4 Valeur moyenne d'une fonction

De quoi s'agit-il ? **On définit la valeur moyenne d'une fonction sur un intervalle et on interprète ce nombre graphiquement.**

- **Définition**

La **valeur moyenne d'une fonction f sur un intervalle $[a ; b]$** est le réel μ égal à :

$$\frac{1}{b-a}\int_a^b f(x)\mathrm{d}x$$

- **Interprétation graphique**

Pour une fonction f positive sur $[a ; b]$, l'aire du domaine coloré $\left(\int_a^b f(x)\mathrm{d}x\right)$ est égale à l'aire du rectangle de dimensions $b - a$ et μ.

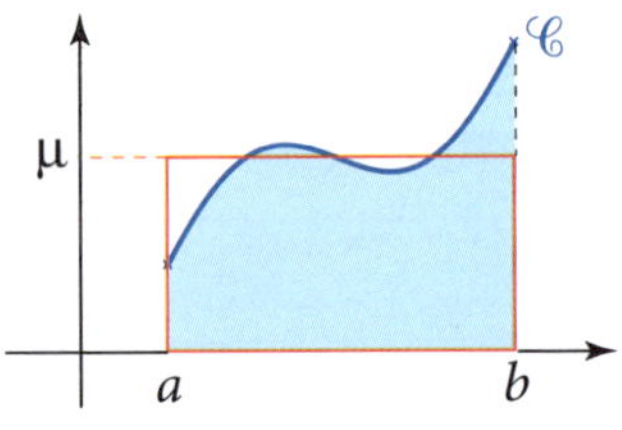

Exercice résolu

Calcul d'intégrale et interprétation graphique

ÉNONCÉ

f est la fonction définie sur $[0 ; 4]$ par $f(x) = x^2 - 4x + 3$ dont la courbe $\mathscr{C}$ est tracée ci contre.

1. Calculer $\int_1^3 f(x)\mathrm{d}x$ et $\int_3^4 f(x)\mathrm{d}x$.

2. En déduire l'aire $\mathscr{A}$ colorée en bleu.

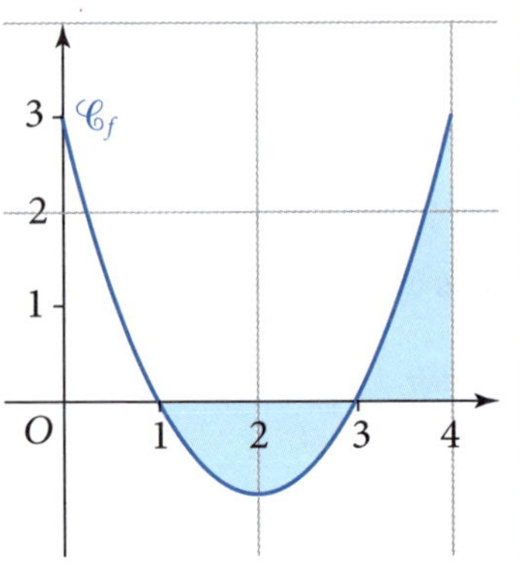

CORRIGÉ

1. Pour tout réel x, $f(x) = x^2 - 4x + 3$.
Ainsi, f admet comme primitive F telle que :
$F(x) = \frac{1}{3}x^3 - 4 \times \frac{1}{2}x^2 + 3x = \frac{1}{3}x^3 - 2x^2 + 3x.$

On peut alors calculer :

$$\int_1^3 f(x)\mathrm{d}x = \left[F(x)\right]_1^3 = F(3) - F(1)$$

$$= \left(\frac{1}{3} \times 3^3 - 2 \times 3^2 + 3 \times 3\right) - \left(\frac{1}{3} \times 1^3 - 2 \times 1^2 + 3 \times 1\right) = -\frac{4}{3}$$

De même, $\int_3^4 f(x)\mathrm{d}x = \left[F(x)\right]_3^4 = F(4) - F(3) = \frac{4}{3} - 0 = \frac{4}{3}$.

2. $f(x)$ est une expression du second degré avec $\Delta = 4$ donc qui s'annule en 1 et 3. Elle est de signe négatif sur [1 ; 3] et de signe positif ailleurs.

Ainsi, $\mathcal{A} = -\int_1^3 f(x)\mathrm{d}x + \int_3^4 f(x$

$\mathcal{A} = -\left(-\frac{4}{3}\right) + \frac{4}{3} = \frac{8}{3}$ u.a.

5 Propriétés de l'intégration

De quoi s'agit-il ? On liste ici quelques propriétés des intégrales des fonctions : des opérations sur les intégrales et des propriétés de comparaisons.

f et g sont deux fonctions continues sur $[a ; b]$.

- **Linéarité de l'intégration**

• $\int_a^b f(x)\mathrm{d}x + \int_a^b g(x)\mathrm{d}x = \int_a^b (f(x) + g(x))\mathrm{d}x$.

• Pour tout réel λ :

$$\lambda \int_a^b f(x)\mathrm{d}x = \int_a^b \lambda f(x)\mathrm{d}x$$

- **Relation de Chasles**

Pour tous réels c, d et e de l'intervalle $[a ; b]$, on a :

$$\int_c^d f(x)\mathrm{d}x + \int_d^e f(x)\mathrm{d}x = \int_c^e f(x)\mathrm{d}x$$

- **Signe d'une intégrale et relation d'ordre**

• Si, pour tout réel $x \in [a ; b]$, $f(x) \geqslant 0$, alors $\int_a^b f(x)\mathrm{d}x \geqslant 0$.

• Si, pour tout réel $x \in [a ; b]$, $f(x) \leqslant 0$, alors $\int_a^b f(x)\mathrm{d}x \leqslant 0$.

• Si, pour tout réel $x \in [a ; b]$, $f(x) \geqslant g(x)$, alors $\int_a^b f(x)\mathrm{d}x \geqslant \int_a^b g(x)\mathrm{d}x$.

6 Intégration par parties

De quoi s'agit-il ? **L'intégration par parties est une méthode de calcul qui permet de résoudre des problèmes d'intégration que l'on ne sait pas résoudre avec les méthodes précédentes.**

- **Théorème**

f et g sont deux fonctions dérivables sur un intervalle $[a\,;\,b]$.
Si, les fonctions dérivées f' et g' sont continues sur $[a\,;\,b]$ alors :

$$\int_a^b f(x)\,g'(x)\mathrm{d}x = \left[f(x)\,g(x)\right]_a^b - \int_a^b f'(x)\,g(x)\mathrm{d}x$$

Remarque
Cette méthode n'est utilisée pour calculer $\int_a^b fg'$ que si l'on ne connaît pas de primitive de fg' mais qu'on en connaît une de $f'g$ et de g'.

Exercices résolus

1. Utiliser la relation d'ordre

ÉNONCÉ

On sait que, pour tout réel $x \in [0\,;\,1]$, $0 \leqslant x^2 \leqslant x$.

1. Montrer que, pour tout réel $x \in [0\,;\,1]$, $1 \leqslant \mathrm{e}^{x^2} \leqslant \mathrm{e}^x$.
2. En déduire un encadrement de $\int_0^1 \mathrm{e}^{x^2}\,\mathrm{d}x$.

CORRIGÉ

1. La fonction exponentielle est croissante sur $\mathbb{R}$, donc, de $0 \leqslant x^2 \leqslant x$, on déduit que $\mathrm{e}^0 \leqslant \mathrm{e}^{x^2} \leqslant \mathrm{e}^x$, soit $1 \leqslant \mathrm{e}^{x^2} \leqslant \mathrm{e}^x$.
2. Comme, pour tout $x \in [0\,;\,1]$, $1 \leqslant \mathrm{e}^{x^2} \leqslant \mathrm{e}^x$, on a :
$\int_0^1 1\mathrm{d}x \leqslant \int_0^1 \mathrm{e}^{x^2}\,\mathrm{d}x \leqslant \int_0^1 \mathrm{e}^x\,\mathrm{d}x$, soit $[x]_0^1 \leqslant \int_0^1 \mathrm{e}^{x^2}\,\mathrm{d}x \leqslant [\mathrm{e}^x]_0^1$.
Finalement, $\mathbf{1 \leqslant \int_0^1 e^{x^2}\,dx \leqslant e - 1}$.

2. Utiliser l'intégration par parties

ÉNONCÉ

Calculer $\int_1^2 x\ln x\,\mathrm{d}x$.

CORRIGÉ

On note f et g' les fonctions définies sur $[1\,;\,2]$ par : $f(x) = \ln x$ et $g'(x) = x$.
f est dérivable et $f'(x) = \frac{1}{x}$; g' est continue et a pour primitive $g(x) = \frac{1}{2}x^2$.
f, g', f' et g sont continues sur $[1\,;\,2]$ donc, d'après la formule d'intégration par parties :

$$\int_1^2 x\ln x\,\mathrm{d}x = \left[\frac{1}{2}x^2 \times \ln x\right]_1^2 - \int_1^2 \frac{1}{x} \times \frac{1}{2}x^2\,\mathrm{d}x.$$

$$\int_1^2 x\ln x\,\mathrm{d}x = \left[\frac{1}{2}x^2 \ln x\right]_1^2 - \int_1^2 \frac{1}{2}x\,\mathrm{d}x = \left[\frac{1}{2}x^2 \ln x\right]_1^2 - \left[\frac{1}{4}x^2\right]_1^2.$$

$$\int_1^2 x\ln x\,\mathrm{d}x = \left(\frac{1}{2} \times 2^2 \ln 2\right) - \left(\frac{1}{2} \times 1^2 \ln 1\right) - \left(\frac{1}{4} \times 2^2\right) + \left(\frac{1}{4} \times 1^2\right) = 2\ln 2 - \frac{3}{4}.$$

Révision express

Les réflexes à avoir

- Connaître les tableaux des primitives (vus au chapitre précédent), essentiels pour effectuer des calculs d'intégrales.
- Savoir relier une intégrale et une aire sous une courbe.
- Comprendre et savoir utiliser les propriétés des intégrales, en particulier la relation de Chasles.
- Penser à utiliser la calculatrice pour vérifier le résultat du calcul d'une intégrale. Par exemple, $\int_0^1 (x^4+2)\mathrm{d}x = 2{,}2$.

- Connaître par cœur la formule de l'intégration par parties.

Les pièges à éviter

- Ne pas oublier que les aires calculées sont exprimées en unités d'aires, c'est-à-dire en fonction de l'aire du rectangle *OIJK*.
- Pour calculer une aire sous une courbe, penser à vérifier que la fonction considérée est positive.

Quiz

*Pour chaque question, une seule réponse proposée (**a**, **b** ou **c**) est exacte.*

1. La courbe d'une fonction f est représentée par la courbe rouge.

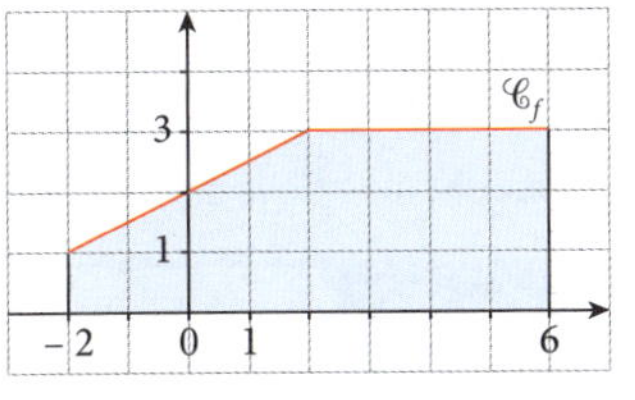

Ainsi, $\int_{-2}^{6} f(x)\mathrm{d}x$ est égale à :

☐ **a.** 20 ☐ **b.** 15 ☐ **c.** 10

2. $\int_{-1}^{2}(1+x^2)\mathrm{d}x$ est égale à :

☐ **a.** 5 ☐ **b.** 6 ☐ **c.** 7

3. $\int_{0}^{1}\frac{1+\mathrm{e}^x}{x+\mathrm{e}^x}\mathrm{d}x$ est environ égale à :

☐ **a.** 1,313 ☐ **b.** 0,5 ☐ **c.** 2,351

4. On sait que, pour tout x de $[0\,;5]$, $f(x) \geqslant \mathrm{e}^x + 1$. On en déduit que :

☐ **a.** $\int_{0}^{5} f(x)\mathrm{d}x \geqslant \mathrm{e}^x + x + 1$ ☐ **b.** $\int_{0}^{5} f(x)\mathrm{d}x \leqslant \mathrm{e}^5 + 4$ ☐ **c.** $\int_{0}^{5} f(x)\mathrm{d}x \geqslant \mathrm{e}^5 + 4$

5. Sur l'intervalle $[5\,;15]$, la valeur moyenne de la fonction f définie par $f(x) = \frac{3}{x^2} + 1$ est égale à :

☐ **a.** 1,04 ☐ **b.** 10,4 ☐ **c.** 104

6. À l'aide d'une intégration par parties, on trouve que $\int_{1}^{\mathrm{e}} 4x\ln x\mathrm{d}x$ est égale à :

☐ **a.** $1-\mathrm{e}^2$ ☐ **b.** $1+\mathrm{e}^2$ ☐ **c.** e^2-1

→ Réponses p. 495

EXERCICE 1

Savoir calculer une intégrale à l'aide d'une primitive

Énoncé

Calculer $\displaystyle\int_{\frac{1}{2}}^{1} \frac{3}{2x+1}\,\mathrm{d}x$.

Méthode

Pour calculer $\displaystyle\int_a^b f(x)\mathrm{d}x$, il faut, en général :

- déterminer une primitive F de f sur $[a\,;b]$;
- calculer le nombre $F(b) - F(a) = \displaystyle\int_a^b f(x)\mathrm{d}x$.

Corrigé

Une primitive de $f(x) = \dfrac{3}{2x+1}$ sur $\left]-\dfrac{1}{2}\,;+\infty\right[$ est F définie par $F(x) = \dfrac{3}{2}\ln(2x+1)$.

Ainsi, $\displaystyle\int_{\frac{1}{2}}^{1} f(x)\,\mathrm{d}x = F(1) - F\left(\frac{1}{2}\right) = \frac{3}{2}\ln(2\times 1+1) - \frac{3}{2}\ln\left(2\times\frac{1}{2}+1\right)$.

Finalement, $\displaystyle\int_{\frac{1}{2}}^{1} f(x)\,\mathrm{d}x = \frac{3}{2}\ln 3 - \frac{3}{2}\ln 2 = \frac{3}{2}\ln\left(\frac{3}{2}\right)$.

EXERCICE 2

Savoir calculer une intégrale à l'aide de la calculatrice

Énoncé

Vérifier à l'aide de la calculatrice que $\displaystyle\int_0^1 x\sqrt{x}\,\mathrm{d}x = 0{,}4$.

Méthode

Casio

Dans le menu calcul :

- Taper OPTN.
- Sélectionner CALC (F4).
- Sélectionner ∫dx.
- Saisir l'expression de $f(x)$ et les bornes a et b.

TI

Dans le menu calcul :

- Taper MATH.
- Sélectionner 9:intégrFonct(.
- Saisir l'expression de $f(x)$ et les bornes a et b.

Numworks

Dans le menu calcul :

- Taper sur le ToolBox : paste
- Sélectionner int (f(x), x, a, b) Intégrale.
- Saisir a, b et l'expression de $f(x)$.

Corrigé

Casio

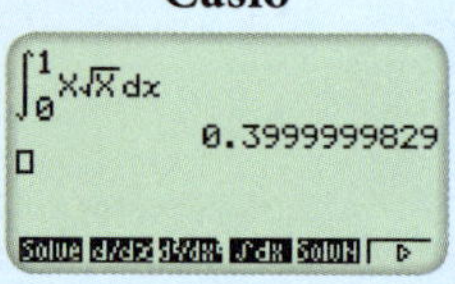

TI

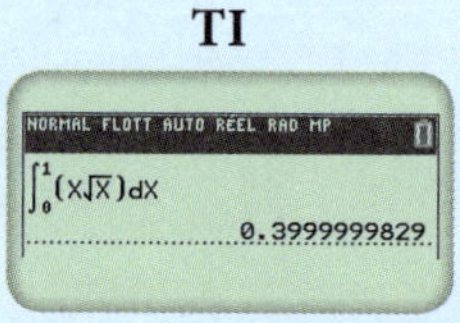

Numworks

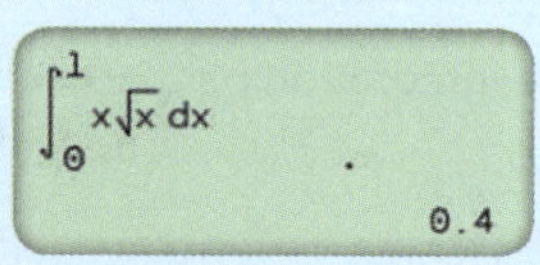

EXERCICE 3

Savoir calculer l'aire entre deux courbes

Énoncé

Calculer, en unités d'aire, l'aire de la surface colorée ci-contre située entre $\mathscr{C}_f$ et $\mathscr{C}_g$, avec $f(x) = -x^2 + 2x + 4$ et $g(x) = -x + 4$.

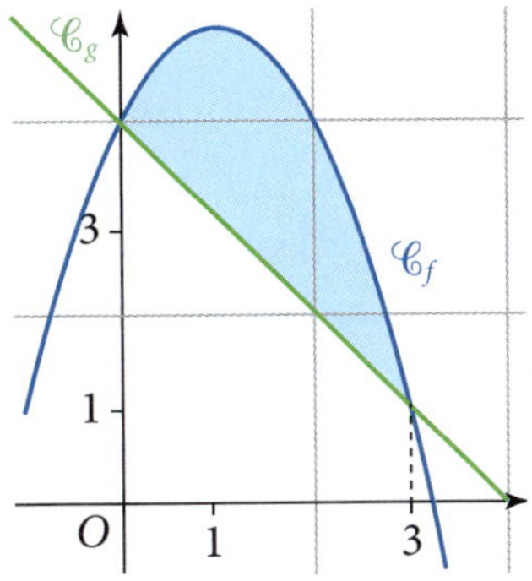

Méthode

Pour calculer l'aire du domaine délimité par les courbes dont les intersections ont pour abscisses a et b ($a < b$), on calcule $\int_a^b (g(x) - f(x))\mathrm{d}x$ ou $\int_a^b (f(x) - g(x))\mathrm{d}x$.

Corrigé

Les courbes se coupent aux abscisses 0 et 3 et, sur [0 ; 3], $f(x) \geqslant g(x)$, donc :

$$\mathscr{A} = \int_0^3 (f(x) - g(x))\,\mathrm{d}x$$

$$\mathscr{A} = \int_0^3 (-x^2 + 3x)\mathrm{d}x$$

$$\mathscr{A} = \left[-\frac{1}{3}x^3 + \frac{3}{2}x^2\right]_0^3$$

$$\mathscr{A} = \frac{9}{2} \text{ unités d'aire.}$$

EXERCICE 4

Savoir calculer une valeur moyenne

Énoncé

Calculer la valeur moyenne sur [2 ; 4] de la fonction f définie par $f(x) = \mathrm{e}^x + 2x$.

Méthode

Pour calculer la valeur moyenne d'une fonction dérivable sur $[a\,;b]$, on utilise la formule :

$$\frac{1}{b-a}\int_a^b f(x)\mathrm{d}x$$

Corrigé

Ici $a = 2$, $b = 4$ et $f(x) = \mathrm{e}^x + 2x$ qui a pour primitive $F(x) = \mathrm{e}^x + x^2$.

Ainsi $\mu = \dfrac{1}{4-2}\displaystyle\int_2^4 (\mathrm{e}^x + 2x)\mathrm{d}x = \frac{1}{2}\left[\mathrm{e}^x + x^2\right]_2^4 = \frac{\mathrm{e}^4 - \mathrm{e}^2 + 12}{2}$.

EXERCICE 5

Savoir utiliser l'intégration par parties

Énoncé

Calculer $\int_0^{\pi} x \sin x dx$ en utilisant une intégration par parties.

Méthode

Pour calculer $\int_a^b h(x)\,\mathrm{d}x$ lorsque h n'a pas de primitive connue, on peut :

- décomposer h en $f(x) \times g'(x)$;
- calculer la dérivée de $f(x)$ et une primitive de $g'(x)$;
- appliquer la formule d'intégration par parties.

Corrigé

On note f et g' les fonctions définies sur $[0 ; \pi]$ par $f(x) = x$ et $g'(x) = \sin x$.
f est dérivable et $f'(x) = 1$; g' est continue et a pour primitive $g(x) = -\cos x$.
Les fonctions f, g', f' et g sont continues sur $[0 ; \pi]$ donc :

$$\begin{aligned}\int_0^{\pi} x \times \sin x\,\mathrm{d}x &= \left[x \times (-\cos x)\right]_0^{\pi} - \int_0^{\pi} 1 \times (-\cos x)\,\mathrm{d}x \\ &= \left[-x\cos x\right]_0^{\pi} + \int_0^{\pi} \cos x\,\mathrm{d}x \\ &= \left[-x\cos x\right]_0^{\pi} + \left[\sin x\right]_0^{\pi} \\ &= (-\pi\cos\pi) + (\sin\pi) - (\sin 0) \\ &= \pi.\end{aligned}$$

Chapitre 13 Succession d'épreuves indépendantes Schéma de Bernoulli

1 Succession d'épreuves indépendantes

De quoi s'agit-il ? On relie la notion d'épreuves aléatoires indépendantes au produit cartésien d'ensembles vu au chapitre 1.

1 Succession d'épreuves indépendantes et produit cartésien

U_1, U_2, …, U_n sont des univers d'épreuves aléatoires indépendantes.
Lorsqu'on effectue successivement ces n épreuves aléatoires, l'univers U obtenu est le **produit cartésien** :

$$U = U_1 \times U_2 \times \ldots \times U_n$$

L'univers U est donc constitué des issues $(x_1 ; x_2 ; \ldots ; x_n)$ où $x_i \in U_i$.

• **Propriété**

N_1, N_2, …, N_n désignent le nombre d'issues de chaque univers U_1, U_2, …, U_n.
Le nombre d'issues de l'univers U est égal à : $N_1 \times N_2 \times \ldots N_n$.

Exemple

On prélève au hasard une boule de l'urne 1 et une boule de l'urne 2 ci-dessous.
On note les couleurs obtenues.

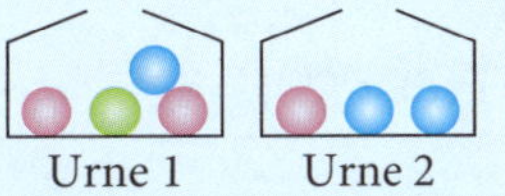

L'univers du tirage d'une boule dans :
– l'urne 1 est $U_1 = \{B ; V ; R\}$;
– l'urne 2 est $U_2 = \{B ; R\}$.
L'univers de l'expérience aléatoire est donc :
$U = U_1 \times U_2 = \{(B ; B) ; (B ; R) ; (V ; B) ; (V ; R) ; (R ; B) ; (R ; R)\}$.
Il contient $3 \times 2 = 6$ issues.

2 Probabilité d'une issue de U

• **Propriété**

La probabilité d'une issue $(x_1 ; x_2 ; \ldots ; x_n)$ de U est égale au produit des probabilités des issues $x_1 ; x_2 ; \ldots ; x_n$. Ainsi, on a :

$$P((x_1 ; x_2 ; \ldots ; x_n)) = P(x_1) \times P(x_2) \times \ldots \times P(x_n)$$

Exemple

On reprend l'exemple précédent.

$$P((V ; B)) = P(V) \times P(B)$$

$$P(V ; B) = \frac{1}{4} \times \frac{2}{3} = \frac{2}{12} = \frac{1}{6}$$

Exercice résolu

Étudier une succession d'épreuves indépendantes

ÉNONCÉ

On lance une pièce équilibrée puis un dé équilibré à six faces. On note alors les résultats obtenus lors de ces deux lancers successifs.

1. Écrire l'univers U de cette expérience aléatoire par un produit cartésien.
2. Représenter la situation par un arbre pondéré.
3. Calculer la probabilité d'obtenir le couple (Pile ; 3).

CORRIGÉ

1. L'univers du lancer de la pièce est : $U_1 = \{P ; F\}$ (P = Pile ; F = Face).
L'univers du lancer du dé est : $U_2 = \{1 ; 2 ; 3 ; 4 ; 5 ; 6\}$.
Ainsi, l'univers de ces deux lancers successifs est : $U = U_1 \times U_2$.

2.

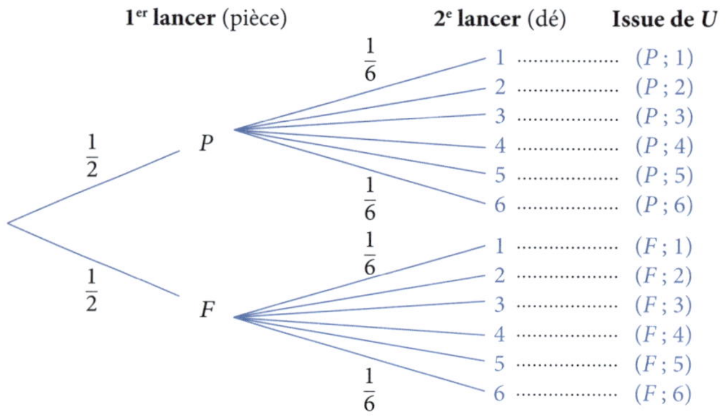

3. $P(P ; 3) = P(P) \times P(3) = \frac{1}{2} \times \frac{1}{6} = \frac{1}{12}$.

2 Schéma de Bernoulli

De quoi s'agit-il ? On définit les notions d'épreuves de Bernoulli puis de schéma de Bernoulli pour préparer le paragraphe 3.

1 Loi de Bernoulli

- **Définition**

Une **épreuve de Bernoulli** est une expérience aléatoire comportant deux issues :
– l'une est appelée **succès** (et notée S) ;
– l'autre est appelée **échec** (et notée $E = \overline{S}$).

Remarques
- $p = p(S)$
- $p \in [0 ; 1]$
- $q = p(\overline{S})$
- $q = 1 - p$

- **Loi de Bernoulli**

La **loi de Bernoulli** de paramètre p est la loi de probabilité associée à une épreuve de Bernoulli dont la probabilité de succès est $p = P(S)$. Elle peut être décrite à l'aide du tableau ci-contre :

Issue	S	$\overline{S}$
Probabilité	p	$1 - p$

Exemple

Le lancer d'une pièce de monnaie équilibrée est une épreuve de Bernoulli de paramètre $p = \frac{1}{2}$.

2 Schéma de Bernoulli

• Définition

Un **schéma de Bernoulli** est une expérience aléatoire qui consiste à répéter plusieurs fois, de manière identique et indépendante, une épreuve de Bernoulli.

Exemple

On lance dix fois une pièce de monnaie.

Remarques

- Lorsque le nombre de répétitions n'est pas trop grand (inférieur ou égal à 4), il est judicieux de s'aider d'un arbre pondéré (voir exercice résolu ci-dessous).
- Le nombre de répétitions est souvent noté *n*.

Exercice résolu

Construire l'arbre pondéré associé à un schéma de Bernoulli

ÉNONCÉ

Lors d'un match de handball, un joueur est confronté trois fois à l'épreuve des penaltys. Il en réussit 9 sur 10 en moyenne.

1. Expliquer pourquoi cet énoncé peut être associé à un schéma de Bernoulli.
2. Construire un arbre pondéré qui illustre ce schéma de Bernoulli.

CORRIGÉ

1. Chaque penalty peut être associé à une épreuve de Bernoulli car il donne lieu à deux issues.
On associe un penalty réussi au **succès** et un penalty manqué à l'**échec**.
On peut ajouter que $p = P(S) = \frac{9}{10}$ et $q = P(\overline{S}) = \frac{1}{10}$.

2.

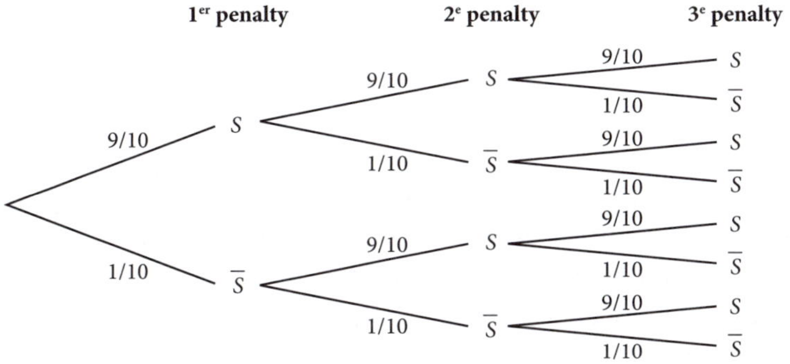

3 Loi binomiale $\mathcal{B}(n ; p)$

De quoi s'agit-il ? **La loi binomiale est un cas particulier de loi de probabilité. On indique ici comment la définir et comment calculer certaines probabilités.**

1 Loi du nombre de succès

• Principe

On considère un schéma de Bernoulli de probabilité p et constitué de n épreuves. On note X **la variable aléatoire qui compte le nombre de succès** obtenus sur les n épreuves.

• Définition

La variable aléatoire X **suit la loi binomiale de paramètres n et p.**
On note $X \sim \mathcal{B}(n ; p)$.

Remarques

- Les issues possibles pour la variable aléatoire X sont tous les nombres entiers naturels entre 0 (aucun succès) et n (que des succès).
- n et p sont appelés paramètres de la loi binomiale.

Exemple

Une pièce de monnaie est truquée selon les modalités indiquées dans le tableau ci-dessous.
On attribue au succès S le fait d'obtenir Pile (P).
On lance cette pièce trois fois successivement.
On note X la variable aléatoire qui compte le nombre de succès, c'est-à-dire le nombre de Pile (P) obtenus. X suit la loi binomiale $\mathcal{B}(3 ; 0{,}4)$.

Issue	Pile : P	Face : F
Probabilité	0,4	0,6

2 Probabilité $P(X = k)$

• Propriété

X est une variable aléatoire qui suit la loi binomiale $\mathcal{B}(n ; p)$.
Pour tout nombre entier naturel k tel que $0 \leqslant k \leqslant n$, on a :

$$P(X = k) = \binom{n}{k} \times p^k \times (1 - p)^{n-k}$$

Remarque

Le coefficient binomial $\binom{n}{k}$ est le nombre de chemins de l'arbre qui mènent à k succès.

Exercice résolu

Calculer une probabilité

ÉNONCÉ

On effectue trois tirages avec remise dans l'urne ci-contre. On associe au succès le fait d'obtenir une boule rouge. X est la variable aléatoire qui compte le nombre de succès.

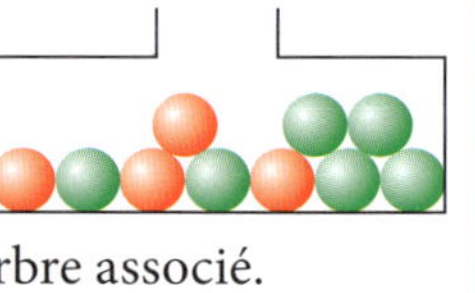

1. Modéliser cette situation par une loi binomiale et construire l'arbre associé.
2. Quelle est la probabilité d'obtenir 2 boules rouges ?
3. Calculer puis interpréter $P(X \leqslant 1)$.

CORRIGÉ

1. Pour chaque tirage, il y a deux issues : Rouge et Verte.
Chaque tirage est donc associé à une épreuve de Bernoulli.
On effectue 3 tirages avec remise. On peut donc modéliser cette situation par une loi binomiale de paramètres $n = 3$ et $p = P(S) = P(\text{Rouge}) = \frac{4}{10} = 0{,}4$ où X est la variable aléatoire qui compte le nombre de succès :

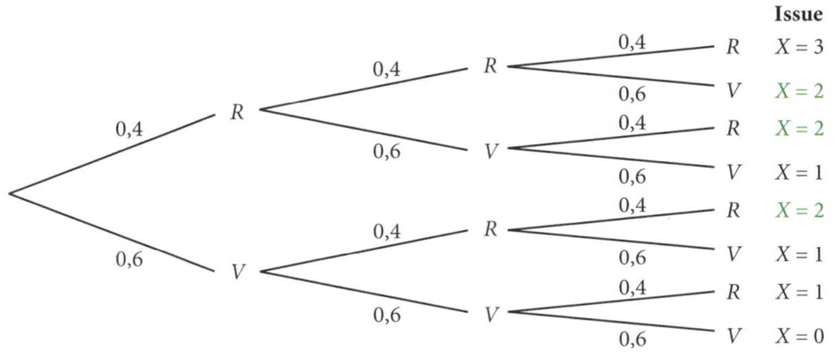

2. Sur l'arbre ci-dessus, il y a 3 chemins menant à 2 succès, donc $\binom{3}{2} = 3$.
Ainsi, $P(X = 2) = \binom{3}{2}p^2q^{3-2} = 3 \times 0{,}4^2 \times 0{,}6 = 0{,}288$.
La probabilité d'obtenir 2 boules rouges sur les 3 tirages est de 0,288.

3. $P(X \leqslant 1) = P(X = 0) + P(X = 1)$

$P(X \leqslant 1) = \binom{3}{0} \times p^0 \times q^3 + \binom{3}{1} \times p^1 \times q^2$

$P(X \leqslant 1) = 1 \times 0{,}4^0 \times 0{,}6^3 + 3 \times 0{,}4^1 \times 0{,}6^2$

$P(X \leqslant 1) = 0{,}648$

La probabilité d'obtenir 1 boule rouge ou moins sur les 3 tirages est de 0,648.
(On peut aussi dire que la probabilité d'obtenir au plus 1 boule rouge sur les 3 tirages est de 0,648.)

Rappel
$a^0 = 1$ et $a^1 = a$.

➔ Révision express

Les réflexes à avoir

- Lorsque le nombre d'épreuves n'est pas trop important, penser à s'aider d'un arbre pondéré.
- Lorsqu'on parcourt un chemin sur un arbre pondéré, on multiplie entre elles les probabilités de chacune des branches.
- Connaître par cœur la formule permettant de calculer $P(X = k)$ pour une loi binomiale.
- Savoir interpréter les questions « au moins 2 » $\rightarrow X \geqslant 2$; « 2 au plus » $\rightarrow X \leqslant 2$; « plus de 2 » $\rightarrow X > 2$; « 2 ou moins » $\rightarrow X \leqslant 2$...
- Revoir le programme de Première sur les probabilités conditionnelles :
$P_B(A) = \dfrac{P(A \cap B)}{P(B)}$; $P(A \cap B) = P_A(B) \times P(A) = P_B(A) \times P(B)$; formule des probabilités totales.

Les pièges à éviter

- Ne pas confondre une succession d'épreuves indépendantes (par exemple des tirages avec remise) et une succession d'épreuves dépendantes (par exemple des tirages sans remise, et dans ce cas, on utilise les probabilités conditionnelles vues en Première).
- L'événement contraire de $(X \geqslant k)$ est $(X < k)$ (et non pas $X \leqslant k$).

Quiz

*Pour chaque question, une seule réponse proposée (**a**, **b** ou **c**) est exacte.*

1. La classe de Terminale 1 compte 35 élèves dont 18 filles, la classe de Terminale 2 compte 36 élèves dont 14 garçons. On choisit au hasard un élève de chaque classe. La probabilité que ces deux élèves soient du même sexe est égale à :

☐ **a.** $\dfrac{317}{630}$ ☐ **b.** $\dfrac{11}{35}$ ☐ **c.** $\dfrac{313}{630}$

2. On considère l'urne ci-contre. On prélève au hasard et avec remise trois boules de cette urne et on note X la variable aléatoire qui compte le nombre de boules rouges obtenues :

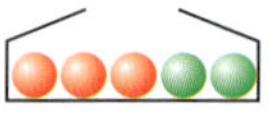

☐ **a.** $X \sim \mathscr{B}(0{,}6\,;3)$ ☐ **b.** $X \sim \mathscr{B}(3\,;0{,}6)$ ☐ **c.** $X \sim \mathscr{B}(3 \times 0{,}6)$

3. Avec la situation de la question **2** :

☐ **a.** $P(X = 1) = 0{,}25$ ☐ **b.** $P(X = 2) = 0{,}534$ ☐ **c.** $P(X = 3) = 0{,}216$

4. Avec la situation de la question **2** :

☐ **a.** $P(X \leqslant 1) = 0{,}352$ ☐ **b.** $P(X \leqslant 2) = 0{,}847$ ☐ **c.** $P(X \leqslant 3) = 0{,}9$

5. On reprend la situation de la question **2**, mais les trois tirages s'effectuent sans remise. La probabilité que les trois boules tirées soient rouges est égale à :

☐ **a.** 0,05 ☐ **b.** 0,1 ☐ **c.** 0,15

➔ Réponses p. 495

EXERCICE 1

Savoir modéliser une succession d'épreuves indépendantes

Énoncé

Voici la répartition des habitants d'un pays selon l'âge et le sexe (en millions d'habitants).

On prélève au hasard une femme, puis un homme de ce pays et on note sa tranche d'âge.

1. Représenter cette situation par un arbre pondéré.

	Femme (F)	Homme (H)
Moins de 18 ans (J)	2	2
De 18 à 60 ans (A)	5	6
Plus de 60 ans (S)	1	2
Total	8	10

2. Calculer la probabilité que les deux personnes choisies soient de la même tranche d'âge.

Méthode

- Identifier chacune des épreuves et l'univers correspondant.

Avant de placer les probabilités sur l'arbre pondéré, s'assurer que les épreuves successives sont indépendantes.

On peut, pour s'aider, préciser toutes les issues possibles à droite de l'arbre.

- Appliquer la propriété du paragraphe 1.2 du cours.

Corrigé

1.

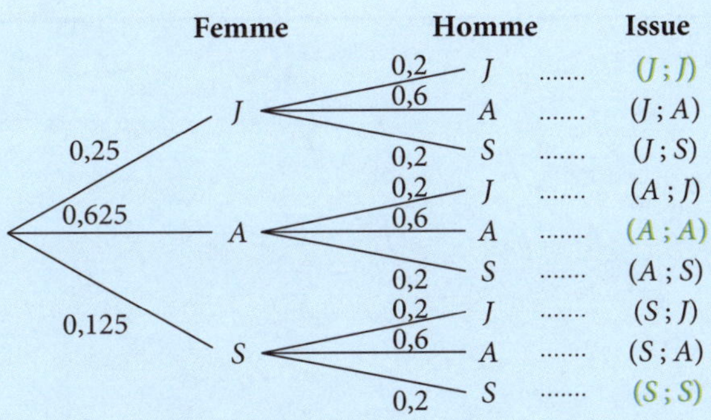

Par exemple, lors du choix d'une femme : $P(J) = \frac{2}{8} = 0{,}25$ et lors du choix d'un homme, $P(J) = \frac{2}{10} = 0{,}2$.

2. Les issues qui correspondent à la probabilité cherchée sont indiquées en vert sur l'arbre ci-dessus.

$p = P(J\,;J) + P(A\,;A) + P(S\,;S)$

$p = 0{,}25 \times 0{,}2 + 0{,}625 \times 0{,}6 + 0{,}125 \times 0{,}2$

$p = 0{,}45.$

La probabilité que les deux personnes choisies aient la même tranche d'âge est 0,45.

Réflexe à avoir

Lorsqu'on parcourt un chemin sur un arbre, la probabilité est égale au produit des probabilités situées sur les branches du chemin.

EXERCICE 2

Savoir modéliser une succession d'épreuves dépendantes

Énoncé

Les classes de Terminale d'un lycée comptent 180 filles (F) et 150 garçons.
Le lycée propose trois L.V.2 : Espagnol (E), Allemand (A) et Italien (I).
- Parmi les filles, 40 % ont choisi l'espagnol, 25 % l'allemand et 35 % l'italien.
- Parmi les garçons, 50 % ont choisi l'espagnol, 30 % l'allemand et 20 % l'italien.

On choisit au hasard un élève de Terminale de ce lycée.

1. Représenter la situation par un arbre pondéré.

2. Calculer la probabilité que l'élève choisi soit une fille qui fait de l'italien.

3. Calculer la probabilité que l'élève choisi fasse de l'italien.

4. L'élève choisi fait de l'italien. Calculer la probabilité que ce soit une fille.

Méthode

Ce type d'étude a fait l'objet d'un chapitre de la classe de Première qui est au programme du baccalauréat. Voici un rappel des formules essentielles.
Soient A et B deux événements tels que $P(A) \neq 0$ et $P(B) \neq 0$.

- La probabilité de A sachant B est : $P_B(A) = \dfrac{P(A \cap B)}{P(B)}$.
- Ainsi, $P(A \cap B) = P_B(A) \times P(B) = P_A(B) \times P(A)$.
- Formule des probabilités totales : $P(B) = P(A \cap B) + P(\overline{A} \cap B)$.

Corrigé

1.

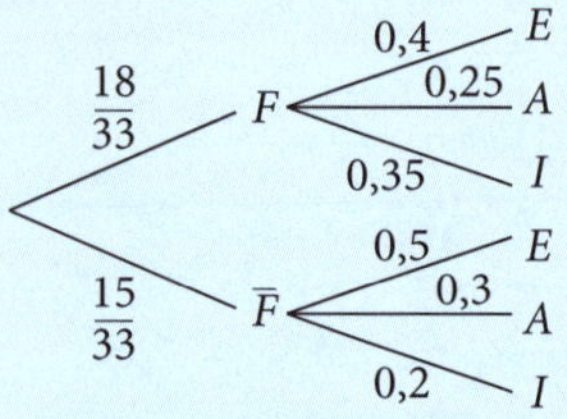

2. L'événement « soit une fille qui fait de l'italien » se traduit par : $F \cap I$.

Donc $P(F \cap I) = P(F) \times P_F(I) = \dfrac{18}{33} \times 0,35 \approx 0,19$.

La probabilité que l'élève choisi soit une fille qui fait de l'italien est environ égale à 0,19.

3. D'après la formule des probabilités totales :

$$P(I) = P(F \cap I) + P(\overline{F} \cap I) = P(F) \times P_F(I) + P(\overline{F}) \times P_{\overline{F}}(I) = \frac{18}{33} \times 0,35 + \frac{15}{33} \times 0,2 \approx 0,28.$$

La probabilité que l'élève choisi fasse de l'italien est environ égale à 0,28.

4. La probabilité cherchée est : $P_I(F) = \dfrac{P(F \cap I)}{P(I)} \approx \dfrac{0,19}{0,28} \approx 0,68$. Sachant que l'élève choisi fait de l'italien, la probabilité que ce soit une fille est environ égale à 0,68.

EXERCICE 3

Savoir reconnaître une loi binomiale et interpréter l'espérance

Énoncé

Un opérateur A de télécommunications français dispose de 44 % de part de marché. On choisit, au hasard et avec remise, 200 abonnés français (tous opérateurs confondus).

X est la variable aléatoire qui compte le nombre d'abonnés chez cet opérateur A.

Modéliser l'énoncé à l'aide d'une loi binomiale.

Méthode

Pour reconnaître une loi binomiale, il faut :

- que pour chaque tirage (épreuve), il n'y ait que deux issues ;
- que chaque tirage (épreuve) soit indépendant des autres ;
- préciser alors les paramètres $p = P(S)$ et n le nombre d'épreuves.

Corrigé

Pour chaque abonné choisi, il y a deux issues : être abonné chez A ou pas. Puisqu'il y a remise, chaque tirage est indépendant des autres.
On associe au succès le fait d'être abonné chez l'opérateur A, donc $p = 0{,}44$ et l'épreuve est répétée $n = 200$ fois.
Ainsi, la variable aléatoire X, qui compte le nombre d'abonnés chez l'opérateur A sur les 200 abonnés choisis, suit la loi binomiale de paramètres $p = 0{,}44$ et $n = 200$.

EXERCICE 4

Savoir calculer une probabilité du type $P(X \leqslant k)$ ou $P(X > k)$

Énoncé

X est une variable aléatoire qui suit la loi binomiale $\mathcal{B}(10\,;0{,}2)$. Calculer $P(X > 1)$.

Méthode

On utilise la propriété du cours pour calculer $P(X = k)$ et on peut, pour s'aider, visualiser sur une droite graduée les issues de X correspondantes.
Puisque $n = 10$, X peut prendre toutes les valeurs de 0 à 10.

Corrigé

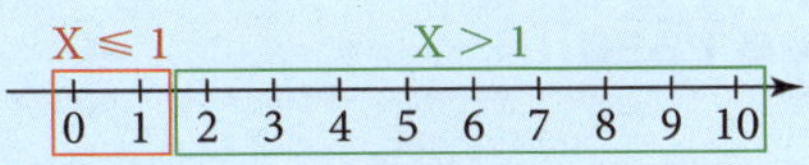

$P(X>1) = P(X=2) + P(X=3) + \ldots + P(X=10)$

$P(X>1) = 1 - P(X \leqslant 1)$

$P(X>1) = 1 - [P(X=0) + P(X=1)]$

$$P(X>1) = 1 - \left[\binom{10}{0} \times 0{,}2^0 \times 0{,}8^{10} + \binom{10}{1} \times 0{,}2^1 \times 0{,}8^9\right]$$

$P(X>1) \approx 0{,}624.$

L'astuce du prof
Pour accélérer les calculs, il est parfois utile de penser à l'événement contraire. Ici le contraire de $X > 1$ est $X \leqslant 1$.

Chapitre 14 Somme de variables aléatoires

X et Y sont deux variables aléatoires définies sur le même univers Ω et prenant comme valeurs $x_1, x_2, \dots x_n$ pour X et $y_1, y_2, \dots y_m$ pour Y.

1 Somme de deux variables aléatoires

De quoi s'agit-il ? À partir des variables aléatoires X et Y, on définit de nouvelles variables aléatoires : la somme $X + Y$ et le produit par un nombre aX.

1 Variable aléatoire $X + Y$

- **Définitions**

La somme **$X + Y$ est une variable aléatoire** définie sur l'univers Ω dont les valeurs sont les sommes distinctes $x_i + y_j = s_h$ où $i \in \{1 ; \dots ; n\}$ et $j \in \{1 ; \dots ; m\}$.
La **loi de probabilité de la variable aléatoire $X + Y$** est obtenue en associant à chaque valeur s_h la somme des probabilités $P((X = x_i) \cap (Y = y_j))$ où $x_i + y_j = s_h$.

2 Variable aléatoire aX

- **Définitions**

Le produit **aX** où a est un réel **est une variable aléatoire** dont les valeurs sont les produits $a \times x_i$ où $i \in \{1 ; \dots ; n\}$.
La **loi de probabilité de la variable aléatoire aX** est la même que celle de la variable aléatoire X.

- **Illustration :**

Si

Issue : X	x_1	x_2	...	x_n
$P(X = x_i)$	p_1	p_2	...	p_n

alors

Issue : aX	ax_1	ax_2	...	ax_n
$P(aX = ax_i)$	p_1	p_2	...	p_n

3 Propriété de l'espérance

- **Propriétés**

• $E(X + Y) = E(X) + E(Y)$ • $E(aX) = aE(X)$

Remarque
Ces deux propriétés traduisent la linéarité de E.

Exercice résolu

ÉNONCÉ

Pour améliorer la mise en rayon de boîtes de céréales, un supermarché fait une étude sur la vente des boîtes de céréales pour laquelle il propose deux marques : A et B.
Pour un client choisi au hasard qui achète une (ou des) boîte(s) de céréales, X est la variable aléatoire mesurant le nombre de produits de marque A achetés et Y celle mesurant le nombre de produits de la marque B achetés.

...

•••

Issue : X	1	2
Probabilité	0,5	0,5

Issue : Y	1	2	3
Probabilité	0,2	0,5	0,3

1. Donner les valeurs prises par $X + Y$.
2. Donner la loi de probabilité de $X + Y$.

CORRIGÉ

1.

$x =$ / $y =$	1	2
1	2	3
2	3	4
3	4	5

Valeurs de $x_i + y_j$ où $i \in \{1 ; 2\}$ et $j \in \{1 ; 2 ; 3\}$

Ainsi les valeurs de $X + Y$ sont : 2, 3, 4 et 5.

2. Loi de probabilité de $X + Y$:

Issue : $X + Y$	2	3	4	5
Probabilité	0,1	0,35	0,4	0,15

$P(X + Y = 4) = P(X = 2 \text{ et } Y = 2) + P(X = 1 \text{ et } Y = 3)$
$= 0{,}5 \times 0{,}5 + 0{,}5 \times 0{,}3$
$= 0{,}4.$

2 Variables aléatoires indépendantes

De quoi s'agit-il ? Pour deux variables aléatoires *X* et *Y*, on définit la notion d'indépendance, puis on expose, dans le cas d'indépendance, certaines propriétés.

X et Y sont deux variables aléatoires définies sur le même univers.
X a pour valeurs $x_1, x_2, \dots, x_n$ et Y a pour valeur $y_1, \dots, y_m$.

1 Indépendance de variables aléatoires

• Définition

On dit que **X et Y sont indépendantes** lorsque, pour tout entier $i \in \{1 ; \dots ; n\}$ et tout entier $j \in \{1 ; \dots ; m\}$: $P((X = x_i) \cap (Y = y_j)) = P(X = x_i) \times P(Y = y_j)$

Cas particuliers

Lorsque X et Y sont des variables aléatoires liées à deux épreuves aléatoires indépendantes successives, elles sont indépendantes.

• Propriétés

- Lorsque X et Y sont deux variables aléatoires indépendantes de variances respectives $V(X)$ et $V(Y)$, on a : $V(X + Y) = V(X) + V(Y)$
- Pour $a \in \mathbb{R}$, $V(aX) = a^2V(X)$.

2 Cas particulier de la loi binomiale

• Propriété

X est une variable aléatoire qui suit la loi binomiale $\mathcal{B}(n\ ;p)$.

- L'espérance de X est : $E(X) = n \times p$.
- La variance de X est : $V(X) = n \times p \times (1-p)$.
- L'écart type de X est : $\sigma(X) = \sqrt{n \times p \times (1-p)}$.

Exercice résolu

ÉNONCÉ

Une urne contient 10 boules : 5 vertes, 3 rouges et 2 bleues. De cette urne, on extrait 3 boules successivement et sans remise. X et Y sont les variables aléatoires dénombrant le nombre de boules rouges et de boules bleues.

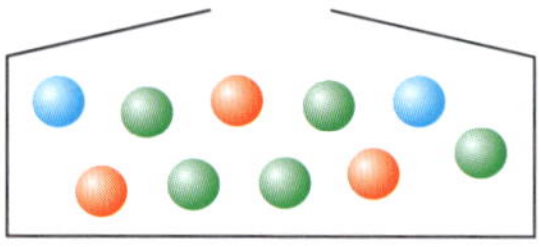

1. Montrer que les événements « obtenir deux boules rouges » et « obtenir deux boules bleues » ne sont pas indépendants.
2. En déduire que X et Y sont dépendantes.

CORRIGÉ

1. L'événement « obtenir deux boules rouges » peut correspondre à « deux boules rouges parmi trois et une boule parmi sept restantes » et donc sa probabilité est $\dfrac{\binom{3}{2}\times\binom{7}{1}}{\binom{10}{3}} = \dfrac{21}{120}$.

De même pour « obtenir deux boules bleues » : $\dfrac{\binom{2}{2}\times\binom{8}{1}}{\binom{10}{3}} = \dfrac{8}{120}$.

L'événement « obtenir deux boules rouges et deux boules bleues » est un événement vide, donc de probabilité nulle.

Or $\dfrac{21}{120} \times \dfrac{8}{120} \neq 0$, donc ces deux événements ne sont pas indépendants.

2. Les événements $(X = 2)$ et $(Y = 2)$ correspondent aux événements du **a.**, donc ils ne sont pas indépendants et donc X et Y ne sont pas indépendantes.

3 Échantillon de taille *n* d'une loi de probabilité

De quoi s'agit-il ? **On définit la notion d'échantillon afin de décrire les variables aléatoires somme et moyenne d'un échantillon.**

1 Échantillon d'une loi de probabilité

• Définition

X est une variable aléatoire de loi de probabilité P et $X_1, X_2, \ldots, X_n$ sont n variables aléatoires de même loi que X. **Un échantillon de taille n de la loi de probabilité P** est la liste $(X_1, X_2, \ldots, X_n)$ de n variables aléatoires indépendantes et identiques.

2 Somme et moyenne d'un échantillon

- **Définitions**

$(X_1, X_2, \ldots, X_n)$ est un échantillon de taille n de la loi de probabilité P suivie par la variable aléatoire X.
La variable aléatoire somme de cet échantillon est : $S_n = X_1 + X_2 + \ldots + X_n$.
La variable aléatoire moyenne de cet échantillon est : $M_n = \frac{S_n}{n}$.

- **Propriétés**

• $E(M_n) = E(X)$ • $V(M_n) = \frac{V(X)}{n}$ • $\sigma(M_n) = \frac{\sigma(X)}{\sqrt{n}}$

Exercice résolu

ÉNONCÉ

Le professeur de mathématiques a demandé à huit de ses élèves de Terminale, le temps hebdomadaire, en heures, consacré à sa matière.

Élève	A	B	C	D	E	F	G	H
Temps (h)	6	3	5	9	7	6	4	3

1. X est la variable aléatoire qui mesure le temps hebdomadaire consacré aux mathématiques pour un élève. Donner les valeurs de X et la loi de probabilité de X.
2. Déterminer les lois de probabilité des variables aléatoires X_1, X_2 et X_3 créées respectivement à partir des échantillons :
• (A, B, C) • (A, D, F, G) • (A, B, F, H)
3. M_3 est la variable aléatoire moyenne de ce troisième échantillon.
Calculer l'espérance de M_3.

CORRIGÉ

Loi de probabilité de X :

1.

Issue : X	3	4	5	6	7	9
Probabilité	$\frac{1}{4}$	$\frac{1}{8}$	$\frac{1}{8}$	$\frac{1}{4}$	$\frac{1}{8}$	$\frac{1}{8}$

2.

Échantillon à partir des élèves	Loi de probabilité			
A / B / C	Issue : X_1	3	5	6
	Probabilité	$\frac{1}{3}$	$\frac{1}{3}$	$\frac{1}{3}$
A / D / F / G	Issue : X_2	4	6	9
	Probabilité	$\frac{1}{4}$	$\frac{2}{4}$	$\frac{1}{4}$
A / B / F / H	Issue : X_3	3	6	
	Probabilité	$\frac{2}{4}$	$\frac{2}{4}$	

3. $E(M_3) = E(X) = 3 \times \frac{1}{4} + 4 \times \frac{1}{8} + 5 \times \frac{1}{8} + 6 \times \frac{1}{4} + 7 \times \frac{1}{8} + 9 \times \frac{1}{8} = 5{,}375.$

➔ Révision express

Les réflexes à avoir

- Pour X et Y deux variables aléatoires, comprendre comment déterminer la loi de probabilité de $X + Y$ et la loi de probabilité de aX.
- Retenir que pour X et Y deux variables aléatoires, $E(X + Y) = E(X) + E(Y)$; $E(aX) = aE(X)$, $V(aX) = a^2V(X)$.
- Savoir démontrer que deux variables aléatoires X et Y sont ou ne sont pas indépendantes.
- Lorsque X et Y sont deux variables aléatoires indépendantes, $V(X + Y) = V(X) + V(Y)$.
- Comprendre que les variables aléatoires associées à chacune des épreuves d'une loi binomiale sont indépendantes (et identiques). Retenir les formules de l'espérance et de l'écart-type pour une loi binomiale.
- Connaître la définition d'un échantillon de taille n d'une loi de probabilité.
- Retenir les formules relatives aux variables aléatoires somme et moyenne d'un échantillon.

Le piège à éviter

La formule $V(X + Y) = V(X) + V(Y)$ n'est valable que si X et Y sont indépendantes.

Quiz

*Pour chaque question, une seule réponse proposée (**a**, **b** ou **c**) est exacte.*

1. X et Y sont deux variables aléatoires données par les lois de probabilité ci-contre.

Issue : X	2	4
Probabilité	0,2	0,8

Issue : Y	−1	1
Probabilité	0,4	0,6

$P(X + Y = 3)$ est égale à :

☐ **a.** 0,12 ☐ **b.** 0,32 ☐ **c.** 0,44

2. Avec la situation de la question **1** :

☐ **a.** $E(X + Y) = 3{,}8$ ☐ **b.** $E(X + Y) = 3{,}6$ ☐ **c.** $E(X + Y) = 0{,}2$

3. On lance une pièce équilibrée dont les faces sont numérotées 0 et 1. On note X la variable aléatoire qui donne le numéro obtenu.
Effectuer trois lancers de cette pièce et regarder la somme des numéros obtenus revient (pour X_1, X_2, X_3 qui suivent la même loi que X), à considérer un échantillon :

☐ **a.** $(X_1 ; X_2 ; X_3)$ de taille 3 ☐ **b.** $(0 ; 1)$ de taille 3 ☐ **c.** $(X_1 ; X_2 ; X_3)$ de taille 2

4. Avec la situation de la question **3**, si on note S la variable aléatoire somme de cet échantillon :

☐ **a.** $V(S) = 0{,}5$ ☐ **b.** $V(S) = 0{,}75$ ☐ **c.** $V(S) = 1{,}5$

5. Avec la situation de la question **3**, si on note M la variable aléatoire moyenne de cet échantillon :

☐ **a.** $E(M) = 0$ ☐ **b.** $E(M) = 0{,}25$ ☐ **c.** $E(M) = 0{,}5$

➔ Réponses p. 495

EXERCICE 1

Savoir représenter une variable comme somme de variables aléatoires plus simples

Énoncé

Pierre commande tous les vendredis soir un menu à emporter. Il peut choisir entre une pizza à 7 €, un hamburger à 5 € puis une boisson gazeuse à 2 €, de l'eau à 1 € ou un jus de fruit à 2 € et enfin une glace à 3 € ou une pâtisserie à 2 €. Il choisit au hasard un plat (*P*), une boisson (*B*) et un dessert (*D*). *M* est la variable aléatoire qui donne le montant total de sa commande. Déterminer la loi de probabilité de *M*.

Méthode

Pour déterminer la loi de probabilité d'une variable aléatoire, on peut définir d'autres variables aléatoires dont la somme est égale à celle du départ.

Corrigé

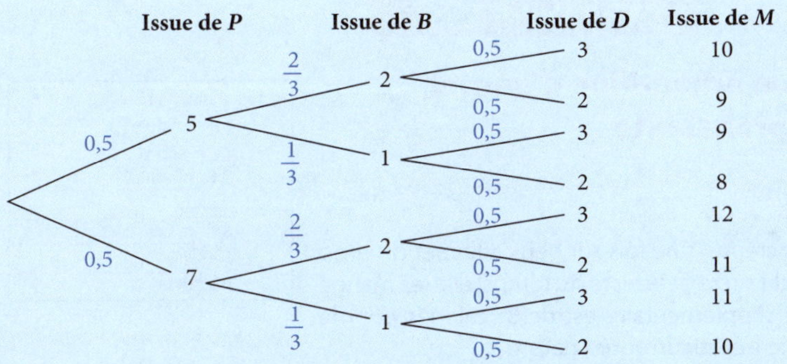

Exemple : $P(M=10)=P\big((P=5)\cap(B=2)\cap(D=3)\big)+P\big((P=7)\cap(B=2)\cap(D=1)\big)$

$$=0,5\times\frac{2}{3}\times0,5+0,5\times\frac{1}{3}\times0,5=\frac{1}{4}.$$

La loi de probabilité de *M* est donnée par le tableau ci-contre.

Issue : *M*	8	9	10	11	12
Probabilité	$\frac{1}{12}$	$\frac{1}{4}$	$\frac{1}{4}$	$\frac{1}{4}$	$\frac{1}{6}$

EXERCICE 2

Savoir calculer l'espérance et la variance

Énoncé

X et *Y* sont deux variables aléatoires indépendantes données par les lois de probabilités suivantes :

Issue : *X*	3	5	7
Probabilité	0,2	0,6	0,2

Issue : *Y*	0,02	0,03	0,05
Probabilité	0,3	0,4	0,3

Calculer $E(X+Y)$, $E(100Y)$, $V(X+Y)$ et $V(100Y)$.

Méthode

Pour calculer l'espérance ou la variance d'une somme de variables aléatoires ou d'un produit par un réel d'une variable aléatoire, on peut utiliser les formules du cours en n'oubliant pas que l'indépendance des variables aléatoires est nécessaire pour le calcul de la variance de $V(X+Y)$.

Corrigé

- $E(X+Y) = E(X) + E(Y)$
$= [3 \times 0{,}2 + 5 \times 0{,}6 + 7 \times 0{,}2] + [0{,}02 \times 0{,}3 + 0{,}03 \times 0{,}4 + 0{,}05 \times 0{,}3]$
$= 5 + 0{,}033 = 5{,}033.$
- $E(100Y) = 100\,E(Y) = 100 \times 0{,}033 = 3{,}3.$
- X et Y sont indépendantes donc :

$V(X+Y) = V(X) + V(Y) = [(3-5)^2 \times 0{,}2 + (5-5)^2 \times 0{,}6 + (7-5)^2 \times 0{,}2]$
$+ [(0{,}02 - 0{,}033)^2 \times 0{,}3 + (0{,}03 - 0{,}033)^2 \times 0{,}4 + (0{,}05 - 0{,}033)^2 \times 0{,}3]$
$\approx 1{,}6 + 0{,}000141 \approx 1{,}600141.$
- $V(100Y) = 100^2\,V(Y) \approx 1{,}41.$

EXERCICE 3

Savoir simuler un échantillon d'une loi de probabilité

```
def simu():
    r=random()
    c = 25
    if r <= 0.5 :
        [          ]
    if r >= 5/6 :
        [          ]
    return c
```

Énoncé

Lorsque Claire mange des crêpes, une fois sur deux elle met du sirop d'érable, une fois sur trois du sucre et le reste du temps, elle les mange nature. L'apport calorique supplémentaire est de 37 calories pour le sirop d'érable, 25 pour le sucre et aucun pour « nature ».

1. Donner la loi de probabilité de la variable C qui prend pour valeur le nombre de calories supplémentaires.

2. Compléter la fonction simu() qui permet d'obtenir les valeurs d'une variable aléatoire C_i d'un échantillon de taille n de la loi de probabilité de C.

```
def echant(n):
    echantillon=[]
    for i in range(n):
        echantillon.append(simu())
    return echantillon
```

3. Exécuter echant(n) pour obtenir un échantillon de taille 5 de la loi de probabilité de C.

Méthode

Pour créer les valeurs d'une variable aléatoire qui est un élément d'un échantillon de taille n d'une loi de probabilité P, on peut :

- créer une structure conditionnelle pour modéliser la loi de probabilité ;
- créer une structure itérative pour répéter cette expérience.

Corrigé

1. Loi de probabilité de C :

Issue C	0	25	37
Probabilité	$\frac{1}{6}$	$\frac{1}{3}$	$\frac{1}{2}$

2. On complète la fonction ainsi :

```
if r <= 0.5 :
    c = 37
if r >= 5/6 :
    c = 0
```

3. On saisit dans la console echant(5) et on obtient : [25, 37, 37, 37, 0].

Chapitre 15

Concentration, loi des grands nombres

1 Inégalité de Bienaymé-Tchebychev

De quoi s'agit-il ? On expose une première propriété qui montre que la probabilité qu'une variable aléatoire *X* prenne des valeurs éloignées de son espérance est faible.

- **Propriété**

X est une variable aléatoire d'espérance *E(X)* et de variance *V(X)* qui suit une loi de probabilité *P*.

Pour tout réel *t* strictement positif :

$$P(|X-E(X)|\geqslant t)\leqslant\frac{V(X)}{t^2}$$

- **Interprétation**

La probabilité que l'écart entre les valeurs prises par *X* et l'espérance *E(X)* soit d'au moins *t* diminue plus *t* est grand.

Remarque :

L'événement contraire de $|X - E(X)| \geqslant t$ est $|X - E(X)| < t$ et alors :

$$P(|X-E(X)|\geqslant t)\leqslant\frac{V(X)}{t^2}\Leftrightarrow 1-P(|X-E(X)|<t)\leqslant\frac{V(X)}{t^2}\Leftrightarrow P(|X-E(X)|<t)\geqslant 1-\frac{V(X)}{t^2}$$

2 Inégalité de concentration

De quoi s'agit-il ? On expose ici une conséquence de l'inégalité de Bienaymé-Tchebychev qui concerne la variable aléatoire moyenne d'un échantillon (vue au chapitre 14).

- **Propriété**

X est une variable aléatoire qui suit une loi de probabilité *P* qui a pour espérance *E(X)* et pour variance *V(X)*.

n est un entier naturel non nul et M_n la variable aléatoire moyenne d'un échantillon de taille *n* de la variable aléatoire *X*.

Pour tout réel *t* strictement positif :

$$P(|M_n - E(X)| \geqslant t)\leqslant\frac{V(X)}{nt^2}$$

Remarques :

- C'est une conséquence de l'inégalité de Bienaymé-Tchebychev.
- $M_n = \dfrac{X_1 + X_2 + \ldots + X_n}{n}$.

Exercice résolu

Déterminer la taille d'un échantillon

ÉNONCÉ

Une certaine variété de trèfle donne des trèfles à trois feuilles et, parfois, des trèfles à quatre feuilles avec une probabilité de 0,1. On choisit au hasard et avec remise n trèfles et, dans chaque cas, on observe le nombre de feuilles. On constitue ainsi un échantillon de taille n.
X est la variable aléatoire qui prend pour valeur le nombre de trèfles à 4 feuilles de cet échantillon.
Déterminer la taille minimale de l'échantillon dans lequel la fréquence des trèfles à quatre feuilles se situe entre 0,05 et 0,15 avec une probabilité de 0,8.

CORRIGÉ

- X est la variable aléatoire qui a pour valeurs le nombre de trèfles à quatre feuilles.
Comme l'échantillon est construit par tirages successifs avec remise, X suit une loi binomiale $\mathcal{B}(n\,;0{,}1)$ qui a pour espérance $E(X) = n \times 0{,}1 = 0{,}1n$ et variance $V(X) = n \times 0{,}1 \times 0{,}9 = 0{,}09n$.
- F est la variable aléatoire qui a pour valeurs la fréquence de trèfles à quatre feuilles dans l'échantillon.

$F = \dfrac{1}{n}X$ et donc $E(F) = \dfrac{1}{n}E(X) = 0{,}1$ et $V(F) = \dfrac{1}{n^2}V(X) = \dfrac{0{,}09}{n}$.

- Ainsi le problème revient à chercher n tel que :
$P(0{,}05 \leqslant F \leqslant 0{,}15) < 0{,}8$.
Mais $0{,}05 \leqslant F \leqslant 0{,}15 \Leftrightarrow |F - 0{,}1| \leqslant 0{,}05$.
En appliquant l'inégalité de Bienaymé-Tchebychev :
$P(|F - 0{,}1| \leqslant 0{,}05) \leqslant 0{,}8$ où $t = 0{,}05$ et $\dfrac{V(F)}{t^2} = 0{,}8$.

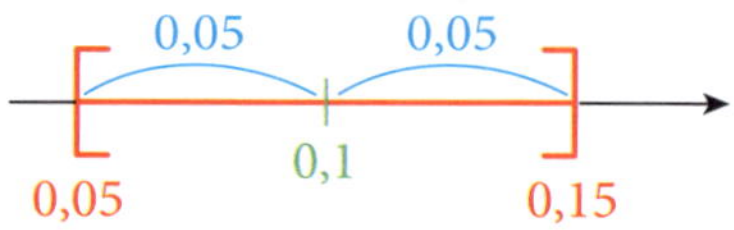

Ainsi $V(F) = 0{,}8 \times 0{,}05^2 = 0{,}002$ c'est-à-dire $\dfrac{0{,}09}{n} = 0{,}002$ soit $n = 45$.

3 La loi des grands nombres

De quoi s'agit-il ? La loi des grands nombres, exprimée ici dans l'encadré, permet de comprendre que pour de grandes valeurs de n, les moyennes observées sur des échantillons de taille n (et de même espérance μ) tendent vers l'espérance μ.

• Propriété

n est un entier naturel strictement positif.
$E_1, E_2, \ldots, E_n$ est une suite d'expériences aléatoires identiques et indépendantes les unes des autres.
À chaque expérience aléatoire E_i, on associe une variable aléatoire X_i.
Ainsi $X_1, X_2, \ldots, X_n$ est une suite de variables aléatoires indépendantes, de même loi de probabilité, d'espérance μ et de variance V.

Remarque

$\dfrac{X_1 + \ldots + X_n}{n}$ se note M_n.

Pour tout réel t strictement positif :

$$\lim_{n \to +\infty} P\left(\left|\frac{X_1 + \ldots + X_n}{n} - \mu\right| \geqslant t\right) = 0$$

- **Conséquence**

E est une expérience aléatoire et A un événement de cette expérience se réalisant avec une probabilité p.

On répète n fois l'expérience E de façon indépendante et on note n_A le nombre d'apparitions de l'événement A. Ainsi, la fréquence de A au cours des n répétitions est $\frac{n_A}{n}$.

Pour tout réel t strictement positif :

$$\lim_{n\to+\infty} P\left(\left|\frac{n_A}{n} - p\right| \geqslant t\right) = 0$$

- **Interprétation**

Lorsque le nombre de répétitions n est très grand, la fréquence d'apparition $\frac{n_A}{n}$ de A sur les n expériences se rapproche de la probabilité théorique p.

- **Cas particulier avec une loi binomiale**

$X_1, X_2, \ldots, X_n$ suivent la loi de Bernoulli de paramètre p.

$S_n = X_1 + X_2 + \ldots + X_n$ suit la loi $\mathcal{B}(n\,;p)$. On sait que : $M_n = \frac{S_n}{n}$.

Alors pour tout réel $t > 0$, $p(|M_n - p| \geqslant t) \leqslant \frac{p(1-p)}{nt^2}$.

Exercice résolu

Simuler un nombre de répétitions d'une expérience aléatoire

ÉNONCÉ

Les deux fonctions Python ci-contre permettent de simuler la loi de probabilité d'une variable aléatoire X puis de calculer la valeur de la variable aléatoire M_n, moyenne des valeurs d'un échantillon de taille n de la variable X.

1. Donner la loi de probabilité de X puis calculer $E(X)$ et $V(X)$.
2. Compléter la fonction moyenne (n) pour répondre à l'énoncé.

```
def x():
    val=1
    alea = random()
    if alea <= 0.05:
        val=0
    return val

def moyenne(n):
    somme=0
    for i in range (n):
        [                  ]
    m=somme/n
    return m
```

CORRIGÉ

1. Loi de probabilité de X :

Issue de X	0	1
Probabilité	0,05	0,95

$E(X) = 0 \times 0{,}05 + 1 \times 0{,}95 = 0{,}95$.
$V(X) = (0 - 0{,}95)^2 \times 0{,}05 + (1 - 0{,}95)^2 \times 0{,}95 = 0{,}0475$.

2. On complète le programme de la façon suivante :

```
for i in range (n):
    somme = somme + x()
```

Révision express

Les réflexes à avoir

- Pour bien comprendre ce chapitre, il faut avoir un exemple en tête. Par exemple, **pour l'inégalité de Bienaymé-Tchebychev**, considérer que X est une variable aléatoire qui suit la loi binomiale $\mathscr{B}(50\,;0{,}3)$. Ainsi $E(X) = 50 \times 0{,}3 = 15$ et $V(X) = 50 \times 0{,}3 \times 0{,}7 = 10{,}5$. Donc $P(|X - E(X)| \geqslant t) \leqslant \dfrac{V(X)}{t^2}$ se traduit par $P(|X - 15| \geqslant t) \leqslant \dfrac{10{,}5}{t^2}$.

En prenant, par exemple, $t = 10$, cela devient $P(|X - 15| \geqslant 10) \leqslant 0{,}105$ c'est-à-dire que la probabilité que l'écart de X à 15 soit supérieur ou égal à 10 est inférieure ou égale à 0,105 ou encore que la probabilité que l'écart de X à 15 soit inférieur à 10 est supérieure à 0,895.

- Il faut comprendre que l'**inégalité de concentration** est une conséquence de l'inégalité de Bienaymé-Tchebychev appliquée à la variable aléatoire moyenne M_n et que t est la précision.
- Il faut savoir interpréter de petits algorithmes, écrits notamment en langage Python.
- $|a - b| \geqslant t$ équivaut à $a \geqslant b + t$ ou $a \leqslant b - t$.
- $|a - b| < t$ équivaut à $b - t < a < b + t$.

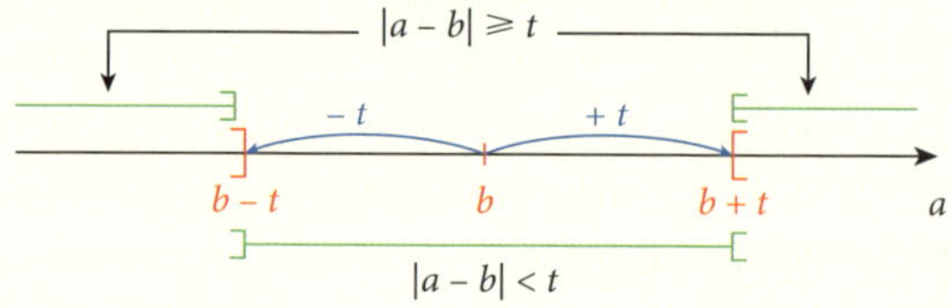

Le piège à éviter

Ne pas oublier de revoir les chapitres précédents sur les probabilités, en particulier la loi binomiale, mais aussi les sommes et moyennes de variables aléatoires.

Quiz

*Pour chaque question, une seule réponse proposée (**a**, **b** ou **c**) est exacte.*

Dans une université de 30 000 étudiants, on interroge n étudiants sur la qualité du restaurant universitaire. 60 % ont émis un avis positif. Pour $1 \leqslant i \leqslant n$, on note X_i la variable aléatoire qui donne 1 lorsque le i-ième étudiant a émis un avis positif et 0 sinon.

1. On peut affirmer que, pour tout i entre 1 et n :
☐ **a.** $E(X_i) = 0{,}6$ ☐ **b.** $E(X_i) = 0{,}24$ ☐ **c.** $E(X_i) = 0{,}4$

2. On peut affirmer que, pour tout i entre 1 et n :
☐ **a.** $V(X_i) = 0{,}49$ ☐ **b.** $V(X_i) = 0{,}0576$ ☐ **c.** $V(X_i) = 0{,}24$

3. On note M_n la variable aléatoire moyenne de l'échantillon $X_1\,; X_2\,; \ldots\,; X_n$. On souhaite obtenir, pour M_n, une précision de $t = 0{,}02$. L'inégalité de concentration se traduit par :
☐ **a.** $P(|M_n - 0{,}6| \geqslant 0{,}02) \leqslant \dfrac{600}{n}$ ☐ **b.** $P(|M_n - 0{,}6| \geqslant 0{,}02) \geqslant \dfrac{600}{n}$
☐ **c.** $P(|M_n - 0{,}02| \geqslant 0{,}6) \geqslant \dfrac{600}{n}$

4. Si de plus, on souhaite un risque de 0,05, alors il faut choisir :
☐ **a.** $n \geqslant 12\,000$ ☐ **b.** $n \geqslant 30$ ☐ **c.** $n \leqslant 12\,000$

→ Réponses p. 495

EXERCICE 1

Savoir définir une taille d'échantillon en fonction de la précision et du risque choisi

Énoncé

En France, 8 % de la population a la grippe chaque année.

On choisit au hasard n individus en France et, dans chaque cas, on demande s'ils ont eu la grippe l'année dernière.

Déterminer la taille minimale n d'un échantillon pour que la fréquence du nombre d'individus ayant eu la grippe soit entre 6 % et 10 % avec une probabilité inférieure ou égale à 0,75.

Méthode

Pour déterminer la taille d'un échantillon vérifiant des conditions sur la fréquence d'apparition d'un événement, on peut :

- créer une variable aléatoire X qui permet de dénombrer l'apparition de cet événement dans l'échantillon et déterminer sa loi de probabilité et son espérance ;
- créer une variable aléatoire F qui permet de donner la fréquence du caractère dans un échantillon ;
- appliquer l'inégalité de Bienaymé-Tchebychev à F puis résoudre l'inéquation d'inconnue n obtenue.

Corrigé

• X est la variable aléatoire qui a pour valeurs le nombre d'individus dans l'échantillon ayant eu la grippe. X suit la loi binomiale de paramètres n et 0,08 puisque l'échantillon est construit par tirages successifs.
Donc $E(X) = n \times 0{,}08$ et $V(X) = n \times 0{,}08 \times 0{,}92 = 0{,}0736\, n$.

• F est la variable qui a pour valeurs la fréquence d'individus ayant eu la grippe dans l'échantillon.
$F = \frac{1}{n}X$ et donc $E(F) = \frac{1}{n}E(X) = 0{,}08$.

$$V(F) = \frac{1}{n^2}V(X) = \frac{0{,}0736}{n}$$

• La condition sur l'échantillon se traduit par : $P(0{,}06 \leqslant F \leq 0{,}1) \leqslant 0{,}75$.
De plus $0{,}06 \leqslant F \leqslant 0{,}1 \Leftrightarrow F \in [0{,}06\,;0{,}1] \Leftrightarrow |F - 0{,}08| \leqslant 0{,}02$.

F est une variable aléatoire d'espérance 0,08 de variance $\frac{0{,}0736}{n}$ donc, d'après l'inégalité de Bienaymé-Tchebychev, pour tout réel t :

$$P(|F - 0{,}08| \geqslant t) \leqslant \frac{\frac{0{,}0736}{n}}{t^2}$$

Avec $t = 0{,}02$, $P(|F - 0{,}08| \geqslant 0{,}02) \leqslant \frac{0{,}0736}{n} \times \frac{1}{0{,}02^2}$

$\Leftrightarrow P(|F - 0{,}08| \geqslant 0{,}02) \leqslant \frac{184}{n}$.

Ainsi $\frac{184}{n} = 0{,}75 \Leftrightarrow n = \frac{736}{3}$, soit environ 245,3.

Finalement, l'échantillon aura une taille d'au moins 246 individus.

EXERCICE 2

Simuler un échantillon de taille *n* pour calculer la probabilité de l'écart d'une variable aléatoire à son espérance

Énoncé

Au foot, Kylian réussit 9 dribbles sur 15 tentés.

On note X la variable aléatoire qui prend pour valeur le nombre de dribbles réussis par Kylian sur 50 dribbles tentés.

1. Compléter la case rouge qui traduit, dans la fonction ecart_sim_proba, la réussite d'un dribble.

2. Déterminer l'espérance et la variance de X.

3. a. Compléter la case verte qui permet de calculer, dans la fonction prop_echan_variable, la fréquence des valeurs de X telles que $|X - E(X)| \geqslant 7$.

b. Interpréter le résultat retourné par la fonction prop_echan_variable.

4. Comparer le résultat obtenu par l'exécution du programme en ayant saisi prop_echan_variable(1000) puis, en appliquant l'inégalité de Bienaymé-Tchebychev.

```
from random import *
from math import *

def ecart_sim_proba():
    e=30
    d=0
    for i in range(50):
        alea=random()
        if [                    ]:
            d=d+1
    ecart=abs(d-e)
    return ecart

def prop_echan_variable(nbr_tot_echan):
    prec=7
    ef=0
    for j in range(nbr_tot_echan):
        if ecat_sim_proba()>=prec:
            ef=ef+1
    [                    ]
    return f
```

Méthode

Pour comparer la valeur d'une probabilité et la fréquence dans un échantillon, on utilise une boucle itérative (for) pour créer l'échantillon, puis on compare un nombre aléatoire avec la probabilité donnée pour traduire l'échec ou le succès de l'événement étudié.

Corrigé

1. Dans la case rouge, il faut saisir : `alea<=9/15`

2. X suit la loi binomiale $\mathcal{B}\left(50\,;\frac{9}{15}\right)$ donc :

$E(X) = 50 \times \frac{9}{15} = 30$ et $V(X) = 50 \times \frac{9}{15} \times \left(1 - \frac{9}{15}\right) = 12.$

3. a. Dans la case verte, il faut saisir : `f=ef/nbr_tot_echan`

b. Le résultat f retourné par le programme est la fréquence du nombre de dribbles réussis par Kylian sur un échantillon dont la taille est nbre_tot_echan.

4. En saisissant prop_echan_variable(1 000) dans la console, on obtient, par exemple, 0,55. En appliquant l'inégalité de Bienaymé-Tchebychev pour tout réel $t > 0$,

$$P(|X - 30| \geqslant 7) \leqslant \frac{12}{7^2}$$

Ainsi, $P(|X - 30| \geqslant 7) \leqslant 0{,}245$ environ.

Physique-Chimie

Physique-Chimie

Chapitre 1 Modéliser des transformations acide-base par des transferts d'ion hydrogène

1 Réaction acide-base

De quoi s'agit-il ? Une réaction acido-basique est un modèle de transformation chimique par échange de proton ou ion hydrogène H^+.

1 Acide et base de Brönsted

Au sens de Brönsted :
- un **acide** est une espèce chimique capable de céder un ion hydrogène H^+ ;
- une **base** est une espèce chimique capable d'accepter un ion hydrogène H^+.

• On définit un couple acide-base, noté Acide/Base ou AH/A^-, comme l'ensemble des deux espèces acide et basique au sens de Brönsted.

• En effet, l'espèce AH est capable de céder un ion H^+ pour se transformer en ion A^-, sa base conjuguée.
À l'inverse, l'ion A^- est capable de capter ou d'accepter un ion hydrogène H^+ pour se transformer en espèce AH, son acide conjugué.

Remarque
L'ion hydrogène est un atome d'hydrogène (un seul proton dans son noyau) qui a perdu son seul électron. Il est donc assimilé à un proton.

2 Demi-équations acido-basiques

• Les espèces acide et basique d'un même couple acido-basique Acide/Base ou AH/A^- interviennent dans la demi-équation suivante :

$$\text{Acide} = \text{Base} + H^+$$

ou encore :

$$AH = A^- + H^+$$

• On appelle demi-équation, l'écriture symbolique d'acceptation d'un proton par une base ou la cession d'un proton par un acide. Cette écriture n'est pas le reflet de ce qui se passe dans la réalité, car en solution, les protons n'existent pas à l'état libre.

• La demi-équation associée à un couple Acide/Base permet d'expliciter la formule de la base [resp. acide] conjuguée connaissant sa forme acide [resp. basique].

Exemple

La base conjuguée de l'acide éthanoïque $CH_3\text{-}COOH$ est l'ion éthanoate de formule $CH_3\text{-}COO^-$; la demi-équation du couple est $CH_3\text{-}COOH = CH_3\text{-}COO^- + H^+$.

3 Réaction acide-base, équation bilan

• Une réaction acide-base, appelée aussi réaction acido-basique, fait intervenir deux couples acide-base : Acide 1/Base 1 et Acide 2/Base 2. On supposera ici que c'est l'Acide 1 qui réagit avec la Base 2.

Remarque
Un acide ne peut réagir qu'avec une base, et réciproquement.

- La transformation peut être modélisée par une équation bilan faisant intervenir les demi-équations associées à chaque couple mis en jeu :

$$\text{Acide 1} = \text{Base 1} + H^+$$
$$\text{Base 2} + H^+ = \text{Acide 2}$$
$$\overline{\text{Acide 1} + \text{Base 2} + H^+ \rightarrow \text{Acide 2} + \text{Base 1} + H^+}$$

(par addition membre à membre).
En simplifiant par H^+, on obtient l'équation de la réaction entre l'Acide 1 et la Base 2 :
Acide 1 + Base 2 → Acide 2 + Base 1

- Les demi-équations montrent le transfert d'un proton ou ion hydrogène de l'Acide 1 vers la Base 2, ce qui n'est pas explicité dans l'équation bilan.

- Dans la plupart des cas, les réactions acido-basiques se font dans les deux sens. La réaction n'est pas totale, on parle alors d'équilibre. On a donc à la fois :
  – la réaction Acide 1 + Base 2 → Acide 2 + Base 1 ;
  – la réaction Acide 2 + Base 1 → Acide 1 + Base 2.

On prend alors l'habitude de noter ce double sens par une double flèche :

$$\text{Acide 1} + \text{Base 2} \rightleftharpoons \text{Acide 2} + \text{Base 1}$$

Exercice résolu

Trouver la formule de la base ou de l'acide conjugué

ÉNONCÉ

L'eau H_2O est à la fois une base et un acide de Brönsted. Quelle est la base conjuguée de l'eau ? Quel est son acide conjugué ?

CORRIGÉ

$H_2O = OH^- + H^+$:
la base conjuguée de l'eau est donc l'ion hydroxyde HO^-.
$H_2O + H^+ = H_3O^+$:
l'acide conjugué de l'eau est donc l'ion oxonium H_3O^+.

Remarque
L'eau est une espèce amphotère, à la fois acide et base.

2 Exemples de couples acide-base

De quoi s'agit-il ? Il s'agit ici d'expliciter les demi-équations de couples usuels à connaître.

1 Couples de l'eau

- L'ion oxonium H_3O^+ est un acide dont la base conjuguée est l'eau H_2O. La demi-équation associée est :

$$H_3O^+ = H_2O + H^+$$

- Cependant, l'eau est aussi un acide dont la base conjuguée est l'ion hydroxyde HO^-. La demi-équation associée est :

$$H_2O = HO^- + H^+$$

L'eau est à la fois l'acide du couple $H_2O(l)/HO^-(aq)$ et la base du couple $H_3O^+(aq)/H_2O(l)$: on dit qu'elle est un **ampholyte** ou une espèce **amphotère**.

2 Couples de l'acide carbonique

- L'acide carbonique est un composé de formule brute H_2CO_3. Cet acide a pour base conjuguée l'ion bicarbonate HCO_3^-. Le couple acide-base s'écrit alors H_2CO_3/HCO_3^- et la demi-équation $H_2CO_3 = HCO_3^- + H^+$.

- Cependant, l'ion bicarbonate peut aussi céder un proton ou ion hydrogène H^+ pour produire l'ion carbonate CO_3^{2-}. L'ion bicarbonate est alors considéré comme un acide, et l'ion carbonate comme sa base conjuguée. Le couple acide-base s'écrit alors HCO_3^-/CO_3^{2-} et la demi-équation $HCO_3^- = CO_3^{2-} + H^+$.

> **Réflexe à avoir**
> L'acide carbonique se forme par solvatation du dioxyde de carbone dans l'eau selon l'équation $CO_2(aq) + H_2O(l) \rightleftharpoons H_2CO_3(aq)$, on pourra donc trouver l'écriture (CO_2, H_2O) dans la littérature.

- L'ion bicarbonate HCO_3^- est à la fois la base du couple H_2CO_3/HCO_3^- et l'acide du couple HCO_3^-/CO_3^{2-} : l'ion bicarbonate est donc un ampholyte ou un ion amphotère.

3 Couples d'acides carboxyliques

- Un acide carboxylique est une molécule contenant le groupement d'atomes – COOH. De manière générique, on peut écrire un acide carboxylique R-COOH.

- La base conjuguée d'un acide carboxylique R-COOH est un ion carboxylate $R\text{-}COO^-$. Le couple acido-basique s'écrit donc $R\text{-}COOH/R\text{-}COO^-$ et a pour demi-équation : $R\text{-}COOH = R\text{-}COO^- + H^+$.

- Les schémas de Lewis d'un acide carboxylique et de sa base conjuguée sont les suivants :

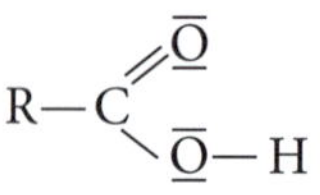

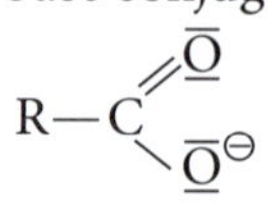

- La formule semi-développée fait état de toutes les liaisons (doublets liants) à l'exception des liaisons vers des atomes d'hydrogène, sans pour autant spécifier les doublets non liants présents dans le schéma de Lewis.

Dans le cas de l'acide éthanoïque et de l'ion éthanoate, on obtient les formules développées suivantes :

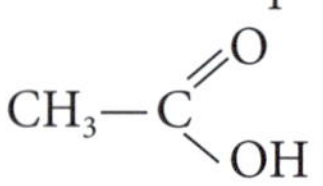

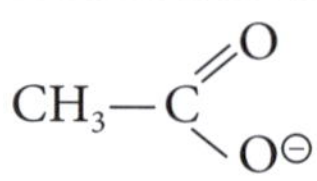

4 Couples d'amines

- Une amine est un composé contenant un atome d'azote N. Le plus petit des amines est l'ammoniac NH_3. Il existe trois catégories d'amines :
  - les amines primaires, pour lesquelles N est lié à 2 atomes H de formule $R\text{-}NH_2$;
  - les amines secondaires, pour lesquelles N est lié à un seul atome H, soit R-NH-R′ ;
  - les amines tertiaires, sans liaison avec un atome d'hydrogène.

R et R′ sont des radicaux alkyles, c'est-à-dire des chaînes carbonées.

- Les amines sont des bases dont les acides conjugués, appelés ions ammonium substitués, ont accepté un ion H^+ ou proton. Les couples sont par exemple :
  - NH_4^+/NH_3 pour le couple ion ammonium/ammoniac ;
  - $R\text{-}NH_3^+/R\text{-}NH_2$;
  - $R\text{-}NH_2^+\text{-}R'/R\text{-}NH\text{-}R'$ ou $R\text{-}NH^+(R'')\text{-}R'/R\text{-}N(R'')\text{-}R'$.

- La demi-équation, en utilisant les schémas de Lewis, fait état d'un doublet non liant sur l'atome d'azote de la forme basique :

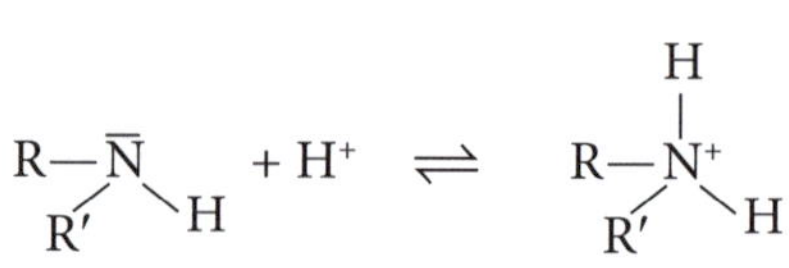

Révision express

Les points importants à retenir

- Apprenez par cœur :
  - les définitions d'un acide et d'une base au sens de Brönsted ;
  - les deux couples de l'eau.
- Retenez :
  - qu'une espèce à la fois base d'un couple et acide d'un autre est une espèce amphotère ;
  - qu'une base ne peut réagir qu'avec un acide, et réciproquement ;
  - qu'une réaction acido-basique correspond à un échange de proton H^+.
- Soyez capable :
  - de déterminer la base conjuguée d'un acide et l'acide conjugué d'une base ;
  - de donner l'écriture d'un couple acide/base ;
  - d'écrire la demi-équation à partir du couple acido-basique, et inversement ;
  - de donner des exemples de couples acido-basiques.

Quiz

Cochez la (ou les) bonne(s) réponse(s) :

1. Concernant les couples de l'eau :
- ☐ **a.** l'eau est l'acide conjugué de l'ion hydroxyde.
- ☐ **b.** un des couples est H_2O/H_3O^+.
- ☐ **c.** l'eau est l'acide d'un couple et la base d'un autre, c'est un ampholyte.

2. La méthylamine a pour formule semi-développée $CH_3\text{-}NH_2$.
- ☐ **a.** C'est une base de Brönsted.
- ☐ **b.** Le couple acido-basique est $CH_3\text{-}NH_2/CH_3\text{-}NH_3^+$.
- ☐ **c.** La méthylamine est amphotère.

3. A_1H/A_1^- et A_2H/A_2^- sont deux couples acido-basiques :
- ☐ **a.** A_1H et A_2H peuvent réagir pour former leurs bases conjuguées.
- ☐ **b.** A_1H et A_2^- peuvent réagir pour former A_1^- et A_2H.
- ☐ **c.** A_2H et A_1^- peuvent réagir pour former A_2^- et A_1H.

4. Un acide de Brönsted est une espèce capable de capter un ion hydrogène.
- ☐ **a.** Vrai ☐ **b.** Faux

5. Si un acide est une molécule neutre, alors sa base conjuguée est un anion.
- ☐ **a.** Vrai ☐ **b.** Faux

→ Réponses p. 496

EXERCICE

Identifier un transfert d'ion H^+, les couples acide-base et l'équation de la réaction

Énoncé

L'ammonitrate est un engrais azoté solide, bon marché, très utilisé dans l'agriculture. Il est vendu par sac de 500 kg et contient du nitrate d'ammonium solide de formule chimique (NH_4NO_3(s)).

Le nitrate d'ammonium est très soluble dans l'eau, sa dissolution dans l'eau est totale selon la réaction : $NH_4NO_3(s) = NH_4^+(aq) + NO_3^-(aq)$.

On fait réagir l'engrais avec une solution aqueuse d'hydroxyde de sodium ($Na^+(aq) + HO^-(aq)$).

Établir l'équation de la réaction en identifiant les couples mis en jeu et montrer qu'il s'agit bien d'une réaction acido-basique.

Méthode

1 Dans la solution d'hydroxyde de sodium, repérer l'ion connu qui peut accepter ou céder un ion hydrogène.

2 En déduire si cet ion est un acide ou une base au sens de Brönsted.

3 Établir sa demi-équation acido-basique afin d'en déduire le couple associé.

4 Un acide ne réagissant qu'avec une base, identifier l'ion contenu dans l'engrais qui est susceptible d'être le second réactif.

5 Écrire la seconde demi-équation acido-basique et en déduire le couple associé.

6 Par addition membre à membre des demi-équations, expliciter l'équation bilan de cette réaction.

7 Montrer qu'il s'agit bien d'une réaction acido-basique revient à montrer un transfert d'un ion hydrogène. Revenir aux demi-équations pour cela.

Corrigé

1. Dans la solution d'hydroxyde de sodium ($Na^+(aq) + HO^-(aq)$), l'ion hydroxyde HO^-, négatif, est susceptible de capter un ion hydrogène pour produire de l'eau.

Réflexe à avoir
Il faut apprendre par cœur les couples acido-basiques de l'eau, espèce amphotère.

2. Si cet ion est capable d'accepter un ion hydrogène H^+, c'est qu'il s'agit bien d'une base au sens de Brönsted.

3. La demi-équation correspondante est alors :

$$HO^- + H^+ = H_2O$$

4. Un acide ne réagissant qu'avec une base, et inversement, si l'ion hydroxyde HO^- est une base, alors il réagit avec un ion acide présent dans l'engrais.
Seul l'ion ammonium NH_4^+ est un acide de Brönsted, c'est-à-dire capable de céder un ion H^+.
La réaction est donc celle des ions hydroxyde HO^- avec les ions ammonium NH_4^+.

5. La seconde demi-équation acido-basique est :

$$NH_4^+ = NH_3 + H^+.$$

Le couple associé est ainsi formé de l'ion ammonium et de l'ammoniac et s'écrit NH_4^+/NH_3.

6. L'équation bilan de la réaction peut s'obtenir par deux méthodes :

Méthode 1 (la plus couramment utilisée)

Par addition membre à membre des deux demi-équations, on obtient : $HO^- + H^+ = H_2O$

$NH_4^+ = NH_3 + H^+$

$$HO^- + H^+ + NH_4^+ \rightarrow H_2O + NH_3 + H^+$$

En simplifiant par un ion hydrogène de part et d'autre de l'équation bilan, on obtient finalement :

$$HO^- + NH_4^+ \rightarrow H_2O + NH_3$$

L'astuce du prof

Par addition membre à membre, il doit toujours y avoir autant d'ions hydrogène du côté des réactifs que du côté des produits.

Méthode 2 : Règle du gamma

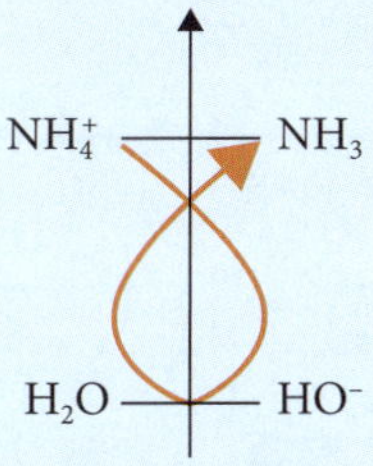

En utilisant les couples acido-basiques mis en jeu, on peut directement établir l'équation de la réaction.
Il suffit de former un « gamma » entre l'acide d'un couple et l'acide de l'autre couple en passant par les deux bases, pour obtenir l'équation bilan, les deux premiers composants étant les réactifs et les deux derniers, les produits.

Remarque

L'ordre d'écriture des réactifs ou celui des produits n'a aucune importance.

On a alors ici :

$$NH_4^+ + HO^- \rightarrow H_2O + NH_3$$

7. Les demi-équations montrent que :
– un ion hydrogène est cédé par l'ion ammonium :

$$NH_4^+ = NH_3 + H^+$$

– un ion hydrogène est accepté par l'ion hydroxyde :

$$HO^- + H^+ = H_2O$$

Il y a bien eu transfert d'un ion hydrogène d'un acide, l'ion ammonium, vers une base, l'ion hydroxyde. Ce transfert est la signature d'une réaction acido-basique.

Chapitre 2 Analyser un système chimique par des méthodes physiques

1 pH et concentration en ions oxonium

De quoi s'agit-il ? Le pH est un indicateur d'acidité d'une solution. Il dépend de la concentration en ions oxonium de la solution sur une échelle logarithmique.

1 Définition du pH d'une solution aqueuse diluée

• Toute solution aqueuse contient, entre autres, des ions oxonium H_3O^+ et des ions hydroxyde HO^- dus à la dissociation de l'eau appelée autoprotolyse de l'eau :

$$2H_2O = H_3O^+ + HO^-$$

• Le **pH** d'une solution aqueuse diluée est un nombre sans dimension défini comme l'opposé du logarithme décimal du rapport entre la concentration en ions oxonium H_3O^+ de la solution et une concentration standard $c°$:

$$\mathbf{pH = -\log\frac{[H_3O^+]}{c°}}$$ avec

- log : fonction logarithme décimal,
- $[H_3O^+]$: concentration molaire en ions oxonium (en $mol \cdot L^{-1}$),
- $c°$: concentration molaire standard ($c° = 1\ mol \cdot L^{-1}$).

• Cette relation n'est applicable que pour des solutions aqueuses suffisamment diluées, c'est-à-dire $10^{-13}\ mol \cdot L^{-1} < [H_3O^+] < 10^{-1}\ mol \cdot L^{-1}$, soit pour des pH compris entre 1 et 13.

• Le rapport $\frac{[H_3O^+]}{c°}$ est un rapport de grandeurs de même dimension, c'est-à-dire exprimées dans la même unité. Il est donc sans dimension et sans unité, cela entraînant bien le fait que le pH est un nombre sans dimension ni unité.

2 Concentration des ions oxonium

• La fonction inverse de la fonction logarithme décimal est la fonction puissance de 10. Si $y = \log x$, alors $x = 10^y$, et réciproquement.

La concentration en ions oxonium d'une solution de pH connu vaut alors :

$$\mathbf{[H_3O^+] = c° \times 10^{-pH}}$$

• L'échelle de pH des solutions aqueuses varie entre 0 et 14. Le pH est d'autant plus grand que la concentration de la solution en ions oxonium est faible.

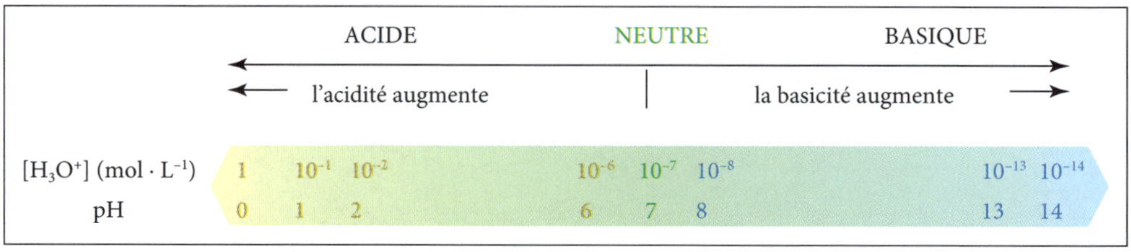

- Une solution est :
  - acide si son pH est inférieur à 7 ;
  - neutre si son pH est égal à 7 ;
  - basique si son pH est supérieur à 7.

3 Mesure de pH

- Le pH d'une solution se mesure grâce à un **pH-mètre**, étalonné à l'aide de solutions tampons. Ces dernières sont des solutions stables ou « solutions étalons » de pH connu.

- Lors d'une mesure du pH à 0,05 unité de pH près, l'incertitude sur la concentration en ions oxonium est supérieure à 10 %. Il est donc raisonnable de n'exprimer une concentration déduite d'une mesure de pH qu'avec 2 chiffres significatifs.

Remarque
Le pH d'une solution varie suivant sa température.
Il est donc nécessaire de régler la température sur le pH-mètre avant toute mesure.

Exercice résolu

Calculer le pH d'une solution

ÉNONCÉ

Une eau minérale a une concentration en ions oxonium de $[H_3O^+] = 3{,}1 \times 10^{-7}\ \text{mol}\cdot\text{L}^{-1}$. Calculer son pH.

CORRIGÉ

Si $[H_3O^+] = 3{,}1 \times 10^{-7}\ \text{mol}\cdot\text{L}^{-1}$, alors :

$$\text{pH} = -\left(\frac{\log[H_3O^+]}{c^\circ}\right) = -\log\left(\frac{3{,}1 \times 10^{-7}}{1}\right) = 6{,}5$$

Le pH de l'eau minérale est de 6,5 donc cette eau est légèrement acide.

Réflexe à avoir
Vérifier, selon la concentration en ions H_3O^+, que la définition du pH est valable.

2 Absorbance et loi de Beer-Lambert

De quoi s'agit-il ? **L'absorbance d'une solution permet de mettre en évidence la partie du spectre lumineux absorbée par cette solution. La loi de Beer-Lambert met en relation l'absorbance d'une espèce colorée en solution et sa concentration.**

1 Absorbance

L'absorbance est une grandeur sans dimension qui mesure la **capacité d'un milieu à absorber la lumière**.

- L'absorbance d'une solution se mesure à l'aide d'un appareil appelé **spectrophotomètre**. Lorsqu'une solution colorée est traversée par un faisceau de lumière monochromatique d'intensité I_0, une partie de l'intensité est **absorbée** et une partie de l'intensité est **transmise** (I_t) : on définit l'absorbance A telle que $\boldsymbol{A = \log \frac{I_t}{I_0}}$.
- Une solution d'absorbance nulle ($A = 0$) est une solution **transparente** pour l'espèce absorbante.

2 Loi de Beer-Lambert

La loi de Beer-Lambert indique que l'absorbance A est telle que :

$\boldsymbol{A = \varepsilon \ell c}$ avec
- ℓ : longueur de solution (en m ou en cm),
- c : concentration (en $\text{mol} \cdot \text{L}^{-1}$),
- ε : coefficient de proportionnalité appelé **coefficient d'extinction molaire** (en $\text{L} \cdot \text{mol}^{-1} \cdot \text{m}^{-1}$ ou en $\text{L} \cdot \text{mol}^{-1} \cdot \text{cm}^{-1}$).

● Dans la plupart des cas, on préfère noter $\boldsymbol{k = \varepsilon \ell}$ et ainsi écrire la loi de Beer-Lambert sous la forme $\boldsymbol{A = kc}$ avec k le coefficient de proportionnalité entre l'absorbance de la solution et la concentration de l'espèce absorbante.

● Dans le cas de plusieurs espèces absorbantes de concentrations différentes, leurs absorbances, *a priori* de valeur différente, s'ajoutent. Les absorbances sont **additives**.

● La loi de Beer-Lambert a un domaine de validité limité à des concentrations c faibles et à des solutions limpides. En général, la meilleure précision est obtenue pour des valeurs de A comprises entre 0,5 et 1,0.

3 Exploitation d'une courbe d'étalonnage

● La **courbe d'étalonnage** est une courbe de l'absorbance en fonction de la concentration en soluté absorbé, soit $\boldsymbol{A = f(c)}$, l'absorbance étant mesurée pour la longueur d'onde pour laquelle elle est maximale à partir de plusieurs solutions de concentrations différentes.

● L'absorbance A est directement proportionnelle à la concentration c en soluté absorbant : la courbe d'étalonnage est donc linéaire, c'est-à-dire modélisable par une droite passant par l'origine.

● À partir de cette courbe, et connaissant l'absorbance A d'une solution inconnue, on peut déduire par lecture graphique la concentration c du soluté absorbant.

Exercice résolu

Utiliser une courbe d'étalonnage

ÉNONCÉ

On réalise la courbe d'étalonnage pour des solutions de diiode de couleur brun-jaune.
On mesure ensuite l'absorbance $A = 0{,}40$ d'une solution inconnue.
En déduire sa concentration c.

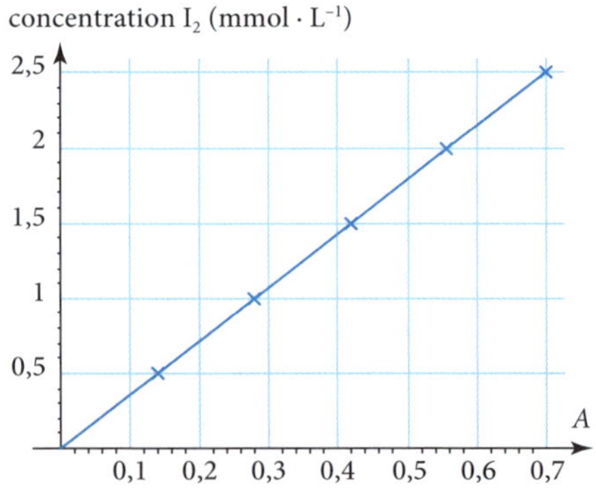

Remarque
L'absorbance de la solution inconnue doit être comprise dans la gamme étalon.

CORRIGÉ

En reportant la valeur de l'absorbance sur la courbe d'étalonnage, on obtient comme valeur de la concentration : $c = [I_2] = 1{,}4$ mmol · L^{-1}.

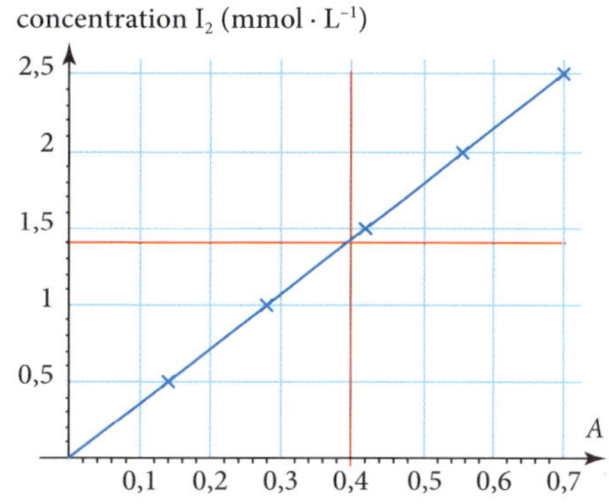

3 Conductance, conductivité et loi de Kohlrausch

De quoi s'agit-il ? **La conductance est la capacité d'une solution à conduire le courant. La loi de Kohlrausch met en lien la conductance ou la conductivité avec la concentration en ions de la solution.**

1 Conductance *G* d'une solution

- La conductance G représente la **capacité de la solution à conduire le courant électrique** qui la traverse.
- La conductance se mesure à l'aide d'un **conductimètre** possédant une cellule conductimétrique. Cette dernière est composée de deux plaques planes parallèles d'aire S séparées d'une distance L. Elle est alimentée par un générateur basse fréquence délivrant un courant d'intensité I. Un voltmètre mesure la tension U entre les plaques. Plongée dans une solution, la cellule conductimétrique contient entre ses plaques un volume $V = SL$ de solution.
- On peut considérer que la portion de solution contenue entre les plaques de la cellule conductimétrique se comporte comme un conducteur ohmique de résistance $R = \frac{U}{I}$, loi connue sous le nom de **loi d'Ohm**.

La conductance G d'une solution ionique conductrice, exprimée en siemens de symbole S, est l'inverse de la résistance R de la solution :

$$\boldsymbol{G = \frac{1}{R} = \frac{I}{U}} \quad \text{avec} \quad \begin{cases} G : \text{conductance (en S)}, \\ R : \text{résistance (en } \Omega), \\ I : \text{intensité du courant (en A)}, \\ U : \text{tension aux bornes de la cellule (en V)}. \end{cases}$$

2 Conductivité et loi de Kohlrausch

- La conductance G d'une solution dépend à la fois de la solution ionique et de la cellule utilisée. On définit la conductivité σ de la solution telle que :

$$\boldsymbol{G = k\sigma} \quad \text{avec} \quad \begin{cases} G : \text{conductance (en S)}, \\ \sigma : \text{conductivité de la solution (en S} \cdot \text{m}^{-1}), \\ k : \text{constante de cellule (en m)}. \end{cases}$$

- Le coefficient k ne dépend que de la cellule utilisée, alors que σ ne dépend que de la solution.
- Pour de faibles concentrations des ions en solution, la conductivité σ de la solution est proportionnelle aux concentrations $[X_i]$ des ions X_i. Cette loi s'appelle la **loi de Kohlrausch** :

$$\sigma = \sum_{\text{ions } i} \lambda_i [X_i] \text{ avec } \begin{cases} \sigma : \text{conductivité de la solution (en S·m}^{-1}\text{)}, \\ [X_i] : \text{concentration molaire de l'ion } X_i \text{ (en mol·m}^{-3}\text{)}, \\ \lambda_i : \text{conductivité molaire ionique de } X_i \text{ (en S·m}^2\text{·mol}^{-1}\text{)}. \end{cases}$$

- Les coefficients λ_i sont récapitulés dans des tables de conductivité.

Exercice résolu

Utiliser une courbe d'étalonnage

ÉNONCÉ

En TP, des élèves réalisent plusieurs solutions de chlorure de sodium. Ils effectuent différentes mesures et obtiennent la courbe expérimentale ci-après.

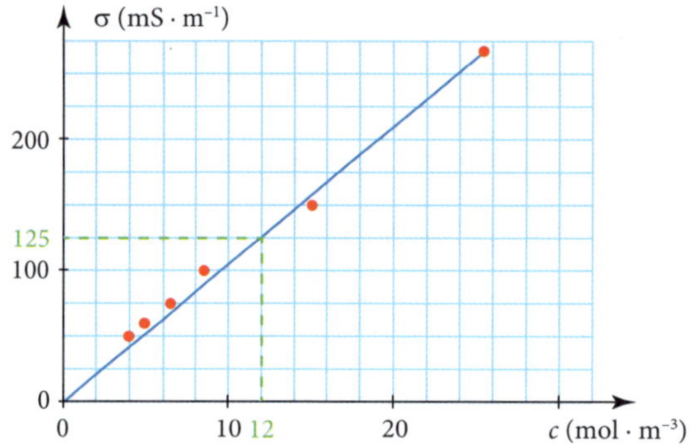

Ils mesurent ensuite la conductivité d'une solution inconnue : $\sigma = 125$ mS·m^{-1}. En déduire la concentration c en ions chlorure ou en ions sodium de cette solution.

Réflexe à avoir
La conductivité de la solution inconnue doit être comprise dans la gamme étalon.

CORRIGÉ

En reportant sur la courbe la valeur $\sigma = 125$ mS·m^{-1}, on obtient $c = 12$ mol·m^{-3}.

4 L'équation d'état des gaz parfaits

De quoi s'agit-il ? **L'équation d'état d'un gaz parfait est une relation entre les différents paramètres macroscopiques du gaz.**

1 Paramètres caractérisant l'état d'un gaz

- Un gaz dépend de quatre paramètres mesurables à l'échelle humaine appelés grandeurs macroscopiques :
  - la **pression** P du gaz, qui s'exprime en pascals (Pa) ;
  - la **température** T du gaz qui s'exprime, non pas en degrés Celsius (°C) mais en kelvins (K) ;
  - le **volume** V occupé par ce gaz que l'on a l'habitude de mesurer dans le système international, c'est-à-dire en mètres cubes (m^3) plutôt qu'en litres (L) ;
  - la **quantité de matière** n du gaz en moles (mol).

- Il existe d'autres unités usuelles de pression comme le bar (1 bar = 1×10^5 Pa) ou l'atmosphère (1 atm = $1{,}013 \times 10^5$ Pa).
- La conversion entre une température T exprimée en kelvins et une température θ exprimée en degrés Celsius est : $T(\text{K}) = \theta(°\text{C}) + 273{,}15$. En général, on se contente d'un décalage d'échelle à 3 chiffres significatifs, c'est-à-dire :

$$\boldsymbol{T(\text{K}) = \theta(°\text{C}) + 273}$$

2 Comportement d'un gaz

- Si l'on considère un gaz de quantité de matière n fixée, les expériences réalisées montrent que les différents paramètres ne sont pas indépendants.
- À pression constante, **le volume *V* du gaz augmente avec la température *T*** : lorsqu'on chauffe un gaz, il se dilate.
- À volume constant, **la pression *P* du gaz augmente avec la température *T*.**

Exemple

Dans une cocotte-minute, le volume de vapeur d'eau reste inchangé pendant la cuisson. L'augmentation de température entraîne donc une augmentation de la pression de 1 bar à 1,3 bar.

- À température constante, **la pression *P* augmente si le volume *V* diminue** : si on enferme du gaz dans une seringue bouchée, le fait d'appuyer sur le piston diminue le volume et fait augmenter la pression.

3 Loi du gaz parfait

- Un gaz parfait est un gaz idéal. Cependant, à faible pression, tous les gaz ont un comportement similaire à celui d'un gaz parfait, noté souvent GP.
- Les quatre paramètres ou grandeurs macroscopiques P, T, V et n d'un gaz parfait sont liés par une relation appelée **équation d'état du gaz parfait** :

$$\boldsymbol{PV = n\text{R}T} \text{ avec } \begin{cases} P : \text{pression (en Pa)}, \\ V : \text{volume (en m}^3\text{)}, \\ n : \text{quantité de matière (en mol)}, \\ T : \text{température du gaz parfait (en K)}. \end{cases}$$

- R est appelée **constante des gaz parfaits** et vaut 8,314 dans la mesure où les quatre paramètres ci-avant sont bien exprimés dans les unités citées.
- Le produit de la pression par le volume PV est proportionnel à celui de la quantité de matière par la température nT : la constante de proportionnalité est R, constante des gaz parfaits.

4 Volume molaire et quantité de matière

- Le volume molaire, noté V_m, est le volume occupé par $n = 1$ mol de gaz. On a l'habitude d'exprimer le volume molaire, non pas en $\text{m}^3 \cdot \text{mol}^{-1}$, mais en $\text{L} \cdot \text{mol}^{-1}$.
- Dans le cas d'un gaz parfait, on a : $\boldsymbol{V_m = \frac{\text{R}T}{P}}$. Le volume molaire dépend donc de la température et de la pression du gaz.
- La quantité de matière n contenue dans un volume V est alors $\boldsymbol{n = \frac{V}{V_m}}$ avec V et V_m exprimés dans les mêmes unités.

PHYS. CHIMIE

Exercice résolu

Calculer le volume molaire puis la quantité de matière

ÉNONCÉ

Un gaz est à une température de 20,00 °C à pression de 1,00 bar. Calculer son volume molaire et en déduire la quantité de matière de 6,5 L de ce gaz.

CORRIGÉ

$T = 20,00 + 273,15 = 293,15$ K et $P = 1,00 \times 10^5$ Pa.

$$V_m = \frac{RT}{P} = \frac{8,314 \times 293,15}{1,00 \times 10^5} = 0,0244\ m^3 \cdot mol^{-1} = 24,4\ L \cdot mol^{-1}$$

La quantité de matière est : $n = 6,5/24,4 = 0,27$ mol.

Réflexe à avoir

Penser aux unités spécifiques de l'équation d'état du gaz parfait.

5 Spectroscopie UV-visible et IR

De quoi s'agit-il ? La spectroscopie permet de mettre en évidence des caractéristiques des molécules en solution par absorption ou transmission du spectre lumineux.

1 Spectre UV-visible

• La **spectroscopie UV-visible** est une **spectroscopie d'absorption du rayonnement par les électrons de liaison** des molécules. Le domaine d'absorption du spectre électromagnétique correspond à une **bande de radiations** dans l'ultraviolet et le visible. En général, la gamme en longueurs d'onde des spectres électroniques, en fonction de l'appareil utilisé, s'étend de 200 nm à 900 nm.

• Une solution colorée absorbe dans le visible et a un spectre d'absorbance ou courbe de l'absorbance en fonction de la longueur d'onde du rayonnement $A = f(\lambda)$ qui présente un ou plusieurs pics d'absorbance.

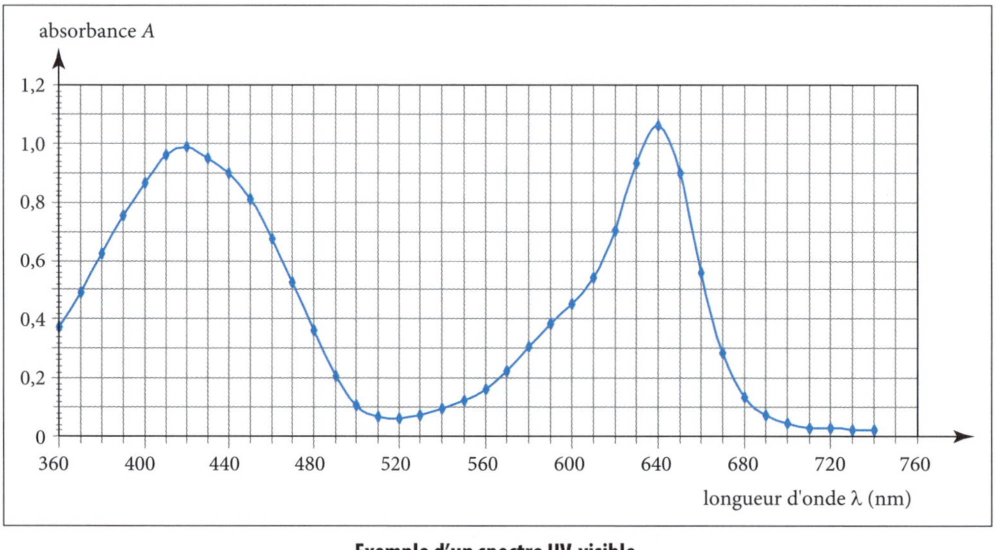

Exemple d'un spectre UV-visible

• Les absorbances étant additives, une substance ayant plusieurs bandes d'absorption dans le domaine spectral UV-visible peut avoir des maxima d'absorption distincts et identifiables. En effet, il existe des données tabulées, répertoriant les longueurs d'onde de maximum d'absorption. Ces dernières étant caractéristiques d'une espèce chimique, elles permettent de l'identifier.

2 Spectre infrarouge ou spectre IR

• La **spectroscopie infrarouge** est une **spectroscopie d'absorption des rayonnements par les molécules** dans une gamme d'énergie correspondant à la rotation et à la vibration des liaisons interatomiques.

• Un spectre infrarouge est la **courbe de la transmittance *T* en fonction du nombre d'onde** σ :

- la **transmittance** *T*, généralement exprimée en pourcentage, est une grandeur sans dimension qui mesure la capacité d'un milieu à transmettre la lumière ;
- le **nombre d'onde** σ (en cm^{-1}) est le nombre de longueurs d'onde par unité de longueur, soit $\sigma = \frac{1}{\lambda}$ avec λ la longueur d'onde (en cm).

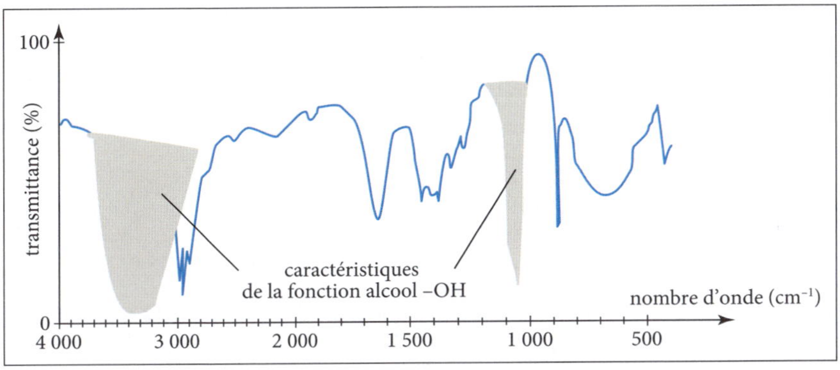

Exemple de spectre IR

• Le spectre IR permet surtout de mettre en évidence les fonctions de la molécule : la lecture et le dépouillement du spectre infrarouge utilisent des tables de données ou des logiciels adaptés permettant de faire correspondre les minima de transmittance avec les fonctions organiques ou groupes caractéristiques.

Exercice résolu

Mettre en évidence les fonctions organiques et déterminer la molécule

ÉNONCÉ

En étudiant le spectre IR ci-avant, déterminer la molécule en phase liquide, sachant que le groupement –OH caractéristique des alcools est déjà identifié sur le spectre, que l'absorption vers 3 000 cm^{-1} est caractéristique de liaisons C–H et que la molécule étudiée n'est constituée que de 2 atomes de carbone.

CORRIGÉ

La molécule présente les deux absorptions d'un groupement alcool, des liaisons C–H et 2 atomes de carbone : il s'agit de l'**éthanol** de formule $\mathbf{CH_3{-}CH_2{-}OH}$.

Révision express

Les points importants à retenir

- Apprenez par cœur :
- la définition du pH en fonction de la concentration en ions oxonium en solution ;
- la loi de Beer-Lambert et la loi de Kohlrausch ;
- la définition d'un gaz parfait et la loi des gaz parfaits.

- Retenez :
- que le pH est un nombre sans dimension et qu'il est d'autant plus important que la concentration en ions oxonium est faible et que la solution est basique ;
- que dans les problèmes de conduction, le volume est exprimé en mètres cubes (m^3) et non en litre (L).

- Soyez capable :
- de calculer un pH à partir de la concentration en ions oxonium de la solution, et inversement ;
- d'utiliser une courbe d'étalonnage pour en déduire la concentration du soluté recherchée ;
- de faire la différence entre conductance, conductivité et conductivité molaire ionique ;
- d'analyser un spectre UV-visible et un spectre IR.

Quiz

Cochez la (ou les) bonne(s) réponse(s) :

1. L'absorbance d'une solution colorée augmente si :
- ☐ **a.** la concentration en espèce colorée augmente.
- ☐ **b.** l'épaisseur de la solution à traverser augmente.
- ☐ **c.** la longueur d'onde augmente.

2. Un gaz parfait :
- ☐ **a.** est un cas d'école.
- ☐ **b.** ne prend pas en compte les interactions entre les particules du gaz.
- ☐ **c.** ne prend pas en compte le volume des particules.

3. La conductance d'une solution dépend de :
- ☐ **a.** la cellule utilisée.
- ☐ **b.** la nature des ions en solution.
- ☐ **c.** la concentration des ions.

4. Le pH est une grandeur sans unité proportionnelle à la concentration en ions oxonium.
- ☐ **a.** Vrai
- ☐ **b.** Faux

→ Réponses p. 496

EXERCICE

Exploiter un spectre IR pour identifier un groupe caractéristique ou une espèce chimique

Énoncé

Une substance pure en phase liquide a le spectre infrarouge ci-après :

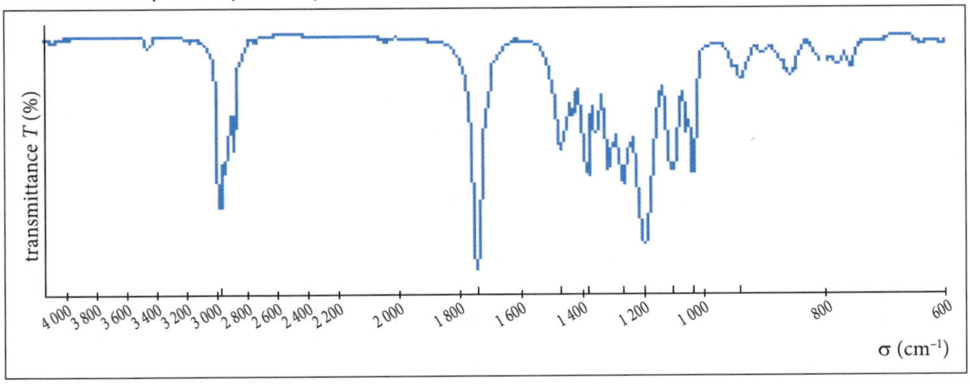

D'après les tables infrarouges et le tableau récapitulatif des groupes caractéristiques ci-dessous, quelle est la nature de la molécule dont le spectre IR est fourni ci-dessus ?

Tableau des groupes caractéristiques

Famille	Groupe caractéristique	Formule brute	Exemple
Alcools	—OH	$C_nH_{2n+2}O$	éthanol CH_3—CH_2OH
Aldéhydes	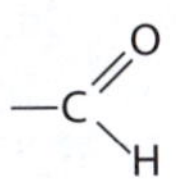	$C_nH_{2n}O$	3-méthylbutanal 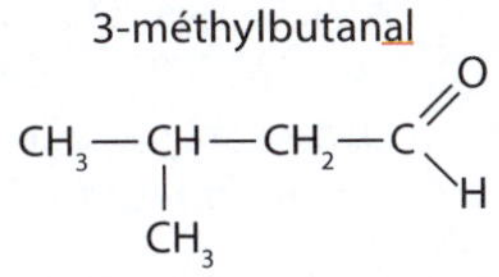
Cétones	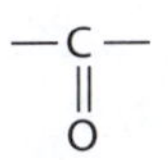	$C_nH_{2n}O$	3-méthylpentan-2-one 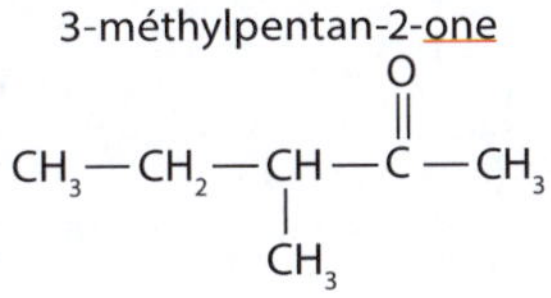
Acides carboxyliques	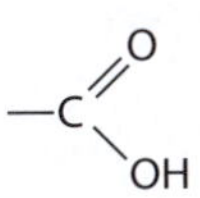	$C_nH_{2n}O_2$	acide-éthanoïque CH_3—COOH
Halogénoalcanes	—X	$C_nH_{2n+1}X$	2-bromopropane CH_3—CHBr—CH_3

Liaison	Nombre d'onde	Bande
C–O	1 190-1 075	Forte
O–H	3 550-3 000	Intense et large
C=O	1 800-1 740	Forte
C–H dans $-CH_3$	2 960	Forte
C–H dans $-(CH_2)_n-$	750-720	Faible

Méthode

1 Pour chaque ligne du tableau ci-dessus, correspondant à un type de liaison, repérer si le pic signalé est présent dans le spectre IR de la molécule. Faire alors le bilan des liaisons présentes dans la molécule inconnue.

2 Regrouper les différentes liaisons de manière pertinente afin de déterminer les groupes caractéristiques de la molécule. Le groupe caractéristique détermine la famille de la molécule.

3 Si l'on dispose d'informations supplémentaires concernant la molécule inconnue, déterminer de quelle espèce il peut s'agir.

Corrigé

1. Dans le cas du spectre proposé, il existe sûrement plusieurs pics d'absorption que l'on peut considérer comme une bande d'absorption entre 500 et 550 nm.
En comparant le spectre infrarouge et les bandes proposées dans l'extrait de table, on peut constater :
– l'existence des deux bandes de la liaison C–O vers 1 200 cm^{-1} ;
– l'absence de bande large caractéristique de la liaison O–H vers 3 000 cm^{-1} ;
– la présence d'un pic d'absorption vers 1 740 cm^{-1} caractérisant une liaison C=O ;
– l'existence de pics caractéristiques d'un squelette carboné saturé (groupements CH_3 et enchaînements de CH_2).
La molécule contient donc un squelette carboné sans insaturation, un groupement C–O et un groupement C=O sans groupement OH.

L'astuce du prof
Dans le cas d'une cétone ou d'un aldéhyde, il aurait fallu avoir une autre fonction dans la molécule prenant en compte le deuxième atome d'oxygène.

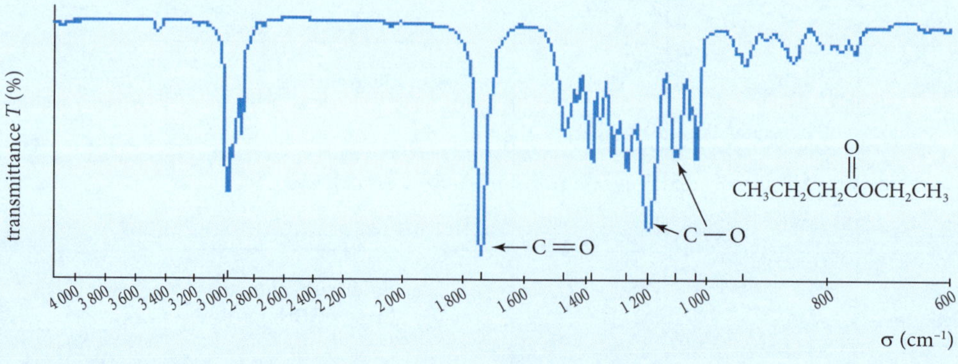

2. Parmi les groupes caractéristiques proposés dans le tableau en annexe, seul le groupement CO–O de la famille des esters correspond au spectre IR.

3. En l'absence d'information supplémentaire sur cette molécule, on ne peut conclure qu'à un ester sans double liaison C=C.

Chapitre 3 Analyser un système chimique par des méthodes chimiques

1 Titre massique et densité de solution

De quoi s'agit-il ? Un titre massique ou une densité permet de calculer une quantité de matière en solution ou toute autre grandeur chimique inconnue en dépendant.

1 Titre massique

- Les titres, notés t, sont des quantités sans unité que l'on exprime souvent sous forme de teneur en pourcentage. Ils permettent dans la plupart des cas de calculer une quantité de matière inconnue.
- Une solution est composée d'une espèce majoritaire liquide appelée **solvant** et d'espèces minoritaires, souvent dissoutes, appelées **solutés**.

Le titre massique d'un soluté A est le rapport entre la masse de ce soluté $m(\text{A})$ et la masse m de la solution :

$$t = \frac{m(\text{A})}{m}$$

- Les masses $m(\text{A})$ et m sont exprimées en grammes dans les unités du système international. Mais elles peuvent être exprimées dans n'importe quel multiple ou sous-multiple du gramme, dans la mesure où elles sont converties dans la même unité pour le calcul de t.
- On définit la teneur massique ou pourcentage massique $\wp(\text{A})$ d'un soluté A comme le titre massique exprimé en pourcentage :

$$\wp(\text{A}) = \frac{m(\text{A})}{m} \times 100$$

2 Densité

- La densité d d'un corps A est le rapport entre la masse $m(\text{A})$ d'un volume V de A et la masse $m_{\text{réf}}$ du même volume V d'un corps de référence : $d = \frac{m(\text{A})}{m_{\text{réf}}}$. Le volume V est pris dans les deux cas dans les mêmes conditions de température et de pression.
- Dans le cas des solides et des liquides, le corps de référence est l'eau. Dans le cas des gaz, le corps de référence est l'air.

La densité $d(\text{A})$ d'un corps A peut aussi être définie comme le rapport entre la masse volumique $\mu(\text{A})$ de A et la masse volumique de référence $\mu_{\text{réf}}$:

$$d(\text{A}) = \frac{\mu(\text{A})}{\mu_{\text{réf}}} \quad \text{avec } \mu(\text{A}) \text{ et } \mu_{\text{réf}} \text{ en g}\cdot\text{L}^{-1}$$

- Les masses volumiques de référence à $T = 20$ °C et $P = 1$ bar sont $\mu_{\text{eau}} = 1\ \text{kg}\cdot\text{L}^{-1}$ et $\mu_{\text{air}} = 1{,}2\ \text{g}\cdot\text{L}^{-1}$. Elles peuvent être exprimées dans d'autres unités : $\text{kg}\cdot\text{L}^{-1}$, $\text{kg}\cdot\text{m}^{-3}$, $\text{g}\cdot\text{mL}^{-1}$.

3 Dilution

• L'objectif est de préparer un volume V de solution de concentration C donnée en soluté A, appelée solution fille, à partir d'une solution de titre massique t et de densité d donnés, appelée solution mère.

• La technique utilisée est une dilution. Dans une dilution, on prélève un volume $V_{\text{mère}}$ de solution mère de concentration $C_{\text{mère}}$, auquel on ajoute un certain volume d'eau afin d'obtenir une solution fille de volume total V_{fille} et de concentration finale C_{fille}.

• Lors d'une dilution, on a seulement ajouté de l'eau, donc la quantité $n(\text{A})$ de soluté A présent dans la solution mère est la même que celle de la solution fille, d'où la relation de la dilution : $n(\text{A}) = C_{\text{mère}}V_{\text{mère}} = C_{\text{fille}}V_{\text{fille}}$.

• On en déduit $C_{\text{mère}} = \dfrac{n(\text{A})}{V_{\text{mère}}}$ et l'on peut montrer que $C_{\text{mère}} = \dfrac{t \times d \times \mu_{\text{eau}}}{M(\text{A})}$.

En utilisant la relation de la dilution, on peut montrer que, pour préparer un volume V_{fille} de solution de concentration C_{fille} donnée en soluté A, à partir d'une solution de titre massique t et de densité d donnés en solution mère, il faut prélever un volume :

$$V_{\text{mère}} = \frac{M(\text{A}) \times V_{\text{fille}} \times C_{\text{fille}}}{t \times d \times \mu_{\text{eau}}}$$ avec

- t : titre massique de soluté A de la solution mère (sans unité),
- d : densité de la solution mère (sans unité),
- μ_{eau} : masse volumique de l'eau ($\mu_{\text{eau}} = 1{,}0 \times 10^3\ \text{g} \cdot \text{L}^{-1}$),
- $M(\text{A})$: masse molaire du soluté A (en $\text{g} \cdot \text{mol}^{-1}$).

• De manière pratique, on prélève le volume de solution mère à l'aide d'une pipette jaugée préalablement rincée avec cette solution. On l'introduit dans une fiole jaugée de contenance égale à celle de la solution fille. On complète avec de l'eau distillée, jusqu'au col de la fiole. On homogénéise. On complète ensuite jusqu'à la jauge avant de faire une dernière homogénéisation.

2 Titrage d'une solution

De quoi s'agit-il ? Un titrage est une méthode expérimentale destructive permettant de déterminer une concentration ou une quantité de matière inconnue.

1 Réaction support de titrage

• Doser une espèce chimique, c'est déterminer la concentration de cette espèce dans une solution donnée.

• La méthode de dosage par titrage direct est une méthode destructive qui s'appuie sur une réaction chimique entre l'espèce chimique à doser (réactif titré ou réactif à titrer) et un autre réactif bien connu (réactif titrant).

Remarque
Lorsqu'on connaît le volume de la solution, déterminer la concentration d'un soluté revient à déterminer sa quantité de matière.

• La réaction, pour être utilisée comme support de titrage, doit posséder trois caractéristiques. Elle doit être :
- **unique** : il ne doit pas y avoir plusieurs réactions possibles ayant le même réactif et donnant des produits différents ;
- **totale** : à la fin du dosage, tous les réactifs doivent avoir réagi ;
- **rapide** : on doit pouvoir repérer immédiatement l'état final afin de connaître la quantité de réactif titrant introduite.

2 Équivalence

L'équivalence est l'état final d'un système chimique pour lequel les réactifs ont été introduits, à l'état initial, dans les proportions stœchiométriques.

Remarque
On peut définir plus simplement l'équivalence comme l'état du système pour lequel on passe d'un réactif limitant (réactif titrant) à l'autre (réactif titré).

- La relation à l'équivalence lie les quantités de matière des réactifs titrant et titré au moment de l'équivalence. Elle s'établit grâce au tableau d'avancement de la réaction support de titrage.

Pour une réaction du type $aA + bB \rightarrow cC + dD$, la relation à l'équivalence est :

$$\frac{c_A V_A}{a} = \frac{c_B V_B}{b}$$ avec
- c_A et c_B : concentrations en A et B (en $mol \cdot L^{-1}$),
- V_A et V_B : volumes de A et B versés à l'équivalence (en L),
- a et b : coefficients stœchiométriques de l'équation support de titrage.

- Si A est le réactif titré et B le réactif titrant, alors la connaissance de V_A et V_B permet de déduire la concentration en A connaissant celle en B : $c_A = c_B \frac{a}{b} \frac{V_B}{V_A}$.

3 Indicateur de fin de réaction

- Toute la difficulté expérimentale réside dans le repérage de l'équivalence du titrage.
- Une des méthodes permettant de repérer l'équivalence d'un titrage est l'utilisation d'un indicateur coloré : on ajoute à la solution à titrer quelques gouttes d'un indicateur spécifique à la réaction support de titrage (acido-basique, rédox…). Au moment de l'équivalence, on observe un changement brutal de couleurs.
- L'indicateur utilisé pour les réactions entre les ions oxonium et les ions hydroxyde est le bleu de bromothymol (BBT), qui passe brutalement du jaune au bleu, ou le contraire selon que l'espèce titrée est l'acide ou la base.

Remarque
Le BBT est jaune si la solution est acide, et bleu si elle est basique.

- L'**empois d'amidon** est un bon indicateur redox pour le titrage du diiode : il est noir en présence de diiode et incolore dès qu'il n'y en a plus dans la solution titrée. Il faut cependant l'introduire au dernier moment.

Exercice résolu

Déterminer la concentration de la solution titrée

ÉNONCÉ

En TP, des élèves réalisent un titrage de $V_A = 10{,}0$ mL d'acide chlorhydrique par une solution titrante de soude de concentration $c_B = 1{,}0 \times 10^{-2}$ $mol \cdot L^{-1}$. La réaction support de titrage est $H_3O^+(aq) + HO^-(aq) \rightarrow 2H_2O$.
Le BBT vire du jaune au bleu pour $V_E = 10{,}4$ mL.
Donner l'expression de la relation à l'équivalence et en déduire la concentration de la solution d'acide chlorhydrique.

CORRIGÉ

La relation à l'équivalence est $c_A V_A = c_B V_B$, donc $c_A = \frac{V_B}{V_A} c_B$.
On en déduit que $c_A = \frac{10{,}4}{10{,}0} \times 1{,}0 \times 10^{-2}$ d'où $c_A = 1{,}04 \times 10^{-2}$ $mol \cdot L^{-1}$
soit $c_A = 1{,}0 \times 10^{-2}$ $mol \cdot L^{-1}$ avec 2 chiffres significatifs.

Rappel
Ici, $a = b = 1$.

PHYS. CHIMIE

3 Titrage pH-métrique

De quoi s'agit-il ? Un titrage pH-métrique s'appuie sur une transformation acido-basique. L'équivalence est repérée par une rupture de pH.

1 Dispositif expérimental de titrage

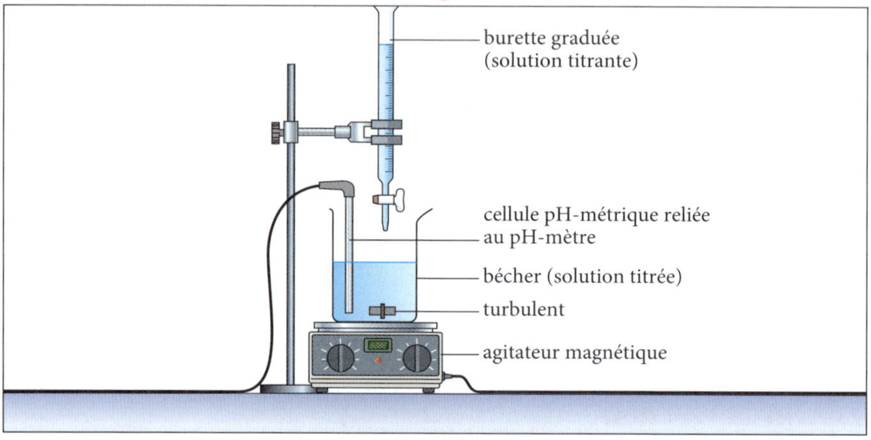

Un titrage pH-métrique permet de connaître la concentration d'une solution titrée acide [resp. basique] en la titrant par une solution basique [resp. acide] de concentration connue.

2 Courbe expérimentale de titrage

● La courbe expérimentale du titrage pH-métrique est la courbe représentative du pH en fonction du volume de solution titrante versé : pH $= f(V_{\text{versé}})$.

● La méthode des tangentes (voir exercice 2 p. 163) permet de repérer le point d'équivalence E dont les coordonnées sur la courbe sont le volume de solution titrante versé à l'équivalence V_E (en mL) et le pH de la solution à l'équivalence pH_E.

● On en déduit ensuite la concentration initiale de la solution titrée grâce à la relation à l'équivalence : $\frac{c_A V_A}{a} = \frac{c_B V_B}{b}$. À partir de la courbe pH $= f(V)$, on déduit la courbe de la dérivée du pH par rapport à V : $\frac{\text{dpH}}{\text{d}V}$ en fonction du volume versé. Le maximum de ce pic correspond au volume à l'équivalence.

Remarque
Dans le cas d'un dosage acido-basique, l'indice A correspond à l'espèce acide et l'indice B à l'espèce basique.

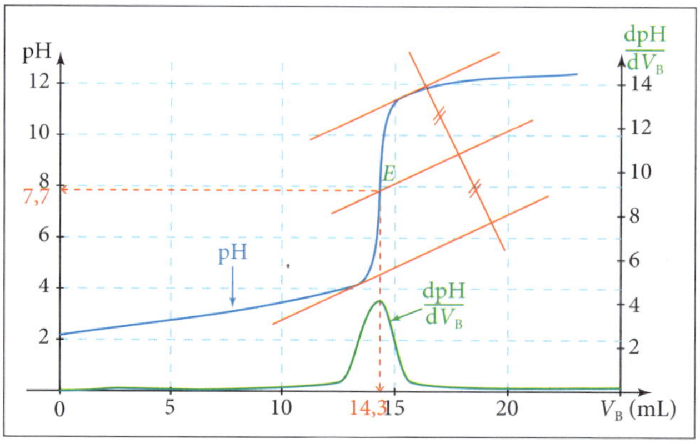

Courbes expérimentales de titrage de l'acide salicylique par la soude

Exercice résolu

Déterminer le volume à l'équivalence et pH_E

ÉNONCÉ

À l'aide des deux courbes proposées ci-avant, repérer le volume de soude versé à l'équivalence, ainsi que le pH_E.

CORRIGÉ

La méthode des tangentes (tracés rouges) montre que la droite moyenne entre les deux tangentes coupe la courbe $pH = f(V)$ en un point de coordonnées (V_E = 14,3 mL ; pH_E = 7,7) repérées par les flèches en pointillés rouges.

Méthode

Vérifier que V = 14,3 mL correspond bien à l'abscisse du pic de la courbe $\frac{dpH}{dV} = f(V)$.

4 Titrage conductimétrique

De quoi s'agit-il ? Un titrage conductimétrique permet de déterminer une concentration titrée à partir de la courbe de la conductance de la solution ou de la conductivité en fonction du volume de solution titrante versée. L'équivalence est repérée par une rupture de pente.

1 Dispositif expérimental de titrage

- Le dispositif expérimental est assez semblable à celui du titrage pH-métrique. Seule la sonde pH-métrique est remplacée par une cellule conductimétrique.
- Cette cellule permet de mesurer soit la conductance G de la solution, soit sa conductivité σ en fonction du volume de solution titrante versé.
- En pratique, on réalise une mesure pour chaque millilitre de solution titrante versé. Autour de l'équivalence, on peut faire des mesures plus rapprochées, par exemple une tous les 0,5 mL de solution versée.

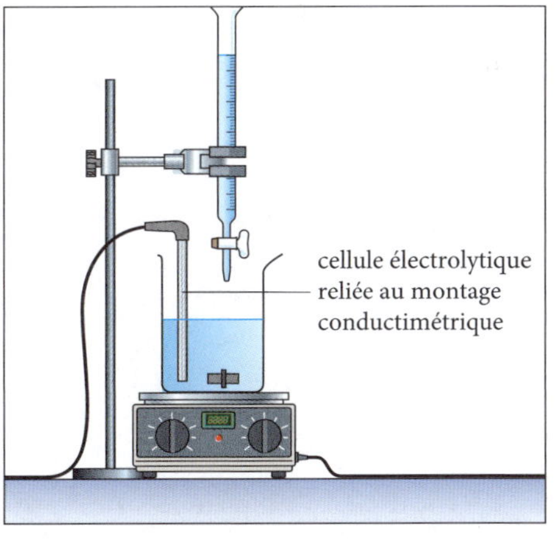

2 Repérage de l'équivalence

- Les mesures effectuées permettent de tracer la courbe de la conductivité σ ou de la conductance G de la solution en fonction du volume de solution titrante versé $V_{versé}$.
- Cette courbe est constituée de deux demi-droites sécantes en E, point d'équivalence du titrage réalisé.
- Le volume versé V_E se lit directement sur la courbe.

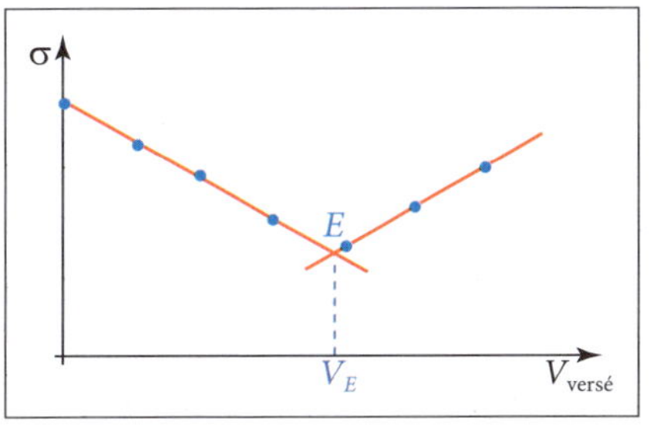

Exercice résolu

Déterminer la concentration d'une solution titrée par conductimétrie

ÉNONCÉ

On dose $V_B = 100,0$ mL d'une solution d'hydroxyde de sodium diluée au 200e d'un déboucheur d'évier par de l'acide chlorhydrique de concentration $c_A = 0,50$ mol·L^{-1}.
Un suivi conductimétrique permet d'obtenir la courbe de la conductance en fonction du volume d'acide versé.

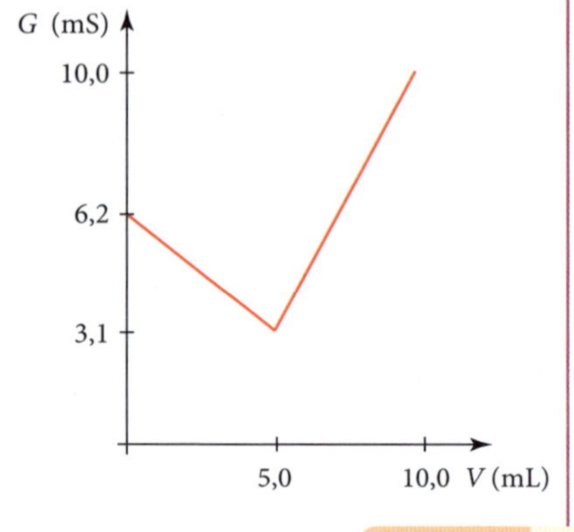

1. Déterminer le volume versé à l'équivalence.

2. En déduire la concentration commerciale c_0 du déboucheur d'évier en hydroxyde de sodium.

CORRIGÉ

1. Par lecture graphique, on a $V_{AE} = 5,0$ mL.

2. On a précédemment établi que pour le dosage de la soude par l'acide chlorhydrique, on a la relation à l'équivalence :

$$c_A V_A = c_B V_B$$

soit ici :

$$c_B = \frac{c_A V_{AE}}{V_B}$$

La solution est diluée au 200e, donc la concentration du déboucheur d'évier est :

$$c_0 = 200 c_B$$

$$c_0 = 200 \times \frac{0,50 \times 5,0}{100,0} = 5,0 \text{ mol·L}^{-1}.$$

Méthode

Le point d'équivalence *E* est l'intersection des deux portions de droite.

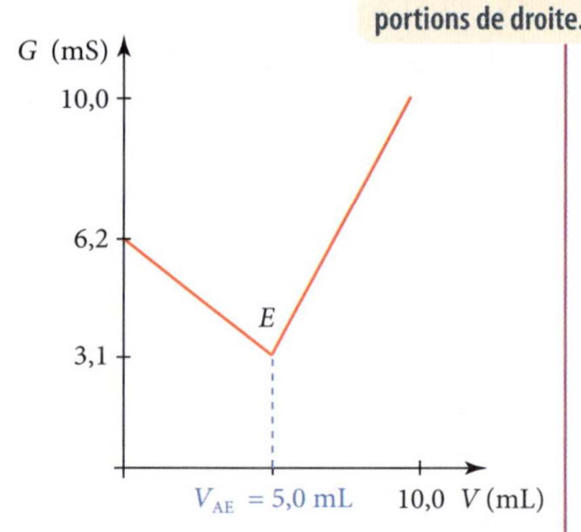

Révision express

Les points importants à retenir

- Apprenez par cœur :
– la définition de l'équivalence d'un dosage ;
– les définitions mathématiques du titre massique, de la teneur massique et de la densité.

- Retenez que :
– doser une espèce chimique, c'est déterminer la concentration de cette espèce dans une solution donnée ;
– titrer est doser par méthode destructive en s'appuyant sur une transformation chimique totale.

- Soyez capable :
– de calculer le volume de solution à prélever, connaissant le titre massique et la densité de celle-ci ;
– d'établir la relation à l'équivalence ;
– de schématiser un montage de titrage et de le légender en fonction du problème étudié ;
– de réaliser un titrage pH-métrique et conductimétrique et d'en déduire le point d'équivalence ;
– de déterminer la concentration de la solution titrée à partir des données du point d'équivalence et de la relation à l'équivalence.

Quiz

Cochez la (ou les) bonne(s) réponse(s) :

1. Un dosage par titrage :
- ☐ **a.** est une méthode destructive de dosage.
- ☐ **b.** s'appuie toujours sur une réaction totale.
- ☐ **c.** est toujours acido-basique.

2. L'équivalence d'un titrage :
- ☐ **a.** est un état du système.
- ☐ **b.** est le moment où la moitié des réactifs a été consommée.
- ☐ **c.** est la fin du titrage.

3. Dans un titrage conductimétrique :
- ☐ **a.** le point d'équivalence est à l'intersection de deux demi-droites.
- ☐ **b.** la courbe représentative est définie par portions.
- ☐ **c.** l'ordonnée est la conductivité ionique molaire.

4. La réaction support de titrage est soit de nature acido-basique, soit de nature redox.
☐ **a.** Vrai ☐ **b.** Faux

5. La solution titrée est une solution de concentration inconnue.
☐ **a.** Vrai ☐ **b.** Faux

→ Réponses p. 496

EXERCICE 1

Établir la relation à l'équivalence

Énoncé

On dose un volume V_A d'une solution d'acide faible AH par une solution de soude de concentration c_B. En notant V_{BE} le volume de soude versé à l'équivalence, en déduire l'expression de la concentration c_A de l'acide.

La réaction support de titrage est :

$$AH + HO^- \rightarrow A^- + H_2O$$

Méthode

1 Exprimer la concentration initiale en ions hydroxyde HO^- à partir de c_B.

2 Établir le tableau d'avancement de la réaction support de dosage en fonction de c_A, V_A, c_B et V_B, avec V_B le volume de soude versé.

3 À l'équivalence, noter que les quantités de réactifs sont nulles. En déduire la relation entre c_A, V_A, c_B et V_{BE}.

4 Donner l'expression de c_A en fonction de la relation à l'équivalence établie en **3**.

Corrigé

1. La formule de la soude est $Na^+ + HO^-$, donc $c_B = [Na^+] = [HO^-]$ à l'état initial, c'est-à-dire lorsque le titrage n'a pas commencé.

2. Le tableau d'avancement de la réaction support de titrage est :

Équation		AH	+ HO⁻ →	A⁻	+ H₂O
État	Avancement (mol)	Quantité de matière (mol)			
EI	$x = 0$	$c_A V_A$	$c_B V_B$	0	Excès
EC	x	$c_A V_A - x$	$c_B V_B - x$	x	Excès
Équivalence	$x = x_E$	$c_A V_A - x_E$	$c_B V_B - x_E$	x_E	Excès

3. À l'équivalence, on a :

$$c_A V_A - x_E = c_B V_B - x_E = 0$$

On en déduit que l'avancement à l'équivalence est tel que :

$$x_E = c_A V_A = c_B V_B = c_B V_{BE}$$

Remarque
À l'équivalence, on passe d'un réactif limitant à l'autre.

4. De l'expression précédente, on peut écrire :

$$c_A = \frac{V_{BE}}{V_A} c_B$$

EXERCICE 2

Déterminer l'équivalence *E* par la méthode des tangentes

Énoncé

On réalise le titrage de 10,0 mL d'une solution aqueuse d'acide chlorhydrique par de la soude (solution aqueuse d'hydroxyde de sodium) à $1{,}0 \times 10^{-1}$ mol·L^{-1}.

La courbe expérimentale du pH de la solution titrée en fonction du volume *V* de soude versé est donnée ci-contre.

En déduire par la méthode des tangentes le point *E*, équivalence du titrage.

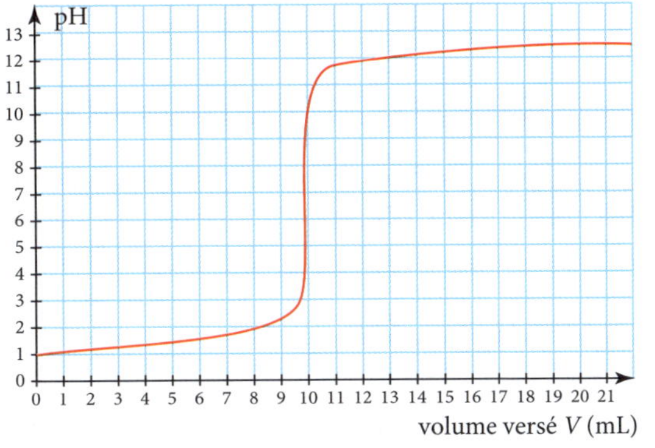

Méthode

1 Tracer les tangentes à la courbe de titrage en P_1 et P_2 (au niveau des courbures) dont les pentes sont égales. Soient T_1 et T_2 ces tangentes.

2 Tracer la droite perpendiculaire $\mathscr{D}$ à T_1 et T_2. $\mathscr{D}$ coupe T_1 et T_2 en D_1 et D_2. Soit *M* le milieu du segment $[D_1D_2]$.

3 Tracer la droite T_E parallèle aux tangentes T_1 et T_2 passant par *M*. Elle coupe la courbe expérimentale de titrage au point *E* d'équivalence.

Corrigé

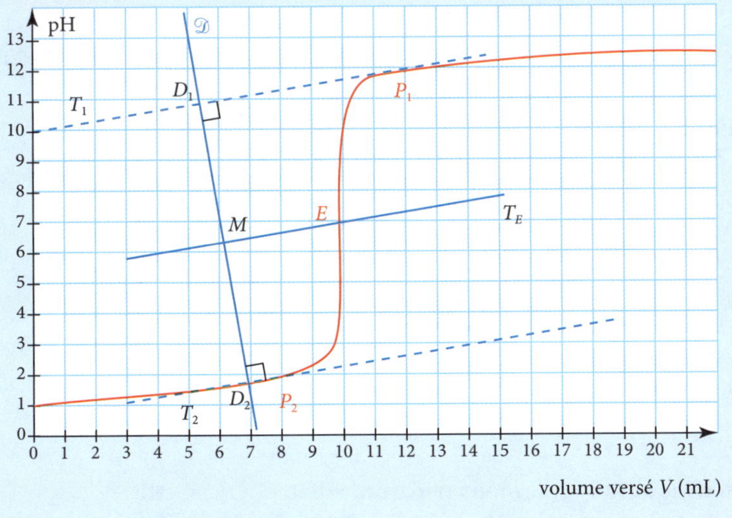

Réflexe à avoir
Apporter un soin particulier à la construction, la position de *E* en dépend !

PHYS. CHIMIE

Chapitre 4 Suivre et modéliser l'évolution d'un système chimique

1 Réactions lentes/rapides, facteurs cinétiques

De quoi s'agit-il ? **Une transformation n'est pas nécessairement instantanée : la cinétique est l'étude de sa vitesse de réaction. Elle dépend de paramètres appelés facteurs cinétiques.**

1 Réactions lentes/rapides

- On peut diviser les réactions chimiques en deux catégories :
  - les **réactions instantanées** pour lesquelles les réactifs sont consommés dès qu'ils sont mis en contact (réactions acido-basiques ou de précipitation par exemple) ;
  - les **réactions plus lentes** pour lesquelles les réactifs ne sont consommés qu'au bout d'un certain temps, pouvant aller de quelques minutes à quelques heures (réactions d'estérification ou synthèse de l'eau par exemple).

Remarque
Une réaction qui ne démarre pas peut être une réaction très lente ou une réaction impossible (on dit « non thermodynamiquement possible spontanément »).

- La cinétique est l'étude de l'évolution temporelle d'une réaction thermodynamiquement possible. Elle permet :
  - de connaître les différents facteurs qui gouvernent la réaction et de se placer ainsi dans les conditions optimales d'obtention du produit formé ;
  - de comprendre le mécanisme microscopique de la réaction chimique, c'est-à-dire le comportement des molécules entre elles avant l'obtention de la molécule-produit finale.

2 Facteurs cinétiques

- Un facteur cinétique est un paramètre dont dépend la vitesse d'évolution d'une réaction chimique, comme :
  - la **température** : dans la plupart des cas, son augmentation accélère la réaction ;
  - la **concentration des réactifs** : son augmentation accélère la réaction. La vitesse d'évolution est dans la majorité des cas proportionnelle à la concentration des réactifs.
- Dans le cas d'un système gazeux, la pression des gaz joue le rôle d'une concentration dans l'évolution de la vitesse de réaction.

Remarque
Dans la plupart des réactions simples, la vitesse est doublée pour une augmentation de température de 10 °C.
On peut en revanche ralentir la formation d'un produit en diluant le milieu réactionnel.

3 Catalyse et catalyseur

- Considérons la réaction entre les ions iodure I^- et les ions peroxodisulfate $S_2O_8^{2-}$. Cette réaction est très lente :

$$2I^- + S_2O_8^{2-} \rightarrow I_2 + 2SO_4^{2-}$$

L'addition d'ions fer II Fe^{2+} donne alors :

$$2Fe^{2+} + S_2O_8^{2-} \rightarrow 2Fe^{3+} + 2SO_4^{2-}$$
$$2Fe^{3+} + 2I^- \rightarrow 2Fe^{2+} + I_2$$
$$\overline{2I^- + S_2O_8^{2-} \rightarrow I_2 + 2SO_4^{2-}}$$

On remplace une réaction entre deux anions, qui se repoussent du fait de leurs charges identiques, par deux réactions entre un cation et un anion : la vitesse de la réaction utilisant l'ion fer II est plus rapide. On dit que Fe^{2+} **catalyse** la réaction.

- Un **catalyseur** est une substance qui augmente la vitesse de réaction :
  - il n'augmente que la vitesse des réactions spontanées : si une réaction n'est thermodynamiquement pas possible, la présence de catalyseur n'y change rien ;
  - il se retrouve en fin de réaction : sa concentration varie au cours du temps, mais à la fin de la réaction, elle est égale à celle de l'état initial ;
  - il modifie le chemin réactionnel entre l'état initial et l'état final sans modifier ces derniers ;
  - il oriente la réaction : on parle de catalyseur sélectif.

Exemple

L'éthanol C_2H_5OH chauffé en présence de métal cuivre donne de l'éthanal CH_3CHO, alors qu'en présence d'alumine Al_2O_3, il produit de l'éthène C_2H_4. Le métal cuivre et l'alumine sont ici des catalyseurs sélectifs.

- La **catalyse homogène** est telle que le catalyseur, les réactifs et les produits appartiennent à la même phase. Ce n'est pas le cas de la **catalyse hétérogène** très utilisée dans l'industrie. En effet, elle permet une séparation facile entre les produits de la réaction et le catalyseur afin de le récupérer.

- Lorsqu'un produit de la réaction est lui-même catalyseur de celle-ci, on parle d'**autocatalyse**.

PHYS. CHIMIE

2 Vitesses volumiques et temps de demi-réaction

De quoi s'agit-il ? Une vitesse volumique permet de quantifier la cinétique d'une réaction. Son temps de demi-réaction en est un indicateur.

1 Vitesse volumique de disparition et d'apparition

- On considère une transformation chimique d'équation :

$$aA + bB + \ldots \rightarrow cC + dD + \ldots$$

Dans le cas d'un système chimique fermé, on peut traduire la conservation de la matière par :

$$-\frac{dn_A}{a} = -\frac{dn_B}{b} = \ldots = +\frac{dn_C}{c} = +\frac{dn_D}{d} = \ldots = dx$$

avec dx l'avancement élémentaire de la réaction.

- Le suivi de l'avancement de la réaction au cours du temps permet de suivre l'évolution du système chimique.

La **vitesse volumique** $\boldsymbol{v}$ (en $mol \cdot L^{-1} \cdot s^{-1}$) de la réaction s'écrit :

$$v = \frac{1}{V}\frac{dx}{dt} \text{ avec } \begin{cases} V : \text{volume du milieu réactionnel (en L),} \\ x : \text{avancement de la réaction (en mol).} \end{cases}$$

- Si le volume V est constant, on définit la **vitesse de disparition** d'un réactif A par :

$$v_A = -\frac{1}{V}\frac{dn_A(t)}{dt} = -\frac{d[A]}{dt}$$, avec [A] la concentration de A (en $mol \cdot L^{-1}$)

De même, la **vitesse de formation** d'un produit C est :

$$v_C = +\frac{1}{V}\frac{dn_C(t)}{dt} = \frac{d[C]}{dt}$$

● La courbe de représentation $x = f(t)$ permet de comparer les vitesses de réaction en différents instants de la transformation par comparaison des coefficients directeurs des tangentes à la courbe.

2 Temps de demi-réaction, durée d'une réaction

Le temps de demi-réaction noté $t_{1/2}$ est le temps au bout duquel l'avancement $x(t)$ est égal à la moitié de l'avancement final x_f. On a donc :

$$x(t_{1/2}) = \frac{x_f}{2}$$

La durée t_f d'une réaction est le temps au bout duquel $x(t)$ est égal à x_f. On a donc : $x(t_f) = x_f$.

Remarque

L'avancement final x_f peut être différent de l'avancement maximal x_{max}, dans le cas d'un équilibre par exemple.

Exercice résolu

Déterminer l'avancement final et le temps de demi-réaction

ÉNONCÉ

On réalise l'expérience suivante : un morceau de ruban de magnésium est introduit dans un ballon contenant une quantité donnée d'acide chlorhydrique. À l'aide d'un tube à dégagement adapté au ballon, on récupère le gaz formé par la réaction :

$$Mg(s) + 2H^+(aq) = Mg^{2+}(aq) + H_2(g)$$

La courbe ci-contre donne l'évolution du volume de H_2 en fonction du temps.

1. Déterminer l'avancement final de la réaction. On donne $V_m = 24\ L \cdot mol^{-1}$.

2. Définir le temps de demi-réaction et donner sa valeur numérique.

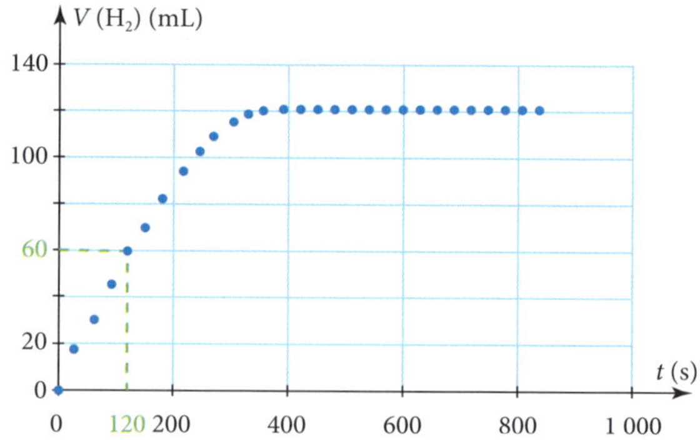

CORRIGÉ

1. La réaction est terminée lorsque la vitesse n'évolue plus (palier dans la courbe ci-dessus), soit pour $V(H_2) = 120$ mL de dihydrogène dégagé. Un tableau d'avancement de la réaction montrerait que $n(H_2) = x$ et donc que $n(H_2) = x_f$ à l'état final.

On a donc $x_f = \frac{V(H_2)}{V_m}$ soit $x_f = \frac{120 \times 10^{-3}}{24} = 5{,}0 \times 10^{-3}$ mol.

2. Le temps de demi-réaction est tel que $x(t_{1/2}) = \frac{x_f}{2}$ ou encore $V(H_2) = \frac{120}{2} = 60$ mL.

On lit alors sur la courbe que pour $V = 60$ mL, $t = t_{1/2} = 120$ s.

Rappel

$n(\text{gaz}) = \frac{V}{V_m}$.

3 Ordre d'une cinétique

De quoi s'agit-il ? L'ordre d'une cinétique est un nombre sans unité qui renseigne sur la dépendance des concentrations des réactifs par rapport à la vitesse de réaction.

1 Ordres partiels et global

- Pour simplifier, considérons une transformation chimique d'équation :

$$aA + bB \rightarrow cC + dD$$

> La cinétique admet un ordre si la vitesse v de réaction peut s'écrire sous la forme :
>
> $v = k[A]^{\alpha}[B]^{\beta}$ avec k : constante de vitesse, α : ordre partiel par rapport à A, β : ordre partiel par rapport à B.

- On appelle **ordre global** de la réaction la somme des ordres partiels, soit ici $\alpha + \beta$.
- La constante de vitesse k est dépendante de la température du système réactionnel.

Remarque
Il est possible que les ordres partiels correspondent aux coefficients stœchiométriques de l'équation selon une loi appelée loi de Van't Hoff, mais on constate expérimentalement que ce n'est pas toujours le cas.

2 Cinétique d'ordre 0

- Pour simplifier, considérons une transformation chimique d'équation : $A \rightarrow B$. Dans le cas d'une cinétique d'ordre 0, on a : $\boldsymbol{v = k[A]^{\alpha}}$ **avec** $\boldsymbol{\alpha = 0}$.
- La vitesse peut donc s'écrire $v = -\dfrac{d[A]}{dt} = k[A]^0 = k$. On en déduit que $[A] = -kt + K$ avec K une constante.

Si on note $[A]_0$ la concentration en A à $t = 0$, alors $[A]_0 = -k \times 0 + K = K$.

> Dans le cas d'une cinétique d'ordre 0, $v = -\dfrac{d[A]}{dt} = k$ et $[A] = [A]_0 - kt$.

Remarque
Il existe très peu de cinétiques d'ordre 0. Un des rares exemples est celui de la réaction d'équation $2N_2O_5(g) = 4NO_2(g) + O_2(g)$.

3 Cinétique d'ordre 1

- En prenant le même modèle simplifié d'une transformation chimique d'équation $A \rightarrow B$, on a, dans le cas d'une cinétique d'ordre 1 : $\boldsymbol{v = k[A]^{\alpha}}$ **avec** $\boldsymbol{\alpha = 1}$.
- La vitesse peut donc s'écrire $v = -\dfrac{d[A]}{dt} = k[A]$.

Dans ce cas, la solution à cette équation est $[A] = [A]_0 \exp(-kt)$ que l'on peut aussi écrire avec le formalisme $[A] = [A]_0 e^{-kt}$. $[A]_0$ représente la concentration à l'instant initial $t = 0$ et $\exp(x) = e^x$ la fonction exponentielle.

- En faisant un raisonnement comparable pour la concentration du produit B, on obtient : $[B] = [A]_0(1 - e^{-kt})$.

> Dans le cas d'une cinétique d'ordre 1 :
>
> $$v = -\frac{d[A]}{dt} = +\frac{d[B]}{dt} = k[A]$$
>
> $$[A] = [A]_0 e^{-kt} \text{ et } [B] = [A]_0(1 - e^{-kt})$$

PHYS. CHIMIE

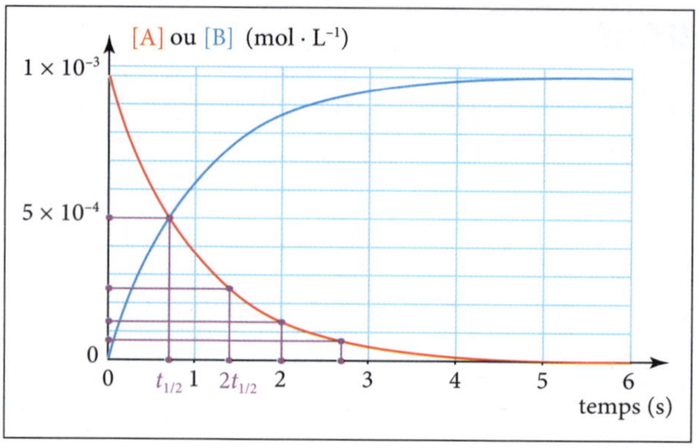

• Les courbes ci-avant sont un exemple de cinétique d'ordre 1 avec $[A]_0 = 1 \times 10^{-3}$ mol.L^{-1} que l'on peut repérer comme **ordonnée à l'origine de la courbe représentative de** [A].

• On peut définir le temps de demi-réaction $t_{1/2}$ comme le temps au bout duquel la moitié du réactif A a été consommée : $[A]_{t_{1/2}} = \dfrac{[A]_0}{2}$.

Chaque fois qu'une durée correspondant au temps de demi-réaction s'est écoulée, la concentration de réactif a été diminuée de moitié (tracés violets sur la courbe ci-avant) : $[A]_{t+t_{1/2}} = \dfrac{[A]_t}{2}$.

Rappel

- $\exp(0) = e^0 = 1$.
- $\exp(-x) = \dfrac{1}{\exp(x)}$ ou $e^{-x} = \dfrac{1}{e^x}$.
- $\exp(a+b) = \exp(a) \times \exp(b)$ ou $e^{a+b} = e^a \times e^b$.

4 Mécanisme réactionnel

De quoi s'agit-il ? **Le mécanisme réactionnel est l'ensemble des étapes d'une transformation qui n'apparaissent pas dans l'équation bilan.**

1 Acte élémentaire et intermédiaire réactionnel

• Une équation bilan ne donne que les réactifs impliqués dans la transformation et les produits formés : il s'agit d'un **bilan macroscopique**.

Exemple

La réaction des ions iodure et de l'eau oxygénée en milieu acide dont l'équation peut s'écrire

$$H_2O_2 + 2H^+ + 2I^- \rightarrow 2H_2O + I_2$$

montrant une réaction à 5 molécules de réactifs ne peut pas avoir lieu en une seule étape !

• Si l'on regarde les réactions des ions hydroxyde OH^- avec $(CH_3)_3$–CCl ou CH_3Cl, on a une cinétique d'ordre 1 pour la première et d'ordre 2 pour la seconde, ce que ne peuvent pas expliquer les équations bilans de ces transformations.

• Afin de comprendre les deux points précédents, il faut faire une analyse à l'échelle microscopique. C'est ainsi qu'à la fin du XIXe siècle, Svante August Arrhenius a développé le concept de **mécanisme réactionnel** : à l'échelle moléculaire, chaque transformation est un ensemble de transformations élémentaires appelées **actes élémentaires**.

Un **acte élémentaire** est une réaction traduisant la réalité d'une étape de transformation mettant en jeu un nombre réduit d'entités, une rupture de liaison, une création de liaison, ou une rupture et une création simultanées de liaisons.

● La **molécularité** d'un acte élémentaire est le nombre de réactifs intervenant dans cette étape du mécanisme réactionnel.

Exemple

La molécularité de l'acte élémentaire $(CH_3)_3C^+ + HO^- \rightarrow (CH_3)_3C\text{–}OH$ est 2.

Un **intermédiaire réactionnel** est une espèce formée au cours d'un acte élémentaire, puis consommée au cours d'un autre.

● L'intermédiaire réactionnel ne rentre pas dans l'équation bilan, mais à la différence d'un catalyseur, il ne permet pas d'accélérer la vitesse de réaction.

2 Site donneur ou accepteur, formalisme de la flèche courbe

● Si l'on considère une liaison polarisée A–B, avec B plus électronégatif que A, la rupture de cette liaison, lors d'une réaction chimique, est dissymétrique (rupture hétérolytique). Le doublet d'électrons reste constitué et est conservé par l'atome le plus électronégatif, soit B. A est alors porteur d'une lacune électronique notée ▯.

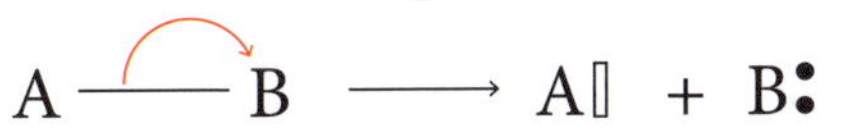

La formation d'une liaison, par le processus inverse, est alors la mise en commun d'un doublet électronique entre deux atomes : l'un, plus électronégatif, apporte le doublet, l'autre possède une lacune électronique.

● De manière générale, certains réactifs **donneurs** ou réactifs **nucléophiles** qui possèdent un site pouvant apporter un ou des doublets d'électrons réagissent préférentiellement avec des réactifs **accepteurs** ou réactifs **électrophiles** ayant des sites de faible densité électronique.

● Le mouvement électronique est symbolisé par une **flèche courbe** partant du site donneur et pointant vers le site accepteur.

Remarque
Un réactif électrophile possède une ou plusieurs lacunes électroniques, et un réactif nucléophile, un ou plusieurs doublets non liants. Un cation est un réactif électrophile, alors qu'un anion est un réactif nucléophile.

Exercice résolu

Représenter les flèches courbes d'un acte élémentaire

ÉNONCÉ

Le mécanisme de saponification est un mécanisme en trois actes élémentaires, dont le premier est l'addition d'un ion hydroxyde :

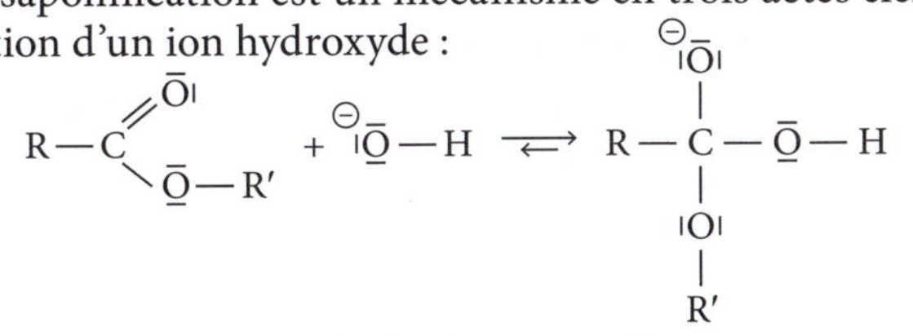

À l'aide de flèches courbes, montrer le déplacement électronique.

CORRIGÉ

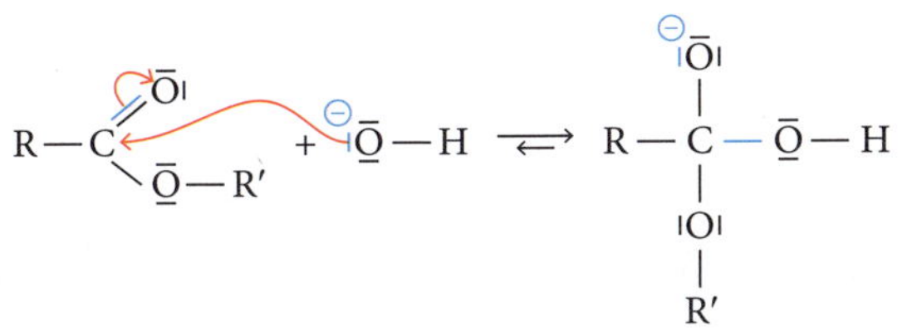

Réflexe à avoir
Les flèches partent des sites donneurs d'électrons vers les sites accepteurs.

5 Modification du mécanisme

De quoi s'agit-il ? Un catalyseur permet de sélectionner un chemin réactionnel particulier. Comme tout facteur cinétique, il modifie la cinétique de la réaction.

1 Influence d'un catalyseur

- Le catalyseur n'est pas inscrit dans l'équation bilan. En revanche, il apparaît dans le mécanisme réactionnel : il est consommé puis produit, il est donc **régénéré** au cours de la transformation.

- Un catalyseur :
  - permet de sélectionner un chemin réactionnel plus optimal en termes de cinétique. En effet, en sa présence, le mécanisme réactionnel est **différent** et **plus rapide** qu'en son absence ;
  - permet de sélectionner des produits particuliers parmi plusieurs choix possibles. Le chemin réactionnel dépend du catalyseur : si le catalyseur change, le mécanisme est différent et conduit à des produits de réaction différents. On dit alors que le catalyseur est **chimio-sélectif**.

- La sélectivité d'un catalyseur varie d'un catalyseur à l'autre : les ions oxonium sont capables par exemple de catalyser un grand nombre de transformations, donc ils sont peu sélectifs et ont un faible **degré de sélectivité**.

2 Influence des facteurs cinétiques

- Microscopiquement, les molécules ou les ions rentrant dans le mécanisme réactionnel se déplacent de manière rapide et désordonnée. Pour que les actes élémentaires aient lieu, il faut que ces molécules ou ions se rencontrent, que des liaisons se cassent et se forment différemment. Cela se produit si la rencontre (ou choc) permet de modifier les liaisons chimiques, c'est-à-dire uniquement si **le choc est efficace**.

- Lors d'une augmentation de la température du système au niveau macroscopique, l'agitation thermique augmente au niveau microscopique. Cette augmentation de la vitesse d'agitation des molécules permet l'augmentation de la fréquence et de la violence des chocs. Une augmentation de la température permet d'augmenter l'efficacité des chocs, et donc la cinétique.

- Lors d'une augmentation de la concentration des réactifs, le nombre de chocs augmente puisque davantage de molécules ou ions sont présents en solution.

Exercice résolu

Comprendre l'influence d'un catalyseur

ÉNONCÉ

On considère un mélange de monoxyde de carbone CO et de dihydrogène H_2.
En présence d'oxyde de nickel sur alumine, les produits de la réaction sont du méthane et de l'eau.
En présence d'un mélange de cuivre, d'oxyde de zinc et d'alumine, le produit est du méthanol.
En présence d'un mélange de fer et de cobalt, les réactifs sont transformés en hydrocarbures de formule générique C_nH_{2n+2}, réaction qui produit aussi de l'eau.

1. Écrire les équations bilans de ces trois transformations.
2. Comment expliquer macroscopiquement et microscopiquement qu'un même mélange initial de monoxyde de carbone et de dihydrogène se transforme en trois types de produits différents ?
3. Qualifier le mélange de fer et de cobalt.

CORRIGÉ

1. Les équations bilans sont :
- $CO + 3H_2 \rightarrow CH_4 + H_2O$ en présence d'oxyde de nickel sur alumine ;
- $CO + 2H_2 \rightarrow CH_3OH$ en présence d'un mélange de cuivre, d'oxyde de zinc et d'alumine ;
- $nCO + (2n + 1)H_2 \rightarrow C_nH_{2n+2} + nH_2O$ en présence d'un mélange de fer et de cobalt.

2. Les trois réactions sont catalysées avec des catalyseurs différents. Macroscopiquement, les produits vont être différents, car le catalyseur sélectionne une transformation parmi celles possibles.
Microscopiquement, le catalyseur modifie les étapes élémentaires du mécanisme réactionnel en intervenant dans au moins deux actes élémentaires (consommation du catalyseur et régénération).

3. Le mélange de fer et de cobalt est chimiosélectif : il permet au mélange initial de monoxyde de carbone et de dihydrogène de se transformer uniquement en hydrocarbures et en eau.

Gagnez des points !

En nomenclature systématique, le préfixe « méth » représente un carbone, et le suffixe « ol » permet d'identifier le groupe alcool.

Piège à éviter

Les autres catalyseurs sont aussi chimiosélectifs : ils sélectionnent la 1re ou la 2e réaction.

PHYS. CHIMIE

Révision express

Les points importants à retenir

- Apprenez par cœur :

– les définitions d'un facteur cinétique, d'un catalyseur, du temps de demi-réaction et de l'ordre d'une réaction ;

– les expressions mathématiques de la vitesse de réaction.

- Retenez :

– qu'un facteur cinétique influence la vitesse d'une réaction, en l'accélérant ou en la ralentissant ;

– qu'un catalyseur n'intervient pas dans l'équation bilan d'une réaction, il est régénéré.

- Soyez capable :

– de lister les facteurs cinétiques du problème proposé ;

– de déterminer l'évolution de la vitesse de réaction en exploitant la courbe $v = f(t)$;

– d'établir l'expression de la vitesse de réaction en fonction des ordres partiels de la réaction et de son équation bilan ;

– de compléter un mécanisme réactionnel par des flèches courbes.

Quiz

Cochez la (ou les) bonne(s) réponse(s) :

1. Un catalyseur :

- ☐ **a.** augmente la vitesse de réaction.
- ☐ **b.** modifie la nature des produits de la réaction.
- ☐ **c.** est régénéré en fin de transformation.

2. L'ordre d'une cinétique est :

- ☐ **a.** un ordre global.
- ☐ **b.** le produit des ordres partiels.
- ☐ **c.** toujours supérieur à 1.

3. Le temps de demi-réaction est :

- ☐ **a.** la moitié de la durée de la réaction.
- ☐ **b.** la durée au bout de laquelle la quantité d'un produit formé égale la moitié de celle obtenue.
- ☐ **c.** la durée au bout de laquelle le volume d'un gaz égale la moitié de son volume final obtenu.

4. La diminution de la concentration d'un réactif et l'augmentation de la température ont le même effet cinétique.

☐ **a.** Vrai ☐ **b.** Faux

5. Une réaction catalysée a un meilleur rendement.

☐ **a.** Vrai ☐ **b.** Faux

→ Réponses p. 496

EXERCICE 1

Décrire l'évolution de la vitesse volumique de réaction

Énoncé

Les ions iodure I^- réagissent avec les ions peroxodisulfate $S_2O_8^{2-}$.

L'équation associée à la réaction s'écrit :

$$2I^-(aq) + S_2O_8^{2-}(aq) = I_2(aq) + 2SO_4^{2-}(aq)$$

On note x l'avancement de la réaction à l'instant de date t. Il correspond aussi à la quantité de diiode formée.

Décrire l'évolution de cette vitesse volumique de réaction au cours du temps.

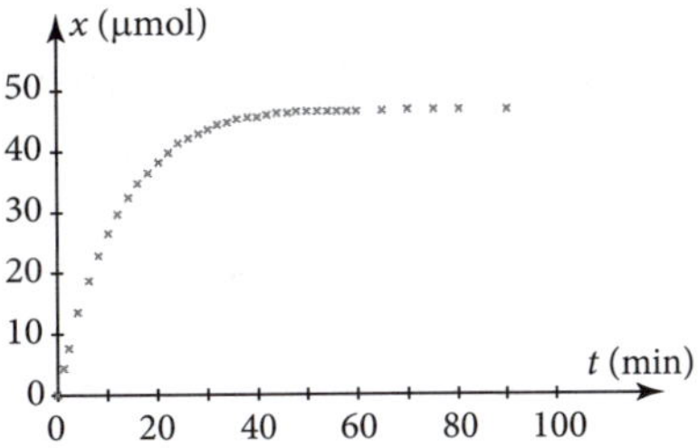

Méthode

1 Pour plusieurs points de la courbe $x = f(t)$, tracer les tangentes.

2 Si le volume de la solution est constant, la vitesse volumique de réaction est donnée par le coefficient directeur de la tangente en t. L'évolution de la vitesse est donc celle des pentes des tangentes en fonction du temps.

Corrigé

Les pentes des tangentes à la courbe d'évolution de l'avancement en fonction du temps sont à l'image de l'évolution de la vitesse volumique de la réaction : elles diminuent au cours du temps.

On peut donc en conclure que la vitesse de réaction diminue au cours du temps, pour être de valeur nulle au-delà de 60 min.

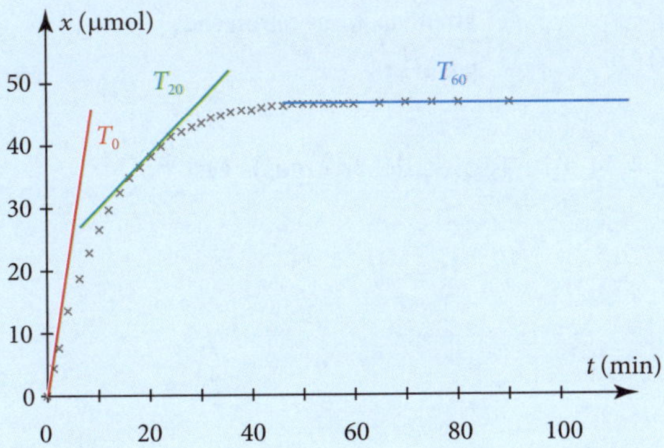

Réflexe à avoir

Penser à toujours tracer la pente à l'origine et celle à $t \to \infty$.

EXERCICE 2

Déterminer expérimentalement le temps de demi-réaction et la durée de la réaction

Énoncé

Les ions iodure I^- réagissent avec les ions peroxodisulfate $S_2O_8^{2-}$.

L'équation associée à la réaction s'écrit :

$$2I^-(aq) + S_2O_8^{2-}(aq) = I_2(aq) + 2SO_4^{2-}(aq)$$

On note x l'avancement de la réaction à l'instant de date t. Il correspond aussi à la quantité de diiode formée.

Déterminer le temps de demi-réaction, ainsi que la durée de la réaction.

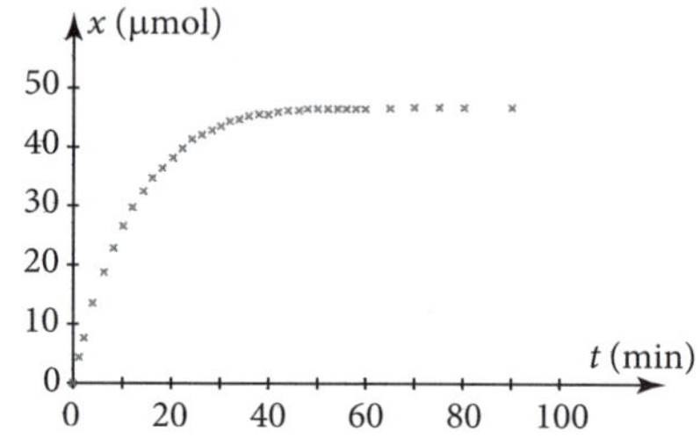

Méthode

1 Repérer le palier de fin de réaction à vitesse nulle : il est le signe que la réaction est terminée. La durée de la réaction est donc le temps au bout duquel ce palier apparaît et $x = x_f$.

2 Le temps de demi-réaction est le temps au bout duquel $x(t_{1/2}) = \frac{x_f}{2}$. Repérer donc la valeur de x_f et la diviser par deux. Repérer ensuite $x(t_{1/2}) = \frac{x_f}{2}$: $t_{1/2}$ correspond à l'abscisse de ce nouveau point.

Corrigé

1. Le palier en fin de réaction est tel que x est constant. L'avancement final est alors $x_f = 46$ µmol, ce qui correspond à une durée de réaction de $t_f = 60$ min (pointillés bleus).

Piège à éviter
Attention, $t_{1/2}$ ne correspond pas à $\frac{t_f}{2}$!

2. La valeur $\frac{x_f}{2} = \frac{46}{2} = 23$ µmol est atteinte pour $t = 14$ min (pointillés rouges). On en déduit que $t_{1/2} = 14$ min.

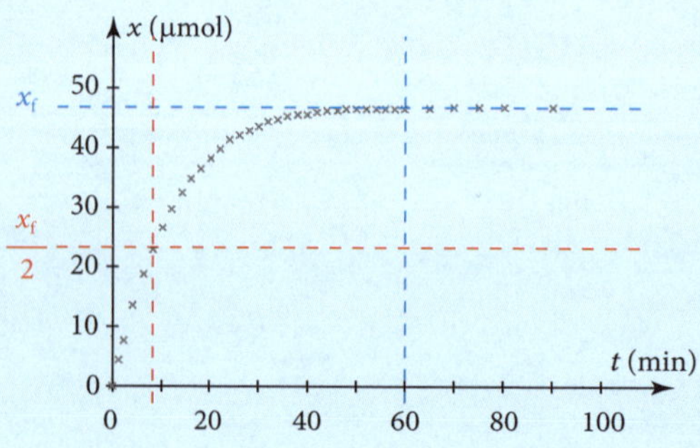

Chapitre 5

Modéliser l'évolution d'un système, siège d'une transformation nucléaire

1 Stabilité et instabilité des noyaux

De quoi s'agit-il ? Les nombres *A*, *N* et *Z* caractérisent les noyaux. En fonction de leurs différentes proportions, certains noyaux sont instables et se désintègrent.

PHYS. CHIMIE

1 Noyaux et isotopes

- Le noyau renferme des nucléons : *Z* protons chargés positivement (charge +e) et $N = A - Z$ neutrons de charge nulle et de masse voisine de celle des protons.
- *A* est appelé **nombre de masse** : il représente le nombre de nucléons, c'est-à-dire le nombre total de protons et de neutrons.
- *Z* est le **nombre de charge** ou numéro atomique : il représente le nombre de protons.

Un noyau caractérisé par son nombre de masse *A* et son nombre de charge *Z* est représenté symboliquement par ${}^{A}_{Z}X$, X étant le symbole de l'élément considéré.

Exemple

Un noyau de radium constitué de 226 nucléons est noté ${}^{226}_{88}Ra$.

On appelle **nucléide** l'ensemble des noyaux de mêmes caractéristiques.
Des noyaux sont **isotopes** s'ils sont caractérisés par le même nombre de charge *Z*, mais par des nombres de masse *A* différents.

Des noyaux isotopes ont le même nombre de protons, mais des nombres de neutrons et donc de nucléons différents. Ces noyaux appartiennent donc au même élément chimique et ont le même symbole X.

Exemple

Les noyaux isotopes de l'hydrogène ${}^{1}_{1}H$ sont ${}^{2}_{1}H$(deutérium) et ${}^{3}_{1}H$(tritium).

2 Diagramme (*N*, *Z*)

- Certains noyaux sont stables, d'autres sont instables. Ces derniers peuvent se désintégrer et donner naissance à un nouveau noyau, qui peut être stable ou instable.
- Si l'on rassemble tous les isotopes connus dans un diagramme (*N*, *Z*) portant le nombre *N* de neutrons en ordonnée et le nombre *Z* de protons en abscisse, on observe que tous les isotopes stables sont regroupés sur une ligne appelée **vallée de stabilité**.

Remarque

Certains diagrammes peuvent représenter *N* en abscisse et *Z* en ordonnée.

• Dans le diagramme (N, Z) ci-contre, les points rouges indiquent les noyaux stables, et les points orange autour désignent les noyaux instables radioactifs.

• Les noyaux stables légers contiennent un nombre de neutrons en général égal à celui des protons. Pour les noyaux lourds, on observe que le nombre de neutrons augmente plus rapidement que celui des protons.

• La proportion du nombre N par rapport au nombre Z tend vers $N/Z = 1{,}5$ environ pour les noyaux les plus lourds.

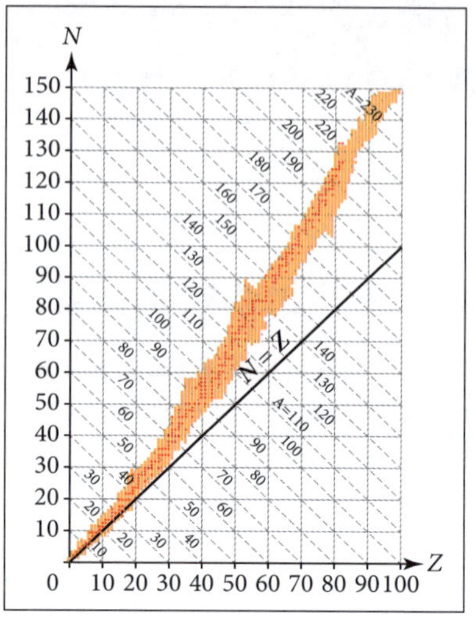

Exercice résolu

Lire un diagramme (*N*, *Z*)

ÉNONCÉ

Que représente la ligne en pointillés du diagramme (N, Z) ci-contre ? Le rhénium 186 a-t-il un excès de neutrons ou de protons ? Est-il stable ? Justifier.

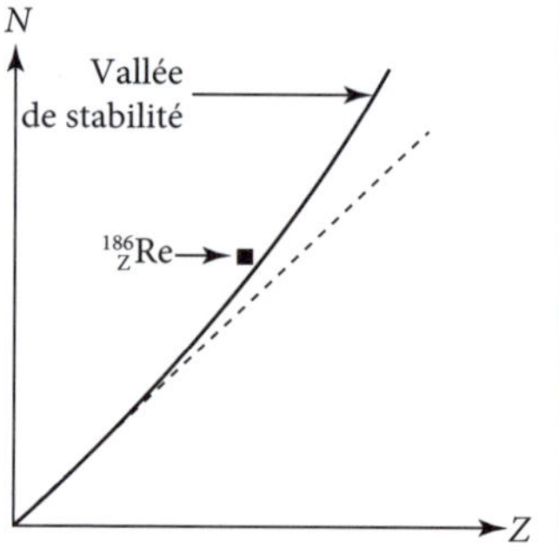

CORRIGÉ

La ligne en pointillés est la bissectrice du quart de plan (N, Z), donc, la demi-droite d'équation $N = Z$.
Le rhénium est représenté par un point qui n'appartient pas à la demi-droite $N = Z$: il a donc un excès de neutrons ou de protons. Situé au-dessus de cette demi-droite, il possède donc plus de neutrons : $N > Z$.
Par ailleurs, le point n'appartient pas non plus à la vallée de stabilité, le rhénium est donc instable.

Méthode
Un noyau stable appartient à la vallée de stabilité et un noyau sans excès de protons ou neutrons appartient à la bissectrice $N = Z$.

2 Radioactivité

De quoi s'agit-il ? **La radioactivité est un phénomène par lequel un noyau instable se désintègre. Plusieurs canaux de désintégration sont possibles.**

1 Radioactivités naturelle et artificielle

La radioactivité est un phénomène physique par lequel **un noyau instable se désintègre pour constituer un nouveau noyau plus stable**. Cette désintégration s'accompagne d'une émission de particules α (noyau d'hélium $^{4}_{2}He$), β^- (électron $^{0}_{-1}e$) ou β^+ (positron $^{0}_{+1}e$), ou encore d'un rayonnement γ.

• La désintégration d'un noyau instable est un phénomène **imprévisible et aléatoire**. On parle alors de « probabilité de désintégration ».

• La radioactivité **naturelle** est celle produite par la désintégration de noyaux existant dans la nature : radioactivité naturelle des roches, rayonnements cosmiques… En revanche, la radioactivité **artificielle** est issue de l'activité humaine : activité médicale, énergétique…

Exemples

L'uranium 238 et l'uranium 235 sont les éléments radioactifs les plus importants de la croûte terrestre. Le corps humain contient aussi des éléments radioactifs comme le carbone 14 ou le potassium 40.

2 Lois de conservation

• Lors d'une réaction nucléaire, il y a conservation du nombre de charge Z avant et après la réaction, du nombre de nucléons A avant et après la réaction, et de l'énergie totale.

• Lors d'une désintégration, il y a diminution de l'énergie de masse du système de particules qui constituait le noyau : cette énergie se transforme en énergie cinétique des particules et en énergie transférée par rayonnement γ.

3 Équation d'une réaction nucléaire

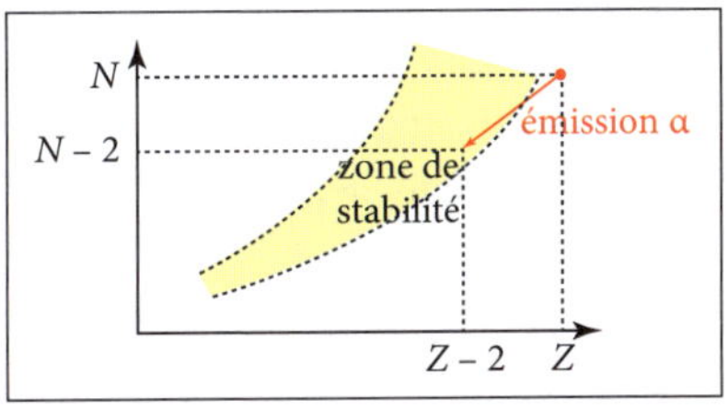

Radioactivité α

• La radioactivité α concerne les noyaux lourds dont le nombre de masse A est de l'ordre de 200 ou supérieur à cette valeur.

L'équation de désintégration α d'un noyau père X en noyau fils Y est :

$${}^{A}_{Z}\mathrm{X} \rightarrow {}^{4}_{2}\mathrm{He} + {}^{A-4}_{Z-2}\mathrm{Y} + \gamma$$

Exemple

L'équation de la désintégration α du radium 226 en radon 222 est

$${}^{226}_{88}\mathrm{Ra} \rightarrow {}^{4}_{2}\mathrm{He} + {}^{222}_{86}\mathrm{Rn} + \gamma$$

Radioactivité β^-

• La radioactivité β^- concerne certains nucléides présentant un excès de neutrons. Cette désintégration est reconnaissable à l'émission d'un électron ${}^{0}_{-1}\mathrm{e}$.

L'équation de désintégration β^- d'un noyau père X en noyau fils Y est :

$${}^{A}_{Z}\mathrm{X} \rightarrow {}^{0}_{-1}\mathrm{e} + {}^{A}_{Z+1}\mathrm{Y} + \gamma$$

• Le noyau père et le noyau fils ont le **même nombre de masse A**.

• Tout se passe comme si un neutron se transformait en proton en émettant un électron :

$${}^{1}_{0}\mathrm{n} \rightarrow {}^{0}_{-1}\mathrm{e} + {}^{1}_{1}\mathrm{p} + \gamma$$

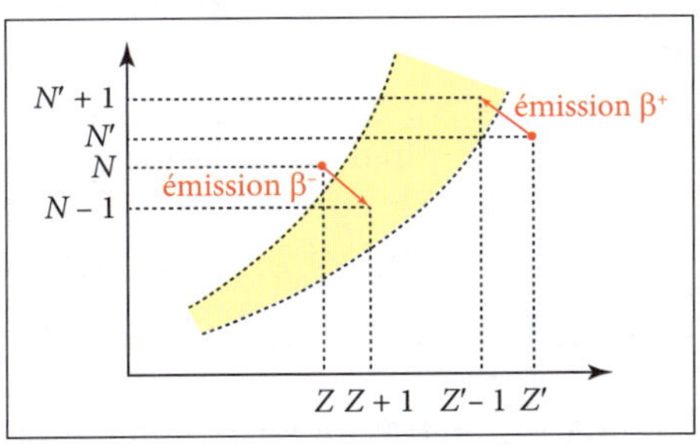

Exemple

L'équation de la désintégration β^- du carbone 14 en azote 14 est ${}^{14}_{6}\mathrm{C} \rightarrow {}^{0}_{-1}\mathrm{e} + {}^{14}_{7}\mathrm{N} + \gamma$.

PHYS. CHIMIE

Radioactivité β^+

- Cette désintégration ne s'observe qu'avec des radionucléides artificiels comportant un excès de protons. Elle est reconnaissable à l'émission d'un positron ${}^{0}_{1}e$.

L'équation de désintégration β^+ d'un noyau père X en noyau fils Y est :
$${}^{A}_{Z}X \rightarrow {}^{0}_{1}e + {}_{Z-1}^{A}Y + \gamma$$

- Le noyau père et le noyau fils ont le **même nombre de masse *A***.
- Tout se passe comme si un proton se transformait en neutron en émettant un positron :
$${}^{1}_{1}p \rightarrow {}^{0}_{1}e + {}^{1}_{0}n + \gamma$$

Exemples

L'équation de la désintégration β^+ du phosphore 30 en silicium 30 est ${}^{30}_{15}P \rightarrow {}^{0}_{1}e + {}^{30}_{14}Si + \gamma$.

3 Évolution d'une population

De quoi s'agit-il ? **Un échantillon voit sa population de noyaux radioactifs diminuer au cours du temps de manière exponentielle.**

1 Loi de décroissance radioactive

- Étant donnée une population de $N(t)$ noyaux radioactifs à la date t. On note ΔN la variation de cette population pendant une durée Δt. Du fait de la désintégration d'un certain nombre de noyaux radioactifs, la population $N(t)$ décroît et la variation correspondante ΔN est négative.
- La quantité de noyaux qui se désintègrent pendant cette durée Δt est égale à $(-\Delta N)$ telle que ΔN est proportionnelle à la population N et à la durée de désintégration Δt :
$$\Delta N = -\lambda N \Delta t$$
- La constante de proportionnalité λ est appelée **constante radioactive** et s'exprime en s^{-1}. Elle est caractéristique du type de noyau pour la désintégration étudiée.
- Si l'on considère une durée Δt très petite, qui tend vers zéro, alors l'expression précédente de ΔN peut s'écrire sous la forme : $\dfrac{dN}{dt} = \lim\limits_{\Delta t \to 0} \dfrac{\Delta N}{\Delta t} = \lim\limits_{\Delta t \to 0} \dfrac{-\lambda N \Delta t}{\Delta t} = -\lambda N$.

L'**équation différentielle** qui régit la décroissance de la population de noyaux radioactifs est alors : $$\boldsymbol{\frac{dN}{dt} + \lambda N = 0}$$

- Si N_0 est le nombre moyen de noyaux radioactifs de l'échantillon étudié à la date $t = 0$ considérée comme instant initial, et $N(t)$ le nombre moyen de noyaux non encore désintégrés présents dans l'échantillon à la date t, alors la solution de cette équation différentielle est :
$$\boldsymbol{N(t) = N_0 e^{-\lambda t}} \quad \text{ou} \quad \boldsymbol{N(t) = N_0 \exp(-\lambda t)}$$
en utilisant les deux écritures de la fonction exponentielle.
- On peut définir $\tau = \dfrac{1}{\lambda}$, qui est appelée **constante de temps** du phénomène de décroissante radioactive. $N(t)$ s'écrit alors : $\boldsymbol{N(t) = N_0 e^{-t/\tau}}$. Comme la constante radioactive λ, la constante de temps τ est caractéristique du type de noyau et de la désintégration étudiés.

2 Demi-vie $t_{1/2}$ ou période radioactive

La **demi-vie ou période radioactive $t_{1/2}$** d'un nucléide radioactif est la durée au bout de laquelle la moitié des noyaux radioactifs initialement présents dans un échantillon s'est désintégrée.

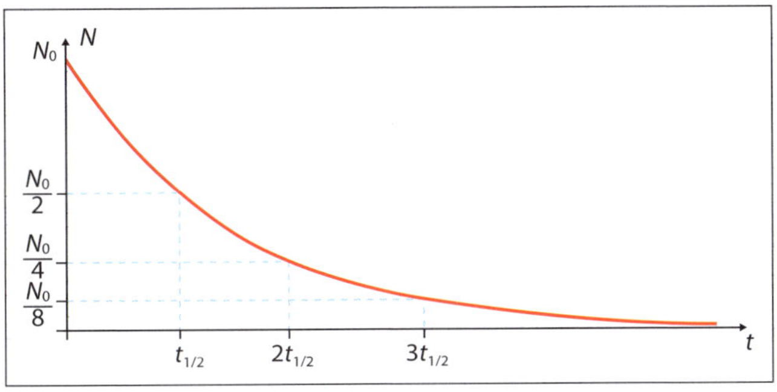

- On peut montrer que la demi-vie $t_{1/2}$ est liée à la constante radioactive λ par :

$$\mathbf{t_{1/2} = \frac{\ln 2}{\lambda} \approx \frac{0{,}693}{\lambda}}$$

- Au bout d'une durée égale à n fois $t_{1/2}$, le nombre de noyaux radioactifs encore présents dans l'échantillon est : $N(nt_{1/2}) = N_0 e^{-\lambda n t_{1/2}} = N_0\left(e^{-\lambda t_{1/2}}\right)^n = N_0\left(e^{-\ln 2}\right)^n = N_0\left(\frac{1}{2}\right)^n$.

On en déduit : $$\mathbf{N(nt_{1/2}) = \frac{N_0}{2^n}}$$

3 Activité $A(t)$

On définit l'**activité** A de l'échantillon, exprimée en becquerels (Bq), comme le nombre de désintégrations par seconde : $\mathbf{A(t) = -\frac{dN(t)}{dt} = \lambda N(t)}$.

- L'activité peut s'écrire $A(t) = A_0 e^{-\lambda t}$ avec $A_0 = \lambda N_0$ l'activité initiale de l'échantillon.
- En appliquant le même raisonnement que précédemment, on peut aussi écrire :

$$A\left(nt_{1/2}\right) = \frac{A_0}{2^n}$$

4 Datation et applications dans divers domaines

De quoi s'agit-il ? **La décroissance radioactive a de nombreuses applications.**

1 Datation

- Le carbone 14 est radioactif. Il est produit en haute atmosphère dans des proportions de 1 noyau de carbone 14 pour environ 10^9 noyaux de carbone 12. Sa demi-vie est de 5 730 ans.

Dans l'atmosphère terrestre, comme tous les isotopes du carbone, le carbone 14 se combine au dioxygène O_2 pour former du dioxyde de carbone CO_2 assimilé par les êtres vivants tout au long de leur vie. Cette assimilation constante fait que le taux de carbone 14 reste stable.

PHYS. CHIMIE

Cependant, lorsque l'être vivant meurt, l'assimilation de carbone 14 ne se fait plus, et la proportion de carbone 14 par rapport au carbone 12 diminue du fait de sa désintégration.

• La datation d'un échantillon repose sur la comparaison de la proportion de noyaux de ^{14}C et de ^{12}C au moment de la mesure et avec celle d'un échantillon de référence. Cette technique permet d'obtenir un âge relatif de l'échantillon, dit « âge carbone 14 », assez précis pour des échantillons d'âge inférieur à environ 50 000 ans.

• La datation au carbone 14 est une mesure relative car la quantité de carbone 14 formée en haute atmosphère n'est pas toujours constante au cours du temps ; celle disponible n'est pas forcément uniformément répartie sur la Terre, et celle assimilée par les êtres vivants varie en fonction des organismes, de leur environnement, de leur métabolisme au moment de l'assimilation, etc.

• Il existe des techniques complémentaires : la détection à scintillation mesure la radioactivité d'un échantillon de quelques grammes par le rayonnement qu'il émet ; l'utilisation d'un spectromètre de masse par accélérateur (SMA) compte directement le nombre d'atomes de carbone 14. Cette dernière technique est efficace pour de petits échantillons (quelques microgrammes) d'âge supérieur à 50 000 ans.

2 Applications de la radioactivité

• Les applications de la datation au carbone 14 sont nombreuses : en histoire et en archéologie pour dater les échantillons organiques, en sismologie et en volcanologie pour déterminer la fréquence des événements sismiques ou volcaniques, en climatologie pour suivre le cycle du carbone, en océanographie et en agronomie pour l'utiliser en traceur environnemental, etc.

• Dans le domaine médical, la plupart des examens utilisent les radio-isotopes comme traceurs ou marqueurs, le technétium $^{99}_{43}Tc$ est le plus utilisé. Le tableau ci-dessous donne un aperçu des principaux noyaux radioactifs :

Radio-isotope	Demi-vie	Applications
Technétium 99	6 h	Marquage de l'albumine, du foie, de la rate, de la moelle osseuse, des agrégats (embolie pulmonaire), des os, du cœur, des reins, du cerveau ; marquage d'anticorps : tumeur
Thallium 201	72 h	Examen du muscle cardiaque
Iode 131 Iode 123	8 j 13,2 j	Examen de la thyroïde ; marquage de molécules vectrices dont les médicaments
Indium 111	2,8 j	Marquage des protéines, des peptides
Xénon 133	5,25 j	Ventilation pulmonaire associée à un examen de perfusion
Gallium 67	3,26 j	Recherche de foyers de tumeur et d'infection
Chrome 51	2,97 j	Marquage des hématies

D'après « Table des radio-isotopes utilisés en diagnostic pour l'imagerie à l'aide d'une gamma-caméra (Source Clés CEA, n° 34) © CEA.

• La radioprotection désigne l'ensemble des mesures prises pour protéger les individus des rayons ionisants ou des rayonnements radioactifs alpha (α), bêta (β), gamma (γ) ou X.

• La contamination par irradiation diminue en fonction de deux facteurs majeurs : la décroissance radioactive des éléments contaminants, et leur élimination biologique par l'organisme. Lors d'une contamination surfacique, la décontamination se fait par simple lavage. Dans le cas d'une contamination interne, dite contamination fixée, la décontamination est plus difficile à réaliser. Il faut donc agir en prévention en adaptant par exemple les temps d'exposition et les équipements.

Révision express

Les points importants à retenir

- Apprenez par cœur :
– les définitions des noyaux isotopes ;
– les définitions de la demi-vie, de la constante radioactive et de l'activité ;
– les lois de conservation dans le cas des réactions nucléaires ;
– l'équation différentielle d'évolution de la population et sa solution.

- Retenez :
– que deux noyaux isotopes appartiennent au même élément chimique et possèdent le même Z ;
– que les noyaux stables appartiennent à la vallée.

- Soyez capable :
– d'écrire les équations de réaction nucléaire dans le cas de désintégration α, β^+ et β^- ;
– de déterminer la demi-vie à partir de la courbe de décroissance radioactive ;
– de calculer la constante radioactive à partir de la demi-vie, et inversement ;
– d'exprimer et de calculer l'activité d'un échantillon à partir de sa population à un instant donné.

Quiz

Cochez la (ou les) bonne(s) réponse(s) :

1. À un temps t donné, l'activité $A(t)$ d'un échantillon est proportionnelle à :
- ☐ **a.** l'activité initiale $A_0 = A(t = 0)$.
- ☐ **b.** la constante radioactive λ.
- ☐ **c.** la population initiale N_0.

2. Lors d'une réaction de désintégration :
- ☐ **a.** le noyau fils a le même nombre de nucléons que le noyau père.
- ☐ **b.** la masse totale est conservée.
- ☐ **c.** le nombre total de protons reste le même.

3. Une population de noyaux radioactifs est telle que :
- ☐ **a.** le nombre de noyaux qui se désintègrent est prévisible.
- ☐ **b.** la courbe de désintégration est modélisable par une fonction exponentielle.
- ☐ **c.** au bout d'une demi-vie, la population a diminué de moitié.

4. La demi-vie correspond à la moitié du temps de vie d'un noyau instable.
☐ **a.** Vrai ☐ **b.** Faux

5. La masse d'un positron est la même que celle de l'électron.
☐ **a.** Vrai ☐ **b.** Faux

→ Réponses p. 496

EXERCICE 1

Équilibrer une réaction de désintégration

Énoncé

Le carbone 14 est un émetteur β^-, alors que le plutonium 238 est un émetteur α. Écrire les deux réactions de désintégration et en déduire les noyaux plus stables formés.

Méthode

1 Rechercher, dans la classification périodique, le numéro atomique des noyaux connus.

2 Sachant qu'un émetteur α produit un noyau d'hélium ${}^{4}_{2}\text{He}$, un émetteur β^+ un positron ${}^{0}_{+1}\text{e}$ et un émetteur β^- un électron ${}^{0}_{-1}\text{e}$, écrire l'équation de la réaction en notant ${}^{A}_{Z}\text{X}$ le noyau stable produit.

3 Appliquer les règles de conservation du nombre de masse et du nombre de charge pour en déduire A et Z du noyau X.

4 En utilisant à nouveau la classification périodique, identifier X grâce à son numéro atomique Z et remplacer X par son symbole.

Corrigé

1. La classification périodique indique C ($Z = 6$) et Pu ($Z = 94$).

2. Le carbone 14 est un émetteur β^-, l'équation de la réaction de désintégration s'écrit donc :

$${}^{14}_{6}\text{C} \rightarrow {}^{0}_{-1}\text{e} + {}^{A}_{Z}\text{X}$$

Le plutonium 238 est un émetteur α, l'équation de la réaction de désintégration s'écrit donc :

$${}^{238}_{94}\text{Pu} \rightarrow {}^{4}_{2}\text{He} + {}^{A'}_{Z'}\text{Y}$$

L'astuce du prof
Retenir qu'un émetteur β^- se désintègre en formant le noyau de l'élément juste après dans la classification périodique ($Z + 1$), qu'un émetteur β^+ produit le noyau de l'élément $Z - 1$, et qu'un émetteur α produit le noyau de numéro atomique $Z - 2$.

3. Pour la désintégration du carbone 14, la conservation du nombre de masse impose $14 = 0 + A$ et celle du nombre de charge $6 = -1 + Z$. Donc $A = 14$ et $Z = 7$.
Pour la désintégration du plutonium, on obtient :
$238 = 4 + A'$ et $94 = 2 + Z'$.
On en déduit pour le noyau Y : $A' = 234$ et $Z' = 92$.

4. On identifie ainsi ${}^{14}_{7}\text{X}$ comme un noyau d'azote ${}^{14}_{7}\text{N}$, et le noyau ${}^{234}_{92}\text{Y}$ comme un noyau d'uranium ${}^{234}_{92}\text{U}$, d'où :

$${}^{14}_{6}\text{C} \rightarrow {}^{0}_{-1}\text{e} + {}^{14}_{7}\text{N} \quad \text{et} \quad {}^{238}_{94}\text{Pu} \rightarrow {}^{4}_{2}\text{He} + {}^{234}_{92}\text{U}$$

EXERCICE 2

Exploiter une loi de décroissance radioactive

Énoncé

Un des isotopes radioactifs de l'iode, l'iode 131, est utilisé dans l'examen de la scintigraphie thyroïdienne. La loi de désintégration s'écrit pour cet isotope de l'iode :

$$N(t) = Ke^{-10^{-6}t}$$

En utilisant la loi de décroissance radioactive, tracer l'allure de la courbe de l'évolution au cours du temps du nombre de noyaux radioactifs de l'échantillon.

Méthode

1 Déterminer le nombre initial de noyaux radioactifs de l'échantillon N_0 en remplaçant t par 0 dans l'expression mathématique.

2 Identifier la constante radioactive sachant que la formule mathématique générique est $N = Ke^{-\lambda t}$.

3 À partir de λ, en déduire la demi-vie de l'iode 131, sachant que $t_{1/2} = \frac{\ln 2}{\lambda}$.

4 Construire la courbe $N = f(t)$ dont le point à $t = 0$ correspond à la valeur N_0 déterminée en **1**.

5 Placer ensuite le point d'abscisse $t = t_{1/2}$ et $N = \frac{N_0}{2}$, puis répéter plusieurs fois cette opération à partir de ce nouveau point.

6 Tracer la courbe joignant les différents points construits.

Corrigé

1. À partir de la loi mathématique de décroissance radioactive $N(t) = Ke^{-10^{-6}t}$, on a, pour $t = 0$: $N(t = 0) = N_0 = K$.

2. Par identification avec la formule générique $N = Ke^{-\lambda t}$, on en déduit que $\lambda = 10^{-6}\ s^{-1}$.

3. $t_{1/2} = \frac{\ln 2}{\lambda} = \frac{\ln 2}{10^{-6}} = 7 \times 10^5$ s, soit 8 jours.

4., **5.** et **6.** Voir courbe de désintégration de l'iode 131 ci-dessous :

L'astuce du prof
Retenir la forme de la loi de décroissance radioactive : $N = N_0e^{-\lambda t}$ avec N_0 la population initiale.

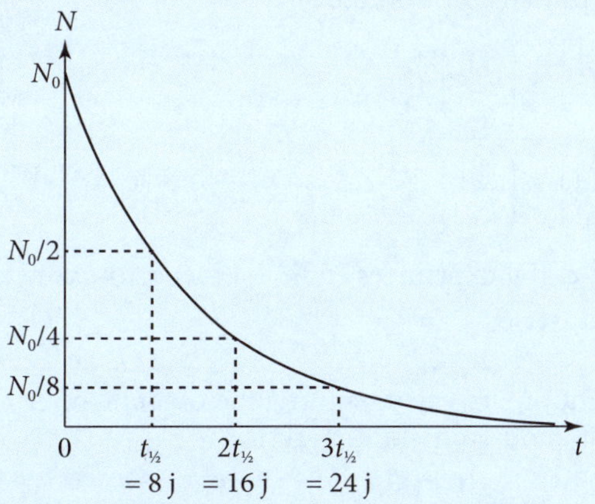

Chapitre 6 Prévoir le sens de l'évolution spontanée d'un système

1 Équilibre d'un système

De quoi s'agit-il ? Certaines transformations ne sont pas totales, mais sont le fruit d'un équilibre dynamique correspondant à une transformation ayant lieu dans les deux sens de réaction.

1 Réaction non totale, équilibre chimique dynamique

• Une transformation n'est pas totale lorsqu'à l'état final, il y a présence simultanée des réactifs et des produits de la transformation. Aucun réactif n'a été totalement consommé. On parle alors d'**équilibre chimique**.

• Dans le cas général, l'équation de la réaction qui représente un équilibre chimique s'écrit : $a\text{A} + b\text{B} = c\text{D} + d\text{D}$

A et B sont les réactifs et C et D sont les produits ; a, b, c et d sont les coefficients stœchiométriques correspondants.

• On remplace alors la flèche « $\rightarrow$ » symbolisant une réaction totale par un signe d'égalité « = » ou encore une double flèche « $\rightleftharpoons$ » ou « $\rightleftarrows$ » montrant que cet équilibre est dynamique. En effet, la transformation se fait dans le sens de la consommation des réactifs vers la création des produits, appelé sens 1, mais aussi dans le sens contraire ou sens 2 : on parle alors d'**équilibre dynamique**.

• Dans le cas d'un équilibre dynamique, un ajout de réactif entraînerait par exemple une augmentation de la consommation de ce dernier et déplacerait l'équilibre dans le sens 1. Il en est de même lors de l'élimination d'un produit au fur et à mesure de sa création.

2 Quotient de réaction

• On considère un état quelconque de la transformation dont l'équation de la réaction est $a\text{A} + b\text{B} = c\text{D} + d\text{D}$ avec A, B, C et D des espèces dissoutes en solution. On définit alors le quotient de réaction, noté Q_r, sans dimension, comme :

$$Q_r = \frac{\left(\frac{[\text{C}]}{c_0}\right)^c \times \left(\frac{[\text{D}]}{c_0}\right)^d}{\left(\frac{[\text{A}]}{c_0}\right)^a \times \left(\frac{[\text{B}]}{c_0}\right)^b}$$

Remarque
L'introduction de la concentration de référence c_0 permet d'obtenir un quotient de réaction sans unité.

avec les concentrations [A], [B], [C] et [D] exprimées en $\text{mol} \cdot \text{L}^{-1}$ et c_0 une concentration de référence telle que $c_0 = 1\ \text{mol} \cdot \text{L}^{-1}$.

Par abus d'écriture, en considérant que la valeur numérique obtenue pour Q_r est sans unité, on peut simplifier l'expression du quotient de réaction :

$$\mathbf{Q_r = \frac{[C]^c[D]^d}{[A]^a[B]^b}}$$

• Dans les transformations faisant intervenir l'**eau comme solvant**, on convient **de ne pas la faire figurer dans le quotient de réaction**. Seules interviennent les concentrations molaires des **espèces dissoutes**.

Exercice résolu

Calculer le quotient de réaction

ÉNONCÉ

Le gaz sulfure d'hydrogène H_2S réagit de manière non totale avec l'eau en produisant des ions oxonium et des ions sulfure HS^-. La concentration initiale de la solution est $c_i = 1{,}0 \times 10^{-2}$ mol·L^{-1}, et le pH de la solution à un instant donné est pH = 4,5. Calculer le quotient de réaction.

CORRIGÉ

Le tableau d'évolution de la réaction est :

	Équation	H_2S +	H_2O =	H_3O^+ +	HS^-
État	Avancement	Quantité de matière			
EI	$x = 0$	c_iV	Excès	0	0
EC	x	$c_iV - x$	Excès	x	x

Avec $[H_3O^+] = [HS^-] = 10^{-pH} = x/V$, le quotient de réaction simplifié est :

$$Q_r = \frac{[H_3O^+]^1[HS^-]^1}{[H_2S]^1} = \frac{[H_3O^+]^2}{[H_2S]^1} = \frac{(10^{-pH})^2}{c_i - x/V} = \frac{(10^{-pH})^2}{c_i - 10^{-pH}}$$

$$Q_r = \frac{(10^{-4,5})^2}{1{,}0 \times 10^{-2} - 10^{-4,5}} = 1{,}0 \times 10^{-7}$$

Méthode
Bien penser à ne pas prendre en compte le solvant.

2 Évolution spontanée hors équilibre

De quoi s'agit-il ? Un système chimique tend vers son état d'équilibre.

1 Constante d'équilibre *K*

• À l'équilibre chimique, le quotient simplifié de la réaction dont l'équation est $aA + bB = cD + dD$ s'écrit : $Q_{r,\,éq} = \dfrac{[C]^c_{éq}[D]^d_{éq}}{[A]^a_{éq}[B]^b_{éq}}$ avec $[X]^x_{éq}$ la concentration à l'équilibre (éq) de X de coefficient stœchiométrique x.

• À température constante, le quotient de réaction à l'équilibre a une **valeur constante** et **indépendante de la composition initiale** du système chimique.

Cette valeur, notée K, sans dimension, est appelée **constante d'équilibre** du système :

$$Q_{r,éq} = K(T)$$

K ne dépend que de la température.

• On considère qu'une réaction très déplacée dans le sens 1 est totale, si sa constante d'équilibre K est **au moins de l'ordre de 10^4**.

2 Taux d'avancement

Le taux d'avancement τ, sans dimension, est le rapport entre l'avancement final x_f d'une transformation et son avancement maximal x_{max} en considérant la transformation comme totale :

$$\tau = \frac{x_f}{x_{max}}$$

- Le taux d'avancement final dépend de la constante d'équilibre K : plus la constante K est élevée, et plus la réaction est déplacée dans le sens 1, et ainsi plus le taux d'avancement est élevé.
- Le taux d'avancement est un chiffre entre 0 et 1, que l'on peut aussi transformer en pourcentage entre 0 et 100 %. L'état final de la réaction totale est atteint lorsque $x_f = x_{max}$, soit $\tau = 1$. Donc **la réaction est totale quand $\tau = 1 = 100$ %**.

3 Évolution hors équilibre

- Tout système évolue vers un état d'équilibre caractérisé par la constante d'équilibre K. Cela revient à dire que la valeur du quotient de réaction Q_r tend vers la constante d'équilibre K, quel que soit l'état initial du système.
- Le schéma ci-dessous récapitule les trois situations possibles :

$Q_r = K$ — $Q_{r,éq} = K$
L'état d'équilibre est atteint.

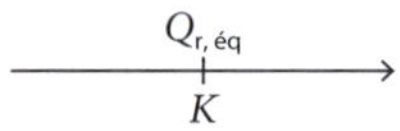

$Q_r < K$ — Sens spontané de la transformation vers la droite (sens 1 ou sens direct)

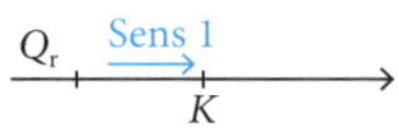

$Q_r > K$ — Sens spontané de la transformation vers la gauche (sens 2 ou sens indirect/inverse)

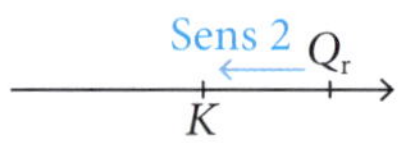

Exercice résolu

Établir la relation entre la constante d'équilibre et le taux d'avancement

ÉNONCÉ

Un acide AH de concentration apportée c réagit avec l'eau :

$$AH + H_2O = H_3O^+ + A^-$$

À l'aide d'un tableau d'évolution, établir la relation entre c, K et τ.

CORRIGÉ

Le tableau d'évolution de la réaction est :

Équation		AH	+ H_2O	= H_3O^+	+ A^-
État	**Avancement (mol)**	**Quantité de matière (mol)**			
EI	$x = 0$	cV	Excès	0	0
EC	x	$cV - x$	Excès	x	x
EF	$x = x_f$	$cV - x_f$	Excès	x_f	x_f

Méthode
Bien penser à ne pas prendre en compte le solvant et à déterminer x_{max} en fonction de c.

$$\tau = \frac{x_f}{x_{max}} \text{ or } x_{max} = cV \text{ donc } \frac{x_f}{V} = c\tau \text{ et } K = \frac{[A^-]_{éq}[H_3O^+]_{éq}}{[AH]_{éq}} = \frac{\frac{x_f}{V} \times \frac{x_f}{V}}{\left(c - \frac{x_f}{V}\right)}, \text{ soit } K = \frac{c\tau^2}{1-\tau}.$$

3 Réaction d'oxydoréduction : constitution d'une pile

De quoi s'agit-il ? Une pile est un système chimique hors équilibre, siège de réactions d'oxydoréduction.

1 Transfert spontané d'électrons

Une pile est constituée de deux demi-piles mettant en jeu un **transfert spontané d'électrons** du réducteur d'un premier couple redox Ox_1/Red_1 vers l'oxydant d'un second couple Ox_2/Red_2.

$$Red_1 = Ox_1 + n_1e^- \quad (\times n_2)$$
$$Ox_2 + n_2e^- = Red_2 \quad (\times n_1)$$
$$\overline{\boldsymbol{n_2Red_1 + n_1Ox_2 \rightarrow n_2Ox_1 + n_1Red_2}}$$

Les espèces chimiques réagissant ne sont pas mises en contact et constituent chacune une demi-pile. Le transfert d'électrons est alors utilisé dans un circuit électrique extérieur à la pile.

2 Constitution d'une pile

- Matériellement, chaque demi-pile est constituée d'une **lame métallique ou électrode M(s)** baignant dans une **solution ionique contenant des ions métalliques M^{n+}(aq).**

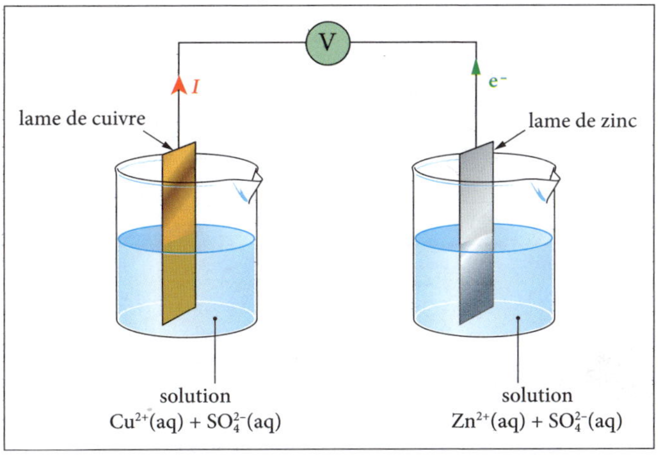

- Un **pont salin**, constitué d'une solution ionique gélifiée, permet le transfert d'ions de la solution d'une demi-pile à l'autre, assurant ainsi l'**électroneutralité** du dispositif.
- Les **électrons** circulent dans le circuit extérieur, de l'électrode négative (anode) constituée par le réducteur du couple Ox_1/Red_1 vers l'électrode positive (cathode), constituée par la lame de métal Red_2.
- Le **sens conventionnel du courant** à l'extérieur de la pile est donc celui opposé au sens de circulation des électrons : de la borne + vers la borne –.

Exemple

La pile Daniell est la pile constituée par une demi-pile au cuivre et une demi-pile au zinc. La réaction d'oxydoréduction mettant en jeu le transfert spontané d'électrons est $Cu^{2+} + Zn \rightarrow Cu + Zn^{2+}$.

PHYS. CHIMIE

3 Représentation conventionnelle d'une pile

- L'écriture d'une pile est l'enchaînement des oxydants des solutions encadrés par les réducteurs de chaque couple constituant les lames métalliques ou électrodes de la pile.
- La convention veut que l'on commence par le pôle négatif de la pile pour terminer par son pôle positif :

$$- Red_1(s)/Ox_1(aq)//Ox_2(aq)/Red_2(s) +$$

Exercice résolu

Donner le schéma d'une pile

ÉNONCÉ

On réalise la pile – $Zn(s)/Zn^{2+}(aq)//Ag^+(aq)/Ag(s)$+. Donner le schéma de la pile en précisant le sens des électrons et celui du courant débité par cette pile.

CORRIGÉ

La pile est constituée par deux demi-piles : une lame de zinc dans une solution de zinc (du sulfate de zinc par exemple) et une lame d'argent dans une solution d'ions argent (du nitrate d'argent par exemple). Un pont salin relie les demi-piles.

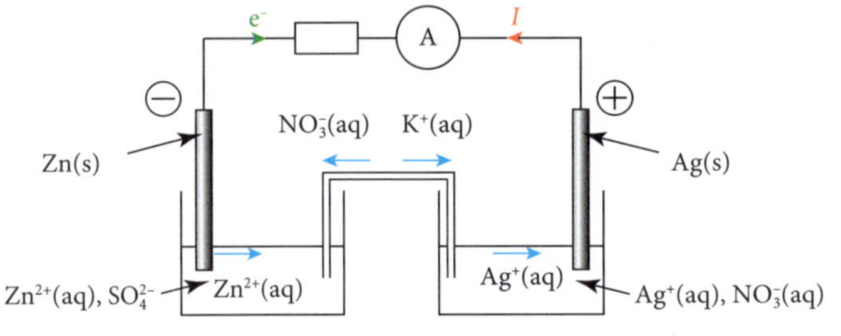

Rappel
Le sens du courant est du + vers le –, soit opposé à celui des électrons.

4 Fonctionnement d'une pile

De quoi s'agit-il ? **La capacité d'une pile, l'intensité du courant débité ou encore sa force électromotrice sont des données de fonctionnement d'une pile.**

1 Réactions aux électrodes

- Reprenons l'exemple de la pile argent/zinc de l'exercice résolu précédent :
  - à la borne positive de la pile, ou cathode, on a la demi-équation redox suivante : $Ag^+ + e^- = Ag$ qui correspond à la réduction des ions argent (oxydants) ;
  - à la borne négative de la pile, ou anode, on a la demi-équation redox suivante : $Zn = Zn^{2+} + 2e^-$ qui correspond à l'oxydation des atomes de zinc (réducteurs) ;
  - l'équation bilan de la réaction de fonctionnement de la pile est alors : $2Ag^+ + Zn = 2Ag + Zn^{2+}$.
- De manière générale, à la borne positive d'une pile, appelée cathode, on a réduction de l'oxydant le plus fort, et à l'anode, borne négative, on a oxydation du réducteur le plus fort.

2 Capacité électrique

La **quantité d'électricité** débitée par une pile pendant une durée Δt est le produit de l'intensité du courant I et de Δt :

$$\boldsymbol{Q = I\Delta t} \quad \text{avec} \quad \begin{cases} Q : \text{charge ou quantité d'électricité (en C)}, \\ I : \text{intensité du courant (en A)}, \\ \Delta t : \text{durée de fonctionnement de la pile (en s).} \end{cases}$$

- La quantité d'électricité Q est aussi la charge totale des électrons échangés pendant la durée de fonctionnement.

On peut alors écrire :

$$\boldsymbol{Q = n\mathcal{N}_A e} \quad \text{avec} \quad \begin{cases} n : \text{quantité d'électrons échangés (en mol)}, \\ \mathcal{N}_A : \text{constante d'Avogadro (en mol}^{-1}\text{)}, \\ e : \text{charge élémentaire (en C).} \end{cases}$$

- On rappelle les valeurs de la charge élémentaire $e = 1{,}6 \times 10^{-19}$ C et du nombre d'Avogadro $\mathcal{N}_A = 6{,}02 \times 10^{23}$ mol^{-1}.

Un **faraday** est la charge d'une mole d'électrons, on le note $\mathcal{F}$:

$$\mathcal{F} = \mathcal{N}_A e = \mathbf{96\,500\ C}$$

- La **capacité de charge électrique** ou capacité d'une pile C est la charge électrique Q_{totale} que peut fournir la pile pendant son temps total de fonctionnement. Elle s'exprime souvent en ampères-heures (Ah) plutôt qu'en coulombs (C).

$$\boldsymbol{C = Q_{totale} = I\tau} \quad \text{avec} \quad \begin{cases} C : \text{capacité (en Ah)}, \\ Q_{totale} : \text{charge totale (en Ah)}, \\ I : \text{intensité du courant électrique débité (en A)}, \\ \tau : \text{durée de la charge/décharge (en h).} \end{cases}$$

3 Tension à vide

La tension à vide E (en V) ou force électromotrice, notée en abrégé f.é.m., d'une pile est la tension aux bornes de la pile lorsqu'aucun courant n'est débité.

$$\boldsymbol{U(I = 0) = E}$$

Exemples

La f.é.m. d'une pile saline est d'environ 1,5 V.

- Une pile a toutefois une tension à ses bornes qui diminue légèrement en fonction du courant débité. Sa loi de fonctionnement est :

$$U = E - rI$$

avec r sa résistance interne en ohms (Ω).

- Sa caractéristique est donc une droite d'ordonnée à l'origine égale à E et de pente $-r$ négative.

Exercice résolu

Calculer la durée de fonctionnement d'un accumulateur

ÉNONCÉ

Un accumulateur ayant une capacité de 2 050 mAh est en série avec un récepteur. Le générateur débite un courant d'intensité $I = 450$ mA pendant toute la durée de fonctionnement. Calculer la durée moyenne de fonctionnement de l'accumulateur.

CORRIGÉ

La durée τ de fonctionnement est $\tau = \frac{C}{I}$ avec $C = 2\,050$ mAh et $I = 450$ mA.

A. N. : $\tau = \frac{2\,050}{450} = 4{,}56$ h, soit environ 4 h 35 min.

Conseil

Vérifier que les unités de l'application numérique sont compatibles, sachant qu'il n'est pas nécessaire de les convertir en USI si les deux grandeurs de la fraction sont en mA ou mAh.

5 Oxydants et réducteurs usuels

De quoi s'agit-il ? Quelques exemples d'oxydants et de réducteurs sont proposés.

1 Exemples courants

- L'eau de Javel est un agent blanchissant et désinfectant contenant des ions hypochlorite ClO^-, oxydant puissant. La demi-réaction redox pour le couple ClO^-/Cl^- s'écrit :

$$ClO^- + 2H^+ + 2e^- = Cl^- + H_2O$$

Cette demi-équation constitue celle d'une pile avec un réactif chromé (électrode positive) et un réactif chloré (électrode négative). L'équation redox de fonctionnement de la pile est :

$$2Cr^{2+} + ClO^- + 2H^+ \rightarrow 2Cr^{3+} + Cl^- + H_2O$$

- Le dioxygène est un gaz oxydant du couple O_2/H_2O : il participe à des réactions rédox de combustion, de corrosion, ou intervient lors des processus de respiration. La demi-équation en jeu est :

$$\frac{1}{2}O_2 + 2H^+ + 2e^- = H_2O$$

Exemple

L'équation de combustion du propane est $C_3H_8 + 5O_2 \rightarrow 3CO_2 + 4H_2O$.

- Le dichlore est un gaz jaune-vert dans les conditions normales de température et de pression, et extrêmement toxique. Il est souvent utilisé dans la fabrication de l'acide chlorhydrique. Le dichlore est un oxydant usuel dont le couple est Cl_2/Cl^- et la demi-équation correspondante : $Cl_2 + 2e^- = 2Cl^-$.

- L'acide ascorbique, couramment appelé vitamine C, est un bon réducteur utilisé dans certaines boissons par exemple, comme le vin, pour éviter leur oxydation ou encore la prolifération des bactéries. Son caractère réducteur est souvent traduit dans la vie quotidienne par le fait qu'il est qualifié d'« antioxydant ».

- Le dihydrogène est le réducteur du couple H^+/H_2 de demi-équation $2H^+ + 2e^- = H_2$. Ce gaz est principalement utilisé dans l'industrie chimique pour la fabrication de l'ammoniac par exemple ou dans la pétrolochimie.

2 Caractère réducteur des métaux du bloc s

- Les éléments du bloc s sont :
  - les alcalins correspondant aux éléments de la première colonne du tableau périodique, appelés aussi métaux du groupe 1 ;
  - les alcalino-terreux correspondant aux éléments de la seconde colonne du tableau, appelés aussi métaux du groupe 2 ;
  - l'hydrogène et le néon.

Élément du bloc s

colonnes → / périodes ↓	1	2	3	4	5	6	7	8	9	10	11	12	13	14	15	16	17	18
1	H 1 hydrogène 1,0																	He 2 hélium 4,0
2	Li 3 lithium 7,0	Be 4 béryllium 9,0											B 5 bore 10,8	C 6 carbone 12,0	N 7 azote 14,0	O 8 oxygène 16,0	F 9 fluor 19,0	Ne 10 néon 20,2
3	Na 11 sodium 23,0	Mg 12 magnésium 24,3											Al 13 aluminium 27,0	Si 14 silicium 28,1	P 15 phosphore 31,0	S 16 soufre 32,1	Cl 17 chlore 35,5	Ar 18 argon 40,0
4	K 19 potassium 39,1	Ca 20 calcium 40,1	Sc 21 scandium 45,0	Ti 22 titane 47,9	V 23 vanadium 50,9	Cr 24 chrome 52,0	Mn 25 manganèse 54,9	Fe 26 fer 55,9	Co 27 cobalt 58,9	Ni 28 nickel 58,7	Cu 29 cuivre 63,6	Zn 30 zinc 65,4	Ga 31 gallium 69,7	Ge 32 germanium 72,6	As 33 arsenic 74,9	Se 34 sélénium 79,0	Br 35 brome 79,9	Kr 36 krypton 83,8
5	Rb 37 rubidium 85,5	Sr 38 strontium 87,6	Y 39 yttrium 88,9	Zr 40 zirconium 91,2	Nb 41 niobium 92,9	Mo 42 molybdène 96	Tc 43 technétium	Ru 44 ruthénium 101,1	Rh 45 rhodium 102,9	Pd 46 palladium 106,4	Ag 47 argent 107,9	Cd 48 cadmium 112,4	In 49 indium 114,8	Sn 50 étain 118,7	Sb 51 antimoine 121,8	Te 52 tellure 127,6	I 53 iode 126,9	Xe 54 xénon 131,3
6	Cs 55 césium 132,9	Ba 56 baryum 137,3	La	Hf 72 hafnium 178,5	Ta 73 tantale 180,9	W 74 tungstène 183,8	Re 75 rhénium 186,2	Os 76 osmium 190,2	Ir 77 iridium 192,2	Pt 78 platine 195,1	Au 79 or 197,0	Hg 80 mercure 200,6	Tl 81 thallium 204,4	Pb 82 plomb 207,2	Bi 83 bismuth 209,0	Po 84 polonium –	At 85 astate –	Rn 86 radon –
7	Fr 87 francium 223	Ra 88 radium 226	Ac	Rf 104 rutherfordium 261	Db 105 dubnium 262	Sg 106 seaborgium –	Bh 107 bohrium –	Hs 108 hassium –	Mt 109 meitnerium –	Ds 110 darmstadtium –	Rg 111 roentgénium –	Cn 112 copernicium –	Nh 113 nihonium –	Fl 114 flérovium –	Mc 115 moscovium –	Lv 116 livermorium –	Ts 117 tennessine –	Og 118 oganesson –

- Les métaux M du bloc s, alcalins et alcalino-terreux, sont susceptibles de céder très facilement un électron pour devenir un cation monochargé M^+ pour le groupe 1 ou deux électrons pour devenir un cation M^{2+} pour les métaux du groupe 2.

- Étant capables de céder facilement un ou deux électrons, les métaux du bloc s sont de très bons réducteurs.

- En particulier, la réaction d'un métal du bloc s avec l'eau est très exothermique !

$$\text{Groupe 1 : } M + H_2O \rightarrow M^+ + HO^- + \frac{1}{2}H_2$$

$$\text{Groupe 2 : } M + 2H_2O \rightarrow M^{2+} + 2HO^- + H_2$$

Révision express

Les points importants à retenir

- Apprenez par cœur :
– les définitions du taux d'avancement, de la quantité d'électricité, de la capacité de charge électrique et de la force électromotrice ;
– la valeur de la charge d'une mole d'électrons ou Faraday ;
– les expressions mathématiques entre la quantité d'électricité et, d'une part, l'intensité du courant et la durée de fonctionnement, et d'autre part, la quantité d'électrons échangés.

- Retenez que la force électromotrice est la tension à vide.

- Soyez capable :
– d'exprimer le quotient de réaction à partir de l'équation bilan d'une réaction ;
– de prévoir le sens d'évolution d'un système chimique connaissant la constante d'équilibre ;
– de définir et de calculer le taux d'avancement à partir des avancements final et maximal.

Quiz

Cochez la (ou les) bonne(s) réponse(s) :

1. Dans une transformation chimique, l'état d'équilibre est atteint lorsque :

☐ **a.** il y a 50 % de produits et 50 % de réactifs.

☐ **b.** les réactions se poursuivent à vitesse égale.

☐ **c.** les transformations évoluent jusqu'à une certaine limite et tout s'arrête.

2. Soit la réaction $Ag_3PO_4(s) = 3Ag^+ + PO_4^{3-}$. L'expression de la constante d'équilibre est :

☐ **a.** $K = [Ag^+]_{éq}^3 [PO_4^{3-}]_{éq}$ ☐ **b.** $K = \dfrac{[Ag^+]_{éq}^3 [PO_4^{3-}]_{éq}}{[Ag_3PO_4]_{éq}}$

☐ **c.** $K = \dfrac{[PO_4^{3-}]_{éq}}{3[Ag^+]_{éq}}$

3. Pour une réaction déterminée A + B = C + D, $Q_r = 75$, alors $K = 895$:

☐ **a.** la transformation évolue dans le sens A + B → C + D.

☐ **b.** la transformation évolue dans le sens C + D → A + B.

☐ **c.** il y a un équilibre dynamique, et les proportions des réactifs et des produits n'évoluent plus.

4. L'anode est la borne de sortie des électrons circulant à l'extérieur de la pile.

☐ **a.** Vrai ☐ **b.** Faux

5. Les électrons échangés circulent dans les solutions des deux demi-piles.

☐ **a.** Vrai ☐ **b.** Faux

→ Réponses p. 497

EXERCICE

Montrer que K est indépendante de la composition initiale du système

Énoncé

On prépare des solutions d'acide éthanoïque de concentrations molaires différentes, prises à la même température de 25 °C : $c_1 = 1,0 \times 10^{-2}$ mol·L^{-1} ; $c_2 = 2,0 \times 10^{-3}$ mol·L^{-1} ; $c_3 = 5,0 \times 10^{-3}$ mol·L^{-1}.

On mesure par conductimétrie les concentrations en ions oxonium des solutions obtenues : $[H_3O^+]_1 = 4,1 \times 10^{-4}$ mol·L^{-1} ; $[H_3O^+]_2 = 1,8 \times 10^{-4}$ mol·L^{-1} ; $[H_3O^+]_3 = 2,9 \times 10^{-4}$ mol·L^{-1}.

Montrer que la constante d'équilibre K de la réaction de l'acide éthanoïque dans l'eau est indépendante de la composition initiale du système.

Méthode

1 Déterminer l'équation de la réaction de l'acide éthanoïque dans l'eau.

2 Exprimer la constante K de la réaction.

3 Établir le tableau d'évolution littéral de la réaction dans un cas général avec c la concentration en acide éthanoïque de la solution.

4 En déduire une relation entre les quantités de matière, puis les concentrations des produits à l'état final.

5 Établir la concentration en acide éthanoïque à l'état final en fonction de c et de la concentration en ions oxonium.

6 En déduire la nouvelle expression de K en fonction de c et $[H_3O^+]_{éq}$.

7 Pour chacune des trois solutions, calculer numériquement K et vérifier que les trois valeurs sont identiques.

Corrigé

1. L'acide éthanoïque CH_3COOH réagit avec l'eau. Il s'agit d'une réaction acido-basique mettant en jeu les couples CH_3COOH/CH_3COO^- et H_3O^+/H_2O.
Les demi-équations sont :

$CH_3COOH = CH_3COO^- + H^+$ et $H_2O + H^+ = H_3O^+$

L'équation de la réaction est ainsi :

$$CH_3COOH + H_2O = CH_3COO^- + H_3O^+$$

Réflexe à avoir
Penser à sélectionner le couple de l'eau dans lequel H_2O est une base réagissant avec l'acide éthanoïque.

2. La constante d'équilibre de cette réaction est alors :

$$K = \frac{[H_3O^+]_{éq}[CH_3COO^-]_{éq}}{[CH_3COOH]_{éq}}$$

Réflexe à avoir
Dans le cas d'une réaction acido-basique, K est égale au K_a du couple AH/A^-.

3. Le tableau d'évolution de la réaction est donc :

Équation		CH_3COOH	+ H_2O	= CH_3COO^-	+ H_3O^+
État	Avancement (mol)	Quantité de matière (mol)			
EI	$x = 0$	cV	Excès	0	0
EC	x	$cV - x$	Excès	x	x
Équilibre	$x = x_f$	$cV - x_f$	Excès	x_f	x_f

4. La lecture du tableau précédent permet de conclure que les quantités de matière des ions éthanoate et oxonium sont identiques. En divisant par le volume V de la solution, que l'on suppose constant, on en déduit qu'à l'équilibre :

$$[CH_3COO^-]_{éq} = [H_3O^+]_{éq} = \frac{x_f}{V}$$

5. De même, on peut lire que la quantité de matière à l'équilibre d'acide éthanoïque est $cV - x_f$ et que $[CH_3COOH]_{éq} = c - \frac{x_f}{V} = c - [H_3O^+]_{éq}$ en divisant la quantité de matière par le volume V constant.

6. En remplaçant ces éléments dans la définition de la constante K, on obtient une nouvelle expression :

$$K = \frac{[H_3O^+]_{éq}[CH_3COO^-]_{éq}}{[CH_3COOH]_{éq}}$$

$$K = \frac{[H_3O^+]^2_{éq}}{c - [H_3O^+]_{éq}}$$

7. Calculons pour chacune des trois solutions la valeur de K :

Solution	c (mol·L⁻¹)	$[H_3O^+]$ (mol·L⁻¹)	K
1	$c_1 = 1{,}0 \times 10^{-2}$	$4{,}1 \times 10^{-4}$	$1{,}8 \times 10^{-5}$
2	$c_2 = 2{,}0 \times 10^{-3}$	$1{,}8 \times 10^{-4}$	$1{,}8 \times 10^{-5}$
3	$c_3 = 5{,}0 \times 10^{-3}$	$2{,}9 \times 10^{-4}$	$1{,}8 \times 10^{-5}$

L'astuce du prof
Pour gagner du temps, on oublie très souvent la concentration de référence c_0, ainsi que l'indice « éq » pour indiquer les concentrations à l'équilibre.

La valeur de K est la même pour des concentrations initiales différentes.
À température constante, K ne dépend pas de l'état initial du système.

Chapitre 7

Comparer la force des acides et des bases

1 Produit ionique de l'eau et constante d'acidité

De quoi s'agit-il ? **À l'équilibre acido-basique, la constante d'équilibre est appelée constante d'acidité K_a. Dans le cas particulier de l'eau, cette constante est K_e.**

1 Autoprotolyse de l'eau et produit ionique K_e

- L'eau est un ampholyte : soit accepteur de proton ou ion hydrogène H^+, soit donneur de proton. Les deux couples acide/base sont H_3O^+/H_2O et H_2O/HO^-. L'état final de la réaction d'autoprotolyse de l'eau est un état d'équilibre chimique : $2H_2O(l) = H_3O^+(aq) + HO^-(aq)$.
- Le pH de l'eau pure à 25 °C est 7,0, donc la concentration en ions oxonium est $[H_3O^+] = c_0 \times 10^{-pH} = 10^{-7,0} = 1,0 \times 10^{-7}$ mol·L^{-1} avec c_0 la concentration molaire de référence $c_0 = 1,0$ mol·L^{-1}. Or à l'état d'équilibre, la concentration en ions oxonium est égale à celle des ions hydroxyde : $[H_3O^+]_{éq} = [HO^-]_{éq} = 1,0 \times 10^{-7}$ mol·L^{-1}.
- La constante d'équilibre de cette réaction est alors définie comme :

$$K_e = \frac{[H_3O^+]_{éq}[HO^-]_{éq}}{c_0^2}$$

> Souvent par commodité d'écriture, et ce pour tout le présent chapitre, on supprimera sciemment c_0 pour écrire $K_e = [H_3O^+]_{éq} \times [HO^-]_{éq}$.
> La constante d'équilibre associée à l'autoprotolyse de l'eau est appelée **produit ionique de l'eau**, noté K_e, et définie par : $\mathbf{K_e = [H_3O^+]_{éq} \times [HO^-]_{éq} = 1,0 \times 10^{-14}}$ **à 25 °C.**
> K_e est sans unité.

- Dans toute solution aqueuse, la concentration en ions hydroxyde se déduit de celle des ions oxonium et donc du pH de la solution : $[HO^-]_{éq} = \frac{K_e}{[H_3O^+]_{éq}} = \frac{K_e}{10^{-pH}}$.
  - Lorsque pH = 7,0 alors $[H_3O^+]_{éq} = [HO^-]_{éq}$: la solution est neutre.
  - Lorsque pH < 7,0 alors $[H_3O^+]_{éq} > [HO^-]_{éq}$: la solution est acide.
  - Lorsque pH > 7,0 alors $[H_3O^+]_{éq} < [HO^-]_{éq}$: la solution est basique.

2 Constante d'acidité d'un couple acide/base

> À tout couple acide/base AH/A^- donnant lieu, en solution aqueuse, à l'équilibre chimique représenté par la réaction d'équation $AH + H_2O = A^- + H_3O^+$, on associe une constante d'équilibre, appelée constante d'acidité sans dimension et notée K_a :
> $$\mathbf{K_a = \frac{[A^-]_{éq}[H_3O^+]_{éq}}{[AH]_{éq}}}$$
> K_a ne dépend que de la température.

Remarque
Par souci de ne pas surcharger l'écriture, on a sciemment supprimé la notation c_0.

> À la constante d'acidité K_a, on fait correspondre une grandeur notée pK_a :
> **pK_a = – logK_a** et réciproquement $\mathbf{K_a = 10^{-pK_a}}$

Exercice résolu

Déterminer la constante d'équilibre d'une réaction acido-basique

ÉNONCÉ

L'équation de réaction associée à une réaction acido-basique est de la forme : $AH_1 + A_2^- = AH_2 + A_1^-$. Exprimer la constante d'équilibre K de cette réaction en fonction de K_{a1} et K_{a2}, les constantes d'acidité respectivement des couples AH_1/A_1^- et AH_2/A_2^-.

CORRIGÉ

On peut exprimer les constantes d'acidité de chaque couple :

$$K_{a1} = \frac{[A_1^-]_{éq}[H_3O^+]_{éq}}{[AH_1]_{éq}} \quad \text{et} \quad K_{a2} = \frac{[A_2^-]_{éq}[H_3O^+]_{éq}}{[AH_2]_{éq}}$$

Par définition, la constante d'équilibre de la réaction est $K = \dfrac{[AH_2]_{éq}[A_1^-]_{éq}}{[AH_1]_{éq}[A_2^-]_{éq}}$.

En multipliant numérateur et dénominateur par $[H_3O^+]_{éq}$, on obtient :

$$K = \frac{[AH_2]_{éq}[A_1^-]_{éq}[H_3O^+]_{éq}}{[AH_1]_{éq}[A_2^-]_{éq}[H_3O^+]_{éq}} = \frac{K_{a1}}{K_{a2}}$$

Réflexe à avoir

Introduire la concentration des ions oxonium pour faire apparaître le K_a des couples.

2 Force d'un acide ou d'une base

De quoi s'agit-il ? Un acide fort ou une base forte réagit totalement avec l'eau.

1 Acides forts/faibles, bases fortes/faibles

Un **acide fort** est un acide pour lequel la réaction avec l'eau est totale. On notera l'équation de la réaction

$$\mathbf{AH + H_2O \rightarrow A^- + H_3O^+}$$

Le symbole « $\rightarrow$ » signifie que la réaction est totale et que AH est totalement dissocié.
De même, une **base forte** est une base pour laquelle la réaction avec l'eau est totale :

$$\mathbf{A^- + H_2O \rightarrow AH + HO^-}$$

- On appelle **acide** [resp. base] **indifférent**, un acide [resp. base] ne réagissant pas avec l'eau.
- Par définition, un **acide fort** est une solution dans laquelle les seuls acides présents sont les ions oxonium et l'eau. Une **base forte** est une solution dans laquelle les seules bases présentes sont les ions hydroxyde et l'eau.

Exemple

L'acide chlorhydrique HCl ($HCl + H_2O \rightarrow Cl^- + H_3O^+$) et l'acide nitrique HNO_3 ($HNO_3 + H_2O \rightarrow NO_3^- + H_3O^+$) sont des acides forts.
La soude ou hydroxyde de sodium NaOH ($NaOH\ (aq) \rightarrow Na^+ + HO^-$) et l'ion éthanolate CH_3CHO^- ($CH_3CHO^- + H_2O \rightarrow CH_3CHOH + HO^-$) sont des bases fortes.

- On appelle **acide** [resp. base] **faible**, un acide [resp. une base] dont la réaction avec l'eau n'est pas totale.

● La réaction chimique associée à la **réaction d'un acide faible AH dans l'eau** fait intervenir le couple acide faible/base faible AH/A^- et celui de l'eau en tant que base, soit H_3O^+/H_2O. Dans ce cas, l'équation bilan se note avec le symbole « $\rightleftharpoons$ » ou « = » signifiant qu'il s'agit d'un **équilibre** et non d'une réaction totale :

$$\mathbf{AH(aq) + H_2O(l) \rightleftharpoons A^-(aq) + H_3O^+(aq)}$$

Remarque
Il en est de même pour la dilution d'une base A^- dans l'eau, faisant intervenir le couple $H_2O(l)/HO^-(aq)$. On obtient l'équation d'équilibre $A^-(aq) + H_2O(l) \rightleftharpoons AH(aq) + HO^-(aq)$.

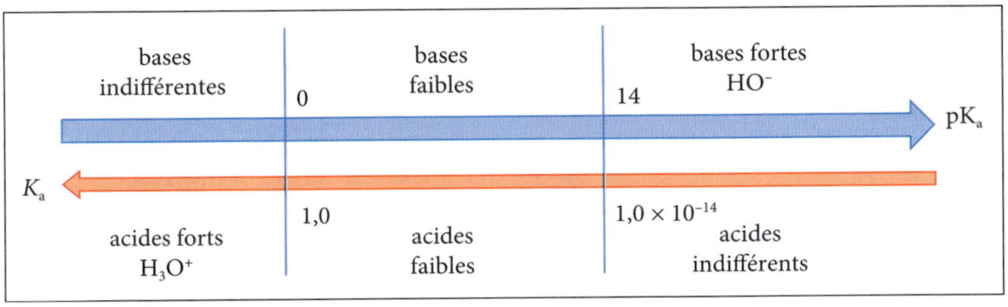

2 pH de solutions d'acides forts ou de bases fortes

Prenons l'exemple d'une solution aqueuse d'acide chlorhydrique de concentration c (en $mol \cdot L^{-1}$) : $HCl + H_2O \rightarrow Cl^- + H_3O^+$.

● L'autoprotolyse de l'eau s'écrit aussi : $H_2O \rightarrow HO^- + H_3O^+$.

● La solution d'acide étant électriquement neutre, on a autant de charges positives apportées par les ions oxonium H_3O^+ que de charges négatives apportées par les ions hydroxyde HO^- et les ions chlorure Cl^-. Le volume de la solution étant constant, l'électroneutralité s'écrit : $[H_3O^+] = [HO^-] + [Cl^-]$ avec $[Cl^-] = c$.

● Par la suite, pour des questions de simplicité d'écriture, on omettra de noter la concentration de référence $c_0 = 1{,}0\ mol \cdot L^{-1}$. La solution est acide, on peut donc penser que les ions oxonium sont largement majoritaires devant les ions hydroxyde : $[H_3O^+] \times [HO^-] = K_e$ et $[H_3O^+] = 10^{-pH} = \dfrac{K_e}{[HO^-]} = \dfrac{10^{-14}}{[HO^-]} >> 10^{-7}$, donc $[HO^-] << 10^{-7}\ mol \cdot L^{-1}$ (négligeable).

● L'électroneutralité devient : $[H_3O^+] = [Cl^-] = c$ et $pH = -\log [H_3O^+] = -\log c$.

> Le pH d'une **solution aqueuse d'acide fort** de concentration c usuelle est :
> $$\mathbf{pH = -\log c}$$

● Dans le cas d'une solution aqueuse de soude, par le même raisonnement et en négligeant les ions oxonium devant les ions hydroxyde, on obtient :

$$[HO^-] = c \text{ et } [H_3O^+] = \frac{K_e}{[HO^-]} = \frac{K_e}{c}$$

> Le pH d'une **solution aqueuse de base forte** de concentration c usuelle est :
> $$\mathbf{pH = pK_e + \log c}$$

3 Réactions acide fort-base forte

> La réaction d'un acide fort avec une base forte revient à considérer la réaction totale des ions oxonium avec les ions hydroxyde :
> $$\mathbf{H_3O^+ + HO^- \rightarrow 2H_2O}$$

Cette réaction est la réaction inverse de l'autoprotolyse de l'eau. Sa constante de fin de réaction vaut donc $K = \frac{1}{[HO^-][H_3O^+]} = \frac{1}{K_e}$, soit $K = 1{,}0 \times 10^{14}$.

Remarque

En théorie, une réaction est totale (taux d'avancement $\tau = 1$) si sa constante $K >> 1$. En pratique, pour $K > 10^4$, la réaction est considérée comme totale.

3 Diagramme de prédominance

De quoi s'agit-il ? **Un diagramme de prédominance fait apparaître les espèces majoritaires en fonction du pH de la solution.**

1 Taux d'avancement τ à l'équilibre

- À l'équilibre, on définit le taux d'avancement τ :

$$\tau = \frac{x_{éq}}{x_{max}} = \frac{x_f}{x_{max}}$$

avec x_f l'avancement final à l'équilibre, différent de l'avancement maximal x_{max}.

À retenir

Dans le cas d'une réaction totale, $\tau = 1$ et $x_{max} = x_f$.

- La réaction d'un acide AH de concentration donnée avec l'eau a un taux d'avancement final **d'autant plus important** que la constante d'acidité K_a du couple AH/A^- est élevée (pK_a faible) ou que le pH de la solution est faible.

- La réaction d'une base A^- de concentration donnée avec l'eau a un taux d'avancement final **d'autant plus important** que la constante d'acidité K_a du couple AH/A^- est faible (pK_a élevé) ou que le pH de la solution est important.

Remarque

La constante d'équilibre K de la réaction $A^-(aq) + H_2O(l) \rightleftharpoons HO^-(aq) + AH(aq)$ est telle que :

$$K = \frac{[AH]_{éq}[HO^-]_{éq}}{[A^-]_{éq}}$$

$$K = \frac{[AH]_{éq}[HO^-]_{éq}[H_3O^+]_{éq}}{[A^-]_{éq}[H_3O^+]_{éq}} = \frac{K_e}{K_a}$$

2 Domaine de prédominance

- Par définition, $K_a = \frac{[A^-]_{éq}[H_3O^+]_{éq}}{[AH]_{éq}}$, soit $[H_3O^+]_{éq} = \frac{[AH]_{éq}}{[A^-]_{éq}} K_a$. On en déduit alors :

$$\mathbf{pH = pK_a + \log\frac{[A^-]_{éq}}{[AH]_{éq}}}$$

- Au vu de cette dernière relation, on peut définir trois domaines :
  - Si $pH = pK_a$, alors $[A^-]_{éq} = [AH]_{éq}$: l'acide et sa base conjuguée ont même concentration à l'équilibre.
  - Si $pH << pK_a$, alors $[A^-]_{éq} << [AH]_{éq}$: l'acide est en concentration plus importante que sa base conjuguée, on dit que AH est l'espèce prédominante.
  - Si $pH >> pK_a$, alors $[A^-]_{éq} >> [AH]_{éq}$: l'acide est en concentration plus faible que sa base conjuguée, on dit que A^- est l'espèce prédominante.

Remarque

En pratique, on considère qu'une espèce est majoritaire dans un domaine de pH excluant l'intervalle $[pK_a - 1 ; pK_a + 1]$.

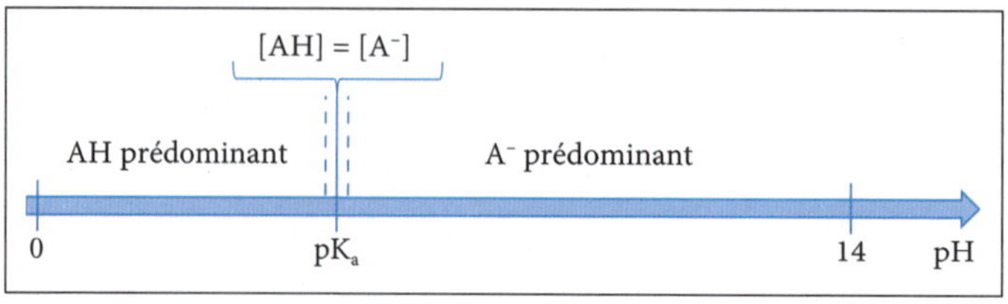

Exercice résolu

Tracer le diagramme de prédominance des espèces dans l'eau

ÉNONCÉ

La glycine est un acide aminé ampholyte de formule $H_2N\text{–}CH_2\text{–}COOH$. Sachant que $pK_{a1} = 2{,}3$ et $pK_{a2} = 9{,}6$ tracer le diagramme de prédominance dans l'eau.

CORRIGÉ

La base conjuguée de $H_2N\text{–}CH_2\text{–}COOH$ considéré comme acide est l'espèce ayant perdu un proton. Il s'agit de $H_2N\text{–}CH_2\text{–}COO^-$. Le pK_a de ce couple est de 9,6 donc pour pH >> 9,6 l'espèce prédominante est $H_2N\text{–}CH_2\text{–}COO^-$, et pour pH << 9,6 la glycine est prédominante.
L'acide conjugué de $H_2N\text{–}CH_2\text{–}COOH$ est $^+H_3N\text{–}CH_2\text{–}COOH$. Le pK_a de ce couple est de 2,3 donc la glycine $H_2N\text{–}CH_2\text{–}COOH$ est prédominante pour pH >> 2,3 et pour pH << 2,3 $^+$, $H_3N\text{–}CH_2\text{–}COOH$ est l'espèce prédominante.

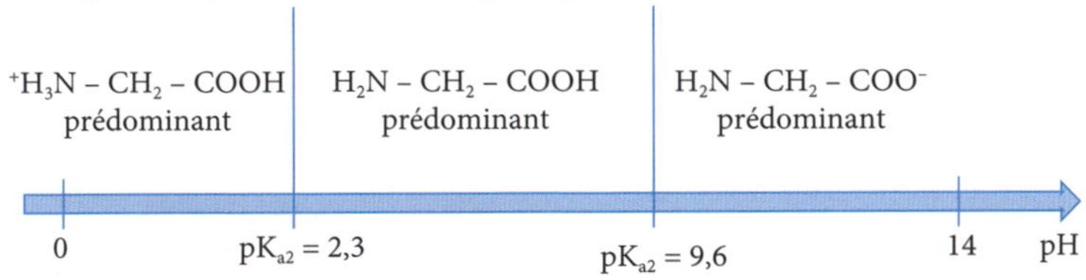

Réflexe à avoir
Rechercher la base conjuguée [resp. l'acide conjugué] de la glycine considérée comme acide [resp. base].

4 Cas particuliers

De quoi s'agit-il ? Un indicateur acido-basique a une forme basique de couleur différente de sa forme acide. Un tampon est une solution de pH stable par ajout d'acide ou de base.

1 Solutions courantes d'acides et de bases

- Les solutions courantes d'acides sont : l'acide chlorhydrique de formule (H_3O^+(aq), Cl^-(aq)) et l'acide nitrique de formule (H_3O^+(aq), NO_3^-(aq)) qui sont des acides forts. L'exemple courant de l'acide faible est l'acide éthanoïque CH_3COOH(aq), acide qui compose le vinaigre par exemple.
- Les solutions courantes de bases sont : l'hydroxyde de sodium de formule (Na^+(aq), HO^-(aq)), appelé soude, et l'ammoniac de formule NH_3(aq).

2 Indicateurs colorés acido-basiques

Un indicateur coloré acido-basique est une entité dont la forme acide, souvent notée HIn, a une couleur différente de sa base conjuguée, souvent notée In^-.
Il réagit avec l'eau suivant l'équation de la réaction :

$$\mathbf{HIn(aq) + H_2O(l) = H_3O^+(aq) + In^-(aq)}$$

- La constante d'acidité associée au couple HIn/In^- est :

$$K_a = \frac{[In^-][H_3O^+]}{[HIn]}$$

Remarque
Pour chaque type de réaction, il existe un type propre d'indicateur. Les indicateurs redox ne fonctionnent que pour des réactions d'oxydoréduction et les indicateurs acido-basiques que pour des réactions entre acide et base.

La zone de pH telle que $pK_a - 1 < pH < pK_a + 1$, dans laquelle aucune couleur acide ou basique ne domine, est appelée **zone de virage** de l'indicateur coloré.

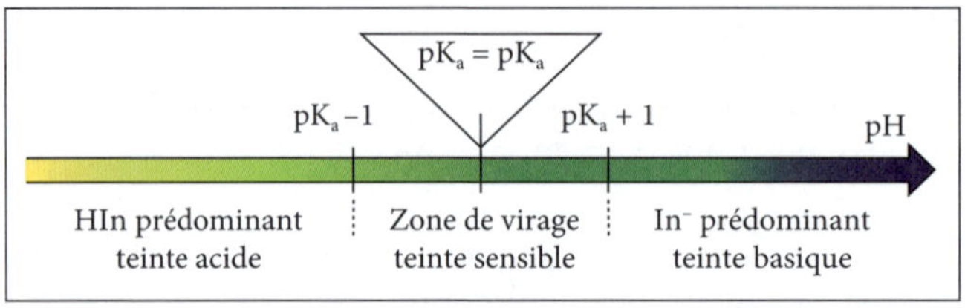

• Un indicateur coloré est utilisé pour repérer l'équivalence d'un titrage colorimétrique. Il faut donc choisir un indicateur dont la zone de virage contient le pH du point d'équivalence pH_E, soit : $pK_a - 1 < pH_E < pK_a + 1$.
Avant l'équivalence, la solution a une teinte différente de celle obtenue après l'équivalence : **ce changement de couleur doit être brutal** au moment de l'équivalence pour que l'on puisse le repérer précisément.

• Le schéma suivant présente les teintes sensibles et la zone de virage de quatre indicateurs colorés acido-basiques couramment utilisés.

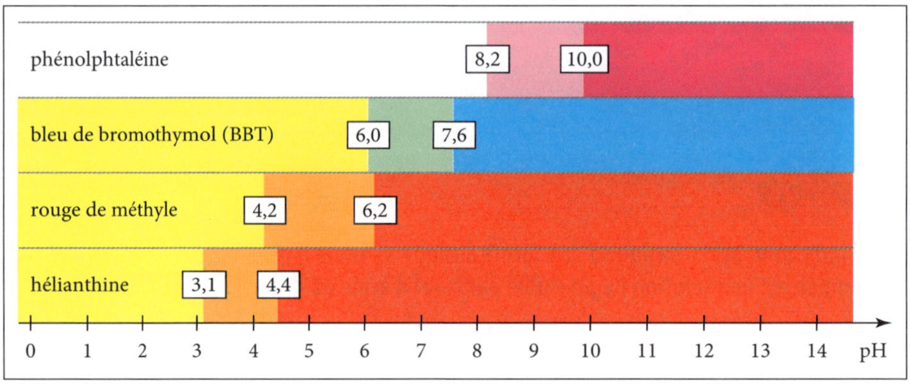

Exemple

Dans le cas du titrage de l'acide chlorhydrique par la soude, $pH_E = 7$. L'indicateur le plus adapté est donc le bleu de bromothymol ou BBT.

3 Solution tampon

Une solution tampon est une solution dont **le pH reste stable** malgré de petites additions de base, d'acide ou d'eau, c'est-à-dire dans le cas de petites dilutions.

• Une solution composée d'un mélange équimolaire d'un acide faible et de sa base faible conjuguée est une solution tampon de $pH = pK_a$.

• Les solutions tampons sont utilisées pour garantir, dans une certaine mesure, le pH d'une solution aqueuse de travail, mais aussi par exemple pour étalonner un pH-mètre.

• De nombreux milieux naturels sont tamponnés, c'est-à-dire constituent des solutions tampons : le sang, la salive, les sucs gastriques, le lait, etc.

Révision express

Les points importants à retenir

- Apprenez par cœur :

– les définitions d'un acide fort/base forte, d'un acide faible/base faible et d'un acide indifférent/base indifférente, d'un indicateur coloré ;
– la définition mathématique du pK_a en fonction de K_a et du pKe en fonction du K_e ;
– les expressions mathématiques du pH dans le cas de différentes solutions.

- Retenez :

– que le couple modèle acide faible/base faible s'écrit AH/A^- ;
– que K_e est le produit ionique de l'eau et qu'il vaut $1{,}0 \times 10^{-14}$ à 25 °C.

- Soyez capable :

– de donner l'expression de la constante d'acidité d'un couple AH/A^- ;
– de construire le diagramme de prédominance d'un couple AH/A^- ;
– de déterminer la zone de virage d'un indicateur coloré en fonction de son pKa ;
– de donner des exemples d'acides forts et faibles et de bases fortes et faibles.

Quiz

Cochez la (ou les) bonne(s) réponse(s) :

1. Un acide faible AH :
- ☐ **a.** a pour base conjuguée une base forte.
- ☐ **b.** ne se dissocie pas totalement dans l'eau.
- ☐ **c.** réagit avec l'eau en produisant des ions hydroxyde.

2. Les acides suivants sont des acides faibles :
- ☐ **a.** l'acide éthanoïque.
- ☐ **b.** l'acide benzoïque.
- ☐ **c.** l'acide chlorhydrique.

3. Une solution dont le pH est égal au pK_a du couple AH/A^- ayant réagi est telle que :
- ☐ **a.** aucune des espèces du couple AH/A^- n'est majoritaire.
- ☐ **b.** les concentrations en acide et base faibles sont égales.
- ☐ **c.** la solution est neutre.

4. Un acide de Brönsted libère des protons.
☐ **a.** Vrai ☐ **b.** Faux

5. À concentrations égales, si l'on verse un volume de 10 mL de solution de soude dans un même volume de solution d'acide chlorhydrique, le pH du mélange est 7.
☐ **a.** Vrai ☐ **b.** Faux

→ Réponses p. 497

EXERCICE 1

Déterminer la valeur de la constante d'acidité

Énoncé

On mélange des volumes différents de solutions aqueuses d'ions ammonium NH_4^+ et d'ammoniac NH_3 de concentration $c = 0{,}10\ mol \cdot L^{-1}$. Pour chaque mélange, on mesure le pH. À partir des résultats obtenus, déterminer la constante K_a d'acidité du couple NH_4^+/NH_3.

$V(NH_4^+)$ (mL)	25,0	25,0	25,0	25,0	20,0	10,0	5,0
$V(NH_3)$ (mL)	5,0	10,0	20,0	25,0	25,0	25,0	25,0
pH	8,5	8,8	9,1	9,2	9,3	9,5	9,9

Méthode

1 Rappeler la relation entre le pK_a d'un couple et le pH à l'équilibre.

2 Déterminer les conditions sur les concentrations en acide et base pour lesquelles $pH = pK_a$.

3 À partir du tableau de résultats, déterminer le mélange satisfaisant cette condition et en déduire le pK_a du couple considéré.

4 À partir du pK_a, en déduire la valeur de la constante d'acidité K_a.

Corrigé

Piège à éviter
On suppose ici uniquement un effet de dilution : le pH est celui obtenu à l'équilibre, une fois le mélange stabilisé.

1. La relation entre le pH et le pK_a d'un couple acide base AH/A^- est :

$$pH = pK_a + \log\frac{[A^-]_{éq}}{[AH]_{éq}}$$

2. Or $pH = pK_a$ si les concentrations en acide et en base à l'équilibre sont identiques :

$$[A^-]_{éq} = [AH]_{éq}$$

Or on sait que :

$$[A^-]_{éq} = \frac{c \times V(A^-)}{V(A^-) + V(AH)}$$

et

$$[AH]_{éq} = \frac{c \times V(AH)}{V(A^-) + V(AH)}$$

On en déduit que $[A^-]_{éq} = [AH]_{éq}$ si et seulement si $V(A^-) = V(AH)$.

3. À partir du tableau des résultats, $pH = pK_a$ dans le cas $V(A^-) = V(AH) = 25{,}0$ mL, soit un $pH = pK_a = 9{,}2$.

4. $pK_a = -\log K_a$ d'où $K_a = 10^{-pKa} = 10^{-9{,}2} = 6{,}3 \times 10^{-10}$.

EXERCICE 2

Déterminer la force d'un acide ou d'une base

Énoncé

L'acide benzoïque C_6H_5COOH est peu soluble dans l'eau : sa solubilité maximale à 25 °C est $s = 2{,}4\ g \cdot L^{-1}$. Le pH de la solution saturée est de 3,0.

En déduire quantitativement que l'acide benzoïque est un acide faible.

Méthode

1 Supposer que l'acide benzoïque est fort : écrire l'équation de la réaction supposée totale avec l'eau.

2 Calculer la concentration apportée en acide benzoïque et en déduire la concentration en ions oxonium.

3 La réaction étant toujours supposée totale, en déduire le pH :

$$pH = -\log [H_3O^+]$$

4 Comparer le pH calculé à celui de l'énoncé. S'ils sont différents, cela signifie que l'acide benzoïque est un acide faible.

Corrigé

1. Supposons que l'acide benzoïque est un acide fort : sa dissociation dans l'eau est totale. L'équation bilan de cette réaction est :

$$C_6H_5COOH + H_2O \rightarrow C_6H_5COO^- + H_3O^+$$

2. La solubilité est $s = c_m = 2{,}4\ g \cdot L^{-1}$, soit $c = \frac{c_m}{M}$ avec M la masse molaire de l'acide benzoïque.

$M = 7M_C + 6M_H + 2M_O = 7 \times 12{,}0 + 6 \times 1{,}0 + 2 \times 16{,}0 = 122{,}0\ g \cdot mol^{-1}$.

On en déduit :

$c = \frac{c_m}{M} = \frac{s}{M} = \frac{2{,}4}{122{,}0} = 2{,}0 \times 10^{-2}\ mol \cdot L^{-1}$.

L'équation de la réaction supposée totale montre que toutes les molécules d'acide benzoïque se sont transformées et que $[H_3O^+] = c = 2{,}0 \times 10^{-2}\ mol \cdot L^{-1}$.

Réflexe à avoir
Un tableau d'avancement peut être établi.

3. On en déduit :

$pH = -\log[H_3O^+] = -\log(2{,}0 \times 10^{-2}) = 1{,}7$.

4. Le pH de la solution saturée est de $3{,}0 \neq 1{,}7$. L'hypothèse d'une réaction totale est invalidée : l'acide benzoïque est un acide faible, ce que confirme l'énoncé (« L'acide benzoïque C_6H_5COOH est peu soluble dans l'eau »).

PHYSIQUE-CHIMIE

Chapitre 8 Forcer le sens d'évolution d'un système

1 Passage forcé d'un courant

De quoi s'agit-il ? **Une transformation forcée nécessite un apport d'énergie.**

1 Transformations spontanées

• Sous la hotte, on introduit dans un tube à essai quelques millilitres de dibrome et un petit morceau de tournure de cuivre. On observe rapidement une décoloration de la couleur orange du dibrome et l'apparition d'une couleur bleu turquoise caractéristique des ions cuivre II. L'équation bilan de cette réaction spontanée d'oxydoréduction est :

$$Br_2(aq) + Cu(s) = 2Br^-(aq) + Cu^{2+}(aq)$$

Le quotient de réaction à l'état initial $Q_{r,\,i} = \dfrac{[Br^-]_i^2[Cu^{2+}]_i}{[Br_2]_i} = 0$ puisque les produits sont en quantité nulle à l'état initial. Or la constante d'équilibre associée K est de l'ordre de 10^{25} et $Q_{r,\,i} << K$. On en déduit que la transformation évoluera bien spontanément dans le sens direct. Comme $K > 10^4$, la réaction est totale.

• Dans un autre tube à essai, on introduit quelques millilitres d'une solution aqueuse contenant des ions bromure et d'une solution aqueuse d'ions cuivre II. Aucun changement n'est constaté.
L'équation bilan d'une possible réaction d'oxydoréduction serait :

$$2Br^-(aq) + Cu^{2+}(aq) = Br_2(aq) + Cu(s)$$

Le quotient de réaction à l'état initial est alors : $Q'_{r,\,i} = \dfrac{[Br_2]_i}{[Br^-]_i^2[Cu^{2+}]_i} = 0$ puisque $[Br_2]_i = 0\ mol \cdot L^{-1}$. Or la constante d'équilibre associée $K' = 1/K$ est de l'ordre de 10^{-25} et $Q'_{r,\,i} \approx K$. On en déduit que l'état initial est en fait déjà un état d'équilibre et que la transformation n'a pas lieu, ce que confirme l'observation.

2 Transformations forcées

• La transformation d'équation $2Br^-(aq) + Cu^{2+}(aq) = Br_2(aq) + Cu(s)$ ne se produit pas spontanément. Cependant, en apportant suffisamment d'énergie produite par un générateur extérieur à la solution, on peut forcer la transformation et la faire évoluer dans le sens de production du dibrome et du cuivre.

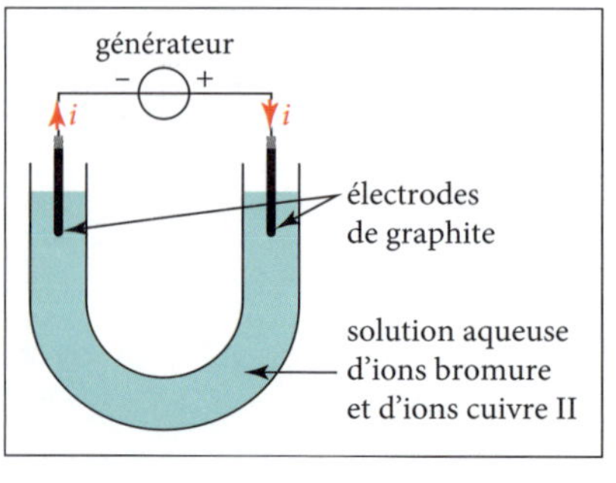

• Dans un tube en U, on introduit un mélange de solution aqueuse contenant des ions bromure et des ions cuivre II. À chaque extrémité du tube, on place une électrode de graphite conductrice de courant, que l'on relie à un générateur extérieur.

• Lorsque la tension est suffisamment importante, on observe la formation de cuivre sur l'électrode reliée à la borne négative du générateur avec décoloration de la solution et l'apparition d'une coloration orangée à la seconde électrode, reliée à la borne positive du générateur.

3 Modélisation et schématisation

Dans un dispositif permettant une transformation chimique forcée, on appelle :
– **cathode**, l'électrode reliée à la **borne négative** du générateur au niveau de laquelle il y a une **réduction** de l'oxydant contenu dans la solution ;
– **anode**, l'électrode reliée à **la borne positive** du générateur au niveau de laquelle il y a une **oxydation** du réducteur contenu dans la solution.

Le schéma ci-après récapitule les mouvements des électrons, les demi-équations à chaque électrode, etc.

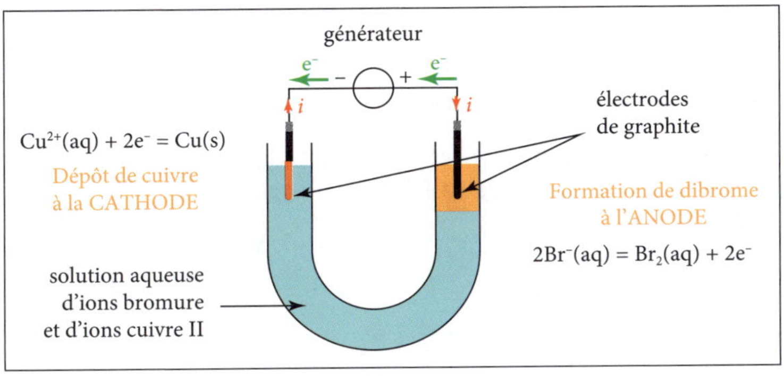

2 Électrolyse

De quoi s'agit-il ? **Une électrolyse est un processus dans lequel la transformation en jeu est une transformation forcée. Il y a conversion de l'énergie électrique en énergie chimique.**

1 Dispositif et fonctionnement

• L'électrolyse est un processus durant lequel un système chimique reçoit de l'énergie électrique qu'il convertit en énergie chimique.

• L'énergie électrique est apportée par un générateur extérieur au système ; les porteurs de charge sont alors des électrons. Ces derniers sont acceptés ou cédés par le système chimique au niveau de deux électrodes dans une solution ionique appelée électrolyte.

Remarque
L'électrolyte est aussi appelé solution électrolytique.

• En classe, un dispositif d'électrolyse peut être un tube en U ou encore un électrolyseur comme celui schématisé ci-après, utilisé en TP de chimie.

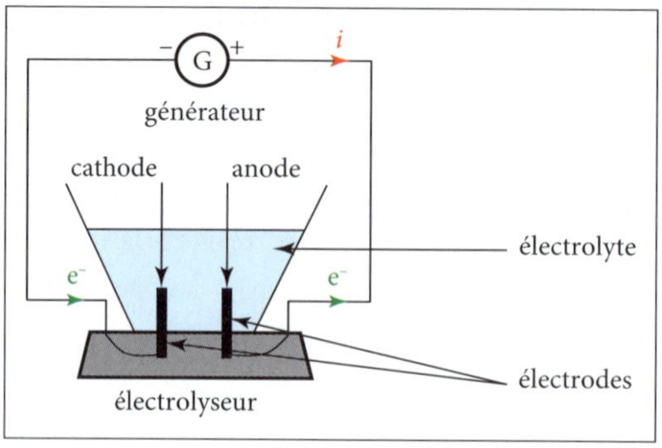

- Lorsque le courant est installé dans l'électrolyseur, les ions positifs appelés cations migrent jusqu'à la cathode, captent les électrons et subissent une réduction. Pendant ce temps, les ions négatifs de l'électrolyte migrent jusqu'à l'anode et cèdent des électrons : il y a oxydation.

À retenir
On parle de réduction cathodique et d'oxydation anodique.

- Selon la nature des ions, le produit formé peut soit se déposer sur l'électrode de manière solide, soit dégazer dans le cas d'un gaz.
- La nature de l'électrode permet de sélectionner ou de contrôler les réactions lors de l'électrolyse.

2 Quantités de matière et durée de l'électrolyse

- Comme dans le cas d'une pile, la quantité d'électricité débitée par le générateur lors de l'électrolyse pendant une durée Δt est le produit de l'intensité du courant I et de Δt :

$$\boldsymbol{Q = I\Delta t}$$

avec Q la charge ou quantité d'électricité (en C).

Remarque
n correspond au nombre d'électrons échangés lors des demi-équations coefficientées redox.

- Or Q est égale à la charge totale des électrons échangés :

$$\boldsymbol{Q = n\mathcal{N}_A e}$$

> La quantité n d'électrons échangés lors d'une réaction redox pendant une électrolyse est :
>
> $$\boldsymbol{n = \frac{I \times \Delta t}{\mathcal{N}_A \times e}} \quad \text{avec} \quad \begin{cases} I : \text{intensité du courant (en A),} \\ \Delta t : \text{durée de fonctionnement de la pile (en s),} \\ \mathcal{N}_A : \text{constante d'Avogadro (en mol}^{-1}\text{),} \\ e : \text{charge élémentaire (en C).} \end{cases}$$

- Les demi-équations permettent d'établir les relations entre les quantités d'électrons échangés et celles des produits formés.

Exercice résolu

Déterminer la quantité de produits formés

ÉNONCÉ

L'électrolyse acide de l'eau produit du dihydrogène et du dioxygène. Déterminer la quantité de chaque gaz lorsque I = 1,0 A pendant 30 minutes. Les couples redox mis en jeu sont H^+/H_2 et O_2/H_2O.

•••

CORRIGÉ

La quantité d'électrons échangés est :

$$n = \frac{I \times \Delta t}{\mathcal{N}_A \times e}$$

A. N : $n = \frac{1{,}0 \times 30 \times 60}{6{,}0 \times 10^{23} \times 1{,}6 \times 10^{-19}} = 1{,}9 \times 10^{-2}$ mol.

Les demi-équations sont :

$$2H^+ + 2e^- = H_2 \text{ et } H_2O = \frac{1}{2}O_2 + 2H^+ + 2e^-.$$

Les quantités de gaz sont : $n(H_2) = n/2 = 9{,}5 \times 10^{-3}$ mol et $n(O_2) = n/4 = 4{,}8 \times 10^{-3}$ mol.

Réflexe à avoir

Appliquer la relation entre n, I et Δt avec Δt en secondes. Puis dresser un tableau d'avancement pour chaque demi-équation permettant alors de déterminer les relations $n(H_2) = n/2$ et $n(O_2) = n/4$.

PHYS. CHIMIE

3 Stockage et conversion de l'énergie chimique

De quoi s'agit-il ? **Les piles et les accumulateurs transforment l'énergie chimique en énergie électrique. Les organismes chlorophylliens transforment l'énergie lumineuse en énergie chimique.**

1 Piles et accumulateur

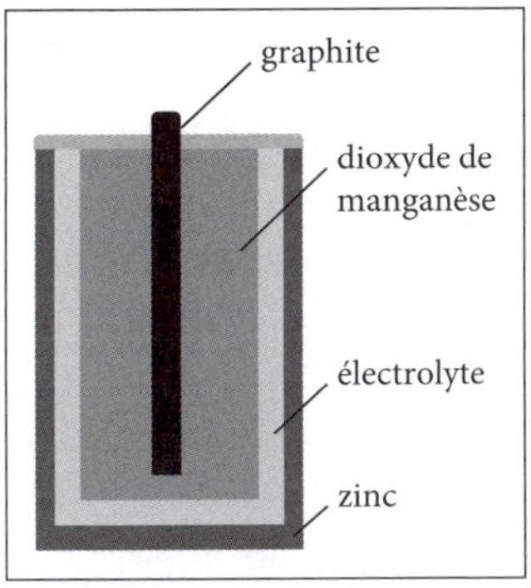

- La **pile saline ou pile Leclanché** a une f.é.m. ou tension à vide de 1,5 V et est constituée d'une électrode en graphite (pôle positif) et d'une électrode en zinc (pôle négatif). L'électrolyte est une solution gélifiée de chlorure de zinc et de chlorure d'ammonium qui joue le rôle de pont salin. C'est cet électrolyte qui est à l'origine du nom de la pile.

- À l'anode, il se produit l'oxydation du zinc :

$$Zn(s) = Zn^{2+}(aq) + 2e^-$$

À la cathode, il y a collecte des électrons utilisés lors de la réduction de l'oxyde de manganèse MnO_2 piégé dans l'électrolyte qui entoure l'électrode de graphite.

- La **pile alcaline** est basée sur le même principe de fonctionnement que la pile saline, mais l'électrolyte est une solution gélifiée alcaline ou basique d'hydroxyde de potassium. La f.é.m. est aussi d'environ 1,5 V, mais la résistance interne de cette pile est plus faible que celle de la pile saline, et sa durée de vie plus importante.

- Un **accumulateur** est un dispositif destiné à stocker l'énergie électrique pour la restituer ultérieurement. Un accumulateur est rechargeable : il stocke et déstocke l'énergie de manière réversible. Cependant, au fur et à mesure de son utilisation, il y a une usure constatée et une perte progressive de capacité.

2 Organismes chlorophylliens

- Les organismes chlorophylliens peuvent, grâce à la présence de chlorophylle, transformer l'énergie lumineuse en énergie chimique que peut stocker et redistribuer l'adénosine triphosphate ou ATP.

- La chlorophylle est un pigment contenu dans les chloroplastes des organismes chlorophylliens. Elle absorbe les rayonnements visibles dans le rouge et le bleu. Cette absorption permet d'exciter la chlorophylle qui cède un électron.

- Un système accepteur d'électrons stocke ces électrons un par un avant de les transférer aux plastoquinones contenues dans la membrane des chloroplastes. Les plastoquinones participent au transport des électrons qui permettent la transformation de l'ADP, adénosine diphosphate, en ATP, adénosine triphosphate. Cette dernière fournit ensuite l'énergie nécessaire aux réactions chimiques se produisant dans l'organisme : métabolisme, division cellulaire, etc.

- Les organismes chlorophylliens contiennent de l'eau. L'oxydation de cette molécule forme du dioxygène rejeté dans le milieu extérieur.

La demi-équation redox associée au couple $O_2(g)/H_2O(l)$ est :

$$H_2O = \frac{1}{2}O_2 + 2H^+ + 2e^-$$

Un des électrons va permettre de régénérer la chlorophylle qui pourra, à nouveau, absorber le rayonnement lumineux et se ré-exciter.

Exercice résolu

Réaliser un schéma

ÉNONCÉ

Réaliser un schéma de synthèse du fonctionnement énergétique d'un organisme chlorophyllien.

CORRIGÉ

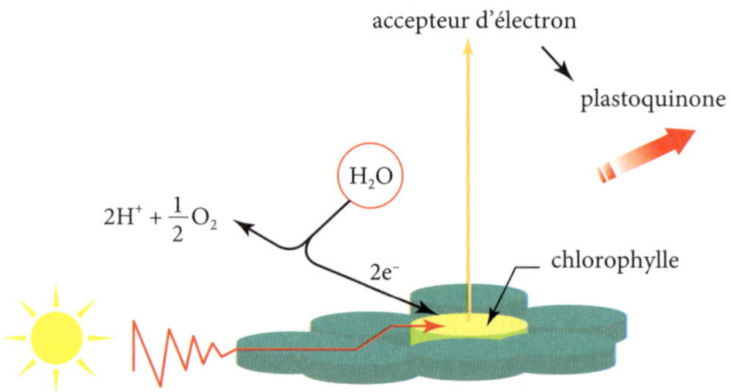

Les étapes du fonctionnement sont :
- l'absorption du rayonnement lumineux par la chlorophylle et l'excitation ;
- le stockage des électrons par un donneur vers les plastoquinones et la transformation ADP/ATP ;
- la régénération de la chlorophylle par l'oxydation de l'eau.

Méthode

Déterminer les différentes phases de fonctionnement avant de les schématiser.

Révision express

Les points importants à retenir

- Apprenez par cœur :

– la définition d'une électrolyse ;

– la relation mathématique établissant la quantité d'électrons échangés à partir de l'intensité du courant et de la durée de l'électrolyse.

- Retenez :

– que la cathode reçoit le dépôt métallique et que l'anode est consommée ;

– que l'électrolyse nécessite un apport d'énergie : ce n'est pas une réaction spontanée.

- Soyez capable :

– de schématiser et de légender un montage d'électrolyse ;

– d'identifier les lieux de l'oxydation et de la réduction, le sens du passage des électrons et du courant électrique, le sens et la nature des porteurs de charge ;

– d'établir les demi-équations électroniques et d'en déduire l'équation de l'électrolyse ;

– de donner des exemples de systèmes de stockage d'énergie.

Quiz

Cochez la (ou les) bonne(s) réponse(s) :

1. Lors d'une électrolyse :

☐ **a.** le sens de circulation des électrons et celui du courant sont opposés.

☐ **b.** l'oxydation a lieu à l'anode.

☐ **c.** la cathode est consommée.

2. Au niveau de la cathode d'un électrolyseur :

☐ **a.** on assiste à l'oxydation.

☐ **b.** l'oxydant capte les électrons provenant du générateur.

☐ **c.** on peut observer un dépôt métallique.

3. La quantité d'électricité débitée par un générateur lors d'une électrolyse :

☐ **a.** est proportionnelle à la durée de l'électrolyse à intensité du courant fixée.

☐ **b.** dépend de la température de la solution électrolytique.

☐ **c.** est proportionnelle à la quantité d'électrons échangés.

4. L'électrolyse est une transformation forcée.

☐ **a.** Vrai ☐ **b.** Faux

5. Un objet à recouvrir de métal doit être relié à la borne négative du générateur dans un montage d'électrolyse.

☐ **a.** Vrai ☐ **b.** Faux

→ Réponses p. 497

EXERCICE

Déterminer une quantité de matière

Énoncé

On souhaite déposer une fine couche d'argent sur une bague en cuivre. On réalise pour cela une électrolyse pour laquelle l'une des électrodes est la bague et l'autre est constituée d'une électrode de graphite. L'électrolyte est constitué d'un volume $V = 500$ mL de nitrate d'argent $Ag^+(aq) + NO_3^-(aq)$ de concentration $c = 4{,}00 \times 10^{-3}$ mol·L^{-1}.

L'équation bilan est : $4Ag^+(aq) + 2H_2O(l) = 4Ag(s) + O_2(g) + 4H^+(aq)$.

Déterminer la quantité d'argent déposé lors d'une électrolyse d'une durée de $\Delta t = 80$ min avec une intensité de courant $I = 24$ mA.

Données :
- couples oxydo-réducteurs : $Ag^+(aq)/Ag(s)$; $H^+(aq)/H_2(g)$; $O_2(g)/H_2O(l)$;
- constante de Faraday : $\mathcal{F} = 96\,500$ C·mol^{-1} ;
- masses molaires en g·mol^{-1} : $M_{Ag} = 107{,}9$; $M_H = 1{,}0$; $M_O = 16{,}0$.

Méthode

1. Identifier les couples mis en jeu.
2. Écrire les demi-équations correspondant aux couples précédents.
3. Établir la relation entre la quantité d'électrons échangés n_e, I, Δt et $\mathcal{F}$.
4. Déterminer n_e.
5. Calculer les quantités de matière des réactifs.
6. Établir le tableau d'avancement de l'une des demi-équations de l'électrolyse dont on connaît la quantité de réactif à l'état initial.
7. En déduire le réactif limitant et la quantité de produit formé à l'état final.

Corrigé

1. L'équation bilan est :

$$4Ag^+(aq) + 2H_2O(l) = 4Ag(s) + O_2(g) + 4H^+(aq)$$

L'absence de dihydrogène nous permet de conclure que le couple $H^+(aq)/H_2(g)$ n'entre pas en jeu dans cette électrolyse.

Les couples mis en jeu sont donc :

$$Ag^+(aq)/Ag(s) \text{ et } O_2(g)/H_2O(l)$$

L'astuce du prof
Penser à identifier les oxydant et réducteur de chaque couple dans les réactifs et produits de l'équation bilan de l'électrolyse.

2. Les demi-équations correspondantes sont alors :

$$\text{Couple } Ag^+(aq)/Ag(s) : Ag^+(aq) + e^- = Ag(s)$$
$$\text{Couple } O_2(g)/H_2O(l) : 2H_2O(l) = O_2(g) + 4H^+(aq) + 4\,e^-$$

En effet, pour que le nombre d'électrons échangés soit le même pour chaque demi-équation, il faut multiplier la première demi-équation par 4.

On a alors :

$$4Ag^+(aq) + 4e^- = 4Ag(s)$$
$$2H_2O(l) = O_2(g) + 4H^+(aq) + 4\,e^-$$
$$\overline{4Ag^+(aq) + 2H_2O(l) = 4Ag(s) + O_2(g) + 4H^+(aq)}$$

en additionnant membre à membre et en simplifiant par les électrons échangés.

Réflexe à avoir
Penser à vérifier que l'équation établie est bien celle de l'équation bilan de l'électrolyse.

3. La relation entre la quantité d'électrons échangés n_e, l'intensité I du courant, la durée Δt de fonctionnement et la valeur d'un faraday $\mathcal{F}$ est :

$$n_e = \frac{I \times \Delta t}{\mathcal{F}}$$

4. A. N. : $I = 24$ mA $= 2,4 \times 10^{-2}$ A ; $\Delta t = 80$ min $= 4,8 \times 10^3$ s et $\mathcal{F} = 96\ 500$ C·mol^{-1}.

$$n_e = \frac{2,4 \times 10^{-2} \times 4,8 \times 10^3}{96\ 500} = 1,2 \times 10^{-3} \text{ mol.}$$

5. La seule quantité de matière à déterminer dans le cas présent est celle des ions argent. Les solutions étant aqueuses, l'eau est un réactif en excès :

$$n(Ag^+) = cV$$

A. N. : $c = 4,00 \times 10^{-3}$ mol·L^{-1} et $V = 500$ mL $= 0,500$ L.
$n(Ag^+) = 4,00 \times 10^{-3} \times 0,500 = 2,00 \times 10^{-3}$ mol.

6. On connaît la quantité de matière initiale des ions argent $n(Ag^+) = 2,00 \times 10^{-3}$ mol, on établit donc le tableau d'avancement de la demi-équation correspondante $Ag^+(aq) + e^- = Ag(s)$.

Demi-équation		$Ag^+(aq)$ +	e^- =	$Ag(s)$
État	Avancement (mol)	Quantité de matière (mol)		
EI	$x = 0$	$n(Ag^+) = 2,00 \times 10^{-3}$	$n_e = 1,2 \times 10^{-3}$	0
EC	x	$n(Ag^+) - x$	$n_e - x$	x
EF	$x = x_f$	$n(Ag^+) - x_f$	$n_e - x_f$	x_f

7. Le réactif limitant est les électrons :
$n_e - x_f = 1,2 \times 10^{-3} - x_f = 0$, d'où $x_f = 1,2 \times 10^{-3}$ mol et $n(Ag) = x_f = 1,2 \times 10^{-3}$ mol.
La quantité de matière d'argent déposé sur la bague est :

$$n(Ag) = 1,2 \times 10^{-3} \text{ mol}$$

Réflexe à avoir
Vérifier que la quantité de matière de l'autre réactif est bien positive :
$n(Ag^+) - x_f = 2,00 \times 10^{-3} - 1,2 \times 10^{-3} = 8,0 \times 10^{-4}$ mol > 0.

Chapitre 9 Élaborer des stratégies en synthèse organique

1 Familles fonctionnelles et nomenclature

De quoi s'agit-il ? **Les atomes autres que le carbone ou l'hydrogène confèrent à une molécule une réactivité particulière. On catégorise ces molécules en familles fonctionnelles que l'on nomme grâce à la nomenclature systématique.**

1 Formule topologique

- La **formule** d'une molécule est une écriture symbolique compactée d'une molécule.

Exemples

Formules développée, semi-développée et brute du propane :

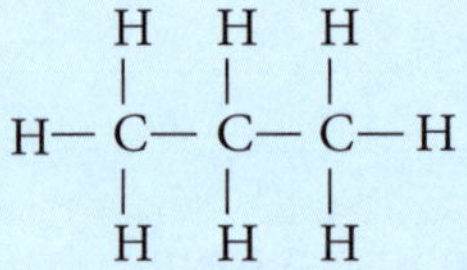

CH_3–CH_2–CH_3 C_3H_8

- La **formule topologique** d'une molécule s'obtient à partir de sa formule développée :
  - en supprimant la liaison, le carbone et l'hydrogène des portions C–H ;
  - en compactant les liaisons –H sur l'atome de rattachement autre que le carbone ;
  - en brisant un enchaînement de deux liaisons, c'est-à-dire en introduisant un angle entre les liaisons, donnant l'effet d'une ligne brisée.

Exemples

Formules topologiques du propane, de l'éthanol et de l'acide éthanoïque :

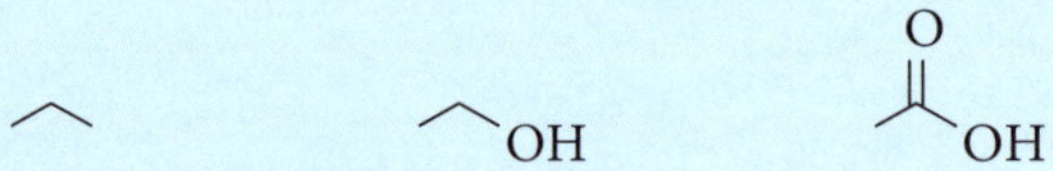

2 Esters, amines, amides et halogénoalcanes

- Le tableau ci-après récapitule la fonction organique caractéristique et la formule brute de certaines familles fonctionnelles (les alcools, aldéhydes, cétones et acides carboxyliques ont déjà été vus en classe de 1re Spécialité), avec à chaque fois un exemple.

- Un halogénoalcane est un alcane dont on a substitué un ou plusieurs atomes d'hydrogène H par un atome d'halogène X de même valence : il correspond donc à un alcane mono ou polysubstitué. Un halogène est un élément de l'avant-dernière colonne du tableau périodique (F, Cl, Br, I et At).

Remarque
Le fluor étant très réactif et l'astate rare, les halogénoalcanes sont des molécules contenant du chlore, du brome ou de l'iode.

- **Nomenclature** : la chaîne principale doit contenir le groupe caractéristique et être numérotée de façon à attribuer à ce dernier le plus petit numéro possible.

Famille	Fonction	Formule brute	Exemple et nomenclature
Esters	$-C(=O)-O-$	$C_nH_{2n}O_2$	Méthanoate d'éthyle $H-C(=O)-O-CH_2-CH_3$
Amines	$-N-$	$C_nH_{2n+3}N$	Éthanamine ou aminoéthane $CH_3-CH_2-NH_2$
Amides	$-C(=O)-N-$	$C_nH_{2n+1}NO$	3-éthyl-6-méthylheptanamide 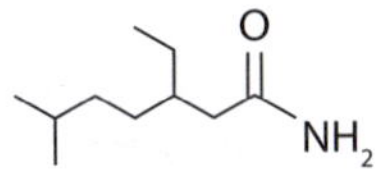
Halogénoalcanes	$-X$	$C_nH_{2n+1}X$	2-bromopropane $CH_3-CHBr-CH_3$

Exercice résolu

Utiliser le nom systématique pour déterminer la formule topologique

ÉNONCÉ

Donner la formule topologique du N-éthylN-méthylpropanamide.

Méthode
Identifier la chaîne principale contenant la fonction amide et les substitutions de l'azote.

CORRIGÉ

Le propanamide est un amide à 3 atomes de carbone :

$$CH_3-CH_2-CO-NH_2$$

À partir de cet amide primaire, on remplace deux atomes d'hydrogène de la terminaison $-NH_2$ par les groupements $-CH_2-CH_3$ et $-CH_3$.

La formule topologique du N-éthylN-méthylpropanamide est donc :

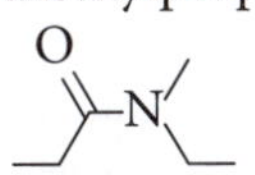

2 Isomérie de constitution

De quoi s'agit-il ? Deux isomères ont les mêmes constituants chimiques en nombre identique.

1 Squelettes carbonés insaturés et cycliques

- Un squelette carboné insaturé est un enchaînement d'atomes de carbone liés entre eux par au moins une liaison différente d'une liaison simple :
  - il s'agit d'un **alcène** si une liaison carbone/carbone est une liaison double. Dans ce cas, la nomenclature est celle des alcanes en remplaçant le suffixe « ane » par « -n°-ène » et en intégrant le numéro du premier carbone de rattachement de la liaison double. Ce numéro doit être le plus petit possible ;
  - il s'agit d'un **alcyne** si une liaison carbone/carbone est une liaison triple. Dans ce cas, la nomenclature est identique à la précédente en remplaçant « -n°-ène » par « -n°-yne ».

Exemples

Formules topologiques du hept-3-ène et du but-2-yne

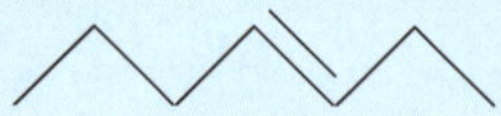

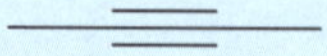

- Un squelette carboné cyclique est un enchaînement d'atomes de carbone liés entre eux par un cycle. Si la molécule ne présente pas d'insaturation, la nomenclature est celle des alcanes précédée de « cyclo ».

Exemples

Formules topologiques du cyclohexane et du méthylcyclopentane

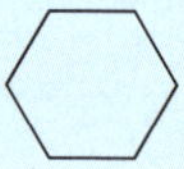

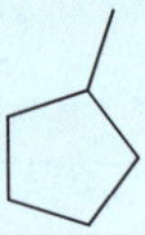

2 Isomère de constitution

Deux molécules sont **isomères de constitution** si elles ont même formule brute mais des formules développées, semi-développées ou topologiques différentes.

- Il existe trois types d'isomérie de constitution : l'isomérie de chaîne, aussi appelée isomérie de squelette, l'isomérie de position et enfin l'isomérie de fonction.
- Les **isomères de chaîne** ont des squelettes carbonés différents, c'est-à-dire qu'ils n'ont pas la même chaîne principale.

Exemples

Le cyclohexane et le méthylcyclopentane ont la même formule brute C_6H_{12}, mais des formules topologiques différentes (voir plus haut).

- Les **isomères de position** ont une insaturation, une ramification, un groupe fonctionnel ou un substituant rattaché à deux atomes de carbone différents de leur chaîne carbonée. Dans le cas d'une isomérie de position, le nom des isomères en nomenclature systématique est le même, à un ou plusieurs numéros près.

Exemples

Le pent-1-ène et le pent-2-ène sont deux isomères de position, tout comme le 2-bromohexane et le 3-bromohexane.

- Les **isomères de fonction** ont des fonctions différentes.

Exemples

La propanone $CH_3–CO–CH_3$ et le propanal $CH_3–CH_2–CHO$ sont des isomères de fonction.

Exercice résolu

Déterminer l'ensemble des isomères de constitution

ÉNONCÉ

Représenter la formule topologique des isomères de constitution de formule C_4H_8O, les nommer et préciser le type d'isomérie entre les molécules.
On ne considérera ni molécule cyclique, ni molécule possédant une liaison C=C.

CORRIGÉ

Dans le cas où l'on exclut certaines molécules, on en déduit qu'il n'y a qu'une insaturation C=O pouvant intervenir dans une fonction aldéhyde ou cétone.
Cas d'un aldéhyde :
molécule sans ramification : butanal 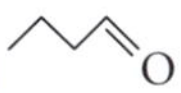
molécule avec ramification : 2-méthylpropanal 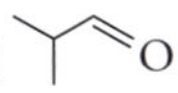
Cas d'une cétone : molécule sans ramification : butan-2-one 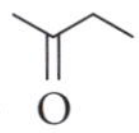
Il n'existe pas de molécule avec ramification.
Le butanal et le 2-méthylpropanal sont des isomères de constitution de chaîne, car ils ont même fonction, mais pas la même chaîne carbonée.
Le butanal et la butan-2-one sont des isomères de constitution de fonction puisqu'ils ont même chaîne linéaire à 4 atomes de carbone.

Méthode
Identifier les fonctions possibles. Partir ensuite d'une chaîne principale à 4 atomes de carbone, puis réduire avec une ramification, et enfin déplacer le groupe fonctionnel dans la chaîne.

3 Polymères

De quoi s'agit-il ? Un polymère est une longue molécule constituée d'un motif, issu d'un monomère, qui se répète.

1 Polymères naturels et synthétiques

Un **polymère** est une macromolécule, c'est-à-dire une molécule de grande dimension constituée de quelques milliers d'atomes. Il est constitué d'un enchaînement de molécules qui se lient entre elles par une réaction chimique appelée **polymérisation**.

- Les polymères peuvent être :
  - naturels comme la cellulose, la molécule d'ADN, le caoutchouc… ;
  - synthétiques comme les plastiques (polyéthylène PE, polychlorure de vinyle PVC…).

Remarque
Au sens étymologique du terme, polymère signifie « fait de plusieurs parties ».

- Les polymères synthétiques sont pour la plupart issus de la pétrolochimie et extrêmement présents dans notre vie quotidienne : tableau de bord, pneumatiques et pare-chocs de voitures ; tubes PVC pour l'évacuation des eaux et tubes en polyéthylène réticulé ou PER pour leur arrivée à la maison, sans parler des gaines de fils électriques, des fibres optiques, des ordinateurs, des objets « plastiques » ; verres de contact, biomatériaux, textiles… pour ne citer qu'une très petite partie de la liste !

- Les polymères sont **solides** à température ordinaire en raison des multiples interactions entre les molécules qui les composent. Ces molécules sont désordonnées et forment un état **amorphe** (comme le verre). Si la température s'élève (au-delà de la température de transition vitreuse), la plupart **se ramollissent**. Certaines liaisons intermoléculaires sont alors brisées. À une température suffisamment élevée, ils deviennent suffisamment mous, et peuvent par exemple être moulés : ils sont alors **viscoélastiques**.

- Les polymères peuvent aussi être utilisés en solution avec un solvant approprié. En fonction de leur concentration, ils constituent de très bons gels.

2 Monomère, motif et degré de polymérisation

Le **monomère** est la molécule de base du polymère. Ce peut être un alcène dont la liaison double peut s'ouvrir afin de s'additionner à un autre monomère par exemple.
Le **motif** est la séquence d'atomes, provenant du monomère, qui se répète dans la molécule de polymère.
Le **degré *n* de polymérisation** est le nombre de répétitions du motif dans le polymère.

$$nCH_2 = CH_2 \rightarrow (CH_2{-}CH_2)_n$$

Exemples

Le polyéthylène (PE) est le polymère obtenu à partir de l'éthène, ou éthylène, ce dernier constituant le monomère. L'équation de polymérisation est $nCH_2 = CH_2 \rightarrow (CH_2{-}CH_2)_n$.
$-CH_2{-}CH_2-$ est le motif et n le degré de polymérisation.

- Le polymère commence et se termine par quelques atomes différents du motif que l'on appelle **groupe terminal**. Il peut être différent en début et en fin de chaîne.
- Le motif est directement lié au degré n du polymère. En effet, le motif correspond à $-H_2{-}CH_2-$ et non $-CH_2-$ pour le PE par exemple, car on a comme formule $(CH_2{-}CH_2)_n$ pour le polymère et non $(CH_2)_n$.
- Le degré de polymérisation est souvent noté DP, il est proportionnel à la masse molaire du polymère.

Exercice résolu

Identifier le motif d'un polymère

ÉNONCÉ

Le PVC ou polychlorure de vinyle est obtenu à partir de la molécule de chlorure de vinyle $CHCl = CH_2$.
Donner l'équation de polymérisation et en déduire le motif du polymère.

CORRIGÉ

La polymérisation s'effectue en ouvrant la double liaison du monomère et en liant les monomères les uns aux autres :

$$nCHCl{=}CH_2 \rightarrow -CHCl{-}CH_2- \quad \ldots \quad -CHCl{-}CH_2- \ldots -CHCl{-}CH_2- \rightarrow (CHCl{-}CH_2)_n$$

Le motif du polymère est $-CHCl{-}CH_2-$, le polymère constituant la répétition de ce motif.

Conseil
Chaque fois que le monomère possède une insaturation, la polymérisation se fait par ouverture de la double liaison.

4 Vitesse de formation et rendement

De quoi s'agit-il ? **Dans un protocole de chimie, la vitesse de formation du produit et le rendement doivent être optimisés.**

1 Optimisation de la vitesse de formation d'un produit

Dans un protocole, certaines opérations peuvent être réalisées pour optimiser la vitesse de formation d'un produit :
– la **concentration** ou la **pression** des réactifs : leur augmentation permet d'augmenter la fréquence des réactions ;
– la **température** ou l'**agitation** du milieu réactionnel : au niveau microscopique, l'agitation thermique ou celle du milieu augmente la probabilité de mise en contact des réactifs et l'efficacité de la rencontre ;
– le **solvant** : le choix du solvant optimise la cinétique, dans la mesure où la solubilité des réactifs, et donc leur concentration, est importante ;
– le **catalyseur** : la présence d'un catalyseur pertinent augmente la cinétique, car le chemin réactionnel est modifié pour optimiser la vitesse de formation du produit. Plus la surface d'échange est grande, et plus la catalyse est efficace.

2 Rendement d'une synthèse

Le **rendement *r* d'une synthèse** est le rapport entre la quantité de matière de l'espèce cible obtenue expérimentalement et celle calculée théoriquement :

$$r = \frac{\text{Quantité de matière obtenue}}{\text{Quantité de matière théorique}}$$

• Le rendement d'une synthèse est d'autant plus important que l'on introduit un des réactifs en excès ou que l'on élimine un produit de la réaction.

• En effet, si l'on perturbe un équilibre chimique, le système chimique va évoluer dans le sens qui tend à éliminer la cause de la perturbation. Ainsi, lors d'un excès de réactif ou de l'élimination d'un des produits, le système chimique tend à consommer le réactif en excès ou à créer des produits en déplaçant l'équilibre dans le sens direct.

Remarque
Le rendement *r* est une valeur sans unité comprise entre 0 et 1. Il peut être donné en pourcentage en multipliant le résultat numérique par 100. $r = 1 = 100\ \%$ correspond ainsi au rendement maximal.

• Dans les deux cas, le quotient de réaction du système est inférieur à sa constante d'équilibre *K*, et le système évolue dans le sens direct (sens 1) : le rendement est alors en augmentation.

Exercice résolu

Identifier les paramètres d'optimisation de la cinétique

ÉNONCÉ

À partir des triglycérides d'acides gras (TAG) présents dans les huiles, il est possible de synthétiser des savons. Le savon de Marseille® est constitué d'oléate de sodium. Le protocole de synthèse est le suivant :
– verser 13,6 g d'huile d'olive (oléine) et 20 mL d'éthanol dans un ballon ;
– ajouter 20 mL de soude à 10 mol.L^{-1} (en excès) ;
– chauffer à reflux le mélange réactionnel durant 15 minutes environ ;

•••

•••

– verser le mélange obtenu dans un bécher contenant 100 mL de solution aqueuse de chlorure de sodium : le précipité obtenu est l'oléate de sodium.
L'équation de la réaction est :

$$\text{TAG} + 3(\text{Na}^+ + \text{HO}^-) \rightarrow 3 \text{ oléate de sodium} + \text{glycérol}$$

Le rendement de synthèse est de 47 %. Identifier dans le protocole les facteurs optimisant la synthèse et préciser ce qui pourrait être fait pour augmenter le rendement.

CORRIGÉ

Les paramètres qui influencent la vitesse de production du savon sont :
– la température du mélange : le montage à reflux permet d'avoir un chauffage homogène ;
– l'excès de l'un des réactifs : la soude est introduite en excès et déplace donc la réaction dans le sens direct de fabrication du savon ;
– le solvant : l'éthanol est un solvant organique miscible, donc à l'huile d'olive, mais c'est aussi un solvant miscible à toute phase aqueuse comme la soude ou solution aqueuse d'hydroxyde de sodium. L'éthanol permet de mettre en contact en une seule phase l'huile et la soude non miscibles entre elles directement.
Pour améliorer le rendement, on pourrait déséquilibrer davantage les quantités de réactifs par rapport à la stœchiométrie de la réaction, augmenter la température du mélange tant qu'il n'y a pas détérioration des réactifs, augmenter le temps de réaction ou introduire des ultrasons pour éviter la surdose de soude par exemple.

Gagnez des points !
L'éthanol CH_3–CH_2OH appartient à la famille des alcools, composés organiques. Cependant, grâce aux nombreuses liaisons hydrogène, cet alcool est miscible avec l'eau.

5 Stratégie de synthèse multi-étapes

De quoi s'agit-il ? **La stratégie d'une synthèse organique est le choix et l'organisation des différentes étapes du protocole.**

1 Synthèse organique écoresponsable

• Une synthèse organique est constituée d'une ou de plusieurs étapes réactionnelles permettant de transformer progressivement un ensemble d'espèces chimiques en une espèce chimique « cible ». On appelle **stade** d'une synthèse, un ensemble de plusieurs étapes successives. Le choix de la nature et de l'organisation de ces stades, afin d'obtenir l'espèce cible de la manière la plus efficace, constitue la **stratégie de la synthèse organique**.

• Une synthèse **écoresponsable** minimise l'impact environnemental par un protocole prenant en compte les questions d'énergie, de formation et de valorisation des sous-produits de la réaction, du choix des réactifs et des solvants, etc.

2 Typologie des réactions

• Une **transformation** se produit lorsqu'un ou plusieurs composés se transforment en d'autres composés. Elle met en jeu des ruptures et/ou des créations de liaisons chimiques.

• Aux réactions acido-basiques et d'oxydoréduction déjà vues dans le programme de spécialité, on peut définir trois grandes catégories de réactions supplémentaires :
– la réaction d'**addition** lorsque le réactif s'ajoute au substrat ;
– la réaction d'**élimination** lorsque le réactif enlève un ou plusieurs atomes du substrat ;
– la réaction de **substitution** lorsque le réactif apporte un ou plusieurs atomes au substrat et lorsque, sur le même site, un ou plusieurs autres atomes sont éliminés.

Exemples

- Addition d'eau sur de l'éthène ou de l'éthylène : $CH_2 = CH_2 + H_2O \rightarrow CH_3{-}CH_2{-}OH$.
- Élimination d'eau de l'éthanol par action de l'acide sulfurique :
$$CH_3{-}CH_2{-}OH + H_2SO_4 \rightarrow CH_2 = CH_2 + H_3O^+ + HSO_4^-.$$
- Substitution de OH par Cl sur de l'éthanol : $CH_3{-}CH_2{-}OH + HCl \rightarrow CH_3{-}CH_2{-}Cl + H_2O$.

3 Modifications de fonction, de chaîne et polymérisation

- Lorsque seul le groupement fonctionnel d'un réactif est modifié, sans modification de la chaîne carbonée, on parle de **modification de fonction ou de groupe caractéristique**.

Exemple

Substitution sur de l'éthanol $CH_3{-}CH_2{-}OH + HCl \rightarrow CH_3{-}CH_2{-}Cl + H_2O$.
L'alcool (éthanol) est transformé en halogénoalcane (chloroéthane).

- En revanche, lorsque le squelette de la chaîne carbonée n'est pas conservé, on parle de **modification de chaîne**.
- La polymérisation par polyaddition permet un allongement considérable de la chaîne carbonée par addition d'un motif sur lui-même un nombre *n* très grand de fois. En effet, il existe deux types de réactions de polymérisation :
  - la **polyaddition** ne fabrique pas de sous-produits. Un initiateur de polymérisation agit sur une insaturation de type liaison double des molécules à polymériser. Sous son action, la double liaison s'ouvre, rendant possible l'addition entre molécules (production du polyéthylène ou PE) ;
  - la **polycondensation** engendre un sous-produit, souvent une petite molécule comme H_2O (fabrication du nylon).

4 Protection/déprotection

Une **molécule polyfonctionnelle** est une espèce chimique constituée de plusieurs groupes fonctionnels.

Exemple

La molécule de glucose $CH_2OH{-}CHOH{-}CHOH{-}CHOH{-}CHOH{-}CHO$ est une molécule polyfonctionnelle, qui comporte :
- une fonction alcool (I) ;
- quatre fonctions alcool (II) ;
- une fonction aldéhyde.

- Dans un **aménagement fonctionnel** par modification d'une fonction organique spécifique, les autres fonctions du réactif polyfonctionnel non concernées par l'aménagement ne doivent pas réagir : ces fonctions doivent donc être **protégées** avant de procéder à la synthèse proprement dite.

Remarque
L'étape de déprotection doit avoir un rendement de 100 %.

- Lors d'une ultime étape du protocole expérimental, on procède à une **déprotection** qui consiste à récupérer la fonction précédemment protégée.

Révision express

Les points importants à retenir

- Apprenez par cœur :

– les définitions d'un polymère, d'un motif, d'un monomère, du degré d'un polymère et du rendement de la synthèse ;

– les correspondances entre la famille, la fonction, la formule brute et les préfixes ou suffixes de nomenclature systématique.

- Retenez :

– que la formule d'une molécule est une écriture symbolique compactée : on peut déterminer la formule brute, développée, semi-développée, topologique… ;

– qu'il existe trois types d'isomérie de constitution : de chaîne, de position et de fonction ;

– qu'il existe deux types de polymérisation : la polyaddition et la polycondensation.

- Soyez capable :

– de nommer en nomenclature systématique une molécule à partir d'une de ses formules développée, semi-développée ou topologique, et inversement ;

– d'identifier une addition, une élimination, une substitution ou une polymérisation.

Quiz

Cochez la (ou les) bonne(s) réponse(s) :

1. Lors d'une polyaddition :

☐ **a.** le polymère est un ensemble de motifs.
☐ **b.** une insaturation permet la polymérisation.
☐ **c.** le degré est le nombre de motifs.

2. Le rendement d'une synthèse :

☐ **a.** est sans unité.
☐ **b.** est défini comme un rapport de quantités de matière, donc s'exprime en mol.
☐ **c.** peut s'exprimer en pourcentage.

3. L'acide butanoïque et l'éthanoate d'éthyle sont isomères de :

☐ **a.** constitution.
☐ **b.** fonction.
☐ **c.** chaîne.

4. Une addition s'identifie par un nombre de réactifs plus important que le nombre de produits formés.

☐ **a.** Vrai ☐ **b.** Faux

5. Le rendement correspond au rapport entre la quantité de matière obtenue expérimentalement et celle obtenue avec un rendement de 100 %.

☐ **a.** Vrai ☐ **b.** Faux

→ Réponses p. 497

EXERCICE

Nommer un halogénoalcane ou un ester

Énoncé

En nomenclature systématique, nommer les deux molécules de formule topologique suivante :

a) 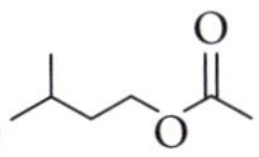

b) 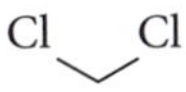

Méthode

1 Déterminer la formule semi-développée de la molécule et identifier la fonction caractéristique de la molécule.

2 Repérer la chaîne principale contenant le plus grand nombre d'atomes de carbone et comprenant **obligatoirement** le groupement fonctionnel.

3 Repérer les ramifications et les nommer en utilisant un préfixe adapté suivi de « yl ». Le préfixe tient compte du nombre d'atomes de carbone de la ramification, soit de 1 à 10 : méth, éth, prop, but, pent, hex, hept, oct, non et déc.

Cas des halogénoalcanes

4 Repérer le ou les atomes d'halogène et les nommer chloro, bromo, iodo…

5 Numéroter la chaîne principale dans les deux sens possibles en ne retenant que celle donnant les plus petits numéros aux atomes de carbone de rattachement des atomes d'halogène.

6 Nommer l'halogène, en faisant précéder chaque nom par le numéro de son atome de carbone de rattachement.

7 Enchaîner les ramifications par ordre alphabétique, en faisant précéder chaque nom par le numéro de l'atome de carbone de rattachement de la ramification, puis écrire le nom de la chaîne principale (entre une lettre et un chiffre, mettre un tiret ; coller deux lettres entre elles).

8 Si plusieurs ramifications identiques [resp. 2, 3, 4…] s'enchaînent, les regrouper en faisant précéder le nom de la ramification par un préfixe [resp. di, tri, tétra…]. Rassembler les numéros des atomes de carbone de rattachement en les notant entre virgules. Il est possible qu'un numéro soit écrit plusieurs fois.

Cas des esters

4 Recopier la formule de la molécule pour que la fonction soit écrite –COO– dans le sens de lecture et non –OOC–.

5 Numéroter les atomes de carbone de la chaîne principale dans les deux sens à partir de l'atome de carbone de la fonction, et vers la gauche pour la partie gauche avant la fonction et à partir de l'atome de carbone suivant vers la droite pour la fin de la molécule : …

←——— –COO–C–… ———→

6 Nommer successivement les deux parties de la chaîne principale comme si c'était la chaîne principale d'un alcane, en remplaçant la terminaison « ane » par « anoate de/d' » et la partie droite par « yle ».

7 Continuer les étapes **7** et **8** de la nomenclature des halogénoalcanes.

Corrigé

a) Molécule de formule topologique 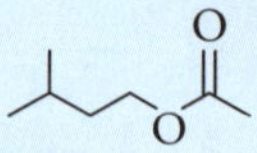

1. La molécule proposée est un ester de formule semi-développée :

$$CH_3\text{–}CH(CH_3)\text{–}CH_2\text{–}CH_2\text{–}OOC\text{–}CH_3$$

2. La chaîne principale est :

$$CH_3\text{–}CH\text{–}CH_2\text{–}CH_2\text{–}OOC\text{–}CH_3$$

3. Il y a une ramification CH_3–, c'est-à-dire un méthyl.

4. On a dans le sens suivant :

$$CH_3\text{–}COO\text{–}CH_2\text{–}CH_2\text{–}CH(CH_3)\text{–}CH_3$$

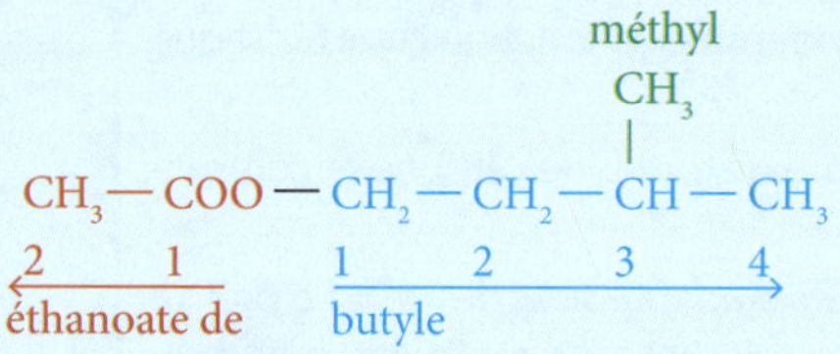

Gagnez des points !
Utiliser des couleurs et exploiter au maximum la formule graphique avant d'écrire le nom de la molécule.

5. et **6.** On numérote la chaîne par parties et on nomme la partie gauche à 2 atomes de carbone « éthanoate de » et la partie droite à 4 atomes de carbone « butyle ».

7. et **8.** L'ester n'a qu'une seule ramification sur le carbone n° 3 de la partie droite. On nomme ainsi la molécule éthanoate de 3-méthylbutyle.

b) Molécule de formule topologique 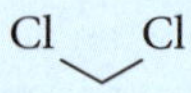

Il s'agit d'un halogénoalcane $Cl\text{–}CH_2\text{–}Cl$ avec une chaîne principale à 1 seul atome de carbone (méthane) et 2 atomes de chlore (chloro). On est donc en présence du 1,1-dichlorométhane.

Réflexe à avoir
Lorsqu'il n'y a qu'une possibilité de numérotation, les chiffres ne sont pas obligatoires : on peut ici restreindre le nom à dichlorométhane.

Chapitre 10

Décrire un mouvement

1 Vecteurs position, vitesse et accélération

De quoi s'agit-il ? La description du mouvement d'un système passe par la détermination des vecteurs position, vitesse et accélération du système.

1 Vecteur position

Si on définit un repère d'espace $(O, \vec{i}, \vec{j}, \vec{k})$ dans le référentiel d'étude et une origine des temps, tout point M de l'espace est alors repéré par le vecteur position $\overrightarrow{OM}(t)$:

> **Remarque**
> Dans un repère orthonormé, on a $\|\overrightarrow{OM}\| = \sqrt{x^2 + y^2 + z^2}$.

$$\overrightarrow{OM}(t) = x(t)\vec{i} + y(t)\vec{j} + z(t)\vec{k}$$

2 Vecteur vitesse

- Dans le référentiel d'étude muni du repère $(O, \vec{i}, \vec{j}, \vec{k})$, on définit le vecteur vitesse en $M(t)$, noté $\vec{v}_M(t)$, qui a les caractéristiques suivantes :
  - point d'application : au point $M(t)$;
  - direction : tangente à la trajectoire ;
  - sens : celui du mouvement ;
  - norme : $\|\vec{v}_M(t)\| = \dfrac{M_1M_2}{\Delta t}$,

avec $M_1 = M\left(t - \dfrac{\Delta t}{2}\right)$ et $M_2 = M\left(t + \dfrac{\Delta t}{2}\right)$ les positions du système M repérées à l'instant immédiatement avant et immédiatement après t, et Δt la durée entre celles-ci.

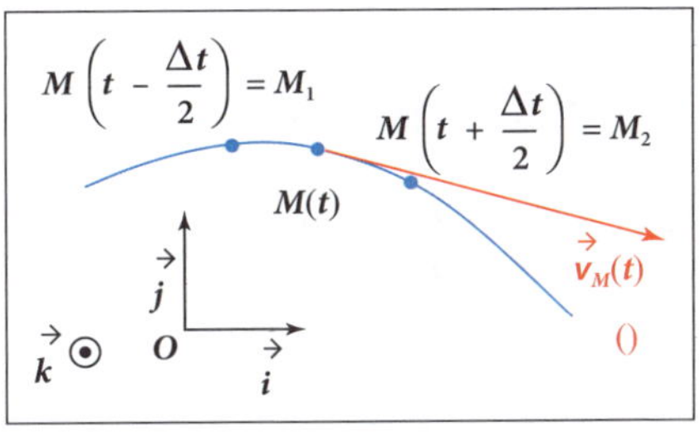

- $\vec{v}_M(t)$ s'écrit vectoriellement :

$$\vec{v}_M(t) = \frac{\overrightarrow{M_1M_2}}{\Delta t} = \frac{\overrightarrow{OM}\left(t + \frac{\Delta t}{2}\right) - \overrightarrow{OM}\left(t - \frac{\Delta t}{2}\right)}{\Delta t} = \frac{\Delta\overrightarrow{OM}(t)}{\Delta t}$$

> **Remarque**
> La vitesse apparaît comme le taux de variation de la position par rapport au temps.

- Les positions de M sont infiniment proches, et Δt est infiniment faible. La vitesse instantanée au point $M(t)$ est alors la dérivée du vecteur position par rapport au temps.

$$\vec{v}_M(t) = \lim_{\Delta t \to 0} \frac{\Delta\overrightarrow{OM}(t)}{\Delta t} = \frac{d\overrightarrow{OM}(t)}{dt}$$

avec $\dfrac{dx}{dt}$ signifiant « dérivée de x par rapport à t ».

• Soit (x, y, z) les coordonnées du vecteur $\overrightarrow{OM}(t)$ dans le repère $(O, \vec{i}, \vec{j}, \vec{k})$. On a alors :

$$\vec{v}_M(t) = \frac{dx}{dt}\vec{i} + \frac{dy}{dt}\vec{j} + \frac{dz}{dt}\vec{k}$$

$$\vec{v}_M(t) = \dot{x}(t)\vec{i} + \dot{y}(t)\vec{j} + \dot{z}(t)\vec{k}$$

avec la notation $\dot{x}(t) = \dfrac{dx}{dt}$.

Remarque

Dans un repère orthonormé,

$$\|\vec{v}_M(t)\| = \sqrt{\frac{dx^2}{dt} + \frac{dy^2}{dt} + \frac{dz^2}{dt}}$$

$$\|\vec{v}_M(t)\| = \sqrt{\dot{x}^2 + \dot{y}^2 + \dot{z}^2}.$$

3 Vecteur accélération

• Dans le référentiel d'étude muni du repère $(O, \vec{i}, \vec{j}, \vec{k})$, on définit le vecteur accélération $\vec{a}_M(t)$ comme la dérivée du vecteur vitesse par rapport au temps :

$$\boldsymbol{\vec{a}_M(t) = \lim_{\Delta t \to 0} \frac{\Delta \vec{v}_M(t)}{\Delta t} = \frac{d\vec{v}_M(t)}{dt}}$$

Remarque

Dans un repère orthonormé, on a $\|\vec{a}_M(t)\| = \sqrt{\ddot{x}^2 + \ddot{y}^2 + \ddot{z}^2}$.

• Le repère $(O, \vec{i}, \vec{j}, \vec{k})$ ayant des vecteurs unitaires indépendants du temps, $\vec{a}_M(t)$ s'écrit :

$$\vec{a}_M(t) = \frac{d^2x}{dt^2}\vec{i} + \frac{d^2y}{dt^2}\vec{j} + \frac{d^2z}{dt^2}\vec{k}$$

$$\vec{a}_M(t) = \ddot{x}(t)\vec{i} + \ddot{y}(t)\vec{j} + \ddot{z}(t)\vec{k}$$

avec la notation $\ddot{x}(t) = \dfrac{d^2x}{dt^2}$ signifiant « dérivée double de x par rapport au temps ».

2 Mouvement circulaire et repère de Frenet

De quoi s'agit-il ? **Afin de décrire un mouvement circulaire, on utilise un repère mobile attaché au système appelé repère de Frenet.**

1 Repère de Frenet

• Le repère de Frenet est un repère orthonormé mobile attaché au point M en mouvement. Il est constitué d'une base de vecteur appelée **base de Frenet** et notée $(\vec{\tau}, \vec{n})$.

Remarque

Le cercle localement tangent à la trajectoire en M est appelé « cercle osculateur ».

• La base de Frenet est un doublet de vecteurs unitaires attachés à M tel que :

– on définit arbitrairement un sens positif le long de la trajectoire de M qui est en général le sens du mouvement ;

– le vecteur unitaire $\vec{\tau}$, appelé vecteur tangent, est comme son nom l'indique, tangent à la trajectoire et orienté dans le sens positif du mouvement ;

– le vecteur unitaire $\vec{n}$ ou vecteur normal, est dirigé vers le centre du cercle localement tangent à la trajectoire, les vecteurs $\vec{\tau}$ et $\vec{n}$ étant perpendiculaires.

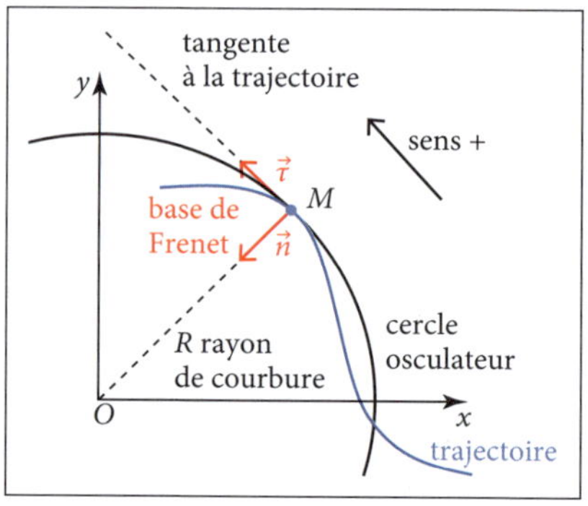

2 Vecteurs vitesse et accélération dans le repère de Frenet

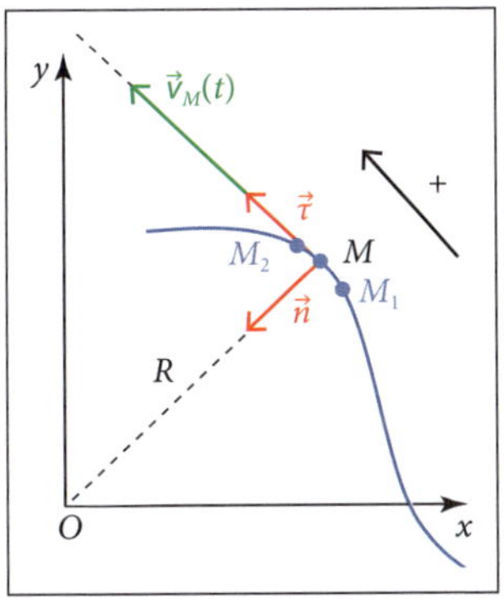

- Précédemment, on a défini la vitesse du point M comme $\vec{v}_M(t) = \dfrac{\overrightarrow{M_1M_2}}{\Delta t}$ avec Δt très petit. Soit $\vec{v}_M(t) = \lim\limits_{\Delta t \to 0} \dfrac{\overrightarrow{M_1M_2}}{\Delta t}$.

- On définit l'abscisse curviligne de la trajectoire que l'on note s par $\mathrm{d}s(t) = \lim\limits_{\Delta t \to 0} \overline{M_1M_2}$ et on en déduit une expression de la vitesse de M :

$$\vec{v}_M(t) = v_\tau \vec{\tau} = \frac{\mathrm{d}s}{\mathrm{d}t}\vec{\tau}$$

- Le vecteur vitesse n'a qu'une composante tangentielle $v_\tau = \dfrac{\mathrm{d}s}{\mathrm{d}t}$ suivant $\vec{\tau}$. La composante normale de la vitesse est nulle, $v_\mathrm{n} = 0$.

- En revanche, le vecteur accélération a des composantes tangentielle a_τ et normale a_n non nulles :

$$\vec{a}_M(t) = \frac{\mathrm{d}\vec{v}_M(t)}{\mathrm{d}t} = a_\tau\vec{\tau} + a_\mathrm{n}\vec{n} \text{ avec } a_\tau = \frac{\mathrm{d}v_\tau}{\mathrm{d}t} = \frac{\mathrm{d}\|\vec{v}\|}{\mathrm{d}t} \text{ et } a_\mathrm{n} = \frac{v_\tau^2}{R} = \frac{\|\vec{v}\|^2}{R}$$

R étant le rayon de courbure du cercle osculateur

- Dans le cas d'un mouvement circulaire, la trajectoire est confondue avec le cercle osculateur, et R est donc le rayon, constant, de cette dernière.

Exercice résolu

Exprimer la dérivée du vecteur unitaire $\vec{\tau}$

ÉNONCÉ

En s'appuyant sur les expressions des vecteurs vitesse et accélération, démontrer que dans le cas d'un mouvement circulaire de rayon R, on a : $\dfrac{\mathrm{d}\vec{\tau}}{\mathrm{d}t} = \dfrac{v_\tau}{R}\vec{n}$.

CORRIGÉ

Le vecteur vitesse est la dérivée temporelle de l'abscisse curviligne s :

$$v_M(t) = v_\tau\vec{\tau} = \frac{\mathrm{d}s}{\mathrm{d}t}\vec{\tau} \text{ avec } v_\tau = \|\vec{v}\| = \frac{\mathrm{d}s}{\mathrm{d}t}$$

Le vecteur accélération s'obtient par dérivation par rapport au temps t du vecteur vitesse :

$$a_M(t) = \frac{\mathrm{d}\vec{v}_M(t)}{\mathrm{d}t} = \frac{\mathrm{d}(v_\tau\vec{\tau})}{\mathrm{d}t} = \frac{\mathrm{d}v_\tau}{\mathrm{d}t}\vec{\tau} + v_\tau\frac{\mathrm{d}\vec{\tau}}{\mathrm{d}t}$$

Or $\vec{a}_M(t) = a_\tau\vec{\tau} + a_\mathrm{n}\vec{n} = \dfrac{\mathrm{d}v_\tau}{\mathrm{d}t}\vec{\tau} + \dfrac{v_\tau^2}{R}\vec{n}$.

Par identification entre les termes, on en déduit tout d'abord que : $v_\tau\dfrac{\mathrm{d}\vec{\tau}}{\mathrm{d}t} = \dfrac{v_\tau^2}{R}\vec{n}$, puis finalement $\dfrac{\mathrm{d}\vec{\tau}}{\mathrm{d}t} = \dfrac{v_\tau}{R}\vec{n}$, ce qu'il fallait démontrer.

Rappel

La dérivée d'un produit xy est égale à $x'y + xy'$ ou $\dot{x}y + x\dot{y}$ soit, avec les notations actuelles : $\dfrac{\mathrm{d}xy}{\mathrm{d}t} = \dfrac{\mathrm{d}x}{\mathrm{d}t}y + x\dfrac{\mathrm{d}y}{\mathrm{d}t}$.

3 Vecteur $\vec{a}$ de mouvements particuliers

De quoi s'agit-il ? **Les vecteurs accélération sont explicités dans le cas de mouvements particuliers.**

1 Mouvements rectilignes

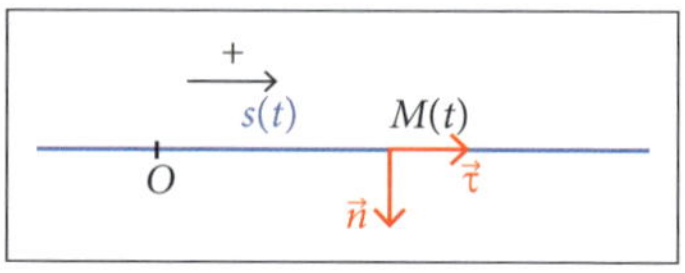

- Soit un point mobile M en mouvement rectiligne. On note $s(t) = \overset{\frown}{OM}(t)$ l'abscisse curviligne par rapport à un point fixe O. La trajectoire étant une droite, on peut la considérer comme un cas particulier de trajectoire circulaire avec un rayon de courbure R tendant vers l'infini.

Or on a :

$$\vec{a}_M(t) = a_\tau\vec{\tau} + a_n\vec{n} = \frac{dv_\tau}{dt}\vec{\tau} + \frac{v_\tau^2}{R}\vec{n} = \frac{dv_\tau}{dt}\vec{\tau}$$

puisque $\frac{v_\tau^2}{R} = 0$.

On en déduit que dans le cas d'un mouvement rectiligne, l'accélération est dirigée suivant le vecteur tangent $\vec{\tau}$ et a pour norme :

$$\left\|\vec{a}_M\right\| = \frac{dv_\tau}{dt} = \frac{d\left\|\vec{v}\right\|}{dt}$$

- Dans le cas particulier d'un mouvement rectiligne uniforme, la vitesse du mobile M est constante. Sa dérivée est nulle, et $\left\|\vec{a}_M\right\| = 0$.
- Si le mouvement est rectiligne uniformément accéléré, l'accélération est dirigée suivant le vecteur tangent $\vec{\tau}$ et a pour **norme constante** :

$$\left\|\vec{a}_M\right\| = \frac{dv_\tau}{dt} = \frac{d\left\|\vec{v}\right\|}{dt}$$

Remarque

Dans le cas d'un mouvement uniformément accéléré, si la valeur de l'accélération est constante, alors la dérivée temporelle de la valeur de la vitesse l'est aussi. On en déduit que la norme de la vitesse est une fonction linéaire du temps.

2 Mouvements circulaires

- Lorsqu'un point mobile M est en mouvement circulaire, son accélération est :

$$\vec{a}_M(t) = a_\tau\vec{\tau} + a_n\vec{n} = \frac{dv_\tau}{dt}\vec{\tau} + \frac{v_\tau^2}{R}\vec{n}$$

Le vecteur a donc une composante suivant la tangente à la trajectoire et une composante positive $\frac{v_\tau^2}{R} > 0$ suivant la normale à la trajectoire.

- Si l'on exprime le produit scalaire de $\vec{a}$ par $\vec{v}$, on obtient :

$$P = \vec{a}_M(t) \cdot \vec{v}_M(t) = \left(\frac{dv_\tau}{dt}\vec{\tau} + \frac{v_\tau^2}{R}\vec{n}\right) \cdot v_\tau\vec{\tau}$$

$$P = \frac{dv_\tau}{dt}v_\tau = \frac{1}{2}\frac{d(v_\tau^2)}{dt} = \frac{1}{2}\frac{d(\left\|\vec{v}\right\|^2)}{dt}$$

- Dans le cas d'un mouvement circulaire :
  - uniforme, $\|\vec{v}\|$ est une constante, donc le produit scalaire $P = \vec{a}_M(t) \cdot \vec{v}_M(t) = 0$, et les vecteurs accélération et vitesse sont perpendiculaires. Le vecteur vitesse étant tangent à la trajectoire, on en déduit que le vecteur accélération est suivant le vecteur normal $\vec{a}_M(t) = \frac{\vec{v}_\tau^2}{R}\vec{n}$ avec $\frac{v_\tau^2}{R} > 0$;
  - accéléré, $\|\vec{v}\|$ augmente et $\frac{\mathrm{d}(\|\vec{v}\|^2)}{\mathrm{d}t} > 0$, donc $P > 0$, et le vecteur accélération a ses deux composantes positives, c'est un vecteur inscrit dans le quart de plan $(\vec{\tau}, \vec{n})$;
  - décéléré ou ralenti, $\|\vec{v}\|$ diminue et $\frac{\mathrm{d}(\|\vec{v}\|^2)}{\mathrm{d}t} < 0$, donc $P < 0$, et le vecteur accélération a sa composante tangentielle $\frac{\mathrm{d}\vec{v}_\tau}{\mathrm{dt}} = \frac{\mathrm{d}\|\vec{v}\|}{\mathrm{d}t} < 0$, c'est un vecteur inscrit dans le quart de plan $(-\vec{\tau}, \vec{n})$.

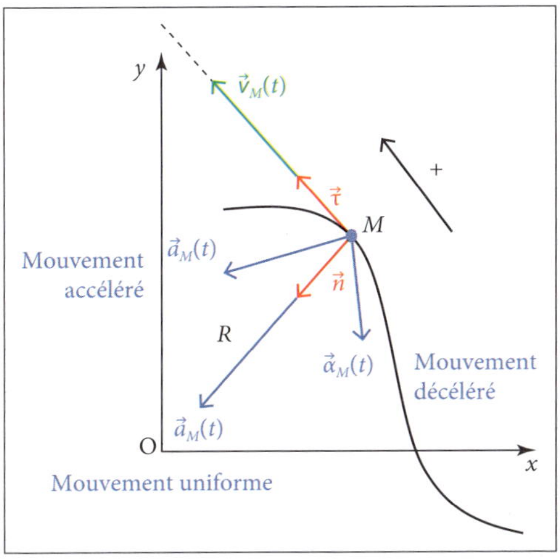

3 Représentation des vecteurs vitesse et accélération

- On appelle **chronophotographie** la photographie de l'ensemble des positions du système ramené à un point mobile $M(t)$ pris à intervalles de temps constants.
- La chronophotographie permet numériquement ou manuellement de construire les vecteurs vitesse et accélération pour chaque position du point mobile M à l'instant t.
- Le vecteur vitesse est tangent à la trajectoire et orienté dans le sens du mouvement.

➔ Révision express

Les points importants à retenir

- Apprenez par cœur l'expression du vecteur accélération dans le repère de Frenet.
- Retenez :

– que le repère de Frenet est un repère orthonormé mobile attaché au point M en mouvement et qu'il est constitué d'une base de vecteurs appelée base de Frenet et notée $(\vec{\tau}, \vec{n})$;

– que le vecteur accélération est la dérivée temporelle du vecteur vitesse et que le vecteur vitesse est la dérivée temporelle du vecteur position ;

– qu'un mouvement rectiligne uniforme a un vecteur accélération nul et un vecteur vitesse constant ;

- Soyez capable :

– de représenter en n'importe quel point mobile la base de Frenet $(\vec{\tau}, \vec{n})$;

– de représenter le vecteur accélération, le vecteur vitesse et le vecteur position sur une chronophotographie ;

– de déterminer la nature du mouvement en fonction des expressions des vecteurs accélération et vitesse d'un mobile.

Quiz

Cochez la (ou les) bonne(s) réponse(s) :

1. On réalise la chronophotographie du mouvement circulaire uniforme d'un point M :

☐ **a.** la vitesse de M est constante.

☐ **b.** le vecteur vitesse de M est constant.

☐ **c.** l'accélération de M est nulle.

2. Dans un repère de Frenet :

☐ **a.** le vecteur $\vec{\tau}$ est toujours tangent à la trajectoire.

☐ **b.** le vecteur $\vec{\tau}$ est toujours dans le sens du mouvement.

☐ **c.** le vecteur $\vec{n}$ est un vecteur normal à la trajectoire.

3. Dans le repère de Frenet, le vecteur vitesse d'un point mobile M :

☐ **a.** est toujours tangent à la trajectoire.

☐ **b.** a la même direction que le vecteur $\vec{\tau}$.

☐ **c.** a le même sens que $\vec{\tau}$.

4. Un système en mouvement circulaire uniforme a son vecteur vitesse constant.

☐ **a.** Vrai ☐ **b.** Faux

➔ Réponses p. 497

EXERCICE

Représenter le vecteur vitesse en un point à partir d'une chronophotographie

Énoncé

On représente la trajectoire d'un mobile M de masse $m = 750$ g entre deux instants t_0 et t_5. Les positions successives du mobile sont repérées toutes les $\Delta t = 40$ ms.

Représenter le vecteur vitesse au point de la trajectoire pour lequel $t = 80$ ms.

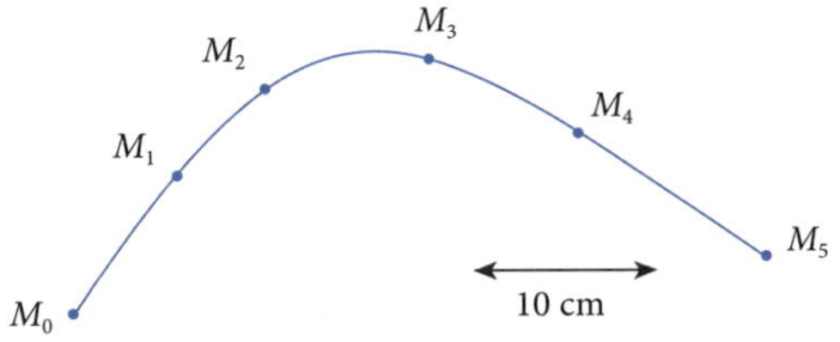

Méthode

1 Identifier la position $M(t)$ pour laquelle il faut déterminer le vecteur vitesse.

2 Mesurer, à l'aide d'une règle graduée, la longueur du segment $[M(t-\Delta t)M(t+\Delta t)]$ entre la position qui précède $M(t)$ et celle qui suit.

3 À l'aide de l'échelle des distances proposée pour la chronophotographie et en utilisant la relation de proportionnalité (produit en croix), déduire la distance réelle entre les points $M(t-\Delta t)$ et $M(t+\Delta t)$.

4 Évaluer la durée qui sépare les deux positions $M(t-\Delta t)$ et $M(t+\Delta t)$. En général, elle correspond au double de l'intervalle de temps Δt entre deux positions successives.

5 Donner l'expression de la norme de la vitesse $v = \dfrac{M(t-\Delta t)M(t+\Delta t)}{2\,\Delta t}$. On peut éventuellement faire l'application numérique.

6 Tracer la tangente à la trajectoire au point $M(t)$ sélectionné. En général, si Δt est petit, elle correspond à la droite parallèle à $[M(t-\Delta t)M(t+\Delta t)]$ passant par $M(t)$.

7 Choisir une échelle des vitesses pour que le vecteur vitesse mesure entre 3 et 5 cm, et tracer le vecteur vitesse tel que :
- le point d'application est $M(t)$;
- la direction est celle de la tangente en $M(t)$;
- le sens est celui du mouvement ;
- la norme est celle obtenue par un « produit en croix » à partir de l'échelle des vitesses.

Corrigé

1. À $t = 80$ ms, il s'est donc écoulé $2\Delta t = 2 \times 40$ ms entre M_0 et la position recherchée. On en déduit que la position à repérer est en M_2.

2.

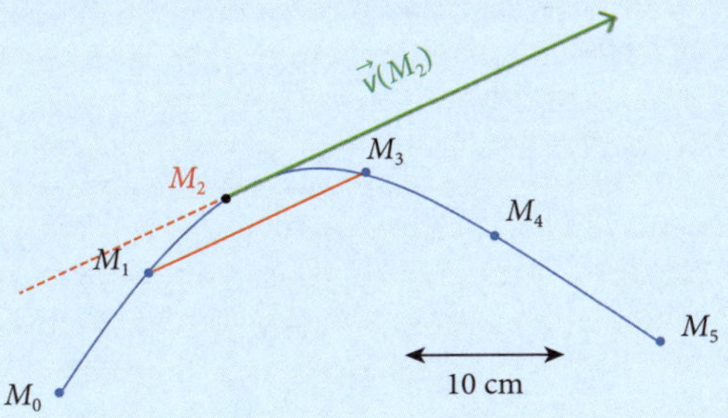

Remarque
Mesurer précisément M_1M_3, car toutes les applications numériques dépendent de cette mesure.

3. 10,0 cm dans la réalité correspondent à 1,4 cm sur le schéma et M_1M_3 mesure 2,1 cm sur le schéma.

On en déduit : $M_1M_3 = \frac{2{,}1 \times 10{,}0}{1{,}4} = 15$ cm.

4. La durée correspondant au trajet entre M_1 et M_3 est $2\Delta t = 2 \times 40 = 80$ ms.

5. Dans le cas de cette étude, on a alors :

$$v = \frac{M_1M_3}{2\,\Delta t}$$

A. N. : $v = \frac{15 \times 10^{-2}}{80 \times 10^{-3}} = 1{,}9\ \text{m} \cdot \text{s}^{-1}$.

6. La tangente en M_2 à la trajectoire est représentée en pointillés rouges sur le schéma.

7. Le vecteur vitesse pourrait être représenté par un vecteur de 3,8 cm si l'échelle des vitesses est telle que 1,0 cm de vecteur sur le schéma représente un vecteur de norme $0{,}5\ \text{m} \cdot \text{s}^{-1}$ dans la réalité. L'échelle choisie est donc 1,0 cm $\leftrightarrow$ $0{,}5\ \text{m} \cdot \text{s}^{-1}$.

Piège à éviter
Les échelles des positions et des vitesses sont deux échelles différentes !

Le vecteur $\vec{v}(M_2)$ est appliqué en M_2, tangent à la trajectoire dans le sens du mouvement, et de longueur 3,8 cm représentant une norme de $1{,}9\ \text{m} \cdot \text{s}^{-1}$.

Chapitre 11 Relier les actions appliquées à un système à son mouvement

1 Deuxième loi de Newton

De quoi s'agit-il ? **La deuxième loi de Newton explicite le lien entre la quantité de mouvement d'un système et la résultante des forces agissant sur lui.**

1 Système et référentiel

- On appelle **système** un objet ou un ensemble d'objets dont on étudie le mouvement.
- Le **centre de masse** G d'un système est le point remarquable auquel on attribue toute la masse du système pour une étude simplifiée. Pour les objets de densité uniforme, G est le centre géométrique.
- Le **référentiel** est l'observateur par rapport auquel on étudie le mouvement d'un système. On lui attache généralement un **repère** d'espace $(O, \vec{i}, \vec{j}, \vec{k})$.
- Le principe d'inertie n'est valable que dans certains référentiels, appelés **référentiels galiléens**. On postule l'existence d'au moins un référentiel galiléen, tout autre référentiel galiléen étant en mouvement de translation rectiligne par rapport à lui.

Remarque
Le référentiel terrestre peut être considéré comme galiléen si l'on étudie des mouvements d'une durée suffisamment courte pour pouvoir négliger les effets de la rotation de la Terre.

- Un **système isolé** est un système qui n'est soumis à aucune force extérieure. Un système **pseudo-isolé** est en revanche un système soumis à un ensemble de forces qui se compensent.

2 Quantité de mouvement et deuxième loi de Newton

- On appelle quantité de mouvement $\vec{p}$ d'un point matériel, le vecteur :

$$\vec{p} = m\vec{v} \text{ avec } \begin{cases} m : \text{masse du système (en kg)}, \\ \vec{v} : \text{vecteur vitesse instantanée.} \end{cases}$$

- Le vecteur quantité de mouvement $\vec{p}$ a les mêmes point d'application, direction et sens que le vecteur vitesse $\vec{v}$, mais a une norme proportionnelle à celle de $\vec{v}$, soit :

$$\|\vec{p}\| = p = m\|\vec{v}\| = mv$$

- La somme vectorielle des forces extérieures appliquées à un système mécanique est appelée résultante des forces. Elle se note $\sum \vec{F}_{ext}$.

Deuxième loi de Newton ou théorème du centre d'inertie
Dans un référentiel galiléen, la résultante des forces extérieures agissant sur un système est égale à la dérivée temporelle du vecteur quantité de mouvement de son centre d'inertie : $\sum \vec{F}_{ext} = \dfrac{d\vec{p}_G}{dt}$.

Remarque
Le principe d'inertie apparaît comme un cas particulier de la seconde loi de Newton. Si $\vec{v}$ est un vecteur constant (mouvement rectiligne uniforme) ou nul (immobilité), alors $\dfrac{d\vec{p}}{dt} = \vec{0}$, et la résultante des forces est nulle. Les forces agissant sur le système se compensent donc.

Exercice résolu

Déterminer le vecteur accélération à partir de la résultante des forces

ÉNONCÉ

Une bille de masse m est lâchée d'une hauteur h sans vitesse initiale.
Déterminer le vecteur accélération du centre de masse de la bille.

CORRIGÉ

Le système étudié est la bille ramenée à son centre de masse G.
Le référentiel est le référentiel terrestre considéré comme galiléen.
Le système est soumis à son poids $\vec{P} = m\vec{g}$ et à des frottements de l'air que l'on peut supposer négligeables par rapport à la valeur du poids de la bille. La résultante des forces extérieures appliquées à la bille est donc :

$$\sum \vec{F}_{\text{ext}} = \vec{P}$$

En appliquant la seconde loi de Newton au système {bille} dans le référentiel terrestre et sachant que la masse de l'objet est constante durant la chute, on obtient :

$$\sum \vec{F}_{\text{ext}} = \vec{P} = m\vec{g} = \frac{\mathrm{d}\vec{p}_G}{\mathrm{d}t} = m\frac{\mathrm{d}\vec{v}_G}{\mathrm{d}t} = m\vec{a}_G$$

En simplifiant par la masse m non nulle, on a finalement : $\vec{g} = \frac{\mathrm{d}\vec{v}_G}{\mathrm{d}t}$, d'où $\vec{\boldsymbol{a}}_G = \vec{\boldsymbol{g}}$. Le vecteur accélération de la bille est le vecteur intensité de pesanteur.

À retenir

Si la masse du système est constante, alors : $\frac{\mathrm{d}\vec{p}_G}{\mathrm{d}t} = m\frac{\mathrm{d}\vec{v}_G}{\mathrm{d}t} = m\vec{a}_G$.

2 Mouvement dans un champ de pesanteur uniforme $\vec{g}$

De quoi s'agit-il ? **On traite ici le mouvement d'un système uniquement soumis à son poids.**

1 Chute libre avec vitesse initiale

- On considère un système mécanique uniquement soumis à un champ de pesanteur uniforme $\vec{g}$. Le référentiel d'étude est considéré comme galiléen. Il s'agit souvent d'un système en chute libre pour laquelle on a négligé les frottements avec ou sans vitesse initiale.

- Nous traiterons ici un cas général : un projectile, de masse m constante et ramené à son centre d'inertie G, est lancé d'une hauteur H par rapport au sol avec une vitesse initiale $\vec{v}_0$ faisant un angle α avec l'horizontale.

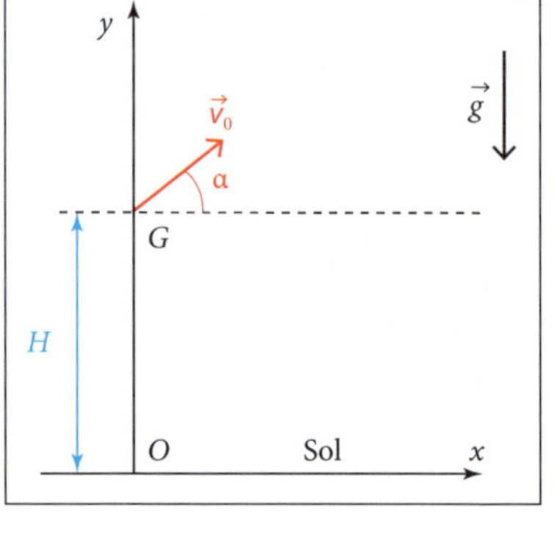

- Les conditions initiales sont :
  - position initiale : à $t = 0$, G est en $(0, H)$, c'est-à-dire que $x_G(t = 0) = 0$ et $y_G(t = 0) = H$;
  - vitesse initiale : à $t = 0$, $\vec{v}_G(t = 0) = \vec{v}_0$, soit $v_{0x} = v_0\sin\alpha$ et $v_{0y} = v_0\cos\alpha$.

- Nous allons rechercher les coordonnées temporelles des vecteurs accélération $\vec{a}_G(t)$, vitesse $\vec{v}_G(t)$ et position $\overrightarrow{OG}(t)$, afin d'établir l'équation de la trajectoire du système soumis à un champ de pesanteur uniforme $\vec{g}$.

2 Équations horaires du mouvement

- La résultante des forces extérieures exercées sur le système est uniquement son poids.
- En appliquant la seconde loi de Newton au projectile de masse constante m, dans le référentiel terrestre supposé galiléen, on obtient :

$$\sum \vec{F}_{ext} = \vec{P} = m\vec{g} = \frac{d\vec{p}_G(t)}{dt} = m\vec{a}_G(t)$$

La masse étant non nulle, l'expression précédente se résume à $\vec{a}_G = \vec{g}$.

> Un système mécanique ponctuel soumis à un champ de pesanteur uniforme $\vec{g}$ a un vecteur accélération $\vec{a}$ constant égal au vecteur champ de pesanteur : $\vec{a} = \vec{g}$.

- Le vecteur $\vec{g}$ étant vertical descendant, il a pour coordonnées $\vec{g}(0, -g)$.
On en déduit celles de l'accélération : $\boldsymbol{a_x(t) = 0}$ **et** $\boldsymbol{a_y(t) = -g}$.
- Par intégration des coordonnées de l'accélération, on obtient celles de la vitesse du système : $v_x(t) = K_1$ et $v_y(t) = -gt + K_2$ avec K_1 et K_2 les constantes d'intégration à déterminer en exploitant les conditions initiales du problème.
Or à $t = 0$, $v_{0x} = K_1 = v_0\sin\alpha$ et $v_{0y} = K_2 = v_0\cos\alpha$, d'où $K_1 = v_0\sin\alpha$ et $K_2 = v_0\cos\alpha$.
Finalement, $\boldsymbol{v_x(t) = v_0\sin\alpha}$ et $\boldsymbol{v_y(t) = -gt + v_0\cos\alpha}$.
- Par nouvelle intégration, on en déduit les coordonnées du vecteur position :
$x(t) = v_0t\sin\alpha + K_3$ et $y(t) = -\dfrac{gt^2}{2} + v_0t\cos\alpha + K_4$ avec K_3 et K_4 les constantes d'intégration à déterminer en exploitant les conditions initiales du problème.
Or à $t = 0$, $x_G = K_3 = 0$ et $y_G = K_4 = H$. Finalement, on obtient :

> Équations horaires du mouvement d'un système dans un champ de pesanteur uniforme :
> $$\boldsymbol{x(t) = v_0t\sin\alpha \text{ et } y(t) = -\frac{gt^2}{2} + v_0t\cos\alpha + H}$$

3 Équation de la trajectoire

- En utilisant l'expression de $x(t)$, on peut en déduire une expression de t :

$$t = \frac{x(t)}{v_0\sin\alpha}$$

- On réinjecte cette expression dans la seconde équation horaire pour obtenir celle de la trajectoire :

$$y(x) = -\frac{g}{2}\left(\frac{x}{v_0\sin\alpha}\right)^2 + v_0\cos\alpha\frac{x}{v_0\sin\alpha} + H$$

Or la vitesse initiale v_0 est non nulle et on définit $\tan\alpha = \dfrac{\cos\alpha}{\sin\alpha}$, donc on obtient finalement :

> Équation de la trajectoire d'un système dans un champ de pesanteur uniforme :
> $$\boldsymbol{y(x) = -\frac{g}{2}\left(\frac{x}{v_0\sin\alpha}\right)^2 + x\tan\alpha + H}$$ (équation d'une **parabole**)

PHYS. CHIMIE

- La trajectoire appartient au plan (xOy) : le mouvement dans un champ uniforme est plan.
- Résoudre l'équation $y(x) = 0$ revient à connaître l'abscisse du point d'impact du projectile au sol.

Remarque
Tous les cas théoriques peuvent être traités en prenant des valeurs différentes pour α et v_0.

3 Mouvement dans un champ électrique

De quoi s'agit-il ? **Par analogie avec le mouvement dans un champ de pesanteur, on traite ici le mouvement d'un système chargé dans un champ électrique.**

1 Champ électrique créé par un condensateur plan

- Un condensateur est un ensemble de deux plaques parallèles chargées soumis à une tension ou différence de potentiels U.
- On s'intéresse à une particule pénétrant entre deux plaques parallèles et horizontales P_1 et P_2, dans une zone où règne un champ électrique $\vec{E}$ supposé uniforme et perpendiculaire aux deux plaques.
À l'instant $t = 0$, la particule de masse m et de charge q arrive en un point O avec une vitesse $\vec{v}_0$. La trajectoire de l'électron dans un repère (O, x, y) est donnée ci-contre.

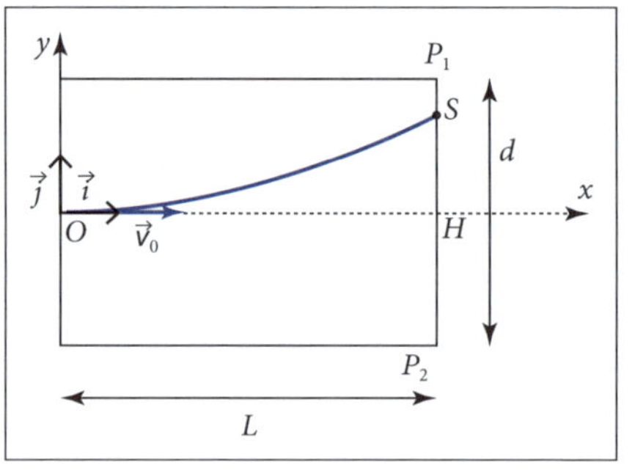

- La norme du champ électrique est $\boldsymbol{E} = \dfrac{\boldsymbol{U}}{\boldsymbol{d}}$ avec d la distance entre les plaques, et la force électrique subie par la particule est de norme $\boldsymbol{F} = |\boldsymbol{q}|\boldsymbol{E} = |q|\dfrac{U}{d}$.

2 Trajectoire d'un électron

- Pour simplifier, on considère par la suite le cas particulier d'un électron, soit $q = -\mathrm{e}$, et ainsi $F = \mathrm{e}E = \mathrm{e}\dfrac{U}{d}$.
- La seconde loi de Newton, pour l'électron de masse m constante, s'écrit :

$$\sum \vec{F}_{\text{ext}} = \vec{F} = -\mathrm{e}\vec{E} = \frac{\mathrm{d}\vec{p}}{\mathrm{d}t} = m\vec{a}$$

soit :

$$\vec{a} = \frac{-\mathrm{e}\vec{E}}{m}$$

Remarque
Le poids P de la particule est négligeable devant la valeur de la force électrique F.

- L'électron, particule de charge négative, est ici attiré par la plaque P_1 : on en déduit que cette dernière est chargée positivement. Le champ électrique est donc orienté de la plaque positive P_1 vers la plaque P_2, contrairement à la force exercée sur l'électron, verticale vers le haut.
- Par analogie avec un système soumis à un champ de pesanteur uniforme (voir p. 232) :
$y(x) = -\dfrac{g}{2}\left(\dfrac{x}{v_0\sin\alpha}\right)^2 + x\tan\alpha + H$, on établit l'équation de la trajectoire de l'électron dans

le cas où $H = 0$, et en remplaçant $\vec{g}$ vertical vers le bas par $\frac{-e\vec{E}}{m}$ vertical vers le haut. Dans le cas présent, on prendra aussi une vitesse initiale horizontale, soit $\alpha = 0$.

- L'équation parabolique de la trajectoire de l'électron est, dans le cas qui est traité ici, $y(x) = \frac{eEx^2}{2mv_0^2}$ avec $y(L)$ la déviation du faisceau, c'est-à-dire la distance de sortie de la particule par rapport à son point d'entrée soit :

$$y(L) = \frac{eEL^2}{2mv_0^2}$$

3 Influence des paramètres

- L'expression de la norme du champ électrique est $E = \frac{U}{d}$. Le champ est d'autant plus important que la tension U entre les plaques est forte et que leur distance d est faible.
- Le sens du champ électrique dépend des charges des plaques : il est toujours orienté de la plaque positive vers la plaque négative.
- L'équation la plus générale de la trajectoire d'une particule de masse m et de charge q dans un champ $\vec{E}$ uniforme est :

$$y(x) = -\frac{qE}{2m}\left(\frac{x}{v_0 \sin\alpha}\right)^2 + x\tan\alpha + H$$

La trajectoire dépend donc d'un ensemble de grandeurs physiques : q, m, E, v_0, α et H.

4 Principe d'un accélérateur linéaire de particules chargées

- Dans les expériences de physique des particules par exemple, il est nécessaire de pouvoir **accélérer les particules chargées** pour leur donner une énergie cinétique importante avant une collision.
- Un accélérateur linéaire permet d'augmenter la vitesse des particules par un ensemble de modules d'accélération dans lesquels règne un champ électrique. L'accélération de la particule est alors, comme on vient de l'établir :

$$\vec{a} = \frac{q\vec{E}}{m}$$

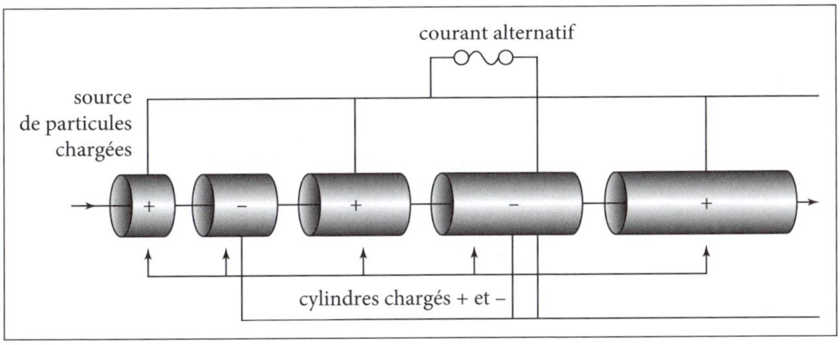

PHYS. CHIMIE

4 Aspects énergétiques

De quoi s'agit-il ? L'étude énergétique d'un système en mouvement consiste à évaluer son énergie cinétique, ses énergies potentielles et finalement son énergie mécanique au cours du temps.

1 Énergie cinétique et théorème de l'énergie cinétique

L'**énergie cinétique** d'un solide modélisé par un point matériel de masse m animé d'un mouvement à une vitesse $\vec{v}$ est :

$$E_c = \frac{1}{2}mv^2 \text{ avec } \begin{cases} m \text{ : masse (en kg),} \\ v \text{ : norme du vecteur vitesse (en m} \cdot \text{s}^{-1}\text{).} \end{cases}$$

- Comme toute énergie, l'énergie cinétique s'exprime en joules (J).
- On considère un système réduit à un point mobile M dans un référentiel galiléen.

Théorème de l'énergie cinétique :
La variation de l'énergie cinétique d'un système entre deux points A et B de sa trajectoire est égale au travail de la résultante des forces extérieures appliquées au système entre A et B.

$$E_c(B) - E_c(A) = \Delta E_c = W_{AB}\left(\sum \vec{F}_{ext}\right)$$

2 Conservation de l'énergie mécanique

Par définition, l'énergie **mécanique** E_m est la somme de l'énergie cinétique E_c et de l'énergie potentielle E_p :

$$E_m = E_c + E_p$$

- L'énergie mécanique représente l'énergie totale macroscopique du système.

La variation d'énergie mécanique au cours d'un mouvement de A vers B d'un point matériel M est égale au travail des forces dissipatives exercées sur M lors du déplacement AB :

$$\Delta E_m = E_m(B) - E_m(A) = W_d$$

- Si les forces sont uniquement conservatives, $\Delta E_m = 0$: **l'énergie mécanique est conservée**. Sa valeur est constante sur la totalité du déplacement du système.

3 Exploitation : cas du mouvement dans un champ uniforme

- Prenons le cas particulier d'une bille, de masse m constante, dans un champ de pesanteur. Elle remonte un plan incliné d'un angle θ avec l'horizontale.
- Le système étudié est la bille dans le référentiel terrestre supposé galiléen. On cherche à établir la relation entre la vitesse v du système et les paramètres du problème.

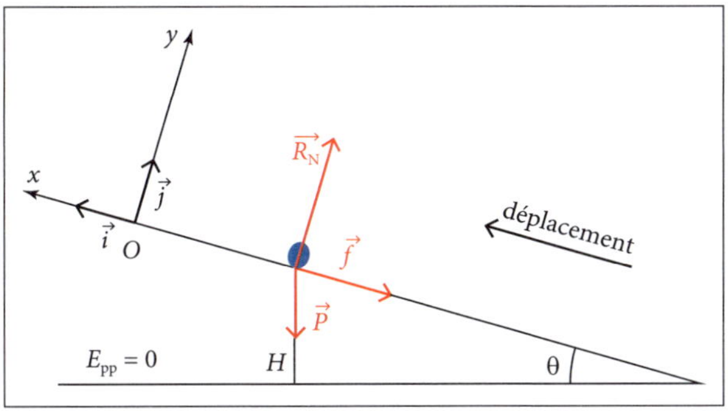

- Une méthode consiste à utiliser la 2e loi de Newton :
  - Les forces agissant sur la bille sont : le poids $\vec{P}$, la réaction normale $\vec{R}_N$ du support et les forces de frottement $\vec{f}$.
  - La seconde loi de Newton s'écrit : $\frac{d\vec{p}}{dt} = m\frac{d\vec{v}}{dt} = \vec{P} + \vec{R}_N + \vec{f}$ avec $\vec{P} = m\vec{g}$.
  - Dans le repère de la figure ci-dessus, par projection sur l'axe des abscisses :
  $$m\frac{dv}{dt} = -mg\sin\theta - f\text{, d'où } m\frac{dv}{dt} + mg\sin\theta + f = 0.$$

Remarque
On vérifie ici que l'accélération est bien négative.

- Une autre méthode consiste à établir le bilan énergétique du système :
  - Les forces de frottement sont des forces dissipatives dont le travail élémentaire est : $dW_d = \vec{f} \cdot d\vec{x} = -f \cdot dx$, car les deux vecteurs sont colinéaires, mais opposés.
  - On a : $dE_m = d\left(\frac{1}{2}mv^2 + mgH\right) = d\left(\frac{1}{2}mv^2 + mgx\sin\theta\right) = mvdv + mg\sin\theta dx$ avec $dx = vdt$ donc $dE_m = mvdv + mg\sin\theta vdt$.
  - Par ailleurs, $dW_d = \vec{f} \cdot d\vec{x} = -fdx = -fvdt$.
  Finalement, on obtient : $dE_m = dW_d = mvdv + mg\sin\theta vdt = -fvdt$.
  - En dérivant par rapport au temps, on obtient : $mv\frac{dv}{dt} + mg\sin\theta v + fv = 0$, soit encore, v étant non nul, $m\frac{dv}{dt} + mg\sin\theta + f = 0$.

À retenir
Le travail d'une force de frottement est résistant.

Remarque
Un bilan énergétique permet d'établir la même équation que celle utilisant la seconde loi de Newton.

5 Mouvement dans un champ de gravitation

De quoi s'agit-il ? **On étudie ici le mouvement circulaire d'un système soumis à une force centrale de type gravitationnelle.**

1 Force gravitationnelle

- Considérons, par exemple, un satellite en orbite circulaire autour de la Terre. Dans le référentiel géocentrique, supposé galiléen, la Terre exerce sur le satellite une force gravitationnelle :

Astuce du prof
Si h est l'altitude du satellite par rapport à la surface de la Terre, alors on peut remplacer d par $R_T + h$ avec R_T le rayon terrestre.

$\vec{F}_{T/S} = G\frac{M_T \cdot m}{d^2}\vec{n}$ avec
- M_T : masse de la Terre ($M_T = 5{,}98 \times 10^{24}$ kg),
- m : masse du satellite (en kg),
- d : distance entre le satellite et le centre de la Terre (en m),
- G : constante gravitationnelle ($G = 6{,}67 \times 10^{-11}\ N \cdot m^2 \cdot kg^{-2}$),
- $\vec{n}$: vecteur unitaire normal de la base de Frenet.

- Un satellite géostationnaire se déplace de manière synchrone avec la Terre. Il semble toujours fixe pour un observateur immobile sur la croûte terrestre.
Un satellite géostationnaire est en orbite à une altitude $h = 36\ 000$ km environ.

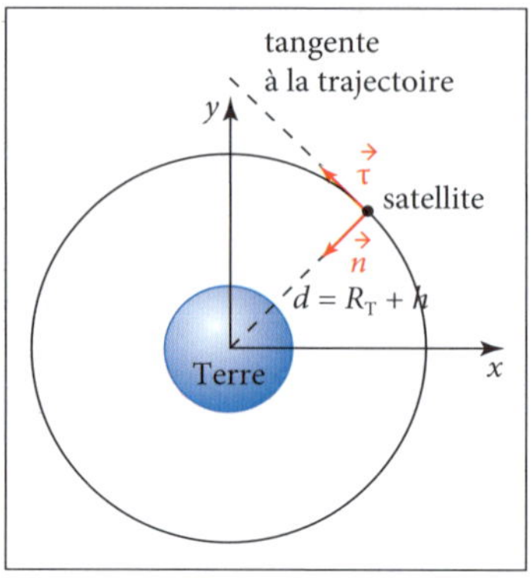

2 Mouvement circulaire uniforme

- Dans la base de Frenet $(\vec{\tau}, \vec{n})$, le vecteur accélération se décompose en $a_\tau = \dfrac{dv}{dt}$ et $a_n = \dfrac{v^2}{d}$ avec v la norme du vecteur vitesse du satellite.

- En appliquant la seconde loi de Newton au satellite de masse constante dans le référentiel géocentrique supposé galiléen, on a :

$$\frac{d\vec{p}_G}{dt} = m\vec{a} = \sum \vec{F}_{ext} = \vec{F}_{T/S} = G\frac{M_T \cdot m}{d^2}\vec{n}$$

On en déduit facilement, en décomposant le vecteur accélération, que :

$$a_\tau = \frac{dv}{dt} = 0 \quad \text{et} \quad a_n = \frac{v^2}{d} = G\frac{M_T}{d^2}$$

- $\dfrac{dv}{dt} = 0$ soit v = constante : **le mouvement d'un satellite est circulaire uniforme**.

- $\dfrac{v^2}{d} = G\dfrac{M_T}{d^2}$, soit $v = \sqrt{\dfrac{GM_T}{d}} = \sqrt{\dfrac{GM_T}{R_T + h}}$: **la vitesse d'un satellite ne dépend que de sa distance au centre de la Terre**, donc de son altitude h.

Le vecteur vitesse est tangentiel à la trajectoire et tel que :

$$\vec{v} = v\vec{\tau} \quad \text{avec } v = \sqrt{\frac{GM_T}{d}}, \text{ soit } v \text{ constante}$$

Le vecteur accélération est normal à la trajectoire et tel que :

$$\vec{a} = a\vec{n} \quad \text{avec } a = G\frac{M_T}{d^2}, \text{ soit } a \text{ constante}$$

Exercice résolu

Déterminer l'expression de la période de rotation T d'un satellite terrestre

ÉNONCÉ

Un satellite gravite autour de la Terre à une altitude h. Dans l'approximation des trajectoires circulaires, établir l'expression de sa période T de rotation.

CORRIGÉ

La trajectoire étant circulaire, le satellite parcourt en une période T un périmètre $2\pi d = 2\pi(R_T + h)$.

Sa vitesse de rotation est donc $v = \dfrac{2\pi(R_T + h)}{T}$.

À retenir

Cette loi est la 3e loi de Kepler : $\dfrac{T^2}{(R_T + h)^3}$ = constante.

...

De plus, dans le cas d'un satellite, la vitesse est constante et a pour expression déjà établie : $v = \sqrt{\frac{GM_T}{R_T + h}}$. Par identification, on a donc : $\frac{2\pi(R_T + h)}{T} = \sqrt{\frac{GM_T}{R_T + h}}$, soit $\frac{T^2}{(R_T + h)^3} = \frac{4\pi^2}{GM_T}$ ou encore $T = 2\pi\sqrt{\frac{(R_T + h)^3}{GM_T}}$.

6 Lois de Kepler

De quoi s'agit-il ? Les lois de Kepler régissent les mouvements circulaires des planètes, des satellites ou de tout système dans un champ de pesanteur.

PHYS. CHIMIE

1 Référentiel d'étude

Les lois de Kepler régissent les mouvements des planètes autour du Soleil. Le référentiel d'étude est alors un référentiel centré sur le centre du Soleil, dont les axes sont dirigés vers trois « étoiles fixes » : le **référentiel héliocentrique**.

2 Énoncé des trois lois de Kepler

Première loi :
La trajectoire du centre d'une planète est une ellipse dont le Soleil est l'un des foyers.

Remarque
Dans la plupart des exercices, on pourra cependant considérer la trajectoire d'une planète autour du Soleil comme circulaire et sa vitesse comme constante.

Deuxième loi ou **loi des aires** : Le mouvement du centre d'une planète est tel que le rayon planète-Soleil balaie des aires égales pendant des durées égales :

si $\Delta t_1 = \Delta t_2$ alors $\mathcal{A}_1 = \mathcal{A}_2$

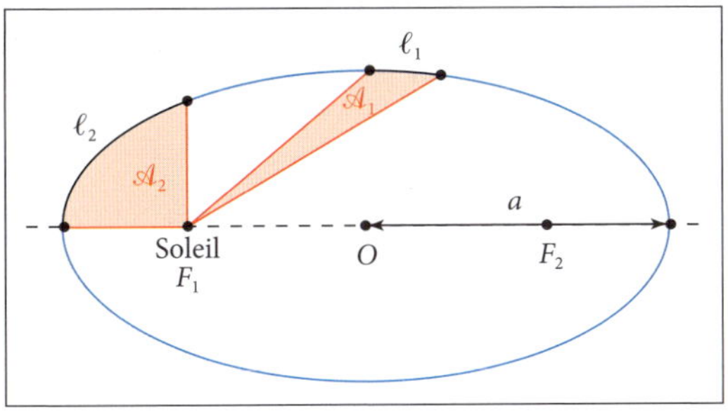

Remarque
On constate ici que pour $\Delta t_1 = \Delta t_2$, on a $\mathcal{A}_1 = \mathcal{A}_2$, mais $\ell_1 < \ell_2$. D'où :
$v_1 = \frac{\ell_1}{\Delta t_1} < \frac{\ell_2}{\Delta t_2} = v_2$,
la vitesse d'une planète est d'autant plus importante qu'elle est proche du Soleil.

Troisième loi :
Le carré de la période de révolution T du centre d'une planète est proportionnel au cube du demi-grand axe a de l'orbite elliptique :

$$\frac{T^2}{a^3} = K \text{ avec } K \text{ constante}$$

Remarque
La constante K est la même pour toutes les planètes du système solaire. Soit P et P' deux planètes de demi-grand axe a et a' et de période T et T'.
On a $\frac{T^2}{a^3} = \frac{T'^2}{a'^3} = K$.

Exercice résolu

Déterminer la période de révolution de Mars

ÉNONCÉ

On considère que Mars et la Terre tournent autour du Soleil sur une orbite circulaire de rayons respectifs R_M et R_T.

1. Exprimer la période de révolution de Mars T_M en fonction de celle de la Terre T_T.

2. En déduire la valeur numérique de T_M.

Données : $R_M = 1{,}52$ ua ; 1 ua = $149{,}6 \times 10^6$ km.

CORRIGÉ

1. La troisième loi de Kepler appliquée aux deux planètes s'écrit :

$$\frac{T_M^2}{R_M^3} = \frac{T_T^2}{R_T^3} = K$$

où K est une constante.

On en déduit que :

$$T_M = \sqrt{\frac{T_T^2}{R_T^3} R_M^3}$$

soit :

$$T_M = T_T \sqrt{\left(\frac{R_M}{R_T}\right)^3}$$

2. R_M est donné en unités astronomiques, c'est-à-dire en équivalent distance Terre-Soleil.

A. N. : $R_M = 1{,}52 \times 149{,}6 \times 10^9 = 2{,}27 \times 10^{11}$ m.

$R_T = 1$ ua par définition, donc $R_T = 149{,}6 \times 10^6$ km soit $R_T = 149{,}6 \times 10^9$ m.

La Terre a une période de révolution de 365,25 jours, donc $T_T = 365{,}25$ jours.

Finalement, on obtient :

$$T_M = 365{,}25 \times \sqrt{\left(\frac{2{,}27 \times 10^{11}}{149{,}6 \times 10^9}\right)^3}$$, soit $T_M = 683$ jours.

Rappel

L'unité astronomique est la distance moyenne Terre-Soleil.

Réflexe à avoir

Bien convertir les distances en mètres ! La période laissée en jours donnera un résultat final en jours.

Révision express

Les points importants à retenir

- Apprenez par cœur :

– les définitions du système mécanique, d'un référentiel, d'un repère d'espace et de la quantité de mouvement d'un mobile M ;

– l'énoncé du Principe d'inertie, de la deuxième loi de Newton, du théorème de l'énergie cinétique, des trois lois de Kepler.

- Retenez :

– que dans le cas d'un mobile M de masse constante, la deuxième loi de Newton fait apparaître le vecteur accélération de M ;

– que les équations horaires correspondent aux expressions temporelles des coordonnées du vecteur position ;

– que l'équation de la trajectoire est l'expression mathématique de l'ordonnée y du point mobile en fonction de son abscisse x, soit $y = f(x)$ et qu'elle est obtenue à partir des équations horaires en ayant pris soin d'éliminer le paramètre temps.

- Soyez capable :

– de déterminer les équations horaires du mouvement par double intégration du vecteur quantité de mouvement du système en prenant en compte les conditions initiales du mouvement et d'en déduire l'équation du mouvement ;

– de calculer une énergie mécanique d'un système conservatif et non conservatif ;

– d'utiliser la deuxième loi de Kepler et d'en démontrer la troisième.

Quiz

Cochez la (ou les) bonne(s) réponse(s) :

1. Le vecteur quantité de mouvement :

☐ **a.** est un vecteur colinéaire à la vitesse.
☐ **b.** dépend de la masse du système.
☐ **c.** s'exprime en $kg \cdot m \cdot s^{-1}$.

2. L'énergie mécanique :

☐ **a.** se conserve si les forces dissipatives comme les frottements ne travaillent pas.
☐ **b.** est la somme de l'énergie cinétique et de toutes les énergies potentielles.
☐ **c.** est telle que sa variation est égale à la somme des travaux des forces exercées sur le système.

3. Soit K la constante de la troisième loi de Kepler pour les planètes du système solaire. On a alors $T^2 = Kd^3$ avec d la distance Terre-Lune et T la période de rotation de la Lune autour de la Terre.

☐ **a.** Vrai ☐ **b.** Faux

→ Réponses p. 498

EXERCICE 1

Déterminer les vecteurs $\overrightarrow{OM}$, $\vec{v}$ et $\vec{a}$

Énoncé

On étudie le mouvement d'un projectile, dans un champ de pesanteur uniforme, lancé d'une hauteur H avec une vitesse initiale $\vec{v}_0$ faisant un angle α avec l'horizontale. Déterminer les expressions des vecteurs accélération, vitesse et position dans le référentiel terrestre galiléen.

Méthode

1 On applique la seconde loi de Newton dans un référentiel galiléen muni d'un repère $(O, \vec{i}, \vec{j}, \vec{k})$ afin d'obtenir l'expression du vecteur accélération.

2 $\vec{a} = \dfrac{d\vec{v}}{dt}$, donc le vecteur vitesse est une primitive du vecteur accélération. On obtient chaque composante séparément en cherchant la primitive de la composante correspondante du vecteur accélération. On détermine ensuite les constantes d'intégration en fonction des conditions du problème.

3 On applique la même méthode pour obtenir le vecteur position $\overrightarrow{OM}$ tel que $\vec{v} = \dfrac{d\overrightarrow{OM}}{dt}$. Les constantes d'intégration sont fonctions des conditions du problème.

Corrigé

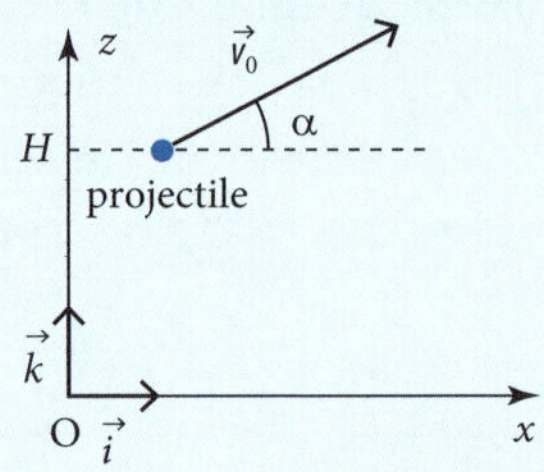

1. Le projectile n'est soumis qu'à son poids en négligeant les frottements de l'air.
Dans ce cas, la seconde loi de Newton s'écrit :

$$m\vec{g} = \frac{d\vec{p}}{dt} = m\frac{d\vec{v}}{dt} = m\vec{a}$$

car la masse du projectile est constante.
On en déduit le vecteur accélération :

$$\vec{a} = \vec{g} = -g\vec{k}$$

2. $\vec{a} = \dfrac{d\vec{v}}{dt}$, soit par intégration $\vec{v} = -gt\vec{k} + \vec{v}_0$ soit encore, en explicitant les composants du vecteur $\vec{v}_0$, $\vec{v} = v_0\cos\alpha\vec{i} + (-gt + v_0\sin\alpha)\vec{k}$ car $\vec{v}_0 = v_0\cos\alpha\vec{i} + v_0\sin\alpha\vec{k}$.

3. Le vecteur position s'obtient par intégration du vecteur vitesse :

$$\overrightarrow{OM} = v_0\cos\alpha \cdot t\vec{i} + \left(-\frac{1}{2}gt^2 + v_0\sin\alpha \cdot t\right)\vec{k} + \overrightarrow{OM}_0$$

Réflexe à avoir
Bien penser à ajouter $\vec{v}_0$, la vitesse initiale, et $\overrightarrow{OM}_0$, la position initiale.

Avec $\overrightarrow{OM}_0 = H\vec{k}$, on a :

$$\overrightarrow{OM} = v_0\cos\alpha \cdot t\vec{i} + \left(-\frac{1}{2}gt^2 + v_0\sin\alpha \cdot t + H\right)\vec{k}$$

EXERCICE 2

Déterminer la vitesse constante d'un satellite

Énoncé

La Lune est un satellite de la Terre. En supposant son orbite circulaire, montrer que son mouvement est uniforme, et calculer sa vitesse de rotation dans le référentiel géocentrique supposé galiléen.

Données : $G = 6{,}67 \times 10^{-11}\ N \cdot m^2 \cdot kg^{-2}$; $M_T = 5{,}98 \times 10^{24}$ kg ; $d = 3{,}84 \times 10^5$ km.

Méthode

1 La Lune est soumise à la force gravitationnelle exercée par la Terre. En considérant cette force comme l'unique force exercée sur la Lune, appliquer la seconde loi de Newton et en déduire l'expression du vecteur accélération.

2 Dans la base de Frenet, montrer que l'accélération tangentielle est nulle et en déduire que v = constante.

3 Identifier l'accélération exprimée en **1.** à l'accélération radiale et en déduire l'expression de la valeur v de la vitesse de la Lune. Faire l'application numérique.

Corrigé

1. La Lune est soumise à la force gravitationnelle exercée par la Terre. Dans le repère de Frenet attaché à la Lune, on a $\vec{F}_{\text{Terre/Lune}} = G\dfrac{M_T \cdot M_L}{d^2}\vec{n}$, avec d la distance du centre de la Terre au centre de la Lune. La seconde loi de Newton permet d'écrire :

$$\frac{d\vec{p}}{dt} = M_L\vec{a} = \vec{F}_{\text{Terre/Lune}} = G\frac{M_T \cdot M_L}{d^2}\vec{n}$$

soit :

$$\vec{a} = G\frac{M_T}{d^2}\vec{n}$$

2. De manière générale, les composantes tangentielle et normale du vecteur accélération dans la base de Frenet sont : $a_\tau = \dfrac{dv}{dt}$ et $a_n = \dfrac{v^2}{d}$.

À la question précédente, on a montré que le vecteur accélération n'a pas de composante tangentielle, car $\vec{a}$ est suivant $\vec{n}$.

On en déduit que $a_\tau = \dfrac{dv}{dt} = 0$, soit v = constante : le mouvement de la Lune dans le référentiel géocentrique est circulaire uniforme.

3. Par identification, on a :

$$a_n = \frac{v^2}{d} = G\frac{M_T}{d^2}$$

soit :

$$v = \sqrt{G\frac{M_T}{d}}$$

Réflexe à avoir
Bien penser à mettre les distances en mètres et non en kilomètres dans l'application numérique.

A. N. : $v = \sqrt{6{,}67 \times 10^{-11} \times \dfrac{5{,}98 \times 10^{24}}{3{,}84 \times 10^{8}}} = 1{,}02 \times 10^3\ m \cdot s^{-1} = 1{,}02\ km \cdot s^{-1}$.

Chapitre 12 Modéliser l'écoulement d'un fluide

1 Poussée d'Archimède

De quoi s'agit-il ? À partir d'un bilan des forces pressantes appliquées à un système, on établit le théorème d'Archimède et on explicite ainsi la poussée d'Archimède qui s'exerce sur un fluide.

1 Origine de la poussée d'Archimède

Remarque
Parmi les fluides, on distingue souvent les liquides des gaz par leur compressibilité. Un liquide est un fluide considéré comme incompressible, c'est-à-dire à masse volumique constante.

- Un **fluide** est un **milieu continu** : il est formé d'un grand nombre de molécules libres les unes par rapport aux autres et de très faible taille devant la dimension du fluide observé. Un fluide est ainsi un **milieu déformable** et sans rigidité.
- Afin d'expliquer l'origine de la poussée d'Archimède, considérons, pour simplifier, un parallélépipède solide de volume V totalement immergé dans un fluide de masse volumique ρ. On s'intéresse aux forces pressantes $\vec{F_1}$ et $\vec{F_2}$ exercées par le fluide sur le solide, ces forces étant de même direction.
- La loi fondamentale de la statique des fluides est telle que la différence de pression $P_2 - P_1$ entre les points M_1 et M_2 est :

$$P_2 - P_1 = \rho g(z_1 - z_2)$$

la variation de pression ne dépendant que de z.

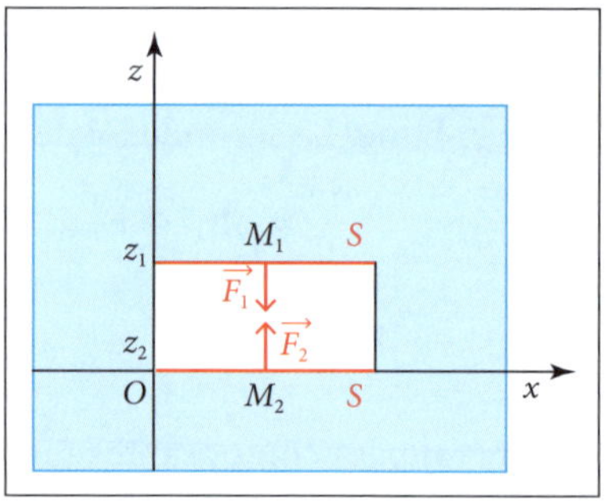

- Or, en considérant la surface S du solide parallélépipédique dans le plan (xOy), on peut expliciter la différence des valeurs des forces pressantes s'exerçant en M_1 et M_2 :

$$F_2 - F_1 = (P_2 - P_1)S = \rho g(z_1 - z_2)S = \rho gV$$

soit : $$\boldsymbol{F_2 - F_1 = mg}$$

avec m la masse de fluide qui pourrait être contenu dans le volume V.

2 Théorème d'Archimède

Le cas précédent est un cas particulier très simple qui peut être généralisé :

- $F_2 - F_1$ correspond à la norme de la somme des forces $\vec{F_1}$ et $\vec{F_2}$;
- mg correspond à la norme du poids du fluide qui pourrait occuper la place du solide, appelé encore poids du fluide déplacé ;
- vectoriellement, la relation établie précédemment peut s'écrire : $\sum \vec{F} = -m\vec{g}$, le signe « – » étant dû au fait que la résultante des forces pressantes exercées sur le solide $\sum \vec{F}$ est verticale vers le haut, alors que $\vec{P} = m\vec{g}$, le poids du liquide déplacé, est vertical vers le bas.

Théorème d'Archimède : La résultante des forces de pression exercées sur un solide totalement immergé dans un fluide est opposée au poids du fluide déplacé.

3 Expression vectorielle de la poussée d'Archimède

- On appelle **poussée d'Archimède**, que l'on note $\vec{\Pi}$ ou $\vec{P}_A$, la résultante des forces de pression exercées sur un système solide immergé dans un fluide. Comme toutes les forces, la poussée d'Archimède s'exprime en newtons (N).

- Les caractéristiques de la poussée d'Archimède sont les suivantes :
  - point d'application : centre d'inertie du système si le fluide est homogène et le solide totalement immergé ;
  - direction et sens : verticale du lieu et vers le haut ;
  - norme : égale au poids du fluide déplacé, soit $\Pi = mg = \rho V g$ avec m la masse du fluide déplacé (en kg), ρ sa masse volumique (en $\text{kg}\cdot\text{m}^{-3}$), V le volume du système (en m^3) et g l'intensité de pesanteur (en $\text{N}\cdot\text{kg}^{-1}$).

PHYS. CHIMIE

Exercice résolu

Représenter la poussée d'Archimède

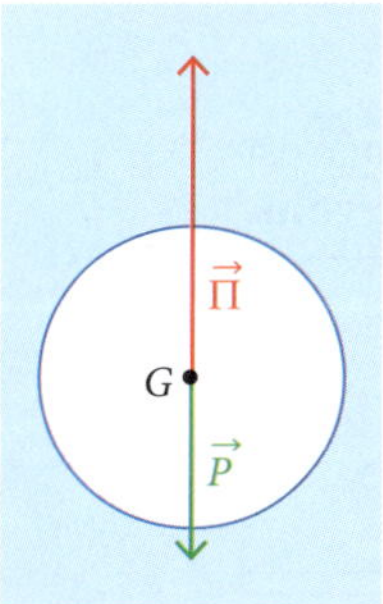

ÉNONCÉ

Un solide de 1,0 L et de masse m = 500 g est immergé dans de l'eau. Représenter les forces s'exerçant sur lui.

CORRIGÉ

Le poids du solide est $P = mg = 0{,}500 \times 9{,}8 = 4{,}9$ N, et la poussée d'Archimède s'exerçant sur lui est

$$\Pi = \rho V g = 1{,}0 \times 1{,}0 \times 9{,}8 = 9{,}8 \text{ N}$$

Piège à éviter
La masse volumique de l'eau est de $1{,}0\ \text{kg}\cdot\text{L}^{-1}$, le volume étant exprimé en litres.

2 Écoulement d'un fluide en régime permanent

De quoi s'agit-il ? On étudie ici l'écoulement d'un fluide en déterminant son débit volumique.

1 Fluide incompressible en régime permanent

- Un fluide incompressible est un fluide dont la masse volumique ρ est constante, c'est-à-dire indépendante de la pression P et de la température T.

- Un liquide peut, avec une bonne approximation, être considéré comme un fluide incompressible. En revanche, un gaz a son volume et donc sa masse volumique qui dépend de la pression. Par conséquent, on ne pourra considérer qu'un gaz est un fluide incompressible que lorsque les variations relatives de pression sont assez faibles et donc que ρ est constante.

- On appelle régime permanent, un régime dont les grandeurs physiques caractéristiques sont indépendantes du temps.

2 Débit volumique d'un fluide incompressible

- Le débit volumique d'un fluide, noté D, est le volume de fluide traversant une section de tuyau de surface S par unité de temps.

En régime permanent, le débit volumique D (en $m^3 \cdot s^{-1}$) d'un fluide est :

$$\boldsymbol{D = \frac{V}{\Delta t}}$$

avec V (en m^3) le volume du fluide traversant la section S pendant la durée Δt (en s).

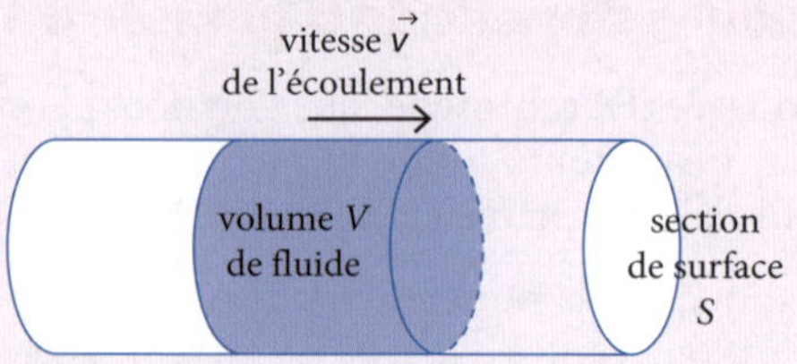

- Or $V = SL$ avec L la longueur parcourue à la vitesse v pendant la durée Δt. On en déduit alors que $L = v\Delta t$ et $V = Sv\Delta t$.

On peut alors obtenir une seconde expression pour le débit volumique d'un fluide en régime permanent :

$$\boldsymbol{D = Sv} \text{ avec } \begin{cases} S : \text{surface de la section de tuyau (en m}^2\text{)}, \\ v : \text{vitesse constante de l'écoulement (en m}\cdot\text{s}^{-1}\text{)}. \end{cases}$$

3 Conservation du débit volumique

- Le fluide étant incompressible, le volume de fluide entrant pendant une durée donnée est égal au volume sortant pendant la même durée. Il y a ainsi **conservation du débit volumique d'un fluide incompressible**.
- Soit un tuyau de section d'entrée de surface S_A et de section de sortie de surface S_B, les vitesses du fluide étant respectivement $\vec{v}_A$ et $\vec{v}_B$.

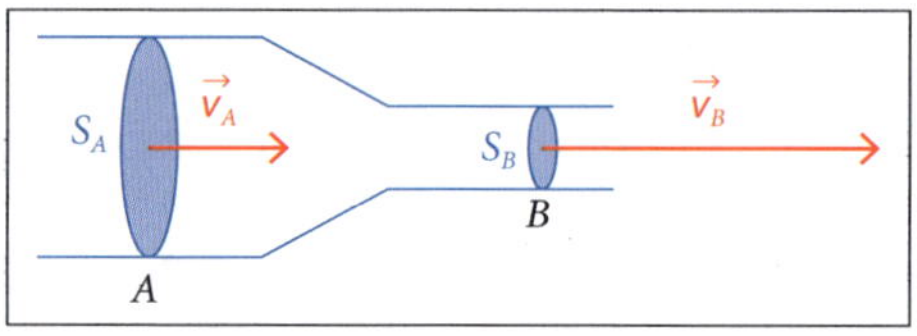

La conservation du débit volumique du fluide supposé incompressible est alors telle que : $\boldsymbol{S_A v_A = S_B v_B}$

- Connaissant les valeurs des surfaces en A et B et l'une des deux vitesses d'écoulement, par exemple v_A, on peut en déduire la vitesse v_B en B.

Exercice résolu

Déterminer la vitesse d'un écoulement

ÉNONCÉ

Une cuisine est alimentée avec un réseau d'arrivée d'eau de tuyau cylindrique de 16 mm² de diamètre. L'évier possède en revanche un robinet de diamètre 18 mm². Sachant que la vitesse d'écoulement dans le réseau d'alimentation est de 1,4 $m \cdot s^{-1}$, en déduire la vitesse d'écoulement à la sortie du robinet.

CORRIGÉ

L'eau étant un fluide supposé incompressible, on peut supposer la conservation du débit volumique :

$$S_{\text{tuyau}} v_{\text{tuyau}} = S_{\text{robinet}} v_{\text{robinet}} = \pi R^2{}_{\text{tuyau}} v_{\text{tuyau}} = \pi R^2{}_{\text{robinet}} v_{\text{robinet}}$$

On en déduit que $R^2{}_{\text{tuyau}} v_{\text{tuyau}} = R^2{}_{\text{robinet}} v_{\text{robinet}}$ et que $v_{\text{robinet}} = \dfrac{R^2_{\text{tuyau}} v_{\text{tuyau}}}{R^2_{\text{robinet}}}$.

A. N. : $v_{\text{robinet}} = \dfrac{(16 \times 10^{-6})^2}{(18 \times 10^{-6})^2} \times 1,4 = 1,1 \text{ m} \cdot \text{s}^{-1}$.

Gagnez des points !
Bien vérifier que plus la section est grande, et plus l'écoulement est lent.

3 Relation de Bernoulli

De quoi s'agit-il ? La conservation de l'énergie sur une ligne de courant se traduit par la relation de Bernoulli.

1 Conservation de l'énergie sur une ligne de courant

- On considère un fluide incompressible en régime stationnaire. On s'intéresse à un volume V de fluide de masse volumique ρ constante entre deux points de l'écoulement. La figure ci-dessous récapitule les notations utilisées et déjà vues précédemment.

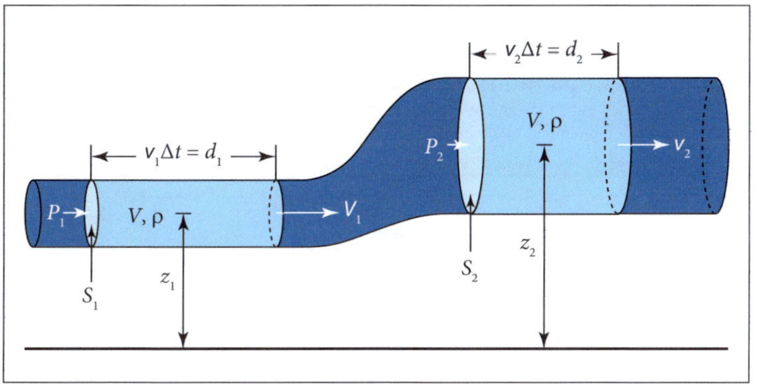

- On appelle ligne de courant, une ligne tangente au vecteur vitesse.
- Dans le cas qui nous intéresse, le système étant fermé entre les deux sections de surface S_1 et S_2, l'énergie totale E du fluide se conserve. Cette dernière est la somme de trois types d'énergie :
  - le travail des forces pressantes W le long du déplacement $d = v\Delta t$;
  - l'énergie potentielle de pesanteur : $E_{pp} = mgz$ en prenant la référence des énergies au sol par exemple et m la masse de fluide du cylindre de volume V ;
  - l'énergie cinétique : $E_c = \frac{1}{2}mv^2$ avec v la vitesse du fluide.
- On peut écrire le travail des forces pressantes $W = Fd$ avec F la force pressante exercée sur la surface S de fluide, ou encore $F = PS$ avec P la pression exercée sur cette surface S. On en déduit alors :

$$W = PS\,v\Delta t = PV$$

avec V le volume de fluide considéré.
En introduisant la masse volumique constante ρ du fluide, on a finalement :

$$W = P \times \frac{m}{\rho}$$

- Le bilan énergétique entre les deux points considérés de l'écoulement s'écrit alors :

$$E_1 = W_1 + E_{pp1} + E_{c1} = W_2 + E_{pp2} + E_{c2} = E_2$$

$$P_1\frac{m}{\rho} + mgz_1 + \frac{1}{2}mv_1^2 = P_2\frac{m}{\rho} + mgz_2 + \frac{1}{2}mv_2^2$$

soit en divisant par la masse, non nulle, de la portion de fluide et en multipliant membre à membre par la masse volumique constante ρ :

$$P_1 + \rho g z_1 + \frac{1}{2}\rho v_1^2 = P_2 + \rho g z_2 + \frac{1}{2}\rho v_2^2$$

2 Relation de Bernoulli pour un fluide incompressible

Relation de Bernoulli :
Pour un fluide incompressible en régime permanent, l'énergie se conserve sur une ligne de courant :

$$P + \rho g z + \frac{1}{2}\rho v^2 = \textbf{constante} \text{ avec } \begin{cases} P : \text{pression (en Pa)}, \\ \rho : \text{masse volumique du fluide (en kg·m}^{-3}), \\ z : \text{altitude (en m)}, \\ v : \text{vitesse (en m·s}^{-1}), \\ g : \text{intensité de pesanteur (en N·m}^{-1}). \end{cases}$$

- Le terme $P + \rho g z$, souvent noté P^*, est appelé **pression statique**.
- Le terme $\frac{1}{2}\rho v^2$ est dû au mouvement du fluide, c'est la **pression dynamique**.

Exercice résolu

Vérifier l'homogénéité

ÉNONCÉ

Montrer que chaque terme de la relation de Bernoulli pour un fluide incompressible en écoulement permanent $P + \rho g z + \frac{1}{2}\rho v^2 =$ constante est homogène à une pression.

CORRIGÉ

Le membre de gauche de la relation de Bernoulli comporte trois termes :
- P qui est une pression, homogène à une force/S, soit $[P] = \text{MLT}^{-2} \times \text{L}^{-2} = \text{ML}^{-1}\text{T}^{-2}$;
- $\rho g z$ tel que $[\rho g z] = \text{ML}^{-3} \times \text{LT}^{-2} \times \text{L} = \text{ML}^{-1}\text{T}^{-2}$;
- $\frac{1}{2}\rho v^2$ tel que $\left[\frac{1}{2}\rho v^2\right] = [\rho v^2] = \text{ML}^{-3} \times (\text{LT}^{-1})^2 = \text{ML}^{-1}\text{T}^{-2}$.

Les trois membres de gauche sont bien homogènes à $\text{ML}^{-1}\text{T}^{-2}$, dimension de P.

À retenir
Une force est homogène à une masse × accélération, donc $[F] = \text{MLT}^{-2}$ et g est homogène à une accélération.

4 Effet Venturi

De quoi s'agit-il ? **La conservation du débit volumique et l'application de la relation de Bernoulli permettent de démontrer l'effet Venturi.**

1 Conservation du débit volumique et relation de Bernoulli

- Considérons une conduite avec un rétrécissement au point B :

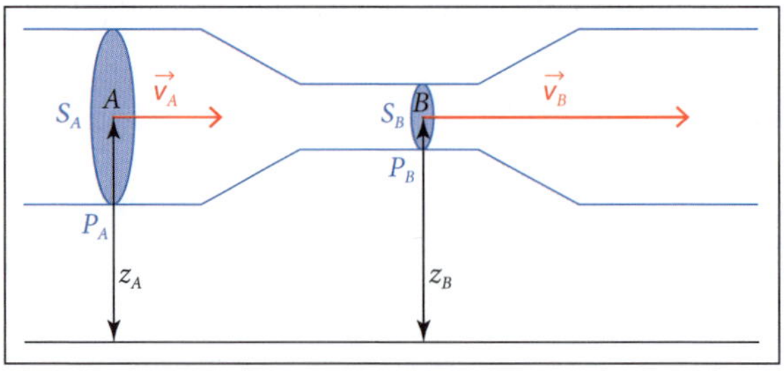

Les points A et B sont situés à la même hauteur de référence. On notera S_A et S_B les surfaces des sections de conduite en A et B. Soit P_A et P_B les pressions et v_A et v_B les vitesses d'écoulement en A et B.

- En régime permanent, le fluide étant incompressible, on peut écrire la **conservation du débit volumique** entre les points A et B : $D = S_A v_A = S_B v_B$, relation que l'on peut aussi écrire sous la forme $\frac{S_A}{S_B} = \frac{v_B}{v_A}$.

Or la surface S_A de la section en A est supérieure à S_B en B, soit $\frac{S_A}{S_B} = \frac{v_B}{v_A} > 1$. On en déduit alors que $\frac{v_B}{v_A} > 1$: $v_B > v_A$ la vitesse de l'écoulement augmente lorsque le fluide s'écoule du point A vers le B. On en conclut qu'un **rétrécissement dans une conduite provoque une augmentation de la vitesse**. Inversement, un élargissement entraîne une diminution de la vitesse du fluide.

- En appliquant la **relation de Bernoulli** entre les points A et B, au fluide incompressible de masse volumique ρ dans un écoulement permanent, on a :

$$P_A + \rho g z_A + \frac{1}{2}\rho v_A^2 = P_B + \rho g z_B + \frac{1}{2}\rho v_B^2$$

Dans le cas présent, la conduite étant horizontale et $z_A = z_B$, la relation de Bernoulli devient : $P_A + \frac{1}{2}\rho v_A^2 = P_B + \frac{1}{2}\rho v_B^2$, soit $P_A - P_B = \frac{1}{2}\rho(v_B^2 - v_A^2)$.

Or les vitesses en A et B sont telles que $v_B > v_A$ d'où $v_B^2 > v_A^2$, et ainsi $v_B^2 - v_A^2 > 0$.

On en déduit alors que $P_A - P_B = \frac{1}{2}\rho(v_B^2 - v_A^2) > 0$ et $P_A > P_B$.

On en conclut qu'**un rétrécissement dans une conduite provoque une diminution de la pression**. Inversement, un élargissement permet une augmentation de la pression du fluide.

2 Effet Venturi et applications

L'effet Venturi : un rétrécissement dans une conduite provoque une dépression locale avec une accélération de l'écoulement du fluide. Inversement, un élargissement crée une surpression avec ralentissement de l'écoulement.

- Les applications de l'effet Venturi sont nombreuses. Elles permettent soit l'accélération de l'écoulement du fluide, soit une variation locale de pression.

- Un goulot d'étranglement à la sortie des gaz d'échappement des tuyères des moteurs à réaction permet, par effet Venturi, d'accélérer les gaz de sortie et par là même, d'augmenter la poussée.

- Un étranglement dans un écoulement permet aussi par effet Venturi de créer une dépression et donc une aspiration du fluide. Ce phénomène est utilisé par exemple :
  - dans une pompe à vide de laboratoire de chimie branchée sur robinet ;
  - dans un mélangeur comme celui des lances à mousse des sapeurs-pompiers (un des deux liquides est en dépression afin d'aspirer l'autre liquide pour effectuer efficacement le mélange) ;
  - dans le carburateur d'un moteur ;
  - dans un appareil pour mesurer le débit volumique par aspiration.

PHYS. CHIMIE

➔ Révision express

Les points importants à retenir

- Apprenez par cœur :
- les définitions d'un fluide incompressible en régime permanent et du débit volumique ;
- l'énoncé du théorème d'Archimède et de la relation de Bernoulli ;
- la relation traduisant la conservation du débit volumique en fonction des vitesses de l'écoulement et de la surface des sections de tuyau.

- Retenez :
- que la relation de Bernoulli est la traduction de la conservation de l'énergie sur une ligne de courant pour un fluide incompressible en régime permanent ;
- quelques applications de l'effet Venturi.

- Soyez capable :
- de représenter le vecteur force de la poussée d'Archimède et d'en calculer la norme ;
- d'expliquer l'effet Venturi.

Quiz

Cochez la (ou les) bonne(s) réponse(s) :

1. La relation de Bernoulli :

☐ **a.** traduit la conservation de l'énergie le long d'une ligne de courant pour un fluide incompressible en régime permanent.

☐ **b.** tient compte du travail des forces pressantes.

☐ **c.** dépend de la nature du fluide.

2. L'effet Venturi :

☐ **a.** tient compte de la conservation du débit volumique et de la relation de Bernoulli.

☐ **b.** montre qu'un rétrécissement dans une conduite provoque des modifications de l'écoulement en termes de pression et de vitesse.

☐ **c.** permet d'augmenter la pression par rétrécissement.

3. La poussée d'Archimède :

☐ **a.** est égale au vecteur poids.

☐ **b.** est une force dont la norme s'exprime en newtons.

☐ **c.** est toujours verticale vers le haut.

4. La poussée d'Archimède est une force égale au vecteur poids de fluide déplacé par le système d'étude.

☐ **a.** Vrai ☐ **b.** Faux

5. Pour un fluide incompressible, la valeur de la poussée d'Archimède est proportionnelle au volume du système.

☐ **a.** Vrai ☐ **b.** Faux

→ Réponses p. 498

EXERCICE 1

Déterminer la valeur de la poussée d'Archimède

Énoncé

On considère une balle de ping-pong de rayon $r = 1{,}9$ cm et de masse $m = 2{,}3$ g. Calculer la valeur de la poussée d'Archimède qui s'exerce sur elle et conclure.

Données : masse volumique de l'air $\rho_{air} = 1{,}3\ \text{g}\cdot\text{L}^{-1}$; $g = 9{,}8\ \text{N}\cdot\text{kg}^{-1}$.

Méthode

1 Calculer le volume V de la balle, considérée comme une sphère de rayon r, soit :

$$V = \frac{4}{3}\pi r^3$$

2 Calculer la valeur de la poussée d'Archimède égale au poids de l'air déplacé :

$$\Pi = \rho_{air} V g$$

3 Calculer le poids de la balle $P = mg$.

4 Calculer le rapport entre le poids de la balle et la poussée d'Archimède. La poussée d'Archimède est négligeable par rapport au poids lorsque le rapport est supérieur à 100.

Corrigé

1. Le volume de la balle est :

$V = \frac{4}{3}\pi r^3 = \frac{4}{3}\pi(1{,}9 \times 10^{-2})^3 = 2{,}9 \times 10^{-5}\ \text{m}^3$.

2. La masse volumique de l'air est :

$\rho_{air} = 1{,}3\ \text{g}\cdot\text{L}^{-1} = 1{,}3\ \text{kg}\cdot\text{m}^{-3}$.

La valeur de la poussée d'Archimède est égale au poids de l'air déplacé par la balle de ping-pong, soit $\Pi = m_{air}g$ d'où $\Pi = \rho_{air}V_{air}g$. Or le volume d'air déplacé correspond au volume V de la balle de ping-pong :

$$\Pi = \rho_{air} V g$$

On en déduit :

$\Pi = 1{,}3 \times 2{,}9 \times 10^{-5} \times 9{,}8 = 3{,}7 \times 10^{-4}$ N.

Réflexe à avoir

Faire l'application numérique de la poussée d'Archimède avec des unités compatibles : ρ en $\text{kg}\cdot\text{m}^{-3}$ et V en m^3, ou ρ en $\text{kg}\cdot\text{L}^{-1}$ et V en L par exemple.

3. Le poids de la balle de ping-pong est :

$P = mg = 2{,}3 \times 10^{-3} \times 9{,}8 = 2{,}3 \times 10^{-2}$ N.

4. Le rapport R s'écrit :

$$R = \frac{P}{\Pi} = \frac{2{,}3 \times 10^{-2}}{3{,}7 \times 10^{-4}} = 62.$$

On peut en conclure que le poids est très supérieur à la poussée d'Archimède. Cette dernière est ainsi quasiment négligeable devant le poids. Si R était supérieur à 100, la poussée serait de deux ordres de grandeur inférieure au poids, et on pourrait alors parfaitement la négliger.

EXERCICE 2

Déterminer la pression en un point d'un écoulement

Énoncé

On considère une conduite dans laquelle s'écoule de l'eau, fluide incompressible. Le régime d'écoulement est permanent, et le schéma p. 242 précise les différentes grandeurs et montre un étranglement en B de la conduite.

Déterminer la pression du fluide au niveau de l'étranglement.

Données : $S_A = 1{,}2\ \text{m}^2$; $S_B = 0{,}40\ \text{m}^2$; $P_A = 4{,}0$ bar ; $v_A = 1{,}5\ \text{m}\cdot\text{s}^{-1}$.

Méthode

1. Écrire la conservation du débit volumique entre les points A et B.
2. En déduire une expression de la vitesse de l'écoulement au point B.
3. Écrire la relation de Bernoulli entre les points A et B.
4. En déduire l'expression de la pression en B.
5. Faire l'application numérique.

Corrigé

1. Entre les points A et B, la conservation du débit volumique est :

$$D = S_A v_A = S_B v_B$$

pour l'eau, sur la ligne de courant (AB).

2. On en déduit que la vitesse de l'écoulement en B est :

$$v_B = \frac{S_A}{S_B} \times v_A$$

3. La relation de Bernoulli est alors :

$$P_A + \rho g z_A + \frac{1}{2}\rho v_A^2 = P_B + \rho g z_B + \frac{1}{2}\rho v_B^2$$

Or les points A et B sont tels que $z_A = z_B$, d'où :

$$P_A + \frac{1}{2}\rho v_A^2 = P_B + \frac{1}{2}\rho v_B^2$$

Piège à éviter
En **5.**, faire l'application numérique avec une pression en Pa et une masse volumique en $\text{kg}\cdot\text{m}^{-3}$.

4. On a ainsi :

$$P_B = P_A + \frac{1}{2}\rho(v_A^2 - v_B^2) = P_A + \frac{1}{2}\rho v_A^2\left(1 - \left(\frac{S_A}{S_B}\right)^2\right)$$

5. A. N. : $P_B = 4{,}0 \times 10^5 + \frac{1}{2} \times 1{,}0 \times 10^3 \times 1{,}5^2 \times \left(1 - \left(\frac{1{,}2}{0{,}40}\right)^2\right) = 3{,}9 \times 10^5$ Pa ou 3,9 bar.

Chapitre 13 Décrire un système thermodynamique : exemple du gaz parfait

1 Modèle du gaz parfait (GP)

De quoi s'agit-il ? Le modèle du gaz parfait est le modèle le plus simple possible d'un gaz irréel dont les particules sont ponctuelles et sans interaction entre elles.

PHYS. CHIMIE

1 Gaz réel et gaz parfait

• Un gaz est un état de la matière. La masse volumique d'un gaz correspond à la masse de l'ensemble des particules qui le constituent par unité de volume. Elle est très faible en comparaison de celle de l'état solide ou liquide, et dépend des conditions de pression et de température.

Exemple

La masse volumique de l'air est de l'ordre de 1,2 $kg \cdot m^{-3}$ à 20 °C et 1 bar.

• Les molécules – ou atomes pour les gaz rares – qui constituent un gaz sont : déformables ; faiblement dépendantes les unes des autres ; situées à de grandes distances de leurs voisines au regard de leurs propres dimensions ; en perpétuelle agitation les unes par rapport aux autres dans un mouvement désordonné et sujettes à des collisions non élastiques entre elles ou avec les autres entités constituant les parois du volume qui les contient.

• L'étude d'un gaz réel est complexe. Pour la simplifier et comprendre dans une bonne approximation le comportement d'un gaz réel, on définit un modèle de gaz parfait ou gaz idéal.
Dans ce modèle, les molécules du gaz :
– sont des sphères **rigides** et **indépendantes** les unes des autres ;
– occupent un volume important au regard de leurs propres dimensions et sont donc relativement **éloignées** les unes des autres ;
– subissent des **chocs élastiques** lors de leur déplacement désordonné.

Remarque
Le libre parcours moyen est différent de la distance moyenne d entre les particules du gaz à un instant t quelconque.

2 Marche au hasard

• Une particule de gaz parfait est animée d'un mouvement désordonné : les trajectoires sont des portions de lignes droites dont les directions changent au moment des collisions élastiques. Les vitesses des particules du gaz sont quelconques.

• Le mouvement d'une particule est appelé « marche au hasard ».

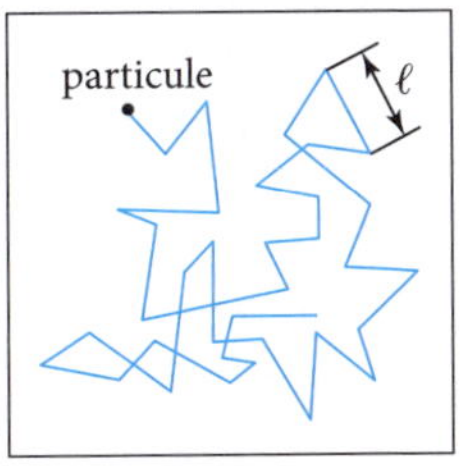

La distance moyenne parcourue par une particule de gaz entre deux collisions est appelée **libre parcours moyen**. On le note ℓ et il s'exprime en mètres (m).

3 Agitation thermique et température, collisions et pression

Remarque
La température absolue se mesure en kelvins (K) et 0 K correspond à l'immobilité de toutes les molécules de gaz.

• Le mouvement des particules d'un gaz parfait pourrait être décrit microscopiquement par l'ensemble des positions et des vitesses des particules. Cependant, le traitement de cet ensemble de données est gigantesque !

• On définit alors une vitesse moyenne des particules de gaz et ainsi une énergie cinétique moyenne. En thermodynamique, on associe à cette grandeur microscopique la grandeur macroscopique qu'est la température absolue T du gaz : **la température d'un gaz est d'autant plus importante que son énergie cinétique est grande**, c'est-à-dire que l'agitation thermique du gaz est importante.

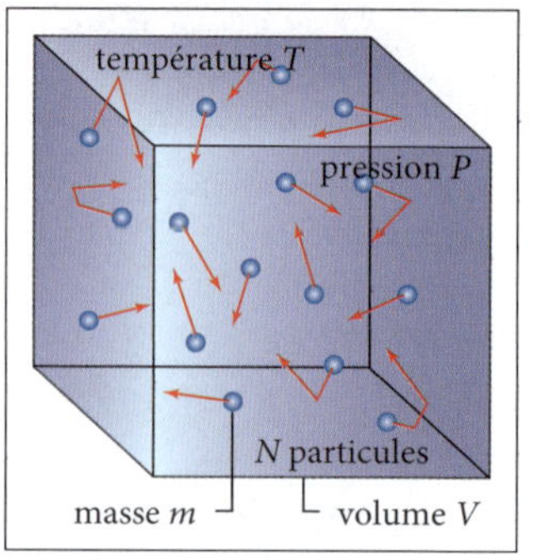

• De même, on associe à la force pressante moyenne due aux différentes collisions des particules entre elles ou sur les parois, la grandeur macroscopique qu'est la pression P du gaz : **la pression est d'autant plus importante que le nombre de collisions est grand**.

• Le tableau ci-après résume bien les liens entre microscopique et macroscopique.

Grandeur microscopique	Grandeur macroscopique
Énergie cinétique moyenne	Température absolue
Force pressante moyenne	Pression

• La pression et la température d'un gaz parfait ou réel ne sont pas indépendantes l'une de l'autre : microscopiquement, le nombre moyen de collisions dépend de l'agitation thermique des molécules, et inversement. La pression est d'autant plus importante que la température est importante, car le nombre de chocs augmente avec l'agitation.

2 Équation du gaz parfait

De quoi s'agit-il ? L'équation d'état du gaz parfait est la relation entre les différents paramètres macroscopiques dont dépend le gaz, soit n, T, P et V.

1 Dépendance des grandeurs macroscopiques : équation d'état

Remarque
Les grandeurs macroscopiques sont liées entre elles par l'équation d'état, elles ne sont donc pas indépendantes.

• Dans un corps pur sous une phase, ici la phase gazeuse, il existe une relation entre les grandeurs macroscopiques (paramètres d'état, que sont la pression P, le volume V et la température T du corps) appelée **équation d'état**, soit $f(P, V, T) = 0$.

Équation d'état du gaz parfait (GP) :

$PV = nRT$ avec
- P : pression (en Pa),
- V : volume (en m^3),
- n : quantité de matière (en mol),
- T : température du gaz parfait (en K) : $T(K) = \theta(°C) + 273{,}15$,
- R : **constante des gaz parfaits** (R = 8,314 dans les unités du système international, soit en $Pa \cdot m^3 \cdot mol^{-1} \cdot K^{-1}$).

2 Comportement d'un gaz

• L'équation d'état du gaz parfait permet de décrire les comportements de ce gaz idéal. Cependant, ces derniers sont aussi ceux qui peuvent être observés pour les gaz réels, dans des conditions de faible pression et de faible densité.

• Le chapitre 2 donnait déjà un aperçu des comportements du gaz parfait, les grandeurs macroscopiques étant dépendantes les unes des autres :

- à pression et quantité de matière constantes, $\boldsymbol{V = k_1 T}$ avec k_1 une constante : le volume V du gaz augmente proportionnellement à la température T. Cette loi porte le nom de **loi de Gay-Lussac** ;
- à volume et quantité de matière constants, $\boldsymbol{P = k_2 T}$ avec k_2 une constante : l'augmentation de la pression agite les molécules, ce qui fait augmenter la température. La pression varie proportionnellement à la température ;
- à température et quantité de matière constantes, $\boldsymbol{PV = k_3}$ avec k_3 une constante : la pression P augmente si le volume V diminue, la pression est inversement proportionnelle au volume. C'est la **loi de Boyle-Mariotte** ;
- à pression et température constantes, $\boldsymbol{V = k_4 n}$ avec k_4 une constante : le volume augmente proportionnellement à la quantité de matière, c'est la **loi d'Avogadro**.

3 Limites du modèle du gaz parfait

• Pour expliquer le comportement des gaz réels, il faut prendre en compte le volume des molécules et les forces intermoléculaires ou forces de Van Der Waals qui s'exercent entre les molécules du gaz (ces interactions sont d'autant plus fortes que le gaz est dense).

• L'équation de Van Der Waals, tout en restant une équation d'état simplifiée, prend en compte ces limites.

On introduit un terme $\frac{an^2}{V^2}$ d'interaction (homogène à une pression en Pa) et un terme nb appelé co-volume (en m^3), provenant du volume non nul des molécules, avec a et b des constantes dimensionnées.

Équation de Van Der Waals :

$$\left(P + \frac{an^2}{V^2}\right)(V - nb) = n\mathrm{R}T$$

Exercice résolu

Retrouver l'état du gaz parfait

ÉNONCÉ

À partir de l'équation d'état de Van Der Waals, retrouver l'équation d'état du gaz parfait à l'ordre 1.

CORRIGÉ

Si on développe les deux facteurs du membre de gauche, on obtient :

$$\left(P + \frac{an^2}{V^2}\right)(V - nb) = PV + \frac{an^2}{V} - Pnb - \frac{abn^3}{V^2} = n\mathrm{R}T$$

En réarrangeant et en factorisant à nouveau, on obtient :

$$PV = n\mathrm{R}T - \frac{an^2}{V} + Pnb + \frac{abn^3}{V^2} = n\mathrm{R}T\left(1 - \frac{an}{\mathrm{R}TV} + \frac{Pb}{\mathrm{R}T} + \frac{abn^2}{\mathrm{R}TV^2}\right)$$

qui, à l'ordre 1, donne $PV = n\mathrm{R}T$, l'équation du gaz parfait.

Méthode
Retrouver la formule $PV = n\mathrm{R}T(1 + \ldots)$ qui donne $PV = n\mathrm{R}T$ à l'ordre 1.

PHYS. CHIMIE

Révision express

Les points importants à retenir

- Apprenez par cœur :

– les définitions du gaz parfait, du libre parcours moyen ;

– l'équation d'état du gaz parfait avec l'unité appropriée pour chacune des grandeurs, la valeur de la constante des gaz parfaits et son unité dans le système international, et l'équation de Van Der Waals ;

– les lois de Gay-Lussac, de Boyle-Mariotte et d'Avogadro.

- Retenez :

– que le modèle du gaz parfait est un modèle de gaz idéal ;

– que le modèle de Van Der Waals prend en compte le volume des molécules et les forces intermoléculaires.

- Soyez capable :

– de décrire un gaz parfait et d'expliciter les limites du modèle ;

– de mobiliser les équations d'état du gaz parfait ou de Van Der Waals pour calculer la valeur d'une grandeur macroscopique connaissant celles des autres paramètres.

Quiz

Cochez la (ou les) bonne(s) réponse(s) :

1. On considère une quantité n d'un gaz parfait de pression P, de volume V à la température T :

☐ **a.** sa pression P double si le volume V double, les autres grandeurs restant constantes.

☐ **b.** sa pression P double si la température T double, les autres grandeurs restant constantes.

☐ **c.** son volume V double si la quantité de matière n double, les autres grandeurs restant constantes.

2. Le comportement de ce gaz parfait est régi par :

☐ **a.** la loi de Boyle-Mariotte à température et quantité de matière constantes.

☐ **b.** la loi d'Avogadro à quantité de matière et volume variables.

☐ **c.** la loi de Gay-Lussac à pression et quantité de matière constantes.

3. Le modèle de Van Der Waals :

☐ **a.** est un modèle plus proche de la réalité que le modèle du gaz parfait.

☐ **b.** permet de retrouver, à partir de l'équation d'état de Van Der Waals, la loi $PV = nRT$.

☐ **c.** prend en compte le volume des particules de gaz.

4. Un gaz parfait est un gaz rare.

☐ **a.** Vrai ☐ **b.** Faux

→ Réponses p. 498

EXERCICE 1

Exploiter l'équation d'état d'un gaz parfait

Énoncé

Une bouteille de plongée contient 50 litres d'air sous 200 bar.

La température étant de 20 °C, calculer la quantité de matière de gaz qu'elle contient.

Méthode

1 Identifier les différentes grandeurs physiques données dans l'énoncé et l'inconnue à déterminer.

2 Convertir dans les unités usuelles de l'équation d'état des gaz parfaits les valeurs numériques des différentes grandeurs : la pression en pascals (Pa), la température en kelvins (K), le volume en mètres cubes (m^3) et la quantité de matière en moles (mol). On rappelle que T (en K) = θ (en °C) + 273,15.

3 À partir de l'équation d'état, en déduire l'expression de la grandeur inconnue en fonction des grandeurs physiques identifiées et de R, la constante des gaz parfaits.

4 Faire l'application numérique avec R = 8,314 unités du système international.

5 Donner le résultat en tenant compte de la précision des différentes grandeurs : le résultat doit être donné avec le nombre de chiffres significatifs correspondant à celui de la donnée la moins précise.

Corrigé

1. Les grandeurs physiques connues sont :
– le volume $V = 50$ L ;
– la pression $P = 200$ bar
– la température $\theta = 20$ °C.
La grandeur à déterminer est la quantité de matière d'air dans la bouteille n.

2. Le volume est :
$V = 50 \text{ L} = 50 \text{ dm}^3 = 50 \times 10^{-3} \text{ m}^3 = 5{,}0 \times 10^{-2} \text{ m}^3$.
La pression est :
$P = 200 \text{ bar} = 200 \times 10^5 \text{ Pa} = 2{,}00 \times 10^7 \text{ Pa}$.
La température est :
$T = \theta + 273{,}15 = 20 \text{ °C} + 273 = 293 \text{ K}$.

Piège à éviter
La précision de 5 chiffres significatifs sur le facteur 273,15 est illusoire ici : la température de 20 °C n'a que 2 chiffres significatifs, la conversion ne peut donc pas augmenter la précision au-delà du degré.

3. L'équation d'état est $PV = n\text{R}T$, donc on en déduit que la quantité de gaz contenu dans la bouteille de plongée est :

$$n = \frac{PV}{\text{R}T}$$

4. et **5.** A. N. : $n = \dfrac{2{,}00 \times 10^7 \times 5{,}0 \times 10^{-2}}{8{,}314 \times 293} = 410{,}51$ mol, soit $n = 4{,}1 \times 10^2$ mol avec 2 chiffres significatifs.

EXERCICE 2

Exploiter le comportement du gaz parfait

Énoncé

Une bouteille de plongée contient 50 litres d'air sous 200 bar.

Quel volume d'air peut-on extraire de cette bouteille à une pression atmosphérique de 1,0 bar ?

Méthode

1 Identifier les différentes grandeurs physiques données dans l'énoncé et l'inconnue à déterminer. Ne pas hésiter à mettre des indices si nécessaire.

2 Identifier la loi régissant le comportement du gaz parfait et l'énoncer : loi de Boyle-Mariotte, loi de Gay-Lussac, loi d'Avogadro, etc.

3 En déduire l'expression de la grandeur inconnue en fonction des grandeurs physiques identifiées, les autres grandeurs étant supposées constantes.

4 Faire l'application numérique en tenant compte des unités de l'énoncé sans forcément réaliser de conversion à ce niveau de raisonnement.

5 Donner le résultat en tenant compte de la précision des différentes grandeurs : le résultat doit être donné avec le nombre de chiffres significatifs correspondant à celui de la donnée la moins précise.

6 Convertir éventuellement dans l'unité du système international la valeur numérique obtenue : la pression en pascals (Pa), la température en kelvins (K), le volume en mètres cubes (m^3) et la quantité de matière en moles (mol).

Corrigé

1. Une bouteille de plongée contient $V_1 = 50$ litres d'air sous $P_1 = 200$ bar.
On cherche le volume V_2 d'air extrait de la bouteille pour la pression $P_2 = 1{,}0$ bar.

2. La quantité de matière n d'air et la température sont constantes. La loi régissant le comportement de l'air est la loi de Boyle-Mariotte, soit :

$$PV = \text{constante}$$

3. On a donc, en appliquant la loi de Boyle-Mariotte :

$$P_1V_1 = P_2V_2$$

On en déduit le volume V_2 d'air contenu dans la bouteille après une détente à la pression $P_2 = 1{,}0$ bar :

$$V_2 = \frac{P_1V_1}{P_2}$$

4. et 5. A. N. : $V_2 = \dfrac{200 \times 50}{1{,}0} = 1{,}0 \times 10^4$ L avec 2 chiffres significatifs.

Gagnez des points !
Le rapport de deux grandeurs identiques est sans unité si les grandeurs sont exprimées elles-mêmes dans la même unité.

6. $V_2 = 1{,}0 \times 10^4$ L $= 1{,}0 \times 10^4$ dm^3 ou $V_2 = 10$ m^3.

Chapitre 14 Effectuer des bilans d'énergie : premier principe de la thermodynamique

1 Énergie interne

De quoi s'agit-il ? **L'énergie totale d'un système est la somme de son énergie mécanique macroscopique E_m et d'une énergie microscopique U appelée énergie interne.**

PHYS. CHIMIE

1 Pendule pesant dans une enceinte fermée

- On considère un pendule pesant, constitué d'une masse *m* suspendue à un fil inélastique, dans une enceinte remplie d'air à faible pression. Le système considéré est l'ensemble {pendule + air}. L'enceinte est isolée thermiquement, c'est-à-dire qu'il n'y a pas de transfert thermique entre l'enceinte et l'extérieur, et fermée, c'est-à-dire qu'elle n'échange pas de matière avec le milieu extérieur.
- L'état initial correspond à l'état dans lequel le pendule fait un angle non nul avec la verticale du lieu. Le pendule est alors lâché sans vitesse initiale et oscille pendant un certain temps jusqu'à retrouver sa position d'équilibre. L'état final est donc l'état pour lequel le pendule est en position verticale et statique.

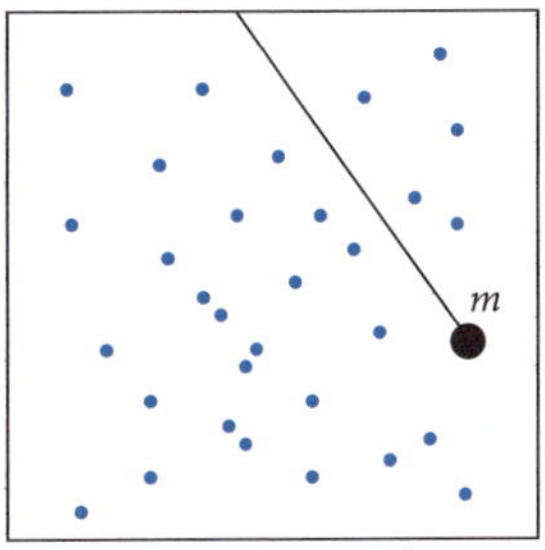

État initial

- L'énergie mécanique E_m du système est la somme de l'énergie cinétique du pendule, car l'air est un fluide au repos macroscopiquement, et de l'énergie potentielle du pendule. La variation d'énergie mécanique entre l'état initial et l'état final est :

$$E_{mf} - E_{mi} = (E_{cf} + E_{pf}) - (E_{ci} + E_{pi})$$

avec $E_{ci} = E_{cf} = 0$, car les vitesses initiale et finale sont nulles. On a donc :

$$E_{mf} - E_{mi} = E_{pf} - E_{pi} \neq 0$$

> Pour un système isolé et fermé, l'énergie mécanique E_m peut **diminuer** et ne pas se conserver.

- La variation d'énergie mécanique est en fait associée à l'existence de forces dissipatives que sont les frottements, à l'échelle macroscopique, des interactions entre la masse *m* du pendule et l'air. Si l'on note W_f le travail de ces forces de frottement, le bilan énergétique s'écrit : $E_{mf} - E_{mi} = W_f$.
- Si l'on mesure la température initiale puis finale dans l'enceinte, on observe que celle-ci a augmenté : il y a donc conversion de l'énergie mécanique du pendule en énergie cinétique des molécules contenues dans l'air.

2 Énergie interne et bilan énergétique

> De manière générale, on définit l'énergie interne d'un système, notée U, comme la somme des énergies cinétiques et potentielles d'interaction des différents constituants internes au système. L'énergie interne est alors la somme des énergies cinétiques et potentielles microscopiques :
>
> $$U = E_{c\ micro} + E_{p\ micro} = \sum E_{c\ int} + \sum E_{p\ int}$$

• L'énergie interne U :
- s'exprime en joules (J) comme toutes les énergies ;
- est une grandeur algébrique : elle peut donc être négative, nulle ou positive ;
- est une grandeur extensive : l'énergie interne U d'un système S, union de deux systèmes S_1 et S_2, est égale à la somme des énergies internes U_1 et U_2 des systèmes S_1 et S_2, soit $U = U_1 + U_2$.

• Si l'on reprend le cas précédent du système {pendule + air} dans une enceinte fermée et isolée, le bilan énergétique s'écrit :

$$\Delta E_m = E_{mf} - E_{mi} = W_f = \sum E_{c\ int} = \Delta U$$

avec, dans ce cas, une énergie interne réduite au terme d'énergie cinétique microscopique.

• Ainsi, la somme de l'énergie mécanique et de l'énergie interne d'un **système isolé et fermé** se conserve :

$$\mathbf{E_m + U = constante}$$

2 Premier principe de la thermodynamique

De quoi s'agit-il ? Le premier principe de la thermodynamique explicite le lien entre la variation d'énergie interne d'un système, la somme des travaux des forces qui s'exercent sur lui et le transfert thermique.

1 Transferts d'énergie

• Considérons une certaine quantité n d'air enfermée dans une enceinte de volume V variable contrôlé par un piston. L'enceinte est supposée sans échange de matière avec l'extérieur : le système {air} est donc un système fermé.

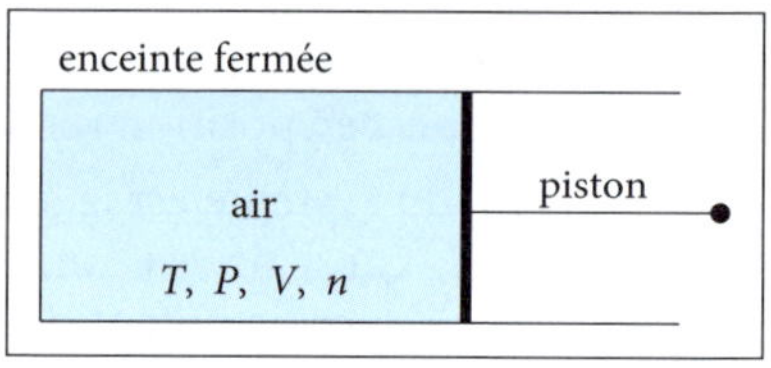

• **Expérience 1** : On déplace le piston afin de réduire le volume de gaz. Lors du déplacement du piston :
- il y a transfert d'énergie aux molécules de fluide. Ce transfert est dû au travail W des forces pressantes ;
- on constate que la température T du fluide augmente : l'agitation thermique est donc plus importante. Les énergies microscopiques des molécules de gaz augmentent et ainsi, on constate une augmentation de l'énergie interne U du système.

  De plus, la variation d'énergie mécanique E_m est nulle puisque le système {air} ne s'est pas déplacé (l'énergie cinétique macroscopique est nulle) et qu'il n'y a pas eu de variation d'énergie potentielle macroscopique.

  Le bilan énergétique du système s'écrit alors, dans le cas de cette expérience :

$$\Delta E_m + \Delta U = \Delta U = W$$

• **Expérience 2** : On bloque le piston et on place l'enceinte dans une température T' plus importante que la température T initiale. À l'équilibre, la température du gaz est égale à T'. On constate ainsi que :
- l'énergie mécanique du système {air} n'a pas varié, car il n'y a eu aucune modification de l'énergie cinétique macroscopique ou de l'énergie potentielle macroscopique ;
- l'énergie thermique de l'air augmente, ce qui se traduit macroscopiquement par une augmentation de la température et microscopiquement par une augmentation de l'énergie cinétique microscopique des molécules du gaz.

  Le système {air} a donc reçu du milieu extérieur de l'énergie. Ce transfert thermique est noté Q, et comme toute énergie, s'exprime en joules (J).

  Le bilan énergétique du système s'écrit alors, dans le cas de cette expérience :

$$\Delta E_m + \Delta U = \Delta U = Q$$

- Les deux expériences précédentes montrent qu'il existe deux formes de transferts énergétiques : le travail, noté W, et le transfert thermique aussi appelé par abus de langage « chaleur », noté Q.
- Les quantités W et Q, exprimées en joules (J), sont des quantités algébriques.

Convention du « banquier » : un transfert d'énergie est compté positivement s'il est cédé par le milieu extérieur au système et négativement dans le cas contraire, c'est-à-dire lorsqu'il « sort » du système.

2 Énoncé du premier principe de la thermodynamique

Énoncé du premier principe :
Un système évoluant entre deux états et recevant algébriquement un transfert énergétique sous forme de travail W et de transfert thermique Q possède une énergie totale $E_m + U$ dont la variation entre les deux états est égale à la somme
$W + Q$: $\boldsymbol{\Delta E = \Delta E_m + \Delta U = W + Q}$

- Le plus souvent, la variation d'énergie mécanique du système est nulle, et le premier principe de la thermodynamique se résume à : $\Delta U = W + Q$.
- Le premier principe de la thermodynamique a historiquement porté le nom de « principe d'équivalence ». En effet, il fait apparaître les deux types de transferts énergétiques W et Q de manière équivalente.
- Pour un système tel que $W = 0$ et $Q = 0$, la relation mathématique du premier principe se réduit à : $\Delta E = \Delta E_m + \Delta U = W + Q = 0$. On retrouve ainsi la conservation de l'énergie d'un système fermé et isolé : $E = E_m + U$ constante.

Exercice résolu

Déterminer une variation d'énergie interne

ÉNONCÉ

Un gaz dans une enceinte immobile produit un travail de 340 J et augmente sa température de telle manière que le transfert thermique est de 160 J. Calculer ΔU.

Piège à éviter
L'énergie reçue par le système est positive, et l'énergie produite est négative.

CORRIGÉ

$\Delta U = W + Q = -340 + 160 = -180$ J.

3 Capacité thermique

De quoi s'agit-il ? Dans le cas d'un système isolé, fermé et immobile, sans apport de type travail, la variation d'énergie interne ne dépend que de la variation de température du système.

1 Capacité thermique molaire

- Soit un système constitué de n particules de fluide incompressible, de volume V à pression P. Lors d'une variation de température $\Delta T = T_F - T_I$, le système évolue entre un état initial (EI) et un état final (EF) : il échange de l'énergie avec le milieu extérieur.

Le transfert énergétique est un transfert thermique Q qui est :
- proportionnel à la quantité de matière n de fluide ;
- proportionnel à la variation ΔT de température.

> De manière générale, le **transfert thermique** Q (en J) est :
>
> $$\mathbf{Q = nC\Delta T} \quad \text{avec} \quad \begin{cases} n : \text{quantité du corps considéré (en mol),} \\ C : \text{capacité thermique molaire (en J} \cdot \text{K}^{-1} \cdot \text{mol}^{-1}\text{),} \\ \Delta T : \text{variation de température (en K).} \end{cases}$$

● Le coefficient de proportionnalité C est appelé capacité thermique molaire ou chaleur spécifique molaire.

> La **capacité thermique molaire** C d'un corps est l'énergie nécessaire pour élever $n = 1$ mole de ce corps de $\Delta T = 1$ K à pression donnée. Cette énergie s'exprime en $\text{J} \cdot \text{K}^{-1} \cdot \text{mol}^{-1}$.

● La convention veut que l'énergie reçue du [resp. cédée au] milieu extérieur par le système soit comptée positivement [resp. négativement].

2 Capacité thermique massique

● On peut aussi exprimer le transfert thermique en fonction de la masse m de fluide incompressible dans l'enceinte :

$$Q = nC\Delta T \times \frac{M}{M} = m\frac{C}{M}\Delta T$$

avec $m = n \times M$ et M la masse molaire du fluide. Il apparaît alors un nouveau coefficient de proportionnalité $\frac{C}{M}$ ou capacité thermique massique.

● Malheureusement, les thermodynamiciens utilisent le même symbole C pour deux grandeurs différentes que sont les capacités thermiques molaire et massique. La différence se fait sur l'unité de C.

> En utilisant la capacité thermique massique, le **transfert thermique** Q (en J) est :
>
> $$\mathbf{Q = mC\Delta T} \quad \text{avec} \quad \begin{cases} m : \text{masse du corps considéré (en g),} \\ C : \text{capacité thermique molaire (en J} \cdot \text{K}^{-1} \cdot \text{g}^{-1}\text{),} \\ \Delta T : \text{variation de température (en K).} \end{cases}$$

● La capacité thermique massique s'exprime alors en $\text{J} \cdot \text{K}^{-1} \cdot \text{g}^{-1}$, alors que la capacité thermique molaire s'exprime en $\text{J} \cdot \text{K}^{-1} \cdot \text{mol}^{-1}$.

> La **capacité thermique massique** C d'un corps est l'énergie nécessaire pour élever $m = 1$ g de ce corps de $\Delta T = 1$ K à pression donnée.

3 Application du premier principe de la thermodynamique

● Dans le cas d'un corps qui subit une variation ΔT de température, sans apport algébrique de travail, le premier principe de la thermodynamique s'écrit :

$$\Delta U = Q = nC\Delta T \text{ ou } \Delta U = Q = mC\Delta T$$

● La variation d'énergie interne ne dépend que de la variation de température et de la quantité ou masse du corps.

Exercice résolu

Calculer la variation d'énergie interne

ÉNONCÉ

Calculer l'énergie nécessaire pour faire chauffer 100 g d'eau de 22 °C à 85 °C avec $C_{eau} = 4{,}18\ kJ \cdot K^{-1} \cdot kg^{-1}$.

CORRIGÉ

La capacité thermique est massique : $C_{eau} = 4{,}18\ kJ \cdot K^{-1} \cdot kg^{-1} = 4{,}18\ J \cdot K^{-1} \cdot g^{-1}$.
Le système {eau} reçoit de l'énergie du milieu extérieur pour augmenter sa température, donc l'énergie est comptée positivement.
$\Delta U = Q = mC\Delta T = 100 \times 4{,}18 \times (85 - 22) = +\ 2{,}6 \times 10^4$ J ou 26 kJ.

Piège à éviter

La valeur de la température exprimée en kelvins est différente de celle exprimée en degrés Celsius. En revanche, les variations de température ont la même valeur dans les deux unités.

4 Modes de transfert thermique

De quoi s'agit-il ? **Il existe trois modes de transfert thermique : la conduction, la convection et le rayonnement.**

1 Conduction thermique ou diffusion

- La **conduction** ou **diffusion** est un mode de transfert thermique pouvant avoir lieu entre deux systèmes immobiles S_1 et S_2 : le mouvement d'agitation thermique microscopique des molécules se transmet de proche en proche et se traduit macroscopiquement par un transfert de chaleur de S_1 vers S_2, ou inversement.

Exemple

Un glaçon dans un verre d'eau fond par transfert thermique de l'eau liquide vers le solide. Il n'y a pas de mouvements macroscopiques du glaçon ou de l'eau.

- Le mode de transfert par conduction est le seul ayant lieu dans les systèmes solides opaques au rayonnement électromagnétique.
- Les autres modes de transfert, convection et rayonnement, peuvent se superposer à la conduction en fonction des systèmes d'étude.

2 Convection

- Ce type de transfert nécessite un intermédiaire, appelé **fluide caloporteur**. Au contact d'un solide « plus chaud » par exemple, le fluide caloporteur reçoit de la chaleur qu'il transporte vers un endroit « plus froid ». Une convection fait donc appel aux **mouvements macroscopiques** d'un fluide pour effectuer le transfert thermique. Ces mouvements peuvent être créés par des différences de masse volumique du fluide (convection libre ou naturelle) ou par des moyens mécaniques (convection forcée).
- Ce mode de transfert est le plus important et le plus **rapide** entre une surface solide et un gaz ou un liquide : le fluide en contact avec le solide chaud reçoit de la chaleur, ce qui fait augmenter son énergie interne et sa température. Ces molécules de fluide vont ensuite se mélanger à d'autres molécules moins agitées, situées dans une région de plus faible température (mouvement macroscopique du fluide) et leur transférer leur excédent d'énergie.

Exemple

La circulation d'air lorsque l'on chauffe une pièce à l'aide d'un chauffage (convecteurs électriques créant des mouvements de convection forcée), celle des masses d'air de la planète ou les mouvements magmatiques d'un volcan (convection naturelle) correspondent à des convections.

• La convection s'accompagne d'un transfert de type conduction entre le fluide et le solide (première étape du transfert) : on parle souvent de transferts conducto-convectifs. La plupart du temps, les phénomènes convectifs masquent les phénomènes de conduction.

3 Rayonnement

Le rayonnement est le troisième mode de transfert thermique entre deux systèmes séparés par du vide ou de la matière transparente à ce rayonnement électromagnétique.

Exemple

L'exemple le plus évident est peut-être celui du transfert thermique par rayonnement solaire lorsque la Terre est réchauffée par les rayons électromagnétiques émis par le Soleil.

Exercice résolu

Modéliser la convection thermique

ÉNONCÉ

Un convecteur électrique est utilisé pour chauffer une petite chambre.
Sachant, comme son nom l'indique, que le mode de transfert largement majoritaire est la convection, schématiser les transferts thermiques.

CORRIGÉ

Le mode de transfert étant la convection, il faut représenter les mouvements des masses d'air du chauffage.

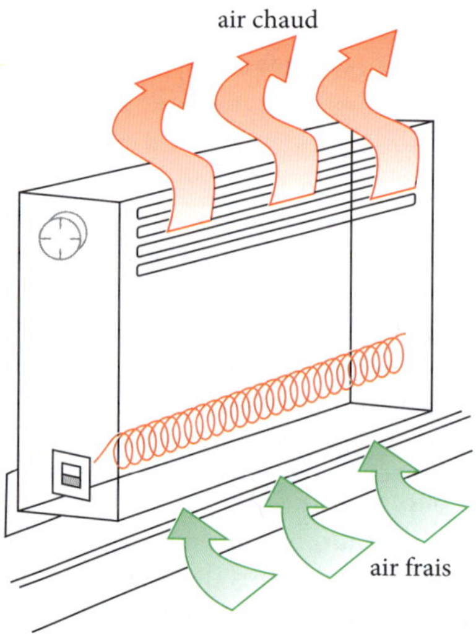

Rappel
Les masses d'air chaud montent dans la pièce.

5 Flux et résistance thermiques

De quoi s'agit-il ? Par analogie avec les phénomènes électriques (loi d'Ohm), le flux thermique est proportionnel à la variation de température.

1 Flux thermique ϕ et conductivité thermique λ

- Le **flux thermique ϕ** à travers une paroi plane de surface S est la quantité de chaleur traversant S par unité de temps. φ s'exprime en watts (W).

- Considérons une barre cylindrique de section S et de longueur L dont les températures extrêmes T_1 et T_2 sont fixées ($T_1 > T_2$). Le profil du champ de température à l'intérieur de la barre est :

$$T(x) = \frac{T_2 - T_1}{L}\, x + T_1$$

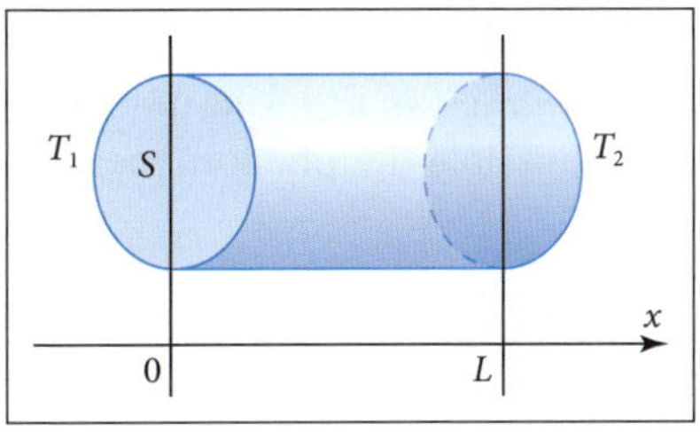

Le **flux thermique conductif** à travers toute section S de la barre est alors proportionnel à la différence des températures :

$$\boldsymbol{\phi = \lambda \frac{T_1 - T_2}{L} S}$$ avec :
- T_1 et T_2 : températures extrêmes (en K),
- L : longueur de la barre (en m),
- S : surface de la section (en m^2),
- λ : conductivité thermique du matériau (en $W \cdot m^{-1} \cdot K^{-1}$).

Exemples

Pour un matériau conducteur tel que le cuivre $\lambda_{cuivre} = 380\ W \cdot m^{-1} \cdot K^{-1}$; pour un isolant tel que le bois $\lambda_{bois} = 1\ W \cdot m^{-1} \cdot K^{-1}$. De manière générale, les métaux sont plus conducteurs de la chaleur que les matériaux non métalliques.

2 Résistance thermique R

On associe au cylindre précédent une **résistance thermique** notée R, s'exprimant en $K \cdot W^{-1}$, telle que :

$$\boldsymbol{R = \frac{T_1 - T_2}{\phi} = \frac{L}{\lambda S}}$$ avec :
- T_1 et T_2 : températures extrêmes (en K),
- φ : flux thermique (en W),
- S : surface de la section (en m^2),
- L : longueur de la barre (en m),
- λ : conductivité thermique (en $W \cdot m^{-1} \cdot K^{-1}$).

- Cette relation a été établie par analogie avec la loi d'Ohm $U = RI$: l'intensité du courant électrique I s'apparente au flux thermique ϕ, et la différence de potentiel entre deux points A et B d'un circuit (tension U_{AB}) à la différence de température entre deux points d'une barre $T_2 - T_1$.

- La **conductance thermique** G (en $W \cdot K^{-1}$) est l'inverse de la résistance :

$$G = \frac{1}{R}$$

PHYS. CHIMIE

- En utilisant la même analogie électrique, on peut en déduire les lois d'association de résistances thermiques :
  - si deux conducteurs sont traversés par le même flux thermique, la résistance de l'ensemble est la somme des résistances thermiques (conducteurs en série) ;
  - si deux conducteurs sont soumis à la même différence de température, la résistance de l'ensemble est l'inverse de la somme des conductances thermiques (conducteurs en parallèles).

3 Un phénomène irréversible

Les transferts thermiques se font spontanément de la source chaude vers la source froide, l'inverse étant impossible. Le phénomène de diffusion est donc **irréversible** : il n'évolue que dans un sens.

Exercice résolu

Calculer une résistance thermique

ÉNONCÉ

Calculer la résistance thermique d'une barre de cuivre de 20,0 cm et de section droite de 1,0 cm^2.
Donnée : $\lambda_{cuivre} = 390\ W \cdot m^{-1} \cdot K^{-1}$.

CORRIGÉ

$R = \dfrac{L}{\lambda S}$ d'où $R = \dfrac{20{,}0 \times 10^{-2}}{390 \times 1{,}0 \times 10^{-4}} = 5{,}1\ K \cdot W^{-1}$.

Méthode
Convertir les valeurs de L et S en unités du système international.

6 Bilan thermique Terre-atmosphère, effet de serre

De quoi s'agit-il ? Un corps chauffé produit de l'énergie jusqu'à l'équilibre thermique. Le rayonnement émis est modélisé par la loi de Stefan-Boltzmann.

1 Loi de Stefan-Boltzmann

- Tout corps éclairé reçoit de l'énergie sous forme de rayonnement électromagnétique. Une grande partie de cette énergie est absorbée par le corps, et dans la majorité des cas, cette dernière augmente l'agitation thermique et ainsi la température du corps.
- Tout corps à une température T émet aussi un rayonnement électromagnétique dont la puissance surfacique est proportionnelle à T^4.

Loi de Stefan-Boltzmann :

$\boldsymbol{P = \sigma T^4}$ avec
- P : puissance surfacique rayonnée (en $W \cdot m^{-2}$),
- T : température (en K),
- σ : constante de Boltzmann ($\sigma = 5{,}67\ W \cdot m^{-2} \cdot K^{-4}$).

- Ainsi, plus un corps est éclairé, plus il chauffe, et plus il émet de l'énergie.

Rappel
On appelle albédo le rapport entre l'énergie réfléchie et l'énergie absorbée. Le sol assimilé à un corps noir a un albédo de 0 et la neige un albédo de 1.

Rappel
La loi de Wien permet de déterminer la longueur λ_{max} d'onde du maximum d'émission du rayonnement $\lambda_{max} T \approx 3\,000\ \mu m \cdot K$.

2 Température d'équilibre d'un corps

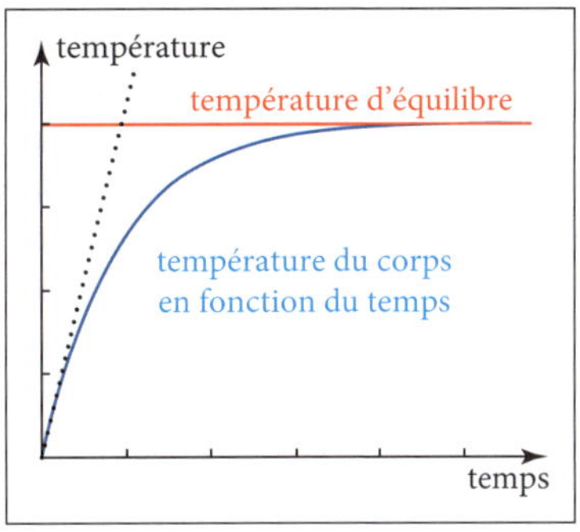

- Lorsqu'un corps reçoit de l'énergie électromagnétique, par exemple par rayonnement solaire, l'agitation thermique augmente, ainsi que la température du corps. Ce dernier produit alors de l'énergie proportionnellement à la puissance quatrième de sa température. Tant que la température augmente, l'énergie produite par le corps augmente.
- Lorsqu'un corps émet autant d'énergie qu'il en reçoit, alors sa température se stabilise à une température dite d'équilibre.
- L'émission électromagnétique du Soleil sur un corps céleste correspond à une puissance totale $P_{\text{émise}}$ sur une surface $S = 4\pi d^2$ avec d la distance Soleil-corps. La puissance reçue par unité de surface du corps est $\frac{P_{\text{émise}}}{4\pi d^2}$. Cependant, le corps céleste émet aussi une puissance surfacique en σT^4 et est à l'équilibre lorsque la puissance émise est égale à la puissance reçue : $\frac{P_{\text{émise}}}{4\pi d^2} = \sigma T^4$, soit $T = \sqrt[4]{\frac{P_{\text{émise}}}{4\pi\sigma d^2}}$.
- On constate que les valeurs numériques obtenues sont en accord avec celles observées pour les planètes et satellites du système solaire, à l'exception de Vénus, Mars, la Terre et Titan, les seuls corps ayant une atmosphère.

3 Effet de serre

- En appliquant la relation mathématique précédente et en corrigeant avec les effets d'albédo, on obtient une température moyenne terrestre de $\theta = -18$ °C, alors que celle observée est de 15 °C. Cette différence est due à l'effet de serre produit par l'atmosphère terrestre.

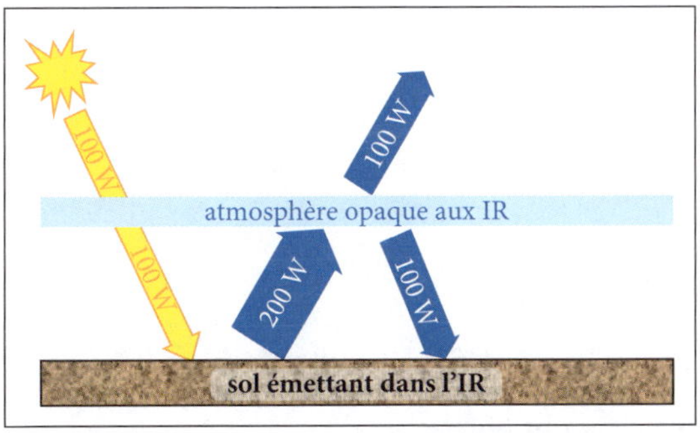

- Les gaz contenus dans l'atmosphère sont transparents à la lumière visible, mais les gaz à effet de serre (GES), comme le dioxyde de carbone, la vapeur d'eau ou le méthane, sont opaques aux rayonnements infrarouges (IR) et les absorbent. On peut montrer que pour une puissance de 100 W visible émise par le Soleil, le bilan thermique est le suivant : sans atmosphère, le sol émet 100 W, alors qu'avec atmosphère – supposée parfaite – et effet de serre, il émet 200 W, soit 2 fois plus d'énergie.
- Avec un modèle d'atmosphère parfaite, la température moyenne est donc plus importante d'un facteur $\sqrt[4]{2} = 1{,}19$ soit une augmentation de 19 %. En réalité, l'atmosphère étant non parfaite, le coefficient multiplicateur est plutôt de l'ordre de 1,13 ce qui explique une température moyenne de la Terre de 15 °C.
- Les GES contribuent donc à un effet de serre naturel, de l'ordre de 155 $W \cdot m^{-2}$ s'ajoutant aux 341 $W \cdot m^{-2}$ reçus du Soleil. En revanche, l'augmentation des quantités de dioxyde de carbone et de méthane contribue à un effet de serre supplémentaire de l'ordre de 3 $W \cdot m^{-2}$.

7 Loi phénoménologique de Newton

De quoi s'agit-il ? L'évolution de la température d'un système à la température *T* en contact avec un thermostat est proportionnelle à la différence de température entre *T* et la température du thermostat.

1 Loi de Newton

- On considère un système homogène et incompressible à une température initiale T_0 en contact avec un thermostat, c'est-à-dire un milieu extérieur homogène de température T_T constante.
  - Si $T_0 < T_T$, alors le système va se « réchauffer » jusqu'à atteindre la température T_T du thermostat. Il va donc recevoir de l'énergie par transfert thermique de la part du thermostat ($Q > 0$).
  - Si $T_0 > T_T$, alors le système va se « refroidir » jusqu'à atteindre la température T_T du thermostat. Il va donc céder de l'énergie par transfert thermique au thermostat ($Q < 0$).

Loi phénoménologique de Newton :
Dans le cas d'un système à une température initiale T_0 en contact avec un thermostat à température T_T constante, le taux de perte ou de gain par transfert thermique du système est proportionnel à la différence entre la température du système $T(t)$ et celle du thermostat T_T :

$$\frac{\mathrm{d}T(t)}{\mathrm{d}t} = -k(T(t) - T_T)$$

- Dans le cas où $T_0 < T_T$, alors la température $T(t)$ du système évolue de T_0 à T_T. On en déduit que $T(t) \leqslant T_T$, $T(t) - T_T \leqslant 0$ et $\frac{\mathrm{d}T(t)}{\mathrm{d}t} \geqslant 0$. Le système se réchauffe.

Dans le cas contraire où $T_0 < T_T$, alors $T(t) \geqslant T_T$, $T(t) - T_T \geqslant 0$ et $\frac{\mathrm{d}T(t)}{\mathrm{d}t} \leqslant 0$. Le système se refroidit.

- Le coefficient k est homogène à l'inverse d'un temps ; il s'exprime en s^{-1}.

2 Expression de la température

- La loi de Newton s'écrit $\frac{\mathrm{d}T}{\mathrm{d}t} = -k(T - T_T) = -kT + kT_T$ ou encore $\frac{\mathrm{d}T}{\mathrm{d}t} + kT = kT_T$.

Par dérivation par rapport au temps t, on obtient alors :

$$\frac{\mathrm{d}^2T}{\mathrm{d}t^2} + k\frac{\mathrm{d}T}{\mathrm{d}t} = 0$$

- La solution à cette équation différentielle du premier ordre est une fonction exponentielle du type : $T(t) = A + B\exp(-kt)$. Les coefficients A et B sont définis par les conditions initiales du fluide incompressible :
  - À $t = 0$, instant initial, la température est $T(t = 0) = T_0$:
    $T(t = 0) = A + B\exp(-k \times 0) = A + B = T_0$
    donc $B = T_0 - A$.
  - À l'équilibre, lorsque t tend vers l'infini, la température est celle du réservoir, donc $T(t \to \infty) = T_T$ d'où $T(t \to \infty) = A = T_T$.
    Finalement, la solution est :

$$\boldsymbol{T(t) = T_T + (T_0 - T_T)\exp(-kt)}$$

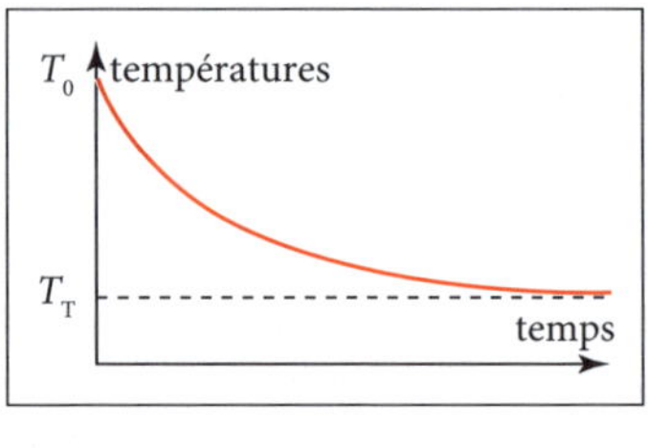

Exercice résolu

Déterminer un temps de refroidissement

ÉNONCÉ

Un gâteau sortant du four à 180 °C est placé sur la table. Une demi-heure après sa sortie du four, sa température est de 100 °C.
Au bout de combien de temps le gâteau sera-t-il à 25 °C, sachant que la température de l'air ambiant est de 20 °C ?

CORRIGÉ

$T(t) = T_{air} + (T_{four} - T_{air})\exp(-kt)$ ou, en exprimant k en fonction du temps et des températures :

$$k = -\frac{1}{t}\ln\left(\frac{T - T_{air}}{T_{four} - T_{air}}\right)$$

A. N. : $T = 100$ °C ; $T_{air} = 20$ °C ; $T_{four} = 180$ °C et $t = 30$ min.

$k = -\frac{1}{30}\ln\left(\frac{100-20}{180-20}\right)$ alors $k = 0{,}023\ \text{min}^{-1}$.

En exprimant t' en fonction de k et des températures, on a :

$$t' = -\frac{1}{k}\ln\left(\frac{T' - T_{air}}{T_{four} - T_{air}}\right)$$

A. N. : $T' = 25$ °C ; $T_{air} = 20$ °C ; $T_{four} = 180$ °C et $k = 0{,}023\ \text{min}^{-1}$.

$t' = -\frac{1}{0{,}023}\ln\left(\frac{25-20}{180-20}\right)$, alors $t' = 151$ min soit environ 2 h 30.

Méthode

Déterminer k avant toute autre application numérique, sachant que la fonction inverse de $y = \exp(x)$ est $x = \ln(y)$.

Révision express

Les points importants à retenir

- Apprenez par cœur :

– les définitions de l'énergie interne, des capacités thermiques, du flux thermique, de la résistance ou de la conductance thermiques, et de l'albédo ;

– l'énoncé du premier principe de la thermodynamique, de la loi de Stefan-Boltzmann et de la loi de Wien ;

– les expressions mathématiques de la quantité de chaleur Q ou transfert thermique, du flux thermique à travers une paroi et de la résistance thermique d'un matériau ;

– les lois d'associations de résistances thermiques.

- Retenez :

– qu'un transfert d'énergie est compté positivement s'il est cédé par le milieu extérieur au système et négativement dans le cas contraire (convention du banquier) ;

– qu'il existe trois modes de transfert thermique : la conduction ou diffusion, la convection et le rayonnement.

- Soyez capable :

– d'identifier le mode de transfert thermique ;

– de calculer la valeur algébrique d'un transfert thermique et d'un flux conductif ;

– d'exprimer et de calculer la résistance de plusieurs parois accolées et d'en déduire leur conductance ;

– d'utiliser l'analogie électrique dans des problèmes thermiques.

Quiz

Cochez la (ou les) bonne(s) réponse(s) :

1. Le transfert thermique d'un système thermodynamique :

☐ **a.** est toujours positif.

☐ **b.** est sous forme de variation d'énergie interne lorsque le système est sans mouvement global et qu'il ne travaille pas.

☐ **c.** est noté Q, aussi appelé « chaleur » dans le langage courant.

2. Le flux thermique entre A et B :

☐ **a.** s'exprime en watts (en W).

☐ **b.** dépend de la variation de température entre A et B.

☐ **c.** dépend du (ou des) matériau(x) entre A et B.

3. La diffusion est un mode de transfert thermique par mouvement macroscopique des masses de fluide.

☐ **a.** Vrai ☐ **b.** Faux

→ Réponses p. 498

EXERCICE 1

Représenter le profil de température d'une paroi

Énoncé

On considère un mur en béton d'une maison, de conductivité thermique λ, d'épaisseur e et de surface S.

Représenter le profil de température, sachant que l'on note T_e la température extérieure et T_i la température intérieure, avec $T_e > T_i$.

Méthode

1 Faire l'hypothèse que le profil de température est indépendant du temps et linéaire, et prendre une loi du type $T(x) = ax + b$.

2 Rechercher les expressions des coefficients a et b en explicitant les conditions de température à chaque extrémité du mur.

3 En supposant les températures extérieure et intérieure constantes, représenter la courbe $T = T_e$ à l'extérieur du mur, $T(x) = ax + b$ dans le mur et $T = T_i$ à l'intérieur de la maison.

Corrigé

1. On suppose que la température est indépendante du temps et que le profil à l'intérieur du matériau est linéaire. Soit $T(x) = ax + b$.

Réflexe à avoir
Vérifier que la courbe obtenue est bien continue.

2. Les conditions aux limites sont :
– en $x = 0$, $T = T_e = b$. On en déduit que $b = T_e$;
– en $x = e$, $T = T_i = ae + T_e$. On en déduit que :

$$a = \frac{T_i - T_e}{e} < 0$$

3. Pour $x < 0$, la température extérieure est constante, soit $T = T_e$.
Pour $0 < x < e$, la température décroît de manière linéaire, soit :

$$T = \frac{T_i - T_e}{e} x + T_e$$

Pour $x > e$, la température intérieure est constante, soit :

$$T = T_i$$

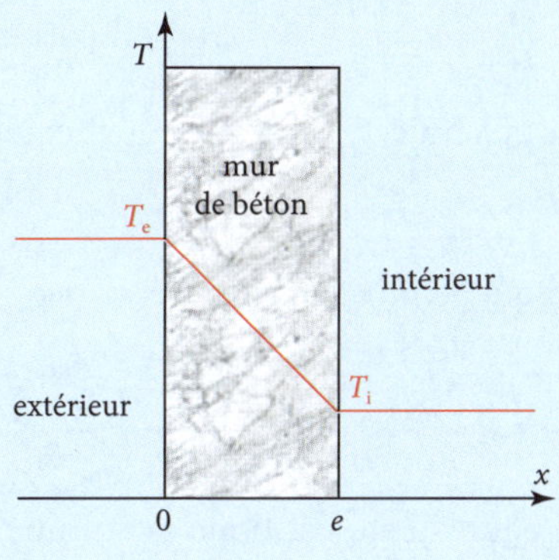

EXERCICE 2

Calculer la résistance thermique d'un ensemble de matériaux

Énoncé

Un système de double vitrage comprend deux vitres de verre d'épaisseur *e* entre lesquelles on emprisonne une épaisseur *e'* de diazote. Soit λ_v et λ_{N2} les conductivités thermiques, respectivement du verre et du diazote.

Déterminer la résistance thermique équivalente au double vitrage. On note T_e la température extérieure et T_i la température intérieure avec $T_e < T_i$.

Méthode

1 Donner l'expression de chacune des résistances thermiques, en ne considérant que les phénomènes de conduction. Exprimer *R* en fonction du flux et de l'épaisseur.

2 Faire l'hypothèse que le flux est conservé (il est le même dans chaque partie de l'assemblage de matériaux) et en déduire que la résistance équivalente est la somme des résistances de chaque matériau.

3 Proposer alors une expression de *R* en fonction de l'épaisseur de chaque partie et de la surface *S* commune traversée par le flux thermique.

Corrigé

Réflexe à avoir
Penser à utiliser l'analogie électrique.

1. Par définition de la résistance thermique, en notant T_1 et T_2 les températures à la jonction verre/diazote et à la jonction diazote/verre, on a :

$$R_1 = \frac{T_1 - T_e}{\phi_1} = \frac{e}{\lambda_v S}\ ;\ R_2 = \frac{T_2 - T_1}{\phi_2} = \frac{e'}{\lambda_{N2} S}\ ;\ R_3 = \frac{T_i - T_2}{\phi_3} = \frac{e}{\lambda_v S}.$$

2. De manière générale, on considère le flux global ϕ tel que :

$$R = \frac{T_i - T_e}{\phi}$$

En supposant que le flux se conserve, soit $\phi_1 = \phi_2 = \phi_3 = \phi$, on peut alors écrire :

$$R_1 + R_2 + R_3 = \frac{T_1 - T_e}{\phi} + \frac{T_2 - T_1}{\phi} + \frac{T_i - T_2}{\phi} = \frac{T_i - T_e}{\phi} = R$$

La résistance équivalente est donc la somme des résistances thermiques.

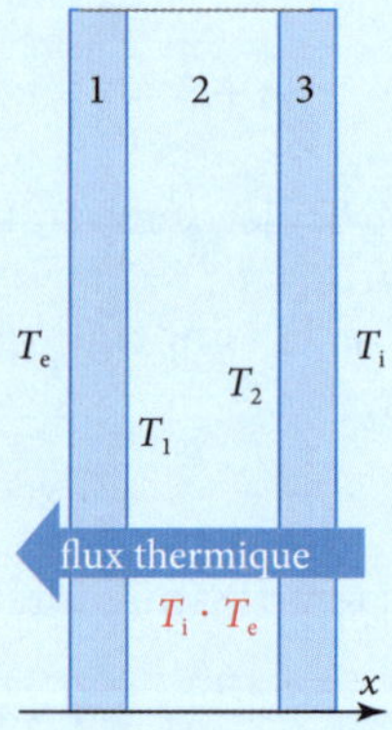

3. On en déduit :

$$R = \frac{e}{\lambda_v S} + \frac{e'}{\lambda_{N2} S} + \frac{e}{\lambda_v S} = 2\frac{e}{\lambda_v S} + \frac{e'}{\lambda_{N2} S}$$

Chapitre 15 Caractériser les phénomènes ondulatoires

1 Ondes sonores

De quoi s'agit-il ? **Une onde sonore est une onde acoustique audible. Elle est caractérisée par son intensité ou son niveau sonore et son atténuation.**

1 Propriétés

- Une **onde acoustique** est une onde longitudinale qui se propage par compression/dilatation de l'air.
- Notre récepteur, l'oreille, est sensible aux ondes acoustiques de fréquence comprise **entre 20 Hz et 20 kHz** : les **ondes sonores**.

Remarque

Les ondes acoustiques non audibles de basses fréquences sont appelées infrasons, alors que les ondes acoustiques non audibles de hautes fréquences sont appelées ultrasons.

2 Intensité et niveau sonores

On définit l'**intensité acoustique *I*** s'exprimant en $W \cdot m^{-2}$ comme la puissance acoustique P reçue par un récepteur, par unité de surface S :

$$\boldsymbol{I} = \frac{\boldsymbol{P}}{\boldsymbol{S}} \text{ avec } \begin{cases} P : \text{puissance (en W),} \\ S : \text{surface (en m}^2\text{).} \end{cases}$$

- Cette intensité acoustique est liée à la sensation de notre récepteur. Pour l'oreille humaine, l'intensité acoustique minimale perçue est $I_0 = 10^{-12}\ W \cdot m^{-2}$, et le seuil de douleur se situe à $I = 25\ W \cdot m^{-2}$.

Exemples

L'intensité acoustique d'une conversation normale se situe autour de $10^{-6}\ W \cdot m^{-2}$; le bruit d'un marteau-piqueur, qualifié de dangereux, autour de $10^{-2}\ W \cdot m^{-2}$; le bruit d'une fusée au décollage, qualifié de douloureux, autour de $10^{2}\ W \cdot m^{-2}$.

- Le physiologiste allemand G. Fechner (1801-1887) a remarqué que les sensations variaient de manière logarithmique.

Le **niveau d'intensité sonore** ***L***, exprimé en décibels (dB), est défini par :

$$\boldsymbol{L} = \mathbf{10\log}\left(\frac{\boldsymbol{I}}{\boldsymbol{I_0}}\right) \text{ avec } \begin{cases} \log : \text{fonction logarithme décimal,} \\ I : \text{intensité acoustique (en W} \cdot \text{m}^{-2}\text{),} \\ I_0 : \textbf{intensité de référence } (I_0 = 10^{-12}\ \text{W} \cdot \text{m}^{-2}\text{).} \end{cases}$$

3 Atténuation

L'**atténuation** caractérise l'affaiblissement du signal transmis au cours de sa propagation.

PHYS. CHIMIE

- Les raisons de l'atténuation d'un signal sont multiples : phénomènes de diffusion, absorption par le milieu de propagation, phénomène de réflexions parasites…
- On définit généralement un **facteur d'atténuation acoustique** α ou facteur d'affaiblissement acoustique exprimé en décibels (dB).

> Le lien entre les puissances d'entrée et de sortie s'écrit :
>
> $\alpha = \dfrac{P_s}{P_e} = \dfrac{I_s}{I_e}$ avec P_e et P_s : puissances d'entrée et de sortie (en W), I_e et I_s : intensités acoustiques d'entrée et de sortie (en $W \cdot m^{-2}$) du signal à transmettre.

- On peut aussi définir un **niveau d'atténuation acoustique** comme $\log\alpha = \log \dfrac{P_s}{P_e}$.

Exercice résolu

Calculer un niveau sonore ou une intensité sonore

ÉNONCÉ

1. Calculer le niveau sonore d'un restaurant scolaire dont l'intensité acoustique est de l'ordre de 10^{-4} $W \cdot m^{-2}$.

2. Exprimer et calculer l'intensité sonore du passage d'une voiture de Formule 1 sur un circuit F1 dont le niveau sonore atteint 120 dB.

CORRIGÉ

1. $L = 10\log\left(\dfrac{I}{I_0}\right)$.

A. N. : $L = 10\log\left(\dfrac{10^{-4}}{10^{-12}}\right) = 10\log(10^8) = 10 \times 8 = 80$ dB.

2. Si $L = 10\log\left(\dfrac{I}{I_0}\right)$, alors $\dfrac{L}{10} = \log\left(\dfrac{I}{I_0}\right)$ et $\dfrac{I}{I_0} = 10^{\frac{L}{10}}$, soit $I = I_0 10^{\frac{L}{10}}$.

A. N. : $I = 10^{-12} \times 10^{120/10} = 10^{-12} \times 10^{12} = 10^0$, d'où finalement $I = 1$.

Remarque
Ce niveau sonore est qualifié de « fatigant » pour l'oreille humaine.

2 Diffraction

De quoi s'agit-il ? **Le phénomène de diffraction apparaît lorsqu'une onde traverse un objet dont les dimensions sont de l'ordre de la longueur d'onde ou inférieures à elle.**

1 Conditions d'observation et caractéristiques

- Lorsqu'une onde (un signal acoustique ou lumineux) rencontre un objet de petites dimensions ou une ouverture de petites dimensions, si ces dimensions sont de l'ordre de grandeur de la longueur d'onde du signal, le principe de propagation rectiligne de l'onde progressive n'est plus respecté. On parle alors de **diffraction du signal par l'objet ou l'ouverture**.

• En TP, on peut mettre en évidence le phénomène de diffraction dans le cas de la lumière monochromatique par le passage d'un laser dans une fente verticale par exemple. Le faisceau lumineux, après passage par la fente, est récupéré sur un écran perpendiculaire au faisceau laser incident.

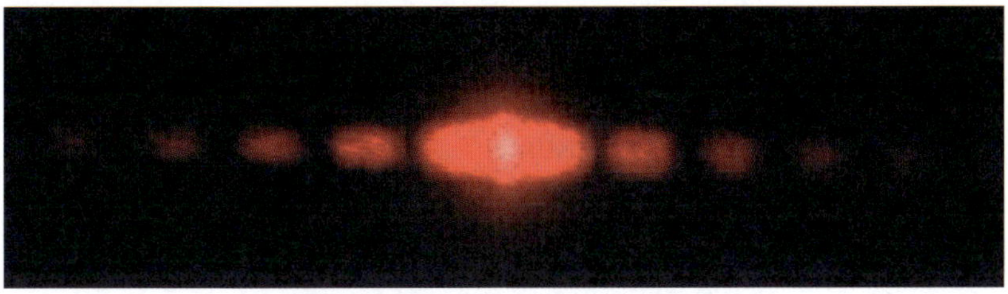

Figure de diffraction d'une fente verticale

On observe une figure horizontale alors que l'obstacle est vertical : la figure obtenue est perpendiculaire à l'obstacle. Elle se compose d'une série de petits traits de longueur identique à l'exception de celui du centre, appelé **tache centrale de diffraction**, de longueur double. L'intensité lumineuse diminue au fur et à mesure que l'on s'éloigne de la tache centrale.

• Dans le cas d'une lumière polychromatique ou d'une lumière blanche, on observe en plus des **irisations** de la figure de diffraction : le trajet des rayons lumineux dépend de la longueur d'onde du signal.

2 Angle caractéristique de diffraction

Reprenons l'expérience de la diffraction de l'onde monochromatique du laser par une fente. Soit $2d$ la largeur de la tache centrale de diffraction, D la distance entre l'ouverture et l'écran, et a la dimension de l'ouverture.

> L'**ouverture angulaire** θ (en rad) d'un faisceau diffracté par un obstacle est telle que :
> $\tan\theta \simeq \theta = \frac{d}{D} = \frac{\lambda}{a}$ avec d, D et λ définies par le schéma ci-après (en m)

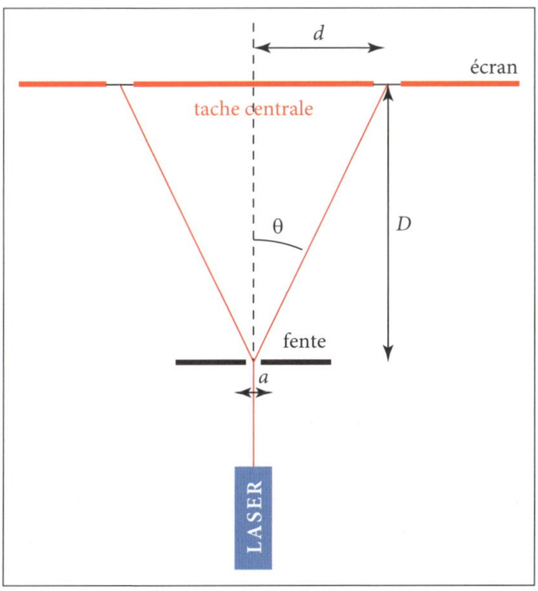

Remarque
Cette relation définissant l'ouverture angulaire d'un faisceau diffracté se généralise pour les petites ouvertures.

Exercice résolu

Déterminer la longueur d'onde

ÉNONCÉ

La figure de diffraction d'un fil calibré de 122 μm de diamètre donne une figure de diffraction dont la tache centrale mesure 4,2 cm pour une distance fil-écran de 3,90 m. Déterminer la longueur d'onde de la diode laser utilisée.

CORRIGÉ

L'énoncé précise que $a = 122 \times 10^{-6}$ m, $2d = 4{,}2 \times 10^{-2}$ m et $D = 3{,}90$ m.

La relation de l'ouverture angulaire est telle que $\theta = \frac{d}{D} = \frac{\lambda}{a}$ soit $\lambda = \frac{ad}{D}$.

A. N. : $\lambda = \frac{122 \times 10^{-6} \times (4{,}2 \times 10^{-2}/2)}{3{,}90} = 66 \times 10^{-8}$ m, soit environ 0,66 μm, valeur appartenant bien au spectre de la lumière visible.

Méthode
Bien identifier les différentes distances de l'énoncé.

3 Interférences à deux ondes

De quoi s'agit-il ? Lorsqu'une onde traverse un dispositif multi-ouvertures, on observe un phénomène d'interférence.

1 Conditions d'observation

En TP, on peut mettre en évidence le phénomène d'interférences avec des ultrasons par exemple : on place côte à côte deux émetteurs ultrasonores E_1 et E_2 identiques. On déplace ensuite un récepteur R en face des émetteurs, suivant une droite parallèle à (E_1E_2). On observe alors, à l'aide d'un oscilloscope relié à R, qu'en certains points de l'espace, l'amplitude du signal reçu **peut être maximale** et qu'en d'autres, elle **peut être nulle**. On note d_1 la distance émetteur E_1-R et d_2 la distance émetteur E_2-R.

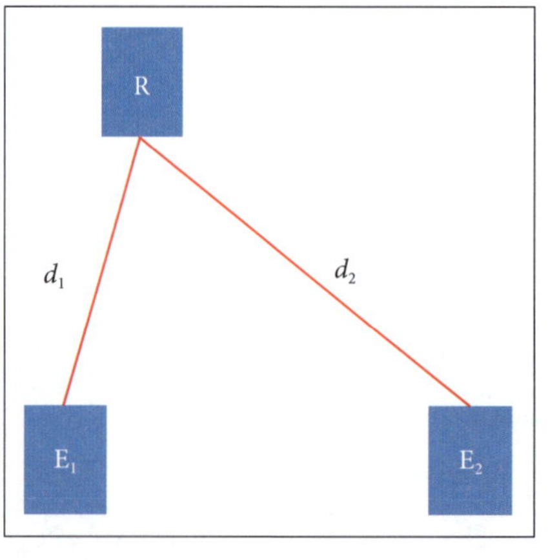

Dans le cas de deux signaux cohérents, souvent produits à partir d'une même source S primaire, on peut observer des **franges d'interférence,** soit une succession de franges sombres (intensité nulle) et de franges très brillantes (maxima d'intensité).

2 Différence de marche, interférences constructives et destructives

• Dans le cas de l'expérience ci-avant, on définit la **différence de marche**, notée δ et s'exprimant en mètres, comme la différence entre les distances d_1 et d_2 parcourues :

$$\delta = d_2 - d_1$$

Remarque

Dans un milieu homogène d'indice $n \neq 1$, on définit plus généralement la différence de marche comme $\delta = n(d_2 - d_1)$.

Lorsque la différence de marche δ est un multiple de la longueur d'onde, les interférences sont dites **constructives : $\delta = k\lambda$** avec $k \in \mathbb{Z}$. Les signaux sont alors en phase.
En revanche, lorsque $\boldsymbol{\delta = \left(k + \frac{1}{2}\right)\lambda}$ avec $k \in \mathbb{Z}$, **les interférences sont destructives**. Les signaux sont alors en opposition de phase.

Exercice résolu

Montrer que le centre correspond à des interférences constructives

ÉNONCÉ

À la surface de l'eau, une source ponctuelle génère une onde de surface. On place un obstacle percé de 2 trous.
Montrer qu'en O, les interférences sont constructives.

CORRIGÉ

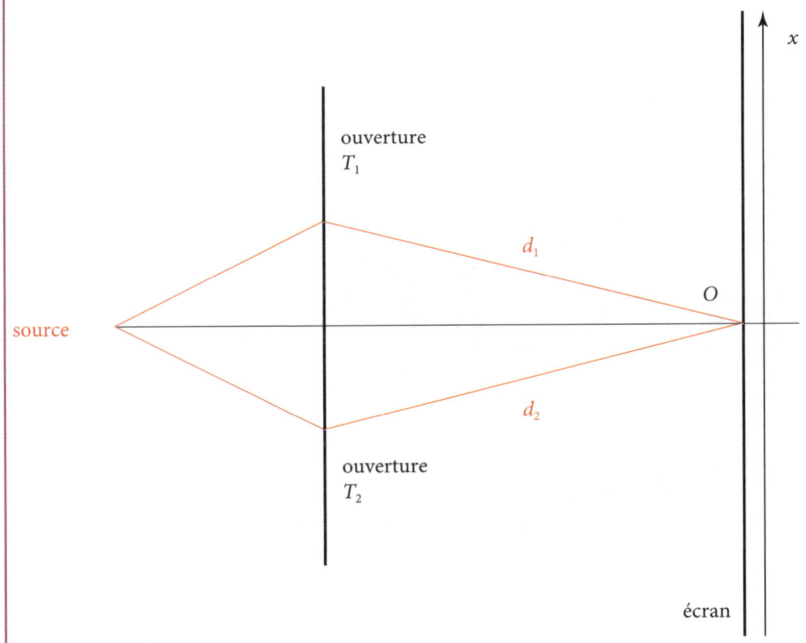

Méthode

Calculer la différence de marche pour démontrer que les interférences sont constructives ou destructives.

Dans le cas de ce dispositif, les ondes interférant au centre O de la figure d'interférence sont des rayons symétriques : les chemins optiques sont donc identiques. On a ainsi $d_1 = d_2$ et finalement $\delta = d_2 - d_1 = 0$.
La condition d'interférence constructive étant de la forme $\delta = k\lambda$ avec $k \in \mathbb{Z}$, la valeur $k = 0$ correspond bien à la situation présente.

4 Cas des interférences lumineuses

De quoi s'agit-il ? On traite le cas des interférences lumineuses dans un dispositif de fentes d'Young.

1 Expérience des trous ou des fentes d'Young

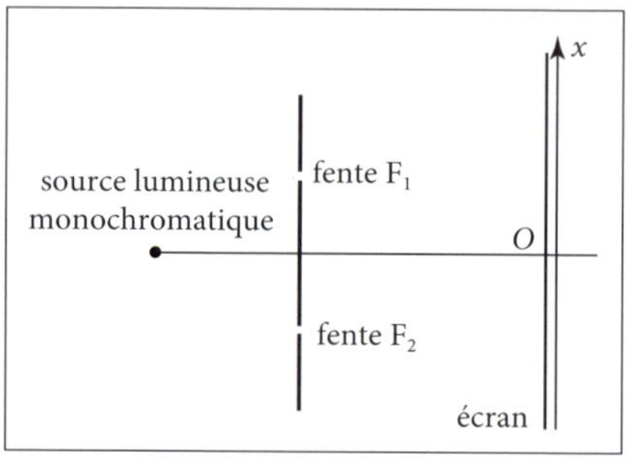

- Le dispositif des **fentes d'Young** est le suivant : un faisceau de lumière monochromatique est émis en direction d'une plaque opaque percée de deux fentes F_1 et F_2 très fines. Derrière la plaque, on observe sur un écran une répartition d'intensité lumineuse $I(x)$.
- On peut alors observer que :
  - si l'une des deux fentes est obstruée, par exemple F_2, l'écran présente la figure de diffraction de la fente ouverte d'intensité $I_1(x)$;
  - si les deux fentes sont ouvertes, l'écran présente des franges d'interférence, et $I(x)$ ne correspond pas à la somme des intensités produites par F_1 et F_2 séparément : $I(x) \neq I_1(x) + I_2(x)$;
  - si l'on diminue l'intensité lumineuse de la source, afin que les photons arrivent un à un sur la plaque, chaque photon produit un impact localisé sur l'écran, passant aléatoirement par l'une ou l'autre des fentes et reconstruisant les franges d'interférence ;
  - si l'on place un détecteur sur l'une des fentes, on n'obtient pas de franges d'interférence, mais la figure de diffraction de l'autre fente.
- Dans le cas des ondes lumineuses monochromatiques, l'expérience des fentes d'Young présente une série de franges dites **franges d'interférence**. Certains endroits M de l'écran présentent aussi des points d'intensité lumineuse maximale (franges brillantes) et des points d'intensité nulle (franges sombres).

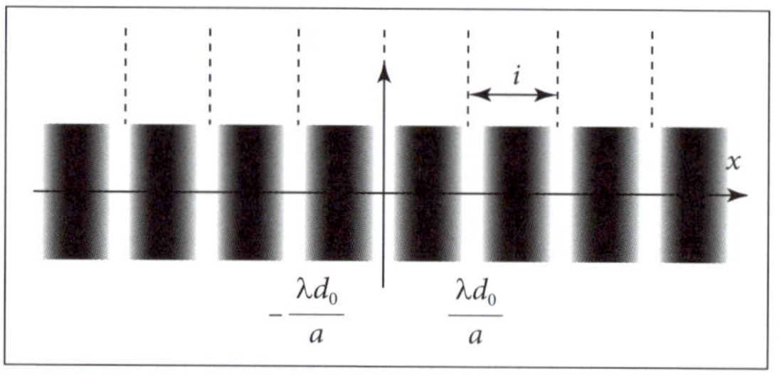

- Dans le cas d'une lumière polychromatique ou d'une lumière blanche, les figures d'interférence dues à chaque longueur d'onde se **superposent** sur l'écran, créant des franges de plus en plus irisées au fur et à mesure que l'on s'éloigne du centre de la figure.

2 Interfrange

L'**interfrange** i (en m) est la distance entre deux franges brillantes [resp. sombres] consécutives :

$$\boldsymbol{i = \frac{\lambda d_0}{a}} \text{ avec } \begin{cases} a : \text{distance entre les fentes (en m),} \\ d_0 : \text{distance fente-écran (en m),} \\ \lambda : \text{longueur de la source (en m).} \end{cases}$$

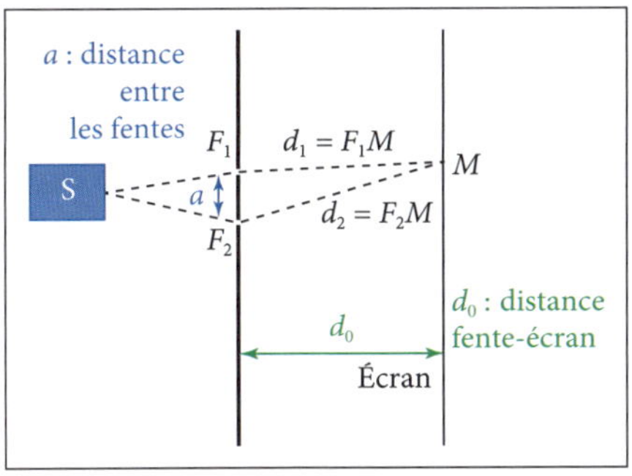

Exercice résolu

Déterminer la position d'un point *M* de la figure d'interférence

ÉNONCÉ

On utilise le dispositif des trous d'Young avec un laser de fréquence $f = 4{,}74 \times 10^{14}$ Hz. En un point *M* de l'écran, la différence de marche est $\delta = 6{,}33$ µm. En déduire la position de *M* dans la figure d'interférence.

CORRIGÉ

La longueur d'onde de l'onde lumineuse est $\lambda = \dfrac{c}{f}$, avec *c* la célérité de la lumière. On en déduit la valeur de λ : $\lambda = \dfrac{3{,}00 \times 10^{8}}{4{,}74 \times 10^{14}} = 6{,}33 \times 10^{-7}$ m.

Or $\dfrac{\delta}{\lambda} = \dfrac{6{,}33 \times 10^{-6}}{6{,}33 \times 10^{-7}} = 10$. On est dans le cas d'une condition d'interférence constructive : *M* appartient donc à une frange brillante.

Méthode

Calculer la valeur de la longueur d'onde, puis le rapport δ/λ afin d'identifier une condition d'interférence constructive ou destructive.

5 Effet Doppler

De quoi s'agit-il ? **Lorsqu'une source émettrice est en mouvement par rapport à un récepteur, la fréquence du signal émis varie relativement au rapport de la vitesse relative émetteur-récepteur et de celle de l'onde.**

1 Décalage en fréquence dans le cas de faibles vitesses

• Pour comprendre le phénomène, imaginons une source qui lance des balles à la vitesse *c* avec un temps entre deux balles, ou période d'émission, noté T_e. Supposons, de plus, que le récepteur des balles se déplace parallèlement à la direction des lancers à la vitesse v.
Le temps qui sépare deux réceptions de balle est noté T_r : il est plus grand que T_e, car entre deux balles, le récepteur s'est éloigné davantage de la source.
Pendant ce temps supplémentaire, la balle a parcouru une distance correspondant à $c(T_r - T_e)$, et le récepteur s'est reculé d'une même distance correspondant à vT_r.

Finalement, on a $c(T_r - T_e) = vT_r$, soit $T_r = \dfrac{1}{1 - \dfrac{v}{c}} T_e$.

La relation sur les fréquences correspondante est :

$$f_r = \left(1 - \frac{v}{c}\right) f_e, \text{ soit } \frac{f_e - f_r}{f_e} = \frac{v}{c}$$

Remarque

On peut généraliser à tout signal de fréquence f_e reçu à la fréquence f_r.
En général, on s'intéresse au cas des ondes acoustiques et électromagnétiques.

• On peut aussi considérer un récepteur s'approchant de la source à la vitesse v, l'expression précédemment établie se retrouve en changeant v en $-v$:

$$f_r = \left(1 + \frac{v}{c}\right) f_e \quad \text{soit} \quad \frac{f_r - f_e}{f_e} = \frac{v}{c}$$

Lorsqu'un signal de fréquence f est reçu par un récepteur en mouvement à la vitesse v par rapport à la source, la variation de fréquence Δf est telle que :

$$\frac{\Delta f}{f} = \frac{v}{c} \text{ avec}$$

- f : fréquence du signal lors de l'émission (en Hz),
- v : vitesse de déplacement du récepteur par rapport à la source (en $m \cdot s^{-1}$),
- c : célérité du signal (en $m \cdot s^{-1}$).

• Si le récepteur se rapproche de la source, la fréquence perçue est plus grande, alors que s'il s'éloigne, la fréquence perçue est plus petite.

Exemple

Dans le cas des ondes acoustiques, l'effet Doppler est perceptible lors du passage d'un véhicule de pompiers ou d'une ambulance : la fréquence du signal sonore change entre son approche (son plus aigu) et son éloignement (son plus grave).

2 Décalage Doppler

• **Exemple 1** : Lorsqu'une **source acoustique** se rapproche ou s'éloigne de l'observateur fixe, la variation relative de fréquence est égale au rapport v/c. Connaissant la célérité des sondes c, on en déduit la vitesse v. Ce principe est utilisé avec des ondes ultrasonores, par exemple dans le cas des sonars.

• **Exemple 2** : Lorsqu'une **source lumineuse** se rapproche de la Terre, la fréquence apparente de son rayonnement augmente, et sa lumière se déplace vers la partie bleue du spectre. Inversement, si la source s'éloigne, la fréquence apparente de l'onde émise diminue, et la lumière est décalée vers le rouge.

On appelle **Redshift**, noté z, sans unité, le décalage vers le rouge d'une source astronomique s'éloignant de nous :

$$z = \frac{\Delta f}{f} = \frac{v}{c}$$

Exercice résolu

Déterminer la vitesse d'éloignement

ÉNONCÉ

Un des quasars les plus célèbres chez les astronomes amateurs est le quasar 3C 273, situé dans la constellation de la Vierge. Son Redshift est de $z = 0{,}158$.
Déterminer sa vitesse d'éloignement.

CORRIGÉ

Le Redshift est défini comme $z = \frac{\Delta f}{f} = \frac{v}{c}$, soit $v = zc$.

A. N. : $v = 0{,}158 \times 3{,}00 \times 10^8 = 0{,}474 \times 10^8\ m \cdot s^{-1}$ ou $v = 4{,}74 \times 10^7\ m \cdot s^{-1}$.

Rappel

Le signal reçu est un signal électromagnétique, donc c correspond à la vitesse de la lumière dans le vide.

Révision express

Les points importants à retenir

● Apprenez par cœur :
– les relations mathématiques définissant l'intensité sonore et le niveau sonore, l'ouverture angulaire lors d'un phénomène de diffraction, l'interfrange, la différence de marche lors d'un phénomène d'interférences et la variation relative de fréquence lors d'un effet Doppler ;
– les conditions d'interférences constructives et destructives.

● Retenez :
– que le phénomène de diffraction est observable lorsque l'objet ou l'ouverture diffractant ont des dimensions de l'ordre de grandeur de la longueur d'onde du rayonnement ;
– que lors d'un effet Doppler, si le récepteur se rapproche de la source, la fréquence perçue est plus grande, alors que s'il s'éloigne, la fréquence perçue est plus petite.

● Soyez capable :
– d'identifier le type d'interférence ;
– de schématiser un dispositif de diffraction et d'interférence ;
– d'identifier une onde longitudinale et une onde transversale.

Quiz

Cochez la (ou les) bonne(s) réponse(s) :

1. Le niveau acoustique *L* d'un signal :
- ☐ **a.** s'exprime en dB.
- ☐ **b.** est une grandeur additive.
- ☐ **c.** est proportionnel à l'intensité *I*.

2. Deux franges brillantes d'interférence :
- ☐ **a.** ont une distance d'une ou de plusieurs interfranges sur l'écran.
- ☐ **b.** ont une différence de marche nulle.
- ☐ **c.** sont de même intensité.

3. Considérant un effet Doppler :
- ☐ **a.** le signal sonore est plus aigu lorsque la source se rapproche du récepteur.
- ☐ **b.** la fréquence diminue lors de l'éloignement de la source.
- ☐ **c.** le décalage est défini comme la variation relative de fréquence.

4. La figure de diffraction d'un fil par un faisceau laser est la même que celle d'une fente de même dimension, au point d'impact du laser près.

☐ **a.** Vrai ☐ **b.** Faux

5. Les interférences lumineuses ne peuvent être créées qu'à partir de deux sources secondaires issues d'une même source primaire pour des questions de cohérence.

☐ **a.** Vrai ☐ **b.** Faux

→ Réponses p. 499

PHYS. CHIMIE

EXERCICE

Déterminer expérimentalement le diamètre d'un fil

Énoncé

En TP, un élève mesure la largeur L (en cm) de la tache centrale de la figure de diffraction d'un laser passant à travers une série de fils calibrés.

Le tableau récapitulatif des résultats obtenus est donné ci-après, D représentant le diamètre du fil. L'élève mesure également avec le même dispositif la largeur L de la figure de diffraction obtenue grâce à un cheveu mis dans le rayon laser.

Déterminer le diamètre de ce cheveu tel que $L_{\text{cheveu}} = 4{,}5$ cm.

D (µm)	56	80	100	133	162	200
L (cm)	6	4,2	3,5	2,5	2	1,5

Méthode

1 Tracer la courbe représentative du diamètre D en fonction de l'inverse de la largeur de la tache centrale de diffraction après avoir calculé les valeurs de $\frac{1}{L}$ (en cm^{-1}).

En TP, on peut utiliser un logiciel permettant de créer la variable inv$L = \frac{1}{L}$ par exemple et d'afficher la courbe $D = f(\text{inv}L)$.

2 Modéliser ensuite la courbe obtenue par une droite passant par l'origine.

3 Utiliser alors cette droite comme abaque : pour $L_{\text{cheveu}} = 4{,}5$ cm, calculer $\frac{1}{L_{\text{cheveu}}}$ et repérer le point d'abscisse $\frac{1}{L_{\text{cheveu}}}$ sur la droite. L'ordonnée de ce point correspond alors à la valeur du diamètre recherché.

Corrigé

1. Les valeurs de inv$L = \frac{1}{L_{\text{cheveu}}}$ (en m^{-1} ou 1/m) sont telles que :

D (µm)	56	80	100	133	162	200
L (cm)	6	4,2	3,5	2,5	2	1,5
inv*L* (1/m)	16,7	23,8	28,6	40	50	66,7

On trace ensuite la courbe représentative $D = f(\text{inv}L)$.

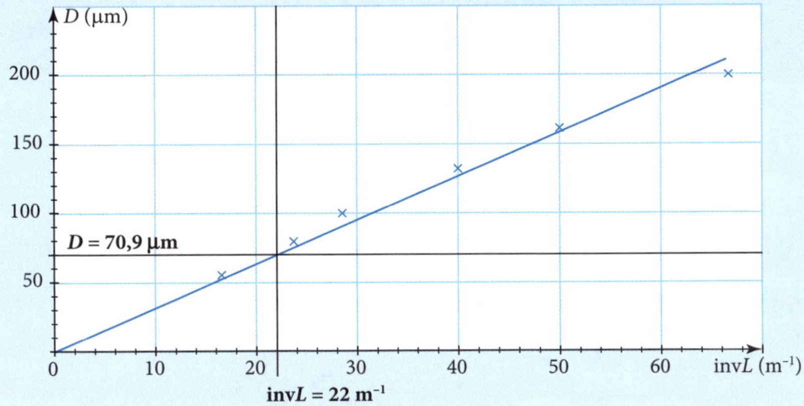

2. Il faut modéliser le nuage de points obtenu par une fonction linéaire, soit faire passer le plus proche possible de tous ces points une droite passant par l'origine.
Ici, le logiciel utilisé en séance de TP propose une droite dont l'écart type est d'environ 5 %.

Réflexe à avoir
Pour tracer la courbe $D = f(\text{inv}L)$, il faut mettre le diamètre D en ordonnée et inv$L$ en abscisse.

3. La largeur de la tache centrale de diffraction obtenue avec le cheveu inconnu et sans toucher au dispositif expérimental est :

$$L_{\text{cheveu}} = 4{,}5 \text{ cm, soit } L_{\text{cheveu}} = 4{,}5 \times 10^{-2} \text{ m}$$

On en déduit alors :

$$\frac{1}{L_{\text{cheveu}}} = \frac{1}{4{,}5 \times 10^{-2}} = 22{,}2 \text{ m}^{-1}$$

On reporte ensuite cette valeur en inv$L$ sur la courbe précédente : elle correspond à l'abscisse d'un point dont l'ordonnée est $D_{\text{cheveu}} = 70{,}9$ µm, soit environ 71 µm.
En séance de TP, la fonction « réticule » permet, comme le montre la figure précédente, d'obtenir cette valeur.
Finalement, on en déduit que le cheveu a un diamètre de l'ordre de **70 µm** en tenant compte de la précision des mesures de l'élève et du pourcentage d'erreur du logiciel.

PHYS. CHIMIE

PHYSIQUE-CHIMIE

Chapitre 16 Former des images

1 Lentilles minces

De quoi s'agit-il ? **L'image d'un objet à travers une lentille se détermine géométriquement ou de manière analytique.**

1 Lentilles minces convergentes

- Une lentille mince est un objet en matériau transparent ayant un axe de symétrie et un centre O appelé **centre optique**.

Parmi les lentilles minces, il existe des lentilles dites **convergentes.** Un faisceau de lumière parallèle dont la trajectoire est perpendiculaire à l'axe de la lentille convergente (rayons provenant de l'infini) converge en un point unique derrière la lentille appelé **foyer focal image**. On le note F'.

- La distance focale f' d'une lentille se définit alors comme la distance entre le centre O de la lentille et le foyer focal image F' : $f' = \overline{OF'} > 0$, la notation $\overline{OF'}$ signifiant « valeur algébrique » de la distance entre le centre optique O et le foyer focal image F' de la lentille.
- Les distances sont algébriques et comptées positivement dans le sens de la propagation de la lumière.

La vergence C, exprimée en dioptries (en δ), est l'inverse de la distance focale f'(en m) : $$C = \frac{1}{f'}$$

2 Rayons principaux

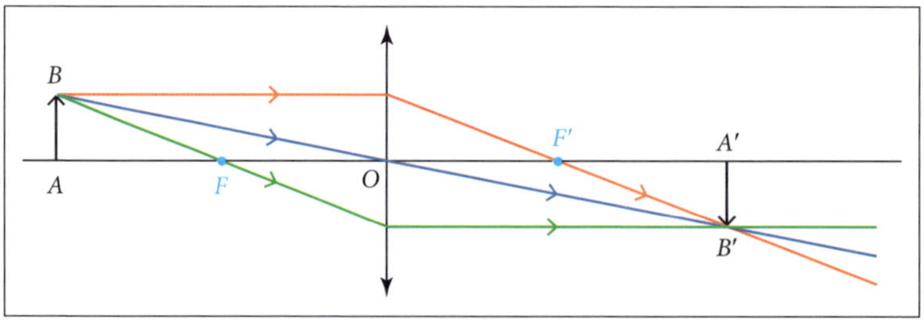

Il existe trois rayons particuliers, appelés rayons principaux, qui permettent d'obtenir l'image $A'B'$ d'un objet AB à travers une lentille convergente :
– le rayon passant par le centre optique O de la lentille qui n'est jamais dévié (tracé bleu) ;
– avant la lentille, le rayon passant par le foyer focal objet F, symétrique de F' par rapport à cette dernière, qui repart parallèle à l'axe optique après la lentille (tracé vert) ;
– avant la lentille, le rayon parallèle à l'axe optique qui converge après la lentille en F' (tracé rouge).

3 Relations de conjugaison et du grandissement

- Avec la notation algébrique, les relations de conjugaison et du grandissement permettent de calculer la position de l'image $\overline{OA'}$ par rapport à la lentille, ainsi que sa taille $\overline{A'B'}$.

- La position de A', point image conjugué du point objet A à travers la lentille de centre optique O et de foyer focal image F', est telle que :

$$\frac{1}{\overline{OA'}} - \frac{1}{\overline{OA}} = \frac{1}{\overline{OF'}} = C$$ avec
- $\overline{OA'}$: distance algébrique de O à A' (en m),
- $\overline{OA}$: distance algébrique de O à A (en m),
- $\overline{OF'}$: distance focale de la lentille (en m),
- C : vergence de la lentille (en δ).

Remarque
Bien penser à mettre toutes les distances algébriques en mètres avant une application numérique et à vérifier leur signe ! C'est la source de toutes les erreurs…

- La taille de l'image $A'B'$ est telle que $\frac{\overline{A'B'}}{\overline{AB}} = \frac{\overline{OA'}}{\overline{OA}}$, les grandeurs algébriques sont comptées positivement lorsqu'elles sont orientées de bas en haut.

- Le grandissement, noté γ sans unité, est le rapport algébrique entre la taille de l'image et celle de l'objet :

$$\gamma = \frac{\overline{A'B'}}{\overline{AB}} = \frac{\overline{OA'}}{\overline{OA}}$$ avec
- γ : grandissement (sans unité),
- $\overline{A'B'}$, $\overline{AB}$, $\overline{OA'}$ et $\overline{OA}$: distances algébriques (en m).

- Si $\gamma > 0$, l'image est dite droite par rapport à l'objet ; elle est renversée dans le cas contraire.

- Si $|\gamma| > 1$, l'image est agrandie par rapport à l'objet ; elle est réduite dans le cas contraire.

2 Modèle d'une lunette astronomique

De quoi s'agit-il ? **Une lunette astronomique est un instrument d'optique composé de deux lentilles.**

1 Constitution d'une lunette astronomique

- Une lunette astronomique est un instrument optique généralement destiné à effectuer des observations vers le ciel et de nuit. Elle peut être utilisée en vision diurne dans la mesure où l'observateur ne regarde pas directement un objet céleste très lumineux.

- La lunette est un instrument de type **réfracteur** : les rayons lumineux traversent l'instrument optique par une première lentille convergente sans réflexion.

- Une lunette est constituée d'un tube portant une lentille (ou un groupe de lentilles) à chaque extrémité. Les deux lentilles ou systèmes convergents sont alignés sur le même axe optique :
  - la plus grosse lentille, appelée **objectif**, est de grande distance focale. Elle capte les rayons issus d'un objet céleste situé à l'infini ou à très grande distance et permet d'en donner une image intermédiaire dans son plan focal image ;
  - la plus petite lentille, appelée **oculaire**, est la lentille proche de l'œil de courte distance focale. Elle permet d'observer l'image intermédiaire afin que l'œil n'accommode pas.

Remarque
L'oculaire transforme l'image intermédiaire en image à l'infini : les rayons lumineux arrivent parallèles au niveau de la rétine, l'œil n'a pas besoin d'accommoder, et la vision est confortable, ne demandant aucun effort.

PHYS. CHIMIE

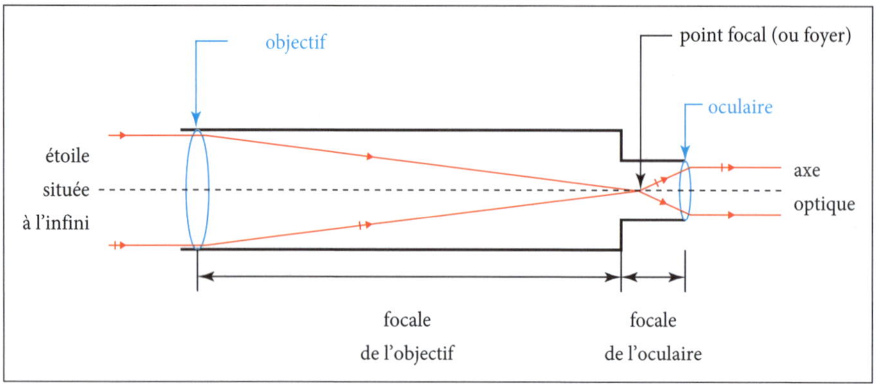

2 Accommodation

- Un œil normal voit sans effort des objets éloignés. On dit que l'œil est au **repos**. La distance cristallin-rétine est alors égale à la **distance focale** $f' = \overline{OF'}$ de la lentille convergente.

- En revanche, un œil normal doit effectuer un effort pour voir nettement les objets proches : les muscles de l'œil agissent alors sur le cristallin, qui se bombe pour former une image sur la rétine, la distance rétine-cristallin étant fixée. Ce changement de la courbure du cristallin est appelé **accommodation**.

3 Schéma d'une lunette afocale

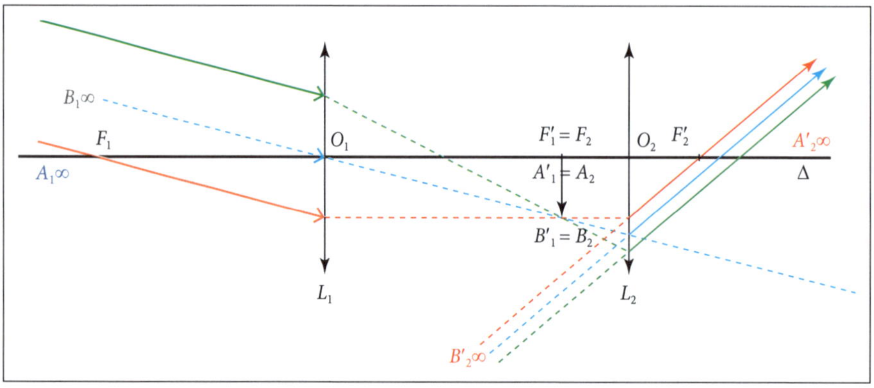

- L'objet A_1B_1 est à l'infini, les rayons traversant l'objectif L_1 sont parallèles. Ils convergent dans le plan focal image de l'objectif en $A'_1B'_1$, image intermédiaire.

- $A'_1B'_1$ devient alors objet A_2B_2 pour l'oculaire L_2 : l'image intermédiaire étant aussi dans le plan focal objet de L_2, son image $A'_2B'_2$ est à l'infini.

> Une lunette est **afocale** lorsque, d'un objet situé à l'infini, elle donne une image à l'infini.

- Dans ce cas, le plan focal image de l'objectif est confondu avec le plan focal objet de l'oculaire. Ces deux plans correspondent au plan dans lequel se situe l'image intermédiaire. Il en résulte que le foyer focal image F'_1 de l'objectif, le foyer focal objet F_2 de l'oculaire et le point situé sur l'axe optique de l'image intermédiaire sont confondus.

3 Grossissement d'une lunette afocale

De quoi s'agit-il ? Le grossissement est caractéristique de la lunette.

1 Expression du grossissement *G*

Le **grossissement** d'une lunette, grandeur sans unité, est le rapport entre l'angle β sous lequel est vu l'objet à travers la lunette et l'angle α sous lequel il est vu à l'œil nu :

$$G = \frac{\beta}{\alpha} \text{ avec } \alpha \text{ et } \beta \text{ en radians (en rad) ou en degrés (en °)}$$

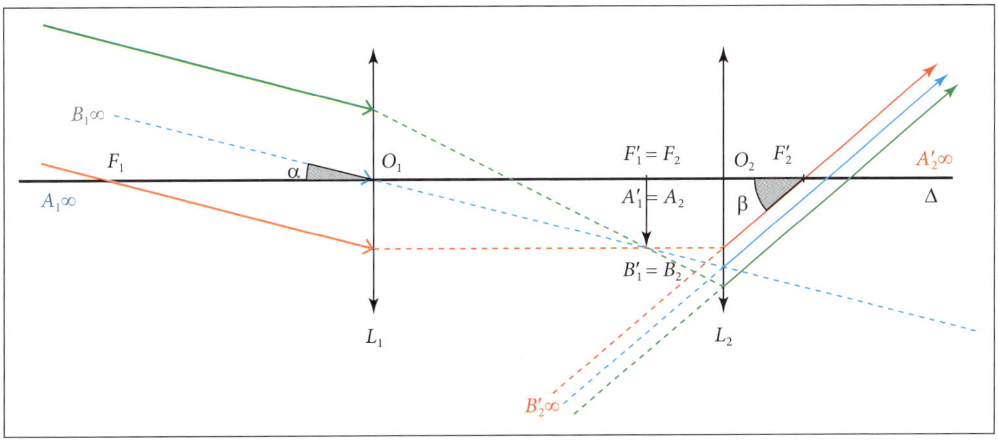

On peut démontrer (voir exercice résolu) que le grossissement d'une lentille afocale est le rapport des distances focales de l'objectif sur l'oculaire. La vergence étant l'inverse de la distance focale, le grossissement correspond aussi au rapport de la vergence de l'oculaire sur celui de l'objectif.

Dans le cas de petits angles, pour une lunette afocale :

$$G = \frac{f'_1}{f'_2} = \frac{C_2}{C_1}$$ avec
- f'_1 et f'_2 : distances focales des lentilles L_1 objectif et L_2 oculaire (en m),
- C_1 et C_2 : vergence (en dioptries δ).

2 Données caractéristiques d'une lunette commerciale

Les données caractéristiques d'une lunette sont :
- le diamètre de l'objectif et sa distance focale (en mm) : une lunette 60/700 correspond à un instrument dont le diamètre de l'objectif est de 60 mm et la distance focale de 700 mm ;
- les distances focales des oculaires (en mm) : une lunette a généralement plusieurs oculaires dont les distances focales peuvent être 20 mm, 12,5 mm et 4 mm ;
- le grossissement maximal : 140 fois par exemple ;
- d'autres données telles que la hauteur du trépied, la présence d'un prisme, les caractéristiques d'un réticule, etc.

Exercice résolu

Établir la formule du grossissement d'une lunette afocale

ÉNONCÉ

En se basant sur le schéma de la lunette afocale ci-avant et dans le cas de petits angles, montrer que le grossissement est égal au rapport des vergences.

CORRIGÉ

Considérons le rayon passant par le centre optique O_1 de l'objectif (en pointillés bleus ci-avant). Après la lentille, il se prolonge sans déviation en B_1' appartenant au plan focal image de L_1.

Dans le cas de petits angles, on a :

$$\alpha \approx \tan\alpha = \frac{A_1'B_1'}{O_1F_1'} = \frac{A_1'B_1'}{f_1'}$$

À la sortie de l'oculaire, les rayons sont parallèles et tels que, toujours dans le cas de petits angles, on a :

$$\beta \approx \tan\beta = \frac{A_2'B_2'}{O_2F_2'} = \frac{A_1'B_1'}{O_1F_2'} = \frac{A_1'B_1'}{f_2'}$$

Le grossissement est alors :

$$G = \frac{\beta}{\alpha} = \frac{\dfrac{A_1'B_1'}{f_2'}}{\dfrac{A_1'B_1'}{f_1'}} = \frac{f_1'}{f_2'}$$

Or la vergence d'une lentille convergente est l'inverse de sa distance focale :

$$C = \frac{1}{f'}$$

donc on en déduit aussi que :

$$G = \frac{C_2}{C_1}$$

L'astuce du prof

Dans le cas de petits angles, un angle θ peut être assimilé à sa tangente : $\theta \approx \tan\theta$.

Révision express

Les points importants à retenir

- Apprenez par cœur :

– les définitions du centre optique, de l'axe optique, de la vergence, de la distance focale, de l'espace objet, de l'espace image, d'une lunette afocale ;

– les relations de conjugaison et du grandissement ;

– les expressions mathématiques du grossissement d'une lunette, en particulier dans le cas de la lunette afocale.

- Retenez :

– que les distances sont algébriques et comptées positivement dans le sens de propagation de la lumière et de bas en haut ;

– que le plan focal image de l'objectif d'une lunette afocale est confondu avec le plan focal objet de l'oculaire.

- Soyez capable :

– de placer sur une feuille de papier millimétré l'ensemble des éléments d'un problème optique ;

– de tracer les trois rayons principaux afin de construire l'image d'un objet à travers une lentille.

Quiz

Cochez la (ou les) bonne(s) réponse(s) :

1. Concernant un montage optique :

☐ **a.** F' est le foyer focal objet de la lentille.

☐ **b.** A est le point objet appartenant à l'axe optique.

☐ **c.** O est le centre optique de la lentille, il appartient à l'axe optique.

2. Considérons les rayons principaux d'une construction graphique.

☐ **a.** Ce sont des rayons particuliers de construction de l'image B' de B à travers une lentille.

☐ **b.** Le rayon passant par le centre optique de la lentille n'est jamais dévié.

☐ **c.** Ils sont tous convergents en B', point image de B à travers la lentille.

3. Une lunette astronomique afocale a :

☐ **a.** une distance focale nulle.

☐ **b.** une distance focale égale à la somme de ses distances focales.

☐ **c.** une distance entre l'objectif et l'oculaire égale à la somme de leur distance focale.

4. Le grossissement d'une lunette afocale dépend de la vergence de chacune de ses lentilles.

☐ **a.** Vrai ☐ **b.** Faux

5. Un dispositif afocal permet de regarder un objet sans accommoder.

☐ **a.** Vrai ☐ **b.** Faux

→ Réponses p. 499

EXERCICE

Déterminer géométriquement l'image $A'B'$ de AB

Énoncé

On modélise, en activité expérimentale, une lunette afocale par deux lentilles convergentes L_1 pour l'objectif ($C_1 = 5{,}0\ \delta$) et L_2 pour l'oculaire ($C_2 = 20\ \delta$) de même axe optique.

Déterminer, par une construction géométrique, l'image définitive $A'B'$ à travers ce système optique, d'un objet AB situé à l'infini et tel que l'image intermédiaire $\overline{A_1B_1} = -1{,}0$ cm.

Méthode

1 Déterminer la distance focale f_1' et f_2' de chacune des lentilles et la distance entre les deux centres optiques $f_1' + f_2'$ pour une lunette afocale.

2 Déterminer l'échelle pertinente pour la situation en respectant les données du problème.

3 Faire un schéma à l'échelle en plaçant les deux lentilles, leurs foyers et l'image intermédiaire A_1B_1.

4 À partir de l'image intermédiaire A_1B_1 :
– tracer le rayon particulier passant par le centre optique O_1 de L_1 et le point image B_1. Avant l'objectif, ce rayon donne l'angle sous lequel est vu le point objet B_∞ ;
– tracer le rayon particulier parallèle à l'axe optique, passant par B_1 après L_1 et passant par le foyer image F_2' après L_2. Après l'oculaire, ce rayon donne l'angle sous lequel est vu le point image B'_∞ par la lunette.

5 Terminer la construction des rayons parallèles issus de B_∞ avant l'objectif, convergeant en B_1 entre les lentilles et ressortant parallèles à celui obtenu précédemment, projetant B'_∞ à l'infini après l'oculaire.

6 Compléter le schéma par les points A_∞ et A'_∞ sur l'axe optique, respectivement avant l'objectif et après l'oculaire.

Corrigé

1. Les distances focales sont : $f_1' = \dfrac{1}{C_1}$ et $f_2' = \dfrac{1}{C_2}$. La lunette étant afocale, la somme de ces distances correspond à la distance entre les centres optiques de chaque lentille :

$$\overline{O_1O_2} = f_1' + f_2'$$

A. N. : $C_1 = 5{,}0\ \delta$ et $C_2 = 20\ \delta$.

$f_1' - \dfrac{1}{5{,}0} = 0{,}20$ m ou 20 cm.

$f_2' = \dfrac{1}{20} = 0{,}050$ m ou 5,0 cm.

$\overline{O_1O_2} = 25$ cm.

2. Au vu des dimensions de la situation, on peut prendre une échelle verticale réelle (1 carreau sur le schéma correspond à 1 cm) et une échelle horizontale de 1/2 (1 carreau sur le schéma correspond à 2 cm dans la réalité).

Méthode
Il est possible de proposer une échelle verticale différente de l'échelle horizontale si cela permet d'éviter de trop petits angles.

3. à **6.** On place sur le même axe optique les deux lentilles à 25 cm l'une de l'autre (soit ici 12,5 carreaux), leur centre optique, leurs foyers et l'image intermédiaire.

Réflexe à avoir
Les points A_1, F_1' et F_2 doivent être confondus.

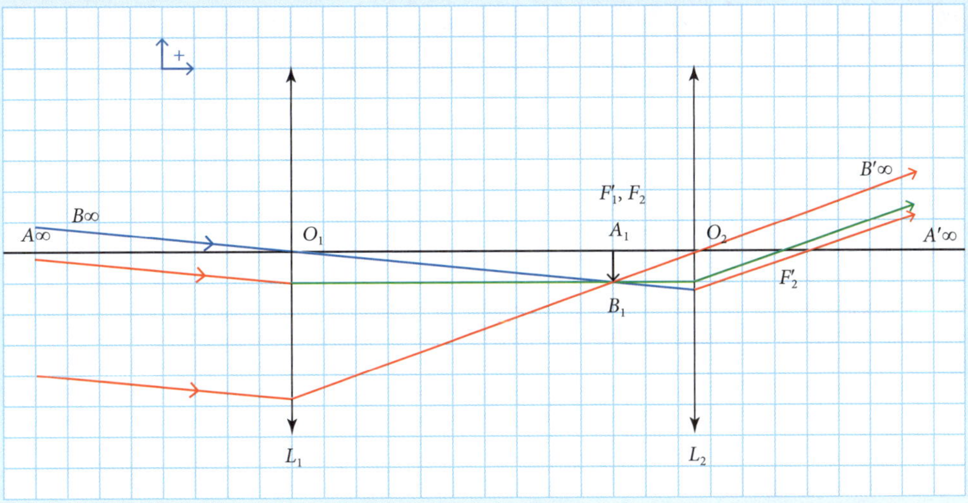

On trace le rayon particulier passant par O_1 et B_1 (tracé bleu). Avant l'objectif, ce rayon permet d'obtenir la direction de $B\infty$.

Ensuite, on trace le rayon parallèle à l'axe optique, passant par B_1 après L_1 (tracé vert). Il ressort de L_2 par F'_2 et permet d'obtenir la direction de $B'\infty$.

On complète les deux rayons précédents et on peut ajouter le rayon non dévié passant par B_1 et O_2 (tracé rouge).

Les deux points $A\infty$ et $A'\infty$ correspondant à $B\infty$ et $B'\infty$ se trouvent sur l'axe optique.

Remarque

Les rayons avant l'objectif et après l'oculaire sont respectivement parallèles entre eux. Ils passent tous par B_1.

Chapitre 17 Décrire la lumière par un flux de photons

1 Effet photoélectrique

De quoi s'agit-il ? Lorsqu'on irradie un matériau, de type métallique le plus souvent, on observe dans certaines conditions l'émission d'un courant d'électrons. Ce phénomène est l'effet photoélectrique.

1 Dispositifs expérimentaux

• L'effet photoélectrique peut se mettre simplement en évidence en posant une plaque de zinc sur un électroscope chargé et en éclairant cette plaque avec une lampe spectrale à mercure (source d'ondes électromagnétiques dont la fréquence se situe dans l'ultraviolet). Si l'électroscope est chargé positivement, on n'observe aucun changement à l'irradiation. En revanche, s'il est chargé négativement, il va se décharger progressivement.

• On peut compléter cette expérience historique (Halbwachs, 1888) en interposant une plaque de verre ou de plexiglas entre l'électroscope et le zinc, afin de constater qu'il n'y a aucune décharge de l'électroscope dans la plaque de zinc sous effet de l'irradiation UV, absorbée par le verre.

• Une étude plus systématique, sous irradiation, permet de conclure, entre autres :
- qu'il existe une fréquence seuil ν_s de l'onde électromagnétique pour laquelle l'effet photoélectrique ne se produit pas. Cette fréquence ν_s dépend du matériau constituant la plaque métallique ;
- qu'en plaçant la plaque métallique sous vide et en récoltant les charges négatives arrachées, on peut les identifier comme des électrons (Lenard, 1899).

• En utilisant un dispositif sous vide avec un système de cellule constituée d'une anode collectrice des électrons portée à un potentiel V positif et d'une photocathode correspondant à la plaque métallique, on observe un courant traversant la cellule.

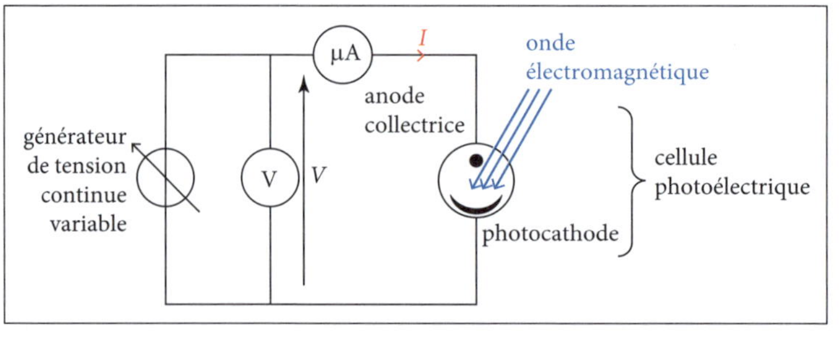

Lorsque la tension positive est suffisamment élevée, l'intensité I du courant prend une valeur constante et maximale I_s aussi appelée courant de saturation.
De plus, lorsque la tension V diminue, le courant diminue et ne s'annule pas pour $V = 0$, mais pour une tension V_0 négative. La valeur de cette tension $|V_0|$ est appelée contre-tension maximale : il s'agit de la tension au-delà de laquelle aucun courant ne passe plus, car l'électrode repousse les électrons.

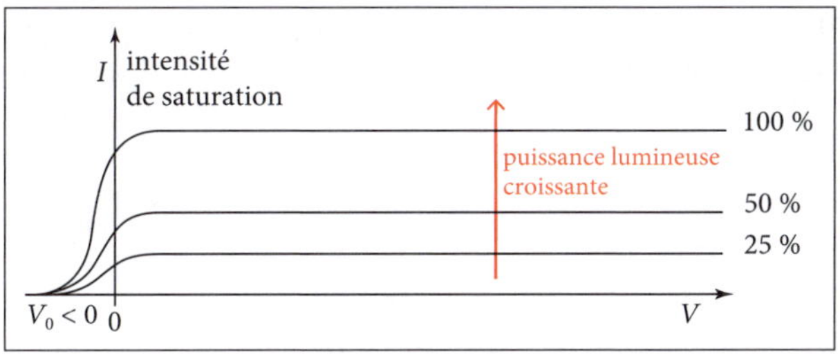

2 Interprétation classique et travail d'extraction W_s

• Lors de l'irradiation de la photocathode, les électrons sont arrachés à cette plaque et s'accumulent à son voisinage s'ils ne sont pas collectés rapidement par l'anode. Ces électrons forment alors une charge d'espace négative qui freine le passage des électrons suivants. Lorsque V est assez importante, la charge d'espace disparaît, et l'anode collecte la totalité des électrons générés, expliquant ainsi le courant de saturation. Le nombre d'électrons émis dépend de la puissance de l'éclairement : plus la puissance est importante, et plus l'intensité du courant est grande.

• Les électrons sont liés au métal : pour les arracher, il faut vaincre des forces de rappel qui s'y opposent. Il faut donc fournir à l'électron une énergie sous forme de travail appelée travail d'extraction ou travail de sortie W_s. Ce travail d'extraction est caractéristique du métal ou de l'alliage utilisé.

• Il est en revanche impossible d'expliquer la contre-tension maximale $|V_0|$ et la fréquence seuil ν_s photoélectrique avec les lois de la physique classique.

2 Interaction photon-matière

De quoi s'agit-il ? Le modèle particulaire de la lumière permet de considérer une onde électromagnétique comme un flux de photons. Les échanges rayonnement-matière sont quantifiés.

1 Bilan énergétique : interprétation du seuil photoélectrique

• On peut interpréter la contre-tension maximale et la fréquence seuil de l'effet photoélectrique à l'aide du modèle particulaire de l'onde électromagnétique constituée d'un flux de photons et en admettant les échanges d'énergies quantifiés entre le rayonnement et la matière (Einstein, 1905).

• En effet, pour arracher un électron à un métal, il faut fournir une énergie supérieure ou égale au travail d'extraction W_s de l'électron, cette énergie étant celle du photon absorbé par le métal lors de son irradiation.

• La fréquence seuil photoélectrique ν_s correspond à celle du photon possédant l'énergie minimale E_{min}, qui est exactement égale au travail d'extraction W_s, d'où :

$$\boldsymbol{E_{min} = h\nu_s = W_s} \text{ avec } \begin{cases} \nu_s : \text{fréquence seuil (en Hz),} \\ W_s : \text{travail d'extraction (en J),} \\ \text{h : constante de Planck (h} = 6{,}62 \times 10^{-34} \text{ J}\cdot\text{s).} \end{cases}$$

L'énergie d'un photon de fréquence ν permet d'arracher un électron au métal de la photocathode d'une cellule photoélectrique si :

$$\boldsymbol{E_{photon} = h\nu \geqslant W_s = h\nu_s} \text{ avec } \nu \text{ la fréquence du photon (en Hz).}$$

- Dans le cas où $h\nu > W_s = h\nu_s$, l'énergie excédentaire du photon est emportée sous forme d'énergie cinétique par l'électron arraché : $\Delta E = h(\nu - \nu_s) = E_c = \frac{1}{2}mv^2$.

Remarque

E_c est l'énergie cinétique maximale de l'électron arraché si l'on considère qu'aucune charge d'espace n'est susceptible de le freiner.

Équation d'Einstein de l'effet photoélectrique :

$$\mathbf{h\nu = W_s + \frac{1}{2}mv^2 = W_s + E_c} \text{ avec } \begin{cases} \nu : \text{fréquence du photon (en Hz)}, \\ W_s : \text{travail d'extraction (en J)}, \\ m : \text{masse de l'électron (en kg)}, \\ v : \text{vitesse de l'électron (en m} \cdot \text{s}^{-1}\text{)} ; \\ E_c : \text{énergie cinétique de l'électron (en J)}, \\ \text{h : constante de Planck.} \end{cases}$$

2 Énergie cinétique : interprétation de la contre-tension

- L'énergie cinétique de l'électron arraché lui permet d'atteindre l'anode collectrice : $e|V_0| = E_c = \frac{1}{2}mv^2 = h(\nu - \nu_s)$ avec e la charge élémentaire (en C).

- La contre-tension maximale est une fonction linéaire de la fréquence ν du photon, qui s'annule pour le seuil photoélectrique $\nu = \nu_s$. Le coefficient directeur est une constante absolue : $\frac{h}{e}$.

$$\mathbf{|V_0| = \frac{h}{e}(\nu - \nu_s)} \text{ avec } \begin{cases} |V_0| : \text{contre-tension maximale (en } V\text{)}, \\ \nu_s : \text{fréquence seuil (en Hz)}, \\ \nu : \text{fréquence du photon (en Hz)}, \\ e = 1{,}6 \times 10^{-19} \text{ C : charge élémentaire (en C)}, \\ \text{h : constante de Planck (h} = 6{,}62 \times 10^{-34} \text{ J} \cdot \text{s).} \end{cases}$$

Exercice résolu

Déterminer les grandeurs mesurables d'un effet photoélectrique

ÉNONCÉ

On éclaire une photocathode en zinc par une radiation UV de longueur d'onde $\lambda = 0{,}25$ µm. Le travail d'extraction d'un électron du zinc est $W_s = 3{,}3$ eV.
Calculer la fréquence seuil et la longueur d'onde seuil du zinc, l'énergie cinétique maximale de sortie des électrons et leur vitesse.

CORRIGÉ

Le travail d'extraction est $W_s = h\nu_s$ d'où une fréquence seuil $\nu_s = \frac{W_s}{h}$ et une longueur d'onde seuil $\lambda_s = \frac{c}{\nu_s} = \frac{hc}{W_s}$.

L'énergie cinétique est $E_{cmax} = E_{photon} - W_s = \frac{hc}{\lambda} - W_s$.

Or $E_{cmax} = \frac{mv^2}{2} = \frac{hc}{\lambda} - W_s$, soit $v = \sqrt{\frac{2}{m}E_{cmax}}$.

A. N. : $\nu_s = 8{,}0 \times 10^{14}$ Hz ; $\lambda_s = 3{,}8 \times 10^{-7}$ m ; $E_{cmax} = 2{,}7 \times 10^{-19}$ J et $v = 7{,}7 \times 10^5$ m · s^{-1}.

Piège à éviter

1 eV = $1{,}6 \times 10^{-19}$ J.

3 Applications

De quoi s'agit-il ? Quelques applications de l'effet photoélectrique sont traitées avec, en particulier, l'effet photovoltaïque.

1 Absorption et émission de photons

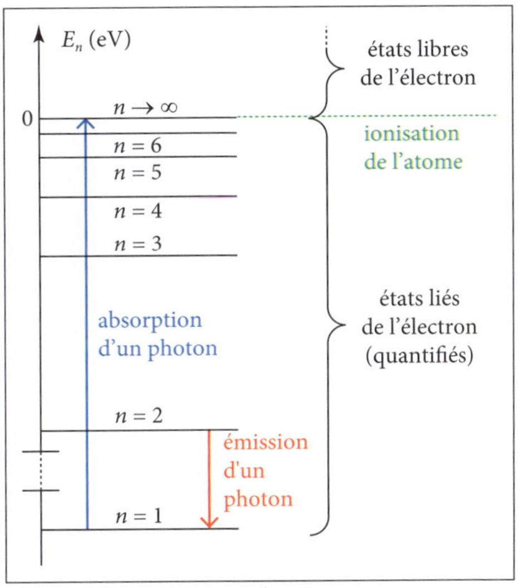

• L'effet photoélectrique correspond à une absorption de photons par un métal dont l'énergie permet d'ioniser les atomes et de transformer la différence d'énergie entre celle du photon et le travail d'extraction en énergie cinétique pour l'électron.

• Une lampe spectrale est constituée d'un gaz monoatomique pouvant effectuer des transitions atomiques grâce à l'énergie cédée par les électrons lors de la décharge électrique dans l'ampoule. Dans ce cas, il s'agit d'une transition correspondant à l'émission de photons.

2 Applications mettant en jeu l'interaction photon-matière

Il existe de nombreuses applications mettant en jeu des interactions photon-matière. Les capteurs de lumière et les diodes électroluminescences en sont deux exemples.

• Les capteurs de lumière ont un principe de fonctionnement basé sur l'effet photoélectrique : les photons sont absorbés par la matière, et des électrons sont arrachés d'une photocathode métallique. Le photomultiplicateur (PM) est l'exemple d'instrument de physique qui permet d'amplifier le micro-courant généré et de pouvoir ainsi compter les photons un à un. Il est sensible à un spectre relativement large s'étalant de l'UV à l'IR proche, avec un temps de réponse de l'ordre de la nanoseconde.

• Les diodes électroluminescentes (DEL ou LED) sont des composants semi-conducteurs produisant des photons lorsqu'elles sont traversées par un courant électrique. Elles constituent le moyen d'éclairage qui pourrait représenter 75 % du marché dans la prochaine décennie. Une diode électroluminescente a l'avantage de très peu chauffer. Son spectre d'éclairage est large, allant de l'UV à l'IR.

3 Cas particulier de la cellule photovoltaïque

• Une cellule photovoltaïque est une cellule constituée de silicium, semi-conducteur relativement abondant sur Terre. Elle permet de transformer les photons reçus de la lumière du Soleil en courant électrique. Une cellule photovoltaïque se présente sous la forme d'un panneau de plusieurs couches dopées afin de produire une tension entre les couches, créant ainsi le courant électrique alimentant un circuit externe.

• Le dopage se fait de la manière suivante :
- la couche exposée à la lumière du Soleil est dopée en phosphore qui possède davantage d'électrons que le silicium. Cette couche avec un excès d'électrons constitue le pôle négatif (N) de la cellule ;
- la couche inférieure est dopée en bore qui possède moins d'électrons que le silicium. Cette couche constitue donc le pôle positif (P) de la cellule.

• De manière simplifiée, la cellule photovoltaïque se comporte alors comme une « pile » lorsqu'elle est éclairée : les photons transfèrent leur énergie aux électrons du silicium qui, grâce à la tension entre les pôles (P) et (N), génèrent un courant électrique pouvant alimenter un circuit extérieur.

Remarque

Le rendement peut tout aussi bien être défini en énergie ou en puissance surfacique.

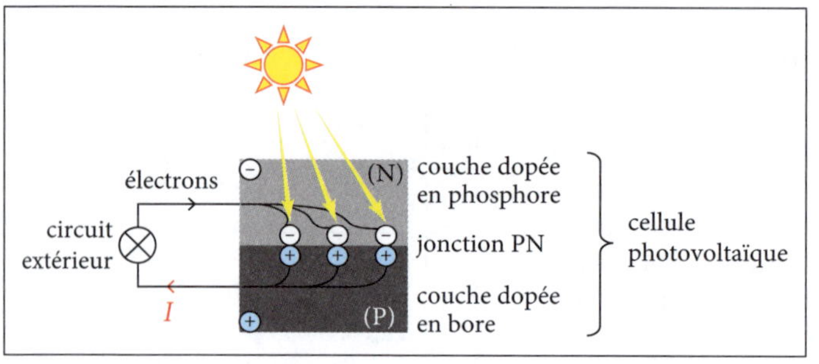

Le rendement η d'une cellule photovoltaïque est le rapport entre la puissance électrique produite par la cellule et la puissance lumineuse reçue :

$$\eta = \frac{P_{\text{électrique}}}{P_{\text{lumineuse}}}$$

les puissances étant généralement exprimées en watts.

• Le rendement maximal d'une cellule photovoltaïque est de l'ordre de 15 à 20 %.

• Le rendement réel dépend de la couverture nuageuse, du niveau d'ensoleillement du lieu, de l'inclinaison du support, etc.

Révision express

Les points importants à retenir

- Apprenez par cœur :
  - la valeur de l'électronvolt : 1 eV = $1{,}6 \times 10^{-19}$ J ;
  - la valeur de la constante de Planck ;
  - l'expression de la contre-tension ;
  - la définition du rendement ;
  - les définitions de la fréquence-seuil, du travail d'extraction et de la contre-tension ;
  - l'équation d'Einstein.
- Retenez :
  - qu'au-delà de la fréquence-seuil, on observe un courant traversant la cellule ;
  - que les énergies en jeu s'expriment en J ou en eV.
- Soyez capable :
  - de décrire le dispositif de l'effet photoélectrique et d'en expliquer le fonctionnement ;
  - de calculer une énergie en eV à partir d'une valeur exprimée en J, et inversement ;
  - d'identifier une absorption ou une émission de photon dans une interaction rayonnement-matière ;
  - de proposer une application de l'effet photoélectrique et d'en expliquer le fonctionnement ;
  - de calculer et commenter le rendement d'un dispositif.

Quiz

Cochez la (ou les) bonne(s) réponse(s) :

1. Dans un dispositif classique d'expérience d'effet photoélectrique :
- ☐ **a.** la cathode collecte les photons.
- ☐ **b.** l'anode collecte les électrons.
- ☐ **c.** on irradie la totalité de la cellule photoélectrique.

2. Soit un photon de fréquence ν absorbé par une photocathode :
- ☐ **a.** l'énergie du photon est proportionnelle à sa fréquence ν.
- ☐ **b.** le photon est absorbé par la photocathode.
- ☐ **c.** l'énergie cinétique de l'électron arraché est positive.

3. Un photon :
- ☐ **a.** est une particule de lumière visible ou invisible.
- ☐ **b.** a une énergie déterminée et finie.
- ☐ **c.** dépend des caractéristiques de l'onde électromagnétique.

4. Dans un dispositif d'effet photoélectrique, l'énergie du photon E :
- ☐ **a.** permet de mettre en mouvement l'électron arraché d'énergie cinétique inférieure à E.
- ☐ **b.** correspond à la différence entre travail d'extraction et énergie cinétique de l'électron.
- ☐ **c.** doit être supérieure au travail d'extraction pour arracher l'électron.

→ Réponses p. 499

EXERCICE 1

Déterminer la vitesse d'un électron

Énoncé

On éclaire une photocathode en tungstène par une radiation UV de longueur d'onde $\lambda = 0{,}25\ \mu\text{m}$. Le travail d'extraction est $W_s = 4{,}5$ eV.

Calculer la vitesse maximale de sortie des électrons arrachés à la photocathode.

Données : célérité de la lumière dans le vide $c = 3{,}00 \times 10^8\ \text{m}\cdot\text{s}^{-1}$; constante de Planck $\text{h} = 6{,}62 \times 10^{-34}\ \text{J}\cdot\text{s}$; masse de l'électron $m = 9{,}1 \times 10^{-31}$ kg ; $1\ \text{eV} = 1{,}60 \times 10^{-19}$ J.

Méthode

1 Écrire la relation d'Einstein de l'effet photoélectrique.

2 Exprimer la fréquence ν du photon en fonction de sa longueur d'onde λ.

3 Remplacer cette dernière expression dans la relation d'Einstein pour en déduire l'expression de la vitesse maximale v de l'électron.

4 Convertir le travail d'extraction en joules et faire l'application numérique avec une longueur d'onde en mètres.

Corrigé

1. La relation d'Einstein de l'effet photoélectrique est :

$$E(\text{photon}) = \text{h}\nu(\text{photon}) = W_s + E_c(\text{électron}) = W_s + \frac{1}{2}mv^2$$

2. Or la fréquence du photon est :

$$\nu(\text{photon}) = \frac{c}{\lambda(\text{photon})}$$

3. En remplaçant dans la relation d'Einstein, on obtient :

$$\frac{\text{h}c}{\lambda(\text{photon})} = W_s + \frac{1}{2}mv^2$$

soit finalement :

$$v = \sqrt{\frac{2}{m}\left(\frac{\text{h}c}{\lambda} - W_s\right)}$$

4. A. N. : $W_s = 4{,}5 \times 1{,}60 \times 10^{-19} = 7{,}2 \times 10^{-19}$ J.
La vitesse maximale de sortie de l'électron est :

$$v = \sqrt{\frac{2}{9{,}1\times10^{-31}}\left(\frac{6{,}62\times10^{-34}\times3{,}00\times10^{8}}{0{,}25\times10^{-6}} - 7{,}2\times10^{-19}\right)},$$

soit $v = 4{,}0 \times 10^5\ \text{m}\cdot\text{s}^{-1}$.

Réflexe à avoir
Penser à exprimer le résultat avec la bonne précision ou le bon nombre de chiffres significatifs.

EXERCICE 2

Déterminer le rendement d'une cellule photovoltaïque

Énoncé

Le test d'une cellule photovoltaïque au silicium de surface S est réalisé dans des conditions d'ensoleillement de 1,0 kW·m^{-2} à 25 °C. On mesure la tension à puissance maximale V_{Pmax}, ainsi que l'intensité correspondante I_{Pmax}.

Calculer le rendement de la cellule.

Données : surface de la cellule $S = 243$ cm^2 ; tension à puissance maximale $V_{Pmax} = 0{,}521$ V ; intensité à puissance maximale $I_{Pmax} = 8{,}090$ A.

Méthode

1 Exprimer la puissance électrique $P_e = UI$ en fonction des données de l'énoncé.

2 Exprimer la puissance lumineuse $P_l = ES$ en fonction de l'éclairement et de la surface de la cellule.

3 Convertir les valeurs numériques dans les unités du système international : U en V, I en A, S en m^2 et E en W·m^{-2}.

4 Donner l'expression du rendement η de la cellule en fonction de P_e et P_l, puis en fonction des données du problème.

5 Faire l'application numérique.

Corrigé

1. La puissance électrique est le produit de la tension à puissance maximale et de l'intensité à puissance maximale :

$$P_e = V_{Pmax} \times I_{Pmax}$$

2. La puissance lumineuse reçue par la cellule photovoltaïque dans les conditions de test est le produit de l'éclairement E par la surface S de la cellule :

$$P_l = E \times S$$

3. On identifie l'éclairement dans l'énoncé en W·m^{-2} : $E = 1{,}0$ kW·m^{-2}, d'où $E = 1{,}0 \times 10^3$ W·m^{-2}. La surface de la cellule doit être $S = 243$ cm^2 $= 2{,}43 \times 10^{-2}$ m^2.

4. Le rendement η d'une cellule photovoltaïque est défini comme :

$$\eta = \frac{P_{\text{électrique}}}{P_{\text{lumineuse}}}$$

soit ici :

$$\eta = \frac{P_e}{P_l} = \frac{V_{Pmax} I_{Pmax}}{ES}$$

Réflexe à avoir
Le rendement d'une cellule photovoltaïque est de l'ordre de 15 % à 20 %.

5. A. N. : $E = 1{,}0 \times 10^3$ W·m^{-2} ; $S = 2{,}43 \times 10^{-2}$ m^2 ; $V_{Pmax} = 0{,}521$ V et $I_{Pmax} = 8{,}090$ A.

$$\eta = \frac{0{,}521 \times 8{,}090}{2{,}43 \times 10^{-2} \times 1{,}0 \times 10^3}$$ soit $\eta = 0{,}17$ soit 17 %.

PHYSIQUE-CHIMIE

Chapitre 18 Étudier la dynamique d'un système électrique

1 Modèle du condensateur

De quoi s'agit-il ? Un condensateur est un récepteur électrique permettant le stockage et le déstockage de l'énergie électrique. La capacité est caractéristique du condensateur.

1 Intensité d'un courant en régime variable

• Le courant électrique dans un circuit est une circulation de porteurs de charges dans une section de conducteur.

La circulation de charges est caractérisée par l'intensité i (en A) : $\boldsymbol{i = \frac{dq}{dt}}$ avec dq la quantité d'électricité ou quantité de charge électrique (en C) traversant la section de conducteur pendant la durée dt (en s).

• Le terme $\frac{dq}{dt}$ apparaît comme un **débit de charges**.

• En **régime continu**, l'intensité du courant en chaque point du circuit ne dépend pas du temps. En revanche, l'intensité du courant peut dépendre, en fonction de la configuration, de chaque point du circuit.

• En dehors d'un régime continu, l'intensité du courant dans un circuit dépend du temps : il s'agit alors d'un **régime variable**, comme dans le cas de courants sinusoïdaux ou dans le cas d'un **régime transitoire** précédant l'établissement d'un régime continu.

2 Condensateur

• Un condensateur est un dipôle électronique constitué de deux armatures conductrices séparées par un isolant appelé diélectrique. C'est un récepteur permettant de stocker et déstocker de l'énergie électrique. Un condensateur plan possède deux armatures planes parallèles entre elles.

• Le symbole normalisé d'un condensateur est représenté ci-contre, la convention courant-tension utilisée étant une convention récepteur.

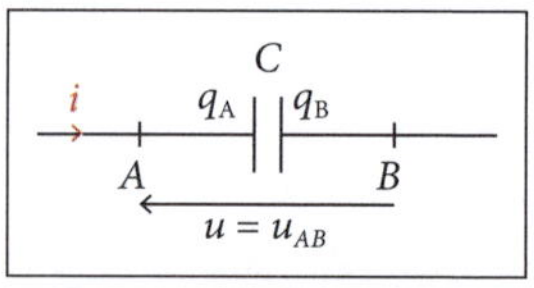

• Le fonctionnement d'un condensateur est le suivant : le courant qui circule dans le circuit comportant un condensateur crée un déficit d'électrons sur l'armature A et un excédent d'électrons en B, soit $q = q_A = -q_B$.

L'intensité du courant est donc : $i = \frac{dq_A}{dt} = -\frac{dq_B}{dt} = \frac{dq}{dt}$.

• La tension u_{AB} augmente au cours du temps, du fait de la différence de charges accumulées sur chaque armature, et de manière proportionnelle à la charge $q = q_A$. On peut alors dire, à l'inverse, que la charge du condensateur est proportionnelle à la tension à ses armatures.

Remarque

Les sous-multiples du farad sont le millifarad ($1\ mF = 1 \times 10^{-3}\ F$), le microfarad ($1\ \mu F = 1 \times 10^{-6}\ F$), le nanofarad ($1\ nF = 1 \times 10^{-9}\ F$) et le picofarad ($1\ pF = 1 \times 10^{-12}\ F$).

On définit la capacité C d'un condensateur, exprimée en farads de symbole F, comme le coefficient de proportionnalité entre la charge d'un condensateur et la tension à ses bornes :

$$q = q_A = Cu_{AB}$$

avec q la charge du condensateur (en C) et u la tension (en V).

• Le schéma ci-après résume bien les lois des tension et courant d'un condensateur :

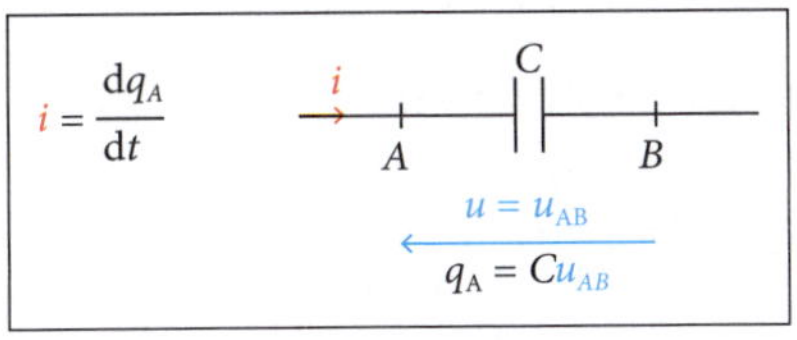

3 Ordre de grandeur et situations usuelles

• Les condensateurs que l'on trouve dans les moteurs par exemple sont de l'ordre de quelques microfarads à quelques centaines de microfarads ; les condensateurs d'appareil de sono sont de l'ordre du nanofarad ; les supercondensateurs permettant le stockage d'énergie de grande capacité dans les systèmes embarqués sont de l'ordre de quelques centaines de farads.

• On peut modéliser un phénomène électrique par un condensateur chaque fois que l'on peut mettre en évidence des accumulations de charges sur des surfaces en regard.

Exemple

Dans le cas d'un orage, le sol est chargé positivement, alors que la partie inférieure d'un cumulonimbus est chargée négativement, ce qui constitue ainsi un « condensateur naturel ».

2 Modèle du circuit RC série

De quoi s'agit-il ? Un circuit *RC* série est un circuit électrique dont la maille comporte un générateur idéal de tension, un conducteur ohmique de résistance *R* et un condensateur de capacité *C* dont on étudie généralement le comportement en fonction du temps.

1 Circuit RC série

• Une source idéale de tension délivre une tension constante E quel que soit le circuit électrique branché à ses bornes. Sa caractéristique tension-courant est une droite horizontale de tension à vide ou force électromotrice (fém) E. La fém ne dépend donc pas de l'intensité du courant débité.

• On réalise le circuit série comportant un générateur idéal de tension de force électromotrice E, un conducteur ohmique de résistance R et un condensateur de capacité C. Le circuit est traversé par un courant d'intensité $i(t)$.

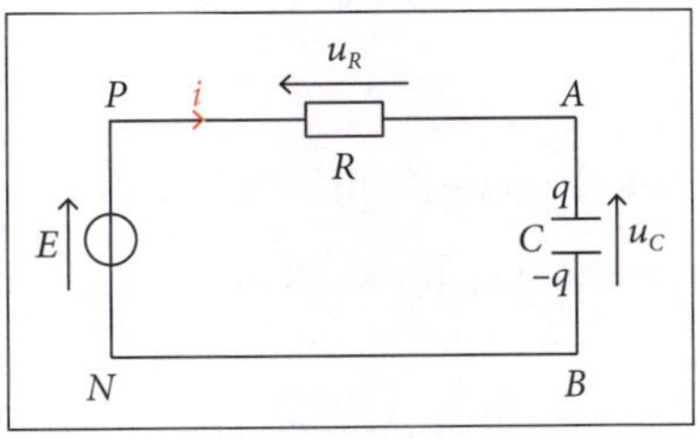

2 Équation régissant l'évolution de $q(t)$

● Soit $q(t)$ la charge de l'armature en « amont » du condensateur. L'intensité $i(t)$ du courant traversant le circuit est : $i(t) = \frac{\mathrm{d}q(t)}{\mathrm{d}t}$.

La loi d'Ohm appliquée au conducteur ohmique, en convention récepteur, s'écrit : $u_R(t) = Ri(t)$.

La tension $u_C(t)$ aux bornes du condensateur est : $u_C(t) = \frac{q(t)}{C}$.

Enfin, dans le circuit série, en appliquant la loi de Chasles, la loi des tensions s'écrit :

$E = u_{PN} = u_{PA} + u_{AB} + u_{BN}$ avec $u_{PA} = u_R(t) = Ri(t)$; $u_{AB} = u_C(t) = \frac{q(t)}{C}$ et $u_{BN} = 0$, car la tension aux bornes d'un fil de connexion est nulle.

On en déduit la loi des mailles : $E = Ri(t) + \frac{q(t)}{C} = R\frac{\mathrm{d}q(t)}{\mathrm{d}t} + \frac{q(t)}{C}$.

Remarque

Cette équation est linéaire, du premier ordre, à coefficients constants, avec second membre.

Dans un circuit série RC, l'**équation différentielle** régissant l'évolution de la charge $q(t)$ est :

$$\frac{\mathrm{d}q(t)}{\mathrm{d}t} + \frac{q(t)}{RC} = \frac{E}{R}$$

avec
- q : charge de l'armature du condensateur (en C),
- R : résistance du conducteur ohmique (en Ω),
- C : capacité du condensateur (en F),
- E : tension constante ou fém du générateur idéal de tension (en V).

3 Constante de temps du circuit RC

● On appelle constante de temps d'un circuit RC, notée τ (en s), le temps caractéristique des phénomènes de charge et de décharge d'un condensateur, ces dernières n'étant pas instantanées, soit $\tau = RC$.

● L'équation différentielle régissant l'évolution de la charge est ainsi :

$$\frac{\mathrm{d}q(t)}{\mathrm{d}t} + \frac{q(t)}{\tau} = \frac{CE}{\tau}$$

Exercice résolu

Exploiter l'homogénéité de l'équation différentielle

ÉNONCÉ

1. Montrer, en utilisant l'équation différentielle régissant l'évolution de la charge, que $\tau = RC$ est homogène à un temps.
2. En utilisant la loi d'Ohm, retrouver la dimension de la charge q.

Méthode

Plutôt que de raisonner sur les unités, utiliser les dimensions du système international : T pour la dimension d'un temps et I pour la dimension d'un courant par exemple.

CORRIGÉ

1. Les deux facteurs de l'équation sans second membre sont homogènes, leurs dimensions sont donc identiques : $\left[\frac{\mathrm{d}q(t)}{\mathrm{d}t}\right] = \left[\frac{q(t)}{RC}\right]$.

Or $\left[\frac{\mathrm{d}q(t)}{\mathrm{d}t}\right] = [q]\cdot \mathrm{T}^{-1}$ et on peut écrire que $\left[\frac{q(t)}{RC}\right] = [q][RC]^{-1}$. Par identification, on en déduit que $\tau = RC$ est homogène à un temps.

2. La loi d'Ohm peut s'écrire $E = Ri$. Ainsi, $E/R = i$ et sa dimension vaut $[E/R] = \text{I}$.
Or, à partir de l'équation différentielle de l'évolution de la charge, on a :
$\left[\frac{dq(t)}{dt}\right] = [q] \cdot \text{T}^{-1} = [E/R] = \text{I}$ d'où $[q] \cdot \text{T}^{-1} = \text{I}$ ou $[q] = \text{I} \cdot \text{T}$.

Gagnez des points !
Par définition, $i = \frac{dq}{dt}$, soit $[i] = \text{I} = \left[\frac{dq}{dt}\right] = [q] \cdot \text{T}^{-1}$ et finalement $[q] = \text{IT}$.

3 Charge et décharge d'un condensateur

De quoi s'agit-il ? **Un circuit *RC* série permet l'étude de la charge et de la décharge d'un condensateur de capacité *C*.**

1 Charge par une source idéale de tension

- À $t = 0$, le condensateur est déchargé, les armatures sont telles que $q_A = q_B = 0$, et le circuit est ouvert. À $t \geqslant 0$, on ferme le circuit précédent.
- On peut établir que la solution générale est : $q(t) = CE[1 - \exp(-t/RC)]$.

L'intensité du courant traversant le circuit est : $i(t) = \frac{dq(t)}{dt} = \frac{E}{R}\exp(-t/RC)$.

La tension est : $u_C(t) = \frac{q(t)}{C} = E[1 - \exp(-t/RC)]$ aux bornes du condensateur et $u_R(t) = Ri(t) = E\exp(-t/RC)$ aux bornes du conducteur ohmique.

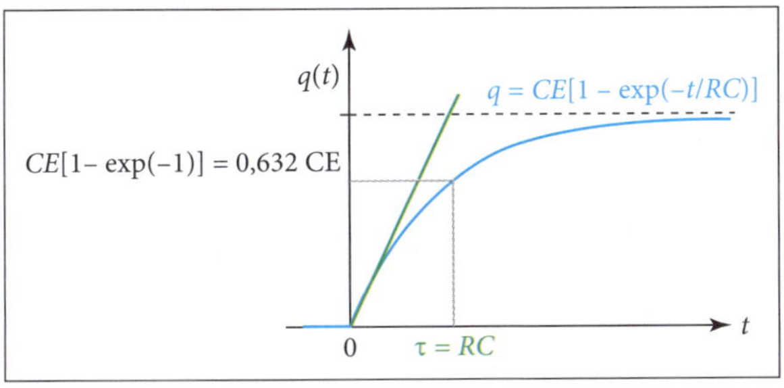

Remarque
Toutes ces solutions peuvent être écrites en utilisant la constante de temps $\tau = RC$.

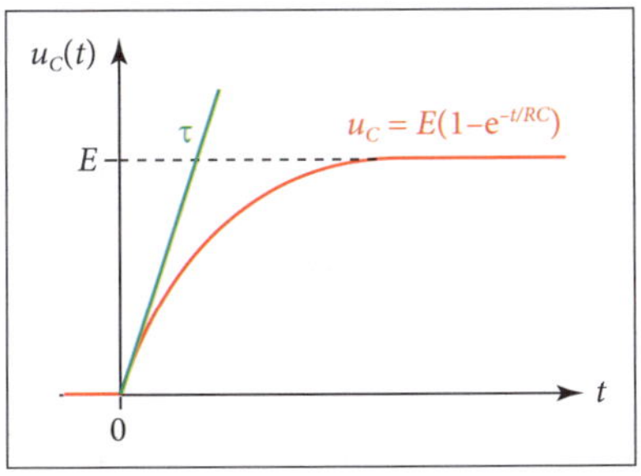

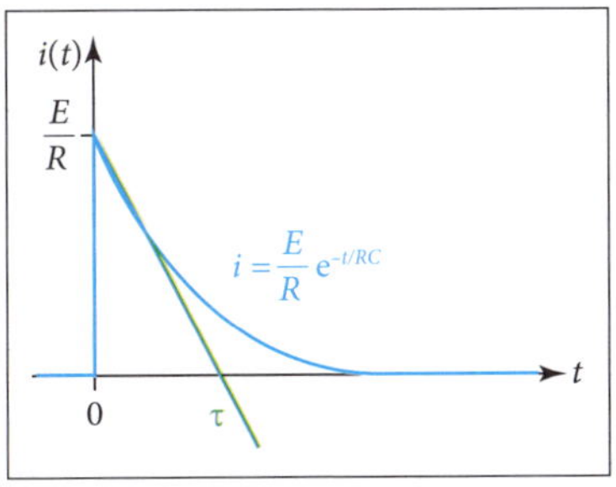

2 Décharge du condensateur dans le circuit

- Utilisons le même circuit série que précédemment, mais sans le générateur de tension. À $t = 0$, le condensateur est chargé avec $q = CE$.
- À $t > 0$, l'équation qui régit l'évolution de la charge est : $\frac{dq(t)}{dt} + \frac{q(t)}{RC} = \frac{E}{R} = 0$ puisque le générateur est absent du circuit ($E = 0$).

• On peut établir que la solution générale est : $q(t) = CE\exp(-t/RC)$.

L'intensité du courant traversant le circuit est $i(t) = \dfrac{dq(t)}{dt} = -\dfrac{E}{R}\exp(-t/RC)$.

Le signe moins indique que le courant de décharge est dans le sens inverse du courant de charge.

• La tension est $u_C(t) = \dfrac{q(t)}{C} = E\exp(-t/RC)$ aux bornes du condensateur et $u_R(t) = Ri(t) = -E\exp(-t/RC)$ aux bornes du conducteur ohmique.

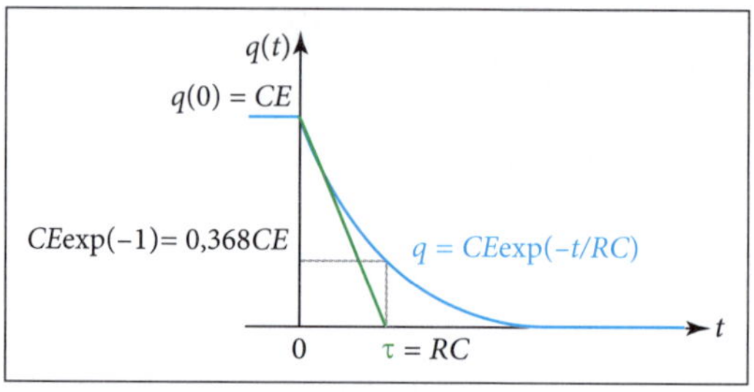

Remarque

Dans tous les graphes de charge ou de décharge, les tangentes à l'origine interceptent les axes des abscisses au temps $\tau = RC$.

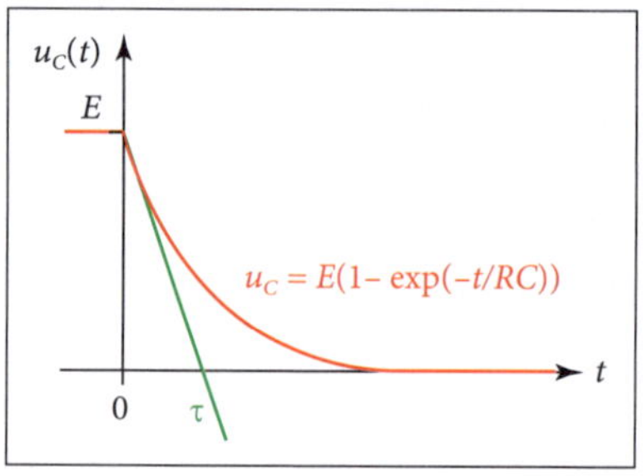

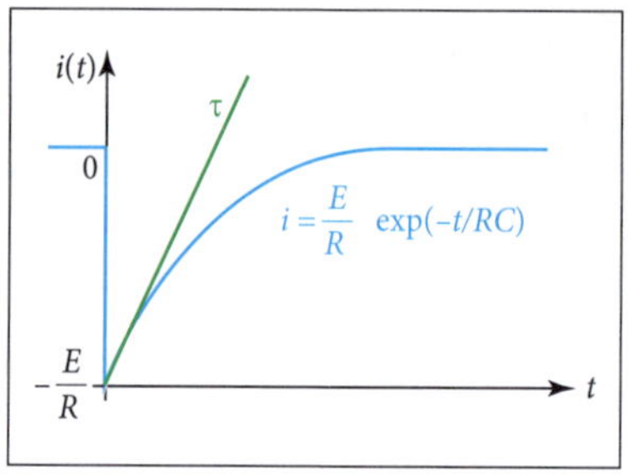

3 Montage de charge et décharge

Le montage ci-contre peut être utilisé, par basculement de l'interrupteur de la position 1 (charge) à la position 2 (décharge), pour charger le condensateur avant de le laisser se décharger dans le conducteur ohmique.

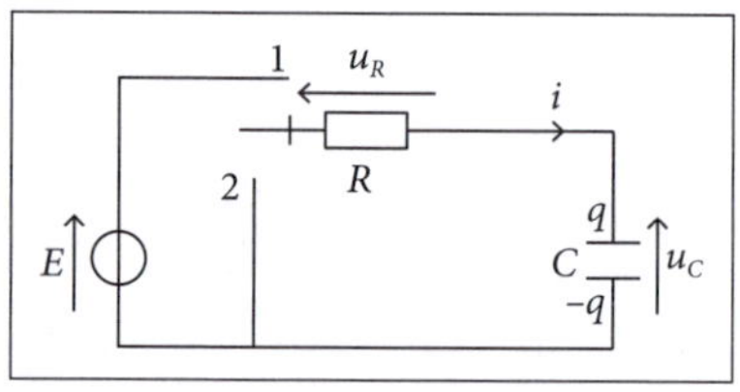

4 Capteurs capacitifs

De quoi s'agit-il ? **Un capteur capacitif comporte un condensateur. La modification de la capacité de ce dernier permet de transformer une grandeur d'entrée du capteur en grandeur électrique.**

1 Principe de fonctionnement d'un capteur capacitif

• Un capteur est un élément qui transforme un signal d'entrée (une grandeur physique telle que la pression, la température, le taux d'humidité, le flux lumineux, etc.) en **signal de sortie de nature électrique**. Un capteur est un transducteur.

• Si l'on considère par exemple un capteur de pression, il en existe trois types que sont les capteurs de pression **absolue, relative et différentielle**. Un capteur de pression absolue mesure la pression par rapport à la pression du vide, alors qu'un capteur de pression relative a comme référence la pression atmosphérique. Le capteur de pression différentielle mesure une différence entre deux pressions.

- Un capteur capacitif transforme une grandeur physique en grandeur électrique par modification de la capacité d'un condensateur. Cette modification se fait souvent par une variation de la distance entre les armatures du condensateur.

- Les caractéristiques d'un capteur sont :
  - l'**étendue de mesure** : l'intervalle de valeurs de la grandeur physique que peut mesurer le capteur ;
  - la **résolution** : la plus petite différence de valeurs de la grandeur mesurable que le capteur peut détecter ;
  - la **sensibilité** : la fidélité de la variation du signal de sortie par rapport à la variation du signal d'entrée ;
  - la **précision** : la capacité du capteur à donner une mesure de la grandeur physique proche de la « valeur vraie » ;
  - la **rapidité** : le temps de réaction ou de réponse du capteur.

2 Capteurs capacitifs pour écran tactile

- Les écrans tactiles de tablettes ou de smartphones actuels possèdent des capteurs capacitifs. Ainsi, lorsqu'on touche l'écran, la capacité des condensateurs est modifiée, et le point de contact est alors connu du système d'acquisition.

- Le principe de fonctionnement est simple : lorsqu'un doigt touche un écran tactile, des charges lui sont transférées, et l'écran subit une perte de charge. Chaque coin de l'écran est équipé d'un capteur permettant de détecter cette perte de charge, et la comparaison entre les quatre capteurs permet de déterminer le point de contact du doigt sur l'écran.

- L'avantage de tels capteurs capacitifs est leur précision et une meilleure transparence que les autres systèmes. En revanche, la conduction se faisant aussi par contact avec la peau légèrement humide, l'utilisation de stylet est impossible. De plus, cette technologie rend l'écran du smartphone relativement cher.

3 Capteurs capacitifs de proximité ou de déplacement

- Un capteur capacitif de proximité ou de déplacement permet de reconnaître sans contact des objets, des niveaux de fluides dans des réservoirs opaques ou de matériaux en vrac, etc. de manière très fiable.

- La présence d'un objet dans le champ électrique d'un capteur capacitif de proximité ou de déplacement provoque une variation du champ électrique. La modification de ce champ, qui sans objet est constant, entraîne celle du condensateur et confirme la détection d'un objet, la mesure d'un niveau de remplissage ou l'évaluation d'une distance.

- Les capteurs capacitifs de déplacement ou de mobilité ont de nombreux avantages tels que :
  - une grande sensibilité ;
  - une utilisation très large dans de nombreux domaines : l'agroalimentaire, la chimie, l'automobile ou encore la manutention ;
  - une détection de très nombreuses matières (métaux, fluides de toutes sortes, verres, etc.) ;
  - une insensibilité aux perturbations extérieures et aux impuretés ou pollutions ;
  - une grande résistance et une utilisation sans contact d'où une durée de vie importante.

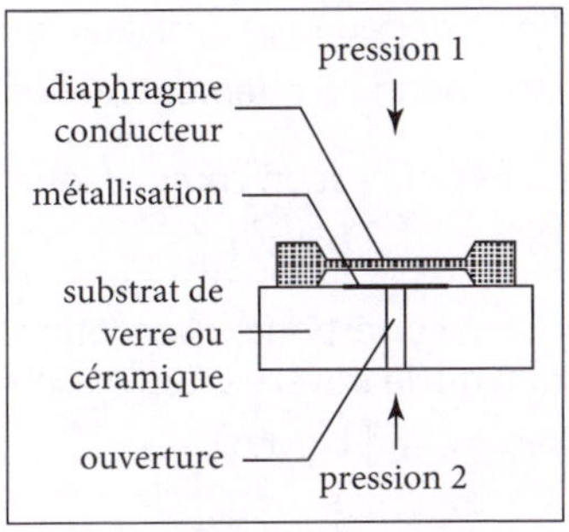

PHYS. CHIMIE

Révision express

Les points importants à retenir

- Apprenez par cœur :
– les définitions d'un condensateur, d'une source idéale et réelle de tension, et de la constante de temps d'un circuit de charge et de décharge ;
– la relation entre la charge de l'armature positive d'un condensateur et la tension à ses bornes, la constante de proportionnalité étant la capacité du condensateur.

- Retenez :
– qu'un condensateur est un récepteur permettant de stocker et de déstocker de l'énergie électrique ;
– que la caractéristique tension-courant d'une source idéale de tension est une droite horizontale de tension à vide ou force électromotrice (f.é.m.) E ;
– que la constance de temps d'un circuit RC est $\tau = RC$;
– que la convention récepteur veut que le sens conventionnel du courant soit opposé à celui de la tension aux bornes d'un récepteur.

- Soyez capable :
– d'établir l'équation différentielle régissant l'évolution de la charge d'un condensateur en charge et en décharge ;
– d'expliciter la solution de l'équation différentielle et d'en déduire les expressions des différentes tensions dans le circuit et de l'intensité du courant qui le traverse.

Quiz

Cochez la (ou les) bonne(s) réponse(s) :

1. Dans un circuit *RC* de décharge :

☐ **a.** le temps τ caractéristique du système est le temps au bout duquel la charge totale est divisée par 2.

☐ **b.** la charge diminue.

☐ **c.** la tension initiale est nulle.

2. Concernant l'équation différentielle de l'évolution de l'état de charge d'un condensateur :

☐ **a.** elle dépend de la résistance du circuit *RC*.

☐ **b.** elle ne dépend pas des caractéristiques du générateur de charge.

☐ **c.** elle dépend uniquement de la capacité du condensateur.

3. Un condensateur est un composant électrique permettant de stocker de l'énergie électrique.

☐ **a.** Vrai ☐ **b.** Faux

4. La loi d'Ohm correspond à la relation entre la tension aux bornes du condensateur et l'intensité du courant qui le traverse. Cette relation est une relation de proportionnalité.

☐ **a.** Vrai ☐ **b.** Faux

→ Réponses p. 499

EXERCICE

Résoudre une équation différentielle

Énoncé

L'équation différentielle d'évolution de la charge d'un condensateur dans un circuit RC série alimenté par un générateur idéal de tension E est :

$$\frac{\mathrm{d}q(t)}{\mathrm{d}t} + \frac{q(t)}{RC} = \frac{E}{R}$$

En déduire une solution dans le cas d'une charge du condensateur et la représenter.

On supposera le condensateur déchargé à $t = 0$.

Méthode

L'équation différentielle est une équation linéaire du premier ordre à coefficients constants à second membre constant. Du fait de la linéarité, la solution générale est la somme d'une solution générale sans second membre et d'une solution particulière.

1 Écrire l'équation différentielle sans second membre.

2 Poser une solution générale de l'équation différentielle sans second membre de la forme $q(t) = A\exp(-t/B)$, A et B constantes, et la dériver par rapport à t.

3 Introduire $q(t)$ et $\frac{\mathrm{d}q(t)}{\mathrm{d}t}$ dans l'équation sans second membre.

4 En déduire l'expression de B et réécrire $q(t)$.

5 Déterminer la solution particulière en supposant un régime permanent.

6 Écrire $q(t)$ en fonction de A et des grandeurs des composants comme la somme de la solution générale sans second membre et de la solution particulière.

7 À l'aide des conditions initiales, en déduire A.

8 Proposer une expression de $q(t)$.

9 Identifier les comportements asymptotiques et la forme de la courbe.

10 Tracer l'allure de l'évolution de la charge en fonction du temps.

Corrigé

1. L'équation différentielle sans second membre est :

$$\frac{\mathrm{d}q(t)}{\mathrm{d}t} + \frac{q(t)}{RC} = 0$$

2. On suppose la solution générale de cette équation sans second membre de la forme $q_g(t) = A\exp(-t/B)$ avec A et B constantes.
On en déduit que la dérivée de la charge est :

$$\frac{\mathrm{d}q(t)}{\mathrm{d}t} = -\frac{A}{B}\exp(-t/B)$$

Réflexe à avoir
La dérivée d'une fonction exponentielle est une fonction exponentielle : $f(t) = \exp(at)$, alors sa dérivée par rapport au temps est $f'(t) = a\exp(at)$.

3. En remplaçant les expressions de $q(t)$ et $\frac{\mathrm{d}q(t)}{\mathrm{d}t}$ dans l'équation sans second membre, on obtient :

$$-\frac{A}{B}\exp(-t/B) + \frac{A}{RC}\exp(-t/B) = 0$$

4. Soit $\left(-\frac{A}{B}+\frac{A}{RC}\right)\exp(-t/B)=0$.

Quel que soit t fini, $\exp\left(-\frac{t}{B}\right)\neq 0$, donc $-\frac{A}{B}+\frac{A}{RC}=0$. On en déduit que $B = RC$.

On a ainsi $q_g(t) = A\exp(-t/RC)$, solution générale de l'équation sans second membre.

5. La solution particulière est celle obtenue en supposant le régime permanent, c'est-à-dire pour laquelle $\frac{dq(t)}{dt}=0$. L'équation devient $\frac{q(t)}{RC}=\frac{E}{R}$ et on en déduit une solution particulière :

$$q_p(t)=\frac{E}{R}\times RC = CE$$

6. La solution générale est :

$$q(t) = q_g(t) + q_p(t) = A\exp(-t/RC) + CE$$

7. À $t = 0$, le condensateur est déchargé (conditions initiales), soit $q(t = 0) = 0$. On a alors :

$$q(t = 0) = A\exp(0/RC) + CE = A + CE = 0$$

Réflexe à avoir
$\exp(0) = 1$
et $\exp(t \to -\infty) = 0$.

On en déduit :

$$A = -CE$$

8. La solution générale est :

$$q(t) = -CE\exp(-t/RC) + CE$$

ou :

$$q(t) = CE[1 - \exp(-t/RC)]$$

9. On a les valeurs suivantes : $q(t = 0) = 0$ et $q(t \to \infty) = CE$.

10. On peut alors donner l'allure de la charge en fonction du temps :

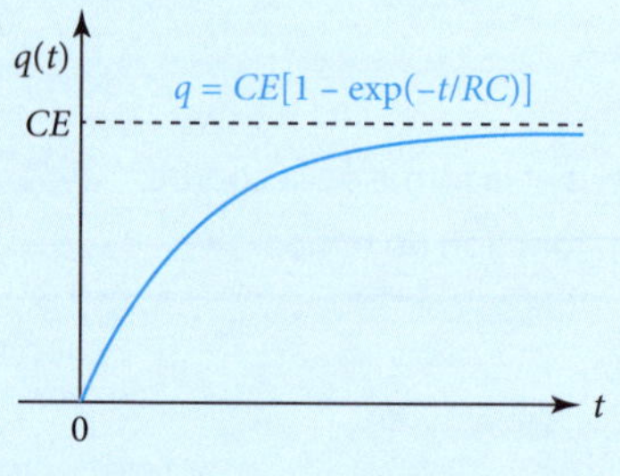

Maths expertes

Maths expertes

MATHS EXPERTES

Chapitre 1 Nombres complexes : forme algébrique et conjugué

1 Ensemble $\mathbb{C}$ des nombres complexes

De quoi s'agit-il ? On construit un nouvel ensemble de nombres qui contient l'ensemble des nombres réels.

1 Ensemble des nombres complexes

• **Définitions et notations**

Un **nombre complexe** est un nombre qui s'écrit $z = x + iy$ avec $x, y \in \mathbb{R}$ et i tel que $\mathbf{i^2 = -1}$. Cette écriture est appelée **forme algébrique** du nombre complexe z.
L'ensemble de tous les nombres complexes est noté $\mathbb{C}$.
x est appelé **partie réelle** de z et on note $x = \mathbb{R}\mathrm{e}(z)$.
y est appelé **partie imaginaire** de z et on note $y = \mathbb{I}\mathrm{m}(z)$.

Réflexes à avoir
z est un nombre réel $\Leftrightarrow \mathbb{I}\mathrm{m}(z) = 0$.
z est un imaginaire pur $\Leftrightarrow \mathbb{R}\mathrm{e}(z) = 0$.

• **Propriété**

$z \in \mathbb{C}$ et $z' \in \mathbb{C}$ sont tels que $z = x + iy$ et $z' = x' + iy'$.

$$z = z' \Leftrightarrow x = x' \text{ et } y = y'$$

2 Nombres complexes et opérations

On additionne et on multiplie dans $\mathbb{C}$ comme on le fait dans $\mathbb{R}$ en tenant compte du fait que $i^2 = -1$.

Piège à éviter
Attention, $i^2 = -1$ mais il ne faut pas écrire $i = \sqrt{-1}$.

Exercices résolus

1. Écrire sous forme algébrique

ÉNONCÉ

Dans chaque cas, développer les expressions afin d'écrire le nombre complexe z sous forme algébrique.

1. $z = 7 + 2i - 4i + 5$
2. $z = (1 + 5i)(2 - 3i)$
3. $z = 1 - 4i(1 + 8i)$

CORRIGÉ

1. $z = 7 + 5 + 2i - 4i = 12 - 2i$.
2. $z = (1 + 5i)(2 - 3i) = 1 \times 2 + 1 \times (-3i) + 5i \times 2 + 5i \times (-3i) = 2 - 3i + 10i - 15i^2 = 17 + 7i$.
3. $z = 1 - 4i \times 1 - 4i \times 8i = 1 - 4i - 32i^2 = 33 - 4i$.

•••

2. Identifier la partie réelle et la partie imaginaire

ÉNONCÉ

Indiquer la partie réelle et la partie imaginaire des nombres complexes suivants :

1. $z = (5 - 3\text{i})^2$ 2. $z = \text{i}^7$ 3. $z = (1 + 2\text{i})(1 - 2\text{i})$

CORRIGÉ

1. $z = 5^2 - 2 \times 5 \times 3\text{i} + (3\text{i})^2 = 25 - 30\text{i} + 9\text{i}^2 = 16 - 30\text{i}$.
Donc $\mathbb{R}\text{e}(z) = 16$ et $\mathbb{I}\text{m}(z) = -30$.
2. $z = \text{i}^6 \times \text{i}^1 = (\text{i}^2)^3 \times \text{i} = (-1)^3 \times \text{i} = -\text{i}$.
Donc $\mathbb{R}\text{e}(z) = 0$ et $\mathbb{I}\text{m}(z) = -1$.
3. $z = 1^2 - (2\text{i})^2 = 1 - 4\text{i}^2 = 1 + 4 = 5$.
Donc $\mathbb{R}\text{e}(z) = 5$ et $\mathbb{I}\text{m}(z) = 0$.

Remarque
Ainsi, i^7 est un nombre imaginaire pur et $(1 - 2\text{i})(1 + 2\text{i})$ est un nombre réel.

2 Conjugué d'un nombre complexe

De quoi s'agit-il ? À partir d'un nombre complexe, on en définit un autre de même partie réelle et de partie imaginaire opposée.

1 Définition et premières propriétés

- **Définition**

On note z un nombre complexe d'écriture algébrique $z = x + \text{i}y$.
Le **conjugué** de z est le nombre complexe, noté $\overline{z}$, d'écriture algébrique $\overline{z} = x - \text{i}y$.

- **Propriétés**

On note z un nombre complexe d'écriture algébrique $z = x + \text{i}y$.

- $\overline{\overline{z}} = z$
- $z \times \overline{z} = x^2 + y^2$
- $\mathbb{R}\text{e}(z) = \dfrac{z + \overline{z}}{2}$
- $\mathbb{I}\text{m}(z) = \dfrac{z - \overline{z}}{2\text{i}}$
- z est un nombre réel $\Leftrightarrow z = \overline{z}$
- z est un imaginaire pur $\Leftrightarrow z = -\overline{z}$.

Gagnez des points !
Il faut être capable de démontrer chacune des propriétés des paragraphes 1 et 2.

2 Opérations sur les conjugués

- **Propriétés**

On note z et z' deux nombres complexes, avec $z \neq 0$.

- $\overline{z + z'} = \overline{z} + \overline{z'}$
- $\overline{z \times z'} = \overline{z} \times \overline{z'}$
- Pour tout n de $\mathbb{N}^*$, $\overline{z^n} = \overline{z}^n$
- $\overline{\left(\dfrac{1}{z}\right)} = \dfrac{1}{\overline{z}}$
- $\overline{\left(\dfrac{z'}{z}\right)} = \dfrac{\overline{z'}}{\overline{z}}$.

Remarque
Pour écrire l'inverse d'un nombre complexe sous forme algébrique, on utilise son conjugué (voir exercice résolu).

MATHS EXPERTES

Exercice résolu

Utiliser le conjugué d'un nombre complexe

ÉNONCÉ

Déterminer la forme algébrique de l'inverse du nombre complexe $z = 3 + 4\mathrm{i}$.

CORRIGÉ

$$\frac{1}{z} = \frac{1\times\overline{z}}{z\times\overline{z}} = \frac{\overline{z}}{x^2+y^2} = \frac{3-4\mathrm{i}}{3^2+4^2} = \frac{3-4\mathrm{i}}{25} = \frac{3}{25} - \frac{4}{25}\mathrm{i}.$$

3 Formule du binôme

De quoi s'agit-il ? **La formule du binôme est une propriété qui permet de développer n'importe quelle puissance de la somme de deux nombres complexes.**

● **Propriété**

On note z et z' deux nombres complexes et n un nombre entier naturel non nul.

$$(z+z')^n = z^n + \binom{n}{1} z^{n-1}z' + \binom{n}{2} z^{n-2}z'^2 + \ldots + \binom{n}{n-2} z^2 z'^{n-2} + \binom{n}{n-1} z z'^{n-1} + z'^n$$

Écriture condensée :

$$(z+z')^n = \sum_{p=0}^{n} \binom{n}{p} z^{n-p} z'^p$$

Remarque

Pour appliquer la formule du binôme, on utilise le triangle de Pascal (voir exercice résolu ci-dessous).

Exercice résolu

Savoir utiliser la formule du binôme

ÉNONCÉ

Utiliser la formule du binôme pour développer l'expression $(z + 5)^4$.

CORRIGÉ

On utiliser le triangle de Pascal pour $n = 4$.

$$(z+5)^4 = z^4 + \binom{4}{1} z^3 \times 5 + \binom{4}{2} z^2 \times 5^2 + \binom{4}{3} z \times 5^3 + 5^4$$

$(z + 5)^4 = 1z^4 + 4z^3 \times 5 + 6z^2 \times 5^2 + 4z \times 5^3 + 1 \times 5^4$

$(z + 5)^4 = z^4 + 20z^3 + 150z^2 + 500z + 625.$

	$p = 0$	1	2	3	4
$n = 0$	1				
1	1	1			
2	1	2	1		
3	1	3	3	1	
4	1	4	6	4	1

Révision express

Les réflexes à avoir

- Connaître le vocabulaire sur les nombres complexes : forme algébrique, partie réelle, partie imaginaire, nombre réel ou imaginaire pur, conjugué.
- Pour vérifier que deux nombres complexes sont égaux, il faut et il suffit de vérifier qu'ils ont même partie réelle et même partie imaginaire.
- Comprendre, connaître et savoir démontrer les propriétés sur les conjugués.
- Utiliser le conjugué pour donner la forme algébrique de l'inverse d'un nombre complexe.
- Savoir construire le triangle de Pascal pour en déduire les coefficients de la formule du binôme.

Les pièges à éviter

- $\text{i} \neq \sqrt{-1}$. En effet, $\sqrt{-1}^2 = \sqrt{-1} \times \sqrt{-1} = \sqrt{(-1)\times(-1)} = \sqrt{1} = 1$ et $\text{i}^2 \neq 1$.
- Pour $z = x + \text{i}y$, $\overline{z} = x - \text{i}y$ (et non pas $-x + \text{i}y$ ou $-x - \text{i}y$).
- Dans chaque terme de la formule du binôme $\binom{n}{p} z^{n-p} z'^{p}$, la somme des puissances de z $(n-p)$ et des puissances de z' (p) doit toujours être égale à n : $(n-p) + p = n$.

Quiz

*Pour chaque question, une seule réponse proposée (**a**, **b** ou **c**) est exacte.*

1. La formule algébrique de $(5 - 4\text{i})^2$ est :

☐ **a.** $9 - 40\text{i}$ ☐ **b.** $41 + 40\text{i}$ ☐ **c.** $9 + 40\text{i}$

2. La partie réelle de i^{11} est :

☐ **a.** -1 ☐ **b.** 0 ☐ **c.** 1

3. La forme algébrique de l'inverse de $1 - 4\text{i}$ est :

☐ **a.** $\frac{1}{17} + \frac{4}{17}\text{i}$ ☐ **b.** $1 + 4\text{i}$ ☐ **c.** $\frac{1}{17} - \frac{4}{17}\text{i}$

4. Pour tous nombres complexes z_1, z_2 et z_3 tels que $z_3 \neq 0$, $\overline{\left(\frac{z_1 + z_2}{z_3}\right)}$ est égal à :

☐ **a.** $\frac{\overline{z_1} - \overline{z_2}}{\overline{z_3}}$ ☐ **b.** $\frac{\overline{z_1} + \overline{z_2}}{\overline{z_3}}$ ☐ **c.** $\frac{\overline{z_1} + \overline{z_2}}{z_3}$

5. $(1 + 2\text{i})^3$ est égal à :

☐ **a.** $11 + 2\text{i}$ ☐ **b.** $11 - 2\text{i}$ ☐ **c.** $-11 - 2\text{i}$

→ Réponses p. 501

EXERCICE 1

Calculer avec des nombres complexes

Énoncé

Déterminer la forme algébrique des nombres complexes suivants :

1. $(1-2i)(4+3i)i$ **2.** $\dfrac{2+4i}{1+5i}$

Méthode

- Pour effectuer des calculs dans $\mathbb{C}$, on procède comme dans $\mathbb{R}$ et on utilise $i^2 = -1$.
- Pour « éliminer un i » d'un dénominateur, on utilise l'expression conjuguée du dénominateur.

Corrigé

1. $(1-2i)(4+3i)i = (4+3i-2i\times 4-2i\times 3i)i = (4+3i-8i+6)i$

$(1-2i)(4+3i)i = (10-5i)i = 5+10i.$

2. $\dfrac{2+4i}{1+5i} = \dfrac{(2+4i)(1-5i)}{(1+5i)(1-5i)} = \dfrac{2+2\times(-5i)+4i+4i\times(-5i)}{1^2+5^2}$

$\dfrac{2+4i}{1+5i} = \dfrac{22-6i}{26} = \dfrac{22}{26} - \dfrac{6}{26}i = \dfrac{11}{13} - \dfrac{3}{13}i.$

Rappel
$z\times\bar{z} = x^2+y^2$ donc ici
$(1+5i)(1-5i) = 1^2+5^2$.

EXERCICE 2

Utiliser les propriétés de calcul

Énoncé

Déterminer le nombre réel a pour que $\dfrac{a+2i}{3+i}$ soit un nombre imaginaire pur.

Méthode

- z de forme algébrique $x+iy$ est un imaginaire pur $\Leftrightarrow \mathbb{R}\mathrm{e}(z) = 0 \Leftrightarrow x = 0$.
- z de forme algébrique $x+iy$ est un réel $\Leftrightarrow \mathbb{I}\mathrm{m}(z) = 0 \Leftrightarrow y = 0$.

Corrigé

$\dfrac{a+2i}{3+i} = \dfrac{(a+2i)(3-i)}{(3+i)(3-i)} = \dfrac{3a-ai+6i-2i^2}{3^2+1^2}$

$\dfrac{a+2i}{3+i} = \dfrac{3a+2+i(6-a)}{10} = \dfrac{3a+2}{10} + i\dfrac{6-a}{10}.$

Ainsi, $\dfrac{a+2i}{3+i}$ est un imaginaire pur $\Leftrightarrow \mathbb{R}\mathrm{e}\left(\dfrac{a+2i}{3+i}\right) = 0$

$\Leftrightarrow \dfrac{3a+2}{10} = 0 \Leftrightarrow a = -\dfrac{2}{3}.$

EXERCICE 3

Démontrer des propriétés du cours

Énoncé

Démontrer les propriétés suivantes :

1. Pour tout z de $\mathbb{C}$, $2\mathbb{R}e(z) = z + \overline{z}$.

2. a. Pour tous z et z' de $\mathbb{C}$, $\overline{z \times z'} = \overline{z} \times \overline{z'}$.

b. En déduire par récurrence que, pour tout n de $\mathbb{N}^*$, $\overline{z^n} = \overline{z}^n$.

Méthode

Pour l'essentiel des propriétés, on peut poser $z = x + iy$ et $z' = x' + iy'$ et effectuer les calculs. Pour les autres cas, pour démontrer une propriété, on utilise les propriétés précédentes.

Corrigé

1. On pose $z = x + iy$ donc $\overline{z} = x - iy$ et $z + \overline{z} = 2x = 2\mathbb{R}e(z)$.

2. a. On pose $z = x + iy$ et $z' = x' + iy'$.

Donc $z \times z' = (x + iy)(x' + iy') = (xx' - yy') + i(xy' + x'y)$ d'où $\overline{z \times z'} = (xx' - yy') - i(xy' + x'y)$.

De plus, $\overline{z} \times \overline{z'} = (x - iy)(x' - iy') = (xx' - yy') - i(xy' + x'y)$. D'où l'égalité.

b. Au rang initial $n = 1$, la propriété est vraie car $\overline{z^1} = \overline{z} = \overline{z}^1$.

On suppose qu'à un rang k, $\overline{z^k} = \overline{z}^k$. Ainsi, $\overline{z^{k+1}} = \overline{z^k \times z} = \overline{z^k} \times \overline{z}$ (d'après le **a.**).

Donc $\overline{z^{k+1}} = \overline{z}^k \times \overline{z} = \overline{z}^{k+1}$ (d'après l'hypothèse de récurrence).

La propriété est donc héréditaire. Elle est donc vraie pour tout n de $\mathbb{N}^*$.

EXERCICE 4

Utiliser la formule du binôme

Énoncé

1. Déterminer la forme algébrique de $(2 + 4i)^3$.

2. Pour $n \in \mathbb{N}^*$, exprimer en fonction de n, $S_n = \binom{n}{0} + 2\binom{n}{1} + 2^2\binom{n}{2} + \ldots + 2^{n-1}\binom{n}{n-1} + 2^n$.

Méthode

Penser à utiliser le triangle de Pascal pour la question **1**.
Choisir les bonnes valeurs de z et de z' dans la formule du binôme pour la question **2**.

Corrigé

	$p = 0$	1	2	3	4
$n = 0$	1				
1	1	1			
2	1	2	1		
3	1	3	3	1	

1. $(2 + 4i)^3 = 2^3 + \binom{3}{1}2^2 \times 4i + \binom{3}{2}2 \times (4i)^2 + (4i)^3$

$(2 + 4i)^3 = 1 \times 8 + 3 \times 4 \times 4i + 3 \times 2 \times (-16) + 1 \times (-64i)$

$(2 + 4i)^3 = 8 + 48i - 96 - 64i = -88 - 16i.$

2. Pour $z = 1$ et $z' = 2$, $S_n = (z + z')^n = (1 + 2)^n = 3^n$.

MATHS EXPERTES

Chapitre 2 Nombres complexes : affixe et forme trigonométrique

1 Affixe d'un point ou d'un vecteur

De quoi s'agit-il ? On relie les nombres complexes et la géométrie dans un repère.

1 Représentation géométrique

- **Définitions**

À tout nombre complexe $z = x + iy$, on associe le point M de coordonnées $(x\,;y)$.
$M(x\,;y)$ est le **point image** de z.
Le vecteur $\overrightarrow{OM}(x;y)$ est le **vecteur image** de z.
z est l'**affixe** du point M ou du vecteur $\overrightarrow{OM}$.

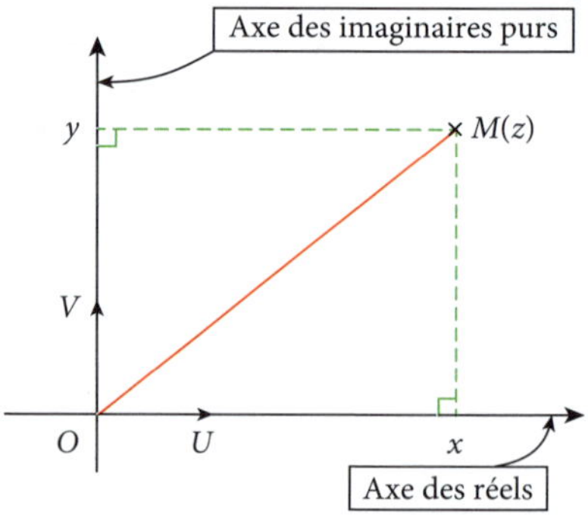

2 Propriétés des affixes

- **Propriétés**

• Si deux vecteurs $\vec{u}$ et $\vec{v}$ ont pour affixes respectives z et z', alors le vecteur $\vec{u}+\vec{v}$ a pour affixe $z + z'$.
• Si deux points A et B ont pour affixes respectives z_A et z_B, alors :
(1) l'affixe du vecteur $\overrightarrow{AB}$ est $z_B - z_A$;
(2) l'affixe du milieu de $[AB]$ est $\dfrac{z_A + z_B}{2}$.

Remarque
Le plan complexe est le plan muni du repère orthonormé direct $(O\,;\overrightarrow{OU},\overrightarrow{OV})$.

Exercices résolus

1. Lire et utiliser des affixes

ÉNONCÉ

1. Lire les affixes des points E, F, G et H ci-contre.
2. Déterminer les affixes des vecteurs $\overrightarrow{EF}$ et $\overrightarrow{GH}$.
3. Démontrer de deux façons différentes que $EFGH$ est un parallélogramme.

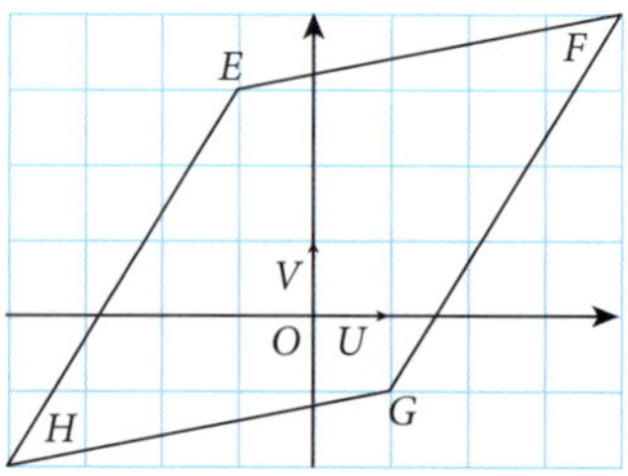

CORRIGÉ

1. $z_E = -1 + 3i$; $z_F = 4 + 4i$; $z_G = 1 - i$; $z_H = -4 - 2i$.
2. $z_{\overrightarrow{EF}} = z_F - z_E = (4+4i)-(-1+3i) = 5+i$
$z_{\overrightarrow{GH}} = z_H - z_G = (-4-2i)-(1-i) = -5-i$

•••

3. *Première méthode :*

D'après le 2., $z_{\overrightarrow{EF}} = -z_{\overrightarrow{GH}}$ donc $\overrightarrow{EF} = -\overrightarrow{GH}$ et $\overrightarrow{EF} = \overrightarrow{HG}$.

On en déduit que le quadrilatère $EFGH$ est un parallélogramme.

Seconde méthode :

On note I le milieu de $[EG]$ et J le milieu de $[FH]$.

Ainsi, $z_I = \dfrac{z_E + z_G}{2} = \dfrac{(-1+3\text{i})+(1-\text{i})}{2} = \text{i}$ et $z_J = \dfrac{z_F + z_H}{2} = \dfrac{(4+4\text{i})+(-4-2\text{i})}{2} = \text{i}$.

Les diagonales $[EG]$ et $[FH]$ ont le même milieu, donc $EFGH$ est un parallélogramme.

2. Déterminer l'affixe d'un point

ÉNONCÉ

Dans le plan complexe, A, B et C sont trois points d'affixes respectives : $z_A = 1 - 2\text{i}$, $z_B = 3 + 4\text{i}$ et $z_C = 5 + 5\text{i}$.

Déterminer l'affixe du point M tel que $\overrightarrow{CM} = 3\overrightarrow{AB} - 2\overrightarrow{AC}$.

CORRIGÉ

On note $z = x + \text{i}y$ l'affixe du point M.

Ainsi, $z_{\overrightarrow{CM}} = (x+\text{i}y)-(5+5\text{i}) = (x-5)+\text{i}(y-5)$.

De plus, $z_{\overrightarrow{AB}} = 2+6\text{i}$, $z_{\overrightarrow{AC}} = 4+7\text{i}$.

Donc $3z_{\overrightarrow{AB}} - 2z_{\overrightarrow{AC}} = 3(2+6\text{i})-2(4+7\text{i}) = -2+4\text{i}$.

Finalement, $z_{\overrightarrow{CM}} = 3z_{\overrightarrow{AB}} - 2z_{\overrightarrow{AC}} \Leftrightarrow \begin{cases} x-5=-2 \\ y-5=4 \end{cases} \Leftrightarrow \begin{cases} x=3 \\ y=9 \end{cases} \Leftrightarrow z_M = 3+9\text{i}$.

2 Module et argument

De quoi s'agit-il ? On relie les nombres complexes à d'autres notions de géométrie : la longueur d'un segment et la mesure d'un angle orienté.

1 Module d'un nombre complexe

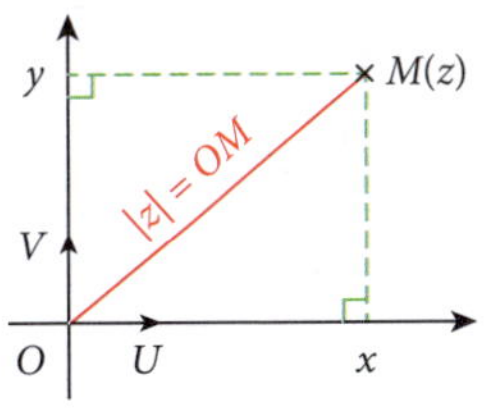

- **Illustration graphique**

Pour $z = x + \text{i}y$, affixe du vecteur $\overrightarrow{OM}$, le **module** de z est :

$$|z| = OM = \sqrt{x^2 + y^2}$$

- **Propriétés**

Pour tous nombres complexes z et z' tels que $z' \neq 0$ et pour tout n de $\mathbb{N}^*$,

- $|-z| = |z|$
- $|\overline{z}| = |z|$
- $z \times \overline{z} = |z|^2$
- $|z \times z'| = |z| \times |z'|$
- $|z^n| = |z|^n$
- $\left|\dfrac{1}{z'}\right| = \dfrac{1}{|z'|}$
- $\left|\dfrac{z}{z'}\right| = \dfrac{|z|}{|z'|}$

2 Nombres complexes de module égal à 1

● **Illustration graphique**

On note $\mathbb{U}$ l'ensemble des nombres complexes de module égal à 1, c'est-à-dire que $\mathbb{U} = \{z \in \mathbb{C} / |z| = 1\}$.
L'ensemble des points M d'affixe $z \in \mathbb{U}$ est le cercle de centre O et de rayon 1.

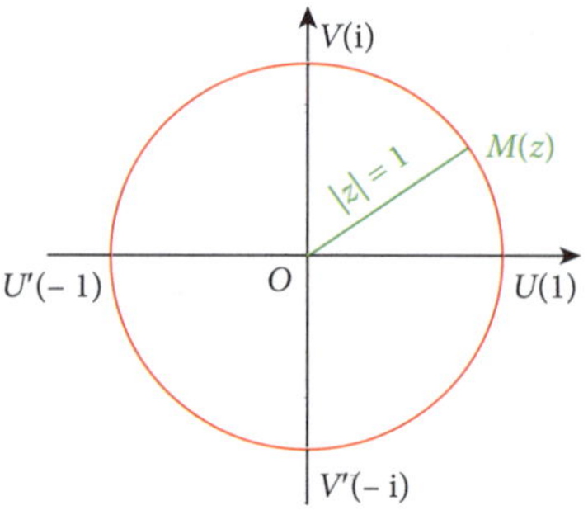

● **Propriétés**

Pour tous nombres complexes z et z' de $\mathbb{U}$, $z \times z' \in \mathbb{U}$ et $\dfrac{1}{z} \in \mathbb{U}$.

Remarque

Ainsi, si $|z| = 1$ alors $\left|\dfrac{1}{z}\right| = 1$;
et si $|z| = |z'| = 1$ alors
$|z \times z'| = 1$.

3 Arguments d'un nombre complexe non nul

● **Illustration graphique**

Pour tout nombre complexe z non nul, un **argument** de z est un nombre réel θ tel que $(\overrightarrow{OU}\ ;\ \overrightarrow{OM}) = \theta[2\pi]$.
Ainsi, un argument de z est un nombre, noté $\arg(z)$, tel que :

$$\arg(z) = (\overrightarrow{OU}\ ;\ \overrightarrow{OM})[2\pi]$$

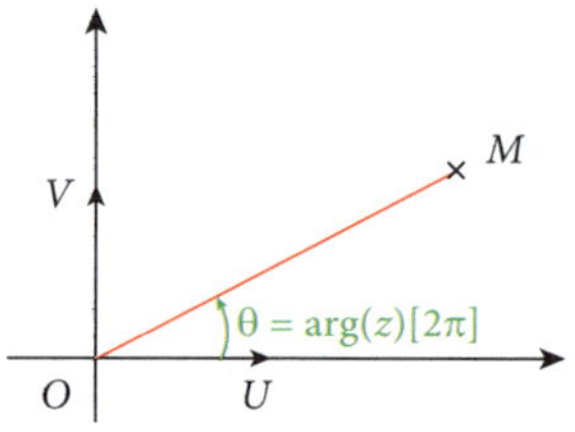

● **Propriétés**

Pour tout nombre complexe z non nul,
- $\arg(-z) = \arg(z) + \pi[2\pi]$
- $\arg(\overline{z}) = -\arg(z)[2\pi]$
- z est un nombre réel $\Leftrightarrow \arg(z) = 0[\pi]$
- z est un imaginaire pur $\Leftrightarrow \arg(z) = \pm\dfrac{\pi}{2}[2\pi]$

4 Forme trigonométrique d'un nombre complexe non nul

● **Illustration graphique**

Pour tout nombre complexe z non nul d'argument θ, $z = |z|\,(\cos\theta + i\sin\theta)$.
Cette expression est appelée **forme trigonométrique** de z.

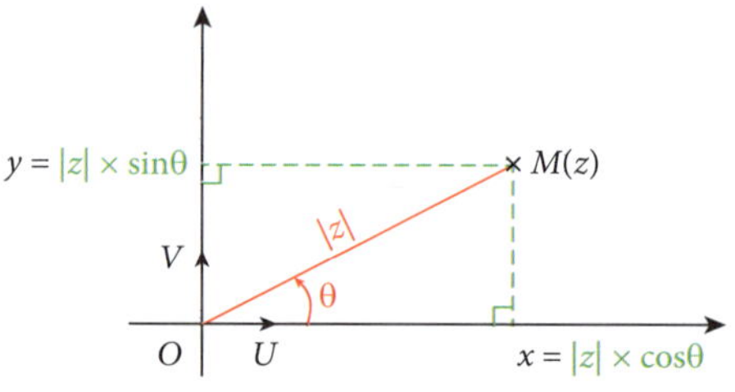

● **Propriétés**

Pour tous z et z' de $\mathbb{C}$, non nuls, tels que $z = |z|(\cos\theta + i\sin\theta)$ et $z' = |z'|(\cos\theta' + i\sin\theta')$,

$$z = z' \Leftrightarrow \begin{cases} |z| = |z'| \\ \theta = \theta'[2\pi] \end{cases}$$

Exercices résolus

1. Utiliser les propriétés des modules

ÉNONCÉ

On donne $z_1 = 3\left(\cos\frac{\pi}{5} + i\sin\frac{\pi}{5}\right)$ et $z_2 = 2\left(\cos\left(-\frac{\pi}{7}\right) + i\sin\left(-\frac{\pi}{7}\right)\right)$.

Déterminer le module des nombres complexes $z_1 \times z_2^2$ et $\frac{z_1^3}{z_2}$.

CORRIGÉ

z_1 et z_2 sont écrits sous forme trigonométrique, donc :

$|z_1| = 3$ et $|z_2| = 2$

$|z_1 \times z_2^2| = |z_1| \times |z_2^2| = |z_1| \times |z_2|^2 = 3 \times 2^2 = 12$

$\left|\frac{z_1^3}{z_2}\right| = \frac{|z_1^3|}{|z_2|} = \frac{|z_1|^3}{|z_2|} = \frac{3^3}{2} = \frac{27}{2}$

Réflexe à avoir

Lorsque $z = r(\cos\theta + i\sin\theta)$ est écrit sous forme trigonométrique, $|z| = r$ et $\arg(z) = \theta[2\pi]$.

2. Calculer le module d'un nombre complexe

ÉNONCÉ

1. Calculer le module des nombres complexes $z = 3 + 4i$ et $z' = 5 - 12i$.
2. En déduire le module du nombre complexe $Z = \frac{z}{z'}$.

CORRIGÉ

1. $|z| = |3 + 4i| = \sqrt{3^2 + 4^2} = \sqrt{25} = 5$.

$|z'| = |5 - 12i| = \sqrt{5^2 + (-12)^2} = \sqrt{169} = 13$.

2. $|Z| = \left|\frac{z}{z'}\right| = \frac{|z|}{|z'|} = \frac{5}{13}$.

3. Passer de la forme algébrique à la forme trigonométrique

ÉNONCÉ

Déterminer la forme trigonométrique du nombre complexe $z = 5 - 5i$.

CORRIGÉ

$|z| = |5 - 5i| = \sqrt{5^2 + (-5)^2} = \sqrt{50} = 5\sqrt{2}$

Ainsi, $z = 5\sqrt{2}\left(\frac{5}{5\sqrt{2}} - \frac{5}{5\sqrt{2}}i\right) = 5\sqrt{2}\left(\frac{1}{\sqrt{2}} - \frac{1}{\sqrt{2}}i\right)$.

D'où $z = 5\sqrt{2}\left(\frac{\sqrt{2}}{2} + i\left(-\frac{\sqrt{2}}{2}\right)\right)$.

Finalement, $z = 5\sqrt{2}\left(\cos\left(-\frac{\pi}{4}\right) + i\sin\left(-\frac{\pi}{4}\right)\right)$.

Rappel

$\cos\left(-\frac{\pi}{4}\right) = \frac{\sqrt{2}}{2}$

$\sin\left(-\frac{\pi}{4}\right) = -\frac{\sqrt{2}}{2}$

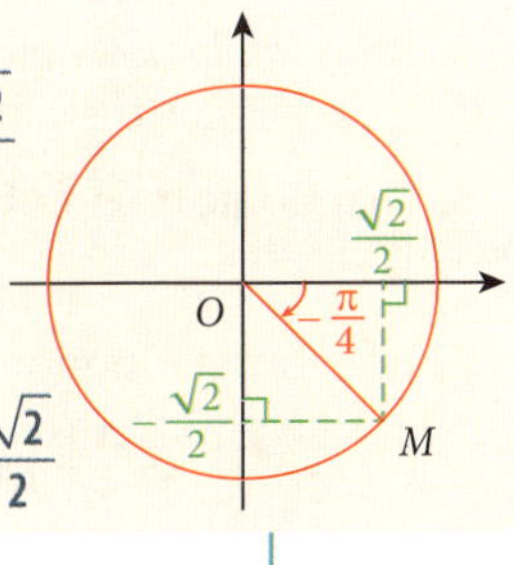

Révision express

Les réflexes à avoir

- Il faut être capable de représenter dans le plan complexe un point ou un vecteur d'affixe donné et un point ou un vecteur dont on connaît le module et un argument de l'affixe.
- Retenir que pour deux vecteurs $\vec{u}$ et $\vec{v}$ donnés :
  - $z_{\vec{u}} = z_{\vec{v}} \Leftrightarrow \vec{u} = \vec{v}$
  - $z_{\vec{u}} = k z_{\vec{v}}$ (avec k réel) $\Leftrightarrow \vec{u} = k\vec{v} \Leftrightarrow \vec{u}$ et $\vec{v}$ colinéaires
  - $|z_{\vec{u}}| = \|\vec{u}\|$
  - $a\vec{u} + b\vec{v}$ a pour affixe $az_{\vec{u}} + bz_{\vec{v}}$ (avec a et b réels).
- Quand on doit passer de la forme algébrique $z = x + iy$ à la forme trigonométrique, $z = |z|(\cos\theta + i\sin\theta)$, on utilise les mesures des angles usuels : $\pm\frac{\pi}{6}$; $\pm\frac{\pi}{4}$; $\pm\frac{\pi}{3}$; $\pm\frac{\pi}{2}$; 0 ; π ; 2π…

Les pièges à éviter

- Un nombre complexe non nul possède une infinité d'arguments, tous égaux modulo 2π.
- Zéro (c'est-à-dire le nombre complexe nul) ne possède pas d'argument.
- Attention, $z = -3\left(\cos\frac{\pi}{5} + i\sin\frac{\pi}{5}\right)$ n'est pas la forme trigonométrique du nombre complexe z.

En effet, la forme trigonométrique de z est $|z|(\cos\theta + i\sin\theta)$ or $|z| > 0$ donc $-3 \neq |z|$.

Quiz

*Pour chaque question, une seule réponse proposée (**a**, **b** ou **c**) est exacte.*

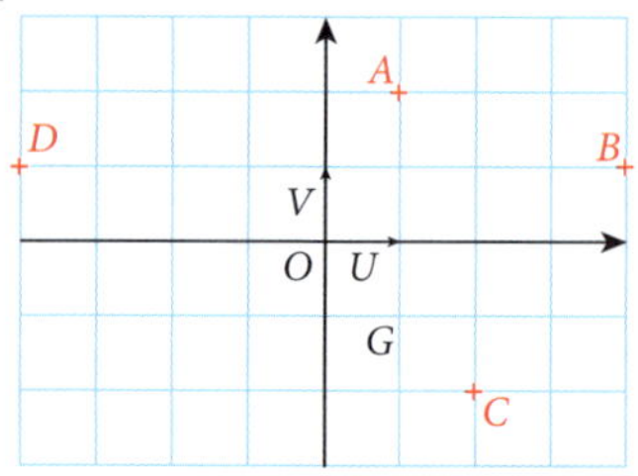

1. Dans le plan complexe ci-contre, l'affixe de $\overrightarrow{AC}$ est :
☐ **a.** $1 - 4i$ ☐ **b.** $1 + 4i$ ☐ **c.** $4 - i$

2. Dans le plan complexe ci-contre, l'affixe du milieu de $[BD]$ est :
☐ **a.** 0 ☐ **b.** 1 ☐ **c.** i

3. Dans le plan complexe ci-contre, le module de l'affixe de $\overrightarrow{AD}$ est :
☐ **a.** 26 ☐ **b.** $\sqrt{26}$ ☐ **c.** 5

4. Dans le plan complexe ci-contre, un argument de $\overrightarrow{DB}$ est :
☐ **a.** 0 ☐ **b.** π ☐ **c.** $-\pi$

5. Dans le plan complexe ci-avant, la forme trigonométrique de l'affixe de $\overrightarrow{BD}$ est :
☐ **a.** $-8(\cos\pi + i\sin\pi)$ ☐ **b.** $8(\cos(-\pi) + i\sin(-\pi))$ ☐ **c.** $8(\cos\pi + i\sin\pi)$

6. Le module du nombre complexe $(1 + 4i)^2$ est :
☐ **a.** -15 ☐ **b.** 17 ☐ **c.** $15 - 8i$

7. Une forme trigonométrique du nombre complexe $1 + i\sqrt{3}$ est :
☐ **a.** $\sqrt{2}\left(\cos\frac{\pi}{4} + i\sin\frac{\pi}{4}\right)$ ☐ **b.** $2\left(\cos\frac{\pi}{6} + i\sin\frac{\pi}{6}\right)$ ☐ **c.** $2\left(\cos\frac{\pi}{3} + i\sin\frac{\pi}{3}\right)$

→ Réponses p. 501

EXERCICE 1

Faire le lien entre la géométrie et les complexes

Énoncé

On considère le plan complexe ci-contre. Utiliser les nombres complexes pour répondre aux questions.

1. Le quadrilatère *ABCD* est-il un trapèze ?

2. Les segments [*AC*] et [*BE*] sont-ils de même longueur ?

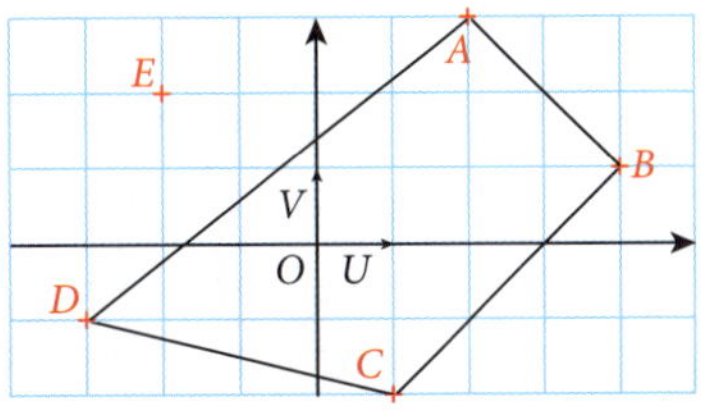

Méthode

Utiliser les relations de causalité suivantes :

- deux droites sont parallèles ⇔ elles possèdent des vecteurs directeurs $\vec{u}$ et $\vec{v}$ colinéaires $\Leftrightarrow z_{\vec{u}} = kz_{\vec{v}} \, (k \in \mathbb{R})$.
- $EF = FE = \|\overrightarrow{EF}\| = \|\overrightarrow{FE}\| = |z_{\overrightarrow{EF}}| = |z_{\overrightarrow{FE}}|$.

Corrigé

1. On vérifie si les droites (AD) et (BC) sont parallèles, c'est-à-dire si $\overrightarrow{AD}$ et $\overrightarrow{BC}$ sont ou non colinéaires.
Or $z_{\overrightarrow{AD}} = z_D - z_A = (-3-\text{i}) - (2+3\text{i}) = -5-4\text{i}$ et $z_{\overrightarrow{BC}} = z_C - z_B = (1-2\text{i}) - (4+\text{i}) = -3-3\text{i}$.
Donc il n'existe pas de k réel tel que $z_{\overrightarrow{AD}} = kz_{\overrightarrow{BC}}$. Les droites (AD) et (BC) ne sont donc pas parallèles, donc $ABCD$ n'est pas un trapèze.

2. $z_{\overrightarrow{AC}} = z_C - z_A = (1-2\text{i}) - (2+3\text{i}) = -1-5\text{i}$ donc $AC = |z_{\overrightarrow{AC}}| = \sqrt{(-1)^2 + (-5)^2} = \sqrt{26}$.

$z_{\overrightarrow{BE}} = z_E - z_B = (-2+2\text{i}) - (4+\text{i}) = -6+\text{i}$ donc $BE = |z_{\overrightarrow{BE}}| = \sqrt{(-6)^2 + 1^2} = \sqrt{37}$.
Ainsi, $AC \neq BE$.

EXERCICE 2

Calculer un module

Énoncé

1. Calculer le module des nombres complexes $z_1 = 5 - 12\text{i}$ et $z_2 = 2 + 7\text{i}$.

2. En déduire le module des nombres complexes $z_3 = (5 - 12\text{i})(2 + 7\text{i})$ et $z_4 = (2 + 7\text{i})^4$.

Méthode

Appliquer la formule de calcul du module : pour $z = x + \text{i}y$, $|z| = \sqrt{x^2 + y^2}$.
Puis utiliser les propriétés de calcul sur les modules.

Corrigé

1. $|z_1| = \sqrt{5^2 + (-12)^2} = \sqrt{169} = 13$ et $|z_2| = \sqrt{2^2 + 7^2} = \sqrt{53}$.

2. $z_3 = |z_1 \times z_2| = |z_1| \times |z_2| = 13\sqrt{53}$ et $z_4 = |(2+7\text{i})^4| = |2+7\text{i}|^4 = \sqrt{53}^4 = \left(\sqrt{53}^2\right)^2 = 53^2 = 2\,809$.

MATHS EXPERTES

EXERCICE 3

Interpréter géométriquement un module

Énoncé

Dans le plan complexe, on donne les points A et B d'affixes $z_A = 2 - \mathrm{i}$ et $z_B = 1 + 2\mathrm{i}$.

Déterminer et construire l'ensemble des points M d'affixe z tels que :

1. $|z - (2 - \mathrm{i})| = 3$ **2.** $|z - (2 - \mathrm{i})| = |z - (1 + 2\mathrm{i})|$

Méthode

Utiliser le fait que $|z_F - z_E| = EF$ et se rappeler que :

- $EF = r$ (avec $r > 0$) $\Leftrightarrow$ F appartient au cercle de centre E et de rayon r ;
- $EF = FG \Leftrightarrow F$ appartient à la médiatrice de $[EG]$.

Corrigé

1. $|z-(2-\mathrm{i})| = |z - z_A| = AM$

Donc $|z-(2-\mathrm{i})| = 3 \Leftrightarrow AM = 3$

$\Leftrightarrow M$ est sur le cercle de centre A et de rayon 3.

2. $|z-(1+2\mathrm{i})| = |z - z_B| = BM$

Donc $|z-(2-\mathrm{i})| = |z-(1+2\mathrm{i})| \Leftrightarrow AM = BM$

$\Leftrightarrow M$ appartient à la médiatrice de $[AB]$.

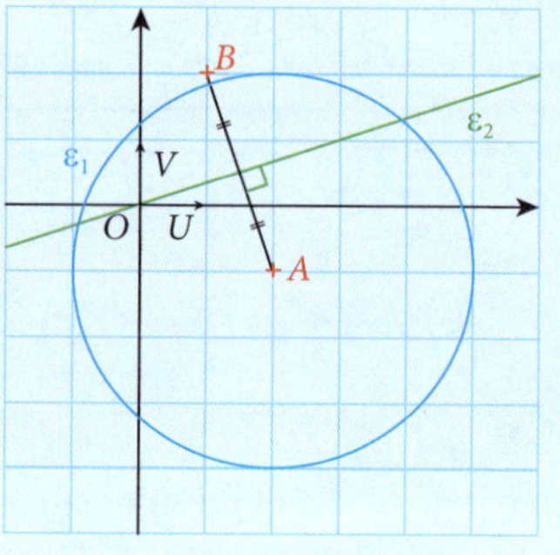

EXERCICE 4

Passer de la forme algébrique à la forme trigonométrique et inversement

Énoncé

1. Écrire le nombre complexe $z = 5\left(\cos\left(-\frac{\pi}{3}\right) + \mathrm{i}\sin\left(-\frac{\pi}{3}\right)\right)$ sous forme algébrique.

2. Écrire le nombre complexe $z = 1 + \mathrm{i}$ sous forme trigonométrique.

Méthode

Pour passer de la forme algébrique à une forme trigonométrique, penser à utiliser les angles usuels.

Corrigé

1. $z = 5\left(\frac{1}{2} + \mathrm{i}\left(-\frac{\sqrt{3}}{2}\right)\right) = \frac{5}{2} - \frac{5\sqrt{3}}{2}\mathrm{i}.$

2. $|z| = \sqrt{1^2 + 1^2} = \sqrt{2}$.

Donc $z = \sqrt{2}\left(\frac{1}{\sqrt{2}} + \mathrm{i}\frac{1}{\sqrt{2}}\right) = \sqrt{2}\left(\frac{\sqrt{2}}{2} + \mathrm{i}\frac{\sqrt{2}}{2}\right) = \sqrt{2}\left(\cos\frac{\pi}{4} + \mathrm{i}\sin\frac{\pi}{4}\right).$

Chapitre 3 Nombres complexes : trigonométrie et forme exponentielle

1 Formule de trigonométrie

De quoi s'agit-il ? Après avoir donné quelques formules de trigonométrie, on détaille des propriétés sur les arguments des nombres complexes pour compléter celles sur les conjugués et les modules.

1 Formules d'addition

● **Propriétés**

Pour tous nombres réels a et b,
- $\cos(a + b) = \cos a \cos b - \sin a \sin b$
- $\sin(a + b) = \sin a \cos b + \sin b \sin a$
- $\cos(a - b) = \cos a \cos b + \sin a \sin b$
- $\sin(a - b) = \sin a \cos b - \sin b \cos a$

2 Formules de duplication

● **Propriétés**

Pour tous nombres réels a et b,
- $\cos(2a) = 2\cos^2 a - 1 = 1 - 2\sin^2 a = \cos^2 a - \sin^2 a$
- $\sin(2a) = 2\sin a \cos a$

3 Propriété des arguments

● **Propriétés**

Pour tous nombres complexes z et z' avec $z' \neq 0$, et tout nombre entier naturel $n \neq 0$,
- $\arg(z \times z') = \arg(z) + \arg(z')[2\pi]$
- $\arg(z^n) = n \times \arg(z)[2\pi]$
- $\arg\left(\frac{1}{z'}\right) = -\arg(z')\left[2\pi\right]$
- $\arg\left(\frac{z}{z'}\right) = \arg(z) - \arg(z')\left[2\pi\right]$

MATHS EXPERTES

Exercices résolus

1. Utiliser une formule de trigonométrie pour en trouver d'autres

ÉNONCÉ

On admet que, pour tous nombres réels a et b, $\cos(a + b) = \cos a \operatorname{co} b - \sin a \sin b$.
Retrouver la formule donnant $\cos(a - b)$, puis deux formules donnant $\cos(2a)$.

Rappels
$\cos(-\alpha) = \cos\alpha$
$\sin(-\alpha) = -\sin\alpha$
$\cos^2\alpha + \sin^2\alpha = 1$

CORRIGÉ

● On remplace b par $-b$: $\cos(a + (-b)) = \cos a \cos(-b) - \sin a \sin(-b)$
$\cos(a - b) = \cos a \cos b + \sin a \sin b$.

•••

•••

• On remplace b par a : $\cos(a + a) = \cos a \cos a - \sin a \sin a$
$\cos(2a) = \cos^2 a - \sin^2 a$
$\cos(2a) = \cos^2 a - (1 - \cos^2 a) = 2\cos^2 a - 1$

Remarque
De même, on a :
$\cos(2a) = (1 - \sin^2 a) - \sin^2 a$
et $\cos(2a) = 1 - 2\sin^2 a$.

2. Utiliser les propriétés des arguments

ÉNONCÉ

1. Déterminer un argument du nombre complexe $1 - i$.
2. En déduire un argument du nombre complexe $(1 - i)^{99}$.

CORRIGÉ

1. $|1-i| = \sqrt{1^2 + (-1)^2} = \sqrt{2}$

donc $1-i = \sqrt{2}\left(\frac{1}{\sqrt{2}} + i\times\frac{-1}{\sqrt{2}}\right) = \sqrt{2}\left(\frac{\sqrt{2}}{2} + i\left(-\frac{\sqrt{2}}{2}\right)\right) = \sqrt{2}\left(\cos\left(-\frac{\pi}{4}\right) + i\sin\left(-\frac{\pi}{4}\right)\right)$.

Ainsi, $\arg(1-i) = -\frac{\pi}{4}[2\pi]$.

2. $\arg((1 - i)^{99}) = 99 \times \arg(1 - i)[2\pi]$ donc $\arg((1-i)^{99}) = -\frac{99\pi}{4}[2\pi]$.

Or $-\frac{99\pi}{4} = -\frac{96\pi}{4} - \frac{3\pi}{4} = -24\pi - \frac{3\pi}{4} = 2\times(-12\pi) - \frac{3\pi}{4}$.

Ainsi, $\arg((1-i)^{99}) = -\frac{3\pi}{4}[2\pi]$.

2 Forme exponentielle d'un nombre complexe

De quoi s'agit-il ? **Après avoir écrit un nombre complexe sous formes algébrique et trigonométrique, on l'écrit sous forme exponentielle.**

• Définition

Un nombre complexe z non nul, dont un argument est θ, s'écrit $z = |z|e^{i\theta}$.
Cette écriture est appelée **forme exponentielle** de z.

Remarque :
Il existe donc trois façons d'écrire un même nombre complexe z non nul :
- la forme algébrique : $z = x + iy$;
- la forme trigonométrique : $z = |z|(\cos\theta + i\sin\theta)$;
- la forme exponentielle : $z = |z|e^{i\theta}$.

Réflexe à avoir
$e^{i0} = 1$; $e^{i\pi} = -1$
$e^{i\frac{\pi}{2}} = i$; $e^{-i\frac{\pi}{2}} = -i$.

• Propriétés

Pour tous nombres réels θ et θ', et pour tout nombre entier naturel n non nul,
- $|e^{i\theta}| = 1$
- $\arg(e^{i\theta}) = \theta[2\pi]$
- $e^{i\theta} = e^{i\theta'} \Leftrightarrow \theta = \theta'[2\pi]$
- $e^{i\theta} \times e^{i\theta'} = e^{i(\theta+\theta')}$
- $(e^{i\theta})^n = e^{in\theta}$
- $\frac{e^{i\theta}}{e^{i\theta'}} = e^{i(\theta-\theta')}$

- **Formules d'Euler**

Pour tout nombre réel θ, $\cos\theta = \dfrac{e^{i\theta} + e^{-i\theta}}{2}$ et $\sin\theta = \dfrac{e^{i\theta} - e^{-i\theta}}{2i}$.

Remarque : Puisque $z = |z|e^{i\theta}$ et que $\overline{z} = |z|e^{-i\theta}$, on peut déduire des formules d'Euler que $\cos\theta = \dfrac{z+\overline{z}}{2|z|}$ et $\sin\theta = \dfrac{z-\overline{z}}{2i|z|}$.

Exercices résolus

1. Passer d'une forme à l'autre

ÉNONCÉ

1. Écrire le nombre complexe $z_1 = 2e^{i\frac{\pi}{3}}$ sous forme trigonométrique, puis sous forme algébrique.

2. Écrire le nombre complexe $z_2 = -2 + 2i$ sous forme trigonométrique, puis sous forme exponentielle.

CORRIGÉ

1. $z_1 = 2e^{i\frac{\pi}{3}} = 2\left(\cos\dfrac{\pi}{3} + i\sin\dfrac{\pi}{3}\right)$

De plus, $\cos\dfrac{\pi}{3} = \dfrac{1}{2}$ et $\sin\dfrac{\pi}{3} = \dfrac{\sqrt{3}}{2}$ donc $z_1 = 2\left(\dfrac{1}{2} + \dfrac{i\sqrt{3}}{2}\right) = 1 + i\sqrt{3}$.

2. $|z_2| = \sqrt{(-2)^2 + 2^2} = \sqrt{8} = 2\sqrt{2}$

donc $z_2 = 2\sqrt{2}\left(\dfrac{-2}{2\sqrt{2}} + \dfrac{2}{2\sqrt{2}}i\right) = 2\sqrt{2}\left(-\dfrac{1}{\sqrt{2}} + i\times\dfrac{1}{\sqrt{2}}\right) = 2\sqrt{2}\left(-\dfrac{\sqrt{2}}{2} + i\times\dfrac{\sqrt{2}}{2}\right)$.

Ainsi, $z_2 = 2\sqrt{2}\left(\cos\left(\dfrac{3\pi}{4}\right) + i\sin\left(\dfrac{3\pi}{4}\right)\right)$ et on en déduit que $z_2 = 2\sqrt{2}e^{i\frac{3\pi}{4}}$.

Réflexe à avoir

Pour tout nombre réel θ, $e^{i\theta} = \cos\theta + i\sin\theta$.

2. Écrire sous forme exponentielle

ÉNONCÉ

On donne les nombres complexes $z_1 = 5e^{i\frac{\pi}{7}}$ et $z_2 = 3e^{-i\frac{\pi}{5}}$.
Écrire sous forme exponentielle les nombres complexes suivants :

1. $z_1 \times z_2$.

2. z_1^4.

CORRIGÉ

1. $z_1 \times z_2 = 5e^{i\frac{\pi}{7}} \times 3e^{-\frac{i\pi}{5}} = 5\times 3e^{i\frac{\pi}{7}} \times e^{-i\frac{\pi}{5}} = 15e^{i\left(\frac{\pi}{7}-\frac{\pi}{5}\right)} = 15e^{-i\frac{2\pi}{35}}$.

2. $z_1^4 = \left(5e^{i\frac{\pi}{7}}\right)^4 = 5^4 \times \left(e^{i\frac{\pi}{7}}\right)^4 = 625e^{i\frac{4\pi}{7}}$.

Révision express

Les réflexes à avoir

- Il faut connaître par cœur les formules de trigonométrie et être capable d'en retrouver certaines par de petits calculs (voir exercice 1 page suivante).
- Il faut être capable de démontrer les propriétés sur les arguments.
- $z = |z|e^{i\theta}$ est un nombre réel $\Leftrightarrow \theta = 0[2\pi]$ ou $\theta = \pi[2\pi]$.

$z = |z|e^{i\theta}$ est un imaginaire pur $\Leftrightarrow \theta = \pm\frac{\pi}{2}[2\pi]$.

- Pour passer de la forme algébrique $z = x + iy$ à la forme exponentielle $z = |z|e^{i\theta}$, il faut en général (sauf dans des cas simples) passer par la forme trigonométrique $z = |z|(\cos\theta + i\sin\theta)$ afin de déterminer le module et un argument θ de z.

Les pièges à éviter

- Zéro, c'est-à-dire le nombre complexe nul, n'a pas d'argument, donc il n'a pas non plus de forme exponentielle.
- Ne pas mélanger les propriétés sur les modules, les conjugués, les arguments et les formes exponentielles.

Quiz

*Pour chaque question, une seule réponse proposée (**a**, **b** ou **c**) est exacte.*

1. Pour tout nombre réel x, $\cos\left(x + \frac{\pi}{3}\right)$ est égal à :

☐ **a.** $\frac{1}{2}\cos x + \frac{\sqrt{3}}{2}\sin x$ ☐ **b.** $\frac{1}{2}\cos x - \frac{\sqrt{3}}{2}\sin x$ ☐ **c.** $\frac{1}{2}\sin x + \frac{\sqrt{3}}{2}\cos x$

2. Pour n nombre entier naturel impair, $\arg(i^n)$ est égal à :

☐ **a.** $0[2\pi]$ ☐ **b.** $\pm\frac{\pi}{2}[2\pi]$ ☐ **c.** $\pm\pi[2\pi]$

3. On donne $\arg(z_1) = \frac{\pi}{5}[2\pi]$ et $\arg(z_2) = \frac{\pi}{10}[2\pi]$, on en déduit que :

☐ **a.** $\arg(z_1 \times z_2) = \frac{\pi}{7}[2\pi]$ ☐ **b.** $\arg(z_1 \times z_2^2) = \frac{2\pi}{5}[2\pi]$ ☐ **c.** $\arg(z_1^2 \times z_2) = \frac{\pi}{10}[2\pi]$

4. Une forme exponentielle du nombre complexe $z = 24i$ est :

☐ **a.** $24e^{i2\pi}$ ☐ **b.** $24e^{i\frac{\pi}{2}}$ ☐ **c.** $-24e^{i\frac{\pi}{2}}$

5. Une forme exponentielle du nombre complexe $z = 10 - 10i$ est :

☐ **a.** $10e^{-i\frac{\pi}{2}}$ ☐ **b.** $10e^{i0}$ ☐ **c.** $10\sqrt{2}e^{-i\frac{\pi}{4}}$

6. On donne $z = 2 + 3i$. Si θ est un argument de z, alors on peut dire que :

☐ **a.** $\cos\theta = \frac{4}{\sqrt{13}}$ ☐ **b.** $\sin\theta = \frac{6i}{\sqrt{13}}$ ☐ **c.** $\sin\theta = \frac{3}{\sqrt{13}}$

→ Réponses p. 501

EXERCICE 1

Retrouver une formule grâce à la notation exponentielle

Énoncé

Utiliser l'égalité $e^{i(a+b)} = e^{ia} \times e^{ib}$ pour écrire les formules de trigonométrie donnant $\cos(a+b)$ et $\sin(a+b)$.

Méthode

Pour ce type d'exercice, on part d'une formule reliant deux exponentielles :

$$e^{i(a+b)} = e^{ia} \times e^{ib} \qquad e^{i(a-b)} = e^{ia} \times e^{-ib} \qquad e^{i2a} = e^{ia} \times e^{ia}$$

et on utilise l'égalité $e^{i\theta} = \cos\theta + i\sin\theta$.

Corrigé

$e^{i(a+b)} = \cos(a+b) + i\sin(a+b)$ et $e^{ia} = \cos a + i\sin a$ et $e^{ib} = \cos b + i\sin b$.

On en déduit que :

$e^{i(a+b)} = e^{ia} \times e^{ib} \Leftrightarrow \cos(a+b) + i\sin(a+b) = (\cos a + i\sin a)(\cos b + i\sin b)$

$\Leftrightarrow \cos(a+b) + i\sin(a+b) = (\cos a\cos b - \sin a\sin b) + i(\cos a\sin b + \sin a\cos b)$

$$\Leftrightarrow \begin{cases} \cos(a+b) = \cos a\cos b - \sin a\sin b \\ \sin(a+b) = \cos a\sin b + \sin a\cos b \end{cases}$$

Remarque
On compare les parties réelles et les parties imaginaires entre elles.

EXERCICE 2

Écrire un nombre complexe sous forme exponentielle

Énoncé

Écrire le nombre complexe $z = \dfrac{6i}{1-i}$ sous forme exponentielle.

Méthode

- Si le nombre complexe est donné sous forme algébrique $z = x + iy$, alors il faut l'écrire sous forme trigonométrique puis sous forme exponentielle.
- Si le nombre complexe est écrit différemment (comme ici $z = \dfrac{z_1}{z_2}$), alors on peut commencer par l'écrire sous forme algébrique afin de se ramener au cas précédent.

Corrigé

$$z = \frac{6i}{1-i} = \frac{6i(1+i)}{(1-i)(1+i)} = \frac{-6+6i}{1^2+1^2} = -3+3i$$

Or $|z| = \sqrt{(-3)^2+3^2} = \sqrt{18} = 3\sqrt{2}$

donc $z = 3\sqrt{2}\left(-\dfrac{3}{3\sqrt{2}} + i\dfrac{3}{3\sqrt{2}}\right) = 3\sqrt{2}\left(-\dfrac{\sqrt{2}}{2} + i\dfrac{\sqrt{2}}{2}\right)$.

Ainsi, $z = 3\sqrt{2}\left(\cos\left(\dfrac{3\pi}{4}\right) + i\sin\left(\dfrac{3\pi}{4}\right)\right) = 3\sqrt{2}e^{i\frac{3\pi}{4}}$.

L'astuce du prof
On aurait aussi pu écrire 6i et 1 – i sous forme exponentielle $6i = 6e^{i\frac{\pi}{2}}$ et $1 - i = \sqrt{2}e^{-i\frac{\pi}{4}}$, puis conclure :
$z = \dfrac{6e^{i\frac{\pi}{2}}}{\sqrt{2}e^{-i\frac{\pi}{4}}} = 3\sqrt{2}e^{i\frac{3\pi}{4}}$.

MATHS EXPERTES

EXERCICE 3

Trouver des valeurs exactes de cosinus ou de sinus

Énoncé

On donne $z_1 = 1 + i\sqrt{3}$ et $z_2 = 1 - i$.

1. Écrire sous forme exponentielle les nombres complexes z_1, z_2 et $z_1 \times z_2$.

2. En déduire les valeurs exactes de $\cos\left(\frac{\pi}{12}\right)$ et $\sin\left(\frac{\pi}{12}\right)$.

Méthode

Comparer les écritures sous forme algébrique et sous forme exponentielle afin de conclure (utiliser l'égalité $e^{i\theta} = \cos\theta + i\sin\theta$).

Corrigé

1. • $|z_1| = \sqrt{4} = 2$ donc $z_1 = 2\left(\frac{1}{2} + i\frac{\sqrt{3}}{2}\right) = 2\left(\cos\frac{\pi}{3} + i\sin\frac{\pi}{3}\right) = 2e^{i\frac{\pi}{3}}$.

• $|z_2| = \sqrt{2}$ donc $z_2 = \sqrt{2}\left(\frac{\sqrt{2}}{2} + i\left(-\frac{\sqrt{2}}{2}\right)\right) = \sqrt{2}\left(\cos\left(-\frac{\pi}{4}\right) + i\sin\left(-\frac{\pi}{4}\right)\right) = \sqrt{2}e^{-i\frac{\pi}{4}}$.

• $z_1 \times z_2 = 2e^{i\frac{\pi}{3}} \times \sqrt{2}e^{-i\frac{\pi}{4}} = 2\sqrt{2}e^{i\left(\frac{\pi}{3} - \frac{\pi}{4}\right)} = 2\sqrt{2}e^{i\frac{\pi}{12}}$.

2. D'une part, $z_1 \times z_2 = (1 + i\sqrt{3})(1 - i) = 1 - i + i\sqrt{3} + \sqrt{3} = (1 + \sqrt{3}) + i(-1 + \sqrt{3})$.

D'autre part, $z_1 \times z_2 = 2\sqrt{2}e^{i\frac{\pi}{12}} = 2\sqrt{2}\left(\cos\frac{\pi}{12} + i\sin\frac{\pi}{12}\right)$.

Ainsi, $\cos\frac{\pi}{12} = \frac{1 + \sqrt{3}}{2\sqrt{2}}$ et $\sin\frac{\pi}{12} = \frac{-1 + \sqrt{3}}{2\sqrt{2}}$.

EXERCICE 4

Utiliser les formules d'Euler

Énoncé

Démontrer que pour tout nombre réel θ : $\cos^2\theta\sin\theta = \frac{1}{4}(\sin(3\theta) + \sin\theta)$.

Méthode

Utiliser les formules d'Euler $\cos\theta = \frac{e^{i\theta} + e^{-i\theta}}{2}$ et $\sin\theta = \frac{e^{i\theta} - e^{-i\theta}}{2i}$ et se laisser mener par les calculs.

Corrigé

Pour tout nombre réel θ,

$$\cos^2\theta\sin\theta = \left(\frac{e^{i\theta} + e^{-i\theta}}{2}\right)^2 \times \left(\frac{e^{i\theta} - e^{-i\theta}}{2i}\right) = \left(\frac{(e^{i\theta})^2 + 2e^{i\theta} \times e^{-i\theta} + (e^{-i\theta})^2}{4}\right) \times \left(\frac{e^{i\theta} - e^{-i\theta}}{2i}\right)$$

$$\cos^2\theta\sin\theta = \frac{(e^{2i\theta} + 2 + e^{-2i\theta})}{4} \times \frac{(e^{i\theta} - e^{-i\theta})}{2i} = \frac{e^{3i\theta} - e^{i\theta} + 2e^{i\theta} - 2e^{-i\theta} + e^{-i\theta} - e^{-3i\theta}}{8i}$$

$$\cos^2\theta\sin\theta = \frac{e^{3i\theta} - e^{-3i\theta} + e^{i\theta} - e^{-i\theta}}{8i} = \frac{1}{4}\left[\frac{e^{3i\theta} - e^{-3i\theta}}{2i} + \frac{e^{i\theta} - e^{-i\theta}}{2i}\right] = \frac{1}{4}(\sin(3\theta) + \sin\theta).$$

Chapitre 4

Nombres complexes : résolutions d'équations

1 Équations du second degré

De quoi s'agit-il ? On généralise à $\mathbb{C}$ la résolution des équations du second degré à coefficients réels.

1 Racines carrées d'un nombre réel dans $\mathbb{C}$

• **Définition**

a désigne un nombre réel.
Les **racines carrées** de a dans $\mathbb{C}$ sont les solutions de l'équation $z^2 = a$.

• **Propriétés**

- Lorsque $a > 0$, les racines carrées de a dans $\mathbb{C}$ sont $-\sqrt{a}$ et $\sqrt{a}$.
- Lorsque $a < 0$, les racines carrées de a dans $\mathbb{C}$ sont $\mathrm{i}\sqrt{-a}$ et $-\mathrm{i}\sqrt{-a}$.

Exemples

Les racines carrées de 5 dans $\mathbb{C}$ sont $-\sqrt{5}$ et $\sqrt{5}$.
Les racines carrées de – 5 dans $\mathbb{C}$ sont $-\mathrm{i}\sqrt{5}$ et $\mathrm{i}\sqrt{5}$.

2 Équations du second degré à coefficients dans $\mathbb{R}$

• **Propriété**

On considère l'équation du second degré $\boldsymbol{az^2 + bz + c = 0}$ avec a, b, c dans $\mathbb{R}$ et $a \neq 0$.
On note $\boldsymbol{\Delta = b^2 - 4ac}$ son discriminant.

	Solution(s)	Factorisation
$\Delta > 0$	Deux solutions réelles : $x_1 = \dfrac{-b-\sqrt{\Delta}}{2a}$ et $x_2 = \dfrac{-b+\sqrt{\Delta}}{2a}$	$az^2 + bz + c = a(z - x_1)(z - x_2)$
$\Delta = 0$	Une unique solution réelle : $x_0 = \dfrac{-b}{2a}$	$az^2 + bz + c = a(z - x_0)^2$
$\Delta < 0$	Deux solutions complexes conjuguées : $z_1 = \dfrac{-b-i\sqrt{-\Delta}}{2a}$ et $z_2 = \dfrac{-b+i\sqrt{-\Delta}}{2a} = \overline{z_1}$	$az^2 + bz + c = a(z - z_1)(z - z_2)$

MATHS EXPERTES

Remarque : La propriété sur la somme et le produit des racines d'une équation du second degré est valable dans $\mathbb{C}$ comme dans $\mathbb{R}$.

- La somme S des racines est égale à $-\frac{b}{a}$:

$$\underset{(\Delta>0)}{x_1 + x_2} = \underset{(\Delta=0)}{x_0 + x_0} = \underset{(\Delta<0)}{z_1 + z_2} = -\frac{b}{a}$$

- Le produit P des racines est égal à $\frac{c}{a}$:

$$\underset{(\Delta>0)}{x_1 \times x_2} = \underset{(\Delta=0)}{x_0 \times x_0} = \underset{(\Delta<0)}{z_1 \times z_2} = \frac{c}{a}$$

Rappel
Une racine de $az^2 + bz + c$ est une solution de l'équation $az^2 + bz + c = 0$.

Exercices résolus

1. Résoudre une équation du second degré dans $\mathbb{C}$

ÉNONCÉ

Résoudre dans $\mathbb{C}$ l'équation $2z^2 + 3z + 4 = 0$.

CORRIGÉ

$\Delta = 3^2 - 4 \times 2 \times 4 = 9 - 32 = -23 < 0$.

Les solutions de cette équation sont donc : $z_1 = \frac{-3 - \mathrm{i}\sqrt{23}}{4}$ et $z_2 = \frac{-3 + \mathrm{i}\sqrt{23}}{4}$.

2. Factoriser une expression du second degré dans $\mathbb{C}$

ÉNONCÉ

Factoriser l'expression $4z^2 - z + 1$ dans $\mathbb{C}$.

CORRIGÉ

$\Delta = (-1)^2 - 4 \times 4 \times 1 = 1 - 16 = -15 < 0$.

Les solutions de l'équation $4z^2 - z + 1 = 0$ sont donc : $z_1 = \frac{1 - \mathrm{i}\sqrt{15}}{8}$ et $z_2 = \frac{1 + \mathrm{i}\sqrt{15}}{8}$.

Donc $4z^2 - z + 1 = 4\left(z - \frac{1 - \mathrm{i}\sqrt{15}}{8}\right)\left(z - \frac{1 + \mathrm{i}\sqrt{15}}{8}\right)$.

3. Utiliser la somme et le produit des racines

ÉNONCÉ

A et B sont deux nombres complexes tels que : $\begin{cases} A + B = -3 \\ A \times B = 4 \end{cases}$
Déterminer A et B.

CORRIGÉ

Comme $A + B = -3$ et $A \times B = 4$, on en déduit que A et B sont les solutions de l'équation $z^2 + 3z + 4 = 0$.
$\Delta = 3^2 - 4 \times 1 \times 4 = -7 < 0$.

Ainsi, $A = \frac{-3 - \mathrm{i}\sqrt{7}}{2}$ et $B = \frac{-3 + \mathrm{i}\sqrt{7}}{2}$.

Remarque
On utilise la remarque qui se trouve en haut de page.

2 Polynômes de degré *n*

De quoi s'agit-il ? On va un peu plus loin dans l'étude de la factorisation de polynômes, avec des degrés supérieurs ou égaux à deux.

- **Définition**

Une expression de la forme $P(z) = a_n z^n + a_{n-1} z^{n-1} + \ldots + a_1 z + a_0$ avec $a_n, a_{n-1}, \ldots, a_1, a_0$ des nombres réels et $a_n \neq 0$ est appelée **polynôme de degré *n* à coefficients réels**.

Exemple

$P(z) = 6z^2 + 5z - 3$ est un polynôme de degré 2 à coefficients réels : $a_2 = 6$; $a_1 = 5$; $a_0 = -3$.

Notation
Le degré d'un polynôme P se note souvent $\deg P$.

1 Factorisation par $z - \alpha$

- **Propriété**

α désigne un nombre complexe.
Si α est une racine de P (c'est-à-dire si $P(\alpha) = 0$), alors on peut factoriser $P(z)$ par $z - \alpha$, c'est-à-dire qu'il existe un polynôme Q tel que $P(z) = (z - \alpha)\,Q(z)$.

Remarque : $\deg Q = \deg P - 1$.

2 Cas particulier de $z^n - \alpha^n$

- **Propriété**

α désigne un nombre complexe.
Pour tout nombre complexe z, $z^n - \alpha^n = (z - \alpha)(z^{n-1} + \alpha z^{n-2} + \ldots + \alpha^{n-2} z + \alpha^{n-1})$.

Exemple

$z^3 - 8 = z^3 - 2^3 = (z - 2)(z^2 + 2z + 2^2) = (z - 2)(z^2 + 2z + 4)$.

3 Nombre de racines

- **Propriété**

Dans $\mathbb{C}$, un polynôme de degré n admet au plus n racines.

Exemples

$P(z) = 6z^2 + 5z - 3$ est de degré 2, donc il admet au plus 2 racines.
$Q(z) = 3z^5 + 1$ est de degré 5, donc il admet au plus 5 racines.
$R(z) = P(z) \times Q(z)$ est de degré 7, donc il admet au plus 7 racines.

Exercices résolus

1. Factoriser un polynôme de degré supérieur à deux

ÉNONCÉ

On considère le polynôme $P(z) = z^3 + z^2 + 2z + 2$.

1. Vérifier que -1 est une racine de P.
2. En déduire une factorisation de P.

CORRIGÉ

1. $P(-1) = (-1)^3 + (-1)^2 + 2 \times (-1) + 2 = -1 + 1 - 2 + 2 = 0$
Donc $\alpha = -1$ est une racine de P.

2. D'après la propriété du paragraphe 2.1, on peut factoriser $P(z)$ par $z - \alpha$.
$P(z) = (z - (-1))Q(z)$ avec $\deg Q = 2$ donc $Q(z) = az^2 + bz + c$.
$P(z) = (z + 1)(az^2 + bz + c) = az^3 + bz^2 + cz + az^2 + bz + c$
$P(z) = az^3 + (a + b)z^2 + (b + c)z + c$

Ainsi, $\begin{cases} a = 1 \\ a + b = 1 \\ b + c = 2 \\ c = 2 \end{cases}$ d'où $\begin{cases} a = 1 \\ b = 0 \\ c = 2 \end{cases}$ et $P(z) = (z + 1)(z^2 + 2)$

On détermine alors les racines du polynôme $Q(z) = z^2 + 2$.
$z^2 + 2 = 0 \Leftrightarrow z^2 = -2 \Leftrightarrow z = -\mathrm{i}\sqrt{2}$ ou $z = \mathrm{i}\sqrt{2}$.
Ainsi, $Q(z) = (z + \mathrm{i}\sqrt{2})(z - \mathrm{i}\sqrt{2})$.
Finalement, $P(z) = (z + 1)(z + \mathrm{i}\sqrt{2})(z - \mathrm{i}\sqrt{2})$.

Réflexe à avoir

On compare l'expression trouvée ici pour $P(z)$ à celle donnée par l'énoncé.

Remarque

Les solutions de $z^2 = -2$ sont les racines carrées de -2 dans $\mathbb{C}$.

2. Factoriser un polynôme de la forme $z^n - a^n$

ÉNONCÉ

Factoriser les polynômes suivants :

a. $P(z) = z^3 + 1$.

b. $R(z) = z^5 - 1$.

CORRIGÉ

a. $-1 = (-1)^3$ donc $P(z) = z^3 - (-1)^3$.
D'après le paragraphe 2.2, on a :
$P(z) = (z - (-1))(z^2 + (-1)z + (-1)^2)$
$P(z) = (z + 1)(z^2 - z + 1)$.

b. $1^5 = 1$ donc $R(z) = z^5 - 1^5$.
D'après le paragraphe 2.2, on a :
$R(z) = (z - 1)(z^4 + z^3 + z^2 + z + 1)$.

Remarques

Dans le cas de P, $\alpha = -1$.
Dans le cas de R, $\alpha = 1$.

Révision express

Les réflexes à avoir

- Comprendre que les racines carrées d'un nombre réel a sont les solutions de l'équation $z^2 = a$.
- Pour la recherche des racines ou de la factorisation de $az^2 + bz + c$, utiliser la même méthode que dans $\mathbb{R}$ (voir cours de Première Spécialité Mathématiques). Il faut juste ajouter le cas où $\Delta < 0$ et utiliser alors $\pm i\sqrt{-\Delta}$ dans l'expression des racines z_1 et z_2.
- Dans un énoncé, lorsqu'on parle de « racine évidente », on sous-entend l'un des nombres suivants : ± 2 ; ± 1 ; 0 ; $\pm$ i. Quand on demande de démontrer qu'un polynôme P possède une « racine évidente », il faut donc vérifier que $P(\alpha) = 0$ où α est l'une de ces valeurs.
- Lorsqu'un énoncé parle d'un polynôme $P(z) = z^n + M$, penser à écrire M sous la forme $-\alpha^n$ afin d'appliquer la propriété du paragraphe 2.2.
- Si on connaît n racines d'un polynôme de degré n, c'est qu'on connaît toutes les racines de ce polynôme (voir la propriété du paragraphe 2.3).

Les pièges à éviter

- On ne parle pas du signe de $az^2 + bz + c$ dans $\mathbb{C}$ car les nombres complexes (non réels) n'ont pas de signe.
- Lorsque $P(\alpha) = 0$, $P(z)$ se factorise par $z - \alpha$ (et non pas $z + \alpha$).

MATHS EXPERTES

Quiz

*Pour chaque question, une seule réponse proposée (**a**, **b** ou **c**) est exacte.*

1. Dans $\mathbb{C}$, les racines carrées de -100 :
☐ **a.** sont -100 et 100 ☐ **b.** sont $-10i$ et $10i$ ☐ **c.** n'existent pas

2. Dans $\mathbb{C}$, l'équation $z^2 + 4z + 5 = 0$ a pour solutions :
☐ **a.** $-2 - i$ et $-2 + i$ ☐ **b.** -4 et 0 ☐ **c.** $2 - i$ et $2 + i$

3. Dans $\mathbb{C}$, le polynôme $P(z) = 7z^2 - 14z + 14$ se factorise en :
☐ **a.** $(7z + 1 - i)(7z - 1 + i)$ ☐ **b.** $7z(z - i)$ ☐ **c.** $7(z - 1 + i)(z - 1 - i)$

4. Une racine évidente du polynôme $P(z) = z^3 + 4z^2 - 3$ est :
☐ **a.** -2 ☐ **b.** -1 ☐ **c.** 1

5. Le polynôme précédent $P(z) = z^3 + 4z^2 - 3$ se factorise en :
☐ **a.** $(z - 1)Q(z)$ avec $\deg Q = 2$ ☐ **b.** $(z + 1)Q(z)$ avec $\deg Q = 2$ ☐ **c.** $(z + 1)Q(z)$ avec $\deg Q = 3$

6. Le polynôme $P(z) = z^3 + 27$ se factorise en :
☐ **a.** $(z + 3)(z^2 - 3z + 9)$ ☐ **b.** $(z - 3)(z^2 - 3z + 9)$ ☐ **c.** $(z + 3)(z^2 + 3z + 9)$

→ Réponses p. 501

EXERCICE 1

Résoudre une équation de degré 2 dans $\mathbb{C}$

Énoncé

Résoudre dans $\mathbb{C}$ l'équation $(z^2 - z - 6)(z^2 + 4z + 5) = 0$.

Méthode

Dans $\mathbb{C}$ (tout comme dans $\mathbb{R}$), un produit de facteurs est nul si, et seulement si, l'un des facteurs est nul. Il faut donc résoudre deux équations grâce à la méthode du discriminant.

Corrigé

$(z^2 - z - 6)(z^2 + 4z + 5) = 0 \Leftrightarrow z^2 - z - 6 = 0$ ou $z^2 + 4z + 5 = 0$.

Pour $z^2 - z - 6 = 0$:

$\Delta = (-1)^2 - 4 \times 1 \times (-6) = 25 > 0$ donc les solutions sont :

$$x_1 = \frac{1-\sqrt{25}}{2} = \frac{1-5}{2} = -2 \text{ et } x_2 = \frac{1+\sqrt{25}}{2} = \frac{1+5}{2} = 3$$

Pour $z^2 + 4z + 5 = 0$:

$\Delta = 4^2 - 4 \times 1 \times 5 = -4 < 0$ donc les solutions sont :

$$z_1 = \frac{-4-2i}{2} = -2-i \text{ et } z_2 = \frac{-4+2i}{2} = -2+i$$

Les solutions de l'équation $(z^2 - z - 6)(z^2 + 4z + 5) = 0$ sont donc : -2, 3, $-2 - i$ et $-2 + i$.

Réflexe à avoir
Penser à vérifier que les solutions z_1 et z_2 sont conjuguées, c'est-à-dire que $z_1 = \overline{z_2}$.

EXERCICE 2

Factoriser un polynôme du type $z^n - a^n$

Énoncé

1. Écrire le nombre complexe $(2i)^5$ sous forme algébrique.

2. En déduire une factorisation du polynôme $P(z) = z^5 - 32i$.

Méthode

Le paragraphe 2.2 du cours parle de $z^n - \alpha^n$. Ainsi, lorsque le polynôme $P(z) = z^n - M$ est donné, il faut trouver α tel que $\alpha^n = M$.

Corrigé

1. $(2i)^5 = 2^5 \times i^5 = 32 \times i^4 \times i = 32i$.

2. D'après le **1.**, $P(z) = z^5 - (2i)^5$ et d'après le cours :

$P(z) = (z - 2i)(z^4 + 2iz^3 + (2i)^2z^2 + (2i)^3z + (2i)^4)$

$P(z) = (z - 2i)(z^4 + 2iz^3 - 4z^2 - 8iz + 16)$.

Rappel
$i^2 = -1$
donc $i^4 = (i^2)^2 = (-1)^2 = 1$.

EXERCICE 3

Trouver toutes les racines d'un polynôme

Énoncé

On considère le polynôme $P(z) = z^3 + (2 - 2i)z^2 + (5 - 4i)z - 10i$.

1. Vérifier que 2i est une racine du polynôme P.

2. Déterminer toutes les racines de P.

Méthode

Pour vérifier que α est une racine de P, il suffit de vérifier que $P(\alpha) = 0$.
On utilise la factorisation par $z - \alpha$ pour en déduire le polynôme Q de degré $\deg P - 1$.
On détermine ensuite les coefficients du polynôme Q afin de trouver ses racines.

Corrigé

1. $P(2i) = (2i)^3 + (2 - 2i) \times (2i)^2 + (5 - 4i) \times 2i - 10i$
$P(2i) = -8i + (2 - 2i) \times (-4) + 10i + 8 - 10i$
$P(2i) = -8i - 8 + 8i + 10i + 8 - 10i$
Donc $P(2i) = 0$ et 2i est une racine de P.

2. $P(z) = (z - 2i)Q(z)$ avec $\deg Q = 2$
$P(z) = (z - 2i)(az^2 + bz + c)$
$P(z) = az^3 + bz^2 + cz - 2iaz^2 - 2ibz - 2ic$
$P(z) = az^3 + (b - 2ia)z^2 + (c - 2ib)z - 2ic$
Or $P(z) = z^3 + (2 - 2i)z^2 + (5 - 4i)z - 10i$

donc $\begin{cases} a = 1 \\ b - 2ia = 2 - 2i \\ c - 2ib = 5 - 4i \\ -2ic = -10i \end{cases}$ d'où $\begin{cases} a = 1 \\ b = 2 \\ c = 5 \end{cases}$

Ainsi, $Q(z) = z^2 + 2z + 5$ et $P(z) = (z - 2i)(z^2 + 2z + 5)$.
On cherche ensuite les racines du polynôme Q.
$\Delta = 2^2 - 4 \times 1 \times 5 = -16 < 0$ donc les racines de Q sont :

$$z_1 = \frac{-2 - i\sqrt{16}}{2} = \frac{-2 - 4i}{2} = -1 - 2i \text{ et } z_2 = \frac{-2 + i\sqrt{16}}{2} = \frac{-2 + 4i}{2} = -1 + 2i.$$

Finalement, les racines de P sont : 2i, $-1 - 2i$ et $-1 + 2i$.

L'astuce du prof
Puisque $\deg Q = 2$, $Q(z)$ s'écrit $az^2 + bz + c$.
Et on sait, en utilisant Δ, trouver les racines de Q.

Gagnez des points !
On a trouvé 3 racines de P. Or P est un polynôme de degré 3 donc on sait qu'il n'existe pas d'autre racine de P.

MATHS EXPERTES

Chapitre 5 Nombres complexes et géométrie

1 Angle orienté de vecteurs et argument

De quoi s'agit-il ? On fait le lien entre un angle orienté entre deux vecteurs et un argument de l'affixe d'un vecteur.

1 Mesures d'un angle orienté de deux vecteurs

$\vec{u}$ et $\vec{v}$ désignent deux vecteurs non nuls du plan complexe muni du repère $(O\,;\overrightarrow{OU},\overrightarrow{OV})$.

On note M et N les points tels que $\vec{u}=\overrightarrow{OM}$ et $\vec{v}=\overrightarrow{ON}$.

$$(\vec{u}\,;\vec{v})=(\overrightarrow{OM}\,;\overrightarrow{ON})[2\pi]$$

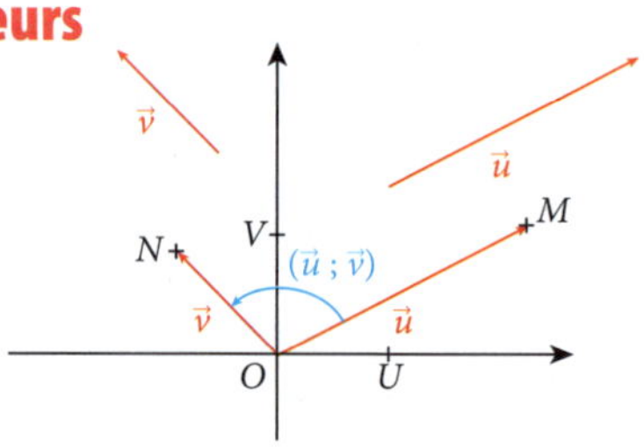

- **Propriétés**

> • Pour tous vecteurs $\vec{u},\vec{v}$ et $\vec{w}$ non nuls, $(\vec{u}\,;\vec{v})+(\vec{v}\,;\vec{w})=(\vec{u}\,;\vec{w})[2\pi]$
> • $\vec{u}$ et $\vec{v}$ colinéaires $\Leftrightarrow$ $(\vec{u}\,;\vec{v})=0[\pi]$.

Remarque
$(\vec{u}\,;\vec{v})=0[\pi]$
$\Leftrightarrow (\vec{u}\,;\vec{v})=0[2\pi]$
ou $(\vec{u}\,;\vec{v})=\pi[2\pi]$.

2 Lien avec les nombres complexes

- **Propriété**

> Pour A et B deux points d'affixes respectives z_A et z_B avec $z_A \neq z_B$.
> $$(\overrightarrow{OU}\,;\overrightarrow{AB})=\arg(z_B-z_A)[2\pi]$$

Exercice résolu

Calculer une mesure d'un angle orienté

ÉNONCÉ

Dans le plan complexe, on donne les points A, B et C d'affixes respectives $z_A = 1 + 2i$, $z_B = 2 + 3i$ et $z_C = 1+\sqrt{3}+i$.

1. Déterminer une mesure des angles orientés $(\overrightarrow{OU}\,;\overrightarrow{AB})$ et $(\overrightarrow{OU}\,;\overrightarrow{BC})$.

2. En déduire une mesure de l'angle orienté $(\overrightarrow{AB}\,;\overrightarrow{BC})$.

CORRIGÉ

1. • $z_B - z_A = (2 + 3i) - (1 + 2i) = 1 + i$.

$$|z_B-z_A|=\sqrt{1^2+1^2}=\sqrt{2} \text{ donc } z_B-z_A=\sqrt{2}\left(\frac{\sqrt{2}}{2}+i\frac{\sqrt{2}}{2}\right)=\sqrt{2}\left(\cos\frac{\pi}{4}+i\sin\frac{\pi}{4}\right).$$

•••

•••

Ainsi, $(\overrightarrow{OU}\,;\overrightarrow{AB}) = \arg(z_B - z_A)\left[2\pi\right]$ donc $(\overrightarrow{OU}\,;\overrightarrow{AB}) = \frac{\pi}{4}\left[2\pi\right]$.

• $z_C - z_B = (1+\sqrt{3}+\mathrm{i}) - (1+2\mathrm{i}) = \sqrt{3} - \mathrm{i}$.

$|z_C - z_B| = \sqrt{\sqrt{3}^2 + (-1)^2} = \sqrt{4} = 2$

donc $z_C - z_B = 2\left(\frac{\sqrt{3}}{2} + \mathrm{i}\left(-\frac{1}{2}\right)\right) = 2\left(\cos\left(-\frac{\pi}{6}\right) + \mathrm{i}\sin\left(-\frac{\pi}{6}\right)\right)$.

Ainsi, $(\overrightarrow{OU}\,;\overrightarrow{BC}) = \arg(z_C - z_B)[2\pi]$ donc $(\overrightarrow{OU}\,;\overrightarrow{BC}) = -\frac{\pi}{6}[2\pi]$.

2. D'après la relation de Chasles,

$(\overrightarrow{AB}\,;\overrightarrow{BC}) = (\overrightarrow{AB}\,;\overrightarrow{OU}) + (\overrightarrow{OU}\,;\overrightarrow{BC})$

$(\overrightarrow{AB}\,;\overrightarrow{BC}) = -(\overrightarrow{OU}\,;\overrightarrow{AB}) + (\overrightarrow{OU}\,;\overrightarrow{BC})$

$(\overrightarrow{AB}\,;\overrightarrow{BC}) = -\frac{\pi}{4} + \left(-\frac{\pi}{6}\right) = -\frac{5\pi}{12}[2\pi]$.

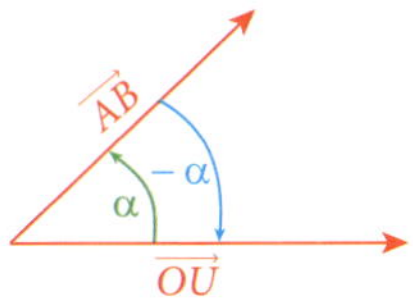

L'astuce du prof
On peut retenir que $(\vec{u}\,;\vec{v}) = -(\vec{v}\,;\vec{u})$.

MATHS EXPERTES

2 Module, arguments et géométrie

De quoi s'agit-il ? On traduit des propriétés de géométrie plane (sur des longueurs ou des angles) par des propriétés sur des nombres complexes (sur les modules et les arguments).

1 Propriétés sur les modules et les arguments

• **Propriétés** (avec deux points)

A et B désignent deux points d'affixes respectives z_A et z_B telles que $z_A \neq z_B$.
• $AB = |z_B - z_A|$
• $(\overrightarrow{OU}\,;\overrightarrow{AB}) = \arg(z_B - z_A)\left[2\pi\right]$

• **Propriétés** (avec trois points)

A, B et C désignent trois points d'affixes respectives z_A, z_B et z_C telles que $z_A \neq z_B$ et $z_A \neq z_C$.

$$\frac{AC}{AB} = \left|\frac{z_C - z_A}{z_B - z_A}\right|$$

$$(\overrightarrow{AB}\,;\overrightarrow{AC}) = \arg\left(\frac{z_C - z_A}{z_B - z_A}\right)\left[2\pi\right]$$

Remarques :
• $AC = AB \Leftrightarrow A$ appartient à la médiatrice de $[BC]$.
• $(AB) \perp (AC) \Leftrightarrow \arg\left(\frac{z_C - z_A}{z_B - z_A}\right) = \frac{\pi}{2}[\pi] \Leftrightarrow \frac{z_C - z_A}{z_B - z_A}$ est un imaginaire pur.
• A, B, C alignés $\Leftrightarrow \arg\left(\frac{z_C - z_A}{z_B - z_A}\right) = 0[\pi] \Leftrightarrow \frac{z_C - z_A}{z_B - z_A}$ est un nombre réel.

2 Racines n-ièmes de l'unité

• Définition et notation

Une **racine n-ième de l'unité** est une solution dans $\mathbb{C}$ de l'équation $z^n = 1$.
L'ensemble des racines n-ièmes de l'unité se note $\mathbb{U}_n$.

• Propriétés

- Les racines n-ièmes de l'unité sont les nombres complexes $e^{\frac{2ik\pi}{n}}$ avec $0 \leqslant k < n$.
- Pour tout nombre entier $n \geqslant 3$, les racines n-ièmes de l'unité sont les affixes des sommets du polygone régulier à n sommets inscrit dans le cercle de centre O et de rayon 1, et dont l'un des sommets est le point U d'affixe 1.

Exercices résolus

1. Démontrer l'alignement de points

ÉNONCÉ

Dans le plan complexe, on donne les points A, B et C d'affixes respectives $z_A = -2 + 2i$, $z_B = 4 + 4i$ et $z_C = 7 + 5i$.
Démontrer que les points A, B et C sont alignés.

CORRIGÉ

$$\frac{z_C - z_A}{z_B - z_A} = \frac{(7+5i)-(-2+2i)}{(4+4i)-(-2+2i)} = \frac{9+3i}{6+2i} = \frac{3(3+i)}{2(3+i)} = \frac{3}{2}.$$

Or $\frac{3}{2} \in \mathbb{R}$ donc $\arg\left(\frac{z_C - z_A}{z_B - z_A}\right) = 0\left[\pi\right]$.

On en déduit que les points A, B et C sont alignés.

2. Déterminer les racines n-ièmes de l'unité

ÉNONCÉ

Déterminer les racines cinquièmes de l'unité.

CORRIGÉ

D'après les propriétés du paragraphe 2.2, les racines cinquièmes de l'unité sont :
1 ; $e^{\frac{2i\pi}{5}}$; $e^{\frac{4i\pi}{5}}$; $e^{\frac{6i\pi}{5}}$; $e^{\frac{8i\pi}{5}}$.

Révision express

Les réflexes à avoir

- Ne pas hésiter à tracer des vecteurs pour mieux visualiser des angles orientés de vecteurs tels que $(\vec{u};\vec{v})$, $(\vec{v};\vec{u})$, $(-\vec{u};\vec{v})$...
- Il faut être capable de traduire en termes de vecteurs, puis d'affixes, des propriétés usuelles de géométrie, par exemple :

$$ABC \text{ triangle rectangle en } A \Leftrightarrow (AB)\perp(AC) \Leftrightarrow \arg\left(\frac{z_C - z_A}{z_B - z_A}\right) = \frac{\pi}{2}[\pi]$$

$$ABC \text{ triangle isocèle en } A \Leftrightarrow AB = AC \Leftrightarrow \frac{|z_C - z_A|}{|z_B - z_A|} = 1$$

$$ABCD \text{ parallélogramme} \Leftrightarrow \overrightarrow{AB} = \overrightarrow{DC} \Leftrightarrow z_B - z_A = z_C - z_D$$

- Penser à associer les racines n-ièmes de l'unité aux polygones réguliers.

Le piège à éviter

Attention à ne pas échanger le numérateur et le dénominateur dans la formule $(\overrightarrow{AB};\overrightarrow{AC}) = \arg\left(\frac{z_C - z_A}{z_B - z_A}\right)[2\pi]$.

MATHS EXPERTES

Quiz

*Pour chaque question, une seule réponse proposée (**a**, **b** ou **c**) est exacte.*

On travaille dans le plan complexe muni du repère orthonormé direct $(O;\overrightarrow{OU},\overrightarrow{OV})$.

1. On donne $(\overrightarrow{MN};\overrightarrow{MP}) = \frac{\pi}{2}[2\pi]$. On en déduit que :

☐ **a.** M, N et P sont alignés ☐ **b.** $(MN)\perp(MP)$ ☐ **c.** $(MN)//(MP)$

2. On donne $z_A = 1 - 2\mathrm{i}\sqrt{3}$ et $z_B = -\mathrm{i}\sqrt{3}$. On en déduit que :

☐ **a.** $(\overrightarrow{OU};\overrightarrow{AB}) = \frac{2\pi}{3}[2\pi]$ ☐ **b.** $(\overrightarrow{OU};\overrightarrow{AB}) = \frac{\pi}{3}[2\pi]$ ☐ **c.** $(\overrightarrow{OU};\overrightarrow{AB}) = -\frac{\pi}{3}[2\pi]$

3. $z = \mathrm{e}^{\frac{2\mathrm{i}\pi}{3}}$ est une racine troisième de l'unité et une racine sixième de l'unité.

☐ **a.** Faux ☐ **b.** Vrai ☐ **c.** On ne peut pas savoir

4. Une racine septième de l'unité est :

☐ **a.** $\mathrm{e}^{7\mathrm{i}\pi}$ ☐ **b.** $\mathrm{e}^{\frac{7\mathrm{i}\pi}{2}}$ ☐ **c.** $\mathrm{e}^{\frac{4\mathrm{i}\pi}{7}}$

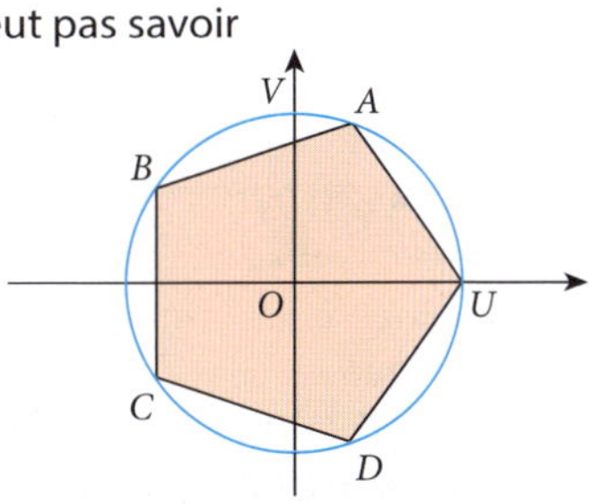

5. On considère le pentagone régulier ci-contre. L'affixe du point A est :

☐ **a.** $\mathrm{e}^{\frac{\mathrm{i}\pi}{5}}$ ☐ **b.** $\mathrm{e}^{\frac{2\mathrm{i}\pi}{5}}$ ☐ **c.** $\mathrm{e}^{\frac{4\mathrm{i}\pi}{5}}$

6. On considère le pentagone régulier ci-contre. L'affixe du point C est :

☐ **a.** $\mathrm{e}^{\frac{4\mathrm{i}\pi}{5}}$ ☐ **b.** $\mathrm{e}^{\frac{6\mathrm{i}\pi}{5}}$ ☐ **c.** $\mathrm{e}^{\frac{8\mathrm{i}\pi}{5}}$

→ Réponses p. 501

EXERCICE 1

Déterminer un ensemble de points

Énoncé

On travaille dans le plan complexe muni du repère $(O\,;\overrightarrow{OU},\overrightarrow{OV})$. Pour chaque question, déterminer et construire l'ensemble des points M d'affixe z qui vérifient la relation indiquée.

1. $|z-2+3i|=|z+1-2i|$ **2.** $|z-3-3i|=2$

Méthode

- Penser à écrire les relations données sous la forme $z-z_A$, en précisant z_A.
- Les trois situations fréquentes sont les suivantes :

1 $|z-z_A|=|z-z_B| \Leftrightarrow AM=BM \Leftrightarrow M$ appartient à la médiatrice de $[AB]$.

2 $|z-z_A|=r$ (avec $r>0$) $\Leftrightarrow AM=r \Leftrightarrow M$ appartient au cercle de centre A et de rayon r.

3 $\arg(z-z_A)=\theta[2\pi]$ (avec $z\neq z_A$) $\Leftrightarrow (\overrightarrow{OU};\overrightarrow{AM})=\theta[2\pi]$

$\Leftrightarrow M$ appartient à la demi-droite $]AX)$ avec $(\overrightarrow{OU};\overrightarrow{AX})=\theta[2\pi]$.

Corrigé

1. On pose $z_A=2-3i$ et $z_B=-1+2i$. Ainsi, $z-2+3i=z-z_A$ et $z+1-2i=z-z_B$.

Donc $|z-2+3i|=|z+1-2i| \Leftrightarrow |z-z_A|=|z-z_B| \Leftrightarrow AM=BM$

$\Leftrightarrow M$ appartient à la médiatrice de $[AB]$.

2. On pose $z_C=3+3i$. Ainsi, $z-3-3i=z-z_C$.

Donc $|z-3-3i|=2 \Leftrightarrow |z-z_C|=2 \Leftrightarrow CM=2$

$\Leftrightarrow M$ appartient au cercle de centre C et de rayon 2.

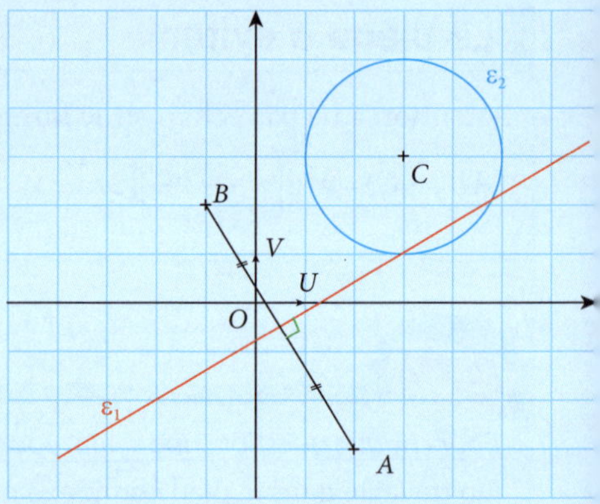

EXERCICE 2

Étudier la nature d'une figure

Énoncé

On travaille dans le plan complexe muni du repère $(O\,;\overrightarrow{OU},\overrightarrow{OV})$.

1. A, B, C et D sont les points d'affixes respectives $z_A=-2-i$, $z_B=2i$, $z_C=4+i$ et $z_D=2-2i$.

Démontrer que le quadrilatère $ABCD$ est un parallélogramme.

2. E, F et G sont les points d'affixes respectives $z_E=6+i$, $z_F=9+2i$ et $z_G=7-2i$.

Démontrer que le triangle EFG est rectangle isocèle en E.

Méthode

- Utiliser le lien entre nombres complexes et géométrie (voir propriétés du paragraphe 2.1 et remarques).
- Caractériser la figure à l'aide de propriétés sur les vecteurs et/ou les longueurs et/ou les angles.

Par exemple, $ABCD$ parallélogramme $\Leftrightarrow \overrightarrow{AB}=\overrightarrow{DC}$ ou encore EFG triangle rectangle isocèle en E $\Leftrightarrow EF=EG$ et $(EF)\perp(EG)$…

Corrigé

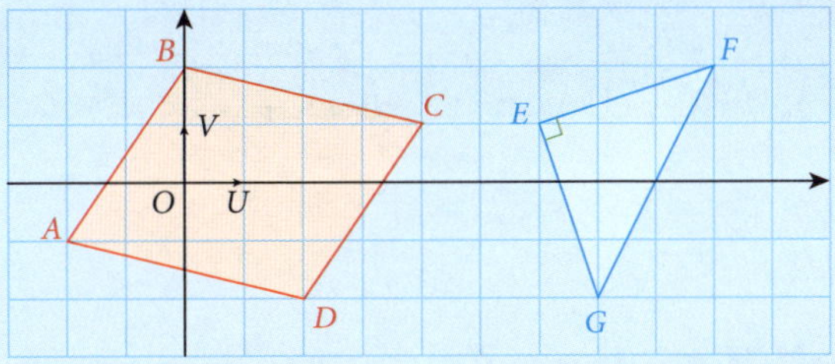

1. $ABCD$ parallélogramme $\Leftrightarrow \overrightarrow{AB} = \overrightarrow{DC}$
$\Leftrightarrow z_B - z_A = z_C - z_D$.
Or $z_B - z_A = (2\text{i}) - (-2 - \text{i}) = 2 + 3\text{i}$
et $z_C - z_D = (4 + \text{i}) - (2 - 2\text{i}) = 2 + 3\text{i}$.
Il y a égalité, donc $ABCD$ est un parallélogramme.

2. $$\frac{z_G - z_E}{z_F - z_E} = \frac{(7-2\text{i})-(6+\text{i})}{(9+2\text{i})-(6+\text{i})} = \frac{1-3\text{i}}{3+\text{i}} = \frac{(1-3\text{i})(3-\text{i})}{(3+\text{i})(3-\text{i})} = \frac{3-\text{i}-9\text{i}+3\text{i}^2}{3^2+1^2} = \frac{-10\text{i}}{10} = -\text{i} = \text{e}^{-\text{i}\frac{\pi}{2}}.$$

Ainsi, $\left|\dfrac{z_G - z_E}{z_F - z_E}\right| = \dfrac{EG}{EF} = \left|\text{e}^{-\text{i}\frac{\pi}{2}}\right| = 1$ donc $EG = EF$

et $\arg\left(\dfrac{z_G - z_E}{z_F - z_E}\right) = \arg\left(\text{e}^{-\text{i}\frac{\pi}{2}}\right) = (\overrightarrow{EF};\overrightarrow{EG}) = -\dfrac{\pi}{2}[2\pi]$

donc $(EF) \perp (EG)$.
Finalement, le triangle EFG est rectangle isocèle en E.

L'astuce du prof
Même si cela n'est pas demandé, penser à placer les points dans un repère pour visualiser ce que l'on démontre.

MATHS EXPERTES

EXERCICE 3

Associer racines *n*-ièmes de l'unité et polygone régulier

Énoncé

On travaille dans le plan complexe muni du repère $(O\,;\overrightarrow{OU},\overrightarrow{OV})$.
Représenter le polygone dont les sommets ont pour affixes les racines sixièmes de l'unité.
Donner ces affixes sous forme exponentielle, puis sous forme algébrique.

Méthode

Utiliser le paragraphe 2.2 du cours et la dernière propriété pour tracer le polygone.

Corrigé

D'après le cours, les racines sixièmes de l'unité sont :

- $\text{e}^{\text{i}0} = \cos 0 + \text{i}\sin 0 = 1$
- $\text{e}^{\frac{2\text{i}\pi}{6}} = \text{e}^{\frac{\text{i}\pi}{3}} = \cos\frac{\pi}{3} + \text{i}\sin\frac{\pi}{3} = \frac{1}{2} + \text{i}\frac{\sqrt{3}}{2}$
- $\text{e}^{\frac{4\text{i}\pi}{6}} = \text{e}^{\frac{2\text{i}\pi}{3}} = \cos\frac{2\pi}{3} + \text{i}\sin\frac{2\pi}{3} = -\frac{1}{2} + \text{i}\frac{\sqrt{3}}{2}$
- $\text{e}^{\frac{6\text{i}\pi}{6}} = \text{e}^{\text{i}\pi} = \cos\pi + \text{i}\sin\pi = -1$
- $\text{e}^{\frac{8\text{i}\pi}{6}} = \text{e}^{\frac{4\text{i}\pi}{3}} = \cos\frac{4\pi}{3} + \text{i}\sin\frac{4\pi}{3} = -\frac{1}{2} - \text{i}\frac{\sqrt{3}}{2}$
- $\text{e}^{\frac{10\text{i}\pi}{6}} = \text{e}^{\frac{5\text{i}\pi}{3}} = \cos\frac{5\pi}{3} + \text{i}\sin\frac{5\pi}{3} = \frac{1}{2} - \text{i}\frac{\sqrt{3}}{2}$.

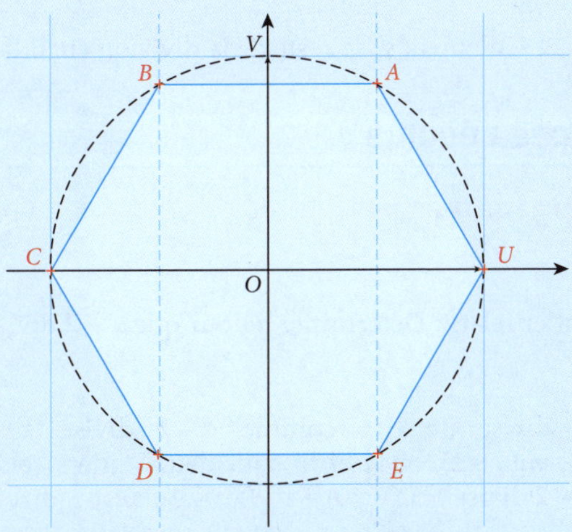

MATHS EXPERTES

Chapitre 6 Divisibilité et congruence

1 Divisibilité dans $\mathbb{Z}$

De quoi s'agit-il ? On donne un cadre plus théorique à la divisibilité d'un entier par un autre, puis on introduit la notion de division euclidienne.

1 Divisibilité de *a* par *b*

● **Définition**

a et b sont deux entiers relatifs, ***a* est divisible par *b*** s'il existe k dans $\mathbb{Z}$ tel que $a = kb$.

On dit aussi que ***b* divise *a*** ou que ***a* est un multiple de *b***.

Remarques
- 1 et – 1 divisent tout nombre relatif.
- Pour tout entier relatif a, a et $-a$ ont les mêmes diviseurs.

● **Propriétés**

a, b et c sont trois entiers relatifs.
- Si a divise b et b divise c, alors a divise c.
- Si a divise b et c, alors, pour tous entiers relatifs n et m, a divise $nb + mc$.

2 La division euclidienne

● **Théorème**

a est un entier relatif et b un entier naturel non nul.
Il existe un unique couple d'entiers relatifs $(q\,;r)$ tel que :
$$\boldsymbol{a = bq + r \text{ avec } 0 \leqslant r < b}$$

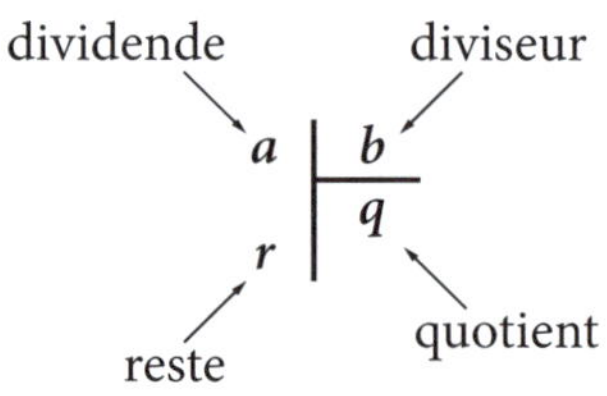

Cette opération, appelée **division euclidienne de *a* par *b***, peut être schématisée de la façon ci-contre.

● **Propriété**

b divise a si, et seulement si, le reste de la division euclidienne de a par b est nul.

Exercices résolus

1. Division de deux entiers

ÉNONCÉ

a est un entier relatif. Déterminer a pour que $a - 2$ divise $3a - 10$.

CORRIGÉ

• Si $a - 2$ divise $3a - 10$, comme $a - 2$ divise aussi $a - 2$, alors $a - 2$ divise $n(3a - 10) + m(a - 2)$, où n et m sont deux entiers relatifs. En particulier si $n = 1$ et $m = -3$, $a - 2$ divise $1(3a - 10) + (-3)(a - 2)$, c'est-à-dire que a divise -4.

•••

• Réciproquement, si $a-2$ divise -4, comme $a-2$ divise $a-2$, alors $a-2$ divise la somme $-4+3(a-2)$, soit $a-2$ divise $3a-10$.
Finalement, $a-2$ divise $3a-10 \Leftrightarrow a-2$ divise -4.
De plus, les diviseurs de -4 sont -4 ; -2 ; -1 ; 1 ; 2 et 4.
Donc, $a-2$ est l'un de ces nombres.
Ainsi, a est l'un des nombres suivants : -2 ; 0 ; 1 ; 3 ; 4 ; 6.

2. Division euclidienne dans $\mathbb{Z}$

ÉNONCÉ

1. Effectuer la division euclidienne de 13 par 3.
2. Effectuer la division euclidienne de -13 par 3.

CORRIGÉ

1. $13=3\times4+1$ et $0\leqslant 1\leqslant 3$.

$$\underset{a}{\uparrow}\quad\underset{b}{\uparrow}\quad\underset{q}{\uparrow}\quad\underset{r}{\uparrow}$$

La division euclidienne de 13 par 3 a pour quotient 4 et pour reste 1.

2. Comme $13=3\times4+1$, $-13=3\times(-4)-1$, mais -1 est un reste négatif, ce qui n'est pas possible.
Or, $-13=3\times(-5)+2$ avec $0\leqslant 2<3$.
La division euclidienne de -13 par 3 a pour quotient -5 et pour reste 2.

MATHS EXPERTES

2 Congruence dans $\mathbb{Z}$

De quoi s'agit-il ? **On définit une nouvelle relation entre deux entiers : la congruence.**

a et b désignent deux entiers relatifs et n un entier naturel tel que $n\geqslant 2$.

• Définition

a* est congru à *b* modulo *n lorsque a et b ont le même reste dans la division euclidienne par n. On note alors $a\equiv b\ [n]$.

Remarque :
Ainsi, $a=nq+r$ avec $0\leqslant r<n$ et $b=nq'+r$ avec $0\leqslant r<n$.
Donc $a-b=n(q-q')$ et $a-b$ est donc divisible par n.
Finalement, $a\equiv b\ [n]\Leftrightarrow a-b$ est divisible par n.

• Propriétés

- $a\equiv b\ [n]$ si, et seulement si, $b\equiv a\ [n]$.
- Si $a\equiv b\ [n]$ et $b\equiv c\ [n]$, alors $a\equiv c\ [n]$.
- Si $a\equiv b\ [n]$ et $a'\equiv b'\ [n]$, alors $a+a'\equiv b+b'\ [n]$ et $a\times a'\equiv b\times b'\ [n]$.
De plus, pour tout entier naturel p, $a^p\equiv b^p\ [n]$.

Exercices résolus

1. Parité et congruence

ÉNONCÉ

Montrer, avec la congruence, que la somme de deux entiers impairs est paire.

CORRIGÉ

Si a et b sont deux entiers impairs, alors les restes de leurs divisions euclidiennes respectives par 2 sont égaux à 1.
Autrement dit, $a \equiv 1\ [2]$ et $b \equiv 1\ [2]$, donc $a + b \equiv 1 + 1\ [2]$, soit $a + b \equiv 2\ [2]$ et donc $a + b \equiv 0\ [2]$.
Ainsi, 2 divise $a + b$, donc $a + b$ est pair.

2. Résolution d'équation

ÉNONCÉ

Résoudre dans $\mathbb{Z}$ l'équation $3x \equiv -1[5]$.

CORRIGÉ

On dresse un tableau de congruence modulo 5.

x	0	1	2	3	4
$3x$	0	3	6	9	12
$3x$	0	3	−1	4	2

← Modulo 5, les seuls restes possibles sont 0, 1, 2, 3 ou 4.

← $6 \equiv -1[5]$; $9 \equiv 4[5]$; $12 \equiv 2[5]$.

Ainsi, $3x \equiv -1[5]$ lorsque $x \equiv 2[5]$.
Donc les solutions dans $\mathbb{Z}$ sont les nombres qui s'écrivent $x = 5q + 2$ avec $q \in \mathbb{Z}$.

Réflexe à avoir
$a \equiv b[n] \Leftrightarrow a = nq + b$ avec $q \in \mathbb{Z}$.

3. Calculer un reste

ÉNONCÉ

Calculer le reste de la division euclidienne de 7^{213} par 50.

CORRIGÉ

$7^2 = 49$ et $49 \equiv -1[50]$ donc $7^2 \equiv -1[50]$.
Or $213 = 2 \times 106 + 1$, donc $7^{213} = (7^2)^{106} \times 7^1 = (7^2)^{106} \times 7$.
Ainsi, $7^{213} \equiv (-1)^{106} \times 7[50]$ et $7^{213} \equiv 1 \times 7[50]$.
On en déduit que $7^{213} \equiv 7[50]$.
Finalement, le reste de la division euclidienne de 7^{213} par 50 est 7.

Réflexe à avoir
On cherche une puissance k telle que $7^k \equiv 1[50]$ ou $7^k \equiv -1[50]$.

Révision express

Les réflexes à avoir

- Connaître la définition et les propriétés de la divisibilité d'un entier par un autre, et, en particulier : si a divise b et c, alors a divise $nb + mc$ pour tous entiers m et n.
- Savoir effectuer une division euclidienne.
- Connaître la définition et les propriétés de la congruence.
- Savoir interpréter la congruence : $a \equiv b[n] \Leftrightarrow a = nq + b \Leftrightarrow a - b$ est divisible par $n \Leftrightarrow a$ et b ont même reste dans la division euclidienne par n.

Les pièges à éviter

- Dans la division euclidienne de a par b, il faut que b soit un entier naturel non nul et que $0 \leqslant r < b$.
- Beaucoup de propriétés du cours sont des implications et non des équivalences. Par exemple, $a^2 \equiv b^2[n]$ n'implique pas $a \equiv b[n]$.
- Selon les énoncés, on demande de travailler avec des entiers naturels (donc dans $\mathbb{N}$) ou avec des entiers relatifs (donc dans $\mathbb{Z}$).

Quiz

*Pour chaque question, une seule réponse proposée (**a**, **b** ou **c**) est exacte.*

1. Dans $\mathbb{N}$, les diviseurs de 18 sont :
   ☐ **a.** 1 ; 9 ; 18 ☐ **b.** 1 ; 2 ; 3 ; 6 ; 18 ☐ **c.** 1 ; 2 ; 3 ; 6 ; 9 ; 18

2. Dans $\mathbb{Z}$, le nombre 15 possède :
   ☐ **a.** 4 diviseurs ☐ **b.** 8 diviseurs ☐ **c.** 9 diviseurs

3. a est un entier naturel qui divise 3 et 7. On en déduit que :
   ☐ **a.** $a = 3$ ☐ **b.** $a = 7$ ☐ **c.** $a = 1$

4. Modulo 7, 10 000 est congru à :
   ☐ **a.** 3 ☐ **b.** 4 ☐ **c.** 5

5. Modulo 15, 2^{41} est congru à :
   ☐ **a.** 1 ☐ **b.** 2 ☐ **c.** 4

6. Si a divise $2n + 5$ et $3n - 1$, alors a divise :
   ☐ **a.** 4 ☐ **b.** 6 ☐ **c.** 17

7. Les solutions dans $\mathbb{Z}$ de l'équation $5x + 1 \equiv 0[4]$ s'écrivent :
   ☐ **a.** $4q + 3$ avec $q \in \mathbb{Z}$ ☐ **b.** $4q + 2$ avec $q \in \mathbb{Z}$ ☐ **c.** $4q + 1$ avec $q \in \mathbb{Z}$

→ Réponses p. 501

EXERCICE 1

Utiliser les propriétés des congruences

Énoncé

Démontrer que $1\,212^{431} - 1$ est divisible par 7.

Méthode

- Traduire la notion de divisibilité par une congruence.
- Utiliser les propriétés sur la congruence.

Corrigé

$1\,212^{431} - 1$ divisible par 7 signifie que $1\,212^{431} - 1 \equiv 0\ [7]$, soit $1\,212^{431} \equiv 1\ [7]$.
La division euclidienne de 1 212 par 7 donne :
$1\,212 = 7 \times 173 + 1$ donc $1\,212 \equiv 1\ [7]$.
Donc, $1\,212^{431} \equiv 1^{431}\ [7]$.
D'où, $1\,212^{431} \equiv 1\ [7]$.
Ainsi, $1\,212^{431} - 1$ est divisible par 7.

EXERCICE 2

Résoudre une équation en utilisant les diviseurs

Énoncé

Déterminer tous les couples $(x\,;y)$ d'entiers naturels tels que $x\,(3x - y) = 5$.

Méthode

L'équation du type $X \times Y = k$ montre que X et Y sont des diviseurs de k. On dresse la liste des diviseurs de k et on en déduit les valeurs possibles pour X et Y.

Corrigé

L'équation est de la forme $X \times Y = k$ avec $X = x$, $Y = 3x - y$, $k = 5$.
Les diviseurs dans $\mathbb{N}$ de 5 sont 1 et 5.

On en déduit que $\begin{cases} X = 1 \\ Y = 5 \end{cases}$ ou $\begin{cases} X = 5 \\ Y = 1 \end{cases}$

ce qui se traduit par $\begin{cases} x = 1 \\ 3x - y = 5 \end{cases}$ ou $\begin{cases} x = 5 \\ 3x - y = 1 \end{cases}$

Avec le 1er système, on obtient $x = 1$ et $y = -2$, ce qui n'est pas possible car x et y doivent être des entiers naturels.
Avec le 2nd système, on obtient $x = 5$ et $y = 14$, ce qui est un couple solution.
Finalement, le couple $(5\,;14)$ est l'unique solution dans $\mathbb{N}$ de l'équation $x(3x - y) = 5$.

Chapitre 7

PGCD. Théorèmes de Bézout et de Gauss

1 PGCD de deux entiers relatifs non nuls

De quoi s'agit-il ? On introduit ici la notion de plus grand diviseur commun à deux entiers relatifs non nuls et quelques-unes de ses propriétés.

1 Algorithme d'Euclide

• **Définition**

a et b désignent deux entiers relatifs non nuls.
Le **PGCD de *a* et *b*** est le plus grand diviseur commun à a et b. On le note PGCD$(a\,;b)$.

• **Algorithme d'Euclide**

a, b, q et r désignent des entiers relatifs non nuls.
Si $a = bq + r$, alors PGCD$(a\,;b)$ = PGCD$(b\,;r)$.

Remarque :
Le PGCD de a et b est le dernier reste non nul r, obtenu en appliquant l'algorithme d'Euclide.

2 Propriétés du PGCD

• **Propriétés**

a, b et k désignent des entiers relatifs non nuls.
• Tout diviseur commun à a et b divise PGCD$(a\,;b)$.
• PGCD$(ka\,;kb) = k \times$ PGCD$(a\,;b)$
• Si k est un diviseur commun à a et b, alors $k \times \text{PGCD}\left(\frac{a}{k}\,;\frac{b}{k}\right) = \text{PGCD}(a\,;b)$.

Exercices résolus

1. Algorithme d'Euclide

ÉNONCÉ

1. Noter toutes les divisions euclidiennes utiles dans l'algorithme d'Euclide avec 663 et 425.
2. En déduire le PGCD de 663 et 425.

•••

MATHS EXPERTES

CORRIGÉ

1.

Étape	a : dividende	b : diviseur	r : reste
1	663	425	238
2	425	238	187
3	238	187	51
4	187	51	34
5	51	34	17
6	34	17	0

① On divise a par b et on obtient le reste r.
② Si ce reste est nul, l'algorithme se termine.
③ Sinon, on remplace a par b, b par r et on recommence.

Remarque
Le PGCD est le dernier reste non nul dans l'algorithme d'Euclide.

2. Ainsi, on obtient :
PGCD (663 ; 425) = PGCD (425 ; 238) = … = PGCD (34 ; 17) = 17.

2. Utiliser le PGCD

ÉNONCÉ

Déterminer les entiers naturels non nuls n inférieurs à 40 tels que PGCD (n ; 35) = 7.

CORRIGÉ

Puisque PGCD (n ; 35) = 7, c'est que $7|35$ et $7|n$ donc n est un multiple de 7.
Ainsi, $n = 7q$ avec q entier naturel non nul.
- Pour $q = 1$, $n = 7$ et PGCD (7 ; 35) = 7.
- Pour $q = 2$, $n = 14$ et PGCD (14 ; 35) = 7.
- Pour $q = 3$, $n = 21$ et PGCD (21 ; 35) = 7.
- Pour $q = 4$, $n = 28$ et PGCD (28 ; 35) = 7.
- Pour $q = 5$, $n = 35$ et PGCD (35 ; 35) = 35 donc $n = 35$ ne convient pas.
- Pour $q = 6$, $n = 42$ et $42 > 40$. Les solutions sont donc 7 ; 14 ; 21 et 28.

2 Théorèmes de Bézout et de Gauss

De quoi s'agit-il ? On définit la notion de nombres premiers entre eux. Puis, à l'aide de deux théorèmes fondamentaux, on relie les notions précédentes.

1 Nombres premiers entre eux

• Définition

a et b désignent deux entiers relatifs non nuls.
a et b sont **premiers entre eux** lorsque PGCD (a ; b) = 1.

• Propriété

a et b désignent deux entiers relatifs non nuls.
Les entiers $\dfrac{a}{\text{PGCD}(a\,;b)}$ et $\dfrac{b}{\text{PGCD}(a\,;b)}$ sont premiers entre eux.

Remarque

$$\text{PGCD}\left(\frac{a}{\text{PGCD}(a\,;b)}\,;\frac{b}{\text{PGCD}(a\,;b)}\right)=1$$

2 Théorème de Bézout

• Identité de Bézout

a et b désignent deux entiers relatifs non nuls.
Si $d = \text{PGCD}(a\,;\,b)$, alors il existe des entiers relatifs u et v tels que $au + bv = d$.

• Théorème de Bézout

a et b désignent deux entiers relatifs non nuls.
a et b sont premiers entre eux $\Leftrightarrow$ il existe des entiers relatifs u et v tels que $au + bv = 1$.

Piège à éviter

Attention, l'identité de Bézout est une implication (si…, alors…), tandis que le théorème de Bézout est une équivalence.

3 Théorème de Gauss

• Théorème de Gauss

a, b et c désignent trois entiers relatifs non nuls.
Si $a|bc$ et si a et b sont premiers entre eux, alors $a|c$.

• Conséquence

a, b et c désignent trois entiers relatifs non nuls.
Si $a|c$ et si $b|c$ et si a et b sont premiers entre eux, alors $ab|c$.

Exercices résolus

1. Démontrer que deux nombres sont premiers entre eux

ÉNONCÉ

Démontrer que, pour tout entier naturel n, $7n + 3$ et $5n + 2$ sont premiers entre eux.

CORRIGÉ

D'après le théorème de Bézout, $7n + 3$ et $5n + 2$ sont premiers entre eux si, et seulement s'il existe un couple d'entiers relatifs $(u\,;\,v)$ tels que $(7n + 3)u + (5n + 2)v = 1$.
On choisit $u = 5$ et $v = -7$ afin d'éliminer les n.
On obtient : $5(7n + 3) + (-7)(5n + 2) = 35n + 15 - 35n - 14 = 1$.
Donc, le couple $(u\,;\,v)$ existe et ainsi $7n + 3$ et $5n + 2$ sont premiers entre eux pour tout entier naturel n.

2. Utiliser le théorème de Gauss

ÉNONCÉ

n désigne un entier naturel tel que $2|7(n - 1)$.
Démontrer que n est un nombre impair.

CORRIGÉ

$\text{PGCD}(2\,;\,7) = 1$ donc 2 et 7 sont premiers entre eux.
Or $2|7(n - 1)$ donc, d'après le théorème de Gauss, $2|n - 1$.
Ainsi, $n - 1 = 2q$ avec $q \in \mathbb{N}$ et $n = 2q + 1$ avec $q \in \mathbb{N}$.
n est donc un nombre impair.

MATHS EXPERTES

Révision express

Les réflexes à avoir

- Savoir calculer le PGCD de deux entiers en utilisant l'algorithme d'Euclide.
- Comprendre que parmi tous les diviseurs communs à deux entiers a et b, le PGCD$(a ; b)$ est le plus grand.
- Savoir démontrer que deux entiers a et b sont premiers entre eux en utilisant le PGCD.
- Connaître par cœur les théorèmes de Bézout et de Gauss.
- Savoir résoudre dans $\mathbb{Z}$ une équation de la forme $ax = by$ ou une équation de la forme $ax + by = c$ (voir les exercices 2 et 3 de Cap sur le bac)

Les pièges à éviter

- Ne pas confondre l'identité de Bézout (qui est une implication mais pas une équivalence) avec le théorème de Bézout (qui est une équivalence).
- Ne pas oublier de vérifier que toutes les hypothèses sont vraies avant de les appliquer.

Quiz

*Pour chaque question, une seule réponse proposée (**a**, **b** ou **c**) est exacte.*

1. Le PGCD de 134 et 148 est :
☐ **a.** 2 ☐ **b.** 4 ☐ **c.** 12

2. Le PGCD de 630 et 546 est :
☐ **a.** 2 ☐ **b.** 16 ☐ **c.** 42

3. Les entiers naturels n inférieurs à 50 tels que PGCD $(n ; 26) = 13$ sont :
☐ **a.** 1 ; 13 ; 26 ; 39 ☐ **b.** 13 ; 39 ☐ **c.** 1 ; 13

4. Les entiers naturels suivants sont premiers entre eux :
☐ **a.** 14 et 84 ☐ **b.** 56 et 133 ☐ **c.** 56 et 131

5. Une solution dans $\mathbb{Z}$ de l'équation $11x + 7y = -3$ est :
☐ **a.** $(8 ; -13)$ ☐ **b.** $(-7 ; 5)$ ☐ **c.** $(4 ; -12)$

6. Une solution dans $\mathbb{Z}$ de l'équation $5x = 7y$ est :
☐ **a.** $(5 ; -7)$ ☐ **b.** $(7 ; 5)$ ☐ **c.** $(14 ; -10)$

7. Pour tout entier naturel n non nul, les entiers n et $n + 1$ sont premiers entre eux.
☐ **a.** Vrai ☐ **b.** Faux ☐ **c.** On ne peut pas savoir

→ Réponses p. 502

EXERCICE 1

Déterminer les PGCD de deux nombres

Énoncé

n est un entier naturel non nul, $a = n^2 + 4n + 7$ et $b = n + 1$.

1. Vérifier que $(n + 1)(n + 3) = n^2 + 4n + 3$.

2. Démontrer que PGCD $(a ; b)$ = PGCD $(b ; 4)$.

3. Déterminer les entiers naturels non nuls n tels que PGCD $(a ; b) = 4$.

Méthode

Pour déterminer le PGCD de deux nombres, on peut utiliser l'algorithme d'Euclide ou les propriétés du PGCD.

Corrigé

1. $(n + 1)(n + 3) = n^2 + 3n + 1n + 3 = n^2 + 4n + 3$.

2. $a = n^2 + 4n + 7 = n^2 + 4n + 3 + 4 = (n + 1)(n + 3) + 4$.
Si $0 \leqslant 4 < n + 1$, la division euclidienne de a par b a pour quotient $n + 3$ et pour reste 4.
Ainsi, pour $4 < n + 1$, soit $n > 3$, on a PGCD $(a ; b)$ = PGCD $(b ; 4)$.
Puis, pour $n = 1$: $a = 12$, $b = 2$ et PGCD $(a ; b) = 2$ = PGCD $(b ; 4)$.
Pour $n = 2$: $a = 19$, $b = 3$ et PGCD $(a ; b) = 1$ = PGCD $(b ; 4)$.
Pour $n = 3$: $a = 28$, $b = 4$ et PGCD $(a ; b) = 4$ = PGCD $(b ; 4)$.
Finalement, pour tout $n \in \mathbb{N}^*$, PGCD $(a ; b)$ = PGCD $(b ; 4)$.

3. PGCD $(a ; b) = 4 \Leftrightarrow$ PGCD $(b ; 4) = 4 \Leftrightarrow b$ est un multiple de $4 \Leftrightarrow b = 4k$, avec $k \in \mathbb{N}^*$, c'est-à-dire que $n = -1 + 4k$, avec $k \in \mathbb{N}^*$.

EXERCICE 2

Démontrer que deux nombres sont premiers entre eux

Énoncé

On donne $a = 5n + 3$ et $b = 7n + 4$ avec n un entier naturel.

Démontrer que a et b sont premiers entre eux.

Méthode

Démontrer que PGCD$(a ; b) = 1$ et pour cela, démontrer que PGCD$(a ; b)$ divise 1.
Utiliser le fait que tout diviseur de a et de b divise toute combinaison linéaire de a et b.

Corrigé

PGCD$(a ; b)$ divise a et PGCD$(a ; b)$ divise b, donc PGCD$(a ; b)$ divise toute combinaison linéaire de a et de b.
En particulier, PGCD$(a ; b)$ divise $7a - 5b$.
Or $7a - 5b = 7 \times (5n + 3) - 5 \times (7n + 4) = 35n + 21 - 35n - 20 = 1$.
Ainsi, PGCD$(a ; b)$ divise 1 et donc PGCD$(a ; b) = 1$, ce qui prouve que a et b sont premiers entre eux.

EXERCICE 3

Résoudre une équation du type $ax = by$

Énoncé

Résoudre dans $\mathbb{Z}$ l'équation $19x = 13y$.

Méthode

Résolution de $ax = by$.

1 Par définition, $ax = by$ implique que a divise by.

2 a et b sont, généralement, premiers entre eux. On utilise le théorème de Gauss pour montrer alors que a divise x et donc qu'il existe un entier relatif k tel que $x = b \times k$.

3 On exprime y en fonction de k, à l'aide de $ax = by$.

4 On conclut.

5 Ne pas oublier de vérifier la réciproque.

Corrigé

On note $(x ; y)$ un couple solution de $19x = 13y$.

- $19x = 13y$ entraîne en particulier que 13 divise $19x$.
- 13 divise $19 \times x$ et 13 et 19 sont premiers entre eux donc, d'après le théorème de Gauss, 13 divise x.
- Comme 13 divise x, il existe un entier relatif k tel que $x = 13 \times k$.

Donc, $x = 13 \times k$ et $19x = 13y$, d'où $y = 19k$.

- On a démontré que si $(x ; y)$ est solution de $19x = 13y$, alors il existe un entier relatif k tel que $x = 13k$ et $y = 19k$.
- Réciproquement, si k est un entier relatif tel que $x = 13k$ et $y = 19k$, alors $19x = 19 \times 13k = 13 \times 19k = 13y$, donc si k est un entier relatif, alors le couple $(13k ; 19k)$ est solution de $19x = 13y$.

Finalement, les couples de la forme $(13k ; 19k)$, avec $k \in \mathbb{Z}$, sont les solutions de l'équation $19x = 13y$.

Piège à éviter
Ne pas oublier de vérifier la réciproque, c'est-à-dire que de tels x et y vérifient l'équation de départ.

EXERCICE 4

Résoudre une équation du type $ax + by = c$

Énoncé

Résoudre l'équation $19x + 13y = 3$ dans $\mathbb{Z}$.

Méthode

Résolution dans $\mathbb{Z}$ de l'équation $ax + by = c$ **(1)**.

1 Déterminer le PGCD$(a\,;b)$:

- si le PGCD$(a\,;b)$ ne divise pas c, alors cette équation n'a pas de solution ;
- sinon, l'équation **(1)** est équivalente à $a'x + b'y = c'$ **(2)**

avec $a' = \dfrac{a}{\text{PGCD}(a\,;\,b)}$, $b' = \dfrac{b}{\text{PGCD}(a\,;\,b)}$, $c' = \dfrac{c}{\text{PGCD}(a\,;\,b)}$ et a' et b' premiers entre eux.

2 On détermine un couple $(x_0\,;y_0)$ solution de l'équation $a'x + b'y = 1$ (à l'aide de l'algorithme d'Euclide).

3 Le couple $(x_1\,;y_1) = (c' \times x_0\,; c' \times y_0)$ est alors solution de **(2)** (et donc de **(1)**).

4 On soustrait $a'x + b'y = c'$ à $a'x_1 + b'y_1 = c'$ et on obtient $a'(x - x_1) + b'(y - y_1) = 0$, c'est-à-dire $a(x - x_1) = b(y_1 - y)$. On est alors ramené à l'exercice précédent.

Corrigé

1. 19 et 13 sont des nombres premiers entre eux, donc PGCD (19 ; 13) = 1.
3 est un multiple de 1, donc l'équation $19x + 13y = 3$ admet des solutions.

2. On recherche un couple solution de l'équation $19x + 13y = 1$.
On calcule les divisions euclidiennes successives à partir de 19 et 13, puis on « remonte » ces égalités :
$19 = 13 \times 1 + 6$, donc $6 = 19 \times 1 + 13 \times (-1)$.
$13 = 6 \times 2 + 1$, donc $1 = 13 \times 1 + 6 \times (-2)$.
$6 = 1 \times 6 + 0$.
Ainsi, $1 = 13 \times 1 + [19 \times 1 + 13 \times (-1)] \times (-2) = 19 \times (-2) + 13 \times 3$.
Donc, le couple $(-2\,;3)$ est solution de $19x + 13y = 1$.

3. En multipliant par 3 l'égalité $1 = 19 \times (-2) + 13 \times 3$, on a $3 = 19 \times (-6) + 13 \times 9$.
Ainsi, $(-6\,;9)$ est une solution particulière de $19x + 13y = 3$.

4. On sait désormais que :
$$\begin{cases} 19x + 13y = 3 \\ 19 \times (-6) + 13 \times 9 = 3 \end{cases}$$
Donc, en soustrayant membre à membre, on obtient : $19 \times (x - (-6)) + 13 \times (y - 9) = 0$, soit $19(x + 6) = 13(9 - y)$.
D'après l'exercice précédent, les couples $(13k\,;19k)$ avec $k \in \mathbb{Z}$ sont les solutions de $19X = 13Y$, avec $X = x + 6$ et $Y = 9 - y$.
Finalement, les couples $(13k - 6\,;\,9 - 19k)$ avec $k \in \mathbb{Z}$ sont les solutions de l'équation $19x + 13y = 3$.

MATHS EXPERTES

Chapitre 8 Nombres premiers. Petit théorème de Fermat

1 Nombres premiers

De quoi s'agit-il ? On définit la notion de nombres premiers et on liste les propriétés essentielles de ces nombres.

1 Définition et premières propriétés

• **Définition**

Un **nombre premier** est un entier naturel qui a exactement deux diviseurs dans $\mathbb{N}$: 1 et lui-même.

Remarque

Dans $\mathbb{Z}$, un nombre premier possède quatre diviseurs : -1 et 1, lui-même et son opposé.

• **Propriétés**

- Il existe une infinité de nombres premiers.
- Si p est un nombre premier et si p divise ab, alors p divise a ou p divise b.
- **Critère de primalité d'un entier :** si n n'admet pas de diviseur premier compris entre 2 et $\sqrt{n}$, alors n est un nombre premier.

2 Décomposition en produit de facteurs premiers

• **Théorème**

Tout entier n strictement supérieur à 1 se décompose de façon unique en produit de facteurs premiers : $n = p_1^{\alpha 1} \times p_2^{\alpha 2} \times \ldots \times p_k^{\alpha k}$, où $p_1, p_2, \ldots, p_k$ sont des nombres premiers et $\alpha_1, \ldots, \alpha_k$ des entiers naturels.

Exercices résolus

1. Utiliser le critère de primalité

ÉNONCÉ

Le nombre 103 est-il premier ?

CORRIGÉ

Pour montrer que 103 est, ou non, premier, il suffit de tester s'il est, ou non, divisible par l'un des entiers premiers inférieurs ou égaux à $\sqrt{103}$.

On a $10 < \sqrt{103} < 11$ et les nombres premiers inférieurs à 11 sont 2 ; 3 ; 5 et 7.
On vérifie aisément que 103 n'est divisible par aucun de ces nombres premiers, donc 103 est un nombre premier.

•••

2. Déterminer le PGCD de deux entiers

ÉNONCÉ

Déterminer la décomposition en facteurs premiers de 15 400 et 1 650.

CORRIGÉ

15 400	2	1 650	2
7 700	2	825	5
3 850	2	165	5
1 925	5	33	3
385	5	11	11
77	7	1	
11	11		
1			

Donc, $15\,400 = 2^3 \times 5^2 \times 7 \times 11$ et $1\,650 = 2 \times 3 \times 5^2 \times 11$.

L'astuce du prof

Ces présentations permettent de décomposer un entier en produit de facteurs premiers, sans oublier de facteurs.

2 Petit théorème de Fermat

De quoi s'agit-il ? Il s'agit d'un théorème qui relie les notions de congruence (et donc de divisibilité) et de nombre premier.

- **Petit théorème de Fermat**

p désigne un nombre premier et a un entier naturel non nul non divisible par p. On a alors : $a^{p-1} \equiv 1[p]$.

Réflexe à avoir

$a^{p-1} \equiv 1[p]$

$\Leftrightarrow a^{p-1} - 1$ est divisible par p.

- **Conséquence**

p désigne un nombre premier et a un entier naturel non nul. On a alors $a^p \equiv a[p]$.

MATHS EXPERTES

Exercice résolu

Application du petit théorème de Fermat

ÉNONCÉ

Déterminer les nombres entiers naturels non nuls a tels que $a^{112} \equiv 4[11]$.

CORRIGÉ

Pour tout entier naturel a, d'après la conséquence du petit théorème de Fermat, $a^{11} \equiv a[11]$.

Or $112 = 10 \times 11 + 2$, donc $a^{112} = (a^{11})^{10} \times a^2$ d'où $a^{112} \equiv a^{10} \times a^2 [11]$ et comme $a^{10} \times a^2 = a^{12} = a^{11} \times a^1$, on en déduit que $a^{112} \equiv a^2 [11]$. On teste alors tous les entiers de 1 à 10, par exemple dans un tableau de congruence modulo 11.

a	0	1	2	3	4	5	6	7	8	9	10
a^2	0	1	4	9	5	3	3	5	9	4	1

Les solutions de l'équation $a^{112} \equiv 4[11]$ sont donc les entiers naturels a de la forme $a = 11q + 2$ avec $q \in \mathbb{N}$ ou $a = 11q' + 9$ avec $q' \in \mathbb{N}$.

Révision express

Les réflexes à avoir

- Connaître par cœur tous les nombres premiers de 2 à 47.
- Savoir montrer qu'un nombre n est premier en testant sa divisibilité par tous les nombres premiers compris entre 2 et $\sqrt{n}$.
- Savoir décomposer un entier en produit de facteurs premiers et utiliser cette décomposition pour, par exemple, des études de PGCD.
- Le PGCD de deux entiers naturels est égal au produit des nombres premiers qui sont communs à leur décomposition, chacun étant affecté du plus petit des deux exposants.
- Connaître par cœur le petit théorème de Fermat et sa conséquence.
- Penser à revoir les deux chapitres d'arithmétique précédents, notamment le théorème de Gauss.

Les pièges à éviter

- Ne pas confondre nombre premier et nombres premiers entre eux.
- 1 n'est pas un nombre premier.
- 2 est le seul nombre premier pair.
- Dans le petit théorème de Fermat, il faut que a ne soit pas divisible par p, alors que dans sa conséquence, a peut l'être.

Quiz

*Pour chaque question, une seule réponse proposée (**a**, **b** ou **c**) est exacte.*

1. Le nombre ci-dessous est un nombre premier :
☐ **a.** 329 ☐ **b.** 163 ☐ **c.** 177

2. Le nombre ci-dessous n'est pas un nombre premier :
☐ **a.** 433 ☐ **b.** 251 ☐ **c.** 287

3. Le nombre $n^2 + 11n + 30$, avec n entier naturel :
☐ **a.** est premier pour une valeur de n ☐ **b.** n'est jamais premier
☐ **c.** est premier pour 2 valeurs de n

4. p désigne un nombre premier impair. $4^k \equiv 1[p]$ pour :
☐ **a.** $k = p$ ☐ **b.** $k = p - 1$ ☐ **c.** $k = p + 1$

5. Le reste de la division euclidienne de 15^{12} par 13 est égal à :
☐ **a.** 1 ☐ **b.** 2 ☐ **c.** 3

6. $2^{28} + 5^{28} + 13^{28}$ est congru à :
☐ **a.** 3 modulo 29 ☐ **b.** 20 modulo 29 ☐ **c.** 1 modulo 29

→ Réponses p. 502

EXERCICE 1

Déterminer si un nombre est premier

Énoncé

Le nombre 641 est-il premier ?

Méthode

Lorsqu'on cherche si un nombre fixé est premier, on utilise le critère de primalité.

Corrigé

$\sqrt{641} \approx 25{,}3$.
Or les nombres premiers inférieurs ou égaux à 25,3 sont : 2 ; 3 ; 5 ; 7 ; 11 ; 13 ; 17 ; 19 ; 23.

On teste alors si 641 est divisible ou non par l'un de ces nombres. Par exemple, $\frac{641}{2} = 320{,}5$ et $320{,}5 \notin \mathbb{N}$, donc 641 n'est pas divisible par 2. De même, $\frac{641}{3} \approx 213{,}67$ et $213{,}67 \notin \mathbb{N}$, donc 641 n'est pas divisible par 3, etc.
Comme il n'est divisible par aucun de ces nombres, c'est que 641 est premier.

EXERCICE 2

Déterminer tous les diviseurs d'un nombre

Énoncé

1. Écrire la décomposition en produit de facteurs premiers de 378.

2. En déduire la liste de tous les diviseurs positifs de 378.

Méthode

La décomposition en produit de facteurs premiers permet de trouver la liste des diviseurs.

1.

$$\begin{array}{r|l} 378 & 2 \\ 189 & 3 \\ 63 & 3 \\ 21 & 3 \\ 7 & 7 \\ 1 & \end{array}$$

Réflexe à avoir
Cette disposition est pratique et sert de justification à la réponse.

Ainsi, $378 = 2 \times 3^3 \times 7$.

2. Les diviseurs de 378 s'écrivent donc $2^l \times 3^m \times 7^n$ avec $0 \leqslant l \leqslant 1$, $0 \leqslant m \leqslant 3$ et $0 \leqslant n \leqslant 1$.
La liste de ces diviseurs est donc :
$2^0 \times 3^0 \times 7^0$; $2^1 \times 3^0 \times 7^0$; $2^0 \times 3^1 \times 7^0$; $2^0 \times 3^2 \times 7^0$; $2^0 \times 3^3 \times 7^0$; $2^1 \times 3^1 \times 7^0$; $2^1 \times 3^2 \times 7^0$; $2^1 \times 3^3 \times 7^0$; $2^0 \times 3^0 \times 7^1$; $2^0 \times 3^1 \times 7^1$; $2^0 \times 3^2 \times 7^1$; $2^0 \times 3^3 \times 7^1$; $2^1 \times 3^0 \times 7^1$; $2^1 \times 3^1 \times 7^1$; $2^1 \times 3^2 \times 7^1$; $2^1 \times 3^3 \times 7^1$,
c'est-à-dire :
1 ; 2 ; 3 ; 9 ; 27 ; 6 ; 18 ; 54 ; 7 ; 21 ; 63 ; 189 ; 14 ; 42 ; 126 ; 378.

EXERCICE 3

Utiliser le petit théorème de Fermat

Énoncé

1. Justifier que $4^{16} \equiv 1[17]$.

2. On cherche à résoudre l'équation $4x \equiv 11[17]$.

a. Déterminer une solution particulière, comprise entre 0 et 10, de l'équation $4x \equiv 11[17]$.

b. En déduire toutes les solutions dans $\mathbb{N}$ de cette équation.

Méthode

Utiliser le petit théorème de Fermat pour trouver une solution particulière x_0 de cette équation $ax \equiv b[p]$.
Puis soustraire cette équation à $ax_0 \equiv b[n]$ afin d'en déduire les solutions.

Corrigé

1. 4 n'est pas divisible par 17 et 17 est un nombre premier, donc, d'après le petit théorème de Fermat : $4^{16} \equiv 1[17]$.

Gagnez des points !
Penser à citer le nom du théorème.
Vérifier chaque hypothèse du théorème.

2. a. D'après ce qui précède, $4^{16} \equiv 1[17]$
donc $4^{16} \times 11 \equiv 1 \times 11[17]$ d'où $4 \times 4^{15} \times 11 \equiv 11[17]$.
Ainsi, $x = 4^{15} \times 11$ est une solution particulière de l'équation.
Or $4^2 = 16 \equiv -1[17]$, donc $4^{15} \times 11 = (4^2)^7 \times 4 \times 11 \equiv (-1)^7 \times 44[17]$.
Ainsi, -44 est une autre solution particulière de l'équation.
Or $-44 \equiv 7[17]$ (car $-44 = -3 \times 17 + 7$).
Donc $x_0 = 7$ est la solution particulière cherchée.

b. D'une part, x est solution de l'équation si, et seulement si, $4x \equiv 11[17]$,
D'autre part, x_0 est solution de l'équation, donc $4x_0 \equiv 11[17]$.
Ainsi, $4x - 4x_0 \equiv 0[17]$ donc $4(x - x_0) \equiv 0[17]$.
D'où $4(x - 7) \equiv 0[17]$.
Donc 17 divise $4(x - 7)$.
Or, 4 et 17 sont premiers entre eux, donc, d'après le théorème de Gauss, 17 divise $x - 7$.
Les solutions de cette équation sont donc les entiers $x = 17q + 7$ avec $q \in \mathbb{N}$.

Chapitre 9

Calcul matriciel

1 Définitions et notations

De quoi s'agit-il ? On définit un nouvel outil mathématique, les matrices, puis on expose les opérations usuelles sur les matrices.

1 Définition

Une **matrice** A de dimension $n \times p$ (ou de format $(n\,;p)$) est un tableau de nombres à n lignes et p colonnes que l'on note $A=(a_{ij})_{\substack{1\leqslant i\leqslant n\\1\leqslant j\leqslant p}}$.

a_{ij} est le terme situé à la i^e ligne et la j^e colonne.

- **Notation**

$$A=\begin{pmatrix} a_{11} & \dots & a_{1j} & \dots & a_{1p} \\ \vdots & & \vdots & & \vdots \\ a_{i1} & \dots & a_{ij} & \dots & a_{ip} \\ \vdots & & \vdots & & \vdots \\ a_{n1} & \dots & a_{nj} & \dots & a_{np} \end{pmatrix}$$

- **Cas particuliers**

Lorsque $n = p$, on parle de matrice carrée d'ordre n.
Lorsque $n = 1$, on parle de matrice-ligne.
Lorsque $p = 1$, on parle de matrice-colonne.

2 Opérations et propriétés

- Deux matrices sont égales lorsqu'elles sont de même dimension et que les termes situés au même endroit de chacune des matrices sont égaux.

- **Somme de deux matrices**

A et B sont deux matrices de même dimension $n \times p$ telles que $A=(a_{ij})_{\substack{1\leqslant i\leqslant n\\1\leqslant j\leqslant p}}$ et $B=(b_{ij})_{\substack{1\leqslant i\leqslant n\\1\leqslant j\leqslant p}}$.
On a : $A+B=(a_{ij}+b_{ij})_{\substack{1\leqslant i\leqslant n\\1\leqslant j\leqslant p}}$.

- **Produit d'une matrice par un nombre**

A est une matrice telle que $A=(a_{ij})_{\substack{1\leqslant i\leqslant n\\1\leqslant j\leqslant p}}$ et k un nombre réel. On a : $kA=(ka_{ij})_{\substack{1\leqslant i\leqslant n\\1\leqslant j\leqslant p}}$.

- **Produit de deux matrices A et B** (sur un exemple)

Pour pouvoir effectuer le produit $A \times B$ d'une matrice A par une matrice B, il faut que le nombre p_A de colonnes de A soit égal au nombre n_B de lignes de B.

Exemple

$$\begin{matrix} & \begin{pmatrix} 4 & 1 \\ 2 & 3 \end{pmatrix} \\ A\times B=\begin{pmatrix} 3 & 1 \\ 4 & 0 \end{pmatrix} & \begin{pmatrix} 3\times4+1\times2 & 3\times1+1\times3 \\ 4\times4+0\times2 & 4\times1+0\times3 \end{pmatrix}=\begin{pmatrix} 14 & 6 \\ 16 & 4 \end{pmatrix} \end{matrix}$$

MATHS EXPERTES

Exercice résolu

Utiliser les opérations sur les matrices dans un cas concret

ÉNONCÉ

Trois magasins ont en vente les CD de trois artistes (A), (B) et (C).
Le tableau ci-dessous indique leurs stocks début juin, les ventes effectuées en juin et le réapprovisionnement effectué début juillet.

	Stocks début juin			Ventes de juin			Réapprovisionnement début juillet		
	A	B	C	A	B	C	A	B	C
Magasin 1	13	7	12	9	7	11	4	12	15
Magasin 2	14	17	23	0	16	20	0	15	21
Magasin 3	19	21	14	18	2	8	20	0	7

Utiliser le calcul matriciel pour obtenir l'état des stocks de chaque magasin début juillet.

CORRIGÉ

On note $S=\begin{pmatrix}13 & 7 & 12\\ 14 & 17 & 23\\ 19 & 21 & 14\end{pmatrix}$, $V=\begin{pmatrix}9 & 7 & 11\\ 0 & 16 & 20\\ 18 & 2 & 8\end{pmatrix}$ et $R=\begin{pmatrix}4 & 12 & 15\\ 0 & 15 & 21\\ 20 & 0 & 7\end{pmatrix}$.

Pour obtenir l'état des stocks, on effectue le calcul :

$$S-V+R=\begin{pmatrix}13-9+4 & 7-7+12 & 12-11+15\\ 14-0+0 & 17-16+15 & 23-20+21\\ 19-18+20 & 21-2+0 & 14-8+7\end{pmatrix}=\begin{pmatrix}8 & 12 & 16\\ 14 & 16 & 24\\ 21 & 19 & 13\end{pmatrix}.$$

Remarque
Les trois matrices S, V et R sont de même dimension, donc on peut calculer $S-V+R$.

2 Applications du calcul matriciel

De quoi s'agit-il ? On poursuit l'étude des matrices en vue des exercices de ce chapitre et du suivant.

1 Matrice identité I_n

La matrice identité I_n est la matrice carrée d'ordre n ayant des 1 sur sa diagonale et des 0 partout ailleurs.

Exemple

Pour $n = 3$, $I_3=\begin{pmatrix}1 & 0 & 0\\ 0 & 1 & 0\\ 0 & 0 & 1\end{pmatrix}$.

Remarque
I_n est la matrice carrée telle que, pour toute matrice carrée A d'ordre n, $A\times I_n = I_n \times A = A$.

2 Puissance d'une matrice carrée

A est une matrice carrée.

- **Notations**

$A^1 = A$ et, pour tout entier naturel n, $A^n = \underbrace{A \times A \times \ldots \times A}_{n \text{ fois}}$.

- **Conséquence**

$$A^{n+1} = A \times A^n = A^n \times A$$

3 Matrice inverse d'une matrice carrée

- **Définitions – Notation**

A est une matrice carrée d'ordre n.
La **matrice** A est dite **inversible** lorsqu'il existe une matrice B, carrée et d'ordre n, telle que $A \times B = I_n$ où I_n est la matrice identité.
Dans ce cas, la matrice B est appelée **matrice inverse** de A, elle se note A^{-1}.

Remarques
La matrice inverse est notamment utile pour résoudre des systèmes. Cette application est présentée dans les pages Cap sur le bac.

- **Propriété**

Lorsqu'elle existe, la matrice A^{-1} est unique et :

$$A \times A^{-1} = A^{-1} \times A = I_n$$

Exercice résolu

Trouver l'inverse d'une matrice

ÉNONCÉ

On note $A = \begin{pmatrix} 1 & -3 \\ -1 & 4 \end{pmatrix}$ et $B = \begin{pmatrix} a & b \\ c & d \end{pmatrix}$.

1. Montrer que la matrice B est l'inverse de A, si et seulement si, $\begin{cases} a - 3c = 1 \\ -a + 4c = 0 \end{cases}$ et $\begin{cases} b - 3d = 0 \\ -b + 4d = 1 \end{cases}$
2. En déduire la matrice inverse de A.

CORRIGÉ

1. D'après la définition du cours, B est l'unique matrice telle que $A \times B = I_2$ où $I_2 = \begin{pmatrix} 1 & 0 \\ 0 & 1 \end{pmatrix}$. Or, $A \times B = \begin{pmatrix} a - 3c & b - 3d \\ -a + 4c & -b + 4d \end{pmatrix}$.

Cette matrice est égale à I_2 si et seulement si, $\begin{cases} a - 3c = 1 \\ -a + 4c = 0 \end{cases}$ et $\begin{cases} b - 3d = 0 \\ -b + 4d = 1 \end{cases}$.

2. On résout chacun des systèmes :

$\begin{cases} a - 3c = 1 \\ -a + 4c = 0 \end{cases}$ est successivement équivalent à $\begin{cases} a - 3c = 1 \\ c = 1 \end{cases}$; $\begin{cases} a = 4 \\ c = 1 \end{cases}$.

$\begin{cases} b - 3d = 0 \\ -b + 4d = 1 \end{cases}$ est successivement équivalent à $\begin{cases} b - 3d = 0 \\ d = 1 \end{cases}$; $\begin{cases} b = 3 \\ d = 1 \end{cases}$.

Ainsi, la matrice inverse de A est la matrice $B = A^{-1} = \begin{pmatrix} 4 & 3 \\ 1 & 1 \end{pmatrix}$.

Réflexe à avoir
Vérifier que la matrice A^{-1} trouvée est la bonne : en calculant $A \times A^{-1}$, on doit obtenir I_2.

MATHS EXPERTES

3 Suite de matrices définie par récurrence

De quoi s'agit-il ? On introduit des suites de matrices, puis on en donne quelques propriétés, notamment la convergence.

On note (U_n) une suite de matrices colonnes définie par son premier terme U_0 et, pour tout entier naturel n, $U_{n+1} = A \times U_n + C$ (où A est une matrice carrée et C une matrice colonne fixées).

- **Définition**

Lorsqu'il existe, l'**état stable** de la suite de matrices (U_n) est une suite de matrices colonnes S, non nulle et constante, telle que $\boldsymbol{S = A \times S + C}$.

- **Propriété**

$\boldsymbol{S = (I - A)^{-1} \times C}$, où I est la matrice identité.

- **Propriétés**

Pour tout entier naturel n, on pose $V_n = U_n - S$.
La suite de matrices (V_n) vérifie, pour tout n de $\mathbb{N}$, $V_{n+1} = A \times V_n$ et $V_n = A^n \times V_0$.

Méthode
Si l'on sait exprimer A^n en fonction de n, alors on sait exprimer V_n, puis $U_n = V_n + S$ en fonction de n.

Exercice résolu

Recherche d'un état stable

ÉNONCÉ

(U_n) est la suite de matrices définie par $U_0 = \begin{pmatrix} 1 \\ 1 \end{pmatrix}$ et, pour tout n de $\mathbb{N}$, $U_{n+1} = A \times U_n + C$,

avec $A = \begin{pmatrix} \frac{1}{4} & \frac{1}{4} \\ \frac{1}{4} & \frac{1}{4} \end{pmatrix}$ et $C = \begin{pmatrix} 2 \\ 4 \end{pmatrix}$.

Pour tout n de $\mathbb{N}$, on pose $V_n = U_n - \begin{pmatrix} 5 \\ 7 \end{pmatrix}$ et on admet que $A^n = \frac{1}{2^{n+1}} \begin{pmatrix} 1 & 1 \\ 1 & 1 \end{pmatrix}$.

Exprimer V_n puis U_n en fonction de n.

CORRIGÉ

On note S l'état stable de la suite de matrices (U_n). $V_0 = U_0 - S = \begin{pmatrix} -4 \\ -6 \end{pmatrix}$.

D'après la propriété du cours, pour tout n de $\mathbb{N}$,

$$V_n = A^n \times V_0 = \begin{pmatrix} (-4) \times \frac{1}{2^{n+1}} + (-6) \times \frac{1}{2^{n+1}} \\ (-4) \times \frac{1}{2^{n+1}} + (-6) \times \frac{1}{2^{n+1}} \end{pmatrix} = \begin{pmatrix} \frac{-5}{2^n} \\ \frac{-5}{2^n} \end{pmatrix}.$$

Pour tout n de $\mathbb{N}$, $U_n = V_n + S$, donc $U_n = \begin{pmatrix} \frac{-5}{2^n} + 5 \\ \frac{-5}{2^n} + 7 \end{pmatrix}$.

Remarque
La suite de matrices (U_n) tend vers l'état stable $S = \begin{pmatrix} 5 \\ 7 \end{pmatrix}$.
En effet, $\lim\limits_{n \to +\infty} \frac{-5}{2^n} = 0$, donc la suite de matrices U_n tend vers $\begin{pmatrix} 5 \\ 7 \end{pmatrix}$.

Révision express

Les réflexes à avoir

- Les calculs, à la main, d'opérations sur les matrices sont assez longs. Il faut poser clairement et proprement les opérations afin d'éviter les erreurs.
- Savoir effectuer tous les calculs matriciels (somme, produit, puissance, inverse) à la calculatrice.
- Penser à vérifier ses calculs à la calculatrice.
- Savoir passer d'un système (S) à une équation matricielle $A \times X = B$ et savoir résoudre cette équation.
- Savoir traduire une situation probabiliste qui se déroule par étapes (marche aléatoire) en termes de matrice : cette notion est traitée dans le chapitre suivant.
- Retenir que pour une matrice $A = \begin{pmatrix} a & b \\ c & d \end{pmatrix}$ telle que $e = ad - bc \neq 0$, la matrice inverse de A est $A^{-1} = \begin{pmatrix} \frac{d}{e} & -\frac{b}{e} \\ -\frac{c}{e} & \frac{a}{e} \end{pmatrix}$. Le nombre e s'appelle déterminant de A.

Les pièges à éviter

- On ne peut pas toujours calculer la somme ou le produit de deux matrices. Il faut penser à vérifier que les conditions sur les dimensions sont bien respectées.
- Attention à ne pas inverser lignes et colonnes, cela fausserait tous les calculs.
- Attention, en général $A \times B \neq B \times A$.

MATHS EXPERTES

Quiz

*Pour chaque question, une seule réponse proposée (**a**, **b** ou **c**) est exacte.*

On donne : $(S)\begin{cases} 2x + y + z = 7 \\ x - y - z = -4 \\ x + 3y + 2z = 13 \end{cases}$, $A = \begin{pmatrix} 2 & 1 & 1 \\ 1 & -1 & 3 \\ 1 & -1 & 2 \end{pmatrix}$, $B = \begin{pmatrix} 2 & 1 & 1 \\ 1 & -1 & -1 \\ 1 & 3 & 2 \end{pmatrix}$, $X = \begin{pmatrix} x \\ y \\ z \end{pmatrix}$, $C = \begin{pmatrix} 7 \\ -4 \\ 13 \end{pmatrix}$.

1. Le système (S) est équivalent à :
☐ **a.** $A \times X = B$ ☐ **b.** $B \times X = C$ ☐ **c.** $A \times X = C$

2. La matrice B :
☐ **a.** vérifie $B^{-1} = A$ ☐ **b.** vérifie $B^{-1} = \begin{pmatrix} \frac{1}{3} & \frac{1}{3} & 0 \\ -1 & 1 & 1 \\ \frac{4}{3} & -\frac{5}{3} & -1 \end{pmatrix}$ ☐ **c.** n'admet pas de matrice inverse

3. Le système (S) a pour solution :
☐ **a.** $X = A^{-1} \times B$ ☐ **b.** le triplet (1 ; 2 ; 1) ☐ **c.** le triplet (1 ; 2 ; 3)

→ Réponses p. 502

EXERCICE 1

Utiliser la calculatrice pour effectuer des calculs matriciels

Énoncé

$A = \begin{pmatrix} -2 & 0 & 1 \\ 0 & 1 & 2 \\ -2 & 1 & -1 \end{pmatrix}$. Utiliser la calculatrice pour calculer A^{-1} puis A^5.

Méthode

Casio

Dans le MENU de calcul (1) :
- Taper [▷MAT] (F3)
- Taper [DIM] et compléter avec les dimensions de A (ici 3 et 3), puis taper [EXE]
- Saisir les données de la matrice

T.I.
- Taper [matrice]
- Sélectionner [EDIT]
- Choisir les dimensions de A (ici 3×3), puis taper [ENTRER]
- Saisir les données de la matrice.

Effectuer des calculs matriciels

Dans le MENU de calcul (1) :
- Taper [OPTN]
- Sélectionner [MAT] (F2)
- Sélectionner [Mat] (F1), puis la lettre correspondant à la matrice (ici A)
- Effectuer alors les calculs voulus : [x^{-1}] pour A^{-1} ; [^] [5] pour A^5

- Taper [matrice]
- Choisir dans [NOMS] le nom de la matrice voulue
- Effectuer alors les calculs voulus : [x^{-1}] pour A^{-1} ; [^] [5] pour A^5

Corrigé

Casio

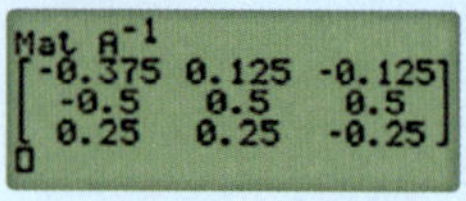

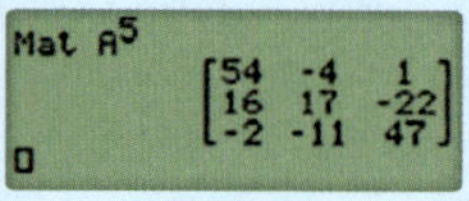

TI

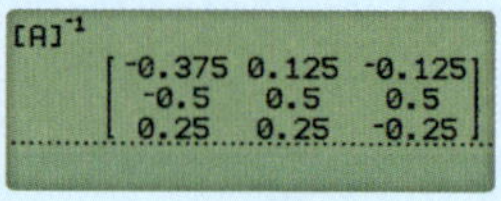

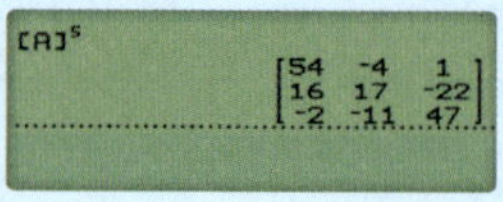

EXERCICE 2

Résoudre un système en utilisant les matrices

Énoncé

Utiliser le calcul matriciel pour résoudre le système (*S*) $\begin{cases} 8x + 2y = 15 \\ 7x + 8y = 24 \end{cases}$

Méthode

Pour résoudre un système d'équations linéaires (*S*) à l'aide des matrices, il faut :

- montrer que (*S*) est équivalent à une équation matricielle du type $A \times X = B$, où A est une matrice carrée et X, B sont des matrices colonnes ;
- utiliser le fait que l'équation matricielle $A \times X = B$ a pour solution $X = A^{-1} \times B$;
- calculer le produit $A^{-1} \times B$ à la calculatrice, puis conclure.

Corrigé

Le système (S) est équivalent à l'équation matricielle

$A \times X = B$, avec $A = \begin{pmatrix} 8 & 2 \\ 7 & 8 \end{pmatrix}$, $X = \begin{pmatrix} x \\ y \end{pmatrix}$ et $B = \begin{pmatrix} 15 \\ 24 \end{pmatrix}$.

- Cette équation matricielle a pour solution $X = A^{-1} \times B$.

À la calculatrice, on obtient $X = \begin{pmatrix} 1{,}44 \\ 1{,}74 \end{pmatrix}$.

- Ainsi, le système (S) a pour solution $\begin{cases} x = 1{,}44 \\ y = 1{,}74 \end{cases}$.

Remarque
Lorsque A est inversible, $A \times X = B$ est équivalent à $A^{-1} \times A \times X = A^{-1} \times B$, d'où $X = A^{-1} \times B$ (car $A \times A^{-1} = I$).

EXERCICE 3

Retrouver l'expression d'une fonction

Énoncé

f est la fonction définie sur $\mathbb{R}$ par $f(x) = ax^2 + bx + c$ avec a, b et c des réels tels que, dans un repère :
– la courbe représentative de f passe par le point $A(1\,;-3)$;
– l'image de 2 par f est -5 ;
– la courbe représentative de f admet une tangente horizontale au point d'abscisse 2.
Déterminer l'expression de f.

Méthode

1. On traduit les conditions sur f ou sur sa courbe en un système d'équations (S).
2. On écrit ce système (S) sous forme d'équation matricielle $A \times X = B$.
3. On résout cette équation matricielle avec la méthode précédente, puis on conclut.

Corrigé

- Les conditions de l'énoncé se traduisent par :

$f(1) = -3 \Leftrightarrow a \times 1^2 + b \times 1 + c = -3 \Leftrightarrow a + b + c = -3$.
$f(2) = -5 \Leftrightarrow a \times 2^2 + b \times 2 + c = -5 \Leftrightarrow 4a + 2b + c = -5$.
$f'(2) = 0$. Or $f'(x) = 2ax + b$, donc $f'(2) = 0 \Leftrightarrow 4a + b = 0$.

On obtient le système (S) $\begin{cases} a + b + c = -3 \\ 4a + 2b + c = -5. \\ 4a + b = 0 \end{cases}$

- (S) est équivalent à $A \times X = B$ avec $A = \begin{pmatrix} 1 & 1 & 1 \\ 4 & 2 & 1 \\ 4 & 1 & 0 \end{pmatrix}$, $X = \begin{pmatrix} a \\ b \\ c \end{pmatrix}$ et $B = \begin{pmatrix} -3 \\ -5 \\ 0 \end{pmatrix}$.

- $A \times X = B$ a pour solution $X = A^{-1} \times B$.

À la calculatrice, on calcule X et on obtient $X = \begin{pmatrix} 2 \\ -8 \\ 3 \end{pmatrix}$.

Ainsi, $a = 2$, $b = -8$ et $c = 3$.
Finalement, $f(x) = 2x^2 - 8x + 3$.

EXERCICE 4

Exprimer une matrice A^n en fonction de n

Énoncé

$A = \begin{pmatrix} 0{,}5 & 2{,}25 & 0 \\ 0{,}25 & 0{,}5 & 0 \\ 0 & 0{,}25 & 0{,}25 \end{pmatrix}$, $P = \begin{pmatrix} 6 & 12 & 0 \\ -2 & 4 & 0 \\ 1 & 1 & 1 \end{pmatrix}$, et pour tout n de $\mathbb{N}$, $D^n = \begin{pmatrix} (-0{,}25)^n & 0 & 0 \\ 0 & 1{,}25^n & 0 \\ 0 & 0 & 0{,}25^n \end{pmatrix}$

1. À l'aide de la calculatrice, calculer $P \times D \times P^{-1}$.

2. Conjecturer une expression de A^n en fonction de n.

Méthode

Pour exprimer une matrice A^n en fonction de n, deux méthodes principales se dégagent :

- soit l'énoncé donne (ou on conjecture) une expression de A^n en fonction de n et on démontre alors par récurrence que cette expression est la bonne ;
- soit on utilise une matrice diagonale D, donnée par l'énoncé, et la méthode présentée en correction.

Corrigé

1. À l'aide de la calculatrice, on vérifie que $P \times D \times P^{-1} = A$.

2. On sait que $A = P \times D \times P^{-1}$,
donc $A^2 = A \times A = P \times D \times P^{-1} \times P \times D \times P^{-1}$
$A^2 = P \times D \times D \times P^{-1} = P \times D^2 \times P^{-1}$.
De même, $A^3 = A^2 \times A = P \times D^2 \times P^{-1} \times P \times D \times P^{-1}$
$A^3 = P \times D^2 \times D \times P^{-1} = P \times D^3 \times P^{-1}$.
Ainsi, on conjecture que pour tout n de $\mathbb{N}^*$,
$A^n = P \times D^n \times P^{-1}$.
On effectue le calcul :

L'astuce du prof
$P \times P^{-1} = I$
et $I \times D = D$
où I est la matrice identité.

Remarque
On peut démontrer cette conjecture par récurrence.

$$A^n = P \times D^n \times P^{-1} = \begin{pmatrix} 6 & 12 & 0 \\ -2 & 4 & 0 \\ 1 & 1 & 1 \end{pmatrix} \times \begin{pmatrix} (-0{,}25)^n & 0 & 0 \\ 0 & 1{,}25^n & 0 \\ 0 & 0 & 0{,}25^n \end{pmatrix} \times \begin{pmatrix} \frac{1}{12} & -\frac{1}{4} & 0 \\ \frac{1}{24} & \frac{1}{8} & 0 \\ -\frac{1}{8} & \frac{1}{8} & 1 \end{pmatrix}.$$

Remarque
La matrice P^{-1} est obtenue à la calculatrice.

Finalement, pour tout n de $\mathbb{N}^*$,

$$A^n = \begin{pmatrix} \frac{(-0{,}25)^n + 1{,}25^n}{2} & -\frac{3 \times \left[(-0{,}25)^n - 1{,}25^n\right]}{2} & 0 \\ \frac{-(-0{,}25)^n + 1{,}25^n}{6} & \frac{\left[(-0{,}25)^n + 1{,}25^n\right]}{2} & 0 \\ \frac{(-0{,}25)^n}{12} + \frac{1{,}25^n}{24} - \frac{0{,}25^n}{8} & \frac{-2 \times (-0{,}25)^n + 1{,}25^n + 0{,}25^n}{8} & 0{,}25^n \end{pmatrix}.$$

Chapitre 10 Graphes

1 Graphe et matrice d'adjacence

De quoi s'agit-il ? On modélise des situations à l'aide d'un nouvel objet mathématique appelé graphe, puis on introduit certaines propriétés.

1 Vocabulaire sur les graphes

- **Définitions**

Un **graphe** est un ensemble de points, appelés **sommets**, dont certains sont reliés par des **arêtes**.
Deux **sommets** reliés par des arêtes sont dits **adjacents**.
Le nombre de sommets d'un graphe est appelé **ordre de ce graphe**.
Le **degré d'un sommet** est le nombre d'arêtes dont ce sommet est une extrémité.
Lorsque tous les sommets d'un graphe sont adjacents, ce **graphe** est dit **complet**.
Un **graphe** est dit **orienté** lorsque toutes ses arêtes sont orientées.
Une arête orientée qui part d'un sommet et revient au même sommet est appelée **boucle**.

- **Propriétés**

- La somme des degrés d'un graphe non orienté est égale au double de son nombre d'arêtes.
- Le nombre de sommets de degré impair d'un graphe non orienté est pair.

2 Matrice d'adjacence d'un graphe

- **Définitions**

G désigne un graphe d'ordre n dont les sommets sont numérotés de 1 à n.
La **matrice d'adjacence** de G est la matrice carrée d'ordre n dans laquelle le nombre figurant en $i^{\text{ème}}$ ligne et en $j^{\text{ème}}$ colonne est le nombre d'arêtes reliant le sommet i au sommet j.
Une **chaîne** ou un **chemin** est une liste ordonnée de sommets reliés deux à deux par une arête.
Le nombre d'arêtes qui composent une chaîne est appelé **longueur de la chaîne**.
Lorsqu'une **chaîne** démarre et s'arrête au même sommet, elle est dite **fermée**.
Une chaîne fermée dont chaque arête est empruntée une seule fois est appelée **cycle**.
Un **graphe** non orienté est dit **convexe** lorsque deux de ses sommets sont toujours reliés par une chaîne.

• Propriété

> G désigne un graphe d'ordre n dont les sommets sont numérotés de 1 à n ; M est la matrice d'adjacence de ce graphe.
> Pour tout entier naturel k non nul, le coefficient situé en $i^{\text{ème}}$ ligne et en $j^{\text{ème}}$ colonne de la matrice M^k est le nombre de chaînes de longueur k qui relient le sommet i au sommet j.

Exercice résolu

Comprendre le vocabulaire et les propriétés sur les graphes

ÉNONCÉ

On considère le graphe G ci-contre dont les sommets sont numérotés de ① à ④.

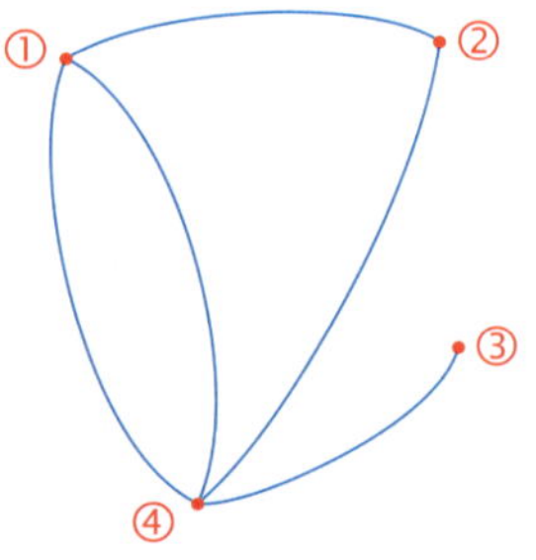

1. a. Décrire ce graphe grâce au vocabulaire du cours.
b. Déterminer le degré de chacun de ses sommets.

2. Donner :
– une chaîne de longueur 4 ;
– une chaîne fermée qui n'est pas un cycle ;
– un cycle de ce graphe.

3. a. Écrire la matrice A d'adjacence de ce graphe.
b. Utiliser la calculatrice pour en déduire le nombre de chaînes de longueur 7 qui relient le sommet ① au sommet ③ dans ce graphe.

CORRIGÉ

1. a. G est un graphe non orienté d'ordre 4, non complet.
b.

Sommet	①	②	③	④
Degré	3	2	1	4

Réflexe à avoir
Vérifier les propriétés du paragraphe 1.1.
• $3+2+1+4=10$ et $2\times 5=10$.
• Ce graphe a 2 sommets de degré impair.

2. ① – ② – ④ – ① – ④ est une chaîne de longueur 4.
• ① – ② – ① est une chaîne fermée qui n'est pas un cycle.
• ① – ② – ④ – ① est un cycle.

3. a. La matrice d'adjacence de G est la matrice :

$$A=\begin{pmatrix}0 & 1 & 0 & 2\\ 1 & 0 & 0 & 1\\ 0 & 0 & 0 & 1\\ 2 & 1 & 1 & 0\end{pmatrix}$$

b. À la calculatrice, on détermine A^7.

```
[A]⁷
        [468 409 160 746]
        [409 300 152 457]
        [160 152  52 297]
        [746 457 297 524]
```

Ainsi (en regardant la 1re ligne et la 3e colonne), on en déduit que 160 chaînes reliant ① à ③ sont de longueur 7.

2 Chaîne de Markov et distributions

De quoi s'agit-il ? On introduit une nouvelle notion appelée chaîne de Markov qui permet de relier les graphes, les matrices et les probabilités.

1 Chaîne de Markov

• Principe

On considère une suite (X_n) de variables aléatoires, appelée **processus**, à valeurs dans un ensemble E (à 2 ou 3 éléments appelés **états**). E est appelé **espace des états**.
Le processus est dit **dans l'état *i* à l'instant *n*** lorsque l'événement $\{X_n = i\}$ est réalisé.

• Définitions

Une **chaîne de Markov** sur E est un processus (X_n) tel que :
- pour tout n de $\mathbb{N}$, l'état à l'instant $n + 1$ ne dépend que de l'état à l'instant n,
- la probabilité de passer de l'état $\{X_n = i\}$ à l'état $\{X_n = j\}$ ne dépend pas de l'instant n.

Un **graphe pondéré associé à une chaîne de Markov** est un graphe pondéré orienté dont les sommets sont les états et dont l'arête orientée reliant le sommet i au sommet j est pondérée par la probabilité de passer de l'état i à l'état j.

Une **matrice de transition** associée à une chaîne de Markov est une matrice carrée dans laquelle le nombre situé à la $i^{\text{ème}}$ ligne et à la $j^{\text{ème}}$ colonne est égal à la probabilité de passer de l'état i à l'état j.

2 Distributions après *n* transitions

On note P la matrice de transition associée à une chaîne de Markov (X_n).

• Propriétés

Pour tous entiers naturels i, j et n avec n non nul, le **coefficient** de la $i^{\text{ème}}$ ligne et de la $j^{\text{ème}}$ colonne de la **matrice P^n** est la **probabilité** de passer de l'état i à l'état j **après *n* transitions.**
Pour tout entier naturel n, $\boldsymbol{d_{n+1} = d_n \times P}$ et $\boldsymbol{d_n = d_0 \times P^n}$ où $\boldsymbol{d_n}$ **est la distribution après *n* transitions** (et donc d_0 est la distribution initiale), c'est-à-dire que d_n est la loi de probabilité de la variable aléatoire X_n.

3 Distribution invariante

• Définition

d est appelée **distribution invariante** de la chaîne de Markov lorsque $d = d \times P$.

• Propriété

S'il existe un entier naturel k non nul tel que la matrice P^k ne comporte pas de zéro, alors la suite (d_n) des distributions converge vers l'unique distribution invariante d.
De plus, d est indépendante de la distribution initiale d_0.

MATHS EXPERTES

Exercice résolu

Recherche d'un état probabiliste

ÉNONCÉ

Le déplacement aléatoire d'un point lumineux entre deux sommets ① et ② est modélisé par le graphe probabiliste ci-contre.

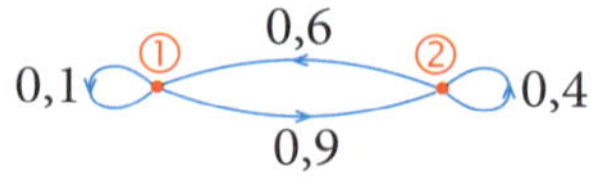

1. Écrire la matrice de transition P de ce graphe.

2. On note d_n la distribution après n transitions, $d_n = (p_n \quad q_n)$.
Au départ, le point lumineux se trouve au sommet ①.
a. Donner d_0.
b. À l'aide de la calculatrice, calculer, puis interpréter d_4.

3. Montrer que la distribution invariante est $d = (0{,}4 \quad 0{,}6)$.
Interpréter le résultat obtenu.

Remarque
La somme des éléments de chaque ligne de la matrice de transition donne 1.

CORRIGÉ

1. $P = \begin{pmatrix} 0{,}1 & 0{,}9 \\ 0{,}6 & 0{,}4 \end{pmatrix}$.

Par exemple, 0,9 est la probabilité d'aller de ① vers ②.

2. a. À l'étape 0 (initiale), le point lumineux se trouve au sommet ①, donc $d_0 = (1 \quad 0)$.
b. Puisque, pour tout n de $\mathbb{N}$, $d_n = d_0 \times P^n$, on a $d_4 = d_0 \times P^4$.
À la calculatrice, on obtient l'écran ci-dessous.

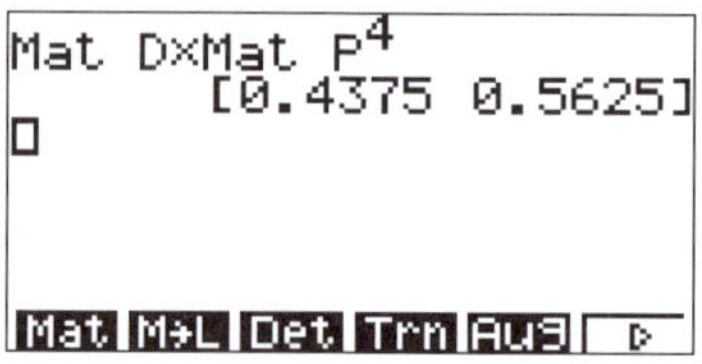

Ainsi, à la 4e étape, la probabilité que le point lumineux se trouve au sommet ① est 0,4375 et qu'il se trouve au sommet ② est 0,5625.

3. On effectue le calcul :

$$d \times P = \begin{pmatrix} 0{,}4 & 0{,}6 \end{pmatrix} \times \begin{pmatrix} 0{,}1 & 0{,}9 \\ 0{,}6 & 0{,}4 \end{pmatrix}$$

$$d \times P = \begin{pmatrix} 0{,}4 \times 0{,}1 + 0{,}6 \times 0{,}6 & 0{,}4 \times 0{,}9 + 0{,}6 \times 0{,}4 \end{pmatrix}$$

$$d \times P = \begin{pmatrix} 0{,}4 & 0{,}6 \end{pmatrix}.$$

Ainsi, $d \times P = d$.
Or l'état stable est unique, donc $d = (0{,}4 \quad 0{,}6)$.
Cela signifie qu'après une infinité de déplacements, la probabilité que le point lumineux se trouve au sommet ① est égale à 0,4 et la probabilité qu'il se trouve au sommet ② est égale à 0,6.

Révision express

Les réflexes à avoir

- Savoir interpréter une marche aléatoire à l'aide d'un graphe probabiliste et donner sa matrice de transition.
- La maîtrise du raisonnement par récurrence est essentielle dans ce chapitre, ainsi que la résolution d'un système d'équations (*S*) à l'aide des matrices.
- La distribution invariante est indépendante de la distribution d_0 à l'état initial.

Les pièges à éviter

- Attention aux formules : pour un graphe probabiliste de matrice de transition *P*, la distribution invariante *d* vérifie $d = P \times d$ ou $d = d \times P$ suivant que *d* est une matrice colonne ou ligne.
- Suivant que l'on travaille avec des matrices d_n colonnes ou lignes, *P* n'a pas la même écriture : ses lignes et colonnes s'inversent.
- Pour rechercher la distribution invariante dans le cas d'un graphe probabiliste, on est amené à résoudre le système d'équations (*S*) obtenu grâce à $d = P \times d$ ou $d = d \times P$. Il ne faut pas oublier de remplacer l'une des équations de (*S*) par $x + y = 1$ (ou $x + y + z = 1$), sinon le système ne peut pas être résolu.

MATHS EXPERTES

Quiz

*Pour chaque question, une seule réponse proposée (**a**, **b** ou **c**) est exacte.*

Une coccinelle se déplace de manière aléatoire d'un sommet du triangle ci-contre à un autre sommet. Lorsqu'elle arrive à un sommet, elle choisit le suivant de manière équiprobable. Elle démarre du sommet ①.

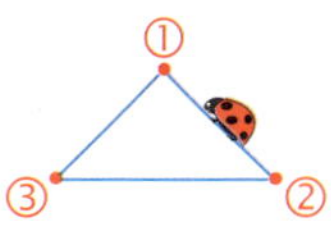

1. Le graphe probabiliste associé à cette situation est :

☐ **a.** 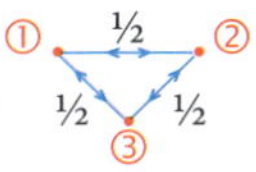

☐ **b.** 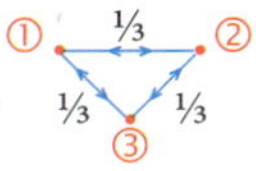

☐ **c.** 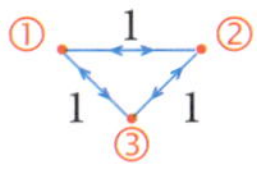

2. L'état initial d_0 est :

☐ **a.** $\begin{pmatrix} \frac{1}{3} & \frac{1}{3} & \frac{1}{3} \end{pmatrix}$ ☐ **b.** $\begin{pmatrix} 1 & 0 & 0 \end{pmatrix}$ ☐ **c.** $\begin{pmatrix} \frac{1}{2} & \frac{1}{2} & \frac{1}{2} \end{pmatrix}$

3. Au bout de 4 déplacements, la probabilité que la coccinelle se retrouve en ① est :

☐ **a.** 0,5 ☐ **b.** 0,3125 ☐ **c.** 0,375

4. Au bout d'un grand nombre de déplacements, la probabilité que la coccinelle se trouve en ② est :

☐ **a.** $\frac{1}{3}$ ☐ **b.** 0,5 ☐ **c.** 0

→ Réponses p. 502

EXERCICE 1

Relier un graphe et sa matrice d'adjacence

Énoncé

Les questions **1.** *et* **2.** *sont indépendantes.*

1. Voici la matrice d'adjacence M d'un graphe G :

$$M = \begin{pmatrix} 0 & 0 & 1 \\ 0 & 0 & 1 \\ 1 & 1 & 0 \end{pmatrix}$$

a. Déterminer l'ordre de ce graphe.
b. Construire ce graphe.

2. Voici un graphe orienté G.
a. Déterminer sa matrice d'adjacence M.
b. Combien existe-t-il de chemins de longueur 5 reliant les sommets ① à ③ ?

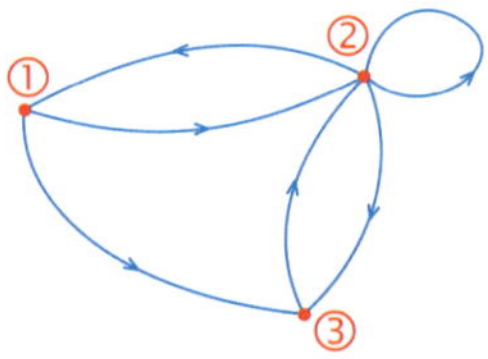

Méthode

- Dans la matrice M, le nombre situé en $i^{\text{ème}}$ ligne et en $j^{\text{ème}}$ colonne est égal au nombre d'arêtes reliant le sommet i au sommet j.
- Dans la matrice M^k, le nombre situé en $i^{\text{ème}}$ ligne et en $j^{\text{ème}}$ colonne est égal au nombre de chemins de longueur k reliant le sommet i au sommet j.

Corrigé

1. a. La matrice M est carrée d'ordre 3, donc le graphe G est d'ordre 3.
b. Voici le graphe G :

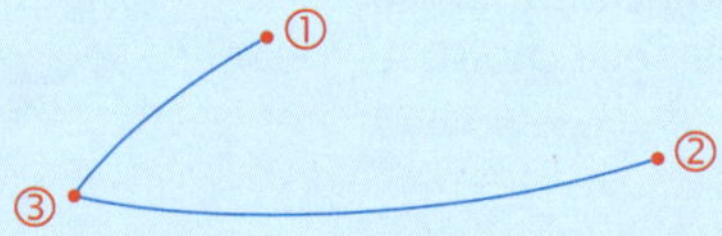

2. a. $M = \begin{pmatrix} 0 & 1 & 1 \\ 1 & 1 & 1 \\ 0 & 1 & 0 \end{pmatrix}$

b. À la calculatrice, on calcule M^5 et on trouve :

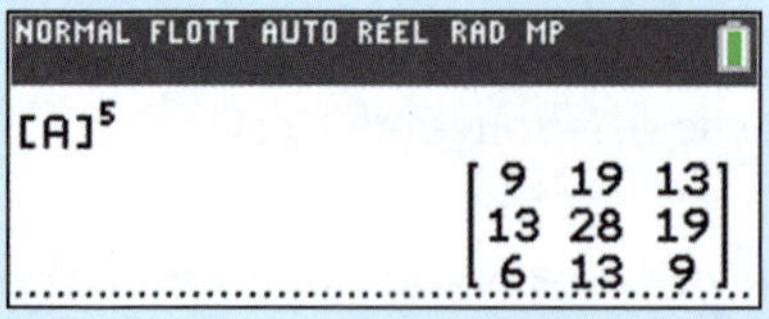

Donc il y a 13 chemins de longueur 5 qui relient le sommet ① au sommet ③.

Remarque
G d'ordre 3 signifie que G a 3 sommets.

À retenir
La matrice M est symétrique, donc le graphe G est non orienté.

L'astuce du prof
Lorsque le chiffre 1 figure sur la diagonale de M, c'est qu'il y a une boucle.

EXERCICE 2

Rechercher et interpréter la distribution invariante d'un graphe

Énoncé

Un virus est présent dans une région. Les individus de cette région peuvent être dans deux états distincts : en bonne santé (noté 1) ou malades (noté 2). On a observé les faits suivants d'un jour sur l'autre :

• lorsqu'un individu est en bonne santé, il le reste le jour suivant avec une probabilité de 0,9 ; sinon, il tombe malade ;

• lorsqu'un individu est malade, il le reste le jour suivant avec une probabilité de 0,3 ; ou alors il guérit et se retrouve en bonne santé.

1. Schématiser cette situation par un graphe probabiliste dont on donnera la matrice de transition P.

2. Déterminer, puis interpréter la distribution invariante de ce graphe.

Méthode

Dans le cas où les matrices d_n sont des matrices lignes (méthode analogue avec des matrices colonnes), pour déterminer l'état stable d d'un graphe probabiliste, il faut :

- connaître sa matrice de transition P ;
- résoudre l'équation $d = d \times P$. Pour cela, on pose $d = (x \quad y)$, avec $x + y = 1$ (graphe à 2 sommets), ou $d = (x \quad y \quad z)$, avec $x + y + z = 1$ (graphe à 3 sommets) ;
- résoudre le système d'équations obtenu grâce aux conditions $d = d \times P$ et $x + y = 1$ (ou $x + y + z = 1$).

Corrigé

1.

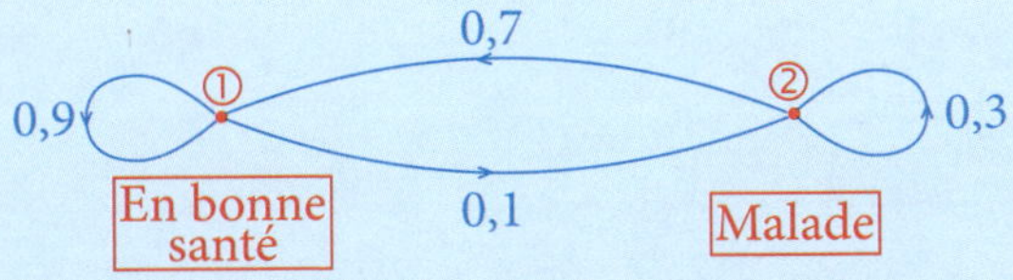

$$P = \begin{pmatrix} 0,9 & 0,1 \\ 0,7 & 0,3 \end{pmatrix}$$

(lignes et colonnes : ① ②)

2. On pose $d = (x \quad y)$ avec $x + y = 1$. L'équation matricielle $d = d \times P$ est équivalente à $(S)\begin{cases} x = 0,9x + 0,7y \\ y = 0,1x + 0,3y \end{cases}$ et $x + y = 1$.

On résout alors $\begin{cases} 0,9x + 0,7y = x \\ x + y = 1 \end{cases}$

c'est-à-dire $\begin{cases} -0,1x + 0,7y = 0 \\ x + y = 1 \end{cases}$.

> **Méthode**
> On remplace n'importe quelle équation du système (S) par l'équation $x + y = 1$ (ou $x + y + z = 1$ pour un graphe à 3 sommets).

Ce système peut être résolu « à la main » ou en utilisant les matrices, on obtient alors $\begin{cases} x = 0,875 \\ y = 0,125 \end{cases}$ d'où $d = (0,875 \quad 0,125)$.

> **Remarque**
> On n'a pas eu besoin de la distribution initiale pour trouver l'état stable.

Interprétation : **Après un grand nombre de jours**, la probabilité qu'un individu, choisi au hasard, soit en bonne santé est 0,875 et celle qu'il soit malade 0,125.

CAHIER SPÉCIAL BAC

Les sujets

Corrigés

SUJET 1 D'après Sujet zéro

EXERCICE 1

[5 pts]

Cet exercice est un questionnaire à choix multiples. Pour chacune des questions suivantes, une seule des quatre réponses proposées est exacte. Une réponse exacte rapporte un point.

Une réponse fausse, une réponse multiple ou l'absence de réponse à une question ne rapporte ni n'enlève de point. Pour répondre, indiquer sur la copie le numéro de la question et la lettre de la réponse choisie. Aucune justification n'est demandée.

1 On considère les suites (u_n) et (v_n) telles que, pour tout entier naturel n,

$$u_n = 1 - \left(\frac{1}{4}\right)^n \quad \text{et} \quad v_n = 1 + \left(\frac{1}{4}\right)^n.$$

On considère de plus une suite (w_n) qui, pour tout entier naturel n, vérifie $u_n \leqslant w_n \leqslant v_n$.

On peut affirmer que :

a. Les suites (u_n) et (v_n) sont géométriques. **b.** La suite (w_n) converge vers 1.

c. La suite (u_n) est minorée par 1. **d.** La suite (w_n) est croissante.

2 On considère la fonction f définie sur $\mathbb{R}$ par : $f(x) = xe^{x^2}$.

La fonction dérivée de f est la fonction f' définie sur $\mathbb{R}$ par :

a. $f'(x) = 2xe^{x^2}$. **b.** $f'(x) = (1 + 2x)e^{x^2}$.

c. $f'(x) = (1 + 2x^2)e^{x^2}$. **d.** $f'(x) = (2 + x^2)e^{x^2}$.

3 Que vaut $\lim\limits_{x \to +\infty} \dfrac{x^2 - 1}{2x^2 - 2x + 1}$?

a. -1 **b.** 0 **c.** $\dfrac{1}{2}$ **d.** $+\infty$

4 On considère une fonction h continue sur l'intervalle $[-1 ; 1]$ telle que :

$$h(-1) = 0 \qquad h(0) = 2 \qquad h(1) = 0.$$

On peut affirmer que :

a. La fonction h est croissante sur l'intervalle $[-1 ; 0]$.

b. La fonction h est positive sur l'intervalle $[-1 ; 1]$.

c. Il existe au moins un nombre réel a dans l'intervalle $[0 ; 1]$ tel que $h(a) = 1$.

d. L'équation $h(x) = 1$ admet exactement deux solutions dans l'intervalle $[-1 ; 1]$.

5 On suppose que g est une fonction dérivable sur l'intervalle $[-4 ; 4]$.

On donne ci-dessous la représentation graphique de sa fonction dérivée g'.

On peut affirmer que :

a. g admet un maximum en -2.

b. g est croissante sur l'intervalle $[1 ; 2]$.

c. g est convexe sur l'intervalle $[1 ; 2]$.

d. g admet un minimum en 0.

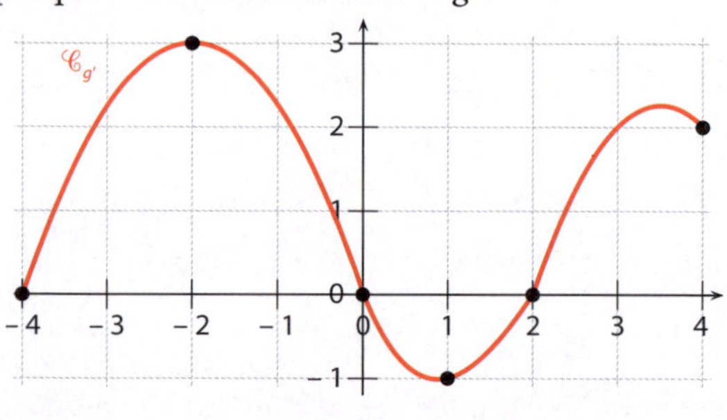

EXERCICE 2 [5 pts]

On considère le cube ABCDEFGH de côté 1, le milieu I de [EF] et J le symétrique de E par rapport à F.

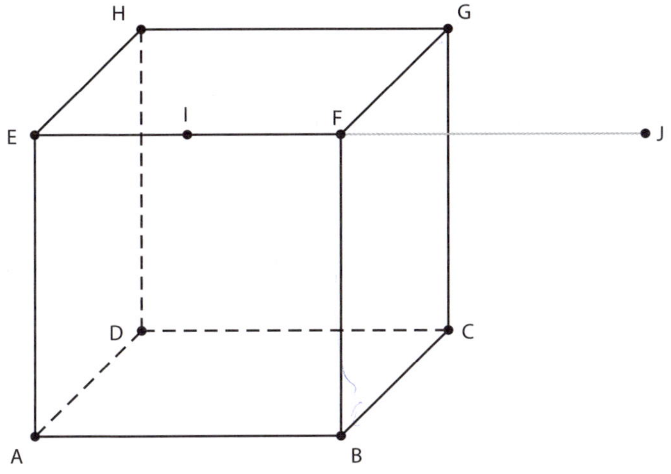

Dans tout l'exercice, l'espace est rapporté au repère orthonormé $\left(A\,;\overrightarrow{AB}, \overrightarrow{AD}, \overrightarrow{AE}\right)$.

1 **a.** Par lecture graphique, donner les coordonnées des points I et J.

b. En déduire les coordonnées des vecteurs $\overrightarrow{DJ}$, $\overrightarrow{BI}$ et $\overrightarrow{BG}$.

c. Montrer que $\overrightarrow{DJ}$ est un vecteur normal au plan (BGI).

d. Montrer qu'une équation cartésienne du plan (BGI) est $2x - y + z - 2 = 0$.

2 On note d la droite passant par F et orthogonale au plan (BGI).

a. Déterminer une représentation paramétrique de la droite d.

b. On considère le point L de coordonnées $\left(\frac{2}{3}\,;\frac{1}{6}\,;\frac{5}{6}\right)$.

Montrer que L est le point d'intersection de la droite d et du plan (BGI).

3 On rappelle que le volume V d'une pyramide est donné par la formule

$$V = \frac{1}{3} \times \mathcal{B} \times h$$

où $\mathcal{B}$ est l'aire d'une base et h la hauteur associée à cette base.

a. Calculer le volume de la pyramide FBGI.

b. En déduire l'aire du triangle BGI.

EXERCICE 3 [5 pts]

Pour préparer l'examen du permis de conduire, on distingue deux types de formation :
- la formation avec *conduite accompagnée* ;
- la formation *traditionnelle.*

On considère un groupe de 300 personnes venant de réussir l'examen du permis de conduire. Dans ce groupe :
- 75 personnes ont suivi une formation avec *conduite accompagnée* ; parmi elles, 50 ont réussi l'examen à leur première présentation et les autres ont réussi à leur deuxième présentation.

– 225 personnes se sont présentées à l'examen suite à une formation *traditionnelle* ; parmi elles, 100 ont réussi l'examen à la première présentation, 75 à la deuxième et 50 à la troisième présentation.

On interroge au hasard une personne du groupe considéré.

On considère les évènements suivants :
– A : « la personne a suivi une formation avec *conduite accompagnée* » ;
– R_1 : « la personne a réussi l'examen à la première présentation » ;
– R_2 : « la personne a réussi l'examen à la deuxième présentation » ;
– R_3 : « la personne a réussi l'examen à la troisième présentation ».

1 Modéliser la situation par un arbre pondéré.

Dans les questions suivantes, les probabilités demandées seront données sous forme d'une fraction irréductible.

2 **a.** Calculer la probabilité que la personne interrogée ait suivi une formation avec *conduite accompagnée* et réussi l'examen à sa deuxième présentation.

b. Montrer que la probabilité que la personne interrogée ait réussi l'examen à sa deuxième présentation est égale à $\frac{1}{3}$.

c. La personne interrogée a réussi l'examen à sa deuxième présentation. Quelle est la probabilité qu'elle ait suivi une formation avec *conduite accompagnée* ?

3 On note X la variable aléatoire qui, à toute personne choisie au hasard dans le groupe, associe le nombre de fois où elle s'est présentée à l'examen jusqu'à sa réussite.

Ainsi, $X = 1$ correspond à l'évènement R_1.

a. Déterminer la loi de probabilité de la variable aléatoire X.

b. Calculer l'espérance de cette variable aléatoire. Interpréter cette valeur dans le contexte de l'exercice.

4 On choisit, successivement et de façon indépendante, n personnes parmi les 300 du groupe étudié, où n est un entier naturel non nul. On assimile ce choix à un tirage avec remise de n personnes parmi les 300 personnes du groupe.

On admet que la probabilité de l'évènement R_3 est égale à $\frac{1}{6}$.

a. Dans le contexte de cette question, préciser un évènement dont la probabilité est égale à $1-\left(\frac{5}{6}\right)^n$.

On considère la fonction Python seuil ci-dessous, où p est un nombre réel appartenant à l'intervalle $]0\,;1[$.

```
def seuil(p) :
    n = 1
    while 1-(5/6)**n <= p:
        n = n+1
    return n
```

b. Quelle est la valeur renvoyée par la commande **seuil**(0,9) ? Interpréter cette valeur dans le contexte de l'exercice.

EXERCICE 4 [5 pts]

Sur le graphique ci-dessous, on a représenté dans un repère orthonormé :

– la courbe représentative $\mathscr{C}_f$ d'une fonction f définie et dérivable sur $]0\,;+\infty[$;

– la tangente $\mathscr{T}_A$ à la courbe $\mathscr{C}_f$ au point A de coordonnées $\left(\frac{1}{\mathrm{e}}\,;\mathrm{e}\right)$;

– la tangente $\mathscr{T}_B$ à la courbe $\mathscr{C}_f$ au point B de coordonnées $(1\,;2)$.

La droite $\mathscr{T}_A$ est parallèle à l'axe des abscisses. La droite $\mathscr{T}_B$ coupe l'axe des abscisses au point de coordonnées $(3\,;0)$ et l'axe des ordonnées au point de coordonnées $(0\,;3)$.

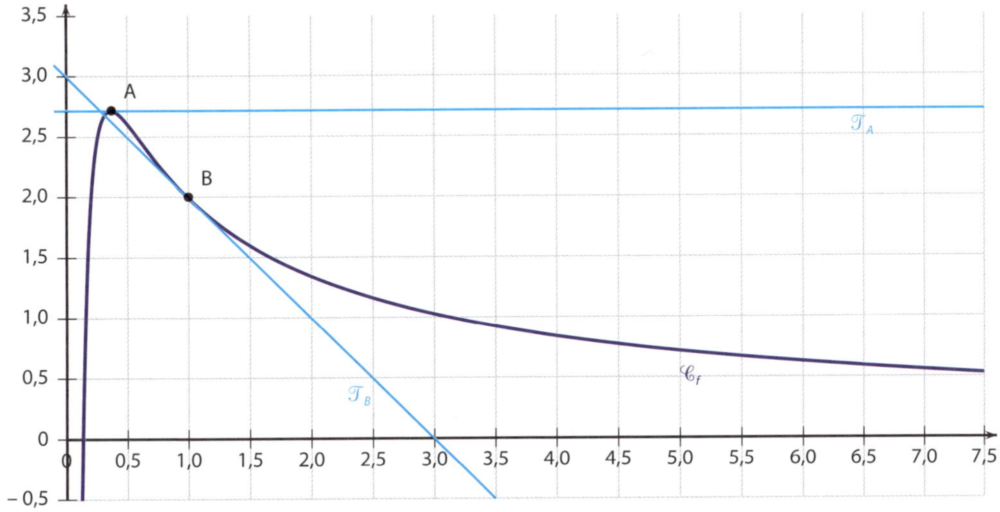

On note f' la fonction dérivée de f.

Partie I

1 Déterminer graphiquement les valeurs de $f'\left(\frac{1}{\mathrm{e}}\right)$ et de $f'(1)$.

2 En déduire une équation de la droite $\mathscr{T}_B$.

Partie II

On suppose maintenant que la fonction f est définie sur $]0\,;+\infty[$ par : $f(x)=\dfrac{2+\ln(x)}{x}$.

1 Par le calcul, montrer que la courbe $\mathscr{C}_f$ passe par les points A et B et qu'elle coupe l'axe des abscisses en un point unique que l'on précisera.

2 Déterminer la limite de $f(x)$ quand x tend vers 0 par valeurs supérieures, et la limite de $f(x)$ quand x tend vers $+\infty$.

3 Montrer que, pour tout $x \in\,]0\,;+\infty[$,

$$f'(x)=\frac{-1-\ln(x)}{x^2}.$$

4 Dresser le tableau de variations de f sur $]0\,;+\infty[$.

5 On note f'' la fonction dérivée seconde de f. On admet que, pour tout $x \in\,]0\,;+\infty[$

$$f''(x)=\frac{1+2\ln(x)}{x^3}.$$

Déterminer le plus grand intervalle sur lequel f est convexe.

SUJET 2 D'après Sujet zéro et Métropole-Réunion sept. 2020

EXERCICE 1

[5 pts]

Dans une boulangerie, les baguettes sortent du four à une température de 225 °C.

On s'intéresse à l'évolution de la température d'une baguette après sa sortie du four.

On admet qu'on peut modéliser cette évolution à l'aide d'une fonction f définie et dérivable sur l'intervalle $[0 ; +\infty[$.

Dans cette modélisation, $f(t)$ représente la température en degré Celsius de la baguette au bout de la durée t, exprimée en heure, après la sortie du four.

Ainsi, $f(0,5)$ représente la température d'une baguette une demi-heure après la sortie du four.

Dans tout l'exercice, la température ambiante de la boulangerie est maintenue à 25 °C.

On admet alors que la fonction f est solution de l'équation différentielle $y' + 6y = 150$.

1 **a.** Préciser la valeur de $f(0)$.

b. Résoudre l'équation différentielle $y' + 6y = 150$.

c. En déduire que pour tout réel $t \geqslant 0$, on a $f(t) = 200e^{-6t} + 25$.

2 Par expérience, on observe que la température d'une baguette sortant du four :

– décroît ;

– tend à se stabiliser à la température ambiante.

La fonction f fournit-elle un modèle en accord avec ces observations ?

3 Montrer que l'équation $f(t) = 40$ admet une unique solution dans $[0 ; +\infty[$.

Pour mettre les baguettes en rayon, le boulanger attend que leur température soit inférieure ou égale à 40 °C. On note $\mathcal{T}_0$ le temps d'attente minimal entre la sortie du four d'une baguette et sa mise en rayon.

On donne ci-dessous la représentation graphique de la fonction f dans un repère orthogonal.

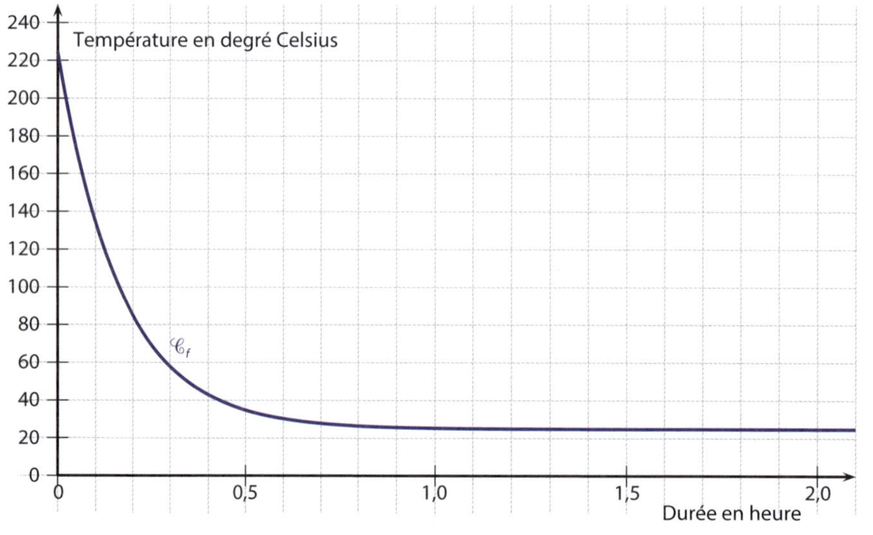

Avec la précision permise par le graphique, lire $\mathcal{T}_0$. On donnera une valeur approchée de $\mathcal{T}_0$ sous forme d'un nombre entier de minutes.

4 On s'intéresse ici à la diminution, minute après minute, de la température d'une baguette à sa sortie du four.

Ainsi, pour un entier naturel n, $\mathcal{D}_n$ désigne la diminution de température en degré Celsius d'une baguette entre la n-ième et la $(n + 1)$-ième minute après sa sortie du four.

On admet que, pour tout entier naturel n :

$$\mathcal{D}_n = f\left(\frac{n}{60}\right) - f\left(\frac{n+1}{60}\right).$$

a. Vérifier que 19 est une valeur approchée de $\mathcal{D}_0$ à 0,1 près, et interpréter ce résultat dans le contexte de l'exercice.

b. Vérifier que l'on a, pour tout entier naturel n :

$$\mathcal{D}_n = 200\mathrm{e}^{-0,1n}(1 - \mathrm{e}^{-0,1}).$$

En déduire le sens de variation de la suite $(\mathcal{D}_n)$, puis la limite de la suite $(\mathcal{D}_n)$.

Ce résultat était-il prévisible dans le contexte de l'exercice ?

EXERCICE 2 [5 pts]

L'objectif de cet exercice est de déterminer les position relative de différents objets de l'espace.

L'espace est rapporté à un repère orthonormé $\left(O ; \vec{i}, \vec{j}, \vec{k}\right)$.

On considère les points A(1 ; 1 ; 4) ; B(4 ; 2 ; 5) ; C(3 ; 0 ; – 2) et J(1 ; 4 ; 2).

On note :
- $\mathcal{P}$ le plan passant par les points A, B et C ;
- $\mathcal{D}$ la droite passant par le point J et de vecteur directeur $\vec{u}\begin{pmatrix}1\\1\\3\end{pmatrix}$.

1 **a.** Montrer que le vecteur $\vec{n}\begin{pmatrix}1\\-4\\1\end{pmatrix}$ est normal à $\mathcal{P}$.

b. Déterminer une équation cartésienne du plan $\mathcal{P}$.

c. Montrer que $\mathcal{D}$ est parallèle à $\mathcal{P}$.

2 On rappelle que, un point I et un nombre réel strictement positif r étant donnés, la sphère de centre I et de rayon r est l'ensemble des points M de l'espace vérifiant $IM = r$.

On considère le point I (1 ; 9 ; 0) et on appelle $\mathcal{S}$ la sphère de centre I et de rayon 6.

a. Montrer que la droite Δ passant par I et orthogonale au plan $\mathcal{P}$ coupe ce plan $\mathcal{P}$ au point H(3 ; 1 ; 2).

b. Calculer la distance IH.

c. On admet que pour tout point M du plan $\mathcal{P}$ on a $IM \geqslant IH$.

Le plan $\mathcal{P}$ coupe-t-il la sphère $\mathcal{S}$? Justifier la réponse.

3 **a.** Déterminer une représentation paramétrique de la droite $\mathcal{D}$.

b. Montrer qu'un point M de coordonnées $(x ; y ; z)$ appartient à la sphère $\mathcal{S}$ si et seulement si :

$$(x - 1)^2 + (y - 9)^2 + z^2 = 36.$$

c. Montrer que la droite $\mathcal{D}$ coupe la sphère en deux points distincts.

On ne cherchera pas à déterminer les coordonnées de ses points.

EXERCICE 3

[5 pts]

On considère la suite (u_n) définie, pour tout entier naturel non nul n, par :

$$u_n = \frac{n(n+2)}{(n+1)^2}.$$

La suite (v_n) est définie par :

$v_1 = u_1$, $v_2 = u_1 \times u_2$ et pour tout entier naturel $n \geqslant 3$, $v_n = u_1 \times u_2 \times \ldots \times u_n = v_{n-1} \times u_n$.

1 Vérifier que l'on a $v_2 = \dfrac{2}{3}$ puis calculer v_3.

2 On considère l'algorithme incomplet ci-contre. Recopier et compléter sur la copie cet algorithme afin que, après son exécution, la variable V contiennent la valeur v_n où n est un nombre entier naturel non nul définie par l'utilisateur.

Aucune justification n'est attendue.

Algorithme
1. $V \leftarrow 1$
2. Pour i variant de 1 à n
3. $U \leftarrow \dfrac{\ldots(\ldots+2)}{(\ldots+1)^2}$
4. $V \leftarrow \ldots$
5. Fin Pour

3 **a.** Montrer que, pour tout entier naturel non nul n, $u_n = 1 - \dfrac{1}{(n+1)^2}$.

b. Montrer que, pour tout entier naturel non nul n, $0 < u_n < 1$.

4 **a.** Montrer que la suite (v_n) est décroissante.

b. Justifier que la suite (v_n) est convergente (on ne demande pas de calculer sa limite).

5 **a.** Vérifier que, pour tout entier naturel non nul n, $v_{n+1} = v_n \times \dfrac{(n+1)(n+3)}{(n+2)^2}$.

b. Montrer par récurrence que, pour tout entier naturel non nul n, $v_n = \dfrac{n+2}{2(n+1)}$.

c. Déterminer la limite de la suite (v_n).

6 On considère la suite w_n définie par $w_1 = \ln(u_1)$, $w_2 = \ln(u_1) + \ln(u_2)$ et, pour tout entier naturel $n \geqslant 3$, par :

$$w_n = \sum_{k=1}^{n} \ln(u_k) = \ln(u_1) + \ln(u_2) + \ldots + \ln(u_n).$$

Montrer que $w_7 = 2w_1$.

EXERCICE 4

[5 pts]

Pour chacune des affirmations suivantes, indiquer si elle est vraie ou fausse, en justifiant la réponse.

Il est attribué un point par réponse exacte correctement justifiée. Une réponse non justifiée n'est pas prise en compte. Une absence de réponse n'est pas pénalisée.

1 **Affirmation 1 :** L'équation $(3\ln x - 5)(e^x + 4) = 0$ admet exactement deux solutions réelles.

2 On considère la suite (u_n) définie par :

$$u_0 = 2 \quad \text{et, pour tout entier naturel } n,\ u_{n+1} = 2u_n - 5n + 6.$$

Affirmation 2 : Pour tout entier naturel n, $u_n = 3 \times 2^n + 5n - 1$.

3 On considère la suite (u_n) définie, pour tout entier naturel n, par $u_n = n^2 + \dfrac{1}{2}$.

Affirmation 3 : La suite (u_n) est géométrique.

4 Parmi les nouveautés de la médiathèque d'un village se trouvent 5 romans d'aventure, 4 romans de science-fiction et 3 autobiographies.

Carla va emprunter 4 de ces nouveautés pour les vacances.

Affirmation 4 : Carla peut emprunter 210 listes de ces 4 nouveautés comportant exactement 2 romans d'aventure.

5 Le code de déverrouillage d'un smartphone comporte 6 chiffres distincts entre 0 et 9.

Affirmation 5 : Pour déverrouiller ce smartphone, il y a un million de codes possibles.

SUJET 3 Inédit

EXERCICE 1 [5 pts]

On relie les centres de chaque face d'un cube ABCDEFGH pour former un solide IJKLMN comme sur la figure ci-contre.

Plus précisément, les points I, J, K, L, M et N sont les centres respectifs des faces carrées ABCD, BCGF, CDHG, ADHE, ABFE et EFGH (donc les milieux des diagonales de ces carrés).

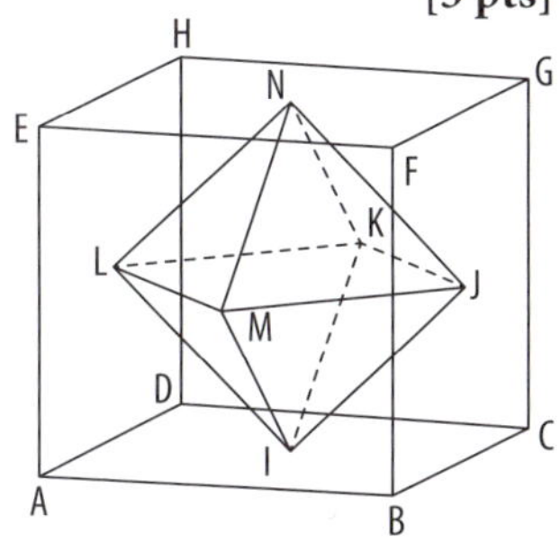

1 Sans utiliser de repère (et donc de coordonnées) dans le raisonnement mené, justifier que les droites (IN) et (ML) sont orthogonales.

2 Dans la suite, on considère le repère orthonormé $(A\,;\overrightarrow{AB}, \overrightarrow{AD}, \overrightarrow{AE})$ dans lequel, par exemple, le point N a pour coordonnées $\left(\frac{1}{2}\,;\frac{1}{2}\,;1\right)$.

a. Donner les coordonnées des vecteurs $\overrightarrow{NC}$ et $\overrightarrow{ML}$.

b. En déduire que les droites (NC) et (ML) sont orthogonales.

c. Déduire des questions précédentes une équation cartésienne du plan (NCI).

3 **a.** Montrer qu'une équation cartésienne du plan (NJM) est : $x - y + z = 1$.

b. La droite (DF) est-elle perpendiculaire au plan (NJM) ? Justifier.

EXERCICE 2 [5 pts]

Les questions 1 et 2 sont indépendantes.

Chaque semaine, un agriculteur propose en vente directe à chacun de ses clients un panier de produits frais qui contient une seule bouteille de jus de fruits. Dans un esprit de développement durable, il fait le choix de bouteilles en verre incassable et demande à ce que chaque semaine, le client rapporte sa bouteille vide.

On suppose que le nombre de clients de l'agriculteur reste constant.

Une étude statistique réalisée donne les résultats suivants :

– à l'issue de la première semaine, la probabilité qu'un client rapporte la bouteille de son panier est 0,9 ;

– si le client a rapporté la bouteille de son panier une semaine, alors la probabilité qu'il ramène la bouteille du panier la semaine suivante est 0,95 ;

– si le client n'a pas rapporté la bouteille de son panier une semaine, alors la probabilité qu'il ramène la bouteille du panier la semaine suivante est 0,2.

On choisit au hasard un client parmi la clientèle de l'agriculteur. Pour tout entier naturel n non nul, on note R_n l'évènement « le client rapporte la bouteille de son panier de la n-ième semaine ».

1 **a.** Modéliser la situation étudiée pour les deux premières semaines à l'aide d'un arbre pondéré qui fera intervenir les évènements R_1 et R_2.

b. Déterminer la probabilité que le client rapporte ses bouteilles des paniers de la première et de la deuxième semaine.

c. Montrer que la probabilité que le client rapporte la bouteille du panier de la deuxième semaine est égale à 0,875.

d. Sachant que le client a rapporté la bouteille de son panier de la deuxième semaine, quelle est la probabilité qu'il n'ait pas rapporté la bouteille de son panier de la première semaine ? On arrondira le résultat à 10^{-3}.

2 Pour tout entier naturel n non nul, on note r_n la probabilité que le client rapporte la bouteille du panier de la n-ième semaine. On a alors $r_n = p(R_n)$.

a. Recopier et compléter l'arbre pondéré (aucune justification n'est attendue) :

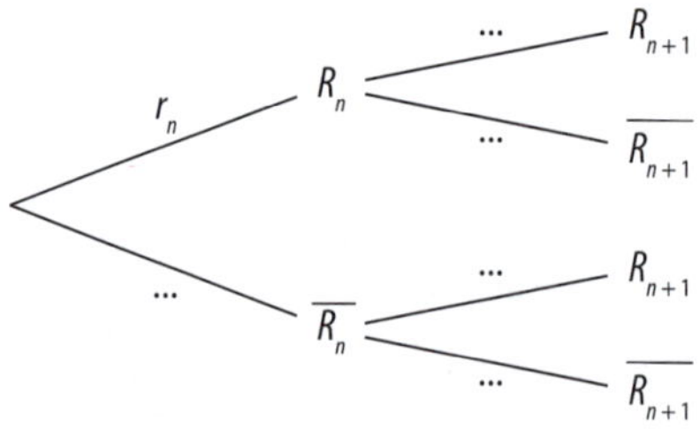

b. Justifier que, pour tout entier naturel n non nul, $r_{n+1} = 0{,}75r_n + 0{,}2$.

c. Démontrer que, pour tout entier naturel n non nul, $r_n = 0{,}1 \times 0{,}75^{n-1} + 0{,}8$.

d. Calculer la limite de la suite (r_n).

Interpréter le résultat dans le contexte de l'exercice.

EXERCICE 3

[5 pts]

Partie 1

Soit a et b des nombres réels. On considère une fonction f définie sur $[0\,;+\infty[$ par

$$f(x) = \frac{a}{1 + e^{-bx}}$$

La courbe $\mathscr{C}_f$ représentant la fonction f dans un repère orthogonal est donnée ci-dessous.

La courbe $\mathscr{C}_f$ passe par le point A(0 ; 0,5). La tangente à la courbe $\mathscr{C}_f$ au point A passe par le point B(10 ; 1).

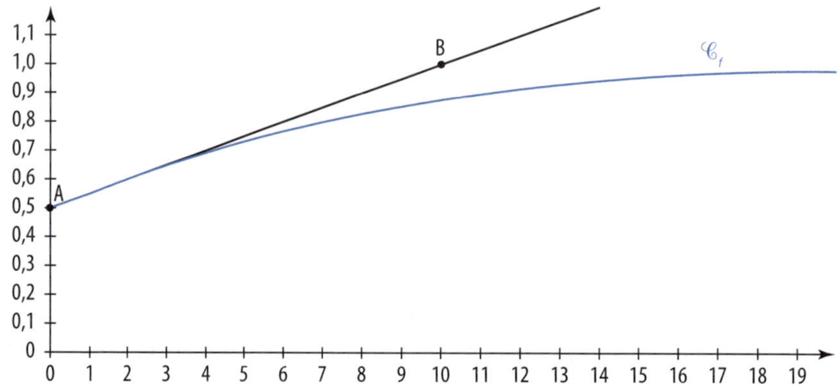

1 Justifier que $a = 1$.

2 On obtient alors, pour tout réel $x \geqslant 0$,

$$f(x) = \frac{1}{1 + e^{-bx}}$$

On admet que la fonction f est dérivable sur $[0 ; +\infty[$ et on note f' sa fonction dérivée. Vérifier que, pour tout réel $x \geqslant 0$

$$f'(x) = \frac{be^{-bx}}{(1 + e^{-bx})^2}$$

3 En utilisant les données de l'énoncé, déterminer b.

Partie 2

La proportion d'individus qui possèdent un certain type d'équipement dans une population est modélisée par la fonction p définie sur $[0 ; +\infty[$ par

$$p(x) = \frac{1}{1 + e^{-0,2x}}$$

Le réel x représente le temps écoulé, en année, depuis le 1er janvier 2000.

Le nombre $p(x)$ modélise la proportion d'individus équipés après x années.

Ainsi, pour ce modèle, $p(0)$ est la proportion d'individus équipés au 1er janvier 2000 et $p(3{,}5)$ est la proportion d'individus équipés au milieu de l'année 2003.

1 Quelle est, pour ce modèle, la proportion d'individus équipés au 1er janvier 2010 ? On en donnera une valeur arrondie au centième.

2 **a.** Déterminer le sens de variation de la fonction p sur $[0 ; +\infty[$.

b. Calculer la limite de la fonction p en $+\infty$.

c. Interpréter cette limite dans le contexte de l'exercice.

3 On considère que, lorsque la proportion d'individus équipés dépasse 95 %, le marché est saturé.
Déterminer, en expliquant la démarche, l'année au cours de laquelle cela se produit.

EXERCICE 4 [5 pts]

Les parties 1 et 2 de cet exercice sont indépendantes.

Partie 1

Pour chacune des trois affirmations suivantes, indiquer si elle est vraie ou fausse, en justifiant la réponse.

Il est attribué un point par réponse correctement justifiée. Une réponse non justifiée n'est pas prise en compte, une absence de réponse n'est pas pénalisée.

1 On considère la suite (p_n) définie pour tout entier naturel n, par :

$$p_n = n^2 - 42n + 4.$$

Affirmation 1 : La suite (p_n) est strictement décroissante.

2 Soit a un nombre réel. On considère les suites (u_n) et (v_n) définies par :

- $u_0 = a$ et, pour tout entier naturel n, $u_{n+1} = \frac{1}{3}\sqrt{u_n^2 + 8}$;
- $v_n = u_n^2 - 1$ pour tout entier naturel n.

Affirmation 2 : La suite (v_n) est une suite géométrique.

3 On considère une suite (w_n) qui vérifie, pour tout entier naturel n,

$$n^2 \leqslant (n+1)^2\, w_n \leqslant n^2 + n.$$

Affirmation 3 : La suite (w_n) converge.

Partie 2

On considère la suite (u_n) définie par $u_0 = \dfrac{1}{2}$ et, pour tout entier naturel n,

$$u_{n+1} = \frac{2u_n}{1+u_n}.$$

1 Calculer u_1 que l'on écrira sous la forme d'une fraction irréductible.

2 Démontrer par récurrence que, pour tout entier naturel n,

$$u_n = \frac{2^n}{1+2^n}.$$

3 On considère les trois algorithmes suivants dans lesquels les variables n, p et u sont du type nombre. Pour un seul de ces trois algorithmes la variable u ne contient pas le terme u_n en fin d'exécution.

Déterminer lequel en justifiant votre choix.

Algorithme 1	Algorithme 2	Algorithme 3
$u \leftarrow \frac{1}{2}$ $i \leftarrow 0$ Tant que $i < n$ $u \leftarrow \frac{2u}{u+1}$ $i \leftarrow i+1$ Fin Tant que	$u \leftarrow \frac{1}{2}$ Pour i allant de 0 à n $u \leftarrow \frac{2u}{u+1}$ Fin Pour	$p \leftarrow 2^n$ $u \leftarrow \frac{p}{p+1}$

PHYSIQUE-CHIMIE

SUJET 1 Sujet inédit (calculatrice autorisée)

EXERCICE 1 [11 pts]

Son et lumière

Pour obtenir un feu d'artifice qui produit son, lumière et fumée, on procède à l'éclatement d'une pièce pyrotechnique.

Bien que produisant des effets différents, toutes ces pièces sont conçues selon le même principe. Un dispositif permet de projeter la pièce pyrotechnique vers le haut. Une fois que ce projectile a atteint la hauteur prévue par l'artificier, il éclate, créant l'effet « son et lumière » souhaité.

Le but de cet exercice est d'étudier la couleur observée, la trajectoire du projectile et le son émis.

Document 1 Caractéristiques de deux pièces pyrotechniques

Les caractéristiques de deux pièces pyrotechniques nommées « crackling R100 » et « marron d'air » sont consignées dans le tableau ci-dessous :

Caractéristiques constructeur	Crackling R100	Marron d'air
Masse	$2{,}8 \times 10^2$ g	40 g
Vitesse initiale	250 $km \cdot h^{-1}$	200 $km \cdot h^{-1}$
Niveau d'intensité sonore estimé à 15 m du point d'éclatement	Non renseigné	120 dB
Hauteur atteinte à l'éclatement	120 m	70 m
Durée entre la mise à feu et l'éclatement	3,2 s	2,5 s
Couleur de la lumière émise	Rouge (intense)	Blanc (peu intense)
Distance de sécurité recommandée	130 m	95 m

Document 2 Domaines de longueurs d'onde de la lumière visible

Couleur	Violet	Bleu	Vert	Jaune	Orange	Rouge
Domaine de longueurs d'onde (nm)	380-446	446-520	520-565	565-590	590-625	625-800

Document 3 Niveau d'intensité sonore

Au cours de la propagation d'une onde et en l'absence d'atténuation, le niveau d'intensité sonore L diminue avec la distance d à la source S suivant la formule :

$$L_2 = L_1 + 20\log\left(\frac{d_1}{d_2}\right)$$

avec L_2 (en dB) le niveau d'intensité sonore mesuré à la distance d_2 (en m) de la source et L_1 (en dB) le niveau d'intensité sonore mesuré à la distance d_1 (en m) de la source.

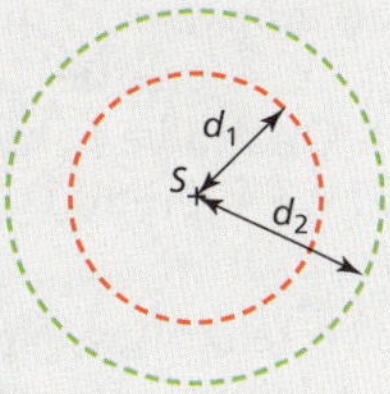

Document 4 **Échelle des niveaux d'intensité sonore en décibels (dB) et risques auditifs associés**

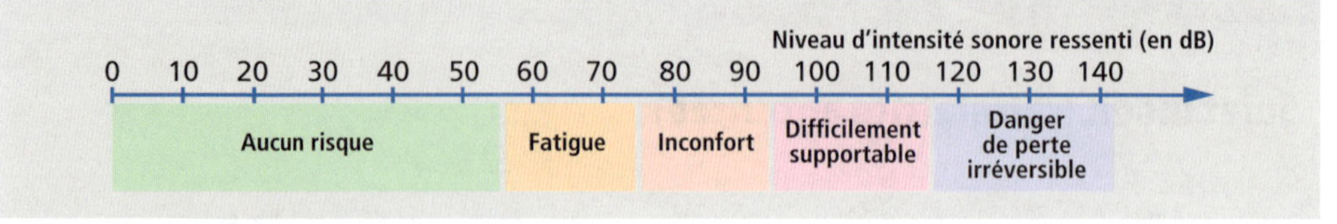

› Données

- Constante de Planck : $h = 6{,}63 \times 10^{-34}$ J·s.
- Intensité du champ de pesanteur : $g = 9{,}81$ m·s^{-2}.
- 1 eV = $1{,}60 \times 10^{-19}$ J.
- La valeur de la célérité de la lumière dans le vide est supposée connue du candidat.

PARTIE 1 – Tout en couleur

Document 5 **Feux d'artifice**

Les feux d'artifice émettent de la lumière. Les phénomènes mis en jeu sont notamment l'incandescence et l'émission atomique.

Il y a tout d'abord l'incandescence des particules d'oxyde métallique, formées lors de la combustion, qui va du « blanc rouge » (aux alentours de 1 000 °C) jusqu'au blanc éblouissant (vers 3 000 °C).

Pour l'émission atomique, les électrons de l'atome sont excités thermiquement, ce qui leur permet de passer du niveau d'énergie fondamental à un niveau d'énergie supérieur ; au cours de leur retour vers le niveau d'énergie fondamental, l'énergie qu'ils avaient absorbée est émise sous forme de photons dont la longueur d'onde est caractéristique de l'atome.

D'après www.ambafrance-cn.org/Feux-d-artifice-histoire-et-technologie

1 Le texte du document 5 fait référence à deux processus d'émission de lumière. Citer chacun de ces processus et préciser, dans chaque cas, si le spectre de la lumière émise est un spectre de raies ou un spectre continu.

Le « crackling R100 » est principalement composé de strontium. Les photons émis par le strontium sont responsables de la couleur perçue lors de l'éclatement du « crackling R100 ».

Le document 6 regroupe les énergies des photons émis par le strontium.

Document 6 **Énergies des photons émis par le strontium**

	Photon 1	Photon 2	Photon 3
Énergie des photons (eV)	1,753	1,802	1,825

2 Déterminer la couleur perçue lors de l'émission du photon 3.

3 Sans effectuer de calcul supplémentaire, montrer que l'émission de ces trois photons permet d'expliquer la couleur de la lumière émise par le « crackling R100 ».

PARTIE 2 – Étude des trajectoires des pièces pyrotechniques

On s'intéresse au mouvement de la pièce pyrotechnique jusqu'à son éclatement dans un référentiel terrestre supposé galiléen muni d'un repère (Ox, Oy). On étudie le mouvement d'un point M de la pièce « crackling R100 ». On prend l'instant du lancement comme origine des temps $t = 0$ s.

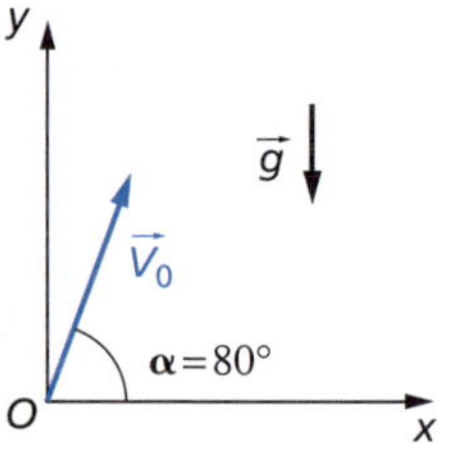

À cet instant, le vecteur vitesse initiale $\vec{V_0}$ de M fait un angle $\alpha = 80°$ par rapport à l'horizontale (schéma ci-contre).

1 Donner les expressions littérales des coordonnées du vecteur $\vec{V}_0$ en fonction de V_0 et α.

2 Montrer que, si on néglige toute action de l'air, le vecteur accélération de M noté $\vec{a}_M$ est égal au vecteur champ de pesanteur $\vec{g}$ dès que le projectile est lancé.

3 Montrer alors que les équations horaires du mouvement de M sont : $x_M(t) = 12{,}1t$ et $y_M(t) = -4{,}91t^2 + 68{,}4t$ en exprimant $x_M(t)$ et $y_M(t)$ en mètres et le temps t en secondes.

4 Dans le cadre de ce modèle, déterminer, à l'aide des équations horaires, l'altitude théorique atteinte par le projectile à $t = 3{,}2$ s.

5 Sachant que l'éclatement se produit lors de la montée, expliquer l'écart entre cette valeur et celle annoncée par le constructeur.

PARTIE 3 – Le « marron d'air »

Au début et à la fin de chaque feu d'artifice, les artificiers utilisent une pièce pyrotechnique appelée « marron d'air » pour obtenir une détonation brève et puissante. Désireux de l'envoyer le plus haut possible, ils effectuent un tir vertical avec une vitesse initiale v_i.

Par la suite, on suppose que la pièce n'éclate pas avant d'atteindre sa hauteur maximale h.

1 Dans l'hypothèse où l'énergie mécanique de la pièce pyrotechnique se conserve, montrer que la hauteur maximale h atteinte par cette pièce est donnée par la relation :

$$h = \frac{v_i^2}{2g}$$

2 Déterminer la valeur de la hauteur maximale atteinte h.

En réalité, arrivé à une hauteur H de 70 m, le « marron d'air » éclate au point E, et le son émis se propage dans toutes les directions de l'espace. Un artificier A se trouve à la distance $\ell = 95$ m recommandée par le constructeur du point de tir T du « marron d'air ».

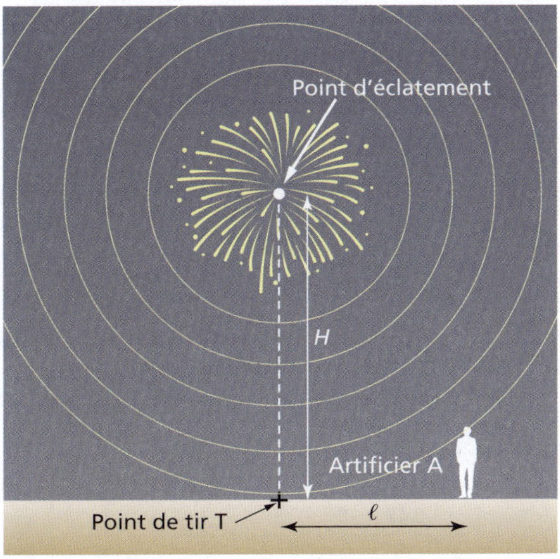

Sur ce schéma, les échelles de distances ne sont pas respectées.

3 Doit-on recommander à l'artificier le port d'un dispositif de protection auditive (casque, bouchons d'oreille…) ? Justifier par un calcul.

EXERCICE 2

[4 pts]

Dosage colorimétrique de l'aluminium

L'aluminium est reconnu pour ses effets néfastes à haute dose sur le système nerveux. Les cellules du cerveau des patients atteints d'Alzheimer contiennent de 10 à 30 fois plus d'aluminium que la normale.

L'Institut de la veille sanitaire a réalisé en 2003 une étude poussée qui montre le manque de données suffisantes pour confirmer ou infirmer les conséquences de l'aluminium sur la santé. Les études ont porté surtout sur la qualité des eaux utilisées pour la boisson, mais pas sur les effets des emballages en aluminium.

Source : Wikipédia

Les normes actuelles tolèrent une concentration maximale en aluminium de 7,4 μmol·L^{-1} pour l'eau potable.

Le but de cet exercice est d'exploiter une analyse par spectrophotométrie afin de s'assurer qu'un échantillon d'eau vérifie ce critère.

PARTIE 1 – Préparation de la solution S_0

On prépare 1,00 L d'une solution mère de concentration 8,15 mmol·L^{-1} en élément aluminium à partir de chlorure d'aluminium hexahydraté $AlCl_3$, $6H_2O$ solide (il libère des ions aluminium III Al^{3+} lors de sa dissolution en solution aqueuse). On prélève un volume qui est dilué 100 fois afin d'obtenir 100,0 mL d'une solution qui sera appelée par la suite S_0.

1 Retrouver qu'il faut peser 1,9 g de chlorure d'aluminium hexahydraté de masse molaire M = 241,5 g·mol^{-1} pour préparer un litre de solution à une concentration de 8,15 mmol·L^{-1} en élément aluminium.

2 Quel est le volume de solution mère à prélever pour préparer la solution S_0 ?

PARTIE 2 – Préparation de la gamme d'étalon

On fait réagir les ions aluminium III, contenus dans une solution incolore, avec un colorant appelé aluminon présent en large excès. Une nouvelle espèce chimique colorée est ainsi obtenue par une transformation chimique supposée totale.

Sept solutions sont préparées comme suit :

Document **Protocole et résultats des mesures d'absorbance**

Placer, dans une fiole jaugée de 50,0 mL, 5 mL d'une solution d'aluminon, 20 mL d'une solution tampon permettant de maintenir le pH à 4,8, un certain volume de solution S_0 précisé dans le tableau ci-après, puis compléter jusqu'au trait de jauge avec de l'eau distillée.

Après homogénéisation et un temps d'attente de 15 minutes, les échantillons sont analysés au spectrophotomètre.

Solution	Volume de S_0 (mL)	Concentration molaire en élément aluminium (mmol·L^{-1})	Absorbance mesurée
S_1	0	0	0
S_2	1,0	$0,16 \times 10^{-2}$	0,012
S_3	3,0	$0,48 \times 10^{-2}$	0,037
S_4	6,0		0,072
S_5	12,0	$2,0 \times 10^{-2}$	0,15
S_6	15,0	$2,4 \times 10^{-2}$	0,19
S_7	20,0	$3,3 \times 10^{-2}$	0,25

1 Donner un critère qui permet de choisir la longueur d'onde du spectrophotomètre.

L'absorbance est par la suite mesurée à 525 nm.

2 Quelle est la verrerie, parmi la liste suivante, qui permet de prélever un volume de 5 mL, sans recherche de précision ?

Bécher de 100 mL, éprouvette graduée de 10 mL, pipette jaugée de 5 mL, pipette graduée de 10 mL.

3 Quel est le rôle de la solution S_1 qui apparaît dans cette série de mesures ?

4 Calculer la concentration molaire en élément aluminium de la solution S_4.

PARTIE 3 – Dosage de la teneur en aluminium de l'échantillon

1 Tracer le graphe représentant l'absorbance *A* en fonction de la concentration molaire *c* en élément aluminium.

2 Quelle est la relation mathématique entre l'absorbance *A* et la concentration molaire *c* ?

3 En déduire la relation numérique entre *A* et *c*, et préciser l'unité de la valeur numérique trouvée.

4 L'absorbance d'un échantillon d'eau donne une valeur de 0,12. En déduire la concentration molaire en élément aluminium pour cette eau. Cette eau respecte-t-elle le critère de potabilité pour l'élément aluminium ?

5 Est-il possible d'analyser, avec cette technique, des échantillons d'eau ayant une concentration molaire en élément aluminium environ 10 fois supérieure à celle de la solution S_7 ? Que faut-il faire ?

EXERCICE 3 [5 pts]

Détermination d'une résistance thermique

Pour déterminer expérimentalement la résistance thermique du verre, il est possible de mettre en œuvre le protocole schématisé ci-dessous.

Document 1 Protocole de mesure de la résistance thermique du verre

On place, sur une enceinte fermée pouvant recevoir un courant de vapeur d'eau, une plaque de verre carrée de 12 cm de côté, et sur celle-ci, un bloc de glace cylindrique de diamètre $d = 8$ cm.

Le transfert thermique à travers la plaque de verre, soumise à un écart de température $\Delta\theta$, permet la fusion du bloc de glace plus rapidement qu'en le laissant à la température du laboratoire.

La plaque de verre utilisée a une épaisseur $e = 4$ mm.

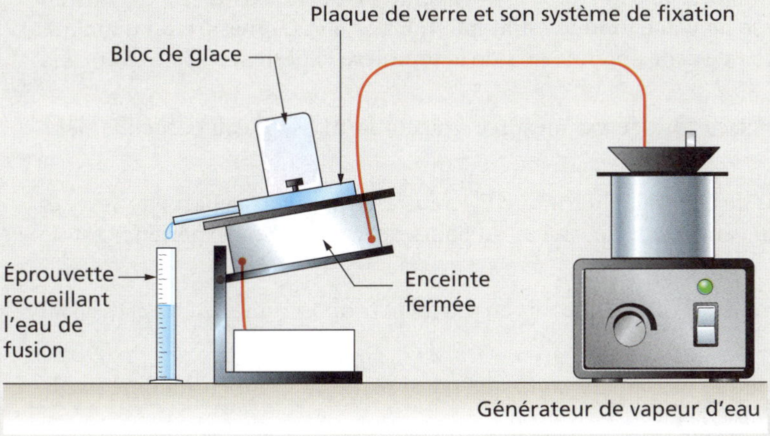

D'après www.ayva.ca

Document 2 **Chaleur latente massique de fusion**

La chaleur latente massique de fusion de l'eau, notée L_f, correspond à l'énergie reçue par unité de masse d'eau lors du changement d'état solide-liquide à température et pression constantes.

Document 3 **Résistance thermique surfacique**

Dans l'industrie du bâtiment, les matériaux ne sont pas caractérisés par leur résistance thermique R_{th}, mais plutôt par leur résistance thermique surfacique R ou coefficient d'isolation thermique surfacique (en $m^2 \cdot K \cdot W^{-1}$) :

$$\boldsymbol{R = R_{th} \times S}$$

avec R_{th} la résistance thermique (en $K \cdot W^{-1}$) et S la surface de contact (en m^2).

Document 4 **Moyenne, incertitude et écart type**

Soient $\overline{R}_{th}$ la moyenne de n mesures réalisées et $U(R_{th})$ l'incertitude de mesure correspondante, associée au niveau de confiance de 95 %.

Par définition, $U(R_{th}) = t_{95} \times \frac{\sigma_{n-1}}{\sqrt{n}}$.

σ_{n-1} désigne l'écart-type expérimental, défini par :

$$\sigma_{n-1} = \sqrt{\frac{1}{n-1}\sum_{k=1}^{n}\left((R_{th})_k - \overline{R}_{th}\right)^2}$$

t_{95} est appelé coefficient de Student.

Pour $n = 12$ mesures et pour le niveau de confiance choisi de 95 %, $t_{95} = 2{,}20$.

› Donnée

Chaleur latente massique de fusion de l'eau : $L_f = 333{,}5\ J \cdot g^{-1}$.

L'objectif de cet exercice est de montrer comment ce dispositif permet d'évaluer la valeur de la résistance thermique d'un matériau.

Pour atteindre l'objectif fixé, il est nécessaire de procéder à deux expériences.

Au cours de la **première expérience**, on laisse fondre un bloc de glace pendant une durée $\Delta t = 5$ min 30 s, à la température ambiante du laboratoire. Au bout de cette durée, on recueille une masse d'eau liquide $m_1 = 5{,}5$ g. Le diamètre d du bloc de glace conserve pratiquement son diamètre initial ($d = 7{,}8$ cm à la fin de l'expérience).

Au cours de la **seconde expérience**, le bloc de glace est placé sur le même support, pendant la même durée $\Delta t = 5$ min 30 s, mais cette fois le générateur de vapeur d'eau est mis en fonctionnement. La masse de glace fondue est alors $m_2 = 124{,}4$ g. La mesure du diamètre du bloc de glace est proche de celle obtenue lors de la première expérience ($d = 7{,}6$ cm à la fin de l'expérience).

Remarque : la masse de glace fondue est mesurée grâce à la masse d'eau recueillie dans l'éprouvette.

1 Montrer que la valeur de l'énergie thermique E_{th} transférée à travers la paroi de verre et due à la mise en route du générateur de vapeur au cours de la deuxième expérience est de l'ordre de 40 kJ.

2 Préciser le mode de transfert thermique mis en œuvre et proposer une interprétation au niveau microscopique.

3 On appelle flux thermique moyen à travers une paroi plane, la grandeur définie par la relation :

$$\Phi = \frac{E_{th}}{\Delta t}$$

a. Exprimer l'unité du flux thermique Φ en fonction des unités du système international (mètre, kilogramme et seconde). Avec quelle unité exprime-t-on généralement, plus usuellement, le flux thermique ?

b. Calculer la valeur du flux thermique à travers la plaque de verre étudiée.

4 La résistance thermique R_{th} de la portion de verre comprise entre le bloc de glace et l'enceinte fermée est reliée au flux thermique moyen Φ à travers la plaque de verre, par la relation :

$$\Phi = \frac{\Delta\theta}{R_{th}}$$

où $\Delta\theta$ représente l'écart de température entre les deux faces de la plaque de verre. Déterminer la résistance thermique du verre.

5 La mesure de la résistance thermique du verre est réalisée 12 fois, dans les mêmes conditions expérimentales.

Les valeurs obtenues, exprimées avec l'unité du système international, sont rassemblées dans le tableau suivant :

n	1	2	3	4	5	6	7	8	9	10	11	12
Résistance thermique	0,81	0,89	0,78	0,82	0,87	0,78	0,76	0,92	0,85	0,84	0,81	0,79

a. Écrire le résultat de la mesure expérimentale de R_{th} correspondant à un niveau de confiance de 95 %.

b. Rédiger une phrase de conclusion traduisant la signification du résultat de la mesure de R_{th} donnée par la relation précédente.

6 Déterminer la valeur de la résistance thermique surfacique R du verre utilisé dans le dispositif expérimental.

7 Le constructeur indique une valeur plus élevée que celle obtenue expérimentalement. Proposer une interprétation pour expliquer cette différence.

SUJET 2 Sujet inédit (calculatrice autorisée)

EXERCICE 1 [7,5 pts]

Principe de fonctionnement d'une minuterie

L'objet de cet exercice est d'étudier le principe de fonctionnement d'une minuterie permettant d'éteindre une lampe automatiquement au bout d'une durée t_0 réglable.

Document 1 Montage électrique de fonctionnement d'une minuterie

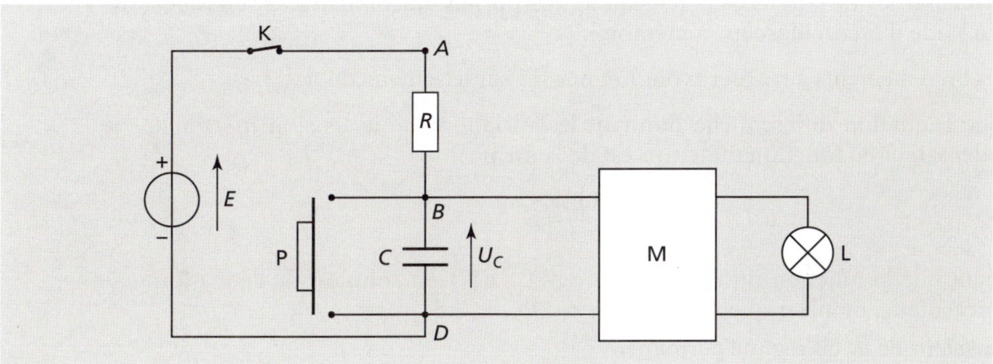

Le montage du circuit électrique est constitué :

- d'un générateur idéal de tension, de force électromotrice $E = 30$ V ;
- d'un interrupteur K ;
- d'un conducteur ohmique de résistance R ;
- d'un condensateur de capacité C ;
- d'un bouton-poussoir P qui joue le rôle d'un interrupteur : il est fermé seulement quand on appuie dessus ;
- **d'un composant électronique M qui permet l'allumage de la lampe L tant que la tension aux bornes du condensateur est inférieure à une tension limite, caractéristique du composant, notée U_ℓ.**

Le composant électronique M possède une alimentation électrique propre (non représentée sur le schéma) qui lui fournit l'énergie nécessaire à l'allumage de la lampe.

Dans tout l'exercice, on fixera U_ℓ à une valeur constante égale à 20 V et on admettra que le composant électronique M ne perturbe pas le fonctionnement du circuit RC, **c'est-à-dire que la tension aux bornes du condensateur est identique, que M soit présent ou non dans le circuit**.

Document 2 **Courbe de l'évolution de la tension u_c aux bornes du condensateur**

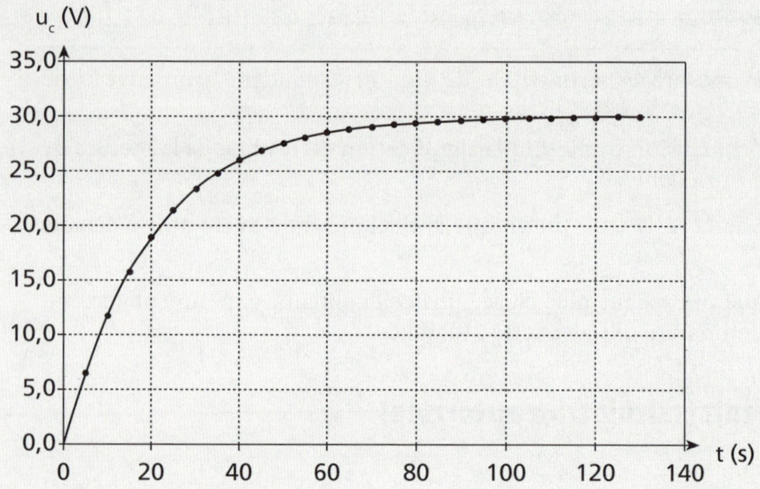

PARTIE 1 – Étude du circuit *RC*

À l'instant initial ($t = 0$ s), le condensateur est déchargé. On ferme l'interrupteur K, le bouton-poussoir P du circuit électrique précédent est relâché.

On souhaite visualiser les variations de la tension u_C aux bornes du condensateur en fonction du temps à l'aide d'un oscilloscope à mémoire.

1 Indiquer les branchements à réaliser (voie 1 et masse) sur le schéma du **doc. 1**.

2 Montrer que l'équation différentielle donnant les variations de la tension $u_C(t)$ aux bornes du condensateur en fonction du temps est de la forme :

$$u_C(t) + RC\frac{\mathrm{d}u_C(t)}{\mathrm{d}t} = E$$

3 **a.** En vérifiant que la fonction du temps $u_C(t) = A(1 - \mathrm{e}^{-t/\tau})$ est solution de l'équation différentielle précédente, montrer que $A = E$ et que $\tau = RC$.

b. Quelle est la valeur de u_C en régime permanent ?

c. Quel est le nom donné à la constante τ ? À l'aide d'une analyse dimensionnelle, donner l'unité de la constante τ.

4 La représentation graphique de la fonction $u_C(t)$ est donnée dans le **doc. 2**. Faire apparaître sur ce graphe sans aucune justification : la tension E, la constante τ, les régimes permanent et transitoire.

5 Calculer la valeur de la constante τ pour $R = 100$ kΩ et $C = 200$ µF.

6 **a.** Donner l'expression littérale de la date t_0 à laquelle la tension aux bornes du condensateur atteint la valeur limite U_ℓ en fonction de U_ℓ, E et τ (t_0 est la durée d'allumage de la lampe).

b. Calculer la valeur de t_0 et vérifier la validité du résultat à l'aide du graphe $u_C(t)$ fourni dans le **doc. 2**.

c. On a fixé U_ℓ à 20 V pour obtenir une durée d'allumage t_0 voisine de τ. Pour quelle raison choisir t_0 très supérieur à τ n'aurait pas été judicieux pour un tel montage ?

7 Quel(s) paramètre(s) du montage peut-on modifier sans changer le générateur afin d'augmenter la durée d'allumage de la lampe ?

8 En fixant $C = 200$ µF, quelle valeur doit-on donner à la résistance R pour obtenir une constante de temps d'une minute ?

On appuie sur le bouton-poussoir.

9 Que vaut la tension aux bornes du condensateur ? La comparer à U_ℓ.

10 Que se passe-t-il pour la lampe dans les cas suivants : la lampe est déjà allumée ? la lampe est éteinte ?

PARTIE 2 – Méthode d'Euler

On se propose maintenant de résoudre numériquement l'équation différentielle établie à la question 2 de la Partie 1, R et C conservant les valeurs $R = 100$ kΩ et $C = 200$ µF.

1 À partir de cette équation différentielle, donner la relation numérique entre la dérivée $\frac{du_C}{dt}$ et la tension $u_C(t)$.

Document 3 Méthode d'Euler

La méthode d'Euler permet de calculer successivement les valeurs de $u_C(t)$ et de $\frac{du_C}{dt}$ à un intervalle de temps régulier Δt appelé pas.

En prenant un pas suffisamment petit, on peut écrire la relation :

$$u_C(t + \Delta t) = u_C(t) + \left.\frac{du_C}{dt}\right|_t \times \Delta t$$

Pour cette étude, on prend un pas égal à $\Delta t = 2$ s.

2 En utilisant l'expression littérale ci-dessus, compléter les colonnes correspondant aux dates $t = 2$ s et $t = 4$ s du tableau ci-après.

t (s)	0	2	4	6	8	10	12	…	20
$u_C(t)$	0			8,14	10,3	12,3	14,1	…	19,6
$\frac{du_C}{dt}$	1,50			1,09	0,99	0,89	0,80	…	0,52

3 Le **doc. 4** représente un agrandissement de la courbe $u_C(t)$ du **doc. 2**. Tracer sur ce document la partie du graphe $u_C(t)$ correspondant à ce tableau. Que constate-t-on ?

Document 4 Agrandissement de la courbe $u_c(t)$

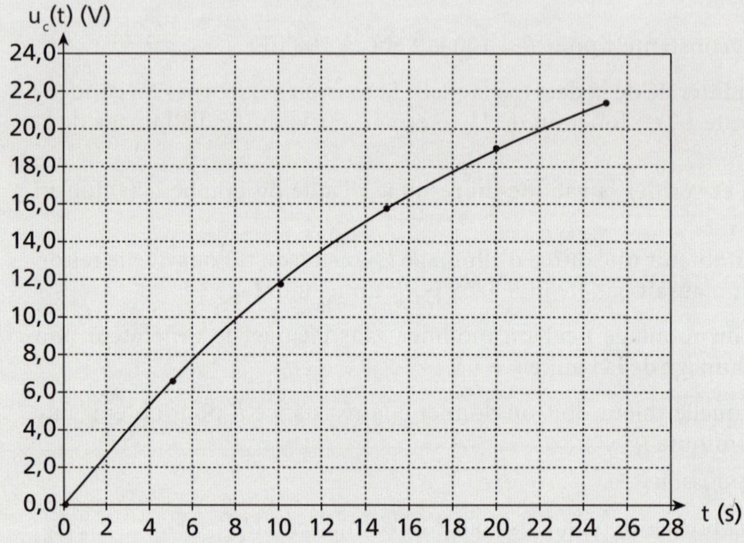

4 On peut améliorer la précision de la méthode d'Euler en modifiant la valeur du pas Δt. Quelle modification pourrait-on apporter à la valeur du pas Δt ? Quel serait l'inconvénient de cette modification ?

EXERCICE 2

[4,5 pts]

Parlons CD

PARTIE 1 – Lumière émise par un laser

On dispose d'une diode laser S émettant un faisceau lumineux monochromatique de longueur d'onde $\lambda = 0{,}790$ µm.

Document 1 Domaines de longueurs d'onde de la lumière visible

Couleur	Violet	Bleu	Vert	Jaune	Orange	Rouge
Domaine de longueurs d'onde (nm)	380-446	446-520	520-565	565-590	590-625	625-800

1 Quelle est la couleur de la lumière émise par cette diode laser ?

2 La lumière émise résulte d'une transition entre deux niveaux d'énergie E_1 et E_2 tels que $E_2 < E_1$. Calculer en électronvolts l'écart énergétique $E = E_1 - E_2$ entre ces deux niveaux.

› Données

- Célérité de la lumière dans le vide : $c = 3{,}00 \times 10^8$ m·s^{-1}.
- Constante de Planck : $h = 6{,}63 \times 10^{-34}$ J·s.
- 1 eV $= 1{,}60 \times 10^{-19}$ J.

PARTIE 2 – Caractère ondulatoire de la lumière

La lumière émise par la source S traverse une fente fine rectangulaire verticale de largeur $d = 0{,}10$ mm.

Un phénomène dû à la nature ondulatoire de la lumière est observé sur un écran placé à une distance $D = 2{,}0$ m de la fente.

1 Quel est le nom de ce phénomène ?

2 Décrire qualitativement ce que l'on observe sur l'écran.

3 Toutes les autres grandeurs restant inchangées, comment est modifiée la figure observée sur l'écran si l'on diminue la largeur de la fente ? si l'on diminue la longueur d'onde ? Justifier les réponses.

PARTIE 3 – Application à la lecture d'un CD

Dans un lecteur CD, on lit des informations gravées sur le disque sous forme de petites cuvettes réfléchissantes dont le diamètre limite le nombre d'informations. Actuellement, on éclaire le disque avec une diode laser de longueur d'onde $\lambda = 0{,}790$ µm.

On commercialise aussi des lecteurs utilisant une diode laser émettant une longueur d'onde dans le bleu (lecteurs « blu-ray disc »).

D'après la question 3 de la Partie 2, quel intérêt présente ce changement de longueur d'onde ?

PARTIE 4 – Gravure d'un CD

La duplication en grande quantité d'un disque compact se fait par pressage de polycarbonate fondu à l'aide d'une matrice en nickel.

Le procédé se déroule en trois étapes :

1re étape : Fabrication du *glassmaster*

Elle consiste à graver le disque de base (*glassmaster*) à partir duquel on va réaliser une duplication en série. On recouvre ensuite le *glassmaster* gravé d'une fine couche d'argent. On obtient alors le *glassmaster* métallisé.

2e étape : Galvanoplastie

Elle consiste à créer une matrice, image symétrique du *glassmaster*. Ce dernier, étant devenu conducteur après le dépôt d'argent, est immergé pendant 2 heures dans une solution acide de sulfamate de nickel où il va subir une électrolyse, l'autre électrode étant du nickel. Le but de cette opération est de créer un dépôt de nickel sur le *glassmaster*. On sépare ensuite cette couche de nickel et on obtient une matrice, le père, qui est une image symétrique parfaite du *glassmaster*.

Document 2 Schéma de l'électrolyse

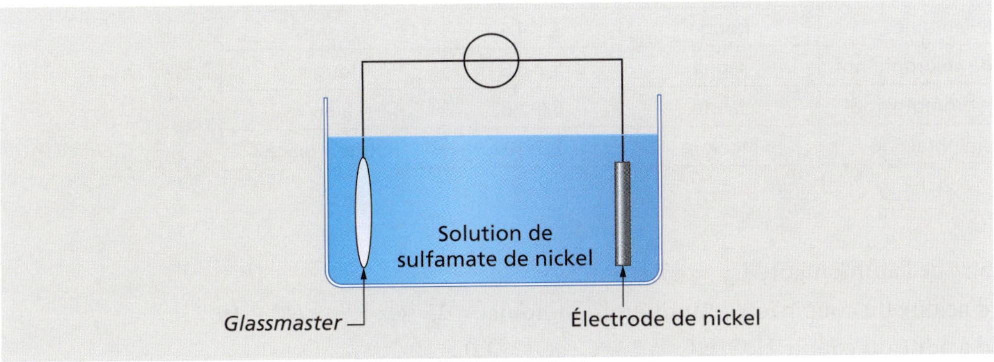

3e étape : Le pressage

On place le père dans le moule d'une presse qui permet de dupliquer le disque en grand nombre.

Les questions qui suivent ne portent que sur la 2e étape (galvanoplastie).

1 Sur le schéma du **doc. 2** de l'électrolyse, préciser le sens du courant et la polarité des bornes du générateur, en justifiant la réponse.

2 Nommer les électrodes et préciser les équations des réactions qui s'y déroulent.

Le père obtenu est un disque de nickel de 23,0 cm de diamètre et de $3{,}05 \times 10^{-1}$ mm d'épaisseur.

3 Vérifier que la masse du père est $m = 113$ g.

4 En déduire la quantité de matière de nickel déposée lors de l'électrolyse.

5 L'électrolyse dure 2 heures. Quelle doit être la valeur de l'intensité du courant qui circule dans le circuit ?

› Données

- Couple oxydant réducteur : Ni^{2+}/Ni.
- Masse volumique du nickel : $\rho = 8{,}90\ g{\cdot}cm^{-3}$.
- Masse molaire du nickel : $M = 58{,}7\ g{\cdot}mol^{-1}$.
- Charge élémentaire : $e = 1{,}60 \times 10^{-19}$ C.
- Nombre d'Avogadro : $N_A = 6{,}02 \times 10^{23}\ mol^{-1}$.

EXERCICE 3

[8 pts]

Étude d'un produit ménager

L'ammoniac NH_3 est un gaz qui, dissous dans l'eau, donne une solution basique d'ammoniaque.

Des solutions d'ammoniaque sont vendues dans le commerce. Ces solutions, après dilution, sont utilisées comme produit nettoyant et détachant.

On se propose d'étudier quelques propriétés de l'ammoniac dissous, puis de déterminer sa concentration dans un de ces produits.

Document **Zone de virage de quelques indicateurs colorés**

Indicateur coloré	Couleur de la forme acide	Zone de virage	Couleur de la forme basique
Hélianthine	Rouge	3,1-4,4	Jaune
Rouge de chlorophénol	Jaune	5,2-6,8	Rouge
Bleu de bromothymol	Jaune	6,0-7,6	Bleu
Phénolphtaléïne	Incolore	8,2-10	Rouge violacé

› Données

- Masse molaire de l'ammoniac : $M_{NH_3} = 17\ g{\cdot}mol^{-1}$.
- Constante d'acidité du couple ion ammonium/ammoniac à 25 °C : $K_{A1} = 6{,}3 \times 10^{-10}$.
- Constante d'acidité du couple H_2O/HO^- à 25 °C : $K_{A2} = 1{,}0 \times 10^{-14}$.

PARTIE 1 – L'ammoniac NH_3(aq)

L'ammoniac est une base en solution aqueuse.

1 Donner la définition d'une base selon Brönsted.

2 Écrire l'équation de réaction entre l'ammoniac et l'eau.

3 Exprimer et calculer la constante d'équilibre de cette réaction.

On dissout dans un volume d'eau V égal à 250 ml une quantité de matière n d'ammoniac égale à $2,5 \times 10^{-3}$ mol. Le pH de la solution S obtenue vaut 10,6.

4 Calculer la concentration c en soluté ammoniac apporté.

5 Calculer la concentration en ions oxonium H_3O^+ dans la solution.

6 En déduire la concentration en ions hydroxyde HO^- dans la solution.

7 Montrer que le taux d'avancement final τ peut s'écrire $\tau = \frac{[HO^-]_f}{c}$, puis le calculer. Que peut-on dire de la transformation ?

PARTIE 2 – Détermination de la concentration en ammoniac de la solution commerciale

Dilution de la solution commerciale

Afin de déterminer la concentration c_0 de la solution commerciale, on propose de réaliser un titrage acido-basique de la solution commerciale. Celle-ci étant très concentrée, on fabrique, par dilution, une solution S_1 de concentration c_1 mille fois plus petite.

1 Parmi les lots de verrerie proposés, choisir, en justifiant, celui que l'on doit utiliser pour réaliser au mieux cette dilution.

Lot 1	Lot 2
Pipette jaugée 1 mL Bécher 100 mL Bécher 50 mL	Pipette graduée 10 mL Fiole jaugée 1 L Bécher 50 mL
Lot 3	**Lot 4**
Pipette jaugée 1 mL Fiole jaugée 1 L Bécher 50 mL	Pipette jaugée 10 mL Fiole jaugée 1 L Bécher 50 mL

Titrage acido-basique de la solution diluée

On réalise un titrage pH-métrique de $V_1 = 20,0$ mL de solution diluée S_1 par une solution d'acide chlorhydrique (H_3O^+(aq) + Cl^-(aq)) de concentration $c_A = 1,50 \times 10^{-2}$ mol·L^{-1}.

L'équation support du titrage est :

$$NH_3(aq) + H_3O^+(aq) = NH_4^+(aq) + H_2O(\ell)$$

Pour obtenir l'équivalence, il a fallu verser un volume $V_{AE} = 14,3$ mL d'acide chlorhydrique.

On note que le pH à l'équivalence vaut 5,7.

2 Définir l'équivalence d'un titrage.

3 Établir la relation à l'équivalence entre c_1, c_A, V_1, V_{AE} où V_{AE} est le volume de solution acide versé à l'équivalence.

4 En déduire c_1 puis c_0.

5 Parmi les indicateurs colorés du document, choisir, en justifiant, celui qui pourrait être utilisé pour réaliser ce titrage de façon colorimétrique.

SUJET 3 **Sujet inédit (calculatrice autorisée)**

EXERCICE 1

[8 pts]

Réalisation d'une pile nickel-zinc

On réalise une pile formée à partir des couples Ni^{2+}/Ni et Zn^{2+}/Zn.

Chaque solution a pour volume $V = 100$ mL et la concentration initiale des ions positifs est $C = 5{,}0 \times 10^{-2}$ mol·L^{-1}.

› Données

- $M_{Zn} = 65{,}4$ g·mol^{-1} ; $M_{Ni} = 58{,}7$ g·mol^{-1}.
- Charge élémentaire de l'électron : e = $1{,}6 \times 10^{-19}$ C.
- Constante d'Avogadro : $\mathcal{N} = 6{,}02 \times 10^{23}$ mol^{-1}.
- Charge d'une mole d'électrons : $\mathcal{F} = 96\,500$ C.
- Pour la réaction $Ni^{2+} + Zn = Zn^{2+} + Ni$, la constante d'équilibre vaut $K = 10^{18}$.

PARTIE 1 – Réalisation de la pile

1 L'électrode positive de cette pile est l'électrode de nickel.

Légender le schéma de la pile ci-après avec les termes suivants : électrode de zinc, électrode de nickel, pont salin, solution contenant des ions Zn^{2+}, solution contenant des ions Ni^{2+}.

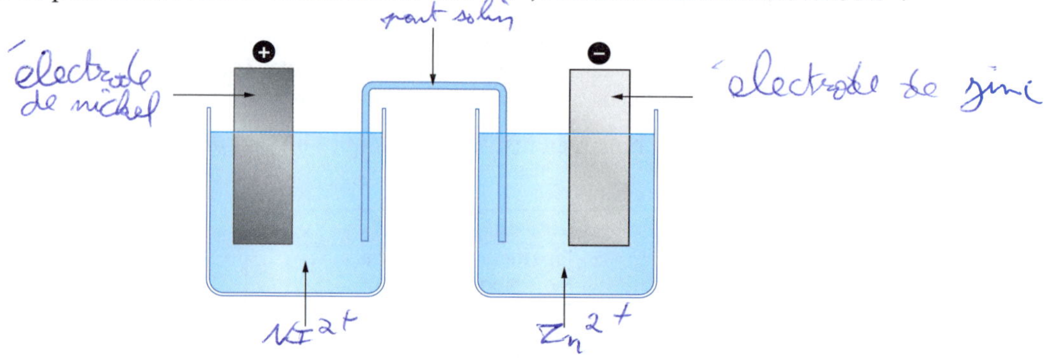

2 Écrire les demi-équations des réactions se produisant aux électrodes.

3 Préciser à chaque électrode s'il s'agit d'une oxydation ou d'une réduction.

4 Écrire l'équation de la réaction globale qui intervient quand la pile débite.

5 Calculer la valeur du quotient réactionnel initial $Q_{r,i}$. Cette valeur est-elle cohérente avec la polarité proposée ?

PARTIE 2 – Étude de la pile

On fait débiter la pile dans un conducteur ohmique.

1 Comment varie la concentration des ions positifs dans chacun des béchers ? En déduire l'évolution du quotient réactionnel Q_r.

2 Sachant que la masse des électrodes ne limite pas la réaction, pour quelle raison la pile s'arrêtera-t-elle de débiter ? Quelle sera alors la valeur numérique de Q_r ?

3 La réaction étant considérée comme totale, calculer l'avancement maximal x_{max} de la réaction.

4 Quelle relation existe-t-il entre x_{max} et la quantité de matière d'électrons qui ont circulé ? En déduire la quantité totale d'électricité fournie par cette pile.

PARTIE 3 – Décharge partielle de la pile

On prend une deuxième pile identique et on la laisse fonctionner pendant une heure. On supposera que l'intensité reste constante.

On constate une augmentation de masse de l'électrode de nickel de $\Delta m = 100$ mg.

1 Calculer la quantité de matière d'ions Ni^{2+} disparus notée $n_{disp}(Ni^{2+})$ pendant cette durée.

2 Déterminer la quantité d'électricité correspondante notée Q. En déduire la valeur de l'intensité du courant.

On donne les valeurs de l'absorbance, pour des solutions de sulfate de nickel de concentrations C différentes, mesurées à une longueur d'onde égale à 390 nm.

C (mol·L^{-1})	0	0,010	0,020	0,030	0,040	0,050
A	0	0,20	0,41	0,61	0,82	1,02

3 Tracer la courbe de l'absorbance en fonction de la concentration C.

On mesure l'absorbance de la solution dans laquelle plonge l'électrode de nickel. La valeur mesurée est $A = 0,67$.

4 En déduire graphiquement la concentration des ions Ni^{2+} restant en solution.

5 Quelle est la quantité d'ions Ni^{2+} disparus ? Ce résultat est-il cohérent avec le calcul de la question 1 ?

EXERCICE 2

[5 pts]

Lunette astronomique

Document 1 La lunette de Kepler

En 1611, Kepler propose le principe de la lunette astronomique, avec des lentilles convergentes pour l'oculaire et l'objectif. Il améliore la lunette de Galilée, mais l'image est renversée.

Kepler ne mettra cependant pas son idée en pratique, et il faudra attendre 1617 pour voir apparaître les premières lunettes astronomiques.

On se propose de modéliser une lunette astronomique à l'aide de deux lentilles convergentes :

- une lentille L_1 de distance focale $f_1' = 60$ cm ;
- une lentille L_2 de distance focale $f_2' = 10$ cm.

PARTIE 1 – Étude de la lentille L_2

1 Calculer la vergence de la lentille L_2.

2 Compléter les figures 1.a, 1.b et 1.c ci-après en indiquant dans chaque cas les foyers de la lentille L_2 et la construction de l'image A_2B_2 de l'objet A_1B_1. Qualifier l'image obtenue dans chaque cas de figure.

Les échelles indiquées correspondent :
- horizontalement à 1/5 ;
- verticalement à 1/1.

3 Dans le cas de la figure 1.a., retrouver par le calcul la position de l'image.

Figure 1

PARTIE 2 – Étude d'un modèle de la lunette astronomique

On reprend la lentille L_2 à laquelle on associe la lentille L_1, placée devant L_2, pour simuler sur le banc d'optique une lunette astronomique utilisée pour observer un objet AB. On se place dans le cas où l'image intermédiaire A_1B_1 est située dans le plan focal objet de la lentille L_2. La distance entre les centres optiques des deux lentilles est fixée à 70 cm.

1 Quel rôle joue A_1B_1 pour la lentille L_2 ?

2 Comment, dans ce système optique, nomme-t-on les lentilles L_1 et L_2 ?

3 Compléter la figure 2 ci-après en traçant :
- la lentille L_1 et son centre optique O_1 ;
- les foyers des deux lentilles L_1 et L_2 ;
- l'image intermédiaire A_1B_1 de hauteur 1 cm ;

– le tracé de deux rayons lumineux traversant les deux lentilles du système optique en passant par B_1.

Les échelles indiquées sur la figure 2 correspondent :
- horizontalement à 1/10 ;
- verticalement à 1/1.

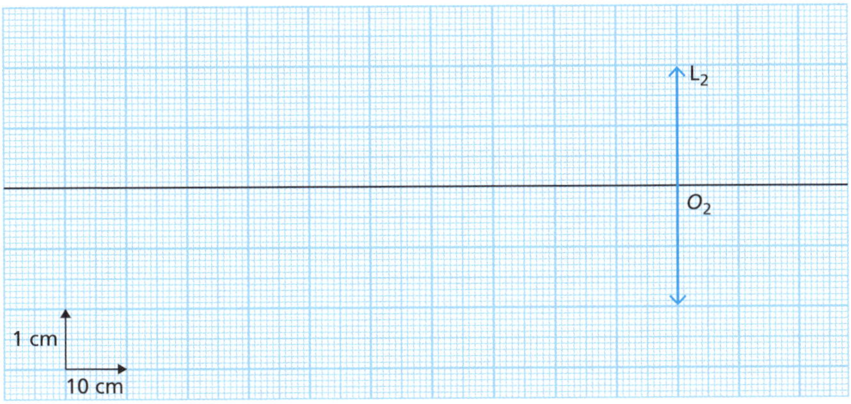

Figure 2

4 D'après la construction précédente, où se trouve l'objet AB ? Où se trouve l'image définitive A_2B_2 ?

Une des caractéristiques de ce système optique est son grossissement défini par le rapport du diamètre apparent de l'image à celui de l'objet : $G = \frac{\alpha'}{\alpha}$.

5 Définir le diamètre apparent α de l'objet et le diamètre apparent α' de l'image. Indiquer ces deux diamètres apparents sur la figure 2.

6 Exprimer G en fonction des distances focales des deux lentilles, puis le calculer.

7 En déduire un moyen d'augmenter le grossissement d'une lunette astronomique.

EXERCICE 3 [7 pts]

Chimie et piscine

L'électrolyse de sel est une des techniques utilisées dans le traitement des eaux d'une piscine. Cette technique permet d'éviter l'utilisation souvent excessive de produits chlorés pour le traitement de l'eau.

Un électrolyseur de sel pour piscine est constitué d'un boîtier électronique et d'une cellule d'électrolyse insérée dans le circuit de filtration. La cellule contient des électrodes de titane recouvertes de métaux précieux : ruthénium et iridium. Quand l'eau circule entre les électrodes aux bornes desquelles est appliquée une tension continue, un courant électrique continu s'établit, et l'électrolyse du chlorure de sodium dissous (Na^+(aq) + Cl^-(aq)) se produit. De l'acide hypochloreux HClO(aq) (appelé chlore actif) est généré indirectement *in situ*. Cette espèce est particulièrement efficace pour désinfecter l'eau de la piscine.

PARTIE 1 – Influence du pH de l'eau de piscine

Les quantités de dichlore et des formes acide ou basique de l'acide hypochloreux, en solution, sont fonction du pH de la solution. Ainsi, à 25 °C, les proportions de ces espèces en fonction du pH sont données par les courbes du **doc. 1**.

Document 1 **Diagramme de prédominance**

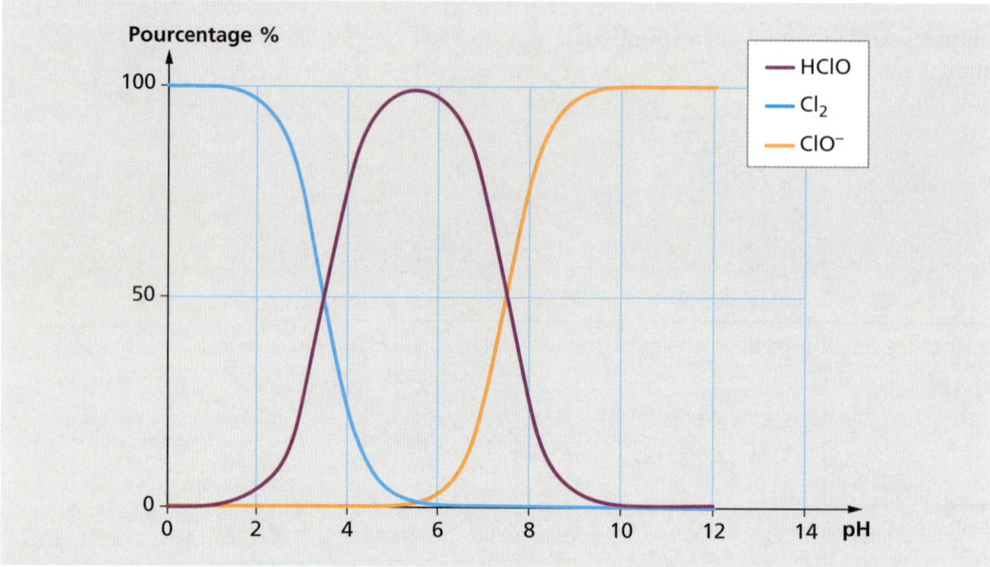

1 Le pH d'une eau de piscine doit être compris entre 7,2 et 7,6 pour le confort de la baignade. Pour les deux bornes de cet intervalle de pH, estimer les proportions de chacune des espèces chimiques. Ces proportions correspondent-elles à une désinfection optimale ?

PARTIE 2 – Dosage des ions chlorure

Pour que l'électrolyse soit efficace, l'eau de piscine doit contenir entre 3 et 5 grammes de sel par litre. Pour s'assurer du bon fonctionnement du système de désinfection de sa piscine, un chimiste prélève un échantillon d'eau de piscine qu'il analysera ensuite dans son laboratoire. Il procède à un dosage conductimétrique des ions chlorure présents dans l'eau de piscine par les ions argent. L'équation de la réaction support du titrage est la suivante :

$$Ag^+(aq) + Cl^-(aq) \rightarrow AgCl(s)$$

Protocole du dosage :

– Remplir la burette graduée avec la solution aqueuse titrante de nitrate d'argent ($Ag^+(aq) + NO_3^-(aq)$) dont la concentration en soluté apporté est $c = 0{,}050\ mol{\cdot}L^{-1}$.
– Dans un bécher de 200 mL, introduire précisément 10,0 mL d'eau de piscine prélevée et ajouter 90 mL d'eau distillée.
– Placer, dans le bécher, la cellule conductimétrique reliée au conductimètre.
– Verser des volumes successifs de 2,0 mL de solution de nitrate d'argent dans le bécher en maintenant en permanence une agitation. Relever après chaque addition la conductivité σ de la solution obtenue et rassembler les résultats dans un tableau.

Document 2 **Loi de Kohlrausch**

La conductimétrie est une méthode d'analyse qui permet de mesurer la conductivité d'une solution, c'est-à-dire son aptitude à conduire le courant électrique.

La conductivité σ d'une solution ionique dépend de la nature des ions X_i présents dans la solution et de leur concentration molaire $[X_i]$.

Ainsi, pour une solution ne contenant que des ions monochargés, notés X_1, X_2, X_3..., l'expression de la conductivité s'écrit :

$$\sigma = \lambda_1 \times [X_1] + \lambda_2 \times [X_2] + \lambda_3 \times [X_3] + \ldots$$

avec σ en $S{\cdot}m^{-1}$, λ_i (conductivité molaire de l'ion X_i) en $S{\cdot}m^2{\cdot}mol^{-1}$ et $[X_i]$ en $mol{\cdot}m^{-3}$.

› Données

- Conductivités molaires ioniques des ions à prendre en considération pour l'étude :

Ion	Na^+	Ag^+	Cl^-	NO_3^-
λ (mS·m²·mol⁻¹)	5,01	6,19	7,63	7,14

- Masses molaires atomiques : $M_{Cl} = 35{,}5\ g \cdot mol^{-1}$; $M_{Na} = 23{,}0\ g \cdot mol^{-1}$.

1 Schématiser et légender le montage expérimental réalisé pour effectuer le dosage conductimétrique.

2 Quelles verreries doit-on utiliser pour introduire dans le bécher les 10,0 mL d'eau de piscine à doser, puis les 90 mL d'eau distillée ? Justifier.

3 Donner l'expression de la conductivité σ du mélange avant l'équivalence, puis celle après l'équivalence.

4 Interpréter qualitativement les variations de la conductivité avant et après l'équivalence.

5 Donner l'allure de la courbe de titrage $\sigma = f(V_{Ag+})$ représentant la conductivité σ du mélange en fonction du volume de solution de nitrate d'argent versé, et justifier la position du point d'équivalence sur cette courbe.

Le volume versé à l'équivalence est $V_E = 15{,}0$ mL.

6 En explicitant sa démarche, déterminer la concentration molaire en ions chlorure de l'eau de piscine.

7 Est-il nécessaire de rajouter du sel dans la piscine ? Justifier.

MATHÉMATIQUES

SUJET 1 > voir p. 376

EXERCICE 1

1 Réponse b.

$-1 < \dfrac{1}{4} < 1$ donc $\lim\limits_{n\to+\infty}\left[\left(\dfrac{1}{4}\right)^n\right] = 0$. Ainsi, $\lim\limits_{n\to+\infty}(u_n) = \lim\limits_{n\to+\infty}(v_n) = 1$.

De plus, pour tout n de $\mathbb{N}$, $u_n \leqslant w_n \leqslant v_n$.

On en déduit, d'après le théorème des gendarmes, que la suite (w_n) converge vers 1.

2 Réponse c.

Pour tout x de $\mathbb{R}$, $f'(x) = 1 \times e^{x^2} + x \times 2xe^{x^2} = (1 + 2x^2)e^{x^2}$.

3 Réponse c.

$$\lim_{x\to+\infty}\left(\frac{x^2-1}{2x^2-2x+1}\right) = \lim_{x\to+\infty}\left(\frac{x^2\left(1-\frac{1}{x^2}\right)}{x^2\left(2-\frac{2}{x}+\frac{1}{x^2}\right)}\right) = \lim_{x\to+\infty}\left(\frac{1-\frac{1}{x^2}}{2-\frac{2}{x}+\frac{1}{x^2}}\right) = \frac{1}{2}.$$

4 Réponse c.

h est continue sur $[0 ; 1]$. De plus, $h(0) = 2$ et $h(1) = 0$.

Donc, d'après le théorème des valeurs intermédiaires, on en déduit qu'il existe au moins un nombre réel a dans l'intervalle $[0 ; 1]$ tel que $h(a) = 1$.

> **Piège à éviter**
> N'oubliez pas que pour appliquer le théorème des valeurs intermédiaires, il y a deux hypothèses : h continue et $k = 1$ est situé entre $h(0)$ et $h(2)$.

5 Réponse c.

La fonction g' est croissante sur l'intervalle $[1 ; 2]$, donc la fonction g est convexe sur l'intervalle $[1 ; 2]$.

EXERCICE 2

1 a. • Le point I est le milieu de [EF] donc I a pour coordonnées $\begin{pmatrix}\frac{1}{2}\\0\\1\end{pmatrix}$.

• Le point J est le symétrique de E par rapport à F, donc J a pour coordonnées $\begin{pmatrix}2\\0\\1\end{pmatrix}$.

b. On en déduit les coordonnées des vecteurs $\overrightarrow{DJ}\begin{pmatrix}2\\-1\\1\end{pmatrix}$, $\overrightarrow{BI}\begin{pmatrix}-\frac{1}{2}\\0\\1\end{pmatrix}$ et $\overrightarrow{BG}\begin{pmatrix}0\\1\\1\end{pmatrix}$.

c. • Les vecteurs $\overrightarrow{BI}$ et $\overrightarrow{BG}$ ne sont pas colinéaires donc ce sont deux vecteurs directeurs du plan (BGI).

- $\overrightarrow{DJ} \cdot \overrightarrow{BI} = -1 + 0 + 1 = 0$ donc $\overrightarrow{DJ} \perp \overrightarrow{BI}$.
- $\overrightarrow{DJ} \cdot \overrightarrow{BG} = 0 - 1 + 1 = 0$ donc $\overrightarrow{DJ} \perp \overrightarrow{BG}$.

Donc le vecteur $\overrightarrow{DJ}$ est orthogonal à deux vecteurs non colinéaires du plan (BGI), donc il est normal au plan (BGI).

d. • Le vecteur $\overrightarrow{DJ}\begin{pmatrix} 2 \\ -1 \\ 1 \end{pmatrix}$ est normal au plan (BGI) donc le plan (BGI) a une équation de la forme $2x - y + z + d = 0$.

• Le point B appartient au plan (BGI) donc les coordonnées de B vérifient l'équation du plan ; donc $2x_B - y_B + z_B + d = 0$, ce qui équivaut à $2 - 0 + 0 + d = 0$, ce qui veut dire que $d = -2$.

Donc une équation cartésienne du plan (BGI) est $2x - y + z - 2 = 0$.

2 On note d la droite passant par F et orthogonale au plan (BGI).

a. La droite d est orthogonale au plan (BGI), et $\overrightarrow{DJ}$ est un vecteur normal au plan (BGI), donc $\overrightarrow{DJ}$ est un vecteur directeur de la droite d.

Le point F appartient à la droite d donc la droite d est l'ensemble des points M de coordonnées $(x\,;y\,;z)$ tels que $\overrightarrow{FM}$ et $\overrightarrow{DJ}$ soient colinéaires.

$$\overrightarrow{FM} \text{ et } \overrightarrow{DJ} \text{ colinéaires} \Leftrightarrow \overrightarrow{FM} = t \cdot \overrightarrow{DJ} \Leftrightarrow \begin{cases} x - 1 = t \times 2 \\ y - 0 = t \times (-1) \\ z - 1 = t \times 1 \end{cases}$$

Donc la droite d a pour équation $\begin{cases} x = 1 + 2t \\ y = -t \\ z = 1 + t \end{cases}, \quad t \in \mathbb{R}$

b. On considère le point L de coordonnées $\left(\frac{2}{3}; \frac{1}{6}; \frac{5}{6}\right)$.

• Pour prouver que $L \in d$, on cherche t pour que $\begin{cases} \frac{2}{3} = 1 + 2t \\ \frac{1}{6} = -t \\ \frac{5}{6} = 1 + t \end{cases}$

On trouve $t = -\frac{1}{6}$ donc $L \in d$.

• Le plan (BGI) a pour équation $2x - y + z - 2 = 0$; or $2x_L - y_L + z_L - 2 = \frac{4}{3} - \frac{1}{6} + \frac{5}{6} - 2 = 0$, donc $L \in$ (BGI).

Le point L est donc le point d'intersection de la droite d et du plan (BGI).

3 **a.** La pyramide FBGI a pour base le triangle rectangle FBG, et pour hauteur IF.

- $IF = \frac{1}{2}$
- Le triangle rectangle FBG a pour aire $\frac{FG \times FB}{2} = \frac{1}{2}$.

Le volume de la pyramide FBGI est donc $\mathcal{V}=\frac{1}{3}\times\frac{1}{2}\times\frac{1}{2}=\frac{1}{12}$.

b. La droite d est orthogonale au plan (BGI) et coupe ce plan en L. Le point F appartient à la droite d, donc on peut dire que la distance FL est la distance du point F au plan (BGI), autrement dit c'est la hauteur de la pyramide FBGI dont le triangle BGI est la base.

Remarque
Le point L est le projeté orthogonal du point F sur le plan (BGI).

$$\text{FL}^2=\left(\frac{2}{3}-1\right)^2+\left(\frac{1}{6}-0\right)^2+\left(\frac{5}{6}-1\right)^2=\frac{1}{9}+\frac{1}{36}+\frac{1}{36}=\frac{6}{36}=\frac{1}{6} \text{ donc } \text{FL}=\frac{1}{\sqrt{6}}$$

On appelle $\mathcal{A}$ l'aire du triangle BGI. On exprime le volume de la pyramide FBGI :

$$\mathcal{V}=\frac{1}{3}\times\text{FL}\times\mathcal{A}\Leftrightarrow\frac{1}{12}=\frac{1}{3}\times\frac{1}{\sqrt{6}}\times\mathcal{A}\Leftrightarrow\frac{3\times\sqrt{6}}{12}=\mathcal{A}\Leftrightarrow\mathcal{A}=\frac{\sqrt{6}}{4}$$

L'aire du triangle BGI est égale à $\frac{\sqrt{6}}{4}$.

EXERCICE 3

1 On modélise la situation par un arbre pondéré.

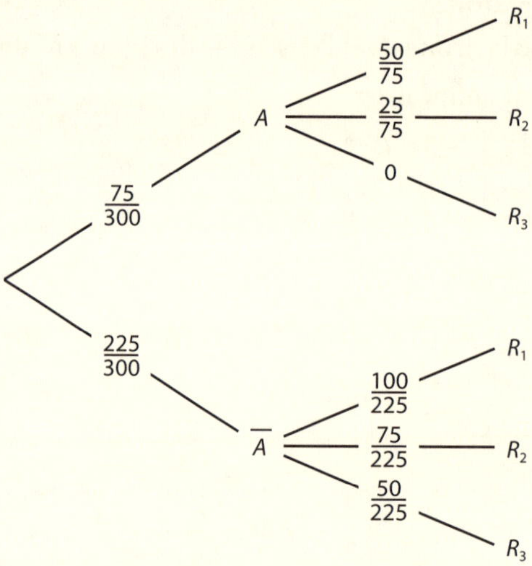

2 **a.** La probabilité que la personne interrogée ait suivi une formation avec conduite accompagnée et réussi l'examen à sa deuxième présentation est :

$$P(A\cap R_2)=P(A)\times P_A(R_2)=\frac{75}{300}\times\frac{25}{75}=\frac{25}{300}=\frac{1}{12}.$$

Réflexe à avoir
Pour A et B deux événements :
- A **et** B se traduit par $A\cap B$;
- A **ou** B se traduit par $A\cup B$.

b. La probabilité que la personne interrogée ait réussi l'examen à sa deuxième présentation est égale à $P(R_2)$.

D'après la formule des probabilités totales :

$$P(R_2)=P(A\cap R_2)+P(\overline{A}\cap R_2)=\frac{75}{300}\times\frac{25}{75}+\frac{225}{300}\times\frac{75}{225}=\frac{25}{300}+\frac{75}{300}=\frac{100}{300}=\frac{1}{3}.$$

c. La personne interrogée a réussi l'examen à sa deuxième présentation. La probabilité qu'elle ait suivi une formation avec *conduite accompagnée* est :

$$P_{R_2}(A)=\frac{P(A\cap R_2)}{P(R_2)}=\frac{\frac{1}{12}}{\frac{1}{3}}=\frac{3}{12}=\frac{1}{4}.$$

3 On note X la variable aléatoire qui, à toute personne choisie au hasard dans le groupe, associe le nombre de fois où elle s'est présentée à l'examen jusqu'à sa réussite.

Ainsi, $X = 1$ correspond à l'évènement R_1.

a. La loi de probabilité de la variable aléatoire X est :

x_i	1	2	3
$p_i = P(X = x_i)$	$P(R_1)$	$P(R_2)$	$P(R_3)$

- $P(R_1) = P(A \cap R_1) + P(\overline{A} \cap R_1) = \frac{75}{300} \times \frac{50}{75} + \frac{225}{300} \times \frac{100}{225} = \frac{50}{300} + \frac{100}{300} = \frac{150}{300} = \frac{1}{2}$
- $P(R_2) = \frac{1}{3}$
- $P(R_3) = P(A \cap R_3) + P(\overline{A} \cap R_3) = 0 + \frac{225}{300} \times \frac{50}{225} = \frac{50}{300} = \frac{1}{6}$

Donc la loi de probabilité de la variable aléatoire X est :

x_i	1	2	3
$p_i = P(X = x_i)$	$\frac{1}{2}$	$\frac{1}{3}$	$\frac{1}{6}$

b. L'espérance de cette variable aléatoire est :

$$E(X) = \sum (x_i \times p_i) = 1 \times \frac{1}{2} + 2 \times \frac{1}{3} + 3 \times \frac{1}{6} = \frac{5}{3} \approx 1{,}67 .$$

Cela veut dire que le nombre de passages pour réussir l'examen est en moyenne de 1,67.

4 On choisit, successivement et de façon indépendante, n personnes parmi les 300 du groupe étudié, où n est un entier naturel non nul. On assimile ce choix à un tirage avec remise de n personnes parmi les 300 personnes du groupe.

On admet que la probabilité de l'évènement R_3 est égale à $\frac{1}{6}$.

a. On cherche un évènement dont la probabilité est égale à $1 - \left(\frac{5}{6}\right)^n$.

$P(R_3) = \frac{1}{6}$ donc $P\left(\overline{R_3}\right) = 1 - \frac{1}{6} = \frac{5}{6}$. Le nombre $\frac{5}{6}$ est donc la probabilité de l'événement « R_1 ou R_2 », c'est-à-dire la probabilité qu'une personne prise au hasard réussisse l'examen à la première tentative ou à la deuxième.

La probabilité que n personnes réussissent l'examen à la première ou à la deuxième tentative est de $\left(\frac{5}{6}\right)^n$.

L'événement de probabilité $1 - \left(\frac{5}{6}\right)^n$ est l'événement contraire du précédent, donc correspond à l'événement « au moins une personne n'a pas réussi l'examen à la première ou à la deuxième tentative », c'est-à-dire « au moins une personne a réussi l'examen à la troisième tentative ».

On considère la fonction Python **seuil** ci-après, où p est un nombre réel appartenant à l'intervalle $]0 ; 1[$.

```
def seuil(p):
    n = 1
    while 1-(5/6)**n <= p:
        n = n+1
    return n
```

b. La valeur renvoyée par **seuil**(0.9) est la première valeur de n pour laquelle $1-\left(\frac{5}{6}\right)^n > 0{,}9$.

On résout cette inéquation :

$$1-\left(\frac{5}{6}\right)^n > 0{,}9 \Leftrightarrow 0{,}1 > \left(\frac{5}{6}\right)^n \Leftrightarrow \ln(0{,}1) > \ln\left(\left(\frac{5}{6}\right)^n\right) \Leftrightarrow \ln(0{,}1) > n\ln\left(\frac{5}{6}\right) \Leftrightarrow \frac{\ln(0{,}1)}{\ln\left(\frac{5}{6}\right)} < n$$

$\frac{\ln(0{,}1)}{\ln\left(\frac{5}{6}\right)} \approx 12{,}6$ donc la commande **seuil**(0.9) renvoie la valeur 13.

Il faut donc prendre $n = 13$ personnes sur les 300 pour que la probabilité d'en avoir une qui a réussi l'examen à sa troisième tentative soit supérieure à 0,9.

> **Piège à éviter**
> $0 < \frac{5}{6} < 1$, donc $\ln\left(\frac{5}{6}\right) < 0$.
> Or quand on divise par un nombre négatif, il faut changer le sens de l'inégalité.

EXERCICE 4

Partie 1

1 • La droite $\mathcal{T}_A$ est tangente à la courbe $\mathcal{C}_f$ au point A de coordonnées $\left(\frac{1}{\text{e}} ; \text{e}\right)$; elle a donc comme coefficient directeur $f'\left(\frac{1}{\text{e}}\right)$.

La droite $\mathcal{T}_A$ est parallèle à l'axe des abscisses donc son coefficient directeur est nul.

On peut donc déduire que $f'\left(\frac{1}{\text{e}}\right) = 0$.

> **Rappel**
> $f'(a)$ est le coefficient directeur de la tangente à la courbe $\mathcal{C}$ de f en a.

• La droite $\mathcal{T}_B$ est tangente à la courbe $\mathcal{C}_f$ au point B de coordonnées (1 ; 2), donc elle a pour coefficient directeur $f'(1)$.

La droite $\mathcal{T}_B$ coupe l'axe des abscisses au point de coordonnées (3 ; 0) et l'axe des ordonnées au point de coordonnées (0 ; 3), donc on peut en déduire que son coefficient directeur est $\frac{3-0}{0-3} = -1$.

On a donc $f'(1) = -1$.

2 La droite $\mathcal{T}_B$ a pour coefficient directeur -1 et 3 pour ordonnée à l'origine, donc elle a pour équation : $y = -x + 3$.

Partie 2

On suppose maintenant que la fonction f est définie sur $]0 ; +\infty[$ par : $f(x) = \frac{2+\ln(x)}{x}$.

1 • $f\left(\frac{1}{\text{e}}\right) = \frac{2+\ln\left(\frac{1}{\text{e}}\right)}{\frac{1}{\text{e}}} = \text{e}(2-\ln(\text{e})) = \text{e}(2-1) = \text{e}$ donc $\text{A} \in \mathcal{C}_f$.

• $f(1)=\dfrac{2+\ln(1)}{1}=2$ donc $B \in \mathscr{C}_f$.

• La courbe $\mathscr{C}_f$ coupe l'axe des abscisses en un point dont l'abscisse est solution de l'équation $f(x) = 0$. On résout dans $]0\,;+\infty[$ cette équation.

$$f(x)=0 \Leftrightarrow \frac{2+\ln(x)}{x}=0 \Leftrightarrow 2+\ln(x)=0 \Leftrightarrow \ln(x)=-2 \Leftrightarrow x=\mathrm{e}^{-2}$$

Donc la courbe $\mathscr{C}_f$ coupe l'axe des abscisses en un point unique de coordonnées $(\mathrm{e}^{-2}\,;0)$.

2 Calculs des limites.

Réflexe à avoir

Pensez, même si cela n'est pas demandé, à vérifier vos réponses en traçant f à la calculatrice.

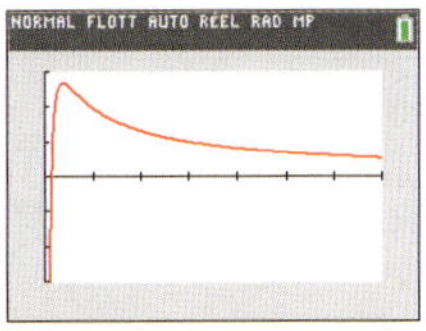

$$\left.\begin{aligned}&\lim_{\substack{x\to 0\\x>0}}\left(2+\ln(x)\right)=-\infty\\&\lim_{\substack{x\to 0\\x>0}}\frac{1}{x}=+\infty\end{aligned}\right\}\lim_{\substack{x\to 0\\x>0}}\left(2+\ln(x)\right)\times\frac{1}{x}=-\infty \text{ donc } \lim_{\substack{x\to 0\\x>0}} f(x)=-\infty$$

$$\left.\begin{aligned}&\lim_{x\to+\infty}\frac{2}{x}=0\\&\lim_{x\to+\infty}\frac{\ln(x)}{x}=0\end{aligned}\right\}\lim_{x\to+\infty}\frac{2}{x}+\frac{\ln(x)}{x}=0 \text{ donc } \lim_{x\to+\infty} f(x)=0$$

3 Pour $x \in\,]0\,;+\infty[$, $f'(x)=\dfrac{\frac{1}{x}\times x-(2+\ln(x))\times 1}{x^2}=\dfrac{1-2-\ln(x)}{x^2}=\dfrac{-1-\ln(x)}{x^2}$.

4 $f'(x)$ est du signe de $-1-\ln(x)$; $-1-\ln(x)>0 \Leftrightarrow -1>\ln(x) \Leftrightarrow x<\mathrm{e}^{-1}$

On dresse le tableau de variations de f sur $]0\,;+\infty[$:

x	0		$\frac{1}{\mathrm{e}}$		$+\infty$
$f'(x)$	‖	$+$	0	$-$	
$f(x)$	‖ $-\infty$	↗	e	↘	0

5 On admet que, pour tout $x \in\,]0\,,+\infty[$, $f''(x)=\dfrac{1+2\ln(x)}{x^3}$.

La fonction f est convexe sur les intervalles sur lesquels f'' est positive.

Sur $]0\,;+\infty[$, $x^3>0$, donc

$$f''(x)\geqslant 0 \Leftrightarrow \frac{1+2\ln(x)}{x^3}\geqslant 0 \Leftrightarrow 1+2\ln(x)\geqslant 0 \Leftrightarrow \ln(x)\geqslant -\frac{1}{2} \Leftrightarrow x\geqslant \mathrm{e}^{-\frac{1}{2}}$$

Donc le plus grand intervalle sur lequel la fonction f est convexe est $\left[\mathrm{e}^{-\frac{1}{2}}\,;+\infty\right[$.

SUJET 2 > voir p. 380

EXERCICE 1

1 **a.** $f(0)$représente la température d'une baguette lors de sa sortie du four, c'est-à-dire 225 °C.

b. Pour résoudre l'équation, on la met sous la forme $y' = ay + b$ avec a et b des réels. On obtient :

$$y' = -6y + 150 \Leftrightarrow y' = ay + b \text{ avec } \begin{cases} a = -6 \\ b = 150 \end{cases}$$

Gagnez des points !
Utilisez des connecteurs logiques (en mathématiques ou en français) et le vocabulaire mathématique approprié lors de la rédaction.

On sait alors que les solutions de cette équation sont toutes les fonctions de la forme :

$$f(t) = -\frac{b}{a} + Ce^{at}, \; C \in \mathbb{R}$$

Les solutions de l'équation différentielle sont donc toutes les fonctions de la forme :

$$f(t) = -\frac{150}{-6} + Ce^{-6t}$$
$$f(t) = 25 + Ce^{-6t}$$

c. La solution de l'équation différentielle a été obtenue en question **b**. Il reste à exploiter la condition initiale $f(t = 0) = f(0) = 225$ d'après la valeur trouvée à la question **a**. La fonction qui satisfait donc le modèle de l'exercice est la solution de l'équation :

$$\begin{aligned} f(0) = 225 &\Leftrightarrow Ce^0 + 25 = 225 \\ &\Leftrightarrow C + 25 = 225 \\ &\Leftrightarrow C = 200 \end{aligned}$$

Donc on a bien, pour tout réel $t \geqslant 0$:

$$f(t) = 200e^{-6t} + 25$$

2 Par expérience, on observe que la température d'une baguette sortant du four décroît et tend à se stabiliser à la température ambiante.

– Vérifions d'abord que la fonction f décroît. f est d'abord bien dérivable pour tout réel $t \geqslant 0$ comme composée de fonctions dérivables et :

$$\text{pour tout réel } t \geqslant 0, f'(t) = -1\,200e^{-6t}$$

Or, pour tout réel $t \geqslant 0$:

$$\begin{cases} e^{-6t} & > 0 \\ -1\,200 & < 0 \end{cases} \Rightarrow f'(t) < 0 \Rightarrow f \text{ est bien décroissante (strictement).}$$

– Pour vérifier que la température tend à se stabiliser à la température ambiante (25 °C), nous allons calculer la limite de la fonction f en $+\infty$:

$$\lim_{t \to +\infty} e^{-6t} = 0 \underset{\text{par produit}}{\Rightarrow} \lim_{t \to +\infty} 200e^{-6t} = 0 \underset{\text{par somme}}{\Rightarrow} \lim_{t \to +\infty} 200e^{-6t} + 25 = 25 = \lim_{t \to +\infty} f(t).$$

La fonction f, qui représente la température de la baguette (en °C) au bout du temps, a pour limite 25 en $+\infty$. Cela signifie donc bien que la température tend à se stabiliser à la température ambiante de 25 °C.

La fonction f fournit un modèle en accord avec ces observations.

3 La fonction f est continue et décroissante strictement donc monotone sur $[0\,;+\infty[$. Par ailleurs, $f(0) = 225$ et $\lim_{t \to +\infty} f(t) = 25$ donc, d'après le théorème des valeurs intermédiaires, il existe un unique élément $c \in [0\,;+\infty[$ tel que $f(c) = 40$.

Pour mettre les baguettes en rayon, le boulanger attend que leur température soit inférieure ou égale à 40. On note $\mathcal{T}_0$ le temps d'attente minimal entre la sortie du four d'une baguette et sa mise en rayon.

On donne la représentation graphique de la fonction f dans un repère orthogonal.

Réflexe à avoir
Pensez à vérifier, au fur et à mesure, la cohérence de vos résultats et du graphique : limites, sens de variation, valeur approximative de c, etc.

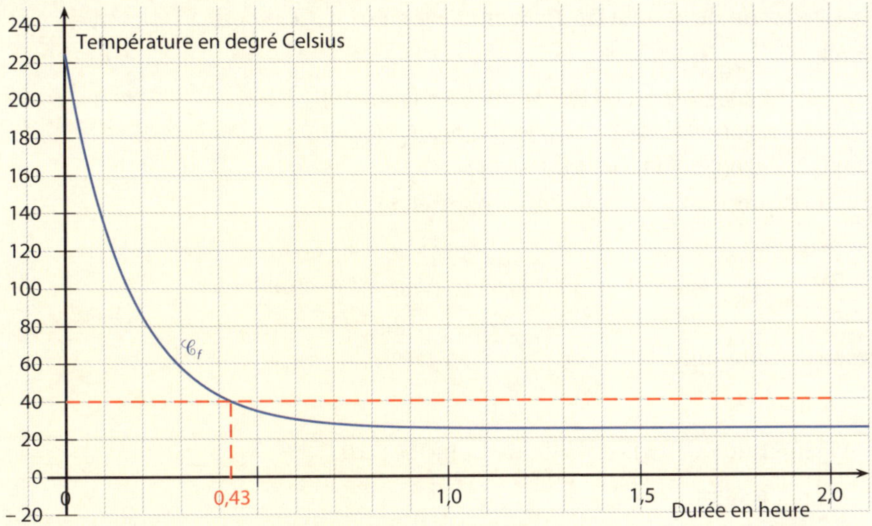

La courbe $\mathscr{C}_f$ semble atteindre 40 vers 0,43 heure soit $0,43 \times 60 = 25,8$ minutes. On trouve donc une valeur approchée de 26 minutes.

4 On s'intéresse ici à la diminution, minute après minute, de la température d'une baguette à sa sortie du four.

Ainsi, pour un entier naturel n, $\mathscr{D}_n$ désigne la diminution de température en degré Celsius d'une baguette entre la n-ième et la $(n + 1)$-ième minute après sa sortie du four.

On admet que, pour tout entier naturel n : $\mathscr{D}_n = f\left(\frac{n}{60}\right) - f\left(\frac{n+1}{60}\right)$.

a. On cherche une valeur approchée de $\mathscr{D}_0$.

$$\begin{aligned}\mathscr{D}_0 &= f\left(\frac{0}{60}\right) - f\left(\frac{1}{60}\right)\\ &= f(0) - f\left(\frac{1}{60}\right)\\ &= 200e^0 + \cancel{25} - \left(200e^{-\frac{6}{60}} + \cancel{25}\right)\\ &= 200 - 200e^{-\frac{6}{60}}\\ &\approx 19,03\end{aligned}$$

Donc 19 est bien une valeur approchée de $\mathscr{D}_0$ à 0,1 près. Cela signifie que la diminution de température qui se fait lors de la première minute après la sortie du four est d'environ 19 °C. Au bout d'une minute, la baguette est donc à 225– 19=206 °C.

b.

$$\begin{aligned}\mathscr{D}_n &= f\left(\frac{n}{60}\right) - f\left(\frac{n+1}{60}\right)\\ &= 200e^{-6\times\frac{n}{60}} + \cancel{25} - \left(200e^{-6\times\frac{n+1}{60}} + \cancel{25}\right)\\ &= 200e^{-0,1n} - 200e^{\frac{-6n-6}{60}}\\ &= 200e^{-0,1n} - 200e^{\frac{-6n}{60}+\left(\frac{-6}{60}\right)}\\ &= 200e^{-0,1n} - 200e^{-0,1n} \times e^{-0,1}\\ &= 200e^{-0,1n}\left(1 - e^{-0,1}\right)\end{aligned}$$

Pour étudier le sens de variation de la suite $(\mathscr{D}_n)$, on étudie le signe de $\mathscr{D}_{n+1} - \mathscr{D}_n$.
Pour tout entier naturel n :

$$\begin{aligned}\mathscr{D}_{n+1}-\mathscr{D}_n &= 200e^{-0,1(n+1)}(1-e^{-0,1})-200e^{-0,1n}(1-e^{-0,1})\\ &= 200e^{-0,1n}\times e^{-0,1}(1-e^{-0,1})-200e^{-0,1n}(1-e^{-0,1})\\ &= 200e^{-0,1n}(1-e^{-0,1})[e^{-0,1}-1]\end{aligned}$$

Étudions le signe de cette expression pour tout entier naturel n :

$$\begin{cases}200e^{-0,1n} & \geqslant 0\\ 1-e^{-0,1} & \geqslant 0\\ e^{-0,1}-1 & \leqslant 0\end{cases} \underset{\text{par produit}}{\Rightarrow} \mathscr{D}_{n+1}-\mathscr{D}_n \leqslant 0 \Rightarrow \text{la suite } (\mathscr{D}_n) \text{ est décroissante.}$$

Calculons alors la limite de cette suite :

$$\begin{cases}\lim\limits_{n\to+\infty} 200e^{-0,1n} & = 0\\ \lim\limits_{n\to+\infty} 1-e^{-0,1} & = 1-e^{-0,1}\\ \lim\limits_{n\to+\infty} 1-e^{-0,1} & = e^{-0,1}-1\end{cases} \underset{\text{par produit}}{\Rightarrow} \lim\limits_{n\to+\infty}\mathscr{D}_n = 0$$

Nous trouvons une limite de 0 pour $\mathscr{D}_n$. Puisque la baguette tend à se stabiliser à la température ambiante, la diminution de température entre la n-ième et la $(n+1)$-ième minute va tendre vers 0. Le résultat était bien prévisible dans le contexte de l'exercice.

EXERCICE 2

1 Position relative de $\mathscr{P}$ et de $\mathscr{D}$

a. On va montrer que le vecteur $\vec{n}\begin{pmatrix}1\\-4\\1\end{pmatrix}$ est normal à $\mathscr{P}$.

On a $\overrightarrow{AB}\begin{pmatrix}3\\1\\1\end{pmatrix}$; $\overrightarrow{AC}\begin{pmatrix}2\\-1\\-6\end{pmatrix}$.

- $\overrightarrow{AB}\cdot\vec{n} = 3-4+1=0$: les vecteurs sont orthogonaux ;
- $\overrightarrow{AC}\cdot\vec{n} = 2+4-6=0$: les vecteurs sont orthogonaux.

Le vecteur $\vec{n}$, orthogonal à deux vecteurs non colinéaires du plan (ABC), est donc un vecteur normal à ce plan.

b. On détermine une équation cartésienne du plan $\mathscr{P}$.

Le vecteur $\vec{n}$ est normal au plan (ABC) donc le plan (ABC) a une équation de la forme $x - 4y + z + d = 0$, avec $d \in \mathbb{R}$.

A(1 ; 1 ; 4) ∈ (ABC) donc $1 - 4 + 4 + d = 0 \Leftrightarrow d = -1$.

Donc le plan (ABC) a pour équation : $x - 4y + z - 1 = 0$.

c. On va montrer que $\mathscr{D}$ est parallèle à $\mathscr{P}$.

$\vec{u}\cdot\vec{n} = 1-4+3=0$: les vecteurs $\vec{u}$ (vecteur directeur de $\mathscr{D}$) et $\vec{n}$ (vecteur normal à $\mathscr{P}$) sont orthogonaux ce qui montre que $\mathscr{D}$ est parallèle à $\mathscr{P}$.

2 Position relative de $\mathscr{P}$ et de $\mathscr{S}$. On rappelle que, un point I et un nombre réel strictement positif r étant donnés, la sphère de centre I et de rayon r est l'ensemble des points M de l'espace vérifiant $IM = r$.

On considère le point I(1 ; 9 ; 0) et on appelle $\mathscr{S}$ la sphère de centre I et de rayon 6.

a. On va montrer que la droite Δ passant par I est orthogonale au plan $\mathscr{P}$ coupe ce plan $\mathscr{P}$ au point H(3 ; 1 ; 2).

La droite Δ passant par I et orthogonale au plan $\mathcal{P}$ a donc pour vecteur directeur $\vec{n}$.

Donc $M(x\,;y\,;z)\in\Delta \Leftrightarrow \overrightarrow{IM}=\alpha\vec{n},\ \alpha\in\mathbb{R}$, soit :

$$M(x\,;y\,;z)\in\Delta \Leftrightarrow \begin{cases} x-1 = \alpha \\ y-9 = -4\alpha \\ z-0 = \alpha \end{cases} \Leftrightarrow \begin{cases} x = 1+\alpha \\ y = 9-4\alpha \\ z = \alpha \end{cases},\ \alpha\in\mathbb{R}.$$

Le point d'intersection H de Δ et de $\mathcal{P}$ a ses coordonnées qui vérifient les équations de la droite et celle du plan, soit le système : $\begin{cases} x = 1+\alpha \\ y = 9-4\alpha \\ z = \alpha \\ x-4y+z-1 = 0 \end{cases}$

On a donc $(1+\alpha)-4(9-4\alpha)+\alpha-1=0$ ce qui équivaut $\alpha = 2$.

$x = 1+\alpha = 3$, $y = 9-4\alpha = 1$ et $z = \alpha = 2$ donc le point H a pour coordonnées $(3\,;1\,;2)$.

b. On calcule la distance IH.

$IH^2 = (3-1)^2 + (1-9)^2 + (2-0)^2 = 4+64+4 = 72$; donc $IH = \sqrt{72} = 6\sqrt{2}$.

c. On admet que pour tout point M du plan $\mathcal{P}$ on a $IM \geqslant IH$.

La sphère $\mathcal{S}$ a pour centre I et la distance IH du centre au plan $\mathcal{P}$ est $6\sqrt{2}$ qui est supérieure au rayon $r = 6$ de la sphère.

Donc le plan $\mathcal{P}$ ne coupe pas la sphère $\mathcal{S}$.

3 Position relative de $\mathcal{D}$ et de $\mathcal{S}$.

a. On détermine une représentation paramétrique de la droite $\mathcal{D}$, passant par J et de vecteur directeur $\vec{u}$.

$$M(x\,;y\,;z)\in\mathcal{D} \Leftrightarrow \overrightarrow{JM}=t\vec{u} \Leftrightarrow \begin{cases} x-1=t \\ y-4=t \\ z-2=3t \end{cases},\ t\in\mathbb{R},\text{ soit :}$$

$$M(x\,;y\,;z)\in\mathcal{D} \Leftrightarrow \begin{cases} x=1+t \\ y=4+t \\ z=2+3t \end{cases},\ t\in\mathbb{R}.$$

b. $M(x\,;y\,;z)\in\mathcal{S} \Leftrightarrow IM = 6 \Leftrightarrow IM^2 = 36 \Leftrightarrow (x-1)^2 + (y-(-4))^2 + (z-0)^2 = 36$
$\Leftrightarrow (x-1)^2 + (y-9)^2 + z^2 = 36.$

c. On a $IJ^2 = (1-1)^2 + (9-4)^2 + (2-0)^2 = 25+4 = 29$.

Donc $IJ = \sqrt{29} \approx 5{,}4 < 6$ longueur du rayon de la sphère : ceci montre que J est intérieur à la sphère et donc toute droite contenant J coupe la sphère en deux points.

L'astuce du prof
N'hésitez pas à représenter la situation à main levée.

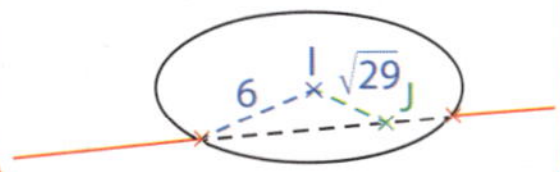

EXERCICE 3

1 $u_1 = \dfrac{3}{4}$ et $u_2 = \dfrac{8}{9}$, donc $v_2 = u_1 \times u_2 = \dfrac{3}{4}\times\dfrac{8}{9} = \dfrac{3\times4\times2}{4\times3\times3} = \dfrac{2}{3}$.

$u_3 = \dfrac{15}{16}$, donc $v_3 = u_1\times u_2\times u_3 = v_2\times u_3 = \dfrac{2}{3}\times\dfrac{15}{16} = \dfrac{5}{8}$.

2 On complète l'algorithme ci-contre afin que, après son exécution, la variable V contiennent la valeur v_n où n est un nombre entier naturel non nul défini par l'utilisateur.

Algorithme
1. $V \leftarrow 1$
2. Pour i variant de 1 à n
3. $U \leftarrow \dfrac{i(i+2)}{(i+1)^2}$
4. $V \leftarrow V \times U$
5. Fin Pour

L'astuce du prof

Grâce à la réponse **1.**, on connaît v_2 et v_3. N'hésitez donc pas à tester l'algorithme, pas à pas, avec $i = 2$ (puis $i = 3$) pour s'assurer qu'il fonctionne.

3 **a.** On a, quel que soit $n \in \mathbb{N}$,

$$u_n = \frac{n(n+2)}{(n+1)^2} = \frac{n^2+2n}{(n+1)^2} = \frac{n^2+2n+1-1}{(n+1)^2} = \frac{(n+1)^2}{(n+1)^2} - \frac{1}{(n+1)^2} = 1 - \frac{1}{(n+1)^2}.$$

b. De par sa définition u_n quotient de deux termes supérieurs à 0 est supérieur à 0.

D'après la question précédente comme $\dfrac{1}{(n+1)^2} > 0$, $1 - \dfrac{1}{(n+1)^2} < 1$, soit $u_n < 1$, quel que soit $n \in \mathbb{N}^*$.

Conclusion : pour $n \in \mathbb{N}$, $0 < u_n < 1$

Gagnez des points !

Pour les questions **3.** à **5.**, si vous n'avez pas réussi à démontrer le **a.**, admettez-le et traiter le **b.**

4 **a.** Quel que soit n, $\dfrac{v_{n+1}}{v_n} = \dfrac{u_1 \times \ldots \times u_n \times u_{n+1}}{u_1 \times \ldots \times u_n} = u_{n+1}$.

Or d'après la question précédente $u_{n+1} < 1$, donc $\dfrac{v_{n+1}}{v_n} < 1$, donc la suite (v_n) est décroissante.

b. Les termes u_n étant supérieurs à zéro, les termes v_n sont supérieurs à zéro.

On a donc quel que soit $n \in \mathbb{N}^*$, $0 < v_n$.

La suite (v_n) est donc décroissante et minorée par 0 ; d'après le théorème de la convergence monotone, elle est convergente vers un réel supérieur ou égal à zéro.

5 **a.** $v_{n+1} = v_n \times u_{n+1} = v_n \times \dfrac{(n+1)(n+3)}{(n+2)^2}$.

b. Soit la propriété : $v_n = \dfrac{n+2}{2(n+1)}$.

• **Initialisation**

$v_1 = u_1 = \dfrac{3}{4}$ et $\dfrac{1+2}{2\times 2} = \dfrac{3}{4}$: la relation est vraie au rang 1.

• **Hérédité**

Soit $n \in \mathbb{N}$ tel que $n \geqslant 1$ et supposons que $v_n = \dfrac{n+2}{2(n+1)}$.

D'après la question précédente :

$$v_{n+1} = v_n \times \frac{(n+1)(n+3)}{(n+2)^2} = \frac{n+2}{2(n+1)} \times \frac{(n+1)(n+3)}{(n+2)^2} = \frac{n+3}{2(n+2)} = \frac{(n+1)+2}{2((n+1)+1)};$$

la relation est vraie au rang $n + 1$.

• **Conclusion**

La relation est vraie au rang 1 et si elle est vraie à un rang au moins égal à 1, elle est vraie au rang suivant; d'après le principe de récurrence : pour tout entier naturel non nul n,

$$v_n = \frac{n+2}{2(n+1)}.$$

c. Puisque $n \neq 0$, on peut écrire : $v_n = \dfrac{1+\dfrac{2}{n}}{2\left(1+\dfrac{1}{n}\right)}$.

Or $\lim\limits_{n\to+\infty} \dfrac{2}{n} = \lim\limits_{n\to+\infty} \dfrac{1}{n}$, donc par somme et quotient de limites : $\lim\limits_{n\to+\infty} v_n = \dfrac{1}{2\times 1} = \dfrac{1}{2}$.

6 On considère la suite w_n définie par
$w_1 = \ln(u_1)$, $w_2 = \ln(u_1) + \ln(u_2)$ et, pour tout entier naturel $n \geqslant 3$, par

$$w_n = \sum_{k=1}^{n} \ln(u_k) = \ln(u_1) + \ln(u_2) + \ldots + \ln(u_n).$$

On a $w_1 = \ln(u_1) = \ln\left(\dfrac{3}{4}\right)$;

$w_7 = \ln(u_1) + \ln(u_2) + \ldots + \ln(u_7) = \ln(u_1 \times u_2 \times \ldots \times u_7) = \ln(v_7)$ soit d'après le résultat de la question 5. c. : $w_7 = \ln\dfrac{7+2}{2(7+1)} = \ln\dfrac{9}{16}$.

Or $\dfrac{9}{16} = \left(\dfrac{3}{4}\right)^2$, donc : $w_7 = \ln\left(\dfrac{3}{4}\right)^2 = 2\ln\dfrac{3}{4} = 2w_1$.

EXERCICE 4

1 Affirmation 1 : fausse.

$(3\ln x - 5)(e^x + 4) = 0 \Leftrightarrow 3\ln x - 5 = 0$ ou $e^x + 4 = 0$

- $3\ln x - 5 = 0 \Leftrightarrow \ln x = \dfrac{5}{3} \Leftrightarrow x = e^{\frac{5}{3}}$; une solution réelle.
- $e^x + 4 = 0$ n'a pas de solution réelle car $e^x > 0 \Rightarrow e^x > 4 > 0$ pour tout x.

L'équation n'a donc qu'une solution réelle.

2 Affirmation 2 : vraie.

En calculant quelques termes de la suite, 2, 10, 21, 38, 67,120, on peut conjecturer que la propriété $u_n = 3 \times 2^n + 5n - 1$ est vraie, pour tout n.

Démontrons cette propriété par récurrence.

- **Initialisation**

Pour $n = 0$, on a $u_0 = 2$ et $3 \times 2^n + 5n - 1 = 3 \times 1 + 0 - 1 = 2$.

Donc la propriété est vraie pour $n = 0$.

- **Hérédité**

On suppose la propriété vraie au rang $n \geqslant 0$; c'est-à-dire : $u_n = 3 \times 2^n + 5n - 1$. On veut démontrer que $u_{n+1} = 3 \times 2^{n+1} + 5(n+1) - 1$.

$$\begin{aligned} u_{n+1} &= 2u_n - 5n + 6 = 2(3 \times 2^n + 5n - 1) - 5n + 6 = 3 \times 2^{n+1} + 10n - 2 - 5n + 6 \\ &= 3 \times 2^{n+1} + 5n + 4 = 3 \times 2^{n+1} + 5(n+1) - 1 \end{aligned}$$

Donc la propriété est vraie au rang $n + 1$.

- **Conclusion**

La propriété est vraie au rang 0 et elle est héréditaire pour tout $n \geqslant 0$; d'après le principe de récurrence, la propriété est vraie pour tout $n \geqslant 0$.

3 Affirmation 3 : fausse.

On calcule quelques termes de la suite (u_n).

$u_0 = 0 + \frac{1}{2} = \frac{1}{2}$; $u_1 = 1^2 + \frac{1}{2} = \frac{3}{2}$; $u_2 = 2^2 + \frac{1}{2} = \frac{9}{2}$; $u_3 = 3^2 + \frac{1}{2} = \frac{19}{2}$

$\frac{u_3}{u_2} = \frac{\frac{19}{2}}{\frac{9}{2}} = \frac{19}{9}$; $\frac{u_2}{u_1} = \frac{\frac{9}{2}}{\frac{3}{2}} = \frac{9}{3} = 3$

$\frac{19}{9} \neq 3$ donc la suite (u_n) n'est pas géométrique.

Réflexe à avoir

Pour démontrer qu'une suite (u_n) est géométrique, il faut montrer que, pour tout n, $u_{n+1} = q \times u_n$.
En revanche, pour démonter qu'elle ne l'est pas, il suffit de démontrer que $\frac{u_3}{u_2} \neq \frac{u_2}{u_1}$.

4 Affirmation 4 : vraie.

Parmi les nouveautés choisies par Carla, il y a 2 romans d'aventure (choisis parmi les 5 romans d'aventure) et 2 autres livres (choisis parmi les 7 autres livres).

Le nombre de listes est donc $\binom{5}{2} \times \binom{7}{2} = 10 \times 21 = 210$.

5 Affirmation 5 : fausse.

Les 6 chiffres du code du smartphone doivent être distincts. Le nombre de codes possibles est donc : $10 \times 9 \times 8 \times 7 \times 6 \times 5 = 151\,200$.

SUJET 3 > voir p. 383

EXERCICE 1

1 L et M sont les milieux respectifs de [AH] et [AF] donc d'après le théorème de la droite des milieux dans le triangle AFH, on en déduit que (LM) est parallèle à (FH).

(IN) et (BF) sont parallèles car BFNI est un rectangle or (BF) est perpendiculaire au plan (EFG) donc à la droite (FH).

On a alors (IN) perpendiculaire à (FH) et comme (LM) est parallèle à (FH), on en déduit que (IN) et (ML) sont orthogonales.

Rappel

d est orthogonale à d' si, et seulement si, d est orthogonale à une droite Δ parallèle à d'.

2 a. Dans $(A ; \overrightarrow{AB}, \overrightarrow{AD}, \overrightarrow{AE})$ on a C(1 ; 1 ; 0), M(0,5 ; 0 ; 0,5) et L(0 ; 0,5 ; 0,5)

Donc $\overrightarrow{NC}(0,5 ; 0,5 ; -1)$ et $\overrightarrow{ML}(-0,5 ; 0,5 ; 0)$.

b. Le repère $(A ; \overrightarrow{AB}, \overrightarrow{AD}, \overrightarrow{AE})$ est orthonormé donc on peut calculer un produit scalaire : $\overrightarrow{NC} \cdot \overrightarrow{ML} = -0,25 + 0,25 + 0 = 0$.

On en déduit que les vecteurs sont orthogonaux donc (NC) et (ML) sont orthogonales.

c. (ML) est orthogonale à (NC) et à (IN) qui sont deux droites sécantes du plan (NCI) donc (ML) est perpendiculaire au plan (NCI).

$\overrightarrow{ML}(-0,5 ; 0,5 ; 0)$ est donc normal à (NCI) d'où $\vec{u}(1 ; -1 ; 0)$ est normal à (NCI).

On a alors (NCI) : $x - y + d = 0$ or C $\in$ (NCI) d'où $x_C - y_C + d = 0 \Leftrightarrow d = 0$.

Finalement le plan (NCI) a pour équation cartésienne : $x - y = 0$.

Remarque

On peut vérifier que $x_N - y_N = 0$; $x_C - y_C = 0$; $x_I - y_I = 0$.
Cela confirme que le plan (NCI) a pour équation cartésienne : $x - y = 0$.

3 a. Dans $(A ; \overrightarrow{AB}, \overrightarrow{AD}, \overrightarrow{AE})$ on a N(0,5 ; 0,5 ; 1), J(1 ; 0,5 ; 0,5) et M(0,5 ; 0 ; 0,5)

$x_N - y_N + z_N = 1$; $x_J - y_J + z_J = 1$; $x_N - y_N + z_N = 1$. Ainsi, les coordonnées des points vérifient l'équation proposée.

(NJM) a donc bien pour équation cartésienne $x - y + z = 1$.

b. $\vec{n}(1 ; -1 ; 1)$ est normal à (NJM) d'après l'équation cartésienne trouvée précédemment. Or $\overrightarrow{DF}(1 ; -1 ; 1)$ donc $\overrightarrow{DF} = \vec{n}$ et la droite (DF) est perpendiculaire au plan (NJM).

EXERCICE 2

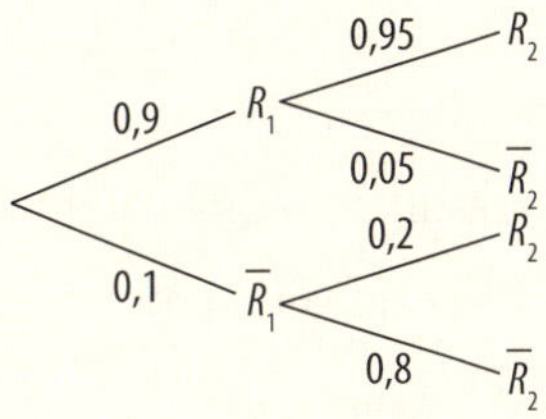

1 **a.** L'énoncé donne $p(R_1) = 0{,}9$, $p_{R_1}(R_2) = 0{,}95$ et $p_{\overline{R_1}}(R_2) = 0{,}2$.

b. On cherche $p(R_1 \cap R_2)$

$$p(R_1 \cap R_2) = p(R_1) \times p_{R_1}(R_2) = 0{,}9 \times 0{,}95 = 0{,}855$$

c. On cherche $p(R_2)$.

R_1 et $\overline{R_1}$ forment une partition de l'univers donc, d'après la formule des probabilités totales on a :

$$p(R_2) = p(R_1 \cap R_2) + p(\overline{R_1} \cap R_2) = 0{,}855 + p(\overline{R_1}) \times p_{\overline{R_1}}(R_2)$$
$$= 0{,}855 + 0{,}1 \times 0{,}2 = 0{,}875$$

d. On cherche $p_{R_2}(\overline{R_1})$.

$$p_{R_2}(\overline{R_1}) = \frac{p(\overline{R_1} \cap R_2)}{p(R_2)} = \frac{0{,}02}{0{,}875} = \frac{4}{175} \approx 0{,}023$$

2 **a.**

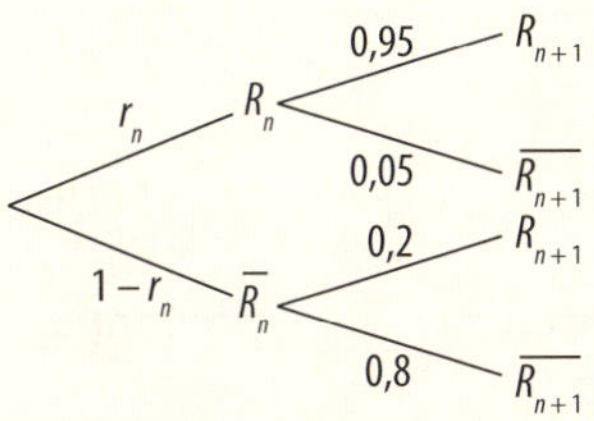

b. R_n et $\overline{R_n}$ forment une partition de l'univers donc, d'après la formule des probabilités totales on a : $r_{n+1} = p(R_{n+1})$

$$r_{n+1} = p(R_{n+1})$$
$$= p(R_n \cap R_{n+1}) + p(\overline{R_n} \cap R_{n+1})$$
$$= p_{R_n}(R_{n+1}) \times p(R_n) + p_{\overline{R_n}}(R_{n+1}) \times p(\overline{R_n})$$
$$= 0{,}95r_n + 0{,}2(1 - r_n)$$
$$= 0{,}75r_n + 0{,}2$$

> **Rappel**
> La suite (r_n) est une suite arithmético-géométrique.

c. On procède par récurrence.

• **Initialisation** : $r_1 = p(R_1) = 0{,}9$ et $0{,}1 \times 0{,}75^0 + 0{,}8 = 0{,}9$. La propriété est vraie au rang initial.

• **Hérédité** : Soit n un entier naturel non nul tel que $r_n = 0{,}1 \times 0{,}75^{n-1} + 0{,}8$

$r_{n+1} = 0{,}75r_n + 0{,}2$ d'après la question précédente
$= 0{,}75(0{,}1 \times 0{,}75^{n-1} + 0{,}8) + 0{,}2$ d'après l'hypothèse de récurrence
$= 0{,}1 \times 0{,}75^n + 0{,}6 + 0{,}2$
$= 0{,}1 \times 0{,}75^n + 0{,}8$

On en déduit que la propriété est héréditaire.

• **Conclusion** : Par le principe de récurrence on peut donc conclure que :
$\forall n \in \mathbb{N}^*$, $r_n = 0{,}1 \times 0{,}75^{n-1} + 0{,}8$.

d. $-1 < 0{,}75 < 1$ donc $\lim\limits_{n \to +\infty} 0{,}75^{n-1} = 0$ et par opération sur les limites on a $\lim\limits_{n \to +\infty} r_n = 0{,}8$.

> **Rappel**
> $\lim\limits_{n \to +\infty} (q^n) = 0 \Leftrightarrow -1 < q < 1$.

On en déduit qu'avec le temps, la probabilité pour un client de rendre la bouteille se stabilise à 0,8.

EXERCICE 3

Partie 1

1 La courbe de f passe par A(0 ; 0,5) or $f(0) = \dfrac{a}{1 + e^{-b\times 0}} = \dfrac{a}{2}$, donc il faut $\dfrac{a}{2} = 0{,}5$, on obtient $a = 1$.

2 f est de la forme $\dfrac{1}{v}$ donc a pour dérivée $-\dfrac{v'}{v^2}$, avec $v(x) = 1 + e^{-bx}$ et $v'(x) = -be^{-bx}$. On obtient ainsi le résultat voulu en appliquant la formule de dérivation précédente.

3 La droite (AB) est la tangente en A(0 ; 0,5). Elle a pour coefficient directeur m égal à la dérivée de f en 0, à savoir $m = f'(0) = \dfrac{b}{4}$.

Par ailleurs, le coefficient directeur de cette droite peut se calculer par la formule $m = \dfrac{y_B - y_A}{x_B - x_A} = \dfrac{1 - 0{,}5}{10 - 0} = 0{,}05$.

Ainsi, $\dfrac{b}{4} = 0{,}05 \Leftrightarrow b = 4 \times 0{,}05 = 0{,}2$. Finalement $f(x) = \dfrac{1}{1 + e^{-0{,}2x}}$.

Partie 2

1 Cette proportion est $p(10) = \dfrac{1}{1 + e^{-2}} \approx 0{,}88$.

2 **a.** D'après la partie A, p est dérivable et sa dérivée est, en prenant $b = 0{,}2$,

$$p'(x) = \frac{0{,}2e^{-0{,}2x}}{(1 + e^{-0{,}2x})^2}$$

Pour tout réel x positif, on a $0{,}2e^{-0{,}2x} > 0$ donc $p'(x) > 0$ sur $[0 ; +\infty[$.
Ainsi, p est strictement croissante sur $[0 ; +\infty[$.

b. $\lim\limits_{x \to +\infty} 1 + e^{-0{,}2x} = 1$ par propriété de l'exponentielle et composée de fonctions. Ainsi, on a, par quotient de limites :

$$\lim_{x \to +\infty} p(x) = 1$$

c. Dans le contexte de l'énoncé, plus les années x s'écoulent, plus la proportion $p(x)$ de personnes équipées augmentera jusqu'à atteindre 1, c'est-à-dire 100 %.

3 On cherche en quelle année x la proportion $p(x)$ dépassera les 95 %. Il suffit de trouver le plus petit entier x satisfaisant $p(x) > 0{,}95$. Or, on a

$$p(x) > 0{,}95 \Leftrightarrow \frac{1}{1+e^{-0{,}2x}} > 0{,}95 \quad \Leftrightarrow 0{,}95(1+e^{-0{,}2x}) < 1$$

$$\Leftrightarrow 0{,}95e^{-0{,}2x} < 0{,}05 \quad \Leftrightarrow e^{-0{,}2x} < \frac{0{,}05}{0{,}95}$$

$$\Leftrightarrow e^{-0{,}2x} < \frac{5}{95} \quad \Leftrightarrow e^{-0{,}2x} < \frac{1}{19}$$

$$\Leftrightarrow -0{,}2x < \ln\frac{1}{19} \quad \text{(la fonction ln est strictement croissante)}$$

$$\Leftrightarrow -0{,}2x < -\ln(19)$$

$$\Leftrightarrow x > \frac{\ln(19)}{0{,}2} \approx 14{,}7 \text{ (on divise par } -0{,}2x < 0.)$$

> **Remarque**
> On pourrait procéder par « tâtonnements », et voir que ça marche à partir de $x = 15$, mais il faut tout de même l'expliquer par l'inéquation $p(x) > 0{,}95$.

Ainsi, la saturation se produira au cours de l'année $x = 15$, donc en 2015.

EXERCICE 4

Partie 1

1 On considère la suite (p_n) définie pour tout entier naturel n, par $p_n = n^2 - 42n + 4$.

Affirmation 1 : La suite (p_n) est strictement décroissante.

$p_{22} = 22^2 - 42 \times 22 + 4 = -436$ et $p_{23} = 23^2 - 42 \times 23 + 4 = -433$

$p_{22} < p_{23}$ donc la suite (p_n) n'est pas décroissante.

Affirmation 1 : fausse.

> **Réflexe à avoir**
> Pour démontrer qu'une propriété est fausse, il suffit de donner un contre-exemple.

2 Soit a un nombre réel. On considère les suites (u_n) et (v_n) définies par :

- $u_0 = a$ et, pour tout entier naturel n, $u_{n+1} = \frac{1}{3}\sqrt{u_n^2 + 8}$;
- $v_n = u_n^2 - 1$ pour tout entier naturel n.

Affirmation 2 : La suite (v_n) est une suite géométrique.

Pour tout n, $v_n = u_n^2 - 1$ donc $u_n^2 = v_n + 1$.

$$v_{n+1} = u_{n+1}^2 - 1 = \left(\frac{1}{3}\sqrt{u_n^2+8}\right)^2 - 1 = \frac{1}{9}(u_n^2+8) - 1 = \frac{1}{9}u_n^2 + \frac{8}{9} - 1 = \frac{1}{9}u_n^2 - \frac{1}{9}$$

$$= \frac{1}{9}(u_n^2 - 1) = \frac{1}{9}v_n.$$

Donc la suite (v_n) est géométrique de raison $\frac{1}{9}$.

Affirmation 2 : vraie.

3 On considère une suite (w_n) qui vérifie, pour tout entier naturel n,

$$n^2 \leqslant (n+1)^2 w_n \leqslant n^2 + n.$$

Affirmation 3 : La suite (w_n) converge.

Pour tout n non nul,

$$n^2 \leqslant (n+1)^2 w_n \leqslant n^2 + n \Leftrightarrow \frac{n^2}{(n+1)^2} \leqslant w_n \leqslant \frac{n^2+n}{(n+1)^2}$$

$$\Leftrightarrow \frac{n^2}{n^2+2n+1} \leqslant w_n \leqslant \frac{n^2+n}{n^2+2n+1}$$

$$\text{or } \lim_{n\to+\infty} \frac{n^2}{n^2+2n+1} = \lim_{n\to+\infty} \frac{n^2}{n^2} = 1$$

$$\text{et } \lim_{n\to+\infty} \frac{n^2+n}{n^2+2n+1} = \lim_{n\to+\infty} \frac{n^2}{n^2} = 1$$

donc, d'après le théorème des gendarmes, on peut en déduire que $\lim_{n\to+\infty} w_n = 1.$.

Donc la suite (w_n) converge vers 1.

Affirmation 3 : vraie.

Partie 2

On considère la suite (u_n) définie par $u_0 = \frac{1}{2}$ et, pour tout entier naturel n, $u_{n+1} = \frac{2u_n}{1+u_n}$.

1 $u_1 = \frac{2u_0}{1+u_0} = \frac{2\times\frac{1}{2}}{1+\frac{1}{2}} = \frac{1}{\frac{3}{2}} = \frac{2}{3}$.

2 On va démontrer par récurrence, pour tout entier naturel n, la propriété $\mathcal{P}_n$: $u_n = \dfrac{2^n}{1+2^n}$.

• Initialisation

Pour $n = 0$, $\dfrac{2^n}{1+2^n} = \dfrac{2^0}{1+2^0} = \dfrac{1}{1+1} = \dfrac{1}{2} = u_0$ donc la propriété est vraie au rang 0.

• Hérédité

On suppose la propriété vraie pour un entier naturel n quelconque ; on va démontrer que la propriété est vraie au rang $n + 1$.

$$u_{n+1} = \frac{2u_n}{1+u_n} = \frac{2\dfrac{2^n}{1+2^n}}{1+\dfrac{2^n}{1+2^n}} = \frac{2\times 2^n}{1+2^n} \times \frac{1+2^n}{1+2^n+2^n} = \frac{2^{n+1}}{1+2\times 2^n} = \frac{2^{n+1}}{1+2^{n+1}}.$$

Donc la propriété est vraie au rang $n + 1$.

• Conclusion

La propriété est vraie au rang 0 et elle est héréditaire pour $n \geqslant 0$; donc, d'après le principe de récurrence, la propriété est vraie pour tout entier naturel n.

On a donc démontré que, pour tout entier naturel n, on a $u_n = \dfrac{2^n}{1+2^n}$.

3 Dans l'algorithme 2, le nombre i varie entre 0 et n donc prend $n + 1$ valeurs ; la valeur de u en sortie est donc u_{n+1}. L'algorithme 2 ne convient donc pas.

L'astuce du prof

N'hésitez pas à tester, pas à pas, chaque algorithme avec par exemple $n = 2$, pour vérifier que l'on obtient bien u_2.

PHYSIQUE-CHIMIE

SUJET 1 > voir p. 387

EXERCICE 1

Son et lumière

PARTIE 1

1 Le texte fait référence à la production de lumière :
– par « **incandescence** » : le spectre de la lumière émise est un spectre de lumière **continue** ;
– par « **émission atomique** » : le spectre est un **spectre de raies**.

2 La relation entre l'énergie d'un photon et sa longueur d'onde λ permet d'écrire pour le photon 3 :

$$E_3 = \frac{hc}{\lambda_3} \text{ d'où } \lambda_3 = \frac{hc}{E_3}$$

avec E_3 l'énergie du photon 3 donnée par le **doc. 6**.

A. N. : $\lambda_3 = \frac{6{,}63 \times 10^{-34} \times 3{,}00 \times 10^{8}}{1{,}825 \times 1{,}60 \times 10^{-19}} = 6{,}81 \times 10^{-7}$ m

soit $\lambda_3 = 681$ nm.

En utilisant le tableau des domaines de longueurs d'onde de la lumière visible (**doc. 2**), on peut situer λ_3 dans le domaine du rouge défini entre 625 nm et 800 nm. La couleur perçue lors de l'émission du photon 3 est donc du **rouge**.

Piège à éviter

L'application numérique nécessite d'exprimer l'énergie en joules. Or l'énergie E_3 du photon 3 est exprimée en électronvolts dans le doc. 6. En multipliant par $1{,}60 \times 10^{-19}$ J/eV, on obtient cette même énergie en joules.

3 Les énergies des photons 1, 2 et 3 du **doc. 6** sont telles que $E_1 < E_2 < E_3$. Au vu de la relation entre l'énergie et la longueur d'onde du rayonnement correspondant, on en déduit alors que $\lambda_3 < \lambda_2 < \lambda_1$. La longueur d'onde augmente donc par rapport à celle du photon 3. On peut ainsi conclure, en supposant que cette augmentation ne soit pas suffisamment importante, que l'on reste dans le domaine du rouge avec λ_1 inférieure à 800 nm.

On peut donc supposer que la couleur perçue lors de l'émission de ces trois photons reste dans le **domaine du rouge**, cohérente avec la « couleur de la lumière émise » du crackling R100 du **doc. 1**.

Remarque

Les énergies des photons 1, 2 et 3 sont très voisines, de l'ordre de 1,8 eV si l'on ne considère que 2 chiffres significatifs. Cela entraîne que les longueurs d'onde sont aussi très voisines, de l'ordre de $6{,}9 \times 10^{-7}$ m.

PARTIE 2

1 Soient V_{0x} et V_{0y} les composantes, respectivement, suivant (Ox) et (Oy) du vecteur $\vec{V}_0$: $\vec{V}_0\,(V_{0x}, V_{0y})$. La représentation du vecteur $\vec{V}_0$ dans le repère (xOy) permet de faire apparaître ses composantes.

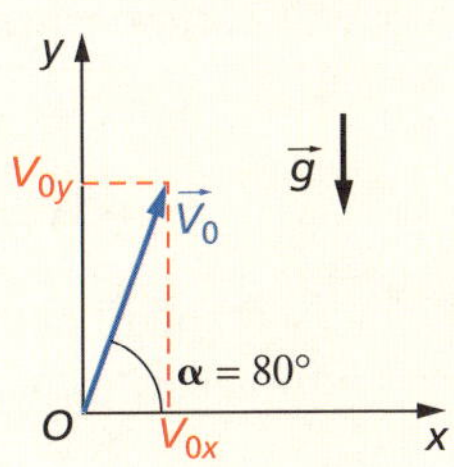

Soit V_0 la norme du vecteur $\vec{V}_0$, on peut alors écrire les relations trigonométriques suivantes :

$$\cos\alpha = \frac{V_{0x}}{V_0} \text{ d'où } V_{0x} = V_0 \cos\alpha \text{ et } \sin\alpha = \frac{V_{0y}}{V_0} \text{ d'où } V_{0y} = V_0 \sin\alpha$$

On en déduit les expressions littérales des coordonnées du vecteur $\vec{V}_0$ vitesse initiale :

$$\vec{V}_0(V_0 \cos\alpha, V_0 \sin\alpha)$$

2 Si l'on néglige toute action de l'air, les forces extérieures s'appliquant à la pièce pyrotechnique se résument au poids $\vec{P} = m\vec{g}$ du système, avec m la masse de la pièce.

En appliquant la seconde loi de Newton au système dans le référentiel terrestre supposé galiléen, on a :

$$\frac{d\vec{p}}{dt} = \Sigma\vec{F}_{ext} = \vec{P} = m\vec{g}$$

Or la masse de la pièce pyrotechnique est supposée constante jusqu'au moment de l'éclatement, d'où :

$$\frac{d\vec{p}}{dt} = \frac{d(m\vec{v})}{dt} = m\frac{d\vec{v}}{dt} = m\vec{a}_M$$

À retenir

Lorsque la masse du système est constante, $\frac{d\vec{p}}{dt}$ s'écrit :

$$\frac{d\vec{p}}{dt} = \frac{d(m\vec{v})}{dt} = \vec{v}\frac{dm}{dt} + m\frac{d\vec{v}}{dt}$$

$$\frac{d\vec{p}}{dt} = 0 + m\frac{d\vec{v}}{dt}$$

Soit finalement $\frac{d\vec{p}}{dt} = m\vec{a}$.

La seconde loi de Newton appliquée au système se résume alors à l'expression :

$$m\vec{a}_M = \vec{P} = m\vec{g}$$

Or la pièce pyrotechnique n'étant pas de masse nulle, la relation précédente peut être simplifiée par m et devient ainsi :

$$\boldsymbol{\vec{a}_M = \vec{g}}$$

Le vecteur accélération de la pièce pyrotechnique est bien égal au vecteur champ de pesanteur, si l'on néglige les actions de l'air.

3 Le vecteur accélération du système est :

$$\vec{a}_M = \vec{g}(0, -g)$$

Par intégration, on peut exprimer le vecteur vitesse du système $\vec{v}_M(v_x, v_y)$ tel que :

$$v_x(t) = K_1 \text{ et } v_y(t) = -gt + K_2$$

avec K_1 et K_2 des constantes d'intégration déterminées par les conditions initiales et en particulier la vitesse initiale du système. À $t = 0$, on a :

$$v_x(t = 0) = K_1 = V_{0x} = V_0\cos\alpha$$

$$v_y(t = 0) = K_2 = V_{0y} = V_0\sin\alpha$$

On en déduit alors les composantes du vecteur vitesse du système : $\vec{V}_M(V_0\cos\alpha, -gt + V_0\sin\alpha)$.

Par nouvelle intégration, on peut exprimer les composantes $x_M(t)$ et $y_M(t)$ du vecteur position $\overrightarrow{OM}$:

$$x_M(t) = V_0\cos\alpha \times t + K_3 \text{ et } y_M(t) = -\frac{1}{2}gt^2 + V_0\sin\alpha \times t + K_4$$

avec K_3 et K_4 des constantes d'intégration déterminées par les conditions initiales et en particulier la position initiale du système. À $t = 0$, on a :

$$x_M(t = 0) = K_3 = 0 \quad \text{et} \quad y_M(t = 0) = K_4 = 0$$

Méthode

- Déduisez du vecteur accélération ses composantes suivant (Ox) et (Oy).
- Par intégration, déduisez-en les composantes du vecteur vitesse. Les constantes d'intégration sont déterminées grâce aux conditions initiales en les identifiant à $t = 0$ à celles de $\vec{V}_0$.
- Par intégration des composantes de la vitesse, vous obtenez les composantes $x(t)$ et $y(t)$ appelées équations horaires du mouvement. Les conditions initiales de position permettent de déterminer les nouvelles constantes d'intégration.

On en déduit alors les composantes du vecteur position du système :

$$x_M(t) = V_0\cos\alpha \times t$$

$$y_M(t) = -\frac{1}{2}gt^2 + V_0\sin\alpha \times t$$

Le fait que $x_M(t)$ et $y_M(t)$ soient exprimées en mètres et t en secondes impose d'exprimer les vitesses en $m \cdot s^{-1}$ et non en $km \cdot h^{-1}$. Il faut donc convertir V_0 en divisant sa valeur en $km \cdot h^{-1}$ par 3,6.

Par ailleurs, il s'agit ici d'une pièce pyrotechnique « crackling R100 », c'est-à-dire, d'après le tableau des données, d'une pièce ayant une vitesse initiale égale à $V_0 = 250\ km \cdot h^{-1} = \frac{250}{3,6}\ m \cdot s^{-1}$.

A. N. : $V_0\cos\alpha = 12{,}1\ \text{m}\cdot\text{s}^{-1}$; $V_0\sin\alpha = 68{,}4\ \text{m}\cdot\text{s}^{-1}$; $-\dfrac{1}{2}g = -4{,}91\ \text{m}\cdot\text{s}^{-2}$.

Les résultats ci-dessus sont obtenus en conservant 3 chiffres significatifs et en utilisant la valeur non arrondie de $V_0 = \dfrac{250}{3{,}6}\ \text{m}\cdot\text{s}^{-1}$. On retrouve bien numériquement les équations horaires du mouvement comme proposées dans l'énoncé :

$$\boldsymbol{x_M(t) = 12{,}1t \quad \text{et} \quad y_M(t) = -4{,}9t^2 + 68{,}4t}$$

Remarque
L'angle de 80° étant exprimé avec 2 chiffres significatifs, les résultats numériques calculés devraient garder cette précision.

4 L'altitude théorique atteinte à $t = 3{,}2$ s correspond à la composante $y_M(t = 3{,}2\ \text{s})$, expression numérique dans laquelle on remplace t par 3,2.

A. N. : $y_M(t = 3{,}2\ \text{s}) = -4{,}9 \times (3{,}2)^2 + 68{,}4 \times 3{,}2$, soit finalement $\boldsymbol{y_M(t = 3{,}2\ \text{s}) = 1{,}7 \times 10^2\ \text{m}}$ en gardant autant de chiffres significatifs que pour $t = 3{,}2$ s.

5 Le tableau des caractéristiques constructeur (**doc. 1**) pour une pièce « crackling R100 » donne une hauteur atteinte à l'éclatement de 120 m, ce qui est inférieur à $y_M(t = 3{,}2\ \text{s}) = 1{,}7 \times 10^2$ m calculé précédemment.

L'écart entre les deux valeurs est dû au fait que $y_M(t = 3{,}2\ \text{s})$ a été calculé en supposant que toute action de l'air était négligeable. Il semble que cette hypothèse soit à remettre en question. En effet, **les frottements de l'air sont à prendre en compte** dans le calcul de la hauteur atteinte à l'éclatement.

PARTIE 3

L'astuce du prof
La variation de l'énergie mécanique est égale au travail des forces dissipatives. Ce dernier étant nul puisque les forces dissipatives sont négligeables, l'énergie mécanique est donc constante au cours du temps.

1 Soit A le point d'altitude maximale pour lequel on a $OA = h$.

Dans l'hypothèse où toute action de l'air est négligeable, les forces dissipatives sont nulles. On peut donc en conclure que l'énergie mécanique E_m du système, somme de l'énergie cinétique E_c et de l'énergie potentielle de pesanteur E_{pp}, se conserve.

En particulier, on peut écrire que l'énergie mécanique $E_m(O)$ au point O d'altitude nulle $y_O = 0$ et de vitesse $v(O) = v_i$, la vitesse initiale du système, est égale à l'énergie mécanique $E_m(A)$ au point A d'altitude $y_A = h$ et de vitesse nulle $v(A) = 0$:

$$E_m(O) = E_c(O) + E_{pp}(O) = \frac{1}{2}mv^2(O) + mgy_O = \frac{1}{2}mv_i^2$$

$$E_m(A) = E_c(A) + E_{pp}(A) = \frac{1}{2}mv^2(A) + mgy_A = mgh$$

Or $E_m(O) = E_m(A)$ d'où $\dfrac{1}{2}mv_i^2 = mgh$.

La masse m du système n'étant pas nulle, la relation précédente se simplifie :

$$\frac{1}{2}v_i^2 = gh$$

soit finalement, comme attendu : $\boldsymbol{h = \dfrac{v_i^2}{2g}}$.

Piège à éviter
Pour l'application numérique, convertissez la vitesse initiale en m/s :
$v(\text{m/s}) = \dfrac{v(\text{km/h})}{3{,}6}$.

2 Le tableau des caractéristiques constructeur (**doc. 1**) donne une vitesse initiale $v_i = 200\ \text{km}\cdot\text{h}^{-1}$ pour le « marron d'air ».

A. N. : $h = \dfrac{\left(\dfrac{200}{3{,}6}\right)^2}{2 \times 9{,}81} = \boldsymbol{157\ \text{m}}$ en ne gardant que 3 chiffres significatifs.

3 La relation du **doc. 3** $L_2 = L_1 + 20\log\frac{d_1}{d_2}$ avec $d_1 < d_2$ permet de calculer L_2, le niveau sonore perçu par l'artificier.

Le tableau des caractéristiques constructeur (**doc. 1**) précise que le niveau d'intensité sonore estimé à 15 m du point d'éclatement est de 120 dB. Soit alors $d_1 = 15$ m et $L_1 = 120$ dB.

Le calcul de d_2, distance entre le point d'éclatement et l'artificier, nécessite d'utiliser le théorème de Pythagore. En effet, le triangle *ETA* est rectangle en *A* et on a la relation : $H^2 + \ell^2 = d_2^2$ d'où $d_2 = \sqrt{H^2 + \ell^2}$.

On en déduit ainsi le niveau d'intensité sonore perçu par l'artificier :

$$L_2 = L_1 + 20\log\frac{d_1}{\sqrt{H^2 + \ell^2}}$$

A. N. : $L_2 = 120 + 20\log\frac{15}{\sqrt{70^2 + 95^2}}$ soit $\boldsymbol{L_2 = 102}$ **dB**.

Méthode
- Exploitez la formule du niveau sonore donnée par le doc. 3 en calculant la distance d_2 grâce au schéma montrant le point d'éclatement *E*. Utilisez le théorème de Pythagore dans un triangle rectangle à définir.
- À l'aide du doc. 4, déduisez-en le risque auditif associé au niveau sonore précédemment calculé avant de conclure.

En utilisant l'échelle des niveaux d'intensité sonore et des risques auditifs associés (**doc. 4**), on peut conclure que $L_2 = 102$ dB correspond à un niveau sonore « difficilement supportable ». **Le port d'un dispositif de protection auditive doit être recommandé** à l'artificier.

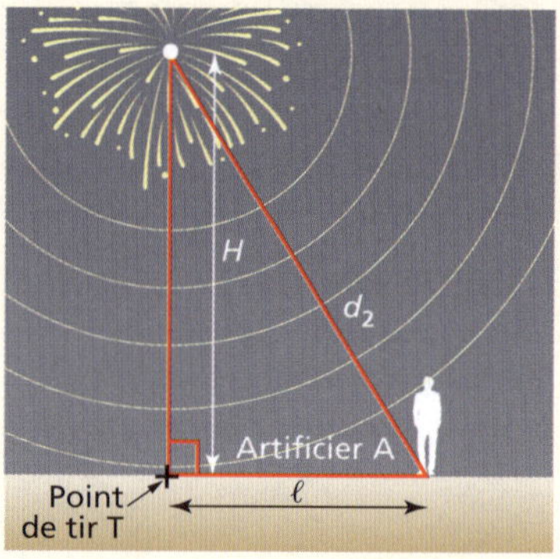

EXERCICE 2

PARTIE 1

1 Par définition, la concentration molaire $[Al^{3+}]$ en ions aluminium Al^{3+} est le rapport entre la quantité d'ions $n(Al^{3+})$ et le volume *V* de la solution :

$$[Al^{3+}] = \frac{n(Al^{3+})}{V}$$

Or la dissolution du chlorure d'aluminium hexahydraté $AlCl_3, 6H_2O$ solide est :

$$AlCl_3, 6H_2O \rightarrow Al^{3+}(aq) + 3Cl^-(aq) + 6H_2O(\ell)$$

Piège à éviter
Faites bien la différence entre les ions aluminium III et le chlorure d'aluminium hexahydraté qui le produit par dissolution en solution aqueuse.

On constate que chaque mole de solide produit une mole d'ions aluminium III : un tableau d'avancement de la dissolution pourrait le mettre en évidence.

On en conclut donc que : $n(Al^{3+}) = n(AlCl_3, 6H_2O) = \frac{m(AlCl_3, 6H_2O)}{M}$.

Finalement, on obtient, en rassemblant les deux relations mathématiques précédentes :

$$[Al^{3+}] = \frac{n(Al^{3+})}{V} = \frac{\frac{m(AlCl_3,6H_2O)}{M}}{V} = \frac{m(AlCl_3,6H_2O)}{MV}.$$

La masse de solide est donc : $\boldsymbol{m(AlCl_3, 6H_2O) = [Al^{3+}]MV}$.

A. N. : $m(AlCl_3, 6H_2O) = 8{,}15 \times 10^{-3} \times 241{,}5 \times 1{,}00 =$ **1,97 g** en ne retenant que 3 chiffres significatifs.

2 La dilution est d'un facteur $F = 100$.

Or par définition $F = \frac{V_{\text{fille}}}{V_{\text{mère}}}$, donc :

$$V_{\text{mère}} = \frac{V_{\text{fille}}}{F}$$

A. N. : $V_{\text{mère}} = \frac{100{,}0}{100} =$ **1,00 mL de solution mère** de concentration 8,15 mmol·L^{-1}.

> **À retenir**
> Une dilution conserve la quantité de matière n du soluté :
> $$n = c_{\text{mère}}V_{\text{mère}} = c_{\text{fille}}V_{\text{fille}}$$
> Le facteur de dilution F est défini comme :
> $$F = \frac{V_{\text{fille}}}{V_{\text{mère}}} = \frac{c_{\text{mère}}}{c_{\text{fille}}}$$

PARTIE 2

1 La longueur d'onde du spectrophotomètre est celle du **maximum d'absorption** : elle correspond au pic d'absorbance du profil spectral de la substance colorée.

Elle permet d'obtenir la plus grande précision possible.

2 Le volume de 5 mL est donné avec un seul chiffre significatif, c'est-à-dire peu de précision.

Une verrerie de type pipette graduée ou pipette jaugée n'est donc pas nécessaire : l'**éprouvette graduée de 10 mL** suffit.

> **Piège à éviter**
> Un bécher n'est pas une verrerie de mesure.

3 La solution S_1 est la solution d'absorbance nulle, elle permet de « faire le blanc ». C'est donc la **solution de référence**.

4 La dilution est à quantité de matière constante. On peut ainsi écrire la relation de la dilution :

$$c_{\text{mère}}V_{\text{mère}} = c_{\text{fille}}V_{\text{fille}} = c_4V_{\text{fille}}$$

avec $c_{\text{mère}} = [Al^{3+}] = 8{,}15 \times 10^{-3}$ mol·L^{-1} la concentration molaire en élément aluminium de la solution mère, $V_{\text{mère}}$ le volume de S_0 donné dans le document pour la solution S_4, soit $V_{\text{mère}} = 6{,}0$ mL et V_{fille} le volume de S_4, c'est-à-dire celui de la fiole jaugée $V_{\text{fille}} = 50{,}0$ mL.

La concentration c_4 de la solution diluée S_4 est :

$$c_4 = \frac{c_{\text{mère}}V_{\text{mère}}}{V_{\text{fille}}}$$

A. N. : $c_4 = \frac{8{,}15 \times 10^{-3} \times 6{,}0}{50{,}0}$

soit $c_4 = 9{,}8 \times 10^{-4}$ mol·L^{-1}

ou $c_4 =$ **0,98 × 10^{-2} mmol·L^{-1}**.

> **Remarque**
> Le calcul de c_4 fait intervenir un rapport de volumes que l'on peut exprimer dans la même unité qui n'est pas forcément celle du système international.

> **Gagnez des points !**
> Vérifiez la cohérence du résultat : la concentration doit se situer entre $c_3 = 0{,}48 \times 10^{-2}$ mmol·L^{-1} et $c_5 = 2{,}0 \times 10^{-2}$ mmol·L^{-1}.

PARTIE 3

1 La courbe représentative de l'absorbance A en fonction de la concentration molaire c (en µmol·L^{-1}) en élément aluminium est :

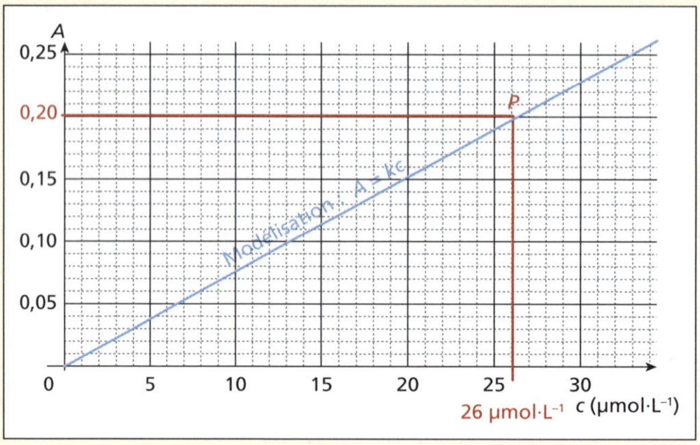

2 La modélisation graphique est une droite passant par l'origine du repère : la relation mathématique entre l'absorbance A et la concentration c en élément aluminium est donc du type **$A = kc$ avec k le coefficient directeur de la droite**.

On en déduit que l'absorbance de la solution est proportionnelle à la concentration en élément aluminium. Cette loi s'appelle la loi de Beer-Lambert.

3 La connaissance de la valeur du coefficient k de proportionnalité entre l'absorbance A et la concentration c permet d'obtenir une relation numérique entre A et c.

La relation mathématique est $A = kc$, donc le coefficient $k = \dfrac{A}{c}$ est homogène à l'inverse d'une concentration, puisque l'absorbance est sans unité. Le coefficient k s'exprime donc en L·mol^{-1}.

Soient deux points O et P de la droite de modélisation : O est l'origine du repère $O(0,0)$ et P un point appartenant à la droite relativement éloigné de O, $P(26 \times 10^{-6}, 0{,}20)$.

Le coefficient directeur s'obtient alors à partir de ces deux points :

$$k = \frac{y(P) - y(O)}{x(P) - x(O)} = \frac{y(P)}{x(P)}$$

A. N. : $k = \dfrac{0{,}20}{26 \times 10^{-6}}$ soit **$k = 7{,}7 \times 10^3$ L·mol^{-1}**.

> **Méthode**
> • Le coefficient directeur k d'une droite est calculé à partir de deux points de cette droite.
> • Si la droite passe par l'origine, le point O origine du repère doit être choisi pour plus de facilité. L'autre point doit être un point P le plus éloigné possible de O et dont les coordonnées sont facilement repérables.

4 L'absorbance d'un échantillon est $A_{éch} = 0{,}12$. On en déduit sa concentration $c_{éch}$ en élément aluminium :

$$c_{éch} = \frac{A_{éch}}{k}$$

A. N. : $c_{éch} = \dfrac{0{,}12}{7{,}7 \times 10^3} = 1{,}6 \times 10^{-5}$ mol·L^{-1} = **16 µmol·L^{-1}**.

La norme de concentration maximale en aluminium est $c_{max} = 7{,}4$ µmol·L^{-1}. Or la solution de l'échantillon est $\dfrac{16}{7{,}4} = 2{,}2$ fois plus concentrée en élément aluminium que le maximum autorisé.

On en conclut que l'eau de **l'échantillon ne respecte pas le critère de potabilité pour l'élément aluminium**.

5 Si l'on envisage des échantillons de concentration molaire en élément aluminium 10 fois supérieure à celle de la solution S_7 d'absorbance $A_7 = 0,25$ alors d'après la loi de Beer-Lambert, les absorbances mesurées seraient aussi 10 fois supérieures à A_7. Les valeurs affichées par le spectrophotomètre de l'ordre de 2,5 le mettraient en **état de saturation**.

Pour pallier ce problème, il faudrait préalablement **réaliser une dilution**.

> **Gagnez des points !**
> Une dilution d'un facteur 100 par exemple permettrait d'obtenir des absorbances de l'ordre de 0,25. Cela placerait l'ensemble des points expérimentaux dans la gamme étalon proposée dans cet exercice.

EXERCICE 3

1 Au cours de la première expérience, la fusion du bloc de glace nécessite une énergie $E_1 = m_1 \times L_f$. Cette énergie est celle donnée par l'environnement pour le changement d'état de l'eau sans mettre en fonctionnement le générateur de vapeur d'eau.

De même, au cours de la deuxième expérience, l'énergie nécessaire est $E_2 = m_2 \times L_f$. Cette énergie correspond à celle cédée par l'environnement au glaçon additionnée de la contribution énergétique du générateur de vapeur d'eau.

La durée de l'expérience 1 étant identique à celle de l'expérience 2, on peut calculer la différence d'énergie $E_2 - E_1$: elle correspond uniquement à la valeur de l'énergie thermique E_{th} transférée à travers la paroi de verre et due à la mise en route du générateur de vapeur au cours de la deuxième expérience.

> **Piège à éviter**
> Si la chaleur latente massique L est exprimée en $J \cdot g^{-1}$, alors la masse m de glace fondue doit être exprimée en g dans la formule mathématique $E = mL$.

$$E_{th} = E_2 - E_1 = m_2 \times L_f - m_1 \times L_f = (m_2 - m_1)L_f$$

A. N. : $E_{th} = (124,4 - 5,5) \times 333,5 =$ **$4,0 \times 10^4$ J** en ne retenant que 2 chiffres significatifs. Cette énergie est bien **de l'ordre de 40 kJ**.

2 Le mode de transfert thermique mis en jeu ici est la **conduction ou diffusion** thermique. Il s'agit d'un mode de transfert sans mouvement de fluide thermique. Au niveau microscopique, les atomes ou les molécules transfèrent leur **agitation de proche en proche**.

3 **a.** Le flux thermique est homogène à une énergie par unité de temps :

$$\Phi = \frac{E_{th}}{\Delta t}$$

Une analyse dimensionnelle permet de définir son unité dans le système international.

On note $[X]$ la dimension de X : soit $[X] = \mathrm{L}$ pour une longueur exprimée en m, $[X] = \mathrm{M}$ pour une masse exprimée en kg et $[X] = \mathrm{T}$ pour un temps ou une durée exprimée en s.

$$[\Phi] = \frac{[E_{th}]}{[\Delta t]} = [E]\mathrm{T}^{-1} \text{ avec } [E] \text{ la dimension d'une énergie.}$$

> **L'astuce du prof**
> Pour déterminer la dimension d'une énergie, pensez à une énergie simple comme l'énergie cinétique $E_c = \frac{mv^2}{2}$.

Une énergie a toujours la même dimension, et ce, quelle que soit l'énergie. En particulier, on peut déterminer la dimension de l'énergie cinétique $E_c = \frac{1}{2}mv^2$ avec la vitesse $v = \frac{d}{t}$ homogène à une distance par unité de temps. On a donc :

$$[E] = [E_c] = \left[\frac{1}{2}mv^2\right] = [m][v]^2 = [m]\frac{[d]^2}{[t]^2} = \mathrm{ML^2T^{-2}}$$

Finalement, la dimension du flux thermique est:

$$[\Phi] = \frac{[E_{th}]}{[\Delta t]} = \mathrm{ML^2T^{-2}T^{-1}}$$

soit : $$[\Phi] = \mathrm{ML^2T^{-3}}$$

> **À retenir**
> Le watt (W) est une unité correspondant à un joule par seconde ($J \cdot s^{-1}$).

Le flux s'exprime donc en kg·m²·s⁻³ si l'on en revient aux différentes unités du système international. On a davantage l'habitude d'exprimer le flux thermique en **watts** (W).

b. La durée commune à chaque expérience est Δt = 5 min 30 s, soit Δt = 330 s.

A. N. : On en déduit la valeur du flux thermique moyen à travers la plaque de verre

$\Phi = \dfrac{4{,}0\times10^4}{330}$ = **1,2 × 10² W**.

4 La résistance thermique du verre est définie par la relation :

$$\Phi = \frac{\Delta\theta}{R_{th}}$$

soit : $$R_{th} = \frac{\Delta\theta}{\Phi}$$

> **Gagnez des points !**
> La variation de température est identique, que les températures soient exprimées en °C ou en K.
> ΔT = 373 K – 273 K = 100 K
> $\Delta\theta$ = 100 °C – 0 °C = 100 °C
> ΔT(K) = $\Delta\theta$(°C)

$\Delta\theta$ correspond à la différence de température entre la face supérieure en contact avec la glace, soit θ_{sup} = 0 °C = 273 K, et la face inférieure en contact avec la vapeur d'eau, soit θ_{inf} = 100 °C = 373 K.

On a donc : $R_{th} = \dfrac{\theta_{inf} - \theta_{sup}}{\Phi}$.

A. N. : $R_{th} = \dfrac{373-273}{1{,}2\times10^2} = \dfrac{100}{1{,}2\times10^2}$

soit $\boldsymbol{R_{th}}$ **= 0,83 K·W⁻¹**.

5 **a.** Écrire le résultat de la mesure expérimentale de R_{th} correspondant à un niveau de confiance de 95 % revient à écrire $R_{th} = \overline{R}_{th} \pm U(R_{th})$ avec $\overline{R}_{th}$ la moyenne des N mesures et $U(R_{th})$ l'incertitude de mesure associée au niveau de confiance de 95 %.

On définit :

– la moyenne de n mesures : $\overline{R}_{th} = \sum_{k=1}^{n} \dfrac{R_k}{n}$;

– l'incertitude de mesure associée au niveau de confiance de 95 % :

$$U(R_{th}) = t_{95} \times \frac{\sigma_{n-1}}{\sqrt{n}} \text{ avec } \sigma_{n-1} = \sqrt{\frac{1}{n-1}\sum_{k=1}^{n}\left((R_{th})_k - \overline{R}_{th}\right)^2}$$

> **Gagnez des points !**
> Les variations $(R_{th})_k - \overline{R}_{th}$ ne comportant qu'un chiffre significatif, on peut s'autoriser à ne garder qu'un chiffre significatif sur l'incertitude de mesure.

A. N.: Calculons $\overline{R}_{th}$ et $U(R_{th})$.

Moyenne des n mesures:

$$\overline{R}_{th} = \frac{0{,}81+0{,}89+0{,}78+0{,}82+0{,}87+0{,}78+0{,}76+0{,}92+0{,}85+0{,}84+0{,}81+0{,}79}{12}$$

$\overline{R}_{th}$ = 0,83 K·W⁻¹

Calculons l'incertitude de mesure associée au niveau de confiance de 95 %.

t_{95} = 2,20

$$\sigma_{n-1} = \sqrt{\frac{1}{12-1}\times\begin{pmatrix}(0{,}81-0{,}83)^2+(0{,}89-0{,}83)^2+(0{,}78-0{,}83)^2+(0{,}82-0{,}83)^2\\+(0{,}87-0{,}83)^2+(0{,}78-0{,}83)^2+(0{,}76-0{,}83)^2+(0{,}92-0{,}83)^2\\+(0{,}85-0{,}83)^2+(0{,}84-0{,}83)^2+(0{,}81-0{,}83)^2+(0{,}79-0{,}83)^2\end{pmatrix}}$$

σ_{n-1} = 5 × 10⁻² K·W⁻¹

$U(R_{th}) = 2{,}20\times\dfrac{5\times10^{-2}}{\sqrt{12}}$ = 3 × 10⁻² K·W⁻¹.

Finalement, l'écriture du résultat de la mesure expérimentale de R_{th} correspondant à un niveau de confiance de 95 % est : $\boldsymbol{R_{th} = (0{,}83 \pm 0{,}03)\ K \cdot W^{-1}}$.

b. L'expression de la mesure expérimentale écrite précédemment signifie qu'on a 95 % de chances que la valeur de la résistance thermique soit comprise entre les valeurs :

$\overline{R}_{th} - U(R_{th}) = 0{,}83 - 0{,}03 = 0{,}80\ K \cdot W^{-1}$ et $\overline{R}_{th} + U(R_{th}) = 0{,}83 + 0{,}03 = 0{,}86\ K \cdot W^{-1}$.

C'est-à-dire que **la valeur exacte de la résistance thermique a 95 % de chances d'être une valeur de l'intervalle [0,80 ; 0,86] K·W⁻¹**.

6 On définit la résistance surfacique $R = R_{th} \times S$ avec S la surface de contact entre le cylindre de glace et la plaque de verre, soit $S = \pi\left(\frac{d}{2}\right)^2$ avec d le diamètre du cylindre.

Finalement, on a :

$$R = R_{th}\,\pi\left(\frac{d}{2}\right)^2$$

A. N. : avec d de l'ordre de 8 cm, on peut calculer $R = 0{,}83 \times \pi \times \left(\frac{0{,}08}{2}\right)$ soit $\boldsymbol{R = 4{,}2 \times 10^{-3}\ m^2 \cdot K \cdot W^{-1}}$.

> **Piège à éviter**
> Malgré son nom, la résistance thermique surfacique R n'est pas une résistance par unité de surface. R est égale à R_{th} multipliée par la surface S (et non divisée par S).

7 Le constructeur indique une valeur plus élevée que celle obtenue expérimentalement.

En effet, lors des expériences :

– la surface de contact de la glace peut être minimisée par rapport à celle utilisée par le constructeur : la résistance thermique surfacique est donc expérimentalement sous-évaluée ;

– la température à $t = 0$ n'est pas forcément à 100 °C au niveau de la plaque de verre en contact avec la vapeur d'eau. La résistance thermique mesurée est donc expérimentalement plus faible que celle attendue.

> **L'astuce du prof**
> Raisonnez sur les différents paramètres qui définissent la résistance thermique surfacique R : la variation de température, la surface de contact, le flux thermique, etc.

SUJET 2 > voir p. 393

EXERCICE 1

PARTIE 1

1 Pour visualiser la tension $u_C(t)$ aux bornes du condensateur, l'oscilloscope à mémoire doit être branché en dérivation à ses bornes. Si le générateur possède une masse propre, la masse de l'oscilloscope doit être branchée en ce point.

De manière générale, la borne masse correspond à la borne négative du générateur. Ici, le fil conducteur – de tension nulle – entre la borne négative du générateur et le point D permet de placer la masse de l'oscilloscope en ce point D.

La seconde borne de l'oscilloscope est à brancher au point B. L'oscilloscope n'est pas représenté : on se contente des branchements de la voie 1 au point B et de la masse au point $D = M$.

> **À retenir**
> Le symbole de la voie 1 ou 2 de l'oscilloscope est une flèche qui part du point de connexion et qui est dirigée vers l'oscilloscope (non représenté).
> Le symbole de la masse est à choisir entre :
> 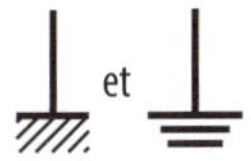

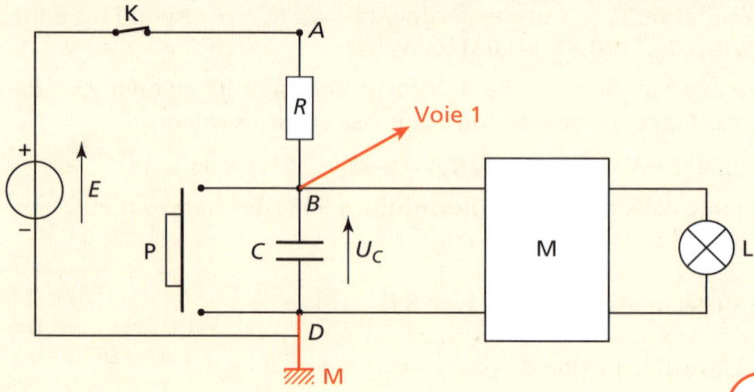

Rappel
En convention récepteur, la flèche représentative de la tension aux bornes d'un récepteur est opposée au sens conventionnel du courant qui traverse ce récepteur. Dans le cas d'un générateur, la convention générateur impose le contraire.

2 Le générateur impose le sens conventionnel du courant sortant et circulant dans le circuit, soit de sa borne positive vers sa borne négative. On notera i l'intensité du courant dans le circuit RC série, P la borne positive du générateur et N sa borne négative.

Le conducteur ohmique de résistance R est un récepteur : on peut modéliser la tension à ses bornes par la tension u_R en convention récepteur.

Loi des mailles

Appliquons la loi des mailles des tensions dans la boucle principale RC série ($ABDNP$) :

$$u_{PN} + u_{ND} + u_{DB} + u_{BA} + u_{AP} = 0$$

Or $u_{ND} = u_{AP} = 0$, car ce sont des tensions aux bornes de fils conducteurs.

De plus, $u_{DB} = -u_C$ et $u_{BA} = -u_R$.

Finalement, la loi des mailles se simplifie : $u_{PN} - u_R - u_C = 0$.

En supposant le générateur idéal, la tension à ses bornes se réduit à sa seule force électromotrice $u_{PN} = E$.

On en déduit donc une première relation : $E = u_R + u_C$.

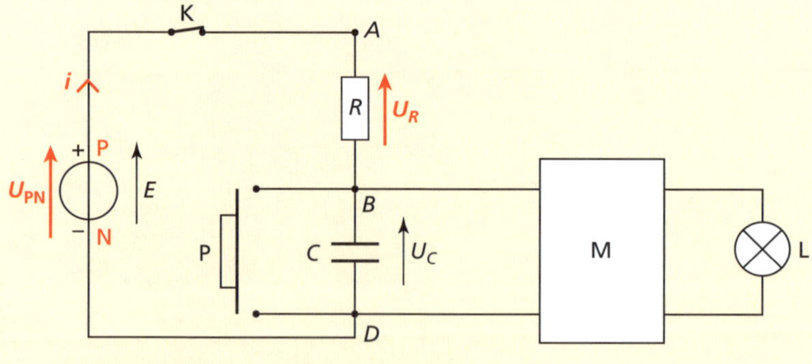

Méthode
• Complétez le schéma avec les tensions aux bornes du générateur et du conducteur ohmique. Indiquez le sens conventionnel du courant.
• Écrivez la loi des mailles.
• Explicitez la tension aux bornes du condensateur et l'intensité du courant en fonction de u_C.
• Écrivez la loi d'Ohm aux bornes du conducteur ohmique. Déduisez-en u_R en fonction de u_C.
• Intégrez l'expression de u_R dans la loi des mailles.

Tension aux bornes du condensateur

Au vu du sens conventionnel du courant, la charge q_A est chargée positivement pendant la charge du condensateur. Soit $q = q_A > 0$ et $i = \frac{\mathrm{d}q}{\mathrm{d}t}$.

La tension aux bornes du condensateur est alors :

$$u_C = \frac{q}{C} \text{ ou } q = Cu_C$$

Loi d'Ohm

La tension aux bornes du conducteur ohmique est donnée par la loi d'Ohm :

$$u_R = Ri = R\frac{\mathrm{d}q}{\mathrm{d}t} = R\frac{\mathrm{d}(Cu_C)}{\mathrm{d}t} = RC\frac{\mathrm{d}u_C}{\mathrm{d}t}$$

Équation différentielle

Si l'on reprend la loi des mailles en incluant les expressions précédentes, on a :

$$E = u_R + u_C = RC\frac{\mathrm{d}u_C}{\mathrm{d}t} + u_C$$

ou en réarrangeant comme dans l'énoncé et en précisant la dépendance en temps de la tension aux bornes du condensateur :

$$\boldsymbol{u_C(t) + RC\frac{\mathrm{d}u_C(t)}{\mathrm{d}t} = E}$$

Méthode

Injectez la solution proposée dans l'équation différentielle et séparez la partie dépendante du temps de la partie indépendante du temps.

3 **a.** Si $u_C(t) = A(1 - \mathrm{e}^{-t/\tau})$ est solution de l'équation différentielle précédente, alors $RC\frac{\mathrm{d}u_C}{\mathrm{d}t} + u_C$ doit égaler E, la force électromotrice du générateur en remplaçant u_C par son expression.

$$\frac{\mathrm{d}u_C}{\mathrm{d}t} = \frac{\mathrm{d}}{\mathrm{d}t}\left(A(1-\mathrm{e}^{-t/\tau})\right) = \frac{\mathrm{d}}{\mathrm{d}t}(A - A\mathrm{e}^{-t/\tau}) = \frac{\mathrm{d}A}{\mathrm{d}t} + \frac{\mathrm{d}}{\mathrm{d}t}(-A\mathrm{e}^{-t/\tau})$$

Or A est une constante, sa dérivée est donc nulle, et l'expression précédente se réduit à :

$$\frac{\mathrm{d}u_C}{\mathrm{d}t} = A\frac{\mathrm{d}}{\mathrm{d}t}\left(-\mathrm{e}^{-t/\tau}\right) = \frac{A}{\tau}\mathrm{e}^{-t/\tau}$$

Rappel

- La dérivée d'une exponentielle est une exponentielle :

$$\frac{\mathrm{d}}{\mathrm{d}t}(\exp(at)) = a\exp(at)$$

- La dérivée d'une constante est nulle.
- La dérivée d'une somme est la somme des dérivées.
- La dérivée d'un produit est telle que :

$$\frac{\mathrm{d}(uv)}{\mathrm{d}t} = u\frac{\mathrm{d}v}{\mathrm{d}t} + v\frac{\mathrm{d}u}{\mathrm{d}t}$$

Finalement :

$$u_C(t) + RC\frac{\mathrm{d}u_C(t)}{\mathrm{d}t} = A(1 - \mathrm{e}^{-t/\tau}) + RC\frac{A}{\tau}\mathrm{e}^{-t/\tau}$$

ou encore :

$$A - A\,\mathrm{e}^{-t/\tau} + RC\frac{A}{\tau}\mathrm{e}^{-t/\tau} = E$$

Séparons la partie dépendante du temps, de la partie indépendante de t.

Avec $A \neq 0$ et $\mathrm{e}^{-t/\tau} \neq 0$, on a alors deux équations séparées :

$$\begin{cases} \boldsymbol{A = E} \\ \boldsymbol{-A\mathrm{e}^{-t/\tau} + RC\frac{A}{\tau}\mathrm{e}^{-t/\tau} = 0 \Leftrightarrow 1 - \frac{RC}{\tau} = 0 \Leftrightarrow \tau = RC} \end{cases}$$

Si $u_C(t) = A(1 - \mathrm{e}^{-t/\tau})$ est solution de l'équation différentielle précédente, alors $\boldsymbol{A = E}$ et $\boldsymbol{\tau = RC}$.

La solution de l'équation différentielle est ainsi :

$$\boldsymbol{u_C(t) = E\,(1 - \mathrm{e}^{-t/RC})}$$

b. En régime permanent, u_C est constante, donc sa dérivée temporelle est nulle $\frac{\mathrm{d}u_C(t)}{\mathrm{d}t} = 0$ et l'équation différentielle se simplifie :

$$u_C + RC\frac{\mathrm{d}u_C}{\mathrm{d}t} = u_C + RC \times 0 = u_C = E$$

Piège à éviter

On appelle régime permanent, le régime dans lequel toutes les grandeurs sont indépendantes du temps.
Leurs dérivées temporelles sont donc nulles.

soit plus simplement :

$$u_C = E$$

La valeur de la tension aux bornes du condensateur est donc celle de la force électromotrice du générateur, soit $\boldsymbol{u_C = E = 30}$ **V**.

c. La constante τ est la **constante de temps** du circuit RC série.

Notons $[X]$ la dimension de la grandeur X.

$$[\tau] = [RC] = [R][C]$$

Exprimons les dimensions de la résistance et de la capacité du condensateur en fonction de la dimension d'une tension $[U]$, d'une intensité $[I]$ et du temps T.

La loi d'Ohm $U = RI$ ou $R = \frac{U}{I}$ permet d'écrire :

$$[R] = \left[\frac{U}{I}\right] = \frac{[U]}{[I]} = [U][I]^{-1}$$

La tension $u_C = \frac{q}{C}$ ou $C = \frac{q}{u_C}$ permet d'écrire :

$$[\mathbf{C}] = [C] = \left[\frac{q}{U}\right] = \frac{[q]}{[U]} = [q][U]^{-1}$$

L'intensité du courant i est telle que $i = \frac{\mathrm{d}q}{\mathrm{d}t}$. On en déduit que :

$$[\boldsymbol{i}] = \left[\frac{\mathrm{d}q}{\mathrm{d}t}\right] = \frac{[\mathrm{d}q]}{[\mathrm{d}t]} = [q]\mathrm{T}^{-1}$$

Soit encore, si l'on s'intéresse à la dimension d'une charge en fonction de celle de l'intensité du courant $[I]$:

$$[q] = [I]\mathrm{T}$$

On en déduit alors :

$$[\tau] = [R][C] = [U][I]^{-1} \times [q][U]^{-1} = [U][I]^{-1} \times [I]\mathrm{T}[U]^{-1} = \mathrm{T}$$

On met donc en évidence que $[\tau] = \mathrm{T}$: la constante de temps du circuit RC série **$\boldsymbol{\tau = RC}$ est bien homogène à un temps** ou une durée. **Elle s'exprime en s** dans les unités du système international.

4 *Les explications suivantes ne sont pas à faire figurer sur la copie.*

La réponse à la question 3 b. montre que :

$$u_C = E = 30 \text{ V}$$

en régime permanent, c'est-à-dire lorsque la tension n'évolue plus. La force électromotrice du générateur est donc atteinte au-delà d'un certain temps de fonctionnement, lorsque le condensateur est totalement chargé.

Gagnez des points !
Vérifiez que le palier se situe bien à la valeur 30 V de la force électromotrice E du générateur.

Cette tension **$\boldsymbol{u_C = E}$ correspond au palier** pour $t > 100$ s sur la courbe de l'évolution de u_C.

Ce temps **$\boldsymbol{t}$ = 100 s** détermine la transition entre :

- le **régime transitoire** durant lequel le condensateur se charge et la tension à sa borne évolue jusqu'à sa valeur maximale $u_C = E$;
- le **régime permanent**, régime pour lequel la tension aux bornes du condensateur ne varie plus, le condensateur étant chargé.

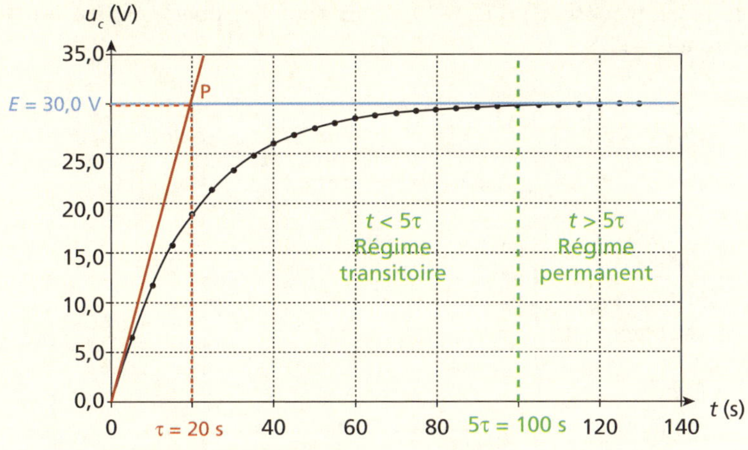

La constante τ du circuit correspond à l'abscisse du point d'intersection entre la tangente à l'origine et l'axe $u_C = E$ du palier de charge.

En effet, le coefficient directeur de la tangente à la courbe en un point quelconque – c'est-à-dire à un instant t quelconque – correspond à la dérivée de la tension u_C à l'instant t du point considéré, soit :

$$\frac{du_C}{dt} = E\frac{d}{dt}(-e^{-t/\tau}) = \frac{E}{\tau}e^{-t/\tau}$$

À $t = 0$, l'expression précédente devient :

$$\frac{du_C}{dt}(t=0) = \frac{E}{\tau}e^{-\frac{0}{\tau}} = \frac{E}{\tau}$$

ce qui correspond à l'expression du coefficient directeur de la tangente à l'origine $O(0,0)$.

Soit $\frac{E}{\tau} = \frac{y(P)-y(O)}{x(P)-x(P)} = \frac{y(P)}{x(P)}$: le point P a donc comme coordonnées $P(\tau, E)$.

On en déduit que le **point P d'abscisse $\tau = RC$**, constante de temps du circuit, est le **point de la tangente à l'origine dont l'ordonnée est égale à E.**

Graphiquement, on peut lire que la constante de temps est τ = 20 s.

> **Gagnez des points !**
> Vérifier qu'au bout de 5τ, on a atteint le régime permanent.
> En effet, si $t = 5\tau$, alors
> $uc(t = 5\tau) = E(1 - e^{-5\tau/\tau})$
> $= E(1 - e^{-5}) \approx E.$

5 A. N. : $\tau = RC = 100 \times 10^3 \times 200 \times 10^{-6} = \mathbf{2{,}00 \times 10^1}$ **s.**

6 **a.** La réponse à la question 3a. établit que la tension aux bornes du condensateur est : $u_C(t) = E\,(1 - e^{-t/\tau})$ avec $\tau = RC$. Or $t = t_0$, $u_C(t_0) = E\,(1 - e^{-t_0/\tau}) = U_\ell$.

La valeur de la force électromotrice étant non nulle, on en déduit que :

$$1 - e^{-t_0/\tau} = \frac{U_\ell}{E} \text{ soit } e^{-t_0/\tau} = 1 - \frac{U_\ell}{E}$$

$$-\frac{t_0}{\tau} = \ln\left(\frac{U_\ell}{E}\right)$$

$$t_0 = -\tau\ln\left(\frac{U_\ell}{E}\right) = \tau\ln\left(\frac{1}{1-\frac{U_\ell}{E}}\right) = \tau\ln\left(\frac{E}{E-U_\ell}\right)$$

soit finalement : $t_0 = \tau\ln\left(\frac{E}{E-U_\ell}\right)$.

> **Rappel**
> • La fonction ln (logarithme népérien) est la fonction inverse de l'exponentielle :
> $\exp(\ln(x)) = \ln(\exp(x)) = x$
> • Logarithme d'un produit ou d'un quotient :
> $\ln(ab) = \ln(a) + \ln(b)$
> $\ln\left(\frac{a}{b}\right) = \ln(a) - \ln(b)$

b. A. N. : $t_0 = 20 \times \ln\left(\frac{30}{30-20}\right) = 20 \times \ln 3$ soit $t_0 = 22$ s.

Graphiquement, lorsque la tension $u_C(t = t_0) = U_\ell = 20$ V, on peut lire que l'abscisse du point P_ℓ correspondant est bien $t_0 = 22$ s.

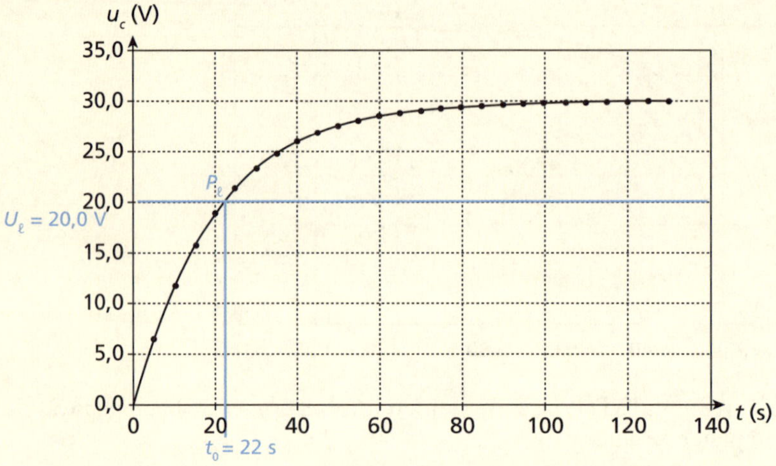

c. Si l'on avait choisi t_0 très supérieur à la constante de temps du circuit, la tension limite U_ℓ aurait été très proche du palier de charge. Or à $t >> \tau$, les valeurs des tensions évoluent très peu, et le temps pour lequel $u_C = U_\ell$ aurait été difficile à définir avec précision.

7 La durée d'allumage $t_0 = \tau \ln\left(\dfrac{E}{E - U_\ell}\right)$ dépend de la constante de temps du circuit $\tau = RC$, de la tension limite U_ℓ et de la force électromotrice du générateur E. Si l'on ne change pas le générateur, alors E ne peut être modifié, et seuls R, C et U_ℓ peuvent l'être. Pour augmenter la durée t_0 d'allumage, il est donc possible :

- d'augmenter la constante de temps, c'est-à-dire la valeur de la résistance R et/ou celle de la capacité du condensateur. En effet, si τ augmente à E et U_ℓ fixées, alors $t_0 = \tau \ln\left(\dfrac{E}{E - U_\ell}\right)$ est proportionnelle à τ ;
- d'augmenter la tension limite U_ℓ.

L'astuce du prof

Pensez à analyser les différents paramètres de l'expression mathématique de la durée d'allumage et à en expliciter le comportement en fonction de l'évolution de chaque paramètre.

8 En repartant d'une étape du raisonnement mathématique de la réponse à la question 6a. , on a :

$$-\frac{t_0}{\tau} = \ln\left(1 - \frac{U_\ell}{E}\right)$$

soit :

$$\tau = -\frac{t_0}{\ln\left(1 - \dfrac{U_\ell}{E}\right)} = RC \Leftrightarrow R = -\frac{t_0}{C \times \ln\left(1 - \dfrac{U_\ell}{E}\right)}$$

A. N. : $R = -\dfrac{60}{200 \times 10^{-6} \times \ln\left(1 - \dfrac{20}{30}\right)}$ soit $\boldsymbol{R = 2{,}7 \times 10^5\ \Omega}$ si l'on garde 2 chiffres significatifs pour $t_0 = 60$ s.

9 Lorsqu'on appuie sur le bouton-poussoir, le condensateur est alors court-circuité, et la décharge est quasi instantanée. La tension à ses bornes correspond à celle aux bornes du fil que représente la connexion du bouton-poussoir : on a donc $\boldsymbol{u_C = 0}$.

À retenir

Lorsqu'un élément de circuit est court-circuité, la tension à ses bornes est celle du fil qui les relie, c'est-à-dire une tension nulle.

10 Si $u_C = 0$, alors $u_C < U_\ell$. Ainsi, si la lampe est déjà allumée, elle restera allumée et si elle est éteinte, alors elle s'allumera.

PARTIE 2

1 L'équation différentielle de l'évolution de la tension aux bornes du condensateur établie à la question 2 de la Partie 1 est : $u_C(t) + RC\dfrac{\mathrm{d}u_C(t)}{\mathrm{d}t} = E$.

En utilisant la constante de temps τ du circuit, on a : $u_C(t) + \tau\dfrac{\mathrm{d}u_C(t)}{\mathrm{d}t} = E$.

A. N. : $u_C(t) + 20 \times \dfrac{\mathrm{d}u_C(t)}{\mathrm{d}t} = 30$ V ou encore $\boldsymbol{\dfrac{\mathrm{d}u_C(t)}{\mathrm{d}t} = \dfrac{3}{2} - \dfrac{u_C(t)}{20}}$.

2 La relation utilisée dans la méthode d'Euler est :

$$u_C(t + \Delta t) = u_C(t) + \left.\frac{\mathrm{d}u_C}{\mathrm{d}t}\right|_t \Delta t$$

Or $u_C(t = 0) = 0$ et $\left.\dfrac{\mathrm{d}u_C}{\mathrm{d}t}\right|_{t=0} = 1{,}50\ \mathrm{V \cdot s^{-1}}$.

On en déduit :

$$u_C(t = 0 + \Delta t) = u_C(\Delta t) = u_C(t = 2\ \mathrm{s}) = u_C(t = 0) + \left.\frac{\mathrm{d}u_C}{\mathrm{d}t}\right|_{t=0} \Delta t$$

soit :

$$\boldsymbol{u_C(t = 2\mathrm{s}) = u_C(t = 0) + 2\left.\frac{\mathrm{d}u_C}{\mathrm{d}t}\right|_{t=0}}$$

puis :

$$\boldsymbol{\frac{\mathrm{d}u_C(t=2\ \mathrm{s})}{\mathrm{d}t} = \frac{3}{2} - \frac{u_C(t=2\ \mathrm{s})}{20}}$$

A. N. : $u_C(t = 2\ \mathrm{s}) = 0 + 2 \times 1{,}50 = 3{,}00$ V et $\dfrac{\mathrm{d}u_C(t=2\ \mathrm{s})}{\mathrm{d}t} = \dfrac{3}{2} - \dfrac{3{,}00}{20} = 1{,}35\ \mathrm{V \cdot s^{-1}}$.
De la même manière, on en déduit :

$$u_C(t = 2 + \Delta t) = u_C(t = 4\ \mathrm{s}) = u_C(t = 2\ \mathrm{s}) + \left.\frac{\mathrm{d}u_C}{\mathrm{d}t}\right|_{t=2\ \mathrm{s}} \Delta t$$

soit :

$$u_C(t = 4\ \mathrm{s}) = u_C(t = 2\ \mathrm{s}) + 2\left.\frac{\mathrm{d}u_C}{\mathrm{d}t}\right|_{t=2\ \mathrm{s}}$$

puis :

$$\frac{\mathrm{d}u_C(t=4\ \mathrm{s})}{\mathrm{d}t} = \frac{3}{2} - \frac{u_C(t=4\ \mathrm{s})}{20}$$

A. N. : $u_C(t = 4\ \mathrm{s}) = 3{,}00 + 2 \times 1{,}35 = 5{,}70$ V

et $\dfrac{\mathrm{d}u_C(t=2\ \mathrm{s})}{\mathrm{d}t} = \dfrac{3}{2} - \dfrac{5{,}70}{20} = 1{,}215\ \mathrm{V \cdot s^{-1}}$ soit $1{,}22\ \mathrm{V \cdot s^{-1}}$ en ne gardant que 3 chiffres significatifs.

On peut ainsi compléter le tableau de l'énoncé :

t(s)	0	2	4	6	8	10	12	…	20
$u_C(t)$	0	**3,00**	**5,70**	8,14	10,3	12,3	14,1	…	19,6
$\dfrac{\mathrm{d}u_c}{\mathrm{d}t}$	1,50	**1,35**	**1,22**	1,09	0,99	0,89	0,80	…	0,52

3 La courbe représentative de l'évolution de la tension (en rouge) correspondant aux points évalués par la méthode d'Euler est relativement proche de la courbe expérimentale.

Piège à éviter
Évitez de mélanger les données : identifiez bien la tension et la dérivée à calculer, ainsi que la tension et la dérivée à utiliser.

Rappel
La dérivée $\dfrac{\mathrm{d}u_c}{\mathrm{d}t}$ est homogène à une tension divisée par un temps : elle s'exprime en $\mathrm{V \cdot s^{-1}}$.

Gagnez des points !
Vérifiez la cohérence des résultats de vos calculs en constatant la progression croissante des valeurs du tableau, tant pour celles de la tension que pour celles de sa dérivée.

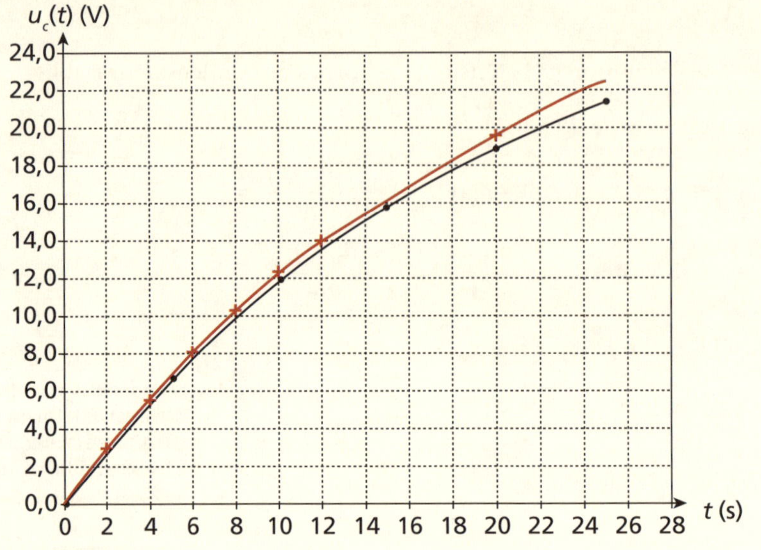

4 On peut rendre le pas Δt plus petit que 2 s : on augmenterait alors la précision des résultats qui seraient plus proches encore des valeurs attendues. En revanche, on augmenterait considérablement la quantité de données ou le nombre de points à calculer et à tracer.

> **Gagnez des points !**
> La solution est dans un compromis entre un pas suffisamment petit pour gagner en précision, mais pas trop petit pour avoir à traiter un nombre raisonnable de données.

EXERCICE 2

PARTIE 1

1 La longueur d'onde du faisceau émis par la diode laser est $\lambda = 0{,}790\ \mu\text{m} = 790\ \text{nm}$. Il s'agit de la partie rouge du spectre de la lumière blanche : la lumière émise par cette diode laser est donc **rouge**.

> **Méthode**
> L'écart d'énergie est quantifié et vaut :
> $$\Delta E = |E_2 - E_1| = \frac{hc}{\lambda}$$
> Calculez ΔE en joules, puis en électronvolts en utilisant le facteur de conversion.

2 L'écart entre deux niveaux énergétiques est quantifié :

$$\Delta E = |E_2 - E_1| = \frac{hc}{\lambda}$$

A. N. : $\Delta E = \dfrac{6{,}63\times10^{-34}\times3{,}00\times10^{8}}{790\times10^{-9}} = 2{,}52\times10^{-19}$ J.

1 eV = $1{,}60\times10^{-19}$ J : on en déduit donc $\Delta E = \dfrac{2{,}52\times10^{-19}}{1{,}60\times10^{-19}}$, soit $\mathbf{\Delta E = 1{,}57}$ **eV**.

PARTIE 2

1 L'onde électromagnétique traverse un objet de petite taille : on observe alors la figure de diffraction de la fente sur l'écran placé derrière cet objet diffractant. Le phénomène observé est donc un **phénomène de diffraction**.

2 Lorsqu'une onde monochromatique traverse un objet diffractant, la figure de diffraction est **un ensemble de taches de diffraction de la couleur du faisceau** éclairant. Si l'objet diffractant est une fente verticale, alors la **figure de diffraction est horizontale**. Cette figure se compose d'une tache centrale d'autant plus large que la fente diffractante

> **Gagnez des points !**
> Proposez un schéma récapitulatif pour illustrer votre réponse.

est fine et de largeur double par rapport à celle des taches secondaires, ces dernières étant situées de part et d'autre de la tache centrale.

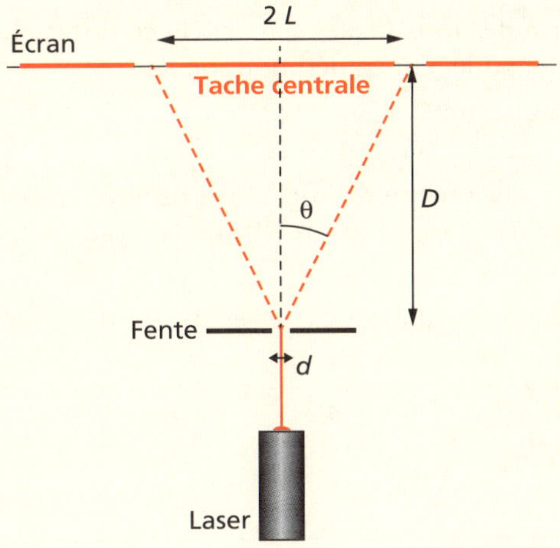

3 La relation entre la demi-largeur L de la tache centrale de diffraction, la largeur d de la fente, la distance D fente-écran et la longueur d'onde λ est :

$$\frac{L}{D}=\frac{\lambda}{d}$$

On en déduit $L=\frac{\lambda}{d}D$: L varie proportionnellement à λ, mais de manière inversement proportionnelle à d. Ainsi, lorsqu'on diminue la largeur d de la fente de diffraction, on augmente la largeur L de la tache centrale de diffraction et lorsqu'on diminue la longueur d'onde, on diminue la largeur L.

Rappel
La relation de diffraction est valable aux petits angles :
$$\theta \approx \tan\theta = \frac{L}{D} = \frac{\lambda}{d}.$$

PARTIE 3

Les lecteurs Blu-ray utilisent une diode laser dont la longueur d'onde est bleue, c'est-à-dire de l'ordre de 450-520 nm = 0,450-0,520 μm. La longueur d'onde d'un faisceau rouge est donc supérieure à celle du bleu. On en déduit alors que, pour les mêmes caractéristiques de dispositif de lecture du CD (diamètre des petites cuvettes et distance CD-dispositif de lecture), la largeur L est moins importante dans le cas des grandes longueurs d'onde. Le phénomène de diffraction sera donc moins marqué dans le cas d'une lecture avec la technologie Blu-ray que dans le cas d'une technologie « classique ».

Par ailleurs, l'ouverture angulaire $\theta=\frac{\lambda}{d}$ est plus faible dans le cas d'un faisceau bleu que dans le cas d'un faisceau rouge. La technologie Blu-ray permet donc d'obtenir un faisceau plus étroit, plus directif, et ainsi de réaliser une lecture plus précise avec des cuvettes de plus petites tailles.

PARTIE 4

1 Les ions Ni^{2+} contenus dans la solution de sulfamate de nickel se réduisent en nickel métallique sur le *glassmaster*. La réaction au niveau du *glassmaster* est donc une réduction : elle nécessite un apport d'électrons du générateur du circuit d'électrolyse. Le *glassmaster* est donc relié à la borne négative du générateur. Le sens conventionnel du courant I, contraire au sens de déplacement des électrons, part de la borne positive du générateur dans le circuit extérieur de l'électrolyse.

L'astuce du prof
Réfléchissez sur la réaction au niveau du *glassmaster* devant recevoir la couche de nickel métallique à partir des ions nickel de la solution. Déduisez-en le sens de déplacement des électrons puis du courant.

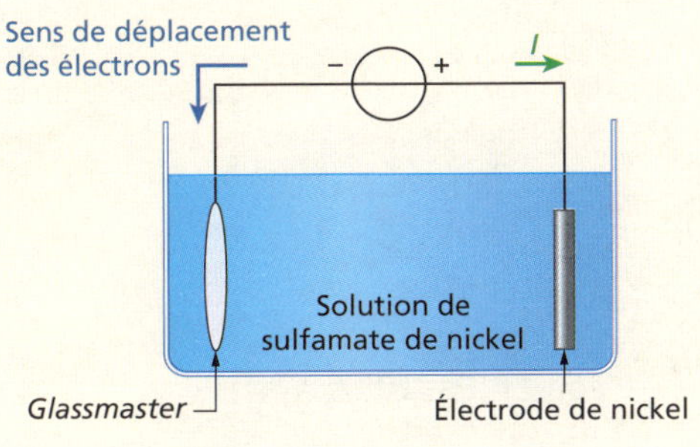

2 La réduction des ions nickel se fait à la cathode, alors que l'oxydation des atomes de nickel se fait à l'anode. On en déduit donc que :

- au niveau du **glassmaster ou cathode**, on a réduction des ions nickel en atomes de nickel : $\mathbf{Ni^{2+}(aq) + 2e^- = Ni(s)}$;
- au niveau de **l'électrode de nickel ou anode**, on a oxydation des atomes de nickel en ions nickel : $\mathbf{Ni(s) = Ni^{2+}(aq) + 2e^-}$.

À retenir

On a réduCtion à la Cathode et oxydAtion à l'Anode.
On a oxydation du réducteur Red du couple Ox/Red et réduction de l'oxydant Ox.

3 Soit D le diamètre du disque et e l'épaisseur de ce disque de nickel. Le volume de dépôt est $V = \pi\left(\dfrac{D}{2}\right)^2 e$, soit $V = \pi e \dfrac{D^2}{4}$. La masse du père est alors $m = \rho V$, avec ρ la masse volumique du nickel, soit finalement :

$$m = \rho \pi e \frac{D^2}{4}$$

A. N. : $m = 8{,}90 \times \pi \times 3{,}05 \times 10^{-2} \times \dfrac{23{,}0^2}{4} = 1{,}13 \times 10^2$ g soit $\boldsymbol{m}$ **= 113 g.**

Piège à éviter

La masse volumique étant exprimée en $g \cdot cm^{-3}$, il est judicieux d'exprimer l'épaisseur e et le diamètre D en cm avant de faire l'application numérique et d'obtenir une masse en g.

4 La quantité de matière n (en mol) de nickel déposée lors de l'électrolyse est :

$$n = \frac{m}{M}$$

avec M la masse molaire du nickel.

A. N. : $n = \dfrac{113}{58{,}7}$ = **1,93 mol.**

5 La quantité d'électrons échangés est donnée par la demi-équation d'oxydo-réduction à la cathode :

$$Ni^{2+}(aq) + 2e^- = Ni(s)$$

Chaque atome de nickel déposé sur le *glassmaster* nécessite 2 électrons.

Si l'on raisonne sur une quantité n = 1,93 mol de nickel, on en déduit que le nombre d'électrons est $n_e = 2n$ mol d'électrons.

La charge totale utilisée pour cette électrolyse est : $Q = \mathcal{F} n_e$ avec $\mathcal{F}$ le faraday ou charge d'une mole d'électrons.

On le calcule à partir de la charge élémentaire e et du nombre d'Avogadro $\mathcal{N}_A$, soit :

$$1\ \mathcal{F} = \mathcal{N}_A \times e$$

Enfin, l'intensité I du courant d'électrolyse dépend de la quantité d'électricité Q et de la durée Δt du processus :

$$I = \frac{Q}{\Delta t}$$

Finalement, on obtient :

$$I = \frac{Q}{\Delta t} = \frac{n_e \mathcal{F}}{\Delta t} = \frac{2n\mathcal{N}_A e}{\Delta t}$$

A. N. : $I = \dfrac{2 \times 1{,}93 \times 6{,}02 \times 10^{23} \times 1{,}60 \times 10^{-19}}{2 \times 3\,600}$ soit $\boldsymbol{I} = \mathbf{5 \times 10^1}$ **A.**

À retenir

La charge d'une mole d'électrons correspond à un Faraday :
$1\ \mathcal{F} = \mathcal{N}_A \times e$ avec $\mathcal{N}_A$ la constante d'Avogadro et e la charge élémentaire.

Piège à éviter

Le résultat ne comporte qu'un chiffre significatif du fait de l'imprécision de l'énoncé concernant la durée de « 2 heures ».
Cette durée doit être exprimée en secondes dans l'application numérique.

EXERCICE 3

PARTIE 1

1 Une base de Brönsted est une espèce chimique capable d'accepter un ou plusieurs protons ou ions hydrogène H^+.

> **Rappel**
> L'atome d'hydrogène 1 est composé d'un noyau à un seul proton et d'un cortège électronique d'un seul électron. Lorsqu'il perd son électron, il devient un ion hydrogène H^+ qui correspond au seul proton du noyau.

2 La réaction entre l'ammoniac et l'eau est une réaction acido-basique entre la base du couple ion ammonium/ammoniac et l'eau.

Dans le couple ion ammonium/ammoniac, NH_3 est une base de Brönsted. On en déduit la formule de l'ion ammonium en écrivant la demi-équation :

$$NH_3 + H^+ = NH_4^+$$

L'ion ammonium NH_4^+ est ainsi l'acide du couple NH_4^+/NH_3.

L'ammoniac étant une base, cette base ne peut réagir qu'avec l'eau en tant qu'acide, soit donc H_2O du couple H_2O/HO^-.

La réaction entre l'ammoniac et l'eau est une réaction entre le couple NH_4^+/NH_3 et le couple de l'eau H_2O/HO^-.

La seconde demi-équation est :

$$H_2O = HO^- + H^+$$

La réaction bilan par addition membre à membre des deux demi-équations et élimination du proton échangé est : $\mathbf{NH_3 + H_2O = NH_4^+ + HO^-}$.

3 Par définition, la constante d'équilibre de cette réaction est :

$$K = \frac{[NH_4^+]_{eq}[HO^-]_{eq}}{[NH_3]_{eq}}$$

Exprimons K en fonction de K_{A1} et K_{A2}.

K_{A1} est la constante d'acidité du couple NH_4^+/NH_3 :

$$NH_4^+ + H_2O = NH_3 + H_3O^+$$

$$\mathbf{K_{A1} = \frac{[NH_3]_{eq}[H_3O^+]_{eq}}{[NH_4^+]_{eq}}}$$

> **L'astuce du prof**
> La constante d'équilibre K_{A2} du couple H_2O/HO^- correspond à la constante K_e ou produit ionique de l'eau.

K_{A2} est la constante d'acidité du couple H_2O/HO^- :

$$2H_2O = OH^- + H_3O^+$$

$$K_{A2} = [H_3O^+]_{eq}[OH^-]_{eq} = Ke$$

On peut alors écrire :

$$K = \frac{[NH_4^+]_{eq}[HO^-]_{eq}[H_3O^+]_{eq}}{[NH_3]_{eq}[H_3O^+]_{eq}}$$

$$K = \frac{[NH_4^+]_{eq}}{[NH_3]_{eq}[H_3O^+]_{eq}} \times [HO^-]_{eq}[H_3O^+]_{eq}$$

d'où :

$$K = \frac{K_{A2}}{K_{A1}} = \frac{K_e}{K_{A1}}$$

A. N. : $K = \frac{1,0 \times 10^{-14}}{6,3 \times 10^{-10}} = \mathbf{1,6 \times 10^{-5}}$.

4 La concentration c en ammoniac est telle que :

$$c = \frac{n}{V}$$

A. N. : $c = \frac{2,5 \times 10^{-3}}{0,250}$ soit $\mathbf{c = 1,0 \times 10^{-2}\ mol \cdot L^{-1}}$.

Gagnez des points !
La précision de la concentration en ions oxonium est de 3 chiffres significatifs du fait d'un pH de 10,6. En revanche, la constante K_e est donnée avec 2 chiffres significatifs. Cette moindre précision impose 2 chiffres significatifs sur la concentration des ions hydroxyde.

5 La concentration en ions oxonium dans la solution est donnée par la relation du pH :

$$pH = -\log[H_3O^+]$$

soit :

$$[H_3O^+] = 10^{-pH}$$

A. N. : $[H_3O^+] = 10^{-10,6}$ soit $\mathbf{[H_3O^+] = 2,51 \times 10^{-11}\ mol \cdot L^{-1}}$.

6 La constante K_e ou produit ionique de l'eau permet, connaissant la concentration en ions oxonium d'une solution, d'en déduire la concentration en ions hydroxyde :

$$K_e = [H_3O^+]_{eq}[OH^-]_{eq}$$

soit :

$$[OH^-]_{eq} = \frac{K_e}{[H_3O^+]_{eq}}$$

A. N.: $[OH^-]_{eq} = \frac{1,0 \times 10^{-14}}{10^{-10,6}}$ soit $\mathbf{[HO^-]_{eq} = 4,0 \times 10^{-4}\ mol \cdot L^{-1}}$.

7 Le taux d'avancement final est défini par : $\tau = \frac{x_f}{x_{max}}$.

Le tableau descriptif de l'évolution du système chimique est :

		NH_3	$+ H_2O$	$= NH_4^+$	$+ HO^-$
État	**Avancement (mol)**	**Quantité de matière (mol)**			
		NH_3	**H_2O**	**NH_4^+**	**HO^-**
État initial	$x = 0$	$n = cV$	Excès	0	0
État en cours	x	$n - x$	Excès	x	x
État final	x_f	$n - x_f$	Excès	x_f	x_f

On suppose ici que la quantité d'ions hydroxyde est nulle à l'état initial, ou du moins suffisamment faible pour être négligeable devant $n = 2,5 \times 10^{-3}$ mol d'ammoniac.

À l'état final, l'avancement final est égal à la quantité de matière de chaque produit formé :

$$x_f = n(NH_4^+)_f = n(HO^-)_f$$

En supposant la réaction totale, l'avancement en fin de réaction est alors l'avancement maximal $x_{EF} = x_{max}$ et l'ammoniac, réactif limitant, est en quantité nulle, soit alors : $n - x_{max} = 0$.

On en déduit que l'avancement maximal est égal à la quantité initiale d'ammoniac : $x_{max} = n = cV$.

En reprenant l'expression du taux d'avancement final et en remplaçant x_f par $n(HO^-)_f$ et x_{max} par cV, on obtient :

$$\tau = \frac{n(HO^-)_f}{cV}$$

Or $\frac{n(HO^-)_f}{V} = [HO^-]_f$ et finalement, on a :

$$\tau = \frac{\mathbf{[HO^-]_f}}{\mathbf{c}}$$

A. N. : $\tau = \frac{4,0 \times 10^{-4}}{1,0 \times 10^{-2}} = 4,0 \times 10^{-2}$, soit un taux d'avancement final de $\mathbf{\tau = 4,0\ \%}$.

Piège à éviter
L'état final de l'évolution du système correspond à l'état d'équilibre :
$[HO^-]_f = [HO^-]_{eq}$
L'avancement maximal correspond à l'état final lorsque la réaction est considérée comme totale.

PARTIE 2

1 La dilution est d'un facteur $F = 1\ 000$, or le facteur de dilution est défini comme le rapport des volumes de solutions fille et mère :

$$F = \frac{V_{\text{fille}}}{V_{\text{mère}}}$$

Le volume de la solution mère est prélevé à l'aide d'une pipette jaugée à partir d'un volume de solution concentrée placée dans un bécher. Par la suite, la solution mère est introduite dans une fiole jaugée qui est complétée par de l'eau distillée : le volume de la fiole jaugée constitue donc celui de la solution fille.

On en déduit ainsi que :

$$F = \frac{V(\text{fiole})}{V(\text{pipette})} = 1\ 000$$

On peut calculer le facteur de dilution pour chaque lot :

Lot	1	2	3	4
Facteur de dilution	100	100	1 000	100

Seul le **lot 3** offre une verrerie permettant une dilution d'un facteur 1 000.

Remarque

Le tableau ne prend pas en compte la précision des mesures, les volumes des fioles jaugées étant donnés pour trois lots avec un seul chiffre significatif, ce qui est peu réaliste.

2 L'équivalence d'un titrage est un **état pour lequel on passe d'un réactif limitant à l'autre**. Cet état correspond à un mélange initial stœchiométrique, les réactifs étant introduits à l'état initial dans les proportions de l'équation de titrage.

3 La solution d'acide chlorhydrique s'écrit : $(H_3O^+(aq) + Cl^-(aq))$.

Le coefficient stœchiométrique des ions oxonium étant égal à 1, cela signifie que la concentration de la solution est égale à celle des ions oxonium, soit $[H_3O^+] = c_A$.

		NH_3 +	H_3O^+ =	NH_4^+ +	H_2O
État	**Avancement (mol)**	**Quantité de matière (mol)**			
		NH_3	H_3O^+	NH_4^+	H_2O
État initial	$x = 0$	$n_1 = c_1V_1$	$n_A = c_AV_A$	0	Excès
État en cours	x	$n_1 - x$	$n_A - x$	x	Excès
Équivalence	x_{Eq}	$n_1 - x_{Eq}$	$n_A - x_{Eq}$	x_{Eq}	Excès

L'équivalence correspond au passage d'un réactif limitant à l'autre. On est donc exactement dans la situation où les deux réactifs sont entièrement consommés, soit :

$$n(NH_3)_{Eq} = n_1 - x_{Eq} = 0 \quad \text{et} \quad n(H_3O^+)_{Eq} = n_A - x_{Eq} = 0$$

On en déduit que l'avancement à l'équivalence est :

$$x_{Eq} = n_1 = n_A$$

En introduisant les concentrations des réactifs et sachant qu'à l'équivalence, le volume d'acide chlorhydrique versé est noté $V_A = V_{AE}$, on peut finalement écrire :

$$n_1 = c_1V_1 = n_A = c_AV_{AE}$$

La relation à l'équivalence ainsi obtenue est :

$$\mathbf{c_1V_1 = c_AV_{AE}}$$

Méthode

- Dressez le tableau d'évolution du système chimique lors du titrage.
- Considérez l'état final comme celui de l'équivalence et annulez les quantités de matière des réactifs.

4 À partir de la relation d'équivalence, on peut écrire :

$$c_1 = \frac{c_AV_{AE}}{V_1}$$

A. N. : $c_1 = \dfrac{1{,}50 \times 10^{-2} \times 14{,}3}{20{,}0}$ soit $\boldsymbol{c_1 = 1{,}07 \times 10^{-2}}$ **mol·L⁻¹**.

Le facteur de dilution est $F = 1\,000$ or $F = \dfrac{c_0}{c_1}$ donc :

$$c_0 = 1\,000 \times c_1$$

A. N. : $c_0 = 1\,000 \times 1{,}07 \times 10^{-2}$ soit $\boldsymbol{c_0 = 10{,}7}$ **mol·L⁻¹**.

Gagnez des points !
L'expression de la concentration c_1 correspond à c_A multipliée par un rapport de volumes.
Les volumes peuvent être exprimés en mL.

5 Le pH à l'équivalence est $pH_E = 5{,}7$. L'indicateur coloré à choisir doit avoir sa zone de virage autour de pH_E. Seul le **rouge de chlorophénol** est pertinent.

En effet, $5{,}2 < pH_E = 5{,}7 < 6{,}8$ la zone de virage du rouge de chlorophénol étant 5,2 – 6,8.

SUJET 3 > voir p. 400

EXERCICE 1

PARTIE 1

1 L'électrode positive est l'électrode de nickel. On en déduit que l'électrode de gauche sur le schéma est l'« électrode de nickel » et celle de droite l'« électrode de zinc ». Chaque électrode étant plongée dans une solution contenant les ions qui lui correspondent, la solution du bécher de gauche est donc la « solution contenant des ions Ni^{2+} », et celle de droite la « solution contenant des ions Zn^{2+} ». Le pont intermédiaire faisant la liaison électronique entre les deux béchers de solutions électrolytiques est le « pont salin ».

L'astuce du prof
Partez de l'énoncé : « L'électrode positive de cette pile est l'électrode de nickel ».
Pensez aussi que chaque électrode est plongée dans la solution électrolytique contenant les ions oxydants correspondant au métal de l'électrode.

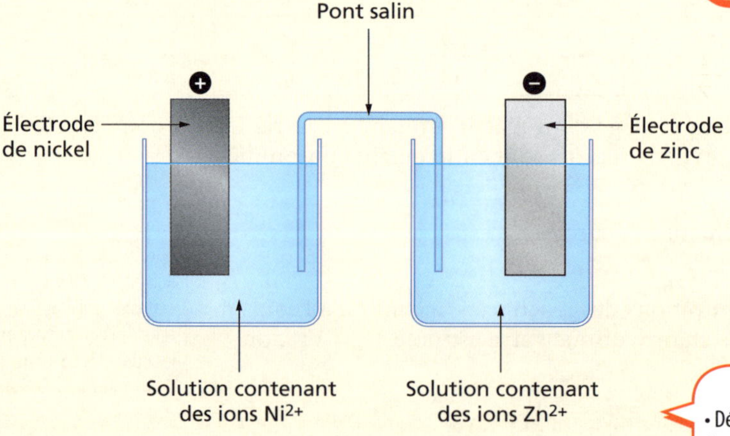

2 Le sens conventionnel du courant est du pôle positif de la pile vers son pôle négatif dans le circuit extérieur. Le sens de déplacement des électrons étant opposé au sens conventionnel du courant, on en déduit que les électrons arrivent au niveau de l'électrode de nickel et repartent de l'électrode de zinc.

Méthode
• Déterminez le sens conventionnel du courant.
• Déduisez-en le sens de déplacement des électrons et, ainsi, s'ils sont consommés ou produits en fonction de l'électrode considérée.

Au niveau de l'électrode de nickel, les électrons sont consommés et sont donc réactifs de la demi-équation :

$$\mathbf{Ni^{2+}(aq) + 2e^- = Ni(s)}$$

Au niveau de l'électrode de zinc, les électrons sont créés et sont donc produits de la demi-équation :

$$\mathbf{Zn(s) = Zn^{2+}(aq) + 2e^-}$$

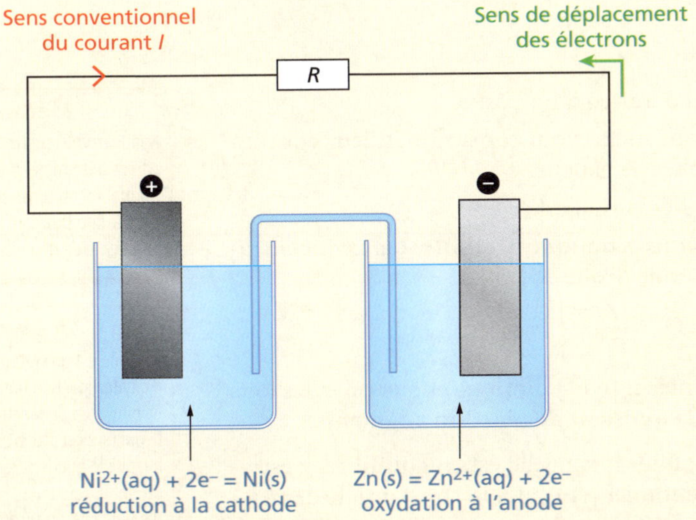

3 **À l'électrode de nickel**, l'ion nickel Ni^{2+}, oxydant du couple Ni^{2+}/Ni, est réduit : à cette électrode a lieu la **réduction**.

À l'électrode de zinc, le métal zinc Zn, réducteur du couple Zn^{2+}/Zn, est oxydé : à cette électrode a lieu l'**oxydation**.

À retenir
Il y a toujours réduCtion à la Cathode et oxydAtion à l'Anode.

4 Les deux demi-équations ayant lieu aux électrodes échangent 2 électrons. Leur addition membre à membre permet d'obtenir l'équation de la réaction globale quand la pile débite :

$$Ni^{2+}(aq) + 2e^- = Ni(s)$$
$$Zn(s) = Zn^{2+}(aq) + 2e^-$$
$$\overline{Ni^{2+}(aq) + Zn(s) \rightarrow Ni(s) + Zn^{2+}(aq)}$$

Gagnez des points !
Vérifiez que, dans l'addition membre à membre, les 2 électrons apparaissant dans les demi-équations se simplifient.
Si ce n'est pas le cas, il faudra coefficienter les demi-équations avant de les additionner.

5 Le quotient initial de la réaction est défini comme suit à partir de l'équation bilan ci-avant :

$$Q_{r,i} = \frac{[Zn^{2+}]_i}{[Ni^{2+}]_i}$$

Le quotient réactionnel ne fait intervenir que les concentrations des ions en solution à l'état initial.

Or l'énoncé précise que « la concentration initiale des ions positifs est $C = 5{,}0 \times 10^{-2}$ mol·L^{-1} ».

Soit alors $[Zn^{2+}]_i = [Ni^{2+}]_i = C$. Le quotient initial de la réaction se simplifie alors : $Q_{r,i} = \dfrac{C}{C} = 1{,}0$.

Piège à éviter
Pensez que *C* s'exprime avec une précision de 2 chiffres significatifs. Le rapport unité de *C*/*C* doit au moins être exprimé avec cette précision.

Le quotient initial de la réaction est ainsi très inférieur à la valeur de la constante d'équilibre de la pile : $Q_{r,i} << K = 10^{18}$. On en déduit que la réaction évoluera dans le sens direct et, K étant de très forte valeur $K >> 10^4$, on en conclut aussi que la réaction support de fonctionnement est totale.

Si la réaction évolue totalement dans le sens direct, alors on a bien :

$$Ni^{2+}(aq) + Zn(s) \rightarrow Ni(s) + Zn^{2+}(aq)$$

Les ions nickel sont consommés : les électrons arrivent au niveau de l'électrode de nickel et $Ni^{2+}(aq) + 2e^- = Ni(s)$. Cette électrode constitue bien **le pôle positif** de la pile.

Le métal zinc est aussi consommé : les électrons sont produits par l'oxydation $Zn(s) = Zn^{2+}(aq) + 2e^-$. Cette électrode constitue bien **le pôle négatif** de la pile.

PARTIE 2

1 À l'électrode de nickel, la demi-équation est :

$Ni^{2+}(aq) + 2e^- = Ni(s)$. **Les ions nickel sont consommés, leur concentration diminue** dans le bécher de gauche.

À l'électrode de zinc, la demi-équation est :

$Zn(s) = Zn^{2+}(aq) + 2e^-$. **Les ions zinc sont produits, leur concentration augmente** dans le bécher de droite.

Le quotient réactionnel est : $Q_r = \dfrac{[Zn^{2+}]}{[Ni^{2+}]}$.

Si la concentration des ions nickel $[Ni^{2+}]$ diminue et que celle des ions zinc $[Zn^{2+}]$ augmente, alors le **quotient de réaction augmente**.

Méthode

Appuyez-vous sur les demi-équations afin de déterminer si un ion est produit ou consommé, c'est-à-dire si sa concentration augmente ou diminue.

2 La pile s'arrête de fonctionner lorsqu'elle est en **équilibre**, c'est-à-dire lorsque le quotient réactionnel est égal à la constante K de réaction. Ainsi, à l'équilibre, $\boldsymbol{Q_{r,éq} = K}$.

À savoir

Une pile est un système chimique d'oxydoréduction hors équilibre. La pile cesse de fonctionner lorsque l'équilibre est atteint, c'est-à-dire lorsque le quotient réactionnel atteint la valeur de la constante d'équilibre K du système.

3 La réaction est considérée comme totale. On suppose que la masse des électrodes est suffisamment importante pour que le réactif limitant soit les ions nickel et non l'électrode de zinc.

Le tableau d'évolution de la réaction est :

		$Ni^{2+}(aq)$ +	$Zn(s)$ →	$Ni(s)$ +	$Zn^{2+}(aq)$
État	**Avancement (mol)**	**Quantité de matière (mol)**			
		Ni^{2+}	**Zn**	**Ni**	**Zn^{2+}**
État initial	$x = 0$	$n_1 = CV$	n_2	n_3	$n_1 = CV$
État en cours	x	$n_1 - x$	$n_2 - x$	$n_3 + x$	$n_1 + x$
État final	x_{max}	$n_1 - x_{max}$	$n_2 - x_{max}$	$n_3 + x_{max}$	$n_1 + x_{max}$

Si les ions nickel sont limitants, alors $n_1 - x_{max} = CV - x_{max} = 0$ à l'état final. On en déduit facilement l'avancement maximal :

$$x_{max} = CV$$

A. N. : $x_{max} = 5{,}0 \times 10^{-2} \times 0{,}100$ soit $\boldsymbol{x_{max} = 5{,}0 \times 10^{-3}}$ **mol.**

4 La demi-équation électronique du nickel est : $Ni^{2+}(aq) + 2e^- = Ni(s)$.

On peut considérer son tableau d'évolution :

		$Ni^{2+}(aq)$ +	$2e^-$ =	$Ni(s)$
État	**Avancement (mol)**	**Quantité de matière (mol)**		
		Ni^{2+}	**e^-**	**Ni**
État initial	$x = 0$	$n_1 = CV$	n_e	n_3
État en cours	x	$n_1 - x$	$n_e - 2x$	$n_3 + x$
État final	x_{max}	$n_1 - x_{max}$	$n_e - 2x_{max}$	$n_3 + x_{max}$

À l'état final, la quantité d'ions nickel est nulle comme précédemment noté : $x_{max} = n_1 = CV$ et la quantité n_e d'électrons consommés est telle que $n_e - 2x_{max} = 0$, soit $\boldsymbol{n_e = 2x_{max} = 2CV}$.

La quantité totale d'électricité fournie par la pile est proportionnelle à la quantité d'électrons débitée, soit :

$$Q = n_e\mathcal{F} = 2CV\mathcal{F}$$

avec $\mathcal{F}$ la valeur absolue de la charge d'une mole d'électrons.

A. N. : $Q = 2 \times 5{,}0 \times 10^{-2} \times 0{,}100 \times 96\,500 = 9{,}65 \times 10^2$ C ou, en ne conservant que 2 chiffres significatifs, $\boldsymbol{Q = 9{,}7 \times 10^2}$ **C**.

> **À retenir**
> La valeur (positive) de la charge totale d'une mole d'électrons est appelée le faraday et est notée $\mathcal{F}$. Un faraday correspond à la valeur absolue de la charge d'un électron ou charge élémentaire e multipliée par la constante d'Avogadro $\mathcal{N}_A$:
> $\boldsymbol{\mathcal{F} = \mathcal{N}_A \times e}$

PARTIE 3

1 On s'appuie à nouveau sur le tableau d'évolution de la demi-équation électronique de l'électrode de nickel avec un état final correspondant à une heure de fonctionnement.

		$Ni^{2+}(aq)$ +	$2e^-$ =	Ni (s)
État	**Avancement (mol)**	**Quantités de matière (mol)**		
		Ni^{2+}	e^-	Ni
État initial	$x = 0$	$n_1 = CV$	n_e	n_3
État en cours	x	$n_1 - x$	$n_e - 2x$	$n_3 + x$
État final	x_f	$n_1 - x_f$	$n_e - 2x_f$	$n_3 + x_f$

À l'état final, la quantité de matière de nickel à l'électrode est :

$$n(\text{Ni})_{EF} = n_3 + x_f$$

Cette quantité correspond à la quantité de matière initiale $n(\text{Ni})_{EI} = n_3$ augmentée de la quantité de nickel produite $n_{prod}(\text{Ni}) = n(\text{Ni})_{EF} - n(\text{Ni})_{EI} = x_f$.

L'augmentation de masse Δm de l'électrode de nickel correspond à la masse de nickel produite pendant l'heure de fonctionnement, soit :

$$m_{prod}(\text{Ni}) = \Delta m = n_{prod}(\text{Ni}) \times M_{\text{Ni}}$$

avec M_{Ni} la masse molaire du nickel.

> **L'astuce du prof**
> Utilisez le tableau d'évolution de la demi-équation électronique à l'électrode de nickel pour faire le lien entre la quantité de matière de nickel produit et celle d'ions nickel disparus.

En utilisant l'avancement final de la réaction, la relation devient :

$$\Delta m = x_f \times M_{\text{Ni}}$$

Or le tableau d'évolution ci-avant permet aussi de constater que la quantité de matière d'ions nickel est : $n(\text{Ni}^{2+})_{EF} = n_1 + x_f = CV + x_f = n(\text{Ni}^{2+})_{EI} + x_f$.

Ainsi, la quantité d'ions nickel disparus est $n_{disp}(\text{Ni}^{2+}) = n(\text{Ni}^{2+})_{EF} - n(\text{Ni}^{2+})_{EI} = x_f$

soit finalement : $n_{disp}(\text{Ni}^{2+}) = x_f = \dfrac{\Delta m}{M(\text{Ni})}$.

A. N. : $n_{disp}(\text{Ni}^{2+}) = \dfrac{100 \times 10^{-3}}{58{,}7}$ soit $\boldsymbol{n_{disp}(\text{Ni}^{2+}) = 1{,}70 \times 10^{-3}}$ **mol.**

2 Par le même raisonnement que dans la réponse à la question 3 de la Partie 2, on peut écrire que :

$$n_e = 2x_f = 2n_{disp}(\text{Ni}^{2+}) = 2\frac{\Delta m}{M(\text{Ni})}$$

> **L'astuce du prof**
> Ne refaites pas tout le raisonnement établi à la question 3 de la Partie 2, mais citez-le et appuyez-vous uniquement sur les conclusions, vous gagnerez du temps !

et que la quantité d'électricité fournie par la pile au bout d'une heure de fonctionnement est :

$$Q = n_e\mathcal{F} = 2n_{disp}(\text{Ni}^{2+}) \times \mathcal{F} \text{ soit } Q = 2\mathcal{F} \times \frac{\Delta m}{M(\text{Ni})}$$

A. N. : $Q = 2 \times 96\,500 \times \dfrac{100 \times 10^{-3}}{58{,}7} = 3{,}29 \times 10^2$ C, soit $\mathbf{Q = 329}$ **C.**

3 La courbe de l'absorbance A en fonction de la concentration C (en mol·L^{-1}) de la solution de sulfate de nickel peut être modélisée par une droite passant par l'origine du repère :

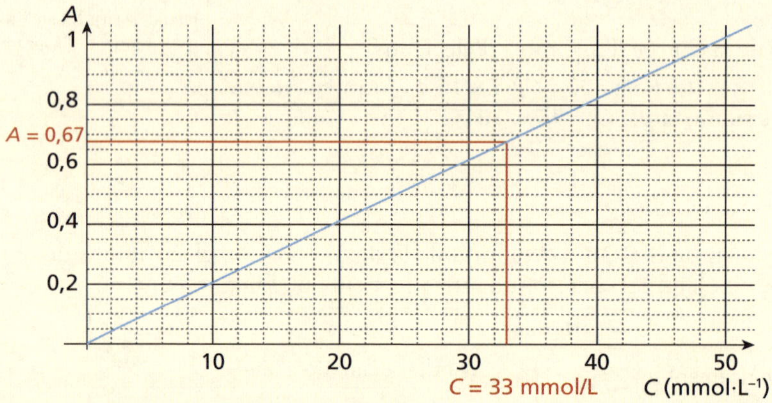

4 La solution de sulfate de nickel s'écrit :

$$Ni^{2+}(aq) + SO_4^{2-}(aq)$$

Un tableau d'évolution basé sur l'équation de dissolution montrerait que la quantité de matière d'ions nickel produits est égale à la quantité de cristal de sulfate de nickel dissous. En supposant que la dissolution se fasse à volume constant, on en déduit que la relation d'égalité des quantités de matière est aussi valable pour les concentrations molaires. La concentration en ions Ni^{2+}(aq) est donc égale à celle de la solution de sulfate de nickel :

$$[Ni^{2+}(aq)] = C$$

On retrouve bien la notation déjà proposée dans l'énoncé : « la concentration initiale des ions positifs est $C = 5{,}0 \times 10^{-2}$ mol·L^{-1} ».

Remarque

La courbe de l'absorbance A en fonction de la concentration C de la solution de sulfate de nickel étant une droite passant par l'origine, on peut en conclure que A est proportionnelle à C, soit $A = kC$, avec k une constante de proportionnalité positive. On retrouve ainsi la Loi de Beer-Lambert.

En utilisant le graphique précédent, on repère le point d'ordonnée $A = 0{,}67$ sur la droite modèle et on en déduit par lecture graphique son abscisse $C_{A=0,67}$ (tracés rouges).

On lit ainsi : $\mathbf{[Ni^{2+}(aq)]_{A=0,67} = C_{A=0,67} = 33}$ **mmol·L^{-1}.**

5 La concentration initiale en ions nickel, donnée de l'énoncé, est :

$[Ni^{2+}(aq)]_{initial} = C = 5{,}0 \times 10^{-2}$ mol·L^{-1} = 50 mmol·L^{-1}.

Après réaction, il reste :

$$[Ni^{2+}(aq)]_{final} = C_{A=0,67} = 33 \text{ mmol·L}^{-1}$$

Par différence, on en déduit la concentration des ions nickel restant en solution :

$$[Ni^{2+}(aq)]_{restant} = [Ni^{2+}(aq)]_{initial} - [Ni^{2+}(aq)]_{initial}$$

A. N. : $[Ni^{2+}(aq)]_{restant} = 50 - 33 = 17$ mmol·L^{-1}.

Méthode

Comparez $[Ni^{2+}]_{restant}$ et $[Ni^{2+}]_{disp}$.

La valeur de la quantité de matière d'ions nickel trouvée à la question 1 est $n_{disp}(Ni^{2+}) = 1{,}70 \times 10^{-3}$ mol, ce qui, dans un volume de solution de $V = 100$ mL, correspond à une concentration :

$$[Ni^{2+}]_{disp} = \frac{n_{disp}(Ni^{2+})}{V}$$

A. N. : $[Ni^{2+}]_{disp} = \dfrac{1{,}70 \times 10^{-2}}{0{,}100} = 1{,}70 \times 10^{-2}$ mol·L^{-1}. Soit $[Ni^{2+}]_{disp} = 17$ mmol·L^{-1}.

On constate que les deux valeurs trouvées sont identiques :

$$[Ni^{2+}]_{restant} = [Ni^{2+}]_{disp} = \mathbf{17\ mmol \cdot L^{-1}}$$

Le résultat trouvé est bien cohérent avec le calcul réalisé à la question 1.

EXERCICE 2

PARTIE 1

1 La vergence C_2 de la lentille L_2 est l'inverse de sa distance focale : $C_2 = \frac{1}{f'_2}$.

A. N. : $C_2 = \frac{1}{0{,}10}$ soit $\mathbf{C_2 = 10\ \delta}$.

Piège à éviter
La vergence s'exprime en dioptries de symbole δ, dans la mesure où la distance focale est exprimée en mètres.

2 La distance focale de L_2 est $f'_2 = 10$ cm, donc le foyer focal objet de la lentille F_2 est placé 10 cm en amont de O_2, le centre optique de L_2, et le foyer focal image F'_2 est placé à 10 cm après L_2.

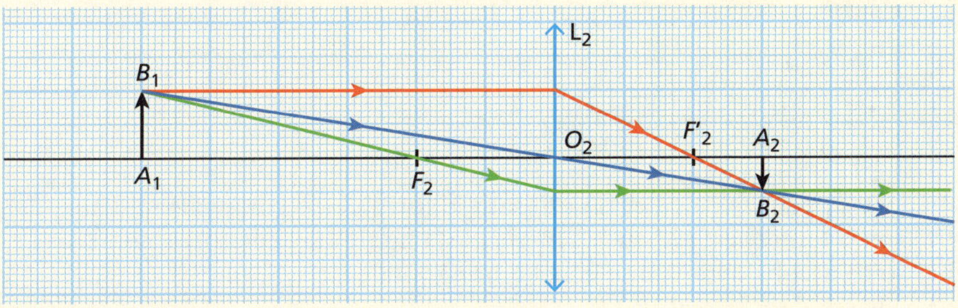

L'image A_2B_2 de l'objet A_1B_1 à travers la lentille L_2 correspond au point de concours de deux des trois rayons particuliers :

– le rayon (R_1), en rouge sur le schéma ci-dessus, issu de B_1, parallèle à l'axe optique avant la lentille L_2 et passant par le foyer focal F'_2 image après la lentille ;

– le rayon (R_2), en bleu sur le schéma ci-dessus, ou (B_1O_2) passant par le centre optique O_2 de L_2 qui n'est jamais dévié ;

– le rayon (R_3), en vert sur le schéma ci-dessus, issu de B_1 passant par le foyer focal objet F_2 avant la lentille qui ressort de L_2 parallèle à l'axe optique.

Le point image B_2 de B_1 est le point de concours de ces trois rayons particuliers après la lentille L_2.

Le point image A_2 de A_1 est alors situé sur l'axe optique tel que le segment $[A_2B_2]$ est perpendiculaire à cet axe.

L'image A_2B_2 est **réelle**, **renversée** et **réduite**.

Dans le cas de la figure 1.b, on ne peut tracer que deux rayons particuliers sur trois, soit (R_1) et (R_2) seulement.

Le point de concours B_2 se situe dans ce cas en avant de la lentille.

L'image A_2B_2 est alors **virtuelle**, **droite et agrandie**. On parle d'**effet loupe**.

Gagnez des points !
• Tracez deux rayons particuliers de votre choix, et déduisez-en B_2, point de concours après la lentille de ces deux rayons.
• Tracez le troisième rayon particulier pour vérifier votre construction : ce rayon doit passer à son tour par B_2.

Rappel
Une image est :
– réelle si elle est dans l'espace image ou après la lentille, elle est virtuelle sinon ;
– renversée si le sens de l'image est opposé à celui de l'objet, elle est droite sinon ;
– réduite si l'image est de taille inférieure à celle de l'objet, elle est agrandie sinon.

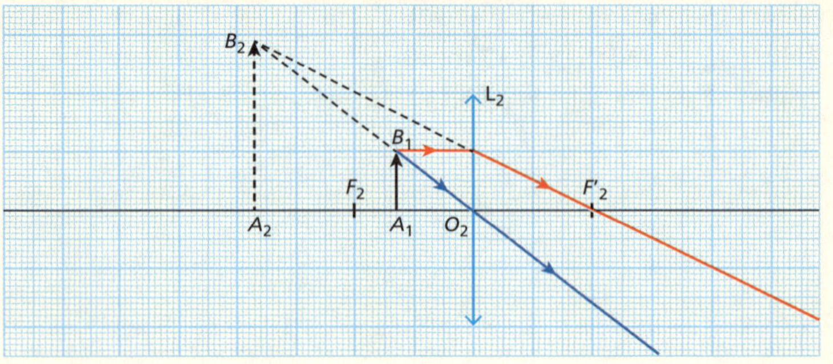

Le cas de la figure 1.c est assez proche de celui de la figure précédente, avec des rayons particuliers qui ne convergent jamais : l'image A_2B_2 est alors renvoyée à l'infini. Cette troisième image, **portée à l'infini**, est **virtuelle**, **droite et agrandie**.

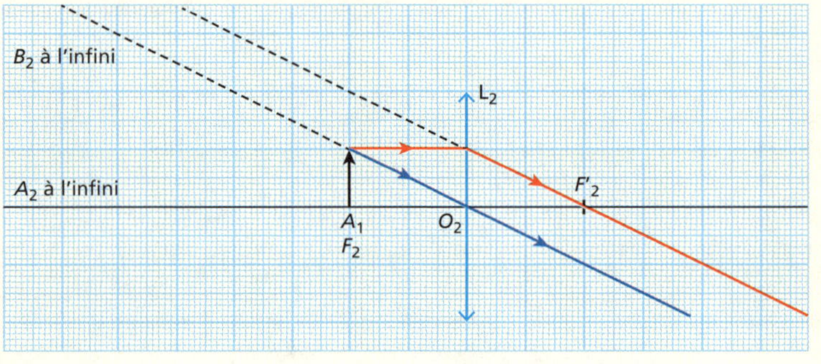

3 La position de l'image A_2B_2 peut se calculer en utilisant la formule de conjugaison. La distance entre l'objet A_1B_1 et la lentille est lue sur le schéma de la figure 1.a : elle correspond à 6,0 cm sur le graphe, soit en considérant une échelle horizontale de 1/5, une distance objet-lentille de 6,0 × 5 = 30 cm dans la réalité.

La distance algébrique est donc : $\overline{O_2A_1} = -30$ cm.

La formule de conjugaison dans le cas présent s'écrit $\dfrac{1}{\overline{O_2A_2}} - \dfrac{1}{\overline{O_2A_1}} = C_2$ soit $\dfrac{1}{\overline{O_2A_2}} = C_2 + \dfrac{1}{\overline{O_2A_1}}$.

A. N. : $\dfrac{1}{\overline{O_2A_2}} = 10 + \dfrac{1}{-0{,}30} = +6{,}7\ \delta$ et $\overline{O_2A_2} = +0{,}15$ m en prenant l'inverse du résultat précédent tout en gardant la totalité des chiffres significatifs de ce résultat intermédiaire.

Par lecture graphique de la figure 1.a, le point image A_2 est positionné à 3,0 cm après la lentille sur le schéma. En considérant toujours la même échelle 1/5, on en déduit que dans la réalité :

$\overline{O_2A_2} = +3{,}0 \times 10^{-2} \times 5 = +15 \times 10^{-2}\ \text{m} = +0{,}15\ \text{m}$.

Le calcul effectué en utilisant la formule de conjugaison permet donc bien de retrouver une image A_2B_2 située à 15 cm après la lentille, on a donc bien $\overline{O_2A_2} = $ **+ 0,15 m**.

L'astuce du prof

Exceptionnellement, en optique, ne cherchez pas à donner l'expression des différentes distances algébriques issues de la formule de conjugaison ou du grandissement. Contentez-vous de leur inverse et déduisez-en la valeur de la distance algébrique recherchée à partir de la valeur numérique de l'inverse.

À retenir

- L'objectif d'une lunette correspond à la lentille du côté de l'objet. Elle est de grande focale ou de faible vergence.
- L'oculaire est en revanche du côté de l'œil, et sa vergence est supérieure à celle de l'objectif.

PARTIE 2

1 A_1B_1 joue le rôle d'**objet** pour la lentille L_2.

2 La lentille L_1 joue le rôle d'**objectif** et la lentille L_2 celui de l'**oculaire**.

3 La figure 2 complétée par les éléments demandés est alors :

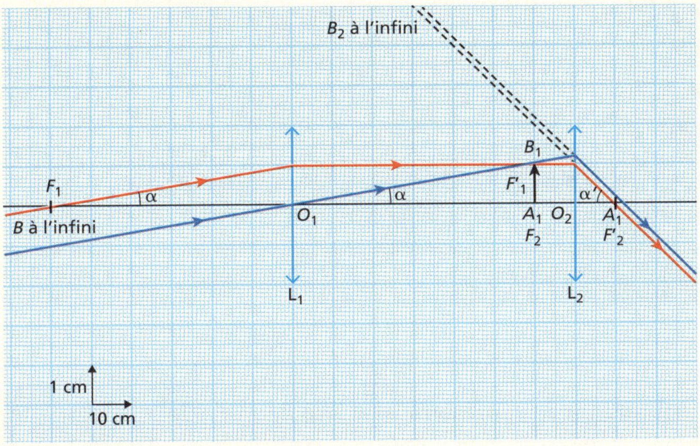

La lentille L_1 est placée avant la lentille L_2 : la distance entre les centres optiques O_1 et O_2 est de 70 cm dans la réalité. Avec l'échelle horizontale de 1/10, la distance O_1O_2 correspond sur le schéma à un espacement de 70/10 = 7,0 cm.

Les foyers objets sont placés avant les lentilles et les foyers images après : chaque foyer est séparé d'une distance focale du centre optique de la lentille.

On a alors F_1 et F'_1 à f'_1 = 60 cm dans la réalité et 60/10 = 6,0 cm sur le schéma de part et d'autre de O_1.

De même, F_2 et F'_2 sont situés à f'_2 = 10 cm dans la réalité et 10/10 = 1,0 cm sur le schéma de part et d'autre de O_2.

L'énoncé précise que « l'image intermédiaire A_1B_1 est située dans le plan focal objet de la lentille L_2 », et sa hauteur est de 1 cm dans la réalité.

On trace donc une image A_1B_1 telle que A_1 est confondu avec F_2, et de 1 cm vers le haut, car l'échelle verticale est de 1/1 (les dimensions verticales du schéma correspondent exactement à celles de la réalité).

Les deux rayons lumineux traversant les deux lentilles du système optique en passant par B_1 correspondent :
– au rayon particulier provenant de F_1 avant L_1 et parallèle à l'axe optique après la lentille pour le premier rayon ;
– au rayon passant par O_1 qui n'est pas dévié pour le second rayon.

4 Avant la lentille, on constate que le rayon passant par O_1 et celui passant par F_1 sont parallèles entre eux. Ils ne convergent donc pas, ou l'on peut dire encore que **l'objet *AB* se situe à l'infini**.

La construction précédente se termine par les tracés, après la lentille L_2, des rayons suivants :
– le rayon particulier passant par B_1 parallèle à l'axe optique avant L_2 et ressortant en F'_2 après L_2 pour poursuivre le premier rayon ;
– le prolongement du second rayon parallèlement au premier rayon après la lentille L_2. En effet, l'image intermédiaire A_1B_1 est dans le plan focal objet de L_2, la lunette est donc afocale, et **l'image définitive A_2B_2 est projetée à l'infini**.

Piège à éviter
Lorsque les rayons particuliers ne convergent pas, cela signifie que l'objet est situé à l'infini s'il s'agit des rayons incidents ou que l'image est projetée à l'infini s'il s'agit des rayons émergeant du système optique.

5 Le diamètre apparent α de l'objet est l'**angle sous lequel l'objet *AB* est vu à l'œil nu**. Le diamètre apparent α' de l'image est l'**angle sous lequel l'objet *AB* est vu à travers l'oculaire**, c'est-à-dire la lentille L_1.

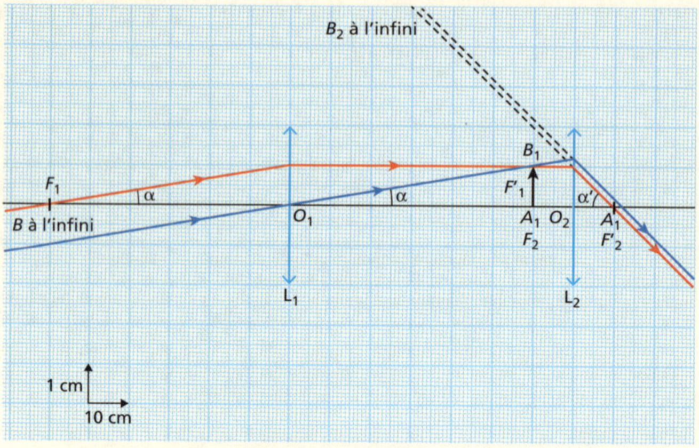

6 Le diamètre apparent α peut aussi être représenté par l'angle $\widehat{A_1O_1B_1}$. On peut alors définir la tangente : $\tan\alpha = \dfrac{A_1B_1}{O_1A_1} = \dfrac{A_1B_1}{O_1F'_1}$.

Le diamètre apparent α' de l'image est tel que : $\tan\alpha' = \dfrac{A_1B_1}{O_2F'_2}$.

Le grossissement est défini par : $G = \dfrac{\alpha'}{\alpha}$. Or, dans le cas de petits angles, le rapport des angles est égal au rapport des tangentes :

$$G = \frac{\alpha'}{\alpha} = \frac{\tan\alpha'}{\tan\alpha} = \frac{\dfrac{A_1B_1}{O_2F'_2}}{\dfrac{A_1B_1}{O_1F'_1}} = \frac{O_1F'_1}{O_2F'_2}$$

L'astuce du prof

- Dans le cas de petits angles, le rapport des angles correspond au rapport de leur tangente.
- Exprimez ainsi les tangentes à partir des dimensions du problème et déduisez-en le grossissement.

En ne considérant que les valeurs positives des grandeurs, on peut définir les distances focales : $f'_1 = O_1F'_1$ et $f'_2 = O_1F'_2$.

Le grossissement G apparaît ainsi comme le rapport des distances focales de l'objectif et de l'oculaire :

$$\mathbf{G = \frac{f'_1}{f'_2}}$$

Gagnez des points !

La plupart du temps, il est plus facile de changer l'oculaire d'une lunette astronomique plutôt que de changer l'objectif.

A. N. : $G = \dfrac{60}{10} = \mathbf{6{,}0}$.

7 Le grossissement $G = \dfrac{f'_1}{f'_2}$ peut être augmenté, soit **en augmentant f'_1**, la distance focale de l'objectif, soit **en diminuant f'_2**, la distance focale de l'oculaire.

EXERCICE 3

PARTIE 1

1 La lecture du **doc. 1** aux deux valeurs extrêmes de pH permet de déterminer les proportions en dichlore Cl_2, acide hypochloreux HClO et ion hypochlorite ClO^-.

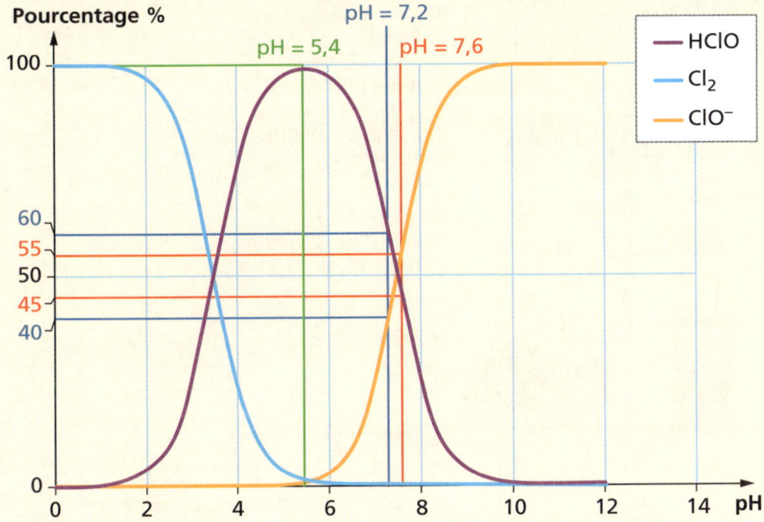

Quel que soit le pH de l'eau de piscine, la quantité de dichlore est nulle (la courbe de Cl_2 est au niveau de 0 %). Pour un pH de 7,2 la proportion d'acide hypochloreux HClO est de 60 % contre 40 % d'ions hypochlorite ClO^- (tracés bleus). Pour un pH de 7,6 la proportion d'acide hypochloreux HClO est de 45 % contre 55 % d'ions hypochlorite ClO^- (tracés rouges).

L'astuce du prof
Pensez à mettre des couleurs sur votre copie et n'hésitez pas à vous y référer dans votre réponse.

Ainsi, dans la zone de pH 7,2 < pH < 7,6 les proportions de chacune des espèces se résument à :

- **45 % < pourcentage de HClO < 60 %** ;
- **40 % < pourcentage de ClO^- < 55 %** ;
- **0 % de Cl_2**.

Si l'on se réfère à l'énoncé (« De l'acide hypochloreux $HClO_{(aq)}$ (appelé chlore actif) est généré indirectement *in situ*. Cette espèce est particulièrement efficace pour désinfecter l'eau de la piscine. »), pour que les proportions ci-avant correspondent à une désinfection optimale, il faudrait un pourcentage maximal, soit 100 %, d'acide hypochloreux. Or pour la zone de pH d'une eau de piscine, le pourcentage maximal n'est que de 60 %. En revanche, 100 % d'acide hypochloreux correspondrait à une eau dont le pH serait de 5,4 (tracés verts), donc trop acide pour une baignade !

Ainsi, les proportions obtenues pour un pH de l'eau de piscine entre 7,2 et 7,6 **ne correspondent pas à une désinfection optimale**. Cette dernière nécessite un pH de 5,4 rendant **l'eau de piscine trop acide et non baignable**.

PARTIE 2

1 Le schéma du montage expérimental de dosage conductimétrique comprend :
- une burette graduée avec la solution aqueuse titrante de nitrate d'argent ;
- un bécher de 200 mL contenant 10,0 mL d'eau de piscine et 90 mL d'eau distillée ;
- une cellule conductimétrique reliée au conductimètre plongeant dans le bécher contenant la solution à titrer.

Piège à éviter
Un schéma n'est pas un dessin. Les verreries et autres éléments du montage correspondent à des schémas normalisés qu'il faut reproduire à la règle.

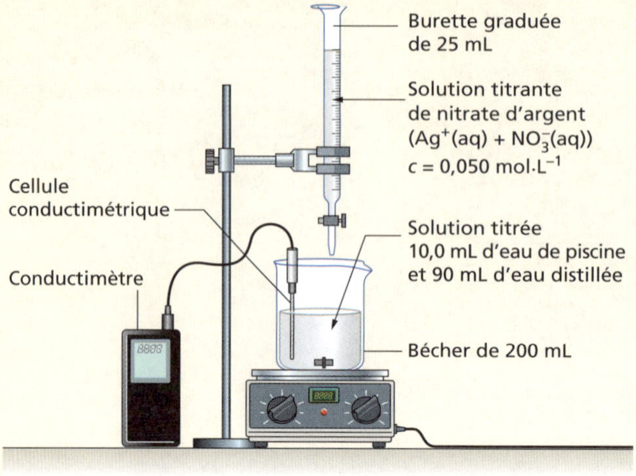

2 Le volume d'eau de piscine est de 10,0 mL, volume relativement précis qui doit être mesuré avec une verrerie jaugée : une **pipette jaugée de 10,0 mL** peut être utilisée. Le volume d'eau de 90 mL quant à lui est moins précis : **une burette graduée de 100 mL** peut être utilisée pour ce prélèvement.

> **À retenir**
> Pour un volume à mesurer au dixième de mL, il faut utiliser une verrerie jaugée, alors que pour un volume à mesurer au mL, une verrerie graduée suffit.

3 Avant l'équivalence :

– le bécher contient les ions de l'eau de piscine. Le pH étant de 7 environ, on négligera les ions hydroxyde HO^- et oxonium H_3O^+ de l'autoprotolyse de l'eau. De plus, on supposera que seul les ions chlorure Cl^- et sodium Na^+ sont à considérer ;

– lors du versement de la solution de nitrate d'argent dans le bécher, les ions argent, réactif limitant, sont entièrement consommés et réagissent avec les ions chlorure dont la quantité diminue :

$$Ag^+(aq) + Cl^-(aq) \rightarrow AgCl(s)$$

Seuls les ions nitrate sont finalement introduits.

On en conclut qu'avant l'équivalence, sont présents dans le bécher : les ions sodium spectateurs Na^+, les ions nitrate NO_3^- introduits par ajout de solution titrante et les ions chlorure Cl^- non encore consommés. La conductivité de la solution est donc avant l'équivalence :

$$\sigma = \lambda_{Na^+}[Na^+] + \lambda_{Cl^-}[Cl^-] + \lambda_{NO_3^-}[NO_3^-]$$

Après l'équivalence :

– le bécher contient toujours les ions sodium Na^+ et les ions nitrate NO_3^- introduits par ajout de solution titrante. Les ions argent Ag^+ ont été totalement consommés par réaction avec les ions chlorure Cl^- : il n'en reste donc plus ;

> **Gagnez des points !**
> Réfléchissez à ce qui se passe séparément avant et après l'équivalence.
> Pensez que :
> – les ions sodium sont spectateurs et donc toujours présents ;
> – les ions nitrate ne réagissent pas et sont présents dans le bécher à hauteur des quantités introduites au fur et à mesure du dosage ;
> – les ions argent et chlorure réagissent ensemble avant l'équivalence avec les ions argent comme réactif limitant ;
> – les ions chlorure ne sont plus présents après équivalence car tous consommés.

– lors du versement de la solution de nitrate d'argent dans le bécher, les ions argent n'ont plus d'ions chlorure pour réagir et sont donc présents à hauteur de la quantité ajoutée après équivalence.

On en conclut qu'après l'équivalence, sont présents dans le bécher : les ions sodium spectateurs Na^+, les ions nitrate NO_3^- et les ions argent Ag^+ introduits par ajout de solution titrante. La conductivité de la solution est donc après l'équivalence :

$$\sigma = \lambda_{Na^+}[Na^+] + \lambda_{Ag^+}[Ag^+] + \lambda_{NO_3^-}[NO_3^-]$$

4 Avant l'équivalence, la conductivité est :

$$\sigma = \lambda_{Na^+}[Na^+] + \lambda_{Cl^-}[Cl^-] + \lambda_{NO_3^-}[NO_3^-]$$

avec une concentration d'ions sodium $[Na^+]$ restant constante, une concentration d'ions chlorure $[Cl^-]$ réagissant avec les ions argent qui diminue et ce, d'autant plus que celle des ions nitrate $[NO_3^-]$ introduits augmente.

Cela revient finalement à considérer que dans la solution, les ions nitrate prennent la place des ions chlorure.

Or la conductivité molaire ionique des ions nitrate est légèrement inférieure à celle des ions chlorure :

$$\lambda_{Cl^-} = 7{,}63 \text{ mS} \cdot \text{m}^2 \cdot \text{mol}^{-1} > \lambda_{NO_3^-} = 7{,}14 \text{ mS} \cdot \text{m}^2 \cdot \text{mol}^{-1}$$

On en déduit donc que, lors de l'ajout de solution **titrante avant l'équivalence, la conductivité de la solution diminue** du fait du remplacement des ions chlorure par les ions nitrate.

Après l'équivalence, la conductivité de la solution est :

$$\sigma = \lambda_{Na^+}[Na^+] + \lambda_{Ag^+}[\mathbf{Ag^+}] + \lambda_{NO_3^-}[\mathbf{NO_3^-}]$$

avec une concentration d'ions sodium $[Na^+]$ restant constante, une concentration d'ions argent $[Ag^+]$ ne réagissant plus qui augmente, tout comme celle des ions nitrate $[NO_3^-]$ chaque fois que l'on ajoute de la solution titrante.

Méthode

Montrez que :
– avant l'équivalence, la conductivité de la solution diminue en comparant les conductivités ioniques molaires des ions chlorure et nitrate ;
– après l'équivalence, l'ajout de solution titrante, ne réagissant plus, augmente la conductivité de la solution.

On en déduit que, lors de l'ajout de solution **titrante après l'équivalence, la conductivité de la solution augmente** du fait de l'augmentation de la quantité des ions nitrate et des ions argent.

5 En cohérence avec les analyses précédentes, on peut donner l'allure de la courbe de la conductivité σ de la solution en fonction du volume $V = V_{Ag^+}$ de solution titrante versé. On note σ_0 la conductivité de la solution titrée juste avant le dosage.

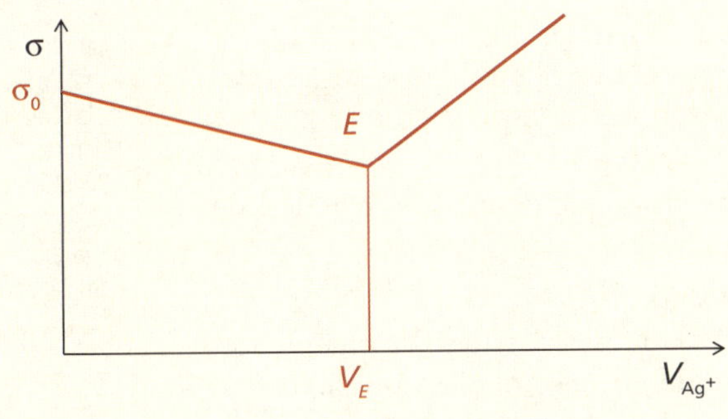

Avant l'équivalence, les points expérimentaux peuvent être modélisés par une demi-droite descendante, et après l'équivalence, la demi-droite change de pente.

Le point E d'équivalence correspond à l'**intersection entre les deux demi-droites**, lorsqu'on passe d'un réactif limitant à un autre avec changement de pente de la conductivité de la solution.

Son abscisse est alors le volume de solution titrante V_E versée à l'équivalence.

Piège à éviter

Le point d'équivalence E correspond bien à l'intersection des deux demi-droites et non au point expérimental le plus bas du graphe. Il faut absolument tracer les deux demi-droites avant de déterminer E !

6 L'équation de la réaction support du titrage est :

$$Ag^+(aq) + Cl^-(aq) \rightarrow AgCl(s)$$

Un tableau d'évolution permet d'établir la relation à l'équivalence :

		$Ag^+(aq)$ +	$Cl^-(aq)$ →	$AgCl(s)$
État	Avancement (mol)	Quantités de matière (mol)		
		Ag^+	Cl^-	$AgCl$
État initial	$x = 0$	$n_{Ag^+} = cV(Ag^+)$	n_{Cl^-}	0
État en cours	x	$n_{Ag^+} - x$	$n_{Cl^-} - x$	x
Équivalence	$x_{éq}$	$n_{Ag^+} - x_{éq}$	$n_{Cl^-} - x_{éq}$	$x_{éq}$

À l'équivalence, on passe d'un réactif limitant à l'autre. L'équivalence est donc l'état pour lequel on a à la fois $n(Ag^+)_{Eq} = 0$ et $n(Cl^-)_{Eq} = 0$.

Soit $n_{Ag^+} - x_{éq} = 0$ et $n_{Cl^-} - x_{éq} = 0$.

On en déduit alors que :

$$n_{Ag^+} = x_{éq} \text{ et } n_{Cl^-} = x_{éq}$$

La relation à l'équivalence est donc :

$$n_{Ag^+} = cV(Ag^+) = cV_E = n_{Cl^-}$$

Soit $[Cl^-]$ la concentration molaire en ions chlorure de l'eau de piscine. La relation à l'équivalence s'écrit alors :

$$n_{Ag^+} = cV_E = n_{Cl^-} = [Cl^-]\,V(Cl^-)$$

On en déduit :

$$\mathbf{[Cl^-] = \frac{cV_E}{V(Cl^-)}}$$

A. N. : $[Cl^-] = \dfrac{0{,}050 \times 15{,}0}{10{,}0} = \mathbf{0{,}075\ mol \cdot L^{-1}}$.

7 En s'appuyant sur l'énoncé, on peut lire :

« Pour que l'électrolyse soit efficace, l'eau de piscine doit contenir entre 3 et 5 grammes de sel par litre ». On en déduit que la concentration massique en sel $(Na^+ + Cl^-)_{aq}$ doit être comprise entre 3 $g \cdot L^{-1}$ et 5 $g \cdot L^{-1}$ pour que l'électrolyse soit efficace.

Méthode

- Calculez la concentration massique en sel de l'eau de piscine à partir de la concentration molaire en ions chlorure.
- Déduisez-en que la concentration massique obtenue appartient à l'encadrement proposé dans l'énoncé.

Un tableau d'évolution du système chimique basé sur la réaction de dissolution du sel dans l'eau :

$$NaCl(s) = Na^+(aq) + Cl^-(aq)$$

montrerait que la concentration molaire ou massique de chaque ion correspond à celle du solide NaCl dans l'eau avant dissolution.

Ainsi, on peut en déduire que la concentration molaire précédemment calculée correspond à celle du solide dans l'eau :

$$[Cl^-] = C_{NaCl}$$

La concentration massique C_m est liée à la concentration molaire :

$$C_m = C_{NaCl} \times M_{NaCl}$$

avec $M_{NaCl} = M_{Na} + M_{Cl}$ la masse molaire du sel, soit finalement :

$$C_m = [Cl^-] \times (M_{Na} + M_{Cl})$$

A. N. : $C_m = 0{,}075 \times (23{,}0 + 35{,}5) = 4{,}4\ g \cdot L^{-1}$.

On obtient une concentration en sel comprise entre les deux valeurs extrêmes proposées dans l'énoncé : $3\ g \cdot L^{-1} < C_m < 5\ g \cdot L^{-1}$.

Il n'est donc **pas nécessaire de rajouter du sel** dans la piscine.

GRAND ORAL

Sommaire

Conseil 1

Préparez l'épreuve

Notation

Bac général coef. 10 — Bac technologique coef. 14

› Le jury valorise la solidité de vos connaissances, votre capacité à argumenter et à relier les savoirs, votre esprit critique, la précision de votre expression, la clarté de votre propos, votre engagement dans la parole, votre force de conviction.

LES 5 CRITÈRES D'ÉVALUATION

- Qualité de l'épreuve orale
- Qualité de la prise de parole en continu
- Qualité des connaissances
- Qualité de l'interaction
- Qualité et construction de l'argumentation

Nathan live!

+ Grille d'évaluation indicative à télécharger sur Nathan Live!

Au cours de l'année

Choisissez et préparez vos questions

Vous devez choisir deux questions portant sur vos enseignements de spécialités soit pris isolément, soit abordés de manière transversale.

Toute l'année, vous préparez ces questions avec vos professeurs et vous anticipez la discussion avec le jury.

Entraînez-vous aux techniques de l'oral

Vous devez travailler la prise de parole en public grâce à des exercices d'élocution, de débit de la parole, de votre rythme à l'oral…
Vous pouvez également travailler votre posture : gestes expressifs, regards, sourires…

Le jour J en 3 temps

1er TEMPS
Présentation d'une question

Vous proposez vos deux questions au jury

Le jury en choisit une seule, que vous devrez présenter

TEMPS DE PRÉPARATION — 20 min

- Vous préparez votre présentation en fonction de la question choisie par le jury. Il est possible de préparer un support sur une feuille que vous remettrez au jury : le support est facultatif, mais nous vous recommandons d'en remettre un au jury.

PRÉSENTATION — 5 min

- Présentation orale, sans note et debout, de votre réponse à la question choisie.

2e TEMPS
Échange avec le jury sur l'exposé oral

10 min

- Il s'agit d'approfondir votre travail et de répondre à des questions autour de votre exposé.
- Le jury peut vous poser des questions sur toutes les parties du programme du cycle terminal de vos deux spécialités.

3e TEMPS
Échange avec le jury sur le projet d'orientation

5 min

- Réflexion autour de vos choix de spécialités et de votre projet d'orientation, voire votre projet professionnel.
- Il s'agit de partager l'évolution de votre cheminement, à la fois dans le cadre scolaire et dans le cadre personnel (vos activités, vos centres d'intérêt).

Conseil 2 Travaillez vos questions

Les deux questions doivent vous intéresser : c'est la clé de votre réussite. En clair, si le sujet de votre exposé ne vous intéresse pas, alors vous n'intéresserez pas le jury.

Bonne nouvelle : le Grand oral vous offre la possibilité de choisir les deux sujets que vous allez traiter, parmi les deux spécialités que vous avez gardées en Terminale ! Cela impose de vous organiser afin de ne pas laisser place à la perte de temps.

1 Choisissez vos questions

A. N'attendez pas !

- **Réfléchissez dès le début de l'année.** Les trois mois entre les écrits de spécialités et le jour du Grand oral vous laisseront du temps pour préparer votre exposé et vous entraîner. Mais vous ne devez pas commencer à vous intéresser au Grand oral après les écrits de spécialités, ce serait trop tardif.

- **Créez dès la rentrée un dossier** (papier ou numérique) spécifique à la préparation du Grand oral. Il vous servira toute l'année.

D'où proviennent les idées de questions ?

D'un événement personnel ou de la confrontation à une source (manuel, expérience, cours, exposé, article, tweet, livre, film, actualité, une rencontre, etc.).

- Réfléchissez à **des questions qui vous intéressent au fur et à mesure de l'étude des chapitres en classe**. Appuyez-vous sur les thèmes que vos professeurs vous ont conseillés, sur les exemples fournis par vos manuels, ou sur des idées que vous avez eues en relation avec le programme. **Notez systématiquement les questions qui vous intéressent** à chaque fin de chapitre.

B. Pensez aux consignes du Grand oral

- Vous devrez présenter vos questions **sous forme interrogative** (donc avec un point d'interrogation). Cela vous permet (et vous impose) de **définir un angle** qui vous servira de **fil conducteur** pour la préparation et votre présentation.

- Il faudra **valider le thème choisi et la formulation de la question avec vos professeurs** de spécialité(s). Assurez-vous aussi qu'elle a un lien avec les programmes de Première ou de Terminale.

- Demandez-vous s'il est réaliste d'y répondre en **5 minutes** (votre exposé ne doit être ni trop court, ni trop long).

C. Anticipez le contenu de vos exposés

- **Assurez-vous que vous aurez « de quoi dire »** sur le sujet ; pour cela, discutez-en avec d'autres élèves, vos professeurs ou autour de vous. Pour commencer à creuser le sujet, posez-vous les questions classiques autour du sujet : « *qui*, *quoi*, *de quoi*, *comment*, *combien*, *où*, *quand*, *pourquoi*, etc. ». Sachez expliquer l'intérêt de vos questions.

- Il ne s'agit pas seulement d'exposer ou d'expliquer, mais aussi de **convaincre**, dans la mesure du possible.

Les bonnes questions

- **N'oubliez pas la possibilité de choisir des questions transversales à vos deux spécialités.**
- **Ne vous compliquez pas la vie : vous avez le droit de choisir des questions simples, mais ne choisissez pas un sujet trop vaste, ni trop pointu, ni trop « plat ».**
- **Il est possible qu'une nouvelle idée en efface une autre… petit à petit votre choix s'affine !**

- Afin d'envisager les différents aspects du sujet, vous pouvez aussi **réaliser un schéma** ou une **ébauche de carte mentale**.
- Notez pour chaque idée de question, en au moins trois points, pourquoi elle vous intéresse. Suivez son éventuelle actualité.

2 Exploitez vos souhaits d'orientation

A. Prenez en compte les différents calendriers

- **Les calendriers de Parcoursup**, du **choix des questions**, de la préparation et du passage de l'épreuve concordent : vos vœux Parcoursup seront affinés à partir de janvier et vous les finaliserez début avril, après avoir passé vos écrits de spécialités. C'est probablement à partir d'avril que vous finaliserez vos questions, jusqu'en juin.
- Vous pouvez tout à fait choisir vos questions en partant des choix que vous ferez sur Parcoursup, cela facilitera votre Grand oral.

Utilisez Parcoursup

Les attendus et les programmes des formations que vous avez choisies sur Parcoursup peuvent vous donner des idées de questions et de liens avec votre orientation. Pensez à vous en servir !

B. Vous pouvez intégrer votre orientation dans votre exposé

- Nous vous recommandons **d'indiquer dans votre exposé votre choix d'études ou de projet professionnel**, mais sans trop développer. Dans votre introduction : cela donnera un éclairage différent et plus personnel à votre exposé, et répondra à l'exigence d'expliquer votre choix de question. Dans votre conclusion : cela va être un point fort de la conclusion et lui donnera du poids. Ce sera aussi une « perche » tendue pour la suite du Grand oral.

- Vous êtes libre d'évoquer votre orientation **dans le cours de l'exposé**, au moment qui vous paraîtra le plus opportun, au détour d'un exemple ou d'un argument. « *C'est d'ailleurs ce qui m'a motivé(e) pour…* », « *C'est en effectuant des recherches au sujet de… que j'ai eu envie de…* », etc.
- Toujours dans le but de **personnaliser** votre exposé, vous pouvez, si c'est le cas, faire brièvement le lien entre la question, votre **projet d'orientation** et l'un de vos **centres d'intérêt** ou **activités extra-scolaires**.

C. Gérez vos questions et vos choix d'orientation

- **Si vos deux spécialités vous ont permis des choix d'études communs ou très proches** (par exemple, pour simplifier, études « scientifiques » parmi Maths, Physique-Chimie, SVT, SI, NSI, ou « sciences humaines » parmi SES, HLP, LLCER, HGGSP), **il est possible que vous prépariez un seul choix d'orientation commun à vos deux questions**, tout en « appuyant » nettement sur la spécialité concernée par la question choisie.
- **Si vos deux spécialités sont un peu « éloignées »**, il est probable que dans ce cas, vos choix d'orientation soient suffisamment variés pour que vous puissiez préparer un choix d'orientation par spécialité.
- Si vous choisissez des questions transversales à vos deux spécialités, vous rejoindrez nécessairement l'un des cas de figures précédents.

Pas d'inquiétude !

- Le jury comprendra que vous ayez effectué plusieurs choix, d'autant que Parcoursup l'impose. Il sait que vous n'êtes peut-être pas encore certain(e) de votre avenir.
- Le jury ne va pas évaluer vos souhaits d'orientation : c'est votre liberté, votre choix personnel.

3 Documentez-vous et exploitez vos sources

A. Compléter et actualisez vos connaissances

• Une fois vos questions choisies, **dressez un état des lieux sincère et synthétique de vos connaissances** (sous forme de tableau, de carte mentale, de plan rédigé, de liste de mots, etc.) et des **idées de ressources potentielles.**
Complétez et élargissez vos connaissances en réalisant des recherches.

• Toute idée, tout argument, tout contre-argument, doit être illustré par un exemple, un fait, des chiffres (sans en abuser), une citation (sans en abuser non plus), un contenu issu du programme, une anecdote, un lien avec la vie quotidienne, etc.

• Selon les spécialités et les questions, vous serez confronté(e) à des sujets de débats où plusieurs opinions existent.
Quelle que soit votre opinion, vous devrez prendre position.

• **Cherchez régulièrement**, et tout particulièrement dans les jours qui précèdent le Grand oral, des **articles** ou des **informations** à partir des mots-clés de votre thème. Vous marquerez des points en prouvant ainsi votre intérêt pour la question.
À l'inverse, si un membre du jury est informé de l'actualité de votre question mais pas vous, cela fera mauvais effet.

• **Vous pouvez exploiter l'actualité de votre sujet**, dans votre exposé et lors de la discussion. S'il s'agit d'une « grosse actu », n'attendez pas la discussion pour l'évoquer.

• Enfin, **vos recherches pourront vous faire changer d'angle du sujet ou de formulation** de la question. Si cela ne vous arrive pas au dernier moment, ça n'est pas un souci (faites valider votre nouvelle question par le professeur concerné).

Soyez à l'affût

Créez des alertes sur Internet à partir de vos mots-clés afin de recevoir régulièrement des informations ciblées, ou inscrivez-vous à des newsletters de sites que vous jugez pertinents.

B. La recherche et les sources

• **Vous disposez de toute l'année de Terminale (voire de Première)** : nous vous recommandons d'effectuer de vraies recherches, de varier vos sources et de rechercher à la fois la pertinence et l'originalité.

• **Pour chercher sur Internet,** utilisez des **mots-clés.** Utilisez d'abord des mots-clés précis, directement en rapport avec vos questions, évitez les termes trop généraux.
Testez des mots-clés un peu plus larges si vous ne trouvez pas assez de résultats pertinents ou si vous voulez trouver des informations un peu différentes. Utilisez aussi des **synonymes**, voire des **antonymes** (contraires / opposés) de vos mots-clés.

• **Utilisez les opérateurs booléens** pour vos recherches sur Internet : ET, OU, SAUF (AND, OR, NOT). Ils affineront vos recherches et vous feront gagner du temps.

Vous n'êtes pas seul(e)

Avant et pendant vos recherches, n'hésitez pas à solliciter vos enseignants et vos professeurs documentalistes (par exemple, si une source vous semble incertaine).

• **Vous pouvez choisir les types de sites, généraux ou spécialisés**, sur lesquels vous allez faire vos recherches : sites **institutionnels** (Insee, CNRS, BNF, sites des Ministères, etc.), sites de l'**Éducation nationale** (réseau Canopé, portails et sites académiques, etc.), **presse** (régionale, nationale, internationale, d'information générale, revues spécialisées), sites des

radios et chaînes de **télévision** (Arte, TV5, chaînes spécialisées) ; sites associatifs ou spécialisés (WWF, Hérodote, Tangente, etc.).

- Les **documentaires**, **films** ou **séries** sont aussi des sources et vous donneront des exemples à citer ; YouTube ou Dailymotion rassemblent de nombreuses vidéos (vérifiez bien les sources).
- **Évitez cependant les blogs**, les **forums**, les **chats**, les **réseaux sociaux**, ce sont des sources trop incertaines.
- **Lisez des livres** (essais, biographies, romans, etc.), on y trouve des choses très intéressantes dans toutes les disciplines. Le jury appréciera. Dictionnaires et encyclopédies sont aussi très utiles pour vous assurer de la définition d'un terme.
- **Évaluez la fiabilité de vos sources.** Si vous avez un doute, interrogez vos enseignants ou vos professeurs-documentalistes. Demandez-vous par exemple : qui est le gestionnaire du site, quelle est son intention ; cette information est-elle fiable ? S'agit-il d'un fait, d'une hypothèse, d'une rumeur ou d'une « *fakenews* » ? Etc.
- **Croisez vos sources et vérifiez-les.** Sur des sujets sensibles, utilisez ce qu'on appelle les « décodeurs », comme ceux du Monde, de l'AFP ou de France 24.

C. Organisez vos recherches et leurs résultats

- **Il faudra organiser vos recherches** et les résultats de vos collectes afin de ne pas être englouti(e) par une masse d'informations. Préparez un dossier informatique et des fichiers pour recueillir vos résultats.
- **Créez des signets / favoris** pour retrouver facilement les sites que vous consultez régulièrement.
- **Conservez précieusement vos sources et références.** Vous pourrez les citer avec précision lors du Grand oral. Si vous copiez-collez sur un traitement de texte un extrait d'un site ou d'un article, notez précisément la référence et ne la séparez jamais du texte.
- **Citez quelques sources pertinentes et originales** dans votre exposé et/ou sur le support que vous remettrez au jury, et éventuellement lors de la discussion. Mais sachez ne pas abuser, votre exposé doit être personnel et pas un enchaînement de sources extérieures.

Et Wikipédia ?

- Wikipédia est un site de qualité, souvent complet, alimenté par des internautes. Malgré la surveillance des utilisateurs, on y trouve parfois des mentions trop politisées ou militantes.
- Wikipédia est une source trop « simple » pour être mise en avant durant votre Grand oral, cela ne valorisera pas votre travail.

Triez

- Faites le tri des informations pertinentes, mais ne jetez rien car si l'angle de votre sujet évolue, les informations recueillies pourraient vous être utiles.
- De même, vous pouvez avoir besoin d'une information qui vous semblait peu pertinente à un moment, mais qui pourrait le devenir pendant votre préparation.

Ne mentez pas !

Ne dites jamais avoir lu un livre ou un article, visionné un film ou un documentaire si ce n'est pas vrai. Si l'un des jurés l'a lu ou vu, ce sera (à juste titre) dévastateur.

4 Organisez le contenu de votre exposé

A. Commencez par bâtir votre plan

- **Vous êtes libre du choix de votre plan** qui dépendra totalement de la question que vous vous posez ; aucun plan n'est imposé, l'exposé oral n'est pas une dissertation;
- Voici quelques **exemples** de plans, qui peuvent éventuellement être combinés :
  - thèse / antithèse / synthèse ;
  - avantages / inconvénients ;
  - plan historique (hier / aujourd'hui / demain) ;
  - problèmes / causes / conséquences / solutions ;
  - en France / ailleurs ;
  - du général au particulier ou du particulier au général ;
  - les faits / les arguments adverses et leur réfutation / les arguments en faveur de votre thèse.

● Vous devez prévoir des **parties** (voire des sous-parties) **qui s'enchaînent logiquement** et que vous énoncerez clairement (entourées de courtes pauses à l'oral). Appuyez-vous sur des notions principales ou des mots-clés, qui doivent structurer chaque paragraphe de votre exposé dont ils seront l'ossature.

● **Soignez l'enchaînement de vos idées** et utilisez les **connecteurs logiques** (parce que, en conséquence, de même que, tout d'abord, à l'inverse, etc.).

B. Soignez votre introduction et votre conclusion

● **Votre introduction** contient l'explication du choix de la question et de l'intérêt que vous lui portez. Elle doit durer moins d'une minute : vous n'aurez pas le temps d'annoncer votre plan en détail, vous pouvez en annoncer les grandes parties.
Essayez **d'éveiller l'attention du jury par une accroche**. Suscitez la curiosité, donnez un exemple, un fait, une actualité, une image, une citation, un lien personnel avec le sujet, etc.

● **Votre conclusion** doit être **forte et personnelle**. Vous pouvez reprendre les termes de la question pour synthétiser la réponse que vous avez apportée.
Suggérez des idées, des pistes, proposez une ouverture, posez une autre question, faites le lien avec un autre point du programme d'une de vos deux spécialités. Indiquez ce que vous avez appris et ce que vos recherches vous ont apporté.
Si vous avez choisi une question de type « Pour ou contre », « Est-il réaliste de », « Peut-on démontrer », donner votre opinion est impératif. Dans le cadre de ce type de question, vous ne prenez aucun risque à le faire, ce n'est pas votre avis qui sera évalué, mais il faudra la justifier par des arguments, des exemples et des connaissances. Le jury vous contredira probablement, mais uniquement dans le but de vous tester. Bien entendu, votre opinion ne doit être ni choquante, ni illicite, ni extrême.

Annoncez votre conclusion

■ Signalez-leur que vous avez quasiment terminé (et qu'ils vont bientôt devoir prendre la parole).
■ Dites, par exemple : « Pour terminer… », « Pour conclure… », « Enfin… », « En conclusion ».
■ Faites une pause avant et après l'annonce de la conclusion.

C. Mettez votre travail en avant

● **Illustrez par des exemples concrets :** vous conserverez ainsi l'attention du jury. Cela rendra votre exposé plus attractif, plus concret, plus compréhensible, plus personnel et donc plus efficace.

● **Argumentez :** l'un des objectifs du Grand oral est de montrer votre « force de conviction ». Les arguments sont le plus souvent illustrés par des exemples. Il existe plusieurs sortes d'arguments que nous vous conseillons d'utiliser au sein de votre exposé (et de la discussion) :
- les arguments de **droit**, qui font référence à la loi ;
- les arguments de **fait**, qui évoquent une réalité connue de tous, un événement, une étude, le résultat d'une expérience ou d'une observation, etc. ;
- les arguments **scientifiques** qui font consensus et qui sont décrits par des lois ou par des théorèmes ;
- les arguments **logiques** qui font appel à la raison ;
- les arguments de **valeur** qui invoquent les grands principes ou les fondements de notre société (morale, liberté, valeurs républicaines, etc.) ;
- les arguments **d'autorité** qui s'appuient sur une personne reconnue ou une « Institution » (« Descartes pense que… », « Sur le site de l'INSEE… », etc.) ;
- les arguments tirés de votre **expérience personnelle** ou de celle d'autrui.

Gardez le cap

Rappelez, réutilisez les termes de la question. Cela vous permet de maintenir l'attention du jury, de garder votre cap, de montrer que vous savez où vous allez.

5 Préparez votre support

A. Qu'est-ce que le support ?

- **Le support est une feuille A4** sur laquelle, le jour du Grand oral, vous rédigez et/ou dessinez au recto ce que vous avez préparé, avec le matériel que vous aurez apporté le jour J.
- **Le support doit donc être préparé en même temps que l'exposé tout au long de l'année**, il ne peut pas être déconnecté de l'exposé et inversement.
- **Vous êtes libre de ne pas remettre de support au jury.** Mais même s'il n'est pas « officiellement » évalué, **il sera apprécié par le jury et augmentera votre note.**

Matériel

Le jour du Grand oral, assurez-vous d'apporter le matériel nécessaire pour reconstituer exactement le support que vous avez prévu de remettre au jury : stylos de couleur, fluos, règles, compas, etc.

B. Le contenu du support

- Le support comporte les **mots-clés** pour aider le jury à suivre et comprendre l'exposé.
Il peut traiter de tout l'exposé, par exemple sous la forme d'un plan détaillé, ou être consacré à une partie spécifique de l'exposé.
- **Toutes les formes sont possibles** sur un support : plan rédigé, carte mentale, tableaux, schémas, etc. Les schémas doivent être numérotés, légendés et titrés.

Évitez les fautes d'orthographe

Elles feront mauvais effet, tout particulièrement sur les termes de votre spécialité.

- Le support vous permet par exemple de **citer vos sources**, de **présenter une notion non développée** dans l'exposé (un autre argument, une autre manière de, etc.), mais restez « dans le sujet ».
- **Faites référence à votre support lors de votre exposé oral :** « *Vous trouverez le schéma de l'expérience sur le support* », « *Je vous propose de regarder le graphique numéro 2 que j'ai dessiné* », « *… terme que j'ai défini sur le support* ».
Vous pouvez même tenter **un geste de la main** vers le support quand vous y faites référence.
- **Laissez le temps au jury d'étudier votre support** quand vous l'évoquez. Ne reprenez pas immédiatement la parole, assurez-vous que le jury a bien repéré ce que vous lui signalez et en a pris connaissance.
- **Vous pouvez évoquer votre projet d'orientation sur le support** que vous remettez au jury.

C. Entraînez-vous à reproduire votre support

- **Vous devez préparer votre support à l'avance et savoir le reproduire de mémoire** durant le temps de préparation.
Il doit être reproductible en 15 minutes environ, afin de vous laisser le temps de « répéter » votre exposé avant sa présentation et de vous détendre.

- **Vous devez vous y entraîner**, tout comme vous vous entraînerez à l'exposé oral. Remettre un support propre et de qualité sera apprécié par le jury et montrera votre maîtrise de la question.
- **Testez votre support auprès de vos enseignants ou de vos camarades** et vérifiez qu'il est lisible, compréhensible, documenté et cohérent avec votre exposé.

6 Mémorisez votre exposé

Il existe différentes techniques de mémorisation que nous ne pouvons pas développer ici, mais voici tout de même quelques conseils pour la préparation du Grand oral.

A. Motivation et compréhension

- **Cette épreuve inédite** est très formatrice et plutôt exaltante, car à l'inverse des épreuves écrites, elle n'est pas anonyme. Aucun(e) élève n'a envie de « se planter » en présence des interrogateurs et au contraire, **vous aurez à cœur de briller**.
- Le **coefficient** important du Grand oral est un facteur de **motivation** non négligeable…
- Si vous avez bien préparé le Grand oral, vous serez d'autant plus motivé(e) à achever votre préparation en consacrant le temps nécessaire à la mémorisation des réponses aux questions que vous avez choisies. Votre mémorisation en sera d'autant facilitée.
- **Vous avez choisi vos questions.** Vous les avez travaillées en profondeur en effectuant de nombreuses recherches, et vous avez filtré, trié et organisé vos résultats de recherche. Vous vous êtes totalement approprié(e) les questions dont vous comprenez tous les termes.
- Vous donnerez du **sens** et de l'**intérêt** à ce que vous voulez retenir. Votre cerveau y sera sensible et mémorisera durablement ce qui vous semble important.

B. Comment mémoriser ?

- **Il est normal d'oublier des choses.** Il faut disposer d'une mémoire exceptionnelle ou de techniques approfondies pour ne rien oublier.
- Heureusement, **en travaillant régulièrement**, vous pourrez mémoriser et facilement réactiver votre mémoire le jour du Grand oral.
- Traditionnellement, on distingue **trois types de mémoire** : **auditive** ; **visuelle** ; **kinesthésique** (la plus rare, qui s'appuie sur des sensations : émotion, toucher, mouvement, etc.).
- Vous découvrirez ou vous savez déjà laquelle vous est la plus favorable, mais en réalité chacun(e) d'entre nous dispose à des degrés divers de ces trois types de mémoire et vous allez pouvoir utiliser les trois.
- **L'apprentissage par cœur ne doit pas être votre objectif.** C'est un très gros effort pas très utile. Si vous aviez un trou de mémoire, vous seriez complètement déstabilisé(e). Enfin, en récitant l'intégralité de votre exposé par cœur, **vous ne capterez pas suffisamment l'attention du jury et vous ne serez pas naturel(le)**.
- Apprendre votre exposé par cœur peut être une étape qui vous aidera dans vos révisions à condition de vous en éloigner le jour J.
- Vous devez **connaître par cœur** le **plan**, les **mots-clés**, le **thème des parties** et leurs **enchaînements logiques** afin de les énoncer dans l'ordre.

À retenir absolument
- Introduction et conclusion.
- Structure de l'exposé et mots-clés.
- Enchaînement de toutes les parties de l'exposé.

- **Mémoriser les points-clés** vous donnera plus de **flexibilité** et d'**aisance**. Vous pourrez vous concentrer sur les explications que vous voulez apporter au jury. Cela vous permettra aussi de **paraître plus naturel(le)** et de **mieux communiquer** et d'**interagir avec le jury**.
- Nous vous recommandons aussi d'apprendre **par cœur au moins le début de l'introduction** (et même toute l'introduction), ce qui vous garantira de bien démarrer et vous mettra

en confiance. De même, mémorisez la **fin de la conclusion** (et même l'intégralité de la conclusion). Bien conclure votre exposé et lancer la discussion vous rapportera des points.

- Vous pouvez par exemple **écrire votre exposé** en entier. Cela vous aidera à le retenir en faisant appel à votre mémoire scripturale, ce qui est utile en particulier pour votre part kinesthésique.
- **Surlignez en couleur les mots-clés et les connecteurs logiques :** cela activera votre mémoire visuelle.
- **Lire le texte à haute voix** fera appel à la mémoire auditive. Vous pouvez aussi **enregistrer** votre exposé.
- Vous pouvez réviser à haute voix en bougeant, en vous déplaçant, en allant dans certains lieux, ce qui stimulera votre cerveau.
- Présentez les mots-clés, le plan, les connecteurs sous forme de **schéma, carte mentale** ou **tableau**.

Facile !
Chaque exposé n'est pas si long ni difficile à mémoriser car il va tenir sur moins de deux pages de traitement de texte. De même, votre support vous « appartient » et vous saurez le mémoriser.

C. Révisez régulièrement

- **Pour garder en mémoire vos exposés et garder confiance en vous,** vous devrez les **relire**, les **redire**, les **réentendre** régulièrement sans, évidemment, vous y prendre au dernier moment.
- **Pensez aussi à bien réviser votre préparation de la discussion et de la partie orientation**, notamment les réponses aux questions qui vous seront très probablement posées.
- Il n'existe pas de règle concernant le rythme de révision qui permette ce que l'on appelle « l'ancrage mémoriel ». **Adaptez votre rythme à vos capacités et disponibilités,** sachant que le Grand oral doit être une de vos priorités.
- Votre rythme de révision devra s'accélérer à l'approche du Grand oral, jusqu'à une dernière relecture la veille.
- Enfin, votre ultime révision se déroulera durant le temps de préparation le jour J.

D. Sommeil et hygiène de vie

- Au-delà des conseils « naturels » que peuvent vous donner vos professeurs ou vos parents, il existe des raisons scientifiques qui doivent vous pousser à porter attention à votre sommeil.
- C'est **pendant que vous dormez que vous mémorisez** et que votre cerveau travaille le plus.
- **Évitez de passer du temps devant des écrans** (téléphone, ordinateur, télévision) juste avant de vous endormir. Essayez de vous donner un moment d'au moins une vingtaine de minutes sans écran.
- **Essayez d'évacuer votre stress avant de dormir** s'il y a quelque chose qui vous préoccupe. C'est une question d'entraînement et vous pouvez y arriver.

- **Ne vous endormez pas juste après les révisions** qui risquent plutôt d'encombrer votre cerveau et de gêner votre sommeil. À l'approche du Grand oral, inutile de travailler très tard et de réduire votre temps de sommeil.
- Vous dormirez mieux dans une chambre **complètement dans le noir**. Masquez les lumières extérieures, pensez à

retourner votre portable ou, mieux, à le mettre en mode avion et évitez les objets qui clignotent dans votre chambre. Sinon, votre sommeil ne sera pas assez profond et votre cerveau ne travaillera pas efficacement.

- **Une activité physique est recommandée** pour favoriser la mémorisation, notamment après une séquence de travail. Il n'est pas obligatoire non plus de pratiquer un sport de haut niveau, mais une petite marche, du vélo en extérieur ou d'appartement, des mouvements de gymnastique, etc. vous aideront à mémoriser. Cela influera sur votre bien-être, donc aussi sur votre capacité à mémoriser.

LES POINTS-CLÉS

- ✓ Pensez à vos questions dès le début de l'année. Créez un dossier ou un fichier que vous alimenterez régulièrement. Choisissez des questions qui vous intéressent vraiment et qui peuvent intéresser le jury.
- ✓ Vous pouvez utiliser vos choix d'orientation pour trouver vos questions.
- ✓ Pensez à votre Grand oral pendant vos recherches sur Parcoursup.
- ✓ Documentez-vous à propos de vos questions, organisez vos recherches et faites le tri, mais ne jetez rien.
- ✓ Remettez un support au jury, même si cela n'est pas obligatoire. Votre support doit être préparé aussi sérieusement que votre exposé. Le support peut présenter un plan détaillé exhaustif ou « zoomer » sur une ou plusieurs parties de l'exposé. Vous devez être capable de reproduire votre support de mémoire.
- ✓ Faites référence au support durant votre exposé.
- ✓ Travaillez régulièrement pour mémoriser et réactiver facilement votre mémoire le jour du Grand oral.
- ✓ Gardez une bonne hygiène de vie.

Conseil 3 Préparez l'échange avec le jury

Après l'énoncé de votre exposé, restez bien concentré(e) car le Grand oral continue !

Pendant la préparation du Grand oral, vous devrez anticiper les questions possibles, tant sur votre exposé que sur votre projet d'orientation.

1 Comment vous préparer ?

- **« Scannez » votre exposé :** passez en revue tous ses mots, tous ses aspects et réfléchissez à toutes les questions possibles.
- **Ne travaillez pas seul(e)**, faites-vous aider par vos **enseignants** et par vos **camarades**. Retenez tout particulièrement les questions qui reviennent régulièrement et qui sont déclenchées par votre exposé. **Notez soigneusement** toutes les questions, contre-arguments, objections, discussions ou thèmes connexes.
- Jouez le rôle d'interrogateur pour vos camarades, vous verrez comment un exposé peut provoquer des questions.
- Lors de vos entraînements en public, **demandez que l'on vous pose un maximum de questions** sur l'ensemble des programmes de Première et de Terminale, cela vous aidera à réviser.
- La discussion qui suit l'exposé (tout comme la discussion sur l'orientation) est un **échange**, un **dialogue** et non une interrogation orale.

Le jour J

- Évitez d'interrompre le jury, ne répondez pas tant que la question n'est pas terminée.
- Si vous le pouvez, rebondissez et reprenez les propos du jury.
- Prenez le temps de réfléchir avant de répondre, faites une pause.
- Évitez les réponses fermées du type « oui », « non » : argumentez et développez.

2 Si vous ne savez pas répondre…

- **Toutes les questions ne peuvent pas être prévues d'avance**, rappelez-vous que le jury ne cherche pas à vous « piéger » et une discussion réussie sera plutôt un « dialogue à trois ».
- Donc pas de panique si vous ne connaissez pas la réponse à une question, qu'elle soit relative à l'exposé oral ou aux programmes de spécialité !
- **Ne restez pas muet(te)** ; si vous ne savez vraiment pas répondre : dites-le au jury.
- **Essayez de faire le lien avec ce que vous savez**, demandez des indications au jury, voire la réponse qui vous permettra certainement de rebondir.
- **Si vous n'avez pas compris une question, dites-le** et demandez des précisions. Reformulez la question du jury pour vous assurer de l'avoir bien comprise.
- **Votre support peut aussi être utile** au jury pour vous relancer.

Exprimez-vous

Si malgré votre préparation et votre entraînement, vous êtes trop stressé(e) le jour J : dites-le au jury. Il sera bienveillant et en tiendra compte si vous montrez que vous avez travaillé.

3 Anticipez les questions

● **Prévoyez de donner les définitions / explications** de tous les termes que vous utilisez, notamment ceux propres à chacune de vos deux spécialités. Si vous ne savez pas définir ou expliquer les termes que vous utilisez, attendez-vous à une mauvaise note.
Un des membres du jury ne sera pas un(e) enseignant(e) de la matière traitée, il vous posera des questions pour mieux comprendre votre exposé.

Différentes questions

Les questions posées par le jury peuvent être déclenchées par votre exposé oral ou être relatives aux programmes de vos deux spécialités.

● **Les questions possibles du jury sont nombreuses** autour de votre exposé. Il peut, entre autres :

- relever une erreur, éventuellement demander de combler un manque ;
- lever une ambiguïté ou une imprécision : il s'agit là de préciser, de clarifier un point sur lequel peut-être vous avez été confus(e), pas suffisamment clair(e) ;
- vous demander d'en dire plus sur votre motivation à traiter cette question ;
- vous demander un autre exemple, une autre possibilité, un autre point de vue ;
- énoncer un contre-argument et vous demander d'y répondre : si votre question s'y prête, il vous faudra lister par avance les arguments et les contre-arguments car le jury va évaluer votre « force de conviction » ; si le jury vous contredit, c'est uniquement pour vous tester, votre opinion n'influencera pas votre note ;
- vous demander de préciser ou citer une source et d'expliciter comment vous avez mené vos recherches ;
- vous interroger sur l'actualité du sujet.

Assis ou debout ?

Après votre exposé nous vous recommandons de vous asseoir, comme vous êtes autorisé(e) à le faire. Vous serez plus à l'aise et plus concentré(e) assis(e) que debout, et ce sera moins fatigant. À vous de décider.

● Les questions de cours posées par le jury peuvent **porter sur n'importe quelle partie du programme** de vos deux spécialités. Révisez donc soigneusement l'intégralité des programmes de Première et de Terminale.

● Dans vos deux spécialités, il peut exister des parties de programme spécifiques qui seront évaluées uniquement lors du Grand oral ; vous les étudierez en classe après les écrits, prenez-les au sérieux !

● **Réfléchissez à un lien entre votre question et le programme** de la (des) spécialité(s) (relisez notamment la partie du programme qui concerne le sujet que vous avez choisi).

● Le jury peut vous demander quelle autre question vous auriez aimé traiter dans la même spécialité.

● **Réfléchissez à un lien possible entre la question traitée et votre autre spécialité.** Plus généralement, réfléchissez aux liens entre vos deux spécialités.

● N'oubliez pas que le jury peut vous poser des **questions sur le programme de Première et de Terminale** de vos deux spécialités.

4 Anticipez l'échange sur votre projet d'orientation

A. Vous êtes prêt(e) !

● Il ne s'agit pas de justifier vos choix, mais de **montrer votre motivation**. Vous allez évoquer vos choix, vos souhaits et en aucun cas répondre à des questions de connaissances inattendues.

• **Vous devez connaître les principales formations** que vous allez évoquer : intitulé exact, mode d'accès, contenu de la formation, durée, organisation de l'enseignement, possibilités de poursuite d'études et débouchés préparés.

• Vous trouvez toutes les informations sur **Parcoursup** et sur **les sites des formations.** Nous vous recommandons le site « Ma première année en » de l'ONISEP. → onisep.fr

• Vous devez connaître les attendus de ces formations et **faire le lien avec la question du Grand oral et vos choix de spécialités.**

Bienveillance

Vous allez parler de vous : c'est un sujet que vous connaissez parfaitement. Vous vous adressez à des jurés bienveillants qui ne vous connaissent pas du tout, qui ne demandent qu'à mieux vous connaître et ne jugeront pas vos choix d'orientation.

• **Préparez-vous à expliquer vos démarches :** comment vous êtes-vous informé(e), avez-vous participé à des Journées d'orientation dans votre lycée ou à un salon étudiant, rencontré un spécialiste de l'ONISEP, rencontré un(e) professionnel(le), participé à une Journée Portes Ouvertes d'établissement supérieur ?

B. Qu'est-ce qu'un projet professionnel ?

• Un projet professionnel est un **intérêt pour un métier, débouché, secteur d'activité** (par exemple : la transition écologique ou le numérique), voire un **type d'entreprise**, une **association** ou une **organisation**. Cela peut être aussi une envie de travailler et de vivre dans un pays précis.

• **Il est tout à fait normal que votre idée de projet professionnel ne soit pas encore claire en Terminale** et le jury ne vous en tiendra pas rigueur. Par exemple, vous pouvez entrer en Droit sans savoir si vous serez juriste d'entreprise, avocat(e) ou magistrat(e).
Les universités mènent à de nombreux débouchés. Les élèves des écoles d'ingénieurs ou de commerce se spécialisent tardivement. Un BTS ou un BUT sont souvent poursuivis par une spécialisation que vous ne pouvez pas connaître encore, etc.
On sait que la moitié des métiers qui existeront dans 10 ans n'existent pas aujourd'hui !

Parcoursup

Servez-vous de vos « Projets de formation motivés » rédigés sur Parcoursup. Vous avez dû y exprimer votre intérêt pour les formations, les raisons pour lesquelles vous postulez et expliquer pourquoi vous êtes un(e) excellent(e) candidat(e).

C. Exploitez vos centres d'intérêts et vos activités extra-scolaires

• **Listez toutes vos activités extra-scolaires :** activités associatives, sportives, artistiques, engagements, jobs, stages, gardes d'enfants, soutien scolaire, animation, etc. Entraînez-vous à les évoquer pour **mettre en avant vos qualités** en phase avec vos choix d'orientation, voire votre projet professionnel.

• Rappelez-vous en détail ce que vous avez réalisé ou effectué et recherchez les qualités que cela met en évidence chez vous (voir les exemples ci-dessous).

• **Vous pouvez également évoquer un voyage**, une **rencontre**, un **article**, etc. qui vous a marqué(e).

• Vous pourrez ensuite **faire le lien** entre ces qualités et les métiers / débouchés / secteurs qui vous intéressent.

• Voici quelques exemples de liens possibles avec des activités extra-scolaires.
- Un baby-sitting régulier prouve la fiabilité, l'autonomie, la confiance que l'on vous accorde, la ponctualité, la responsabilité, la volonté de travailler, la pédagogie, la créativité, l'intérêt pour les enfants, etc.
- Être membre d'une équipe sportive permet de montrer l'esprit de compétition, l'endurance, l'engagement, l'esprit d'équipe, la fiabilité, la volonté de s'améliorer, etc.
- Un job de serveur(euse) ou dans un fast-food suppose le sens du contact, la responsabilité, l'esprit d'équipe, l'endurance, le sens du relationnel, la volonté de travailler, etc.

D. Exemples de questions probables

> **Entraînement**
> Entraînez-vous afin de maîtriser vos réponses et de ne pas improviser, ni chercher vos mots durant le Grand oral. Même bienveillant, le jury ne comprendra pas que vous soyez hésitant(e) à propos de sujets qui vous concernent personnellement.

- **Voici une série de questions dont certaines vous seront probablement posées et que vous pouvez anticiper et préparer.**
  - Quels sont vos principaux choix d'orientation sur Parcoursup, pour quelles raisons avez-vous fait ces choix ?
  - Quel est le lien entre la (les) spécialité(s) que vous avez choisie(s) et votre orientation ?
  - Comment vous êtes-vous informé(e) à propos de votre orientation ? Quelles démarches avez-vous entreprises ?
  - Pour exercer le métier que vous envisagez, quelles sont les différentes voies d'orientation possibles ? Pourquoi avez-vous choisi celle-ci ?
  - Qu'est-ce qui vous intéresse dans le métier / débouché / secteur d'activité que vous envisagez ?
  - Avez-vous déjà pu discuter ou échanger avec des personnes ayant suivi les mêmes études que celles que vous allez commencer à la rentrée prochaine ?
  - Avez-vous déjà discuté ou échangé avec des personnes qui travaillent dans le métier / débouché / secteur d'activité qui vous intéresse ?
  - Avez-vous déjà effectué des stages lors de votre scolarité ?
  - Selon vous, y aurait-il des compétences que vous avez développées pour préparer ce Grand oral qui pourraient vous être utiles dans votre projet d'orientation ? Si oui, lesquelles ?
- **Entraînez-vous afin de maîtriser vos réponses et de ne pas improviser**, ni chercher vos mots durant le Grand oral. Même bienveillant, le jury ne comprendra pas que vous soyez hésitant(e) à propos de sujets qui vous concernent personnellement.
- **Partez de vos deux questions, de vos exposés et de votre/vos projet(s) d'orientation** afin de personnaliser le plus possible ces questions et vos réponses.
- **Essayez aussi d'imaginer des questions de ce type déclenchées par votre exposé.**

LES POINTS-CLÉS

- ✓ Entraînez-vous à répondre aux questions fréquentes qui vous sont posées lors de vos répétitions.
- ✓ N'hésitez pas à tendre des perches au jury qui les utilisera très certainement et préparez les réponses aux questions que vous aurez déclenchées.
- ✓ Réfléchissez avant de répondre et de développer vos arguments.
- ✓ Dites-vous que chaque question est l'occasion de marquer des points.
- ✓ Préparez aussi soigneusement la partie « orientation » de l'entretien, cela vous permettra de conclure brillamment votre Grand oral.

Conseil 4 Travaillez les techniques de l'oral

Le temps dont vous disposerez entre les épreuves écrites et le jour du Grand oral vous permettra de finaliser vos exposés et de vous entraîner.

Sollicitez vos camarades et vos enseignants, tenez compte de leurs remarques. C'est le moment d'affiner et de mémoriser vos exposés, de préparer les discussions avec le jury et de vous mettre en confiance.

1 Gérer votre stress et votre concentration

A. Le trac est un bon stress

- **Il est normal et naturel que vous ressentiez du stress :** c'est un phénomène physique positif ; votre organisme réagit à ce qu'il évalue comme une menace ou une peur afin de vous aider à les surmonter.

- **Le stress peut se manifester de différentes manières** en fonction de son niveau et des personnes : une respiration rapide ou saccadée, le cœur qui bat trop vite, une transpiration exagérée, l'apparition de rougeurs, de maux de ventre, etc.

- **Le stress peut avoir un impact sur votre communication verbale ou non verbale :** vous parlez trop fort ou trop faiblement, votre voix tremblote, vous bafouillez, vous multipliez les mots parasites (« euh, voilà, donc… »), vos phrases sont trop longues, vous ne faites pas de pauses, vous avez des trous de mémoire, votre regard se promène partout dans la salle, vous ne contrôlez plus vos jambes, ni vos bras, ni vos mains, etc.
Heureusement, il est rare de cumuler tous ces inconvénients !

- **Un minimum de stress est nécessaire** pour que vous soyez performant(e). **C'est le trac.** Il est nécessaire, car il vous poussera à vous concentrer.

- **C'est aussi une forme de respect pour les membres du jury.** Le trac vous motivera tout particulièrement pendant les 20 minutes de préparation, vous donnera envie de « bien faire » et augmentera vos performances.

Organisez-vous

- Organisez vos séances de révision sur une durée d'environ 45 minutes. Des séances plus longues ne seront pas plus efficaces.
- Il est impossible de vous concentrer et de mémoriser efficacement avec un téléphone allumé près de vous : mode avion et absence de notifications obligatoires durant ces 45 minutes !

2 Transformez votre diction en atout

- Vous allez utiliser votre voix pour vous adresser au jury. **Vous savez parler, pas d'inquiétude !**

- **Il n'est ni utile, ni possible de changer votre voix**, mais vous pouvez améliorer votre diction, votre « manière de dire ».

- **Les composantes de votre voix sont :** le **volume**, le **débit**, l'**intonation**, l'**articulation** et… les **silences**.
Vous pouvez les travailler afin d'être performant(e) le jour du Grand oral.

A. Le volume et le débit de votre voix

- **En vous entraînant, vous trouverez le bon équilibre** pour être audible, sans parler trop fort, à un peu plus de deux mètres de vos interlocuteurs.
- **Il vaut mieux parler un peu trop fort** (ce qui masquera d'éventuels tremblements dus au trac) que trop bas.
- **Entraînez-vous à varier votre volume** (plus bas ou plus fort), notamment durant votre exposé, afin d'insister sur des mots-clés ou, par exemple, annoncer votre conclusion.

Maîtrisez votre voix

Prenez l'habitude d'être attentif(ve) à votre voix et à votre diction tout au long de l'année : en classe, pendant vos activités extrascolaires, en famille, avec vos ami(e)s, pendant vos sorties, etc.

- Parlez à haute voix **jusqu'au bout de vos phrases**.
- Le **rythme** de votre prise de parole influera sur sa qualité et sur son effet sur le jury : ni trop lentement, ni trop vite. Il vaut mieux parler un petit peu trop lentement plutôt que trop vite.
- **Variez votre débit en fonction de vos propos**. Parlez un peu plus vite quand vous racontez une anecdote et moins vite quand vous expliquez une notion technique.
- Si vous avez l'habitude de parler vite, cela sera difficile à modifier et vous devez y faire attention. **Évitez les phrases trop longues** dans votre exposé et vos réponses.
- Un débit maîtrisé, c'est aussi une **respiration maîtrisée**, posée au bon moment.

EXERCICE

À partir d'un texte ou d'un extrait de pièce d'une dizaine de lignes, avec un traitement de texte, grossissez certaines lignes (corps 20), réduisez les autres (corps 9) et :
– lisez à très haute voix les « corps 20 » et à voix basse, mais intelligible, les « corps 9 » ; puis faites l'inverse ;
– lisez avec un débit rapide les « corps 20 » et lentement les « corps 9 » ; puis faites l'inverse ;
– lisez avec un débit lent et à voix haute les « corps 20 » et avec un débit rapide à voix basse les « corps 9 ».

B. Pauses et intonation

- **Ne commencez pas à parler dès qu'on vous donnera la parole !** Attendez quelques secondes, vous capterez ainsi toute l'attention du jury.
- **Les pauses peuvent représenter jusqu'à une minute** de la durée totale de votre exposé, vous devez prévoir où les placer durant votre préparation. La durée des pauses peut être variable selon leur importance.
- Les pauses **marquent le début ou la fin** d'une sous-partie ou **attirent l'attention** sur ce que vous allez dire ou venez de dire.

- **Elles permettent de réfléchir** avant de répondre, ce que le jury appréciera. Profitez-en pour bien respirer.
- Si vous avez tendance à parler trop vite, faites des pauses à la fin de vos phrases afin de reprendre votre respiration et de « soulager » le jury.
- **Votre intonation est le ton que vous prendrez pour vous adresser au jury.** Une intonation dynamique montrera votre engagement.

Soyez attentif

Pendant tous vos entraînements, faites toujours attention à votre posture, vos gestes, votre regard, votre sourire.

• Entraînez-vous à **adapter votre intonation et à la varier** pour éviter la monotonie. Par exemple, votre intonation sera différente quand vous expliquez pourquoi vous avez choisi cette question ou quand vous répondez à une question.

• **Prévoyez d'appuyer de la voix certains mots** ou phrases pour leur donner de l'importance.

EXERCICES

• Choisissez un texte de quelques lignes et :
  – lisez-le à haute voix en souriant, avec enthousiasme, avec tristesse, avec rage, d'un air sadique, très hésitant, etc. ;
  – lisez-le à haute voix comme ou comme un(e) candidat(e) en campagne électorale, un(e) commentateur(trice) de sport, un(e) médecin rassurant(e), comme un(e) guide touristique, etc. ;
  – surlignez un mot par phrase et appliquez-vous à appuyer (y compris avec les mains) quand vous le prononcez.

• Choisissez un texte (poème, extrait de monologue de théâtre) : lisez sans faire de pause entre les deux premiers vers, puis avec une pause marquée d'une seconde entre les deux suivants, puis de deux secondes, puis alternez sans pause, etc.

C. Articulez !

• **Travaillez votre élocution**, même exagérément parfois, pendant vos entraînements. Habituez-vous à **bien prononcer tous les mots**, éventuellement à les découper de manière artificielle si nécessaire.

• **Gardez la même qualité de prononciation** pour tous vos mots, du début à la fin de vos phrases. Tout particulièrement, appuyez sur les voyelles qui « expriment les voix » qui « sonnent avec les consonnes », comme disait Molière.

EXERCICES

• Lisez les virelangues ci-dessous (ou d'autres que vous connaissez), d'abord convenablement à voix haute, sans vous tromper, puis répétez-les jusqu'à les connaître par cœur.
• Accélérez le rythme tout en les prononçant sans erreur et avec une prononciation parfaitement nette.
  – *Si six scies scient six saucissons, six-cent-six scies scient six-cent-six saucissons.*
  – *Cherchez ce chat chez ce cher Serge.*
  – *Un banc peint blanc plein de pain blanc, un blanc banc peint de blanc pain.*
  – *Petite cathédrale, quand te décathédraleriseras-tu ? Je me décathédraleriserai quand toutes les petites cathédrales se décathédraleriseront.*
  – *Les croyants qui prient sur l'Acropole ne peuvent pas prier quand les corbeaux peuvent croasser.*

• Reprenez les exercices précédents avec un crayon dans la bouche, comme le font certains comédiens pour s'entraîner.

D. Réduisez vos tics de langage

• **Les tics de langage** sont l'équivalent oral des gestes parasites : vous répétez « euh… », « donc », « voilà », « bon… » sans raison.

• **Votre préparation qui vous permettra de les réduire.** Plus vous serez **confiant(e)** et **entraîné(e)**, moins ce type de tics de langage apparaîtra.

• Essayez de les réduire en vous entraînant mais, comme pour les gestes parasites, **il ne faut pas que cela vous préoccupe trop au moment de l'épreuve**. Vous devrez être concentré(e) sur le contenu et tourné(e) vers le jury.

• En revanche, vous devez vous entraîner à effacer les expressions du type « *genre* », « *j'avoue* », « *de base* », « *grave* », « *le truc c'est que…* » ou pire « *wesh* », qui ne sont pas conformes à un contexte d'examen.

Bafouillage…

Il arrive à tou(te)s les orateurs(trices) de bafouiller. Cela vous arrivera sans doute, même si vous vous entraînez. Si le bafouillage est très réduit, continuez tranquillement ; s'il est un peu plus conséquent, assumez-le en reprenant votre phrase, en disant simplement « *excusez-moi* », « *je reprends* », etc. avec un sourire bien placé.

3 Gestes et postures

A. Votre posture

• **Votre posture est la manière dont vous allez vous installer** dans la salle, face au jury durant toute l'épreuve. Lors de votre réponse à la question choisie par le jury, vous serez **debout** (sauf impératif médical). Cinq minutes debout, ce n'est pas très long, vous y êtes habitué(e) dans votre vie quotidienne.

• Une fois dans la salle, placez-vous au centre de la pièce, à environ deux mètres du jury.

• **Ancrez-vous dans le sol** (tout comme une ancre marine permet à un bateau de se stabiliser), le dos droit (et pas voûté !). Les pieds bien droits et légèrement écartés (de la largeur de vos hanches), la tête haute tournée vers le jury. **Vous devez vous engager physiquement.**

• Puis, conservez cette posture et ne bougez pas trop vos jambes. Si vous bougez involontairement pendant l'exposé, prenez le temps de vous remettre en position ancrée qui vous stabilisera.

• **L'épreuve du Grand oral vous autorise à vous asseoir après votre exposé,** avant la partie discussion avec le jury. Nous vous recommandons de le faire, surtout s'il y a une table devant vous. Par politesse, vous pouvez demander au jury si vous pouvez vous asseoir ou lui signaler que vous vous asseyez (« Je me permets de m'assoir… », avec sourire et regard bien placé).

Peut-on marcher durant le Grand oral ?

- Il n'est pas nécessaire de marcher dans la pièce car vous n'êtes pas un conférencier devant une grande salle.
- En revanche, si nécessaire, vous pouvez vous approcher du jury, par exemple pour lui montrer un point du support qu'il n'aurait pas repéré ou pas compris. Revenez ensuite à votre place initiale sans tourner le dos au jury.

• **Une fois assis(e), retrouvez une posture tonique et engagée.** Ancrez vos deux pieds au sol et asseyez-vous plutôt près du bord du siège, bien droit(e), tourné(e) vers le jury. **Évitez de balancer vos jambes** ou de les positionner sous la chaise. S'il n'y a pas de table, faites d'autant plus attention à vos jambes.

• Vous pouvez aussi choisir de rester debout toute l'épreuve si vous vous sentez plus à l'aise.

B. Votre sourire, votre regard

• **La règle est simple : souriez régulièrement aux membres du jury,** c'est le secret de la réussite ! Vous pouvez sourire au moment où vous expliquez pourquoi la question choisie vous a intéressé(e), ou s'il y a des moments souriants ou détendus dans votre exposé.

• **Créez un lien avec les membres du jury *via* votre contact visuel.** C'est ce contact qui permettra la meilleure interaction entre vous et les jurés et cela réduira le risque de monotonie de votre exposé. Les jurés ne sont que deux et vous n'avez rien d'autre à regarder.

Avec un masque ?

Peut-être devrez-vous porter un masque le jour du Grand oral. Dans ce cas, souriez quand même car cela se « voit », même avec un masque.

- **L'absence de notes durant l'épreuve** a pour objectif de favoriser votre interaction avec les jurés et d'éviter que vous ne passiez une partie du Grand oral à lire, tête baissée.
- **Regardez alternativement les jurés** et en fonction de leurs actions (par exemple, regardez le juré qui vous interroge et débutez votre réponse en le regardant ; puis regardez l'autre juré en fonction de la longueur de vos réponses). Mais évitez de balayer systématiquement votre regard de l'un à l'autre comme si vous regardiez un match de tennis.

- Regardez les membres du jury, cela vous donnera des indications sur ce qu'ils ressentent et comment ils réagissent à ce que vous dites. Cela fait partie de ce qu'on appelle **l'interaction**.
- **Appuyez avec votre regard** vos pauses les plus longues ou les mots que vous voulez souligner.

C. Vos mains

- Vos mains **« parlent »** aussi et accompagnent vos paroles et vos silences. **Appuyez** avec vos mains les **mots-clés**, les **points forts** de votre exposé et vos réponses pendant la discussion. Vous pouvez **montrer le support** de la main quand vous l'évoquez pendant votre exposé.
- **Entraînez-vous** à « parler avec les mains », vous serez plus performant(e) et paraîtrez plus naturel(le).
- N'en faites pas trop. Vous n'êtes ni une personnalité politique en campagne, ni un(e) tragédien(ne) !
- **Les gestes parasites sont ceux que vous ne contrôlez pas** (toucher votre nez ou vos oreilles, passer la main dans vos cheveux, triturer vos lunettes, etc.). Votre entraînement et votre préparation réduiront ces gestes inutiles.
- **Pendant le Grand oral, ne pensez pas à ces gestes.** Concentrez-vous sur ce que vous dites : en aucun cas vous n'aurez une mauvaise note en raison de ces gestes.

LES POINTS-CLÉS

- ✓ N'ayez pas peur du stress, il est utile pour garder votre motivation jusqu'au bout !
- ✓ Pendant vos entraînements, pensez à votre posture et à vos gestes. Entraînez-vous régulièrement pour pouvoir ne plus y penser le jour J.
- ✓ Veillez à toutes les composantes de votre voix : volume, débit, intonation.
- ✓ Votre travail de préparation du Grand oral est l'élément-clé qui vous mettra en confiance et réduira considérablement votre stress si vous maîtrisez bien votre sujet.

Conseil 5

Entraînez-vous et soyez prêt(e) le jour J

Le temps dont vous disposerez entre les épreuves écrites et le jour du Grand oral vous permettra de finaliser vos exposés et de vous entraîner.

Sollicitez vos camarades et vos enseignants, tenez compte de leurs remarques. C'est le moment d'affiner et de mémoriser vos exposés, de préparer les discussions avec le jury et de vous mettre en confiance.

1 Comment vous entraîner ?

A. Mettez-vous en condition

- Pendant vos entraînements, surtout ceux en public, **engagez-vous** comme durant l'épreuve. Jouez le jeu, demandez à vos camarades de le jouer aussi.
- **Travaillez à plusieurs** avec vos camarades de classe et vos professeurs, avec vos proches, **ou seul(e)**, devant une audience fictive que vous visualisez.
- **Enregistrez-vous** avec un smartphone, notamment pour vous assurer que vous êtes audible, que votre débit est bon, que votre intonation évolue (pour appuyer un mot-clé, par exemple) et que vos pauses sont assez nombreuses et aux bons endroits.
- Lors de vos entraînements en public, **demandez que l'on vous pose un maximum de questions** et jouez le rôle d'interrogateur pour vos camarades.
- Installez deux personnes assises derrière une table, cela vous aidera à appréhender le volume de votre voix et votre position dans la salle debout pour l'exposé puis, si vous le souhaitez, assis(e) pour la suite du Grand oral.
- **Simulez votre entrée dans la salle** du Grand oral et dites « Bonjour ! » de manière tonique et sincère.

Devant un miroir ?

- Vous entraîner devant un miroir permet de vérifier si vous ne bougez pas trop les jambes, si vous souriez souvent, si vous utilisez utilement vos mains, etc.
- Mais parler devant un miroir n'est pas naturel, vous serez meilleur(e) en vous filmant ou devant une vraie audience !

B. Entraînez-vous à…

- **Exposer vos réponses** aux questions en respectant la consigne des cinq minutes ; **reproduire vos supports** clairs, compréhensibles, titrés et légendés ; **répondre aux questions fréquentes** du jury et aux questions nouvelles ; **bien écouter les questions** et demander de les reformuler si besoin ; **tendre des perches** et utiliser celles qui fonctionnent le mieux ; **exposer vos choix d'orientation**, d'études ou de débouchés.
- Cela vous permettra d'**affiner votre exposé** en repérant les phrases à changer afin qu'elles semblent plus naturelles à l'oreille, de **vous approprier vos exposés et vos supports**, de **maîtriser tous les mots-clés** et notions, de **maîtriser la durée** des différentes parties de l'épreuve, de **réviser** les programmes de vos spécialités.

2 Quelques jours avant

A. Révisez encore un peu

- **Révisez et répétez mentalement ou à haute voix** avec des phrases complètes :
  – vos **exposés** : en particulier l'introduction et la conclusion ;
  – vos **supports** : entraînez-vous à les rédiger en 15 minutes environ.
- **Révisez les réponses aux questions** probables et **entraînez-vous à expliquer vos choix d'orientation** et votre situation sur Parcoursup.
- **Relisez les parties de programme** dans lesquels vous êtes moins à l'aise.
- **Intéressez-vous à l'actualité des derniers jours**, afin de vous en servir, le cas échéant, dans votre exposé ou vos réponses aux questions des jurés.
- Évitez de trop travailler la veille du Grand oral, surtout le soir.

B. Vos préparatifs

- **Vérifiez le temps nécessaire** pour vous rendre dans le lycée où vous passerez le Grand oral si ça n'est pas le vôtre. Assurez-vous que les transports fonctionneront normalement.
- **Réunissez les documents obligatoires :** justificatif d'identité, convocation et document validé présentant vos deux questions.
- **Préparez une trousse** contenant tout le matériel nécessaire à la réalisation de vos supports.
- Prévoyez une **montre** ou un minuteur, une **bouteille d'eau**, un **encas** (barre de céréales ou fruit) au cas où vous en auriez besoin (évitez les produits salissants).

C. Votre tenue

- **Prévoyez une tenue propre, simple et sobre,** dans laquelle vous serez à l'aise. Évitez les tee-shirts, les survêtements, les lacets défaits, les bijoux ou accessoires extravagants.
- Il n'est pas nécessaire de venir en « costume-cravate », avec des talons hauts ou une tenue trop élégante. Ne mettez pas une tenue neuve, évitez les chaussures trop petites ou les vêtements trop serrés !
- **Préparez la veille** du Grand oral votre tenue complète.

3 Le jour J devant le jury

A. Ayez confiance en vous et en le jury

- La **préparation** de vos questions et des supports tout au long de l'année vous mettra en **confiance**. Vous ne risquez aucune mauvaise surprise.
- **Le non-verbal pèse moins que le contenu** que vous avez préparé et anticipé.
- **Votre public, le jury, est bienveillant** et connaît les élèves de Terminale.
- **Le trac va vous motiver** et donner de la force à votre oral.

Entrée en matière

- Inutile de préciser « *Bonjour Mesdames / Messieurs / Madame et Monsieur* », ce serait un peu forcé.
- Inutile de serrer la main aux jurés.

B. Faites une bonne première impression !

- **Dites un « *Bonjour !* » naturel,** souriant et bien audible en entrant dans la salle avant de remettre au jury le document présentant vos deux questions.
- **Entrez dans la salle la tête haute et sans hésitation** ; vous n'êtes pas un intrus : le jury vous attend.
- **Démarrez avec énergie,** des sourires sincères et regardez les jurés dans les yeux. Ce premier contact est fondamental, car la première impression est durable. Gardez la même énergie durant tout le Grand oral.

C. Demandez aux membres du jury quelles disciplines ils enseignent

- S'ils ne vous le disent pas spontanément, **nous vous recommandons de demander aux membres du jury la discipline dans laquelle ils enseignent** après qu'ils vous auront indiqué la question qu'ils ont choisie. Cela montrera de la **maturité** et de l'**intérêt** pour vos interlocuteurs. Cela vous permet aussi de savoir « à qui vous avez affaire », cela rend toujours les choses plus claires.
- Si un des professeurs enseigne la spécialité de la question choisie, **vous pourrez vous « appuyer » sur lui**, il vous comprendra et sera susceptible de vous poser des questions sur le programme. **Attention à ne pas « oublier » l'autre enseignant.**
- Si l'un des jurés est professeur-documentaliste, la **référence à votre CDI** sera appréciée.

4 Optimisez votre temps de préparation durant l'épreuve

A. Mettez-vous en confiance

- **Prenez d'abord un peu de temps pour respirer profondément** avant de vous mettre à travailler, pour vous dire que tout va bien se passer.
- **Des feuilles de brouillon seront mises à votre disposition.** Même si vous n'aurez pas ces feuilles sous les yeux durant l'épreuve, vous pouvez écrire le plan, les mots-clés, les exemples et arguments (plan rédigé, schéma, tableau, carte mentale, etc.), ainsi que les points principaux de votre introduction (en particulier la phrase de début qui vous permettra de bien vous lancer) et de votre conclusion : c'est une bonne méthode de révision pendant ces 20 minutes de préparation.

> **Soyez actif(ve)**
> Ne restez surtout pas sans rien faire pendant le temps de préparation, cela vous paraîtra long et risque de vous stresser inutilement.

- **Vous pouvez répéter mentalement** votre exposé ou à voix haute (si vous ne dérangez pas un(e) autre candidat(e)), en faisant attention à la prononciation.
- **Projetez-vous dans la discussion** en répondant mentalement à quelques questions les plus probables.

B. Rédigez votre support

- La réalisation du support est l'un des motifs principaux de ce temps de préparation. Vous pouvez consacrer **environ 15 minutes** à la rédaction du support, qui sera un atout important, même s'il n'est pas spécifiquement évalué.
- Vous n'avez pas à vous inquiéter, **vous avez préparé votre support, vous êtes entraîné(e) à le rédiger de mémoire** et vous avez apporté tout le matériel nécessaire. Il ne vous reste plus qu'à le réaliser.

- **Faites particulièrement attention à la lisibilité** de votre écriture ou de vos schémas, courbes et dessins, à la présence de titres, de légendes, d'une numérotation ou de l'explication d'enchaînements si vous l'aviez prévu. **Relisez-vous**, améliorez la lisibilité si besoin et assurez-vous de l'absence de fautes d'orthographe.

C. Détendez-vous

- Évidemment, juste avant de démarrer votre Grand oral, vous sentirez le **trac** apparaître, il vous **motivera et donnera de l'énergie** à votre oral.
- **Rappelez-vous de l'un de vos entraînements** avec vos camarades pendant lequel vous avez certainement bien ri ensemble, même si votre prestation n'était pas exceptionnelle.
- Pensez à une répétition que vous avez particulièrement réussie, **pensez même à un bon souvenir**, sans relation avec le Bac.
- **Visualisez votre réussite au Grand oral,** imaginez les deux membres du jury hochant la tête avec bienveillance et vous félicitant.

> **Vous êtes prêt(e) !**
> Rappelez-vous que le premier critère d'évaluation du Grand oral est « la solidité des connaissances du candidat ». Vous êtes bien préparé(e), vous connaissez votre sujet, votre support le prouve. Le jury s'en apercevra et cela vous garantit déjà une note bien supérieure à la moyenne.

- **Juste avant l'épreuve,** quand les 20 minutes de préparation seront terminées, reconcentrez-vous, **respirez profondément** et rejoignez la salle d'examen avec **détermination, sourire** et énergie.
- Enfin, dites-vous aussi qu'après le Grand oral, vous serez probablement en vacances ! Prenez le temps de les imaginer…

5 Pendant l'exposé et l'échange avec le jury

- **Si vous avez un moment de panique ou un trou de mémoire** durant votre exposé, arrêtez-vous et **prenez le temps de respirer** (si le jury s'en aperçoit, ce n'est pas grave). Vous pouvez aussi le dire aux jurés : il est possible que l'un d'eux vous relance car le professeur de spécialité connaît certainement le sujet.

- **Si vous oubliez quelque chose, passez au point suivant**… le jury ne savait pas que vous alliez le dire ! Si cela « vous revient » plus tard, débrouillez-vous pour l'évoquer ou le « placer » dans la discussion.
- Si malgré votre préparation et votre entraînement, vous êtes trop stressé(e) le jour J : **dites-le au jury**. Il sera bienveillant et en tiendra compte si vous montrez que vous avez travaillé.
- **Prévoyez quelques repères intermédiaires** à des moments précis de votre exposé afin de savoir où vous en êtes dans les 5 minutes. **Vous pouvez tout à fait regarder votre montre** une ou deux fois durant l'exposé pour vous assurer que vous êtes dans les temps.
- **Attirez l'attention des jurés sur votre conclusion** de l'exposé. Faites une pause, puis dites, par exemple : « *Pour terminer…* » ; « *Pour conclure…* » ; « *Enfin…* ».
- **Il y aura assez peu de questions, chacune doit vous permettre de marquer des points.**
- **Évitez les réponses fermées** (« oui », « non », « exactement », « je suis d'accord ») et développez. Évitez aussi bien les phrases trop longues… que les réponses trop courtes.

> **Astuces**
> - Vous pouvez donner votre opinion, ce n'est pas votre avis qui sera évalué si vous savez l'argumenter.
> - Suivez l'actualité et si possible, faites-y référence.

- **Écoutez les questions jusqu'à la fin, n'interrompez pas les jurés.** Assurez-vous d'avoir bien compris chaque question, si besoin n'hésitez pas à la reformuler.
- **Prenez du temps pour réfléchir** avant de répondre.
- **Si vous ne connaissez pas la réponse** à une question ou si vous n'avez pas compris une question, **ne restez pas muet(te), dites-le et demandez des précisions**.
- **Concluez à la toute fin du Grand oral en restant souriant(e), droit(e), en confiance.** Vous pouvez simplement remercier les jurés pour le temps qu'ils vous ont consacré ou pour leur écoute, terminer par une allusion souriante à ce qui s'est dit durant le Grand oral, et si tout s'est bien passé et que tout le monde est détendu, même leur souhaiter de bonnes vacances…
- Et de la même manière que vous avez dit « *Bonjour* », dites « *Au revoir* » !

LES POINTS-CLÉS

- Entraînez-vous régulièrement tout au long de l'année.
- Sollicitez vos camarades, vos enseignants, vos proches. Acceptez leurs critiques pour vos améliorer.
- Nous espérons que vous aurez un sentiment de satisfaction du travail accompli, surtout si vous vous êtes impliqué(e) totalement et que vous avez cherché à obtenir la meilleure note possible en marquant le jury par votre travail et par la qualité de votre oral.
- Vous pourrez partir en vacances sereinement en vous disant que vous avez franchi une nouvelle étape qui vous a préparé(e) pour l'enseignement supérieur.

Questions-types corrigées

π MATHS

QUESTION Comment calculer ses chances de gagner dans un jeu de hasard ?

Exemple de présentation orale 5 min

« Selon une enquête de 2019, publiée sur le site de l'Observatoire français des drogues et des toxicomanies, 47,2 % des français ont joué au moins une fois à un jeu d'argent et de hasard au cours de l'année écoulée. Par exemple, certains membres de ma famille sont des joueurs réguliers. Cela m'a donné l'idée de m'interroger sur les jeux de hasard et le calcul des chances de gagner à ces jeux, d'autant plus que cela fait appel à des notions de Terminale en spécialité Mathématiques : le dénombrement et la combinatoire.

Gagnez des points !
Pensez à citer vos sources : site Internet, institut d'études, etc. Cela illustre un travail sérieux et documenté, ce qui sera apprécié par le jury.

Introduction
Expliquez votre intérêt pour la question que vous présentez lors du Grand oral.

Astuce
Faites référence à votre support durant l'exposé pour aider le jury à mieux comprendre votre raisonnement.

Soyez précis(e)
Montrez que vous maîtrisez les notions travaillées durant l'année lors de l'enseignement de la spécialité Mathématiques.

J'ai donc imaginé un premier jeu, de type loto, que j'appellerai le jeu numéro 1.

Supposons qu'un carton de ce jeu soit composé de deux grilles : l'une de 49 numéros, de 1 à 49 ; et l'autre de 10 numéros, de 1 à 10. J'ai schématisé ces grilles sur mon support. Pour jouer, il faut cocher 5 numéros dans la première grille et 1 numéro dans la seconde. Le joueur gagne lorsque les 6 numéros cochés sont corrects. D'un point de vue mathématique, si je note E l'ensemble des entiers naturels de 1 à 49, alors cocher 5 numéros dans la première grille revient à choisir un sous-ensemble de E à 5 éléments, autrement dit, une combinaison à 5 éléments de E.

Pourquoi une combinaison ? Parce que l'ordre dans lequel les numéros sont cochés n'a pas d'importance et on peut noter en plus qu'il n'y a pas de répétition. Or, d'après une propriété du cours, le nombre de combinaisons à 5 éléments pris dans un ensemble à 49 éléments est : « 49 combinaison 5 », c'est-à-dire « factorielle 49 divisé par le produit factorielle 5 factorielle 44 » soit 1 906 884 choix.

Concernant la seconde grille, en tenant le même raisonnement et en posant F l'ensemble des entiers naturels de 1 à 10, je constate que cocher 1 numéro de cette grille revient à choisir une combinaison à 1 élément de F. Et d'après la même propriété, le nombre de combinaisons à 1 élément pris dans un ensemble à 10 éléments est : « 10 combinaison 1 », c'est-à-dire 10 choix.

Pour en déduire le nombre total de choix, je dois introduire deux nouveaux ensembles. Je note A l'ensemble des combinaisons à 5 éléments de E (je vous rappelle que A contient 1 906 884 éléments) et je note B l'ensemble des combinaisons à 1 élément de F (B contient lui 10 éléments, les entiers de 1 à 10). Le remplissage d'un carton du jeu numéro 1, coché avec les 6 numéros, revient donc à prendre un élément du produit cartésien $A \times B$. Or, d'après une propriété du cours appelée principe multiplicatif, le nombre d'éléments du produit cartésien $A \times B$ est égal au produit du nombre d'éléments dans A et du nombre d'éléments dans B. J'en déduis que le nombre de choix possibles, c'est-à-dire le nombre de cartons de jeu différents est 1 906 884 × 10, c'est-à-dire 19 068 840.

Parmi tous ces cartons possibles, un seul est gagnant. La probabilité qu'un joueur gagne grâce à son carton est donc de 1 sur 19 068 840 (de l'ordre de 5×10^{-8}).

Imaginons maintenant un autre jeu du même type, que j'appellerai le jeu numéro 2.

Supposons qu'un carton de ce jeu soit encore composé de deux grilles : l'une de 50 numéros, de 1 à 50 et l'autre de 12 numéros, de 1 à 12. Pour remplir un carton, un joueur doit cocher 5 numéros dans la première grille et 2 numéros dans la seconde. Le joueur gagne lorsque les 7 numéros cochés sont corrects.

J'utilise le même raisonnement et j'en déduis que le nombre de cartons différents est égal au nombre de combinaisons à 5 éléments parmi 50 multipliée par le nombre de combinaisons à 2 éléments parmi 12. J'obtiens 139 838 160. Comme un seul de tous ces cartons permet de gagner, la probabilité qu'un joueur gagne grâce à son carton est donc de 1 sur 139 838 160 (soit environ 7×10^{-9}).

Gagnez des points !

Laissez des silences d'une ou deux secondes entre les différents paragraphes, votre exposé sera plus compréhensible.

Connecteurs

Insistez sur les connecteurs lors de votre exposé oral afin de faire comprendre au jury quand vous commencez votre conclusion par exemple.

Pour finir, je constate que le gain du gros lot à certains jeux de hasard continue de faire rêver, malgré les probabilités extrêmement faibles. C'est vrai qu'il y a le plaisir de jouer, mais des enquêtes de santé publique ont été réalisées en 2014 et en 2019 : sans surprise, certaines données, que je pourrai vous détailler si vous le souhaitez, mettent malheureusement en évidence une addiction importante de certains Français, avec des conséquences psychologiques et économiques désastreuses pour les joueurs et leur famille.

Enfin, concernant mon orientation, les recherches que j'ai menées pour répondre à cette question m'ont permis de comprendre l'importance des statistiques dans notre vie quotidienne. Cela m'a donc donné envie de faire des études pour devenir statisticien(ne) ou actuaire.

Je vous remercie de m'avoir écouté(e).

Exemples de questions pouvant être posées par le jury 10 min

Questions pouvant être posées par un professeur de mathématiques

- Pourriez-vous nous donner la définition du mot dénombrement ?
- Connaissez-vous un mathématicien dont le nom est associé au dénombrement ?
- Pourriez-vous nous donner un autre exemple d'application du dénombrement dans la vie courante ?
- Vous avez évoqué le principe multiplicatif, pourriez-vous nous dire quelques mots sur le principe additif ? Vous pouvez le faire à partir d'un exemple.
- Pouvez-vous expliquer la différence entre un k-uplet d'un ensemble E à n éléments et une combinaison à k éléments de E ? Vous pouvez le faire à partir d'exemples.
- Imaginons deux jeux tels que vous les proposez. Le premier comporte une grille de 1 à 20 et pour gagner, il faut choisir 2 bons numéros. Le second comporte une grille de 1 à 100 et pour gagner, il faut choisir 10 bons numéros. Lequel de ces deux jeux permet de gagner plus facilement ?

Mettez en avant vos connaissances

Ne vous contentez pas de la présentation orale que vous allez proposer : creusez un peu le sujet (son aspect mathématique, sa place dans la société, son histoire, son actualité, etc.) et n'hésitez pas à illustrer vos réponses grâce à ces connaissances.

Questions pouvant être posées par un professeur d'une autre discipline

- Quel jeu choisiriez-vous si vous deviez choisir l'un des deux jeux que vous proposez ? Et pourquoi ?
- Connaissez-vous des mesures prises par l'État pour lutter contre l'addiction aux jeux de hasard ?
- Connaissez-vous d'autres jeux de hasard que l'on peut modéliser grâce à un autre raisonnement et en utilisant d'autres notions de probabilités ?
- Quels sont les aspects néfastes des jeux d'argent et de hasard ?

Exemples de questions liées à l'orientation 5 min

- Quel lien faites-vous entre la question que vous avez traitée et le métier de statisticien(ne) que vous avez évoqué dans votre exposé ?
- Quand on évoque le métier de statisticien(ne), on pense à des organismes tels que l'INSEE. Avez-vous pris des renseignements sur le site de l'INSEE, par exemple, ou sur celui d'un autre organisme de statistiques ?
- Concernant le métier d'actuaire, quels sont les différents parcours d'études qui peuvent vous mener à ce métier ?
- Avez-vous pu discuter avec des actuaires afin qu'ils vous expliquent en quoi consiste leur quotidien ?

Pour découvrir les **parcours d'orientation en lien avec les Mathématiques**, utilisez le **GPS My Road** en scannant cette page avec Nathan Live !

QUESTION Comment expliquer l'existence postulée du neutrino ?

Exemple de présentation orale

5 min

Introduction

Expliquez l'intérêt de la question posée.

L'existence du neutrino a été postulée pour mettre fin à un désaccord entre expérience et théorie dans l'étude de la désintégration β^- du neutron en proton dans les années 1930. En effet, les valeurs prévues pour les énergies calculées à partir de l'équation de désintégration sont en contradiction avec les résultats obtenus expérimentalement. Wolfgang Pauli met en évidence que l'on peut retrouver les valeurs expérimentales si l'on considère qu'une troisième particule est produite dans l'état final. Comme cette particule n'a pas laissé de trace dans le détecteur, Pauli suppose qu'elle est électriquement neutre et de masse nulle. Il choisit de l'appeler « neutrino » (de l'italien « petit neutre »).

Connecteurs logiques

Annoncez votre plan à l'aide de connecteurs logiques.

Nous montrerons d'une part que les lois de conservations de A et de Z sont respectées dans une équation à deux corps à l'état final, d'autre part que le neutrino doit forcément être un « petit neutre » et enfin que la solution de Pauli est une solution au problème posé.

L'équation de désintégration β^- d'un noyau radioactif est de la forme :

$$^{A}_{Z}X \rightarrow {}^{A}_{Z+1}Y + {}^{0}_{-1}\mathrm{e}^-$$

en sachant que la particule β^- est en fait un électron de nombre de masse nul, soit $A = 0$, et de nombre de charge opposé à celui du proton, soit $Z = -1$.

Cette équation respecte la conservation du nombre de masse A ou nombre de nucléons et celle du nombre de charge Z ou nombre de protons. En effet, on vérifie bien que $A = A + 0$: le nombre de masse du noyau père est égal à la somme des nombres de masse des noyaux fils et de la particule β^- (ou électron). De même, on vérifie bien pour le nombre de charge que $Z = (Z + 1) - 1$.

On est donc passé d'un noyau X contenant Z protons à un noyau Y en contenant $Z + 1$, soit un de plus. Le nombre de nucléons n'ayant pas varié, on peut conclure que si Y possède un proton de plus que X, alors X possède un neutron de plus que Y : le neutron et le proton étant des nucléons.

On en déduit donc de manière simplifiée que la désintégration β^- peut être écrite sous la forme :

$$^{1}_{0}n \rightarrow {}^{1}_{1}p + {}^{0}_{-1}\mathrm{e}^-.$$

En effet, le proton ($Z = 1$) est un nucléon ($A = 1$), ainsi que le neutron, ce dernier ayant un nombre de charge nul.

Gagnez des points !

Nuancez votre argumentaire et précisez les points délicats.

L'expérience est en accord avec l'équation de désintégration précédente. Or, celle-ci respectant les lois de conservations, une troisième particule, en plus du proton et de l'électron, doit avoir un nombre de masse $A = 0$ et un neutre de charge $Z = 0$. Cette particule ${}^{0}_{0}\nu$ ne laisse aucune trace dans le détecteur et permet ainsi de justifier l'appellation « neutrino », ou « petit neutre » en italien. Le photon aurait pu être un bon candidat, mais Pauli recherchait une particule n'ayant pas les caractéristiques du photon.

Dans l'expérience de désintégration β^-, l'énergie mesurée pour l'électron produit, en supposant la conservation de l'énergie et deux particules à l'état final, prend un ensemble continu de valeurs. Or le calcul ne permet d'obtenir qu'une valeur unique possible pour l'énergie de l'électron. En effet, celle du proton et du neutron du noyau étant fixées, la conservation de l'énergie totale impose une seule valeur pour celle de la troisième particule. La seule solution est de considérer que l'énergie calculée est en fait la somme de celle de l'électron et du neutrino, chacun pouvant avoir une énergie variable, tout en gardant leur somme constante. Ainsi, l'énergie de la particule β^-, ou électron, formée lors de la désintégration, prend une infinité de valeurs possibles, comme le montre son spectre en énergie.

En conclusion, le spectre continu de l'électron lors de la désintégration β^- ne peut être expliqué que par l'existence postulée d'une nouvelle particule. Cette dernière, baptisée « neutrino » par Pauli, doit avoir un nombre de charge et un nombre de masse nuls, et une énergie telle que la somme de cette énergie et celle de la particule β^- reste constante. Il faudra attendre 1956 et les expériences de Reines et Cowan pour obtenir la première vérification expérimentale directe de l'existence du neutrino postulée vingt ans auparavant.

Je vous remercie de m'avoir écouté(e).

Support

Sur votre support, proposez un document très simple montrant le spectre continu des valeurs d'énergie des électrons. Cette courbe est à réaliser pendant les 20 minutes de préparation de l'épreuve.

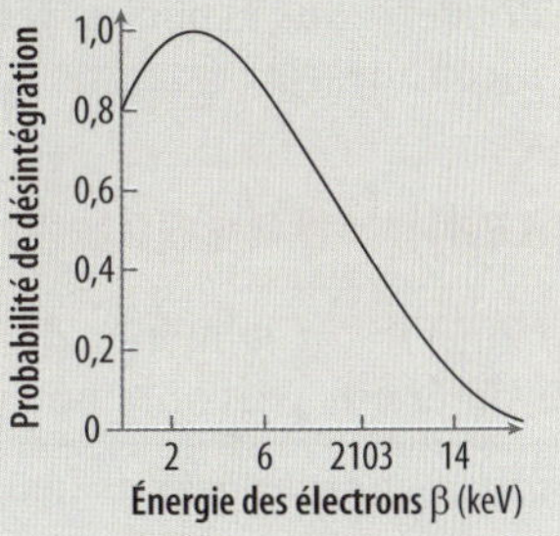

Conclusion

Proposez une ouverture ou précisez la date de la « vérification » expérimentale.

Exemples de questions pouvant être posées par le jury 10 min

Questions pouvant être posées par un professeur de Physique-Chimie

- Vous avez évoqué une désintégration de type β^-, mais existe-t-il d'autres canaux de désintégration ?
- Pouvez-vous donner des exemples de désintégrations dans la vie courante ? dans les applications médicales ?
- Que sont les rayons ionisants ? Comment peut-on s'en protéger ?
- Pourquoi l'équation de désintégration ne permet-elle pas de détecter la production d'un neutrino ?
- Dans le cas d'équations de désintégration, il y a conservation des nombres A et Z, mais qu'en est-il de la conservation de l'énergie ?
- Pouvez-vous préciser ce qu'est la relation d'Einstein ?
- Pouvez-vous expliquer l'unité « keV » de l'énergie dans la courbe présentée ? En quelle unité est généralement exprimée l'énergie ?
- Analyser le spectre continu β, discuter le terme de « probabilité ».

Mettez en avance vos connaissances

- Sachez expliquer la conservation de l'énergie en mécanique classique et faire un point particulier dans le cadre de la physique des particules.
- Mettez ces notions en relation avec la relation d'Einstein, correspondance entre masse et énergie $E = mc^2$.

Questions pouvant être posées par un professeur d'une autre discipline

- Pouvez-vous analyser la courbe proposée ? Quelle est l'abscisse de la courbe ? L'ordonnée ?
- En quoi l'ordonnée est une probabilité de désintégration ? Quelle est la valeur maximale de la probabilité ?
- Pouvez-vous expliciter les équations de conservation ? Précisez le nombre d'équations et d'inconnues.

Exemples de questions liées à l'orientation 5 min

- Concernant le métier de physicien des particules, connaissez-vous les différents parcours pour accéder à cette carrière ?
- Quels sont les grands lieux expérimentaux de la physique des particules ? On pense souvent au CERN, seriez-vous capable de donner la signification de cet acronyme ? Dans quelle région du monde se situe-t-il ? Quelles sont ses activités ?
- Avez-vous déjà fait une visite du CERN, physiquement ou virtuellement ?

Enrichissez vos connaissances

Dans le cadre de la physique nucléaire et de la physique des particules, pensez à aller visiter les sites Internet :
– du CERN : https://home.cern/fr
– du CEA : https://www.cea.fr

- Dans le cadre de votre scolarité, avez-vous pu rencontrer des physiciens nucléaires ou des physiciens des particules ? À quelle occasion ? Avez-vous visité un laboratoire de physique des particules ?
- Quels peuvent être les métiers en lien avec ce domaine de la physique ? Quels sont les niveaux d'étude nécessaires pour ces métiers connexes ?

Pour découvrir les **parcours d'orientation en lien avec la Physique-Chimie**, utilisez le **GPS My Road** en scannant cette page avec Nathan Live !

Exemples de questions possibles

MATHS

- Comment construire une figure dont l'aire tend vers zéro et dont le périmètre tend vers l'infini ?
- Comment étudier la vitesse de convergence d'une suite ?
- Qu'est-ce qu'une fonction catastrophe ? L'exemple de la queue d'aronde.
- Pourquoi comparer des méthodes d'approximation de solution d'une équation ?
- Est-il possible qu'une même chanson soit diffusée deux fois de suite dans une playlist diffusée en mode aléatoire ?

Rappel
Pensez à vos questions dès le début de l'année.

PHYSIQUE-CHIMIE

- En quoi la radioactivité permet-elle de nous informer sur le vivant ?
- Quels matériaux est-il possible d'utiliser pour isoler la toiture d'une maison ?
- Énergie domestique : faut-il choisir la production ou la conversion ?
- Quels sont les usages de l'effet Doppler de la vie de tous les jours ?
- Comment optimiser la synthèse d'un ester à odeur de rhum en prenant en compte les principes de la chimie verte ?

MATHS PHYSIQUE-CHIMIE

- Comment mesurer avec la plus grande précision possible l'intensité de la pesanteur terrestre ?
- Comment mesurer le débit volumique de l'eau dans des canalisations ?
- Comment modéliser la trajectoire d'un ballon lors d'un match de volley-ball ?
- Pourquoi étudier la géométrie des molécules ?

Accrochez !
La formulation de votre question doit être accrocheuse et explicite.

Corrigés des Quiz

Corrigés des Quiz

MATHS

p. 14

1. b. card($A \cup B$) = card(A) + card(B) – card($A \cap B$), donc $17 = 12 + \text{card}(B) - 3$.
Ainsi, card(B) = 8.

2. c. Un élément de $E \times F$ est un couple, donc $(c\,;2) \in E \times F$ car $c \in E$ et $2 \in F$.

3. a. $\text{card}(E^n) = \text{card}(E)^n$ donc $\text{card}(E)^5 = 10^5$.

4. a. Il s'agit de compter le nombre d'arrangements à $k = 3$ éléments distincts pris parmi $n = 10$ éléments. Il y en a $10 \times 9 \times 8$ soit 720.

5. c. Il s'agit de compter le nombre de combinaisons à $k = 5$ éléments pris parmi $n = 10$ éléments. Il y en a $\binom{10}{5}$ soit 252.

6. b.

$$\binom{10}{8} = \frac{10!}{8! \times 2!} = \frac{1\times2\times3\times4\times5\times6\times7\times8\times9\times10}{1\times2\times3\times4\times5\times6\times7\times8\times1\times2} = 45.$$

p. 24

1. a. $\overrightarrow{EJ}$ et $\overrightarrow{CA}$ car ils sont portés par des droites parallèles (EG) et (CA). On peut dire également que $\overrightarrow{EJ} = -\frac{1}{2}\overrightarrow{CA}$.

2. b. Les points I, B, G, F sont coplanaires, donc les vecteurs $\overrightarrow{IB}$, $\overrightarrow{BG}$, $\overrightarrow{FG}$ sont coplanaires.

3. c. $M \in (AD) \Leftrightarrow$ les vecteurs $\overrightarrow{AM}$ et $\overrightarrow{AD}$ sont colinéaires $\Leftrightarrow \overrightarrow{AM} = k\overrightarrow{AD}$ avec $k \in \mathbb{R}$.
$\Leftrightarrow \overrightarrow{AM} = k\overrightarrow{BC}$ avec $k \in \mathbb{R}$ puisque $\overrightarrow{AD} = \overrightarrow{BC}$.

4. a. $\overrightarrow{AB}$ et $\overrightarrow{BD}$ sont deux vecteurs directeurs non colinéaires du plan (ABC) et B est un point du plan (ABC). Donc $M \in (ABC) \Leftrightarrow \overrightarrow{BM} = x\overrightarrow{AB} + y\overrightarrow{BD}$ avec $x \in \mathbb{R}$ et $y \in \mathbb{R}$.

5. c. $\overrightarrow{AE} = \overrightarrow{BF}$ donc on a :
$\overrightarrow{AE} + \frac{1}{2}\overrightarrow{FG} + \frac{1}{2}\overrightarrow{FE} = \overrightarrow{BF} + \frac{1}{2}(\overrightarrow{FG} + \overrightarrow{FE}) = \overrightarrow{BF} + \overrightarrow{FJ} = \overrightarrow{BJ}$.

6. b. Dans le repère $(A\,;\overrightarrow{AB}, \overrightarrow{AD}, \overrightarrow{AE})$, $I\left(1\,;1\,;\frac{1}{2}\right)$ et $J\left(\frac{1}{2}\,;\frac{1}{2}\,;1\right)$, donc $\overrightarrow{IJ}\left(-\frac{1}{2}\,;-\frac{1}{2}\,;\frac{1}{2}\right)$.

p. 33

1. b. Dans le repère $(A\,;\overrightarrow{AB}, \overrightarrow{AI}, \overrightarrow{AE})$, F a pour coordonnées $(1\,;0\,;1)$.

2. a. $F(1\,;0\,;1)$, $I(0\,;1\,;0)$, $H(0\,;2\,;1)$.
Donc $\overrightarrow{FI}(-1\,;1\,;-1)$ et $\overrightarrow{IH}(0\,;1\,;1)$.
D'où $\overrightarrow{FI} \cdot \overrightarrow{IH} = 0$ et $(FI) \perp (IH)$ donc le triangle FHI est rectangle en I.

3. c. $\vec{n} = \overrightarrow{AE}$. Or $(AE) \perp (AB)$ et $(AE) \perp (AD)$ donc $(AE) \perp (ABC)$ et $\vec{n}$ est un vecteur normal du plan (ABC).

4. a. D'après le **2.**, $IH = \|\overrightarrow{IH}\| = \sqrt{0^2 + 1^2 + 1^2} = \sqrt{2}$.

5. c. $F \in (ABE)$, de plus $(GF) \perp (ABE)$ donc F est le projeté orthogonal de G sur (ABE).

p. 39

1. c. $A \in (AB)$ et $\overrightarrow{AB}(2\,;-1\,;8)$ est un vecteur directeur de (AB).
Donc une représentation paramétrique de la droite (AB) est : $\begin{cases} x = 2 + 2t \\ y = 1 - t \\ z = -3 + 8t \end{cases}$ avec $t \in \mathbb{R}$.

2. b. On résout le système $\begin{cases} 4 = 2 + 2t \\ 0 = 1 - t \\ 5 = -3 + 8t \end{cases}$ et on trouve $\begin{cases} t = 1 \\ t = 1 \\ t = 1 \end{cases}$ donc $D \in (AB)$.

3. a. Puisque $\vec{n}(1\,;-2\,;3)$ est un vecteur normal de $\mathcal{P}$, le plan $\mathcal{P}$ a pour équation cartésienne $x - 2y + 3z + d = 0$. De plus, $F(1\,;2\,;0) \in \mathcal{P}$, donc $1 - 2 \times 2 + 3 \times 0 + d = 0$ d'où $d = 3$ et une équation cartésienne de $\mathcal{P}$ est $x - 2y + 3z + 3 = 0$.

4. a. $(-1) - 2 \times 1 + 3 \times 0 + 3 = -3 + 3 = 0$ donc $G(-1\,;1\,;0) \in \mathcal{P}$.

5. b. On résout le système $\begin{cases} x = 2+2t \\ y = 1-t \\ z = -3+8t \\ x-2y+3z+3=0 \end{cases}$ et on trouve $\begin{cases} x = \dfrac{17}{7} \\ y = \dfrac{11}{14} \\ z = -\dfrac{9}{7} \\ t = \dfrac{3}{14} \end{cases}$.

Donc K est le point d'intersection de (AB) et de $\mathcal{P}$.

6. a. On note Δ la droite passant par M et perpendiculaire à $\mathcal{P}$. Elle a pour vecteur directeur le vecteur $\vec{n}(1\,;-2\,;3)$ qui est un vecteur normal de $\mathcal{P}$.
Δ a donc pour représentation paramétrique :
$\begin{cases} x = 1+t \\ y = 2-2t \\ z = 3+3t \end{cases}$ avec $t \in \mathbb{R}$.

On résout alors le système $\begin{cases} x = 1+t \\ y = 2-2t \\ z = 3+3t \\ x-2y+3z+3=0 \end{cases}$ et on trouve $\begin{cases} x = \dfrac{5}{14} \\ y = \dfrac{23}{7} \\ z = \dfrac{15}{14} \\ t = -\dfrac{9}{14} \end{cases}$.

p. 48

1. b. $\lim\limits_{n\to+\infty} \dfrac{2}{n} = 0$ et $\lim\limits_{n\to+\infty} 1+e^{-n} = 1$,

donc $\lim\limits_{n\to+\infty} \dfrac{2}{n} + 5(1+e^{-n}) = 5$.

2. a. $\lim\limits_{n\to+\infty} e^{n^2} = +\infty$, donc $\lim\limits_{n\to+\infty} 1-e^{n^2} = -\infty$.

3. a. Pour tout n de $\mathbb{N}$, $-1 \leqslant \cos n \leqslant 1$, donc $\dfrac{-2}{n} \leqslant u_n \leqslant 0$. Or $\lim\limits_{n\to+\infty} -\dfrac{2}{n} = 0$, donc d'après le théorème des gendarmes, $\lim\limits_{n\to+\infty} u_n = 0$ et la suite u converge vers 0.

4. b. $(-1)^n e^n = (-e)^n$. Or $-e \leqslant -1$, donc la suite v diverge.

5. b. Si $w_1 = 3$, alors pour tout n de $\mathbb{N}^*$, $w_n = w_1 \times q^{n-1} = 3 \times 2^{n-1}$.
Or $q = 2 > 1$ donc $\lim\limits_{n\to+\infty} 2^{n-1} = +\infty$ d'où $\lim\limits_{n\to+\infty} w_n = +\infty$.
Ainsi, la suite w diverge vers $+\infty$.

6. c. Pour $n = 0$, $(1+a)^0 \geqslant 1 + 0 \times a$. L'hypothèse de récurrence est $(1+a)^n \geqslant 1 + na$ et on démontre qu'alors au rang $n+1$:
$(1+a)^{n+1} = (1+a)^n \times (1+a) \geqslant (1+na)(1+a)$
Or $(1+na)(1+a) = 1 + (n+1)a + na^2$, or $na^2 \geqslant 0$, donc $(1+a)^{n+1} \geqslant 1 + (n+1)a$ et on conclut.

p. 58

1. b. $\lim\limits_{x\to+\infty} -2x^3 + x^2 = \lim\limits_{x\to+\infty} -2x^3 = -\infty$.

2. a. $\lim\limits_{x\to+\infty} \dfrac{2x^2-x+1}{2x-1} = \lim\limits_{x\to+\infty} \dfrac{2x^2}{2x} = \lim\limits_{x\to+\infty} x = +\infty$.

3. c. $\lim\limits_{\substack{x\to2\\x>2}} -2x+1 = -3$ et $\lim\limits_{\substack{x\to2\\x>2}} x-2 = 0^+$ donc $\lim\limits_{\substack{x\to2\\x>2}} \dfrac{1}{x-2} = +\infty$ et $\lim\limits_{\substack{x\to2\\x>2}} f(x) = -\infty$.

4. a. $\lim\limits_{\substack{x\to1\\x<1}} x-1 = 0^-$ donc $\lim\limits_{\substack{x\to1\\x<1}} f(x) = -\infty$ et $\lim\limits_{\substack{x\to1\\x>1}} x-1 = 0^+$ donc $\lim\limits_{\substack{x\to1\\x>1}} f(x) = -\infty$.

5. b. Voir le paragraphe 3 du cours.

p. 68

1. b. Pour tout x de $\mathbb{R}$, $u \circ v(x) = u(v(x)) = u(3e^x)$
$u \circ v(x) = 5\,(3e^x)^2 = 5 \times 9e^{2x} = 45e^{2x}$.

2. a. Pour tout x de $\mathbb{R}$, $u(x) = \dfrac{1}{1+x^2}$ donc $u'(x) = \dfrac{-2x}{(1+x^2)^2}$ et $v(x) = e^x$ donc $v'(x) = e^x$.
Donc $(u \circ v)'(x) = u'(v(x)) \times v'(x) = u'(e^x) \times e^x$
$= \dfrac{-2e^x}{(1+(e^x)^2)^2} \times e^x = \dfrac{-2e^{2x}}{(1+e^{2x})^2}$.

3. b. Pour tout x de $\mathbb{R}$, $g(x) = u(x)^5$ avec $u(x) = 1 + e^{2x}$ donc $u'(x) = 2e^{2x}$.
Ainsi, $g'(x) = 5 \times 2e^{2x} \times (1+e^{2x})^4 = 10e^{2x}(1+e^{2x})^4$.

4. a. Car la courbe est située au-dessus de toutes ses tangentes (voir paragraphe 3.1 du cours).

5. b. Voir paragraphe 4.1 du cours.

6. c. Puisque g passe de convexe sur $]-\infty\,;2]$ à concave sur $[2\,;+\infty[$ et que $g(2) = 5$, on en déduit que $A(2\,;5)$ est le seul point d'inflexion de $\mathcal{C}_g$.

p. 77

1. c. $f(0) = 1 - 2 \times 0 = 1$ et $\lim\limits_{\substack{x\to0\\x>0}} f(x) = \lim\limits_{\substack{x\to0\\x>0}} 3e^x - 1 = 2$.
Or $2 \neq 1$ donc f n'est pas continue en 0.

2. a. $f(-1) = \sqrt{-1+2} = \sqrt{1} = 1$ et on a :
$\lim\limits_{\substack{x\to-1\\x<-1}} f(x) = \lim\limits_{\substack{x\to-1\\x<-1}} m^2 + x + 1 = m^2$.
Ainsi, f est continue en -1 (et donc sur $\mathbb{R}$) si, et seulement si, $m^2 = 1$, c'est-à-dire $m = -1$ ou $m = 1$.

3. a. Puisque, pour tout x de $[-1\,;+\infty[$, $f(x) \geqslant 1$, l'équation $f(x) = 0$ possède une unique solution sur $\mathbb{R}$. Cette solution appartient à $]-\infty ; -1]$ car $f(-1) = 2 > 0$ et $\lim_{x\to-\infty} f(x) = -\infty < 0$.

4. b. La fonction f est continue sur $\mathbb{R}$. De plus, $f(-2) = 1 < 2$ et $f(2) = 13 > 2$ donc, d'après le théorème des valeurs intermédiaires, $f(x) = 2$ possède au moins une solution dans $[-2 ; 2]$.

5. a. La fonction f définie sur $\mathbb{R}$ par $f(x) = e^x + x$ est continue sur $\mathbb{R}$. De plus, pour tout x de $\mathbb{R}$, $f'(x) = e^x + 1 > 0$ donc f est strictement croissante. Enfin, $f(-1) < 0$ et $f(1) > 0$, donc, d'après le corollaire du théorème des valeurs intermédiaires, l'équation $f(x) = 0$ possède une unique solution sur $[-1 ; 0]$.

p. 86

1. a. Pour tout $x > 0$, $f(x) = \ln x$ donc $f(1) = \ln 1 = 0$ et $f'(x) = \frac{1}{x}$ donc $f'(1) = 1$.

Ainsi, la tangente en 1 a pour équation $y = 1(x - 1) + 0$ soit $y = x - 1$.

2. c. $\ln\sqrt{8} - \ln 4 = \frac{1}{2}\ln 8 - \ln 4 = \frac{1}{2}\ln 2^3 - \ln 2^2$
$= \frac{3}{2}\ln 2 - 2\ln 2 = -\frac{1}{2}\ln 2.$

3. a. $\ln(2x + 3)$ est défini lorsque $2x + 3 > 0$ soit $x > -\frac{3}{2}$.

$\ln(2x + 3) = 5 \Leftrightarrow 2x + 3 = e^5 \Leftrightarrow 2x = e^5 - 3$
$\Leftrightarrow x = \frac{1}{2}(e^5 - 3)$ (et $\frac{1}{2}(e^5 - 3) > -\frac{3}{2}$).

4. b. $2^n \geqslant 100\,000 \Leftrightarrow \ln 2^n \geqslant \ln 100\,000$
$\Leftrightarrow n\ln 2 \geqslant \ln 100\,000 \Leftrightarrow n \geqslant \frac{\ln 100000}{\ln 2}$.

Or $\frac{\ln 100000}{\ln 2} \approx 16{,}6$ donc $n = 17$.

5. a. Pour tout x de $\mathbb{R}$, $f(x) = \ln(u(x))$ avec $u(x) = e^x + e^{-x}$ donc $u'(x) = e^x - e^{-x}$.

Ainsi, $f'(x) = \frac{e^x - e^{-x}}{e^x + e^{-x}}$.

6. a. $\lim_{x\to+\infty} 2x\ln x - 3x^3 = \lim_{x\to+\infty} x^3\left(\frac{2\ln x}{x^2} - 3\right)$.

Or $\lim_{x\to+\infty} x^3 = +\infty$ et $\lim_{x\to+\infty} \frac{2\ln x}{x^2} - 3 = -3$ donc $\lim_{x\to+\infty} 2x\ln x - 3x^3 = -\infty$.

p. 92

1. c. Puisque $\cos(ax + b)' = -a\sin(ax + b)$,

$$f'(x) = 2\left(-\sin\left(x - \frac{\pi}{4}\right)\right) = -2\sin\left(x - \frac{\pi}{4}\right).$$

2. a. $-\frac{\pi}{4} \leqslant x \leqslant \frac{\pi}{4} \Leftrightarrow -\frac{\pi}{2} \leqslant x - \frac{\pi}{4} \leqslant 0$
$\Leftrightarrow -1 \leqslant \sin\left(x - \frac{\pi}{4}\right) \leqslant 0 \Leftrightarrow 0 \leqslant f'(x) \leqslant 2.$

Donc f est croissante sur $\left[-\frac{\pi}{4} ; \frac{\pi}{4}\right]$.

3. c. Pour tout x de $\mathbb{R}$, $f(x + \pi) \neq f(x)$ et $f\left(x + \frac{\pi}{2}\right) \neq f(x)$. Par contre, on a :

$$f(x + 2\pi) = 2\cos\left(x + 2\pi - \frac{\pi}{4}\right) = 2\cos\left(\left(x - \frac{\pi}{4}\right) + 2\pi\right)$$
$$= 2\cos\left(x - \frac{\pi}{4}\right) = f(x).$$

Donc f est périodique de période 2π.

4. c.

$$f(x) = 0 \Leftrightarrow \cos\left(x - \frac{\pi}{4}\right) = 0 \Leftrightarrow \begin{cases} x - \frac{\pi}{4} = \frac{\pi}{2} + 2k\pi,\ k \in \mathbb{Z} \\ x - \frac{\pi}{4} = -\frac{\pi}{2} + 2k\pi,\ k \in \mathbb{Z} \end{cases}$$

$$\Leftrightarrow \begin{cases} x = \frac{3\pi}{4} + 2k\pi,\ k \in \mathbb{Z} \\ x = -\frac{\pi}{4} + 2k\pi,\ k \in \mathbb{Z} \end{cases} \Leftrightarrow x = -\frac{\pi}{4} + k\pi,\ k \in \mathbb{Z}.$$

5. a. $f(x) = \sqrt{2} \Leftrightarrow \cos\left(x - \frac{\pi}{4}\right) = \frac{\sqrt{2}}{2}$

$$\Leftrightarrow \begin{cases} x - \frac{\pi}{4} = \frac{\pi}{4} \\ x - \frac{\pi}{4} = -\frac{\pi}{4} \end{cases} \Leftrightarrow \begin{cases} x = \frac{\pi}{2} \\ x = 0 \end{cases}.$$

p. 101

1. b. Pour $f(x) = \frac{5}{3}x^3 + 2e^{2x}$, $f'(x) = 5x^2 + 4e^{2x}$ donc f est solution de (E).

2. a. F doit être croissante (resp. décroissante) lorsque f est positive (resp. négative), donc il s'agit des courbes du **a.**

3. a. $g = \frac{u'}{u}$ avec $u(x) = 1 + e^x$ donc une primitive de g est $G : x \mapsto \ln(1 + e^x)$.
(Remarque : pour tout x de $\mathbb{R}$, $u(x) > 0$).

4. a. $a = -2$, on applique la propriété du paragraphe 3.1 du cours.

5. c. $2y' + y = 4 \Leftrightarrow y' = -\frac{1}{2}y + 2$. On applique la propriété du paragraphe 3.2 du cours avec $a = -\frac{1}{2}$ et $b = 2$.

p. 111

1. a. $\int_{-2}^{6} f(x)\mathrm{d}x$ = Aire du trapèze + Aire du rectangle $= \dfrac{(1+3)\times 4}{2} + 4\times 3 = 20$.

2. b.

$$\int_{-1}^{2}(1+x^2)\mathrm{d}x = \left[x+\frac{1}{3}x^3\right]_{-1}^{2} = \left(2+\frac{1}{3}\times 2^3\right)-\left((-1)+\frac{1}{3}\times(-1)^3\right)=6.$$

3. a.

$$\int_0^1 \frac{1+\mathrm{e}^x}{x+\mathrm{e}^x}\mathrm{d}x = \left[\ln(x+\mathrm{e}^x)\right]_0^1 = \ln(1+\mathrm{e}^1)-\ln(0+\mathrm{e}^0) = \ln(1+\mathrm{e}) \approx 1{,}313.$$

4. c.

$$\int_0^5 (\mathrm{e}^x+1)\mathrm{d}x = \left[\mathrm{e}^x+x\right]_0^5 = (\mathrm{e}^5+5)-(\mathrm{e}^0+0) = \mathrm{e}^5+4.$$

Or, pour tout x de $[0 ; 5]$, $f(x) \geqslant \mathrm{e}^x + 1$, donc :

$$\int_0^5 f(x)\mathrm{d}x \geqslant \mathrm{e}^5+4$$

5. a. $\mu = \dfrac{1}{15-5}\times\displaystyle\int_5^{15}\left(\frac{3}{x^2}+1\right)\mathrm{d}x = \frac{1}{10}\times\left[-\frac{3}{x}+x\right]_5^{15}$

$$= \frac{1}{10}\times\left[\left(-\frac{3}{15}+15\right)-\left(-\frac{3}{5}+5\right)\right]=1{,}04.$$

6. b. On pose $u'(x) = 4x$ donc $u(x) = 2x^2$ et $v(x) = \ln x$ donc $v'(x) = \dfrac{1}{x}$. Ainsi, on a :

$$\int_1^{\mathrm{e}} 4x\ln x\mathrm{d}x = \int_1^{\mathrm{e}} u'(x)v(x)\mathrm{d}x$$

$$= \left[2x^2\ln x\right]_1^{\mathrm{e}} - \int_1^{\mathrm{e}} 2x^2\times\frac{1}{x}\mathrm{d}x = \left[2x^2\ln x\right]_1^{\mathrm{e}} - \left[x^2\right]_1^{\mathrm{e}}$$

d'où

$$\int_1^{\mathrm{e}} 4x\ln x\mathrm{d}x = \left[(2\mathrm{e}^2\ln\mathrm{e})-(2\times 1^2\times\ln 1)\right]-\left[\mathrm{e}^2-1^2\right] = \mathrm{e}^2+1.$$

p. 120

1. a. $p = P(G_1\cap G_2)+P(F_1\cap F_2) = \dfrac{17}{35}\times\dfrac{14}{36}+\dfrac{18}{35}\times\dfrac{22}{36} = \dfrac{634}{1\,260} = \dfrac{317}{630}$.

(On peut s'aider d'un arbre pondéré).

2. b. Le succès est : « La boule tirée est rouge » donc $p = P(S) = \dfrac{3}{5} = 0{,}6$.

Les trois tirages se font avec remise donc ils sont identiques et indépendants, donc $X \sim \mathscr{B}(3 ; 0{,}6)$.

3. c. $P(X=3) = \dbinom{3}{3}\times 0{,}6^3\times 0{,}4^0 = 0{,}6^3 = 0{,}216$.

4. a.

$$P(X\leqslant 1) = P(X=0)+P(X=1) = \binom{3}{0}\times 0{,}6^0\times 0{,}4^3+\binom{3}{1}\times 0{,}6^1\times 0{,}4^2 = 0{,}352.$$

5. b. $p = P(R_1\cap R_2\cap R_3) = \dfrac{3}{5}\times\dfrac{2}{4}\times\dfrac{1}{3} = \dfrac{1}{10} = 0{,}1$.

(On peut s'aider d'un arbre pondéré).

p. 128

1. c. $P(X + Y = 3) = P((X = 2) \cap (Y = 1)) + P((X = 4) \cap (Y = -1)) = 0{,}2 \times 0{,}6 + 0{,}8 \times 0{,}4 = 0{,}44$.

2. a. $E(X + Y) = E(X) + E(Y) = (0{,}2 \times 2 + 0{,}8 \times 4) + (0{,}4 \times (-1) + 0{,}6 \times 1) = 3{,}8$.

3. a. Voir le paragraphe 3.1 du cours.

4. b. La loi de probabilité de S est donnée par le tableau :

Issue de S	0	1	2	3
Probabilité	$\frac{1}{8}$	$\frac{3}{8}$	$\frac{3}{8}$	$\frac{1}{8}$

Donc $E(S) = \dfrac{1}{8}\times 0+\dfrac{3}{8}\times 1+\dfrac{3}{8}\times 2+\dfrac{1}{8}\times 3 = \dfrac{12}{8} = 1{,}5$.

Ainsi,

$$V(S) = \frac{1}{8}\times(0-1{,}5)^2+\frac{3}{8}\times(1-1{,}5)^2+\frac{3}{8}\times(2-1{,}5)^2+\frac{1}{8}\times(3-1{,}5)^2 = 0{,}75.$$

5. c. $E(M) = E\left(\dfrac{S}{n}\right) = \dfrac{1}{n}\times E(S) = \dfrac{1}{3}\times 1{,}5 = 0{,}5$.

p. 134

1. a. La loi de probabilité de la variable aléatoire X_i est donnée par le tableau :

Issue	0	1
Probabilité	0,4	0,6

Ainsi, $E(X_i) = 0{,}4 \times 0 + 0 + 0{,}6 \times 1 = 0{,}6$.

2. c. D'après le tableau du **1.** on a :
$V(X_i) = 0{,}4 \times (0 - 0{,}6)^2 + 0{,}6 \times (1 - 0{,}6)^2 = 0{,}24$.

3. a. Pour l'inégalité de concentration, on prend : $E(X) = 0{,}6$; $V(X) = 0{,}24$; $t = 0{,}02$.

Ainsi, $\dfrac{V(X)}{nt^2} = \dfrac{0{,}24}{n\times 0{,}02^2} = \dfrac{600}{n}$ et on obtient :

$$P(|M_n-0{,}6|\geqslant 0{,}02)\leqslant\frac{600}{n}$$

4. a. Pour un risque de 0,05, il faut donc que $\dfrac{600}{n}\leqslant 0{,}05$ donc $600 \leqslant 0{,}05 \times n$ soit $n \geqslant 12\,000$.

PHYSIQUE-CHIMIE

p. 141

1. a. et **c.** L'eau est bien l'acide conjugué de l'ion hydroxyde, car le couple de l'eau concerné est H_2O/HO^- : l'eau cède bien un ion hydrogène $H_2O = HO^- + H^+$. Un ampholyte ou une espèce amphotère est une espèce capable de céder un ion hydrogène (caractère acide) et d'accepter un proton (caractère basique). En revanche, la réponse **b.** est incorrecte, car le couple acido-basique est écrit dans le sens contraire à l'écriture normalisée. Il s'agit du couple H_3O^+/H_2O.

2. a. La méthylamine est une base de Brönsted, elle peut accepter un H^+. La demi-équation correspondante est : $CH_3\text{-}NH_2 + H^+ = CH_3\text{-}NH_3^+$. Le couple doit être écrit dans le sens acide/base, soit $CH_3\text{-}NH_3^+/CH_3\text{-}NH_2$. La méthylamine n'est pas un ampholyte.

3. b. et **c.** Un acide ne peut réagir que sur une base, et inversement.

4. Faux. Un acide de Brönsted est une espèce capable de céder et non de capter un ion hydrogène.

5. Vrai. Si un acide est une molécule neutre de type AH, alors sa base conjuguée est un anion A^- ayant perdu un ion hydrogène H^+.

p. 152

1. a. et **b.** L'absorbance A est proportionnelle à la longueur de la cuve et à la concentration c en espèce colorée. Plus la cuve est large, et plus la solution absorbe.

2. a., b. et **c.** Un gaz parfait n'est pas réel, c'est un cas d'école. Il est le modèle le plus simple, ne prenant pas en compte les interactions entre les particules du gaz, considérées comme ponctuelles. La vitesse des particules est liée à leur température.

3. a., b. et **c.** Toutes les réponses sont exactes. La conductance dépend de la cellule et de la solution.

4. Faux. Si le pH est une grandeur sans unité, elle n'est pas proportionnelle à la concentration des ions oxonium : c'est une fonction logarithmique de cette concentration.

p. 161

1. a. et **b.** Un titrage est un dosage destructif : le réactif de quantité inconnue réagit avec un réactif titrant de manière totale. Dans le cas d'un suivi autre que colorimétrique, il n'est pas nécessaire d'utiliser un indicateur coloré (qui peut aussi être un réactif ou un produit de la réaction). Un titrage peut s'appuyer sur tout type de transformation chimique.

2. a. L'équivalence d'un système chimique est un état intermédiaire du système et non un moment précis (l'équivalence ne se mesure pas en secondes).

3. a. et **b.** Un titrage conductimétrique correspond à la courbe de la conductance ou de la conductivité, et non de la conductivité molaire ionique d'un des ions, en fonction du volume de solution titrante versé. La courbe est définie par deux portions que sont deux demi-droites qui diffèrent par la valeur de leur pente, sans que l'une soit forcément de signe opposé à l'autre.

4. Faux. La réaction de support de titrage peut être par exemple une réaction de précipitation.

5. Vrai. En général, on ne connaît pas la concentration de la solution titrée.

p. 172

1. a. et **c.** Un catalyseur accélère une transformation sans modification de la nature des produits. Il agit au niveau du mécanisme réactionnel tout en étant régénéré à la fin ou pendant l'ensemble des actes élémentaires.

2. a. L'ordre d'une cinétique est un ordre global, somme des ordres partiels. Les cinétiques d'ordre 0 ou 1 existent, mais il n'est pas toujours possible de déterminer un ordre pour chaque réaction, surtout si le déroulement de la transformation est complexe.

3. b. et **c.** Les quantités de matière ou volumes des produits sont proportionnels à x, donc la définition du temps de demi-réaction est valable pour ces deux grandeurs.

4. Faux. La diminution de la concentration d'un réactif diminue la vitesse de réaction, contrairement à l'augmentation de la température.

5. Faux. Un catalyseur agit sur la vitesse de réaction et non sur la quantité finale de produit formée.

p. 181

1. a. et **c.** L'activité $A(t) = \lambda N(t) = \lambda N_0 e^{-\lambda t} = A_0 e^{-\lambda t}$ d'un échantillon est proportionnelle à N_0 et à A_0. En revanche, $A(t)$ n'est pas proportionnelle à λ, car $A(\lambda) \neq a\lambda$ avec a une constante indépendante de λ.

2. c. Dans une réaction de désintégration, seuls les nombres Z de protons et A de nucléons sont conservés.

3. b. et **c.** La population radioactive diminue de manière exponentielle et de moitié au bout d'une demi-vie. Le phénomène de désintégration est aléatoire.

4. Faux. La demi-vie est le temps au bout duquel la moitié d'une population de noyaux s'est désintégrée. La radioactivité étant un phénomène aléatoire, on ne peut pas prédire la durée de vie d'un noyau instable et donc encore moins sa moitié !

5. Vrai. Le positron est l'anti-particule de l'électron : une particule et son anti-particule ont la même masse.

p. 192

1. b. L'équilibre chimique est dynamique, la réaction ne s'arrête pas.

2. a. Ne doivent figurer que les espèces dissoutes, ici les réactifs, affectés des coefficients stœchiométriques respectifs en exposant.

3. a. On observe que $Q_r < K$ donc Q_r va augmenter jusqu'à la valeur de la constante d'équilibre. Le numérateur de Q_r augmente, la concentration des produits C et D augmente, par conséquent, la concentration des réactifs A et B diminue. La réaction va s'effectuer dans le sens $A + B \rightarrow C + D$ jusqu'à l'équilibre.

4. Vrai. L'anode est la borne négative de la pile : les électrons sortent donc de l'anode pour aller vers la cathode positive.

5. Faux. Les porteurs de charge circulant dans les solutions aqueuses sont uniquement de nature ionique.

p. 201

1. b. Un acide faible se dissocie peu dans l'eau, sa constante d'acidité est donc faible, inférieure à 10^4. Sa base conjuguée est faible.

2. a. et **b.** Les acides éthanoïque et benzoïque sont des acides carboxyliques, donc faibles.

3. a. et **b.** Si $pH = pK_a$, alors $[AH] = [A^-]$, et donc aucune des espèces n'est majoritaire. Le pK_a n'étant pas égal à 7, la solution n'est pas neutre et pas forcément acide.

4. Vrai. Un acide de Brönsted peut se noter AH. Il libère un ion H^+ qui est un proton.

5. Vrai. Les quantités de matière versées sont identiques, donc le mélange initial est stœchiométrique : $H_3O^+ + HO^- \rightarrow 2H_2O$. Le pH est donc celui de l'eau pur, soit $pH = 7$.

p. 209

1. a. et **b.** Le sens de circulation des électrons est toujours opposé au sens conventionnel du courant. L'oxydation a lieu à l'anode, produisant des électrons.

2. b. et **c.** Au niveau de la cathode, on assiste à la réduction de l'oxydant : il capte un ou plusieurs électrons pour former un dépôt métallique.

3. a. et **c.** La température n'a *a priori* aucune relation directe avec le phénomène d'électrolyse. La quantité d'électricité débitée par le générateur est proportionnelle à la durée de fonctionnement pour I fixée ou à la quantité d'électrons échangés. Q est une grandeur qui s'exprime en coulombs (en C) comme la charge élémentaire e.

4. Vrai. L'électrolyse nécessite un apport d'énergie électrique *via* un générateur extérieur. Sans cet apport, la réaction n'aurait pas lieu spontanément.

5. Vrai. La borne négative du générateur est reliée à la cathode, lieu de la réduction des ions métalliques en métal.

p. 220

1. a., b. et **c.** Toutes les réponses sont exactes. Une polyaddition nécessite une insaturation permettant d'additionner bout à bout n monomères entre eux, formant un polymère de n motifs.

2. a. et **c.** Le rendement est un rapport de deux quantités, il n'a pas de dimension. Il correspond à un nombre pur sans unité ou peut s'exprimer en %. Le rendement maximum est théorique : il vaut 1 ou 100 %.

3. a. et **b.** Les deux molécules sont des fonctions différentes, mais de même formule brute $C_4H_8O_2$: elles sont isomères de constitution de fonction.

4. Vrai. Dans une réaction d'addition, deux réactifs forment un seul produit. On a donc deux réactifs pour un produit, soit davantage de réactifs que de produit formé.

5. Vrai. La quantité de matière obtenue avec un rendement de 100 % correspond à la quantité de matière maximale que l'on peut obtenir théoriquement. Le rendement est défini comme le rapport entre la quantité expérimentale et la quantité théorique.

p. 228

1. a. Lors d'un mouvement circulaire uniforme, seule la valeur du vecteur vitesse est constante. La direction du vecteur vitesse varie au cours du temps, donc le vecteur ne peut être constant. Quant au vecteur accélération, il est colinéaire au vecteur normal de la base de Frenet et donc il n'est pas nul.

2. a. et **c.** Le vecteur $\vec{\tau}$ est toujours tangent à la trajectoire et perpendiculaire au vecteur $\vec{n}$. On en déduit ainsi que $\vec{n}$ est perpendiculaire à la trajectoire, on dit aussi qu'il est normal à la trajectoire. En général, le sens de $\vec{\tau}$ est celui du mouvement. Cependant, dans le cas d'un mouvement de sens variable, on peut faire le choix de conserver le vecteur $\vec{\tau}$ initial : le sens du mouvement peut ne pas être celui du vecteur unitaire $\vec{\tau}$.

3. a. et **b.** Le vecteur vitesse est suivant le vecteur $\vec{\tau}$, donc en a la même direction, mais pas forcément le même sens, surtout si le mouvement change de

CORRIGÉS DES QUIZ

sens et que le choix est fait de définir $\vec{\tau}$ une fois pour toutes. Le vecteur vitesse n'est perpendiculaire à l'accélération que dans le cas où le vecteur $\vec{a}$ est suivant $\vec{n}$.

4. Faux. Le vecteur vitesse est tangent à la trajectoire, donc sa direction n'est pas constante.

p. 241

1. a. et **b.** Le vecteur quantité de mouvement $\vec{p} = m\vec{v}$ est colinéaire au vecteur vitesse $\vec{v}$ et dépend de la masse m du système. En revanche, $\vec{p}$ est proportionnel à $\vec{v}$ uniquement si la masse m est constante tout au long du mouvement, ce qui n'est pas le cas du mouvement d'une fusée par exemple. Enfin, la norme du vecteur, et non le vecteur $\vec{p}$, s'exprime en kg · m · s^{-1}.

2. a. et **b.** L'énergie mécanique est la somme de l'énergie cinétique et des énergies potentielles de pesanteur, élastique, etc. Elle représente l'énergie totale du système dont la variation est égale au travail des forces uniquement dissipatives. Si ces dernières ne travaillent pas, la variation d'énergie mécanique est nulle : E_m se conserve.

3. Faux. K est la même pour tout mouvement d'une planète du système solaire dans le référentiel héliocentrique et non pour la Lune dans le référentiel géocentrique.

p. 250

1. a., b. et **c.** Toutes les réponses sont exactes. La relation de Bernoulli s'établit en traduisant la conservation de l'énergie le long d'une ligne de courant pour un fluide incompressible en régime permanent. L'énergie est la somme de l'énergie mécanique et du travail des forces pressantes ou encore des pressions statique et dynamique. L'expression de l'énergie contient deux termes dépendant de la masse volumique du fluide et donc de la nature du fluide.

2. a. et **b.** L'effet Venturi est tel qu'un rétrécissement dans une conduite provoque des modifications de l'écoulement en termes de pression et de vitesse : diminution de la pression et augmentation de la vitesse. Pour arriver à une telle conclusion, on exploite la conservation du débit volumique et la relation de Bernoulli.

3. b. et **c.** La poussée d'Archimède est une force opposée au poids, elle est donc toujours verticale vers le haut. Comme toutes les forces, sa norme s'exprime en newtons.

4. Faux. La valeur de la poussée d'Archimède est égale à la valeur du poids du fluide en déplacement. Cependant, même si les directions des deux vecteurs sont identiques, les sens des vecteurs sont opposés, et les vecteurs ne peuvent donc pas être égaux.

5. Vrai. Pour un fluide incompressible, la valeur de la poussée d'Archimède est proportionnelle au volume du système, car $\Pi = \rho V g$ avec ρ et g deux constantes. Dans ce cas, on a bien $\Pi = kV$ avec $k = \rho g$ la constante de proportionnalité.

p. 256

1. b. et **c.** L'équation d'état est $PV = nRT$. Si la température T double, alors $T' = 2T$ et $2nRT = nRT' = 2PV$ que l'on peut interpréter comme le fait que la pression a doublé ($P' = 2P$ à volume V constant) ou que le volume a doublé ($V' = 2V$ à pression constante).
Si la quantité de matière n double, alors $n' = 2n$ et $2nRT = n'RT = 2PV = PV'$ avec $V' = 2V$: si n double, $n' = 2n$, alors V double aussi et $V' = 2V$ (affirmation **c.**).
En revanche, si le volume V double, les grandeurs autres que la pression P restent invariantes, alors on en déduit que nRT = constante. Cela signifie donc que le produit $PV = P'V'$ est constant : si $V' = 2V$, alors $P' = \frac{P}{2}$ pour avoir $P'V' = 2V \times \frac{P}{2} = PV$. En effet, si le volume V double, alors la pression P est divisée de moitié.

2. a., b. et **c.** Le comportement de ce gaz parfait est régi par :
- la loi de Boyle-Mariotte à température et quantité de matière constantes, soit à pression et volume variables ;
- la loi de Gay-Lussac, à pression et quantité de matière constantes ;
- la loi d'Avogadro à pression et température constantes.

3. a., b. et **c.** Le modèle de Van Der Waals tient compte du volume des particules constituant le gaz, ainsi que des interactions entre elles. Il est plus proche de la réalité et permet de retrouver l'équation d'état du gaz parfait à l'ordre 1.

4. Un gaz parfait est un « cas d'école », c'est un gaz irréel. Bien que les gaz rares appartenant aux éléments de la dernière colonne de la classification périodique soient des gaz monoatomiques, ils sont bien réels.

p. 270

1. b. et **c.** Le transfert thermique correspond à un échange de type « chaleur ». Le premier principe de la thermodynamique s'écrivant $\Delta U = W + Q$, si $W = 0$, alors le transfert thermique $Q = \Delta U$ correspond à une variation d'énergie interne et non à un travail. Q peut être positif (énergie entrante) ou négatif (énergie sortante).

2. a., **b.** et **c.** Le flux thermique s'exprime en watts (W) et dépend du matériau (conductivité thermique) et de la variation de température entre A et B.

3. Faux. La diffusion se fait sans mouvement d'ensemble, le seul « mouvement » étant l'agitation des molécules qui transmettent l'énergie de proche en proche. Seul le transfert par convection se fait grâce à un mouvement macroscopique du fluide caloporteur.

p. 281

1. a. Le niveau acoustique est une grandeur logarithmique de l'intensité qui rend davantage compte des sensations physiologiques. Il s'exprime en décibels (dB) et n'est pas additif, contrairement à l'intensité acoustique *I*.

2. a. et **c.** Des franges brillantes d'interférence sont deux signaux en phase séparés d'une ou de plusieurs interfranges dont l'intensité est maximale. La différence de marche est un nombre entier de longueurs d'onde, pas nécessairement nul.

3. a., **b.** et **c.** Toutes les réponses sont exactes. Lorsque l'émetteur se rapproche de la source, la fréquence augmente, puis diminue à l'éloignement : dans le cas d'un signal acoustique, le son est de plus en plus aigu, puis de plus en plus grave.

4. Vrai. Si l'on suppose les mêmes conditions expérimentales, au point d'impact du laser près, la figure de diffraction d'une ouverture est la même que celle de l'objet plein de même forme.

5. Vrai. Les interférences ne peuvent s'établir que si les sources sont cohérentes entre elles. En pratique, on fabrique les deux sources à partir d'une seule et même source, appelée source primaire.

p. 289

1. b. et **c.** F' est le foyer focal image de la lentille, alors que F, symétrique par rapport à la lentille, est le foyer focal objet. O, F, F', A et A' sont les cinq points de construction appartenant à l'axe optique de la lentille, A étant un point objet et O le centre optique.

2. a., **b.** et **c.** Les rayons principaux sont des rayons particuliers permettant la construction de B', image de B. En effet, tous les rayons issus de B convergent en B', en particulier le rayon (BOB') qui n'est jamais dévié par la lentille. En revanche, certaines situations ne permettent pas de tracer l'ensemble des rayons particuliers (situation d'effet loupe par exemple).

3. c. Dans le cas d'une lunette afocale, la distance entre les lentilles est la suivante : $\overline{OO'} = \overline{OF_1'} + \overline{F_1'F_2} + \overline{F_2O} = \overline{OF_1'} + \overline{F_2'F_2} + \overline{OF_2'}$. Or $\overline{OF_1'}$ est la distance focale de la première lentille et $\overline{OF_2'}$ celle de la seconde. De plus, la lunette étant afocale, $\overline{F_1'F_2} = 0$: la distance entre l'objectif et l'oculaire est bien égale à la somme de leur distance focale.

4. Vrai. Le grossissement d'une lentille afocale est le rapport des vergences de ses lentilles.

5. Vrai. Un dispositif afocal permet de regarder un objet sans accommoder. En revanche, cet objet doit se situer à l'infini. Finalement, ce dispositif permet une vision de confort, mais dans le cas d'un objet lointain.

p. 297

1. a., **b.** et **c.** Toutes les réponses sont exactes. La totalité de la cellule est irradiée par un rayonnement électromagnétique constitué de photons collectés par la cathode. Cette énergie, absorbée par la cathode, permet d'arracher des électrons. Ces derniers, sous l'effet de la tension ou différence de potentiels électriques entre cathode et anode, sont attirés par l'anode collectrice.

2. a. et **c.** L'énergie d'un photon est $E = h\nu$, avec h la constante de Planck, et l'énergie cinétique est $\frac{mv^2}{2}$ qui est toujours positive ! En revanche, le photon n'est absorbé par la photocathode que si son énergie est au moins égale au travail d'extraction.

3. a., **b.** et **c.** Toutes les réponses sont exactes. Le photon est l'équivalent particulaire de l'onde électromagnétique (lumière visible ou invisible à l'œil humain). Son énergie est finie et proportionnelle à la fréquence de l'onde électromagnétique, une des caractéristiques des ondes.

4. a. et **c.** L'énergie du photon extracteur est la somme du travail d'extraction et de l'énergie cinétique de l'électron arraché. Cette énergie est donc supérieure à la fois au travail d'extraction et à l'énergie cinétique de l'électron. Cependant, le photon préexiste à la création de l'électron, son énergie ne peut donc pas dépendre de l'énergie cinétique, et donc de la vitesse de l'électron : la valeur de cette dernière dépend en revanche de la différence restante entre énergie du photon et travail d'extraction.

p. 306

1. b. Le temps caractéristique est $\tau = RC$. Ainsi,

$$q(t=\tau) = CE\left[1-\exp\left(\frac{-RC}{RC}\right)\right] = CE(1-\exp(1))$$
$$= CE(1-e^1) = CE(1-e) \neq 2.$$

En revanche, la charge diminue de manière évidente dans le cas d'une décharge qui ne nécessite pas de générateur comme dans le cas d'une charge. La

CORRIGÉS DES QUIZ

tension initiale est égale à la tension aux bornes du générateur, soit E, car, initialement chargé, le condensateur se comporte comme un interrupteur ouvert.

2. a. L'équation d'évolution de la charge du condensateur dans un circuit RC série est : $\frac{dq(t)}{dt} + \frac{q(t)}{RC} = \frac{E}{R}$.
Elle dépend de R, C et E, force électromotrice caractéristique du générateur. Il s'agit d'une équation du premier ordre à coefficient constant.

3. Vrai. Le condensateur permet de stocker de l'énergie électrique (charge) avant de la déstocker (décharge).

4. Faux. La loi d'Ohm correspond à la relation entre la tension aux bornes du conducteur ohmique – et non du condensateur – et l'intensité du courant qui le traverse. Cette relation est bien une relation de proportionnalité entre la tension $u(t)$ et l'intensité $i(t)$, la résistance R étant le coefficient de proportionnalité : $u = Ri$.

MATHS EXPERTES

p. 313

1. a. $(5-4i)^2 = 5^2 - 2\times 5\times 4i + (4i)^2 = 25 - 40i - 16$
$= 9 - 40i.$

2. b. $i^{11} = (i^2)^5 \times i = (-1)^5 \times i = -i$ donc $\mathbb{R}e(i^{11}) = 0.$

3. a. $\dfrac{1}{1-4i} = \dfrac{1+4i}{(1-4i)(1+4i)} = \dfrac{1+4i}{1^2+4^2} = \dfrac{1}{17} + \dfrac{4}{17}i.$

4. b. $\overline{\left(\dfrac{z_1+z_2}{z_3}\right)} = \dfrac{\overline{z_1+z_2}}{\overline{z_3}} = \dfrac{\overline{z_1}+\overline{z_2}}{\overline{z_3}}.$

5. c. $(1+2i)^3 = 1^3 + 3\times 1^2\times 2i + 3\times 1\times (2i)^2 + (2i)^3$
$= 1 + 6i - 12 - 8i = -11 - 2i.$

p. 320

1. a. $z_A = 1+2i$ et $z_C = 2-2i$ donc
$z_{\overrightarrow{AC}} = (2-2i)-(1+2i) = 1-4i.$

2. c. $z_B = 4+i$ et $z_D = -4+i$ donc $\dfrac{z_B+z_D}{2} = i.$

3. b. $z_{\overrightarrow{AD}} = (-4+i)-(1+2i) = -5-i$ d'où
$\left|z_{\overrightarrow{AD}}\right| = \sqrt{(-5)^2+(-1)^2} = \sqrt{26}.$

4. a. $z_{\overrightarrow{DB}} = (4+i)-(-4+i) = 8$ donc
$\arg(z_{\overrightarrow{DB}}) = 0\,[2\pi].$

5. c. $z_{\overrightarrow{DB}} = 8$ donc $z_{\overrightarrow{BD}} = -8 = 8(\cos\pi + i\sin\pi).$

6. b. $|(1+4i)^2| = |1+4i|^2 = 1^2 + 4^2 = 17.$

7. c. $1+i\sqrt{3} = 2\left(\dfrac{1}{2}+i\dfrac{\sqrt{3}}{2}\right) = 2\left(\cos\dfrac{\pi}{3}+i\sin\dfrac{\pi}{3}\right).$

p. 326

1. b. $\cos\left(x+\dfrac{\pi}{3}\right) = \cos x\cos\dfrac{\pi}{3} - \sin x\sin\dfrac{\pi}{3}$
$= \dfrac{1}{2}\cos x - \dfrac{\sqrt{3}}{2}\sin x.$

2. b. Pour n impair, $i^n = i$ ou $i^n = -i$ donc
$\arg(i^n) = \pm\dfrac{\pi}{2}[2\pi].$

3. b. $\arg(z_1\times z_2^2) = \arg(z_1) + 2\arg(z_2)[2\pi]$
$= \dfrac{\pi}{5} + 2\times\dfrac{\pi}{10}[2\pi] = \dfrac{2\pi}{5}[2\pi].$

4. b. $z = 24i = 24e^{i\frac{\pi}{2}}$ car $i = e^{i\frac{\pi}{2}}.$

5. c. $z = 10\sqrt{2}\left(\dfrac{\sqrt{2}}{2} - i\dfrac{\sqrt{2}}{2}\right)$
$= 10\sqrt{2}\left(\cos\left(-\dfrac{\pi}{4}\right) + i\sin\left(-\dfrac{\pi}{4}\right)\right) = 10\sqrt{2}e^{-i\frac{\pi}{4}}.$

6. c. $|z| = \sqrt{2^2+3^2} = \sqrt{13}$ donc $\sin\theta = \dfrac{3}{\sqrt{13}}.$

p. 333

1. b. $(-10i)^2 = (10i)^2 = -100$, donc $-10i$ et $10i$ sont les racines carrées de -100.

2. a. $\Delta = -4 < 0$, $-4 = (2i)^2$, les solutions sont donc $\dfrac{-4-2i}{2} = -2-i$ et $\dfrac{-4+2i}{2} = -2+i.$

3. c. $\Delta = -196 < 0$, $-196 = (14i)^2$, les solutions de $P(z) = 0$ sont donc $1-i$ et $1+i$. D'où la factorisation :
$P(z) = 7(z-(1-i))(z-(1+i))$
$= 7(z-1+i)(z-1-i).$

4. b. $P(-1) = (-1)^3 + 4\times(-1)^2 - 3 = -1 + 4 - 3 = 0.$

5. b. -1 est une racine évidente de P et $\deg P = 3$, donc $P(z) = (z+1)Q(z)$ avec $\deg Q = 2$.

6. a. On utilise la propriété du paragraphe 2 avec $\alpha = -3$ car $\alpha^3 = (-3)^3 = -27$.
D'où $z^3 - (-3)^3 = (z-(-3))(z^2 + (-3)z + (-3)^2)$
$= (z+3)(z^2 - 3z + 9).$

p. 339

1. b. $(\overrightarrow{MN};\overrightarrow{MP}) = \dfrac{\pi}{2}[2\pi] \Rightarrow (MN)\perp(MP).$

2. a. $z_B - z_A = -i\sqrt{3} - (1-2i\sqrt{3}) = -1+i\sqrt{3}$
$= 2\left(-\dfrac{1}{2}+\dfrac{i\sqrt{3}}{2}\right) = 2\left(\cos\left(\dfrac{2\pi}{3}\right)+i\sin\left(\dfrac{2\pi}{3}\right)\right).$
Ainsi, $(\overrightarrow{OU};\overrightarrow{AB}) = \arg(z_B - z_A) = \dfrac{2\pi}{3}[2\pi].$

3. b. $\left(e^{\frac{2i\pi}{3}}\right)^3 = e^{2i\pi} = 1$ et $\left(e^{\frac{2i\pi}{3}}\right)^6 = e^{4i\pi} = 1.$

4. c. $\left(e^{\frac{4i\pi}{7}}\right)^7 = e^{4i\pi} = 1.$

5. b. $ABCDU$ est un pentagone régulier tel que $OU = 1$. Donc l'affixe de A est $e^{\frac{2i\pi}{5}}$.

6. b. L'affixe du point C est $e^{3\times\frac{2i\pi}{5}}$ soit $e^{\frac{6i\pi}{5}}$.

p. 345

1. c. Il suffit de tester pour trouver tous les diviseurs de 18.

CORRIGÉS DES QUIZ

2. b. Dans $\mathbb{Z}$, les diviseurs de 15 sont -15 ; -5 ; -3 ; -1 ; 1 ; 3 ; 5 ; 15. Il y en a 8.

3. c. a divise toute combinaison linéaire de 3 et de 7, donc a divise $1 \times 7 - 2 \times 3 = 1$ donc $a = 1$.

4. b. $10\,000 = 10^4$ or $10 \equiv -3[7]$ donc $10^4 \equiv (-3)^4[7]$ et $(-3)^4 = 81$.
Or $81 \equiv 4[7]$, donc $10\,000 \equiv 4[7]$.

5. b. $2^4 = 16$ et $16 \equiv 1[15]$.
Or $2^{41} = (2^4)^{10} \times 2$ donc $2^{41} \equiv 1^{10} \times 2[15]$
d'où $2^{41} \equiv 2[15]$.

6. c. a divise toute combinaison linéaire de $2n + 5$ et $3n - 1$, en particulier $3(2n + 5) - 2(3n - 1) = 17$. Donc a divise 17.

7. a. On peut raisonner avec un tableau de congruence modulo 4 ou tester les propositions :
$5x + 1 = 5(4q + 3) + 1 = 20q + 15 + 1 = 20q + 16$
$= 4(5q + 4) \equiv 0[4]$.

p. 350

1. a. $148 = 134 \times 1 + 14$; $134 = 14 \times 9 + 8$;
$14 = 8 \times 1 + 6$; $8 = 6 \times 1 + 2$; $6 = 2 \times 3 + 0$.
Donc PGCD(148 ; 134) = 2.

2. c. $630 = 546 \times 1 + 84$; $546 = 84 \times 6 + 42$;
$84 = 42 \times 2 + 0$.
Donc PGCD(630 ; 546) = 42.

3. b. PGCD(1 ; 26) = 1, PGCD(26 ; 26) = 26.
De plus, PGCD(13 ; 26) = 13 et PGCD(39 ; 26) = 13.

4. c. PGCD(56 ; 131) = 1 donc 56 et 131 sont premiers entre eux.

5. a. $11 \times 8 + 7 \times (-13) = -3$ donc $(8 ; -13)$ est solution de $11x + 7y = -3$.

6. b. $5 \times 7 = 7 \times 5$ donc (7 ; 5) est solution de $5x = 7y$.

7. a. $PGCD(n + 1 ; n) = PGCD(n ; 1) = 1$.

p. 356

1. b. $7|329$ donc 329 n'est pas premier. $3|177$ donc 177 n'est pas premier.

2. c. $7|287$ donc 287 n'est pas un nombre premier.

3. b. $n^2 + 11n + 30 = (n + 5)(n + 6)$ donc il peut s'écrire comme produit de deux facteurs, il n'est donc jamais premier.

4. b. p est un nombre premier impair donc p ne divise pas 4. Ainsi, d'après le petit théorème de Fermat, $4^{p-1} \equiv 1[p]$.

5. a. 13 est un nombre premier et 13 ne divise pas 15, donc d'après le petit théorème de Fermat, $15^{13-1} \equiv 1[13]$ d'où le reste de la division euclidienne de 15^{12} par 13 est 1.

6. a. 29 est un nombre premier qui ne divise ni 2, ni 5, ni 13. Donc $2^{28} \equiv 1[29]$, $5^{28} \equiv 1[29]$, $13^{28} \equiv 1[29]$.
Ainsi, $2^{28} + 5^{28} + 13^{28} \equiv 1 + 1 + 1[29]$.

p. 363

1. b. En calculant $BX = C$, on retrouve le système (S).

2. b. On obtient B^{-1} à la calculatrice.

3. c. La solution est donnée par $X = B^{-1}C$, ce qui, à la calculatrice, donne (1 ; 2 ; 3).

p. 371

1. a. Chaque déplacement d'un sommet vers un autre est équiprobable, et donc de probabilité 1/2.

2. b. Au départ, la coccinelle se trouve au sommet ①, donc $d_0 = (1 \quad 0 \quad 0)$.

3. c. Au bout de 4 déplacements, l'état est $d_4 = d_0P^4$ avec $P = \begin{pmatrix} 0 & 1/2 & 1/2 \\ 1/2 & 0 & 1/2 \\ 1/2 & 1/2 & 0 \end{pmatrix}$.

À la calculatrice, $d_4 = (0{,}375 \quad 0{,}3125 \quad 0{,}3125)$.
Donc la probabilité que la coccinelle se trouve en ① au bout de 4 déplacements est 0,375.

4. a. La distribution invariante d vérifie $d = dP$ soit, si on pose $d = (x \quad y \quad z)$, on obtient le système :

$$\begin{cases} x = 1/2y + 1/2z \\ y = 1/2x + 1/2z \\ z = 1/2x + 1/2y \\ x + y + z = 1 \end{cases}$$

La résolution de ce système mène à

$$d = \begin{pmatrix} 1/3 & 1/3 & 1/3 \end{pmatrix}.$$

Ainsi, au bout d'un grand nombre de déplacements, la probabilité que la coccinelle se trouve en ① est 1/3.

Crédits photographiques

457 : AdobeStock/ViDi Studio ; **468 :** ShutterStock/fizkes ; **472 :** ShutterStock/Monkey Business Images ; **477 :** ShutterStock/Krakenimages.com ; **482 :** iStock/SDI Productions.